El sabor del escándalo

Sandra Brown

El sabor del escándalo

Traducción de
Cristina Valls

Círculo de Lectores

PRÓLOGO

Nueva York, 1990

Regresaba a Palmetto.

De pie, ante la ventana del despacho, Jade Sperry reguló la persiana y contempló el embotellamiento alrededor del Lincoln Center. Un viento frío azotaba las esquinas con el mismo ímpetu con el que los autobuses expulsaban humos nocivos en el aire contaminado. Los taxis se escurrían de un carril congestionado a otro, como frenéticos escarabajos amarillos. Los peatones nunca interrumpían el paso, sino que continuaban moviéndose, aferrados a sus cosas.

Cuando se trasladó a Nueva York, Jade tuvo que luchar para poderse adaptar a tan constante movimiento. Al principio los cruces le parecían peligrosos. No había nada tan horrible como estar de pie, en el bordillo de una concurrida avenida de Manhattan, preguntándose quién sería el primero en llevársela por delante: un taxi amenazador, un pesado autobús o el tropel de gente que le pisaba los talones, cada vez más impaciente con el forastero cuya forma de hablar era tan lenta como el vacilante modo de caminar.

Como en cada reto, Jade bajó la cabeza y abordó la situación. No se movía tan rápido ni entendía tan deprisa ni hablaba con tanta fluidez como los nativos, pero no se sentía intimidada sino tan sólo algo diferente. No le habían enseñado a hacer las cosas con demasiada rapidez. Jade Sperry había crecido en un ambiente donde el individuo más activo en un día de verano era una libélula en vuelo rasante sobre un pantano.

Al llegar a Nueva York ya estaba acostumbrada al trabajo duro y al sacrificio personal. Así es que se aclimató y pudo sobrevivir, porque su obstinado orgullo de Carolina del Sur era tan característico como su forma de hablar.

Hoy, todo había merecido la pena. Miles de horas empleadas en hacer planes, maquinaciones y duro trabajo se veían al fin recompensadas. Nadie sería capaz de adivinar cuántos años y lágrimas había invertido para volver a su ciudad natal.

Regresaba a Palmetto.

Allí estaban aquellos que tenían mucho que expiar, y Jade se ocuparía de que lo hiciesen. Tenía al alcance de la mano la venganza con la que tanto había soñado. Ahora gozaba del poder para convertirla en realidad.

Continuó mirando a través de la ventana, pero muy poco de lo que ocurría allí abajo le llamó la atención. Más bien divisaba altas hierbas ondulantes en marismas costeras. Podía oler el picante aire salado y las embriagadoras magnolias. Saboreaba la cocina del campo. Altos pinos sustituían a los rascacielos; las anchas avenidas se convertían en canales de agua que fluían lentamente. Recordó cómo se sentía al respirar un aire tan fuerte y espeso que ni siquiera agitaba el gris y débil musgo que colgaba de las ramas de los viejos robles.

Regresaba a Palmetto.

Y cuando llegase, ardería el infierno.

1

Palmetto, Carolina del Sur, 1976

–¡Que sí, hombre!

–Júralo.

–Eres un embustero, Patchett.

–¿Qué te parece, Lamar? ¿Estoy mintiendo o no? ¿No puede una puta profesional poner el condón sólo con la boca?

Lamar Griffith repartió una mirada burlona entre sus mejores amigos, Hutch Jolly y Neal Patchett.

–No lo sé, Neal. ¿Puede hacerlo?

–No sé por qué te lo pregunto –se mofó Neal–, porque nunca has estado con una puta.

–¿Y tú sí? –se carcajeó Hutch.

–¡Sí, muchas veces!

Los tres estudiantes de último curso del instituto ocupaban un reservado en el Dairy Barn. Hutch y Lamar compartían un banco de vinilo. Neal estaba repanchingado en el otro, frente a la mesa rosa de formica.

–No me creo ni una sola palabra –dijo Hutch.

–Me llevó mi viejo.

Lamar hizo una mueca.

–¿No te dio vergüenza?

–Claro que no.

Hutch miró a Lamar con desdén.

–Está mintiendo, tonto. –Se dio la vuelta hacia Neal y le preguntó–: ¿Dónde está esa casa de putas?

Neal se vio reflejado en la ventana de cristal en el fondo del reservado. Su hermosa cara le devolvió la mirada. Un flequillo rubio oscuro le caía sobre las cejas, por encima de los atractivos ojos verdes. La chaqueta marrón y blanca del instituto aparecía muy usada y colgaba con gracia por encima de los hombros.

–Yo no he dicho que me llevase a una casa de putas. He dicho que me llevó a una puta.

Hutch Jolly no tenía el físico tan atractivo como su amigo Neal. Era un muchacho grande, desgarbado, de hombros anchos y pelo rojizo. Las orejas asomaban muy rectas. Acercó la cabeza, se enjugó los labios carnosos y dijo con voz suave, de conspirador:

–¿Quieres decir que hay una puta aquí, en la ciudad? ¿Quién es? ¿Cómo se llama? ¿Dónde vive?

Neal dedicó una sonrisa a sus amigos.

–¿Creéis que voy a compartir un secreto como éste con vosotros dos? Lo primero que haríais sería aporrear su puerta y quedar como unos perfectos imbéciles. Me avergonzaría de confesar que os conozco.

Llamó a la camarera y pidió otra ronda de coca-colas. Cuando se las sirvieron, Neal sacó con disimulo del bolsillo interior de la chaqueta un frasco de plata y echó bastante licor en la bebida antes de ofrecerla a los demás.

Hutch se ayudó con bourbon. Lamar rehusó.

–No, gracias. Ya he bebido bastante.

–Gallina –dijo Hutch dándole un codazo.

Neal volvió a meter el frasco en el bolsillo de la chaqueta.

–Mi viejo dice que hay dos cosas de las que un hombre no tiene nunca bastante: whisky y mujeres.

–Amén. –Hutch siempre estaba de acuerdo con cualquier cosa que dijera Neal.

–¿No estás de acuerdo, Lamar? –preguntó Neal con sarcasmo.

El chico de pelo oscuro se encogió de hombros:

–Claro.

Neal frunció el entrecejo con disgusto y se dejó caer pesadamente contra la pared.

–Te nos estás volviendo muy serio, Lamar. Si no puedes estar a nuestra altura, tendremos que pasar de ti.

Los oscuros ojos de Lamar se llenaron de preocupación.

–¿Qué quieres decir con «estar a vuestra altura»?

–¡Quiero decir que la armes, que la pilles, que cojas una buena borrachera!

–Su mamá no quiere que haga esas cosas tan feas. –Hutch cruzó de forma afeminada las grandes y toscas manos bajo la barbilla y parpadeó varias veces. Utilizó una voz de falsete para ridiculizarlo aún más.

Lamar tomó en serio la burla.

–¡El viernes por la noche vomité hasta las tripas como vosotros! –exclamó–. ¿No robé sandías en verano como me pidió Neal? ¿No fui yo el que compró el aerosol cuando hicimos la pintada en la pared de Correos?

Hutch y Neal se rieron de la vehemencia con que protestaba. Neal le palmeó la mejilla por encima de la mesa.

–Te has portado muy bien, Lamar, muy bien. –Incapaz de permanecer serio, estalló de nuevo en una carcajada.

Los huesudos hombros de Hutch se estremecían de risa.

–Has vomitado más que nosotros dos juntos, Lamar. ¿Qué pensaría tu mamá de la resaca que tenías ayer por la mañana?

–No se dio cuenta de que me encontraba mal. Me quedé en la cama.

Estaban aburridos. Los domingos por la noche siempre eran un rollo. Las chicas malas se recuperaban de las bacanales del sábado por la noche y no querían que se las molestase. Las chicas buenas iban a misa. No había acontecimientos deportivos los domingos.

Esa tarde no les había apetecido ir a coger cangrejos ni a pescar. Así que Neal, siempre el líder y estratega, había llevado a los otros dos en su coche deportivo y habían paseado por las calles de Palmetto en busca de algo para divertirse. Pero después de haber cruzado la calle principal varias veces, desistieron de encontrar acción en la ciudad.

–¿Queréis que vayamos a echar una ojeada a Waltmart? –había sugerido Lamar.

Los otros dos respondieron a coro:

–¡No!

–Entonces –dijo Neal en un arranque de inspiración–, vamos a una iglesia de negros. Eso siempre es para partirse de risa.

–Ja, ja, ja –replicó Hutch sacudiendo la cabeza–. Mi padre me dijo que me despellejaría vivo si volvíamos a hacer eso. La última vez que fuimos casi se produjeron disturbios raciales. –Fritz, el padre de Hutch, era el sheriff del condado. Fritz Jolly había actuado en numerosas ocasiones como conciencia de los muchachos.

El último recurso de los chicos había sido ir al Dairy

Barn, con la esperanza de encontrar acción. Mientras consumiesen bebidas y se comportasen, no los echarían. Pero se les caería el pelo si a Neal lo cogían con la botella de whisky en el abrigo. Su padre, Iván, antes de salir de casa le había dicho que no se llevara la cerveza.

–¿Y por qué? –había preguntado Neal.

–Porque Fritz me llamó ayer por la mañana. Estaba muy cabreado. Me dijo que Hutch había llegado a casa el viernes por la noche apestando a alcohol, y que tú le habías proporcionado la cerveza. Dijo que el hijo del sheriff no puede ir por ahí conduciendo borracho y dando la nota. Dora Jolly también echaba chispas. Le contesté que ya me ocuparía de ello.

–¿Y bien?

–¡Bueno, pues en ello estoy! –tronó Iván–. Deja la cerveza esta noche.

–¡No hay para tanto!

Neal dio un portazo al salir de la casa. Cuando estuvo en el coche rió entre dientes y pasó la mano por el bolsillo interior de la chaqueta, donde tenía escondido el frasco de plata con bourbon del caro. Iván no lo echaría nunca de menos.

Ahora, sin embargo, ya no tenía gracia haber engañado al viejo. Hutch devoraba la segunda hamburguesa. A Neal le daba asco la forma que tenía de comer. Engullía cada bocado como si fuese el último, con enormes mordiscos, tragando con ruido, y no se molestaba en dejar de hablar mientras masticaba.

Por otro lado, Lamar era un cobarde que daba mucho la tabarra. Era el eterno miedoso, cuya compañía Neal toleraba por el sentido de culpabilidad de Lamar. Era divertido tener a un bobo alrededor para ser objeto de bromas. Lamar era amable y estaba por encima de la media general, pero para lo que realmente servía era para recibir los golpes de Neal. Esa noche estaba más resentido y nervioso que nunca. Saltaba cada vez que alguien le decía algo. Neal suponía que el miedo habitual de Lamar provenía del hecho de vivir con su madre. Esa vieja chiflada era suficiente para hacer saltar a cualquiera.

Myrajane Griffith se creía una persona importante porque sus antepasados eran los Cowan. Hubo una época en que los Cowan fueron los mayores plantadores de algodón entre Savannah y Charleston. Pero eso había sido mucho antes de lo que pudiese recordar ahora la gente. Los Cowan habían pasado malos tiempos; la mayoría de ellos había muerto. La vieja casa de la plantación cerca de la costa aún se aguantaba en pie, pero hacía mucho tiempo que estaba hipotecada y cerrada.

Aun así, Myrajane se había aferrado a su apellido de soltera como el cachorro se aferra a su madre a la hora de mamar. Era una trabajadora de la plantación de soja Patchett, como casi todo el mundo de los tres condados vecinos. Se relacionaba con gente de color y gente a la que habría despreciado en tiempos mejores. Intimidó a su marido hasta que murió. Cuando Iván vio el cadáver en el féretro, comentó que el pobre imbécil sonreía por primera vez en años.

A Neal no le parecía extraño que Lamar fuera siempre tan cobarde, viviendo con aquella arpía.

Neal estaba agradecido de que su madre muriese cuando él era un bebé. Una serie de niñeras, la mayoría de color, procedentes de los alrededores de Palmetto, lo había criado hasta que fue lo suficientemente mayor para pegar y devolverles los golpes. Su madre, Rebecca Elory Patchett, rubia y pálida, fue la peor mujer que pasó por la vida de Iván, o al menos eso es lo que le había explicado Iván a Neal cuando el chico mostró curiosidad por su madre.

–Rebecca era una preciosidad, pero tirársela era como penetrar en un trozo de hielo. Sin embargo, me dio lo que yo quería. –En ese momento Iván le golpeó en la mandíbula con suavidad–. Un hijo.

Neal creía que tener un padre al que responder era malo, aunque Iván era poco severo y miraba hacia otro lado cuando él se metía en líos. Iván pagaba las multas de velocidad y cubría los gastos de las cosas que había destrozado o robado.

–¡Por el amor de Dios!, ¿no sabes quién es mi padre? –había gritado Neal al dependiente de la ferretería, que acababa de pillarle robando.

El sheriff Jolly llamó a Iván para que fuese a aclarar las cosas. Neal había salido de la tienda con el cuchillo de caza que había mangado y una sonrisa complaciente que enfureció al frustrado vendedor. Más tarde, el tipo se encontró rajadas las cuatro ruedas del coche.

Esa noche, Neal deseaba hacer algo que también resultara divertido.

–La iglesia está descartada.

La observación de Lamar arrancó a Neal de sus pensamientos.

Un grupo de jóvenes desfiló por el Dairy Earn. Neal pasó inmediatamente de ellos como si fueran fanáticos de Jesús e indignos, por tanto, de su atención. Pero echó un vistazo de forma provocativa a cada chica. Sólo eso ya causó estragos en el ego femenino, y por la noche les hizo soñar cosas maravillosas. Además, nunca iba mal preparar el terreno para futuras cosechas. Podría llegar una noche en la que estuviese desesperado y necesitara a alguna de esas chicas. Si llamase a una, ésta recordaría la mirada lasciva que él le había lanzado. Una vez había alardeado de que en sólo cinco minutos era capaz de convertir a una soprano de la coral en una guarra. No iba equivocado.

–Hola, Neal. Hola, Lamar. Hola, Hutch. –Donna Dee Monroe se paró al final del reservado. Para no perder la costumbre, los ojos de Neal la repasaron de arriba abajo.

–Hola, Donna Dee. ¿Te has ganado la salvación esta noche?

–Yo ya estoy salvada. Pero estoy segura de que tú arderás en el infierno, Neal Patchett.

Él se echó a reír.

–Desde luego. Estoy impaciente por llegar allí. Hola, Florene.

Una de las muchachas que iba con Donna Dee había estado unas semanas antes en el club de baile Valentine. Esa noche no había buen material, así es que ligó con ella, cuando en una situación normal no le habría prestado la menor atención. Bailó con ella hasta que la tuvo a punto. Cuando la llevó afuera y pasó la mano por debajo del vestido, entre los muslos, los dedos salieron húmedos. Justo cuando la cosa se ponía interesante, su padre vino a buscarla.

Ahora Neal bajó las pestañas y preguntó con voz seductora:

–¿No has tenido ningún pecado que confesar, Florene? ¿Has estado entretenida últimamente con malos pensamientos?

La chica enrojeció hasta las orejas; murmuró algo ininteligible y corrió para alcanzar al grupo con el que había venido de la iglesia.

Donna Dee se quedó. Era una chica mofletuda, de ojos oscuros y brillantes, con un ingenio rápido y a veces descarado. Por desgracia, no estaba incluida en el club de las más bellas. Tenía el cabello lacio y fino, con la raya en el medio, no porque quisiese sino porque no tenía más remedio. El perfil llegaba a un punto donde la nariz se encontraba con el labio superior. Todo ello, junto con los ojos saltones, le hacía parecer una ratita amigable. Estaba colada por Hutch, pero él no le hacía caso.

–Mira quién ha venido –dijo atrayendo la atención de Neal hacia el aparcamiento, por debajo de la ventana–. El señor presidente del alumnado.

Vieron cómo Gary Parker aparcaba el coche. Su novia formal, Jade Sperry, iba sentada delante, a su lado.

–Y lleva a la estudiante que está más buena con él.

Neal descargó una mirada venenosa en Lamar, incapaz de adivinar si se estaba burlando de él con la broma. Seguro que no. Había llevado muy en secreto su interés por Jade Sperry.

–Ese coche que lleva es una mierda –comentó Hutch.

–A Jade no parece importarle –replicó Lamar.

–Pues claro que no, idiota –contestó Donna Dee–. Está enamorada de él. Le tiene sin cuidado que sea más pobre que una rata. Voy a saludarlos. Hasta luego.

Neal miró con el ceño fruncido a través de la ventana mientras observaba a Gary y Jade. Gary le debió de decir algo divertido porque Jade se echó a reír y se apoyó en él, rozando la sien con su barbilla.

–¡Maldita sea! ¡Qué buena que está esa tía! –se quejó Hutch–. No entiendo qué puede ver en ese desgraciado granjero.

–Su cerebro –respondió Lamar.

–O quizás está impresionada por sus «grandes cualidades» –bromeó Hutch.

Lamar se echó a reír. Neal permaneció frío, en silencio. Inmóvil, con los ojos fijos, vio cómo Gary besaba suavemente los labios de Jade antes de abrir la puerta y salir del coche. Había sido un beso casto y tibio. No era la primera vez que Neal se preguntaba si a Jade la habría besado alguien sólo por conveniencia, alguien como él.

Sin duda alguna, Jade era la chica más guapa de la escuela secundaria de Palmetto. Se suponía que la chica más guapa tenía que pertenecer a Neal Patchett, así como la mejor ropa y el mejor coche. Su viejo era el más rico, el más poderoso del lugar. Eso sólo ya le daba derecho a hacer lo que le diese la gana. Al parecer nadie le había informado de ello a la señorita Jade Sperry.

No importaba que Gary tuviera un elevado coeficiente intelectual; Neal nunca entendería por qué ella prefería un granjero pobretón como Gary antes que a él. No sólo había mostrado una descarada falta de interés, sino que Neal tenía la impresión de que ella sentía asco hacia él. Con un inexplicable esnobismo, ella lo veía como un cateto. Siempre era educada –Jade era cortés con todo el mundo–, pero por debajo de la correcta apariencia, Neal detectaba una actitud desdeñosa que le devoraba.

Tal vez no sabía lo que se perdía. A lo mejor no se había dado cuenta que se conformaba con un tipo insignificante. Quizá fuera ya el momento de que lo descubriese.

–Vamos –dijo de repente y salió del reservado. Dejó la cantidad justa de dinero para pagar las bebidas y las hamburguesas de Hutch, y entonces se acercó de forma pausada a la puerta de salida.

Una vez fuera se dirigió al mostrador de los pedidos para llevar. No tenía que molestarse en preguntar a Hutch y Lamar si querían seguirle. Él ya sabía que lo harían.

Donna Dee abrió la puerta delantera derecha del coche de Gary Parker y se puso al lado de Jade.

–No sabía que fueses a venir –dijo Jade–. Podías haber venido con nosotros desde la iglesia.

–¿Y hacer de carabina? No, gracias. –No había rencor en la voz de Donna Dee. Las dos chicas habían sido inseparables desde la guardería. Así como para cualquiera era evidente que Jade destacaba más que la otra muchacha, Donna Dee no abrigaba ninguna envidia hacia su más atractiva y hábil amiga–. ¿Qué piensas del sermón de esta noche? –preguntó Donna Dee–. ¿No sentías la respiración de Dios cada vez que el cura pronunciaba la palabra «fornicación»?

Jade se había sentido incómoda con el tema del sermón, pero aun así contestó:

–No hay nada por lo que me deba sentir culpable.

–Todavía –replicó Donna Dee.

Jade suspiró consternada.

–Sabía que no debía haberte confiado que Gary y yo habíamos hablado de ello.

–¡Oh, para propagarlo a los cuatro vientos! –exclamó Donna Dee–. Lleváis tres años saliendo juntos. Todo el mundo cree que lo habéis hecho un millón de veces.

Jade se mordió el labio.

–Mi madre incluida. Hemos tenido una discusión antes de que Gary viniese a buscarme.

–¿Y...? –Donna Dee tomó prestado un pintalabios del bolso de Jade y se lo extendió por la boca–. Siempre tienes discusiones con tu madre. No me gusta decir esto, Jade, pero tu madre es una verdadera bruja.

–No entiende que yo quiera a Gary.

–Seguro que sí. Ése es el problema. No quiere que tú le ames. Piensa que tú eres mejor que él.

–No hay nadie mejor que otro.

–Sabes muy bien lo que quiero decir –replicó Donna Dee, todavía buscando dentro del bolso de Jade–. Le gustaría que acabases con alguien rico e influyente. Ya sabes, alguien como Neal.

Jade se estremeció de asco.

–Es imposible.

–¿Tú crees que realmente le metió mano a Florene en el club de baile Valentine o sólo fanfarroneaba?

–No creo que el hecho de que Neal Patchett meta mano sea algo para fanfarronear.

–Bueno, pues tú eres la excepción.

–¡Gracias a Dios!

–Neal es guapo –observó Donna Dee.

–No lo soporto. Míralo. Se piensa que es un fenómeno.

Las dos chicas vieron cómo Neal y sus amigos se acercaban y rodeaban a Gary mientras hacía cola para recoger el pedido. Neal golpeó un par de veces en el hombro de Gary y, cuando éste le dijo que lo dejasen en paz, Neal asumió una postura de boxeo.

–Es tan repugnante –comentó Jade con disgusto.

–Sí. Me gustaría que Hutch no fuese tanto con él.

No era ningún secreto que Donna Dee estaba locamente enamorada de Hutch Jolly. Le tenía robado el corazón. Jade pensaba que Hutch parecía y actuaba como un patán, pero nunca había expresado su opinión para no herir los sentimientos de Donna Dee.

Tampoco le había comentado nada sobre las veces que Hutch la había llamado para salir. Ella había rehusado las invitaciones en deferencia a Gary. Pero aunque no hubiera tenido novio formal, nunca habría quedado con Hutch, por Donna Dee.

–A ti no te gusta Hutch, ¿verdad, Jade? –le preguntó Donna Dee.

–Me cae bien.

Pero lo cierto era que Hutch la incomodaba. Iban a la misma clase de trigonometría, y muy a menudo le pillaba mirándola con fijeza. Cada vez que eso ocurría, él se ruborizaba y adoptaba una postura arrogante para disimular la vergüenza.

–¿Qué hay de malo en él? –Había un tono defensivo en la voz de Donna Dee.

–Nada. De verdad. Nada, excepto la compañía con la que va.

–¿Crees que me invitará al baile de fin de curso? Me moriré si no lo hace.

–No te morirás –contestó Jade cansada. Donna Dee parecía tan alicaída por la falta de interés de Jade que cambió de tono–. Lo siento, Donna Dee. Espero que Hutch te lo pida, de verdad.

El baile de fin de curso, que sería en mayo, ya parecía trivial e infantil. Para Jade sólo representaba un entretenimiento más en la vida que llevaban ella y Gary. Estaba convencida de que no sería ninguna cosa excepcional, pero de todos modos ya tenía garantizada una cita con Gary. Al contrario que Donna Dee, no tenía que preocuparse de tener pareja en esa noche tan decisiva.

–No se me ocurre a ninguna más a la que Hutch se lo pudiese pedir, ¿y a ti? –preguntó Donna Dee un tanto preocupada.

–No. –Jade echó un vistazo a su reloj de pulsera–. ¿Por qué tarda tanto? Si no estoy en casa a las diez mi madre empezará otra vez con la misma historia.

–Y necesitáis tiempo para aparcar, ¿no? –Donna Dee contempló a su amiga y le susurró–: Cuando tú y Gary estáis en ello, ¿no os deshacéis de emoción?

–Sí –admitió Jade, casi temblando–. Y porque tenemos que parar, que si no...

–No tenéis por qué parar.

Jade frunció sus oscuras y brillantes cejas.

–Si Gary y yo nos queremos, ¿por qué ha de estar mal, Donna Dee?

–Yo nunca he dicho que fuese malo.

–Pero el cura lo dice, y la Biblia, y mi madre. Todo el mundo lo dice.

–Lo que dicen todos es que la fornicación...

–No uses esa palabra. ¡Es tan fea!

–¿Cómo lo llamarías entonces?

–Hacer el amor.

Donna Dee se encogió de hombros.

–Es lo mismo. De todas formas, todo el mundo piensa que hacer el amor fuera del matrimonio es pecado, pero ¿realmente lo creen? –Donna Dee movió la cabeza de pelo lacio y oscuro–. Yo no lo creo. Creo que todos, menos nosotras, pecan como locos y se lo pasan estupendamente bien. Si yo tuviese oportunidad, también lo haría.

–¿Lo harías? –preguntó Jade con la esperanza de oír una afirmacion por parte de su amiga.

–Si Hutch me lo pidiese, te apuesto lo que quieras a que lo haría.

Jade miró a Gary a través de la ventanilla del coche y sintió una cálida oleada de placer y de ansiedad.

–Tal vez no sea pecado. Quizá ya sea hora de que Gary y

yo dejemos de escuchar al cura y sigamos nuestros instintos. ¡Oh!, no sé –gimió–. Hemos hablado del tema miles de veces y siempre acabamos más frustrados que al principio.

–¡Oh, por Dios! –refunfuñó Donna Dee–. Me vuelvo adentro. Hasta luego.

–Espera, Donna Dee –dijo Jade, cogiéndole de la manga–. ¿Estás enfadada?

–No.

–Pues lo parece.

–Bueno, esto..., Jade, me encantaría tener tus problemas. Me gustaría tener tu oscuro y ondulado cabello y tu piel impecable. Me gustaría tener ojos grandes y azules y unas pestañas kilométricas. Me gustaría un novio que suspirase por mi cuerpo, pero que también me respetase. Me gustaría poseer un cerebro como una computadora y una beca completa para la universidad.

–Todavía no me han dado la beca –dijo Jade, minimizando los irónicos cumplidos de Donna Dee.

–Pero te la darán. Sólo es cuestión de tiempo. Todo te sale siempre bien, Jade. Por eso me da rabia oír cómo te lamentas. ¿De qué te quejas? Eres genial sin necesidad de esforzarte. Eres inteligente y popular. Seguramente serás la que dé el discurso de despedida a nuestro curso y, si no eres tú, será el chico que adora el suelo que pisas y el aire que respiras. Si queréis romperos la cabeza hasta volveros locos, hacedlo. Si no, no lo hagáis. Pero déjalo ya, ¿vale? –Después de su estallido, Donna Dee lanzó una maldición en voz baja. Con un tono más suave, añadió–: Deberías pagarme por ser tu mejor amiga, Jade. No es un trabajo fácil, ¿sabes? –Cogió el bolso y se bajó del coche al tiempo que cerraba la portezuela.

–Hola, Gary. –El tono de Neal era hipócritamente amistoso. Hutch y Lamar repitieron el saludo al unísono.

–Hola a todos. –La sonrisa de Gary era abierta e inocente–. ¿Qué hay de nuevo?

–No mucho –contestó Neal–. ¿Sabes ya algo de la beca?

–Todavía no. Tampoco Jade, aunque nos lo dirán cualquier día de éstos.

–¿Quieres nueces con los helados, Gary? –preguntó la camarera del mostrador.

–Claro.

–Claro –repitió Neal de forma lenta y pesada. Miró hacia el coche donde estaba Jade sentada–. A Jade le encantan las nueces.... y bien grandes.

Hutch soltó una carcajada. Lamar se rió con disimulo. Gary se puso serio.

–¡Vale ya, Neal! –dijo de mal humor. Echó un vistazo al coche por encima del hombro.

Neal levantó las manos con aire inocente.

–Era una broma. ¿Es que no sabes aguantar una broma? –Golpeó amistosamente el hombro de Gary.

Éste retrocedió enfadado.

–No cuando se trata de Jade.

–Aquí tienes, Gary. –La camarera le pasó los dos helados a través del mostrador–. Un helado de nata y otro de chocolate. Un dólar cincuenta.

–Gracias. –Gary le pagó el importe, cogió un par de servilleras de papel y colocó un helado en cada mano. Se dio la vuelta, pero Neal le bloqueó el camino, flanqueado por Hutch y Lamar.

–¿Cuál es el de Jade?

Sin dar importancia a lo que parecía una pregunta inofensiva Gary se encogió de hombros.

–El de nata.

Cada helado estaba adornado con una cereza. Neal cogió la cereza por el tallo y la arrancó de un tirón de la nata. Se la metió en la boca y la chupó. Con un gesto dramático arrancó el tallo. Hizo rodar la cereza en la boca antes de agarrarla entre los dientes. Miró directamente a Jade e hincó con obscenidad los dientes y, antes de tragársela, la masticó con placer lascivo. Luego se volvió hacia Gary y sonrió satisfecho.

–Dile a tu novia que me ha encantado comerme su cereza.

–¡Cómete esto, hijo de puta! –Gary estampó uno de los helados en la presuntuosa cara de Neal. Éste, cogido por sorpresa, se tambaleó hacia atrás, al tiempo que se atragantaba con la sustancia pegajosa que cubría su rostro. Gary aprovechó la oportunidad. Le puso la zancadilla y le hizo caer. Gary quedó encima de él–. Lávate la boca antes de hablar de Jade. –Vació el segundo helado encima de Neal y luego se dirigió al coche a grandes zancadas.

Neal se puso en pie de un salto, profiriendo amenazas.

–¡Te mataré por esto, Parker! Nadie me hace a mí una cosa así y luego se larga. –Se dio cuenta del cómico espectáculo que hacía y desvió su furia–. ¿Pero qué pasa? –chilló a sus dos amigos, que se habían quedado pasmados al verle en aquel estado–. ¿Es que vais a quedaros parados como dos imbéciles? ¡Ayudadme!

Hutch y Lamar saltaron hacia delante y le ofrecieron pañuelos y servilletas de papel. En cuanto se hubo limpiado la cara, Neal miró furioso el coche de Gary que ya se iba. El granjero quizá creyese que se había salido con la suya, pero no sabía la desagradable sorpresa que le esperaba.

2

–Debería haberle sacudido hasta cansarme.

–Le diste una buena lección, Gary. –Jade se echó a reír al recordar la expresión de estupor de Neal cuando la nata del helado le chorreaba por la nariz.

–¿Por qué no le habré dado lo que realmente buscaba?

–Porque no eres un hombre primitivo como él. Una pelea a puñetazos está por debajo de tu dignidad. Además, ellos eran más. Tendrías que haberte pegado también con Hutch y Lamar.

–¡No me dan ningún miedo!

Jade pensó que no valía la pena malgastar el tiempo con el tema del machismo, pero hizo lo posible por aplacar el amor propio de Gary.

–Por favor, deja de preocuparte. No le des tanta importancia a ese Neal. –Después de un corto silencio, preguntó–: ¿Qué es lo que dijo para que te enfadaras tanto?

–Algo típico de él –contestó despreciativamente–. Una de sus maliciosas insinuaciones. Su mente está infectada. Te insultó. –Golpeó su mano con el puño–. Es un hijo de puta. No me importa lo rico que sea, es un mierda.

–Si lo sabes, ¿por qué le das tanta importancia y dejas que nos fastidie el tiempo que estamos juntos? Tengo que irme pronto a casa.

Gary tenía el cabello castaño y liso y los ojos tiernos, de color almendra. En su rostro había más rabia que ternura. Después de la suave reprimenda de Jade, volvió a su expresión normal. Le acarició la mejilla.

–Tienes razón. A Neal le encantaría saber que nos ha arruinado la tarde. Es que no soporto que su asquerosa boca pronuncie tu nombre.

Ella se pasó la mano por el pelo.

–Te quiero, Gary Parker.

–Yo también te quiero. –La besó apasionadamente, pasó la mano por su espalda y la atrajo desde el asiento del coche. Había aparcado en un apartado recodo de la carretera que bordeaba uno de los pantanos.

Fuera, la tarde de febrero era fría y húmeda. Dentro del coche, el ambiente era cada vez más cálido. A los pocos minutos los cristales estaban ya empañados. Jade y Gary respiraban con fuerza. Sus jóvenes cuerpos estaban ardientes, con el tipo de efervescencia que había condenado el sermón del cura. Gary enterró los dedos en el espeso y oscuro cabello de Jade. Deslizó la otra mano por debajo del jersey.

–¿Jade? –Ella lo miró. Sus ojos despedían deseo.

–Sabes que te quiero, ¿no? –Le cogió la mano y se la llevó hasta el pecho.

–Ya sé que me quieres.

Habían empezado a salir en el segundo curso del instituto. Antes de eso, Jade había acudido a fiestas y bailes escolares escoltada siempre por chicos cuyos padres servían de guardaespaldas. Los viernes por la noche había conocido chicos en el cine, pero Donna Dee siempre estaba con ella. Aparte de alguna cogida de manos o un beso de buenas noches de vez en cuando, Jade no había tenido contacto con el sexo opuesto hasta que empezó a salir con Gary. Ella lo había querido así.

En la segunda cita, él le dio un beso al estilo francés. Algunas chicas afirmaban que eso les encantaba; otras decían que sólo la idea les revolvía el estómago. Después de esa noche, Jade creía firmemente que estas últimas eran chicas que nunca habían besado así. El sentir cómo se movía la lengua de Gary dentro de la boca había sido la sensación más maravillosa que había experimentado hasta entonces.

Durante meses, esos profundos y muy agradables besos habían sido la esencia de sus amorosos abrazos. La intimidad fue evolucionando y la atracción física inicial maduró en algo más hondo. Ya anhelaba sentir su mano en el pecho mucho antes de que él se atreviese a hacerlo. De tocarla a través de la ropa había avanzado hasta alcanzar el interior y acariciar la piel desnuda. Ahora su pecho estaba cubierto por la bien formada mano de él. Equilibraron el desenfreno con el que se habían besado para poder experimentar por completo el placer de las caricias. Los labios de él se dirigieron con rapidez hacia los de ella cuando Jade empezó a desabrocharle la camisa. Sus manos recorrieron el terso pecho de Gary. La cogió por detrás y le desabrochó el sujetador con la destreza adquirida por la práctica. Le tocó los pezones, que se endurecieron bajo la caricia de los dedos.

Jade suspiró de placer. Cuando él apretó los labios sobre uno de los pezones y le pasó la lengua, ella lanzó un suave gemido de gozo.

–Gary, quiero hacer el amor.

–Lo sé, lo sé.

Los pantalones de Jade eran ajustados, pero él se las arregló para meter la mano y llegar hasta los densos rizos. Sólo en las últimas semanas se habían permitido llegar tan lejos. Todavía era nuevo y extraño, pero maravilloso a la vez, el notar cómo los dedos de Gary acariciaban la parte más secreta del cuerpo.

Jade se mordió el labio para aguantar los gemidos de placer. Los pechos estaban erectos en dos sensibles picos que él repasaba tiernamente con la lengua. Sentía deseos de llorar por la alegría de compartir su cuerpo con él. Esa noche decidió devolverle el placer que él le había entregado con abnegación. Amaba el alto, sólido y atlético cuerpo de Gary y quería conocerlo con más intimidad. Buscó entre los muslos y apretó con dificultad la bragueta de los pantalones con la palma de la mano.

Gary se separó con brusquedad. Respiró de forma entrecortada. Todavía tenía la mano por dentro de las bragas de ella.

–¿Jade?

Ella estaba avergonzada, pero en lugar de retirar la mano la dejó con firmeza donde estaba.

–¿Hmmm?

–No tienes por qué hacer esto. Bueno, lo que quiero decir es que no te creas que lo espero.

–Lo sé, pero quiero hacerlo. –La palma de la mano presionó más aún.

Susurrando su nombre repetidas veces, se desabrochó el

cinturón, el botón y la cremallera. Luego, tanteando, guió la mano de ella por dentro de los pantalones. Debajo de los calzoncillos la piel estaba caliente y el pene duro. Él puso los dedos de ella alrededor. Jade se sorprendió de lo grande que era. Por supuesto, ya había tenido indicios, pero sentir un bulto confuso contra el bajo vientre a través de la ropa era muy diferente de rodear con la mano el sexo en toda su extensión.

El movimiento causó una fricción diferente de cualquier cosa que nunca hubiera sentido. Inclinó los labios hacia arriba buscando los de él, buscando algo que se le había escapado. De nuevo, él frotó el dedo. Era como ser rozada por bengalas el Cuatro de julio. Toda la parte inferior de su cuerpo se estremeció.

–¿Gary? –Éste era un descubrimiento maravilloso. Quería decírselo, compartirlo con él–. ¿Gary? –La mano se cerró con fuerza alrededor del pene.

Con un grave y frustrado gruñido, Gary se apartó de ella y se sentó. Luego retiró la mano del regazo.

–Para. Si no, voy a hacer una catástrofe.

–No me importa –susurró ella.

–A mí, sí. –Cruzó los brazos por encima del volante y hundió la frente contra sus blancos nudillos–. Jade, estoy harto de esta mierda. Quiero hacerlo, desesperadamente.

Los estremecimientos prometedores que había sentido se desvanecieron ahora. Lo lamentó. Habían sido estupendos, imponentes, casi espeluznantes, pero deseaba haber sabido adónde conducían. ¿Había sido un orgasmo?

Pero su principal preocupación era Gary. Sabía que estaba mucho más frustrado que ella. Se acercó a él y le pasó la mano por la cabeza.

–No sé qué es peor –dijo él con ronca voz–, no tocarte en absoluto o hacerlo hasta este punto en el que te deseo tanto que lo fastidiaría todo.

–Creo que no tocarme sería mucho peor. Al menos lo es para mí.

–También para mí sería un infierno; pero no podemos continuar así.

–Pues sigamos adelante.

Él levantó la cabeza y la miró. Durante unos momentos,

sus ojos castaños buscaron el rostro de ella. Luego bajó la mirada y meneó la cabeza.

–No podemos, Jade. Eres lo mejor que me está ocurriendo actualmente. No puedo destruirlo.

–¿Por qué el hacer el amor iba a destruirlo?

–¿Y si te quedases embarazada?

–No puede pasar si tomamos precauciones.

–Aun así, podría pasar. Entonces, nuestras posibilidades de largarnos de aquí –apoyó la barbilla en la ventanilla– se destruirían. Yo tendría que cultivar soja para Iván Patchett y tú tendrías que ir a trabajar a su maldita fábrica. Todo el mundo comentaría que no tuve más seso que mi padre, y estarían en lo cierto.

Por culpa del interminable número de pequeños Parker, la broma que circulaba por la ciudad era que el padre de Gary, Otis, no sabía cuándo parar. Ése era sólo uno de los estigmas que Gary estaba dispuesto a esquivar.

Atrajo a Jade hacia su pecho y colocó la barbilla por encima de la cabeza de ella.

–No nos podemos jugar la posibilidad de crear una vida mejor.

–Hacer ahora el amor no quiere decir necesariamente que nuestro futuro se vaya a condenar a la miseria.

–Sin embargo, me da miedo tentar a la suerte. El único momento en el que de verdad me encuentro bien es cuando estoy contigo, Jade. El resto del tiempo me encuentro muy solo. Suena estúpido, ¿verdad? ¿Cómo podría sentirme solo con seis hermanos en la casa? Pues es cierto. A veces pienso que debí ser un niño abandonado, que en realidad no pertenezco a mis padres. Mi padre se ha resignado a campos que se inundan y cultivos que se pudren, y luego vender lo poco que producen en una ciudad feudal como Palmetto. Odia ser pobre e ignorante, pero no hace nada por ayudarse a sí mismo. Coge cualquier mierda que Iván Patchett le tira encima y está contento de obtenerla.

»Vale, yo soy pobre, pero no ignorante. Me encuentro seguro y los Patchett no me intimidan. Yo no voy a ser como mi padre, aceptando las cosas como justas sólo porque siempre han sido así. Yo voy a hacer algo de mí mismo. Sé que puedo, Jade, si te tengo para darme fuerzas.

–Cogió su mano y apretó la palma en los labios, sin apartarla mientras hablaba–, pero entretanto tengo mucho miedo de decepcionarte.

–Nunca podrías hacerlo.

–Quizás uno de estos días decidas que la lucha no vale la pena. A lo mejor te convences de que quieres un chico que no necesite ir muy lejos, que no tenga nada que demostrar; alguien como Neal.

Ella desprendió la mano de la suya y parpadeó enfadada.

–Nunca vuelvas a decirme una cosa así. Parece como si oyera hablar a mi madre, y ya sabes cómo me molesta cuando empieza a planear mi vida.

–Tal vez sean ciertas algunas de las cosas que dice, Jade. Una chica como tú se merece alguien con dinero y una buena posición social, alguien que pudiese poner el mundo a tus pies. Eso es lo que yo quiero hacer. ¿Y si perdieras la paciencia conmigo antes de que lo lograse?

–Escúchame bien, Gary Parker. Me importa un comino la posición social. No me muero por llevar una vida lujosa. Tengo mis propias ambiciones, que estarían ahí, tanto si te amase como si no. El obtener una beca es sólo un primer paso. Igual que tú, tengo la desgracia de tener que prescindir de mi familia. El único mundo que quiero a mis pies es el que cree yo misma. –Suavizó el tono y pasó las manos alrededor del cuello de él–. El que creemos juntos tú y yo.

–Eres fantástica, ¿lo sabías? –Cerró los ojos con fuerza y susurró con fervor–: No puedes imaginarte lo contento que estoy de que me hayas elegido.

La casa que Jade compartía con su madre había sido construida poco después de la Segunda Guerra Mundial para acoger al personal militar situado alrededor de las vías de comunicación. En treinta años, el barrio compuesto por casas blancas de madera había decaído. Los adornos de color pastel ya no se veían bonitos y elegantes sino horteras y baratos.

Al contrario de las otras, la casa Sperry se conservaba bien. Era pequeña, sólo tenía dos dormitorios y un aseo. El salón era rectangular, con ventanas estrechas y muy ornamentadas. Era la única habitación enmoquetada. El mobiliario no era caro pero todo estaba reluciente porque Velta Sperry no podía soportar ningún tipo de suciedad. Ni siquiera tenía plantas en la casa porque tenían que estar en macetas con tierra. El único atractivo del salón era una televisión en color que Velta había comprado a crédito en Sears.

Estaba sentada en una butaca viendo la televisión cuando llegó Jade. Velta dirigió una mirada crítica a su hija en busca de alguna señal reveladora de que había hecho algo malo con ese chico Parker. No pudo detectar nada comprometedor porque Jade era lo bastante lista como para disimular cualquier evidencia.

–Casi te pasas de la hora –le dijo su madre a modo de saludo.

–Pero no me he pasado. Ahora son las diez.

–Hace horas que acabó la misa.

–Hemos ido al Dairy Barn. Todos estaban allí.

–Seguro que te ha traído conduciendo como un loco para que llegaras a la hora. –A Velta no le gustaba el novio de Jade, y siempre que podía evitaba nombrarlo.

–No ha corrido. Gary conduce con mucho cuidado. Ya lo sabes, mamá.

–Deja de llevarme la contraria –dijo Velta alzando la voz.

–Pues entonces deja de criticar a Gary.

Velta no soportaba a Gary porque según ella Jade pasaba mucho tiempo con él, tiempo que podían pasar ellas dos juntas. En realidad su antipatía se basaba en que Gary era hijo de un granjero de soja. Los Parker ya tenían demasiados hijos, y aproximadamente cada diez meses tenían otro más.

Otis Parker siempre estaba endeudado con la compañía de créditos. A Velta no le interesaba la gente sin dinero. Sabía que estaba endeudado porque ella trabajaba de mecanógrafa y archivadora en la oficina de créditos.

Sería típico de ese chico Parker el dejar embarazada a Jade. Sólo esperaba que Jade fuese lo suficientemente inteligente como para no dejar que aquello ocurriese; pero por desgracia la chica no sólo había heredado de su padre la sensacional apariencia física, sino también una vena romántica y apasionada.

Los ojos de Velta miraron hacia el portarretratos de la mesa del fondo. Los sonrientes ojos azules de Ronald Sperry –como los de Jade– le devolvieron la fija mirada. La gorra militar estaba colocada en un gracioso ángulo, encima de los oscuros rizos. La Medalla de Honor del Congreso colgaba alrededor del cuello. Otras medallas prendían del bolsillo superior del uniforme militar, para justificar el valor y coraje demostrados durante el conflicto de Corea.

Velta tenía dieciséis años cuando el gallardo héroe de guerra de Palmetto volvió a casa. Nunca había sido tan distinguida la humilde ciudad. La población entera había acudido a dar la bienvenida al tren en el que viajaba. La alfombra roja se había desenrollado en honor al hijo favorito de la ciudad, el cual venía directamente de Washington, donde le habían dedicado grandes agasajos. Incluso el presidente le había estrechado la mano.

Le presentaron a Velta en un baile celebrado en su honor en el salón del Veterans of Foreing Wars. Esa misma noche, mientras bailaban al son de Patti Page y Frank Sinatra, ella decidió que se casaría con Ronald Sperry.

Durante los dos años siguientes le persiguió descaradamente, sin darse por vencida hasta que él se declaró. Por miedo a que la cosa no prosperara, Velta se las arregló para casarse con él a los pocos días de la proposición.

Por desgracia no había comunistas de Corea del Norte en Palmetto. Unos años después de la vuelta triunfal a casa, Ronald todavía no sabía qué hacer con su vida. No tenía grandes ambiciones. Aunque era muy guapo, no tenía deseos de sacar partido de la medalla de honor tal y como había hecho Audie Murphy. No aspiraba al estrellato cinematográfico.

Desamparado y sin dinero, se alistó al ejército sólo por tener un sitio donde dormir y comida que llevarse a la boca. Fue un soldado ideal porque siempre había alguien que le decía lo que tenía que hacer y cuándo hacerlo. Sus superiores le ordenaron disparar y matar a los malditos comunistas y, como era buen tirador, eso es lo que hizo.

La tarde en que se cargó a veintidós coreanos no se le ocurrió que sus acciones merecerían una medalla.

Era popular entre la gente. Tenía carisma y un fácil poder de atracción. A todo el mundo le gustaba Ron Sperry. Sin embargo, el pasear con los amigos y explicar interesantes historias en el vestíbulo de la piscina local no le producía ningún beneficio. Cambiaba a menudo de un trabajo sin sentido y sin futuro a otro. Cada vez que empezaba uno, el ánimo de Velta se levantaba. Ése sería el que los catapultaría hacia la riqueza. La medalla del honor les proporcionó un respeto instantáneo, pero nunca consiguieron lo que Velta anhelaba: ser ricos y formar parte de la alta sociedad. Ni siquiera una medalla del honor le establecía a uno entre la sociedad del Sur si no tenía un abuelo distinguido y un montón de dinero de herencia.

Velta era la cuarta de una familia de nueve hijos. Su padre había sido aparcero hasta que cayó muerto detrás de un caballo de labranza, dejando desamparada a la madre y a todos los vástagos, que aún no se habían casado. La familia tuvo que apoyarse en la caridad de los demás para conseguir comida y cobijo.

Velta sentía aprensión hacia la pobreza y el hambre.

Cuando la corona de laurel en la cabeza de Ron empezó a marchitarse, se dio cuenta de que la gente se reía a sus espaldas. Le censuró por haber despreciado la única oportunidad que tuvieron de conseguir fama y fortuna. Le amenazó y animó para que hiciese algo, pero él carecía de iniciativa para trabajar y ganarse la vida. No le permitió volverse a alistar en el ejército. Eso habría sido demasiado degradante, habría sido admitir la derrota.

Ya sin más recursos, tomó la decisión de abandonarlo, pero se quedó embarazada de Jade, después de seis años de esterilidad. Velta se aferró entonces a la esperanza de que un hijo empujaría a su marido a hacer algo que mereciese la pena. Pero después de la llegada de Jade fue Velta la que empezó a trabajar en la fábrica de Iván Patchett.

Los diez últimos años de la vida de Ron estuvieron llenos de trabajos que perdía una y otra vez, grandes sueños que nunca se realizaron, promesas diluidas por las crecientes cantidades de alcohol.

Un día, cuando Jade estaba en el colegio y Velta en el trabajo, murió mientras limpiaba su rifle. Afortunadamente, el sheriff Jolly lo calificó de accidente. El Veterans of Foreing Wars donó el dinero para que Velta y Jade viajaran al Cementerio Nacional de Arlington, para ofrecer un entierro heroico a Ronald Sperry.

Al observar ahora la fotografía, Velta no sintió ni una pizca de añoranza por él. Ron había sido guapo, dulce y ardiente hasta el día que murió, pero ¿qué le había aportado a ella?

En cambio, Jade aún le echaba de menos. A Velta no le gustaba el cariñoso apego que sentía la niña hacia su memoria, como si estuviese celosa de la admiración ciega y mutua que se profesaban cuando él vivía. Muchas veces había cogido a Jade en su regazo y le había dicho: «Saldrás adelante, princesa. Tienes mi físico y la firmeza de tu madre. Si no tienes miedo, saldrás adelante».

Jade iba a hacer mucho más que eso. Si Velta podía arreglarlo, Jade disfrutaría de un matrimonio mejor que el de ella.

–Neal Patchett ha llamado hace un rato –dijo sonriendo por primera vez desde que había entrado Jade–. Ese muchacho es un encanto.

–Es un baboso.

Velta quedó desconcertada ante el comentario de Jade.

–Eso que has dicho es muy feo.

–Neal es feo.

–¿Feo? Pues la mitad de las chicas del instituto darían lo que fuese para que las llamara.

–La mitad de las chicas se lo pueden quedar.

–No es demasiado tarde para que le llames.

Jade negó con la cabeza.

–Tengo que leer un capítulo de historia antes de mañana.

–¡Jade! –replicó Velta con tono autoritario cuando Jade se dirigía hacia su dormitorio–. Es de mala educación no devolver una llamada de teléfono, sobre todo si es de alguien como Neal.

–No quiero hablar con él, mamá.

–En cambio, no te importa pasar horas al teléfono con ese Parker.

Jade se contuvo unos segundos antes de concluir:
–Tengo que estudiar. Buenas noches.
Velta apagó la televisión y siguió a Jade hasta el dormitorio, agarrando la puerta antes de que se cerrase.
–Dedicas demasiado tiempo al estudio. No es normal.
Jade se quitó los pantalones y el jersey y los colgó en el estrecho armario de la habitación.
–Tengo que sacar buenas notas si quiero conseguir la beca.
–La beca... Eso es lo único en que piensas.
–Porque es la única forma que tengo de poder ir a la universidad.
–Lo cual es una gran pérdida de tiempo para una chica tan bonita como tú.
Jade se volvió de espaldas al armario y se encaró a su madre.
–Mamá, no quiero volver a discutir sobre esto. Voy a ir a la universidad tanto si lo apruebas como si no.
–No es cuestión de que lo apruebe. Sólo que no creo que sea necesario.
–Lo es si quiero tener una carrera.
–Perderás el tiempo y el dinero y, de todas formas, acabarás casándote.
–Hoy las mujeres pueden hacer las dos cosas.
Velta atravesó la habitación, cogió la barbilla de Jade entre sus dedos y le echó la cabeza hacia atrás, descubriendo una marca roja en el cuello. Sintió desprecio por la hija y por la marca.
–¿Qué posibilidad tendrás de casarte con alguien decente si te quedas embarazada de ese Parker?
–Gary no me va a dejar embarazada. Además, es la persona más decente que conozco. Y me casaré con él, mamá, con nadie más.
–Jade, los chicos convencen a las chicas de hacer algo que no debieran diciéndoles que las quieren. Si tú le das eso a ese chico, nadie que valga la pena te querrá.
Jade se sentó en el borde de la cama. Miró a su madre y movió la cabeza con tristeza.
–No le he dado «eso» a nadie, mamá. Cuando lo haga será para Gary, y será porque los dos nos queremos.

–Eres demasiado joven para saber lo que es el amor –respondió su madre contrariada.

Los ojos de Jade brillaron de rabia.

–No dirías eso si dijese que estoy enamorada de Neal Patchett. Me apremiarías para que no lo dejase escapar..., aunque fuera haciendo el amor con él.

–Si te casaras con él, al menos serías alguien en esta ciudad.

–Soy alguien.

Velta apretó los puños.

–Eres como tu padre: una idealista con la cabeza llena de pájaros.

–No hay nada de malo en fijarse unas metas.

–¿Metas? –se burló Velta–. Una extraña palabra para utilizar en una conversación sobre tu padre. Nunca consiguió una sola meta en su vida. En todos los años que estuvimos casados, nunca hizo nada de valor.

–Me quiso –replicó Jade–. ¿O no consideras eso algo positivo?

Velta se dio la vuelta y caminó rígida hacia la puerta. Antes de salir, añadió:

–Cuando yo tenía tu edad, me casé con el héroe de la ciudad. Ahora ese héroe es tu Gary. Es apuesto, una figura en atletismo, el delegado de la clase, todo lo que a cualquier chica le gusta. –Velta habló con desprecio–. Pero hazme caso, los héroes son pasajeros, Jade. Se derrumban como monigotes. Lo único que de verdad cuenta es el dinero. No importa cuántos premios gane ese chico Parker; en su vida no será otra cosa que el primogénito de Otis Parker. Yo quiero algo mejor que eso para ti.

–No, mamá –contestó Jade con suavidad–. Tú quieres algo mejor que eso para ti.

Velta abandonó la habitación dando un portazo.

Jade se sentó en un taburere alto y mordisqueó una galleta de frutas. Los tacones de los zapatos se apoyaron en el peldaño cromado que rodeaba las patas del taburete. El libro de química permanecía abierto sobre las rodillas.

Todos los días después del instituto y los sábados por la mañana, Jade trabajaba en el colmado de los hermanos Jones. Durante la semana entraba a trabajar a las cuatro, y estaba allí hasta que Velta la venía a recoger de camino a casa desde la fábrica, normalmente hacia las seis.

No era un turno largo pero le daba a Pete, el último superviviente de los tres hermanos, la oportunidad de hacer compañía a su mujer enferma, que estaba en un asilo de ancianos, y además Jade ganaba algo de dinero para sus gastos.

Era una tienda mal conservada. Las tablas de madera del suelo estaban cubiertas por una especie de película cerosa de tanto pasar la fregona con aceite de limón.

En las tardes más frías de invierno, algunos ancianos se reunían alrededor de la gran estufa situada en la habitación del fondo, donde discutían la situación del mundo mientras masticaban tabaco y jugaban al dominó.

Unas horcas con las púas hacia abajo colgaban de unos ganchos atornillados en el techo. En la tienda uno podía equipar su caballo o a su hijo recién nacido. Podía adquirir una baraja de cartas, un par de dados o una Biblia. La variedad de mercancía y clientela hacía el trabajo interesante.

Jade trató de concentrarse en lo que estaba leyendo, pero su mente iba de la química a los problemas personales; sobre todo los que tenía con su madre, quien se había negado a tomar en serio tanto el amor de Jade por Gary como el ardiente deseo de obtener algo en la vida aparte de lo ordinario: marido, hogar e hijos.

La familia era importante, y Jade quería tener una. Pero también anhelaba algo más. La mayoría de las chicas de su clase ya se había resignado a trabajar para Iván Patchett hasta que se casasen y comenzasen a tener hijos, los cuales acabarían trabajando para Neal. Gary y ella compartían la misma ambición por romper ese círculo vicioso.

Con intención o sin ella, Ron Sperry había imbuido en su hija el coraje que él no poseía, infundiéndole el deseo de conseguir una vida mejor que la que habían tenido sus padres. Por lo menos en eso coincidían ella y su madre. Donde diferían era en los objetivos fundamentales y en los medios para llevarlos a cabo. Jade temía que esas diferencias fueran insalvables, especialmente en lo que concernía a Gary.

En esa oscura tarde, Gary era otra fuente de preocupación. Ninguno de los dos había tenido noticias sobre las becas que habían solicitado. Eso, junto con la creciente frustración sexual y los malos ratos que Neal les hacía pasar en el instituto por lo del incidente en el Dairy Barn, los había puesto irritables y de mal humor.

Necesitaban distraerse. Tal vez si hiciese buen tiempo el fin de semana podrían hacer una barbacoa en la playa o dar un largo paseo en coche; algo que los relajase y que pudiese poner de nuevo las cosas en su sitio.

Todavía meditaba sobre ello, cuando sonó la campanilla de la entrada. Jade levantó la cabeza y vio a Donna Dee haciendo señas a través de la puerta. Estaba sofocada y parecía como si le faltara el aliento.

Jade se puso en pie de un salto y el libro de química cayó al suelo con un ruido sordo.

–¿Pero qué te pasa?

Donna Dee agitó las manos frente a su rostro e hipó varias veces.

–Vengo del instituto. El señor Patterson me pidió que me quedase para archivarle algunas cosas.

–¿Y...?

–La has conseguido. ¡La beca!

Jade sintió el corazón en la garganta. No se atrevía a confiar en sus oídos.

–¿Lo he conseguido? ¿Una beca? –repitió.

Donna Dee afirmó varias veces con la cabeza.

–En Carolina del Sur.

–¿Cómo lo sabes? ¿Estás segura?

–Vi la carta encima de la mesa del señor Patterson. Parecía muy oficial, ya sabes, con membretes, precintos dorados y cosas de ésas. Vi tu nombre escrito en ella y de forma más o menos accidental se me cayó al suelo mientras buscaba una carpeta.

–¡Donna Dee!

–Vale. Bueno, de todas formas leí la carta. El decano o alguien felicitaba a nuestro director por tener dos estudiantes tan buenos en el instituto de Palmetto.

–¿Dos?

Donna Dee extendió los brazos y chilló:

–¡A Gary también se la han concedido!

Entonces empezaron a chillar de alegría. Agarradas de las manos se pusieron a dar saltos hasta que los potes de cristal de caramelos de encima del mostrador empezaron a temblar.

–¡Oh, Dios! ¡No me lo puedo creer! ¿Cuánto? ¿No decía cuánto era?

–Decía «becas escolares completas». ¿No es bastante?

–No sé. Eso espero. Pero estoy contentísima con lo que sea –comentó Jade emocionada–. Tengo que decírselo a Gary. ¿Estaba todavía en el instituto? ¿Lo viste en la pista de atletismo?

El equipo de atletismo se estaba preparando para la temporada y entrenaban cada día después de clase.

–No. Le he dicho al señor Patterson que no me encontraba bien y que tenía que irme. He corrido al estadio a buscar a Gary. Quería que viniese conmigo para darte juntos la noticia.

–A lo mejor estaba en el vestuario.

Donna Dee hizo un ademán negativo con la cabeza.

–Ya lo pregunté. Marvie Hibbs me dijo que le había visto irse. Jade consultó el reloj de péndulo que colgaba de la pared. Estaba rodeado de relojes de cuco, todos ellos a punto de dar las cinco y media.

–A veces el señor Jones llega antes de las seis. Estoy segura de que me dejará ir unos minutos antes.

–¿Para qué?

–Para ir a decírselo a Gary.

–¿Por qué no lo llamas?

–Quiero decírselo en persona. ¿Me llevarás a su casa? Por favor, Donna Dee.

–Tal vez ya lo sepa. Seguro que el decano también os ha enviado una carta. Probablemente ya haya llegado cuando vuelvas a casa.

–Es verdad; pero los Parker están en un camino rural. A veces reciben el correo un día más tarde. Además, tengo que verle. Hoy. Ahora. Por favor, Donna Dee.

–Muy bien, pero ¿qué hacemos con tu madre? ¿Qué ocurrirá cuando aparezca por aquí a buscarte?

–El señor Jones le dirá adónde he ido.

–Se cabreará si se lo dices a Gary antes que a ella.

–Pues que se cabree. Él tiene que ser el primero en saberlo.

El viejo señor Jones se quedó sin saber qué hacer cuando unos minutos después entró en la tienda y Jade Sperry se le abalanzó con los brazos extendidos. Le abrazó con fuerza y besó su arrugada mejilla.

–Señor Jones, ha sucedido algo muy importante. Sé que es pronto, pero ¿me podría marchar ahora? Otra tarde me quedaré un poco más. ¡Por favor! –habló con rapidez, atropelladamente.

–Bueno, viéndote a punto de explotar, supongo que sí.

–¡Gracias! ¡Gracias! –Volvió a besarle la mejilla y salió disparada a la habitación del fondo para buscar los libros del instituto, el abrigo y el bolso. Estaba demasiado excitada para sentir frío, así que dobló el abrigo contra el pecho, recogió del suelo el libro de química y volvió al vestíbulo de la tienda. Donna Dee estaba distraída con un nuevo estuche de sombra de ojos glaseada. Jade la arrastró hacia la puerta–. Hasta mañana, señor Jones. Cuando venga mi madre, dígale por favor que me he ido con Donna Dee y que llegaré a casa dentro de una hora. Y dígale que tengo que darle muy buenas noticias.

–Lo haré.

–Gracias otra vez. Adiós.

–Chicas, id con cuidado, ¿oís?

Tropezaron una con otra al salir corriendo por la puerta hacia el coche de Donna Dee. Jade echó las cosas en el asiento trasero y entró en el automóvil mientras Donna Dee se sentaba al volante.

Cruzaron los pocos semáforos de la ciudad y en unos minutos circulaban a toda velocidad por la carretera. Era una tarde oscura y con niebla, pero dejaron bajadas las ventanillas y la radio a todo volumen.

Cuanto más se alejaban de los límites urbanos menos atrayente era el paisaje. Pasaron unas viviendas tan destartaladas que no se las podía denominar casas. Los tejados y las entradas estaban hundidos. Las ventanas y contraventanas totalmente desvencijadas. Automóviles viejos y aperos de granja en desuso se veían oxidados en los corrales junto a bandadas de escuálidas aves. Todo el camino de la costa presentaba el mismo aspecto. Más allá de la orilla, el Atlántico aparecía moteado por las islas marinas.

Las comunidades aisladas de la zona no pertenecían al siglo XX. Predominaba la pobreza. A menudo carecían de red de alcantarillado. Cerca de la orilla había marismas infestadas de insectos que hacían más difícil la vida de la población. Todavía se podían encontrar allí enfermedades causadas por desnutrición y falta de condiciones higiénicas, las cuales ya habían sido eliminadas en la mayoría de los países occidentales.

Jade pensó que en esa parte del Estado la situación económica era deplorable. No era de extrañar que Gary se deprimiera a menudo por los desequilibrios socioeconómicos existentes. Los Parker eran pobres en la mayoría de las cosas, pero en comparación con otros muchos vivían como reyes.

Las industrias que prosperaban en el Piedmont, en la parte norte de Carolina del Sur, aún luchaban por establecerse en la región. El turismo era una de las empresas más importantes a lo largo de la costa; pero con frecuencia los promotores de las zonas de veraneo se resistían a la idea de la industria porque la contaminación podría destruir los paraísos para los ricos. Mientras granjeros como Otis Parker trataban de subsistir en una tierra asolada por las inundaciones, déspotas como Iván Patchett se enriquecían explotando a los demás.

Esa tendencia tenía que cambiar. Quizás ella y Gary fuesen los precursores, la primera generación de un nuevo Sur, los pioneros de...

–¡Oh, mierda!

La exclamación sacó a Jade de su noble ensueño.

–¿Qué pasa?

–Nos hemos quedado sin gasolina.

–¿Qué? –Echó un vistazo al indicador con incredulidad.

–¿Es que no me has oído? Nos hemos quedado sin gasolina.

Donna Dee dejó marchar el coche en punto muerto hacia el arcén de la carretera hasta que se paró. Jade miró boquiabierta a su amiga.

–¿Cómo puedes haberte quedado sin gasolina?

–Con la emoción me olvidé de comprobar el indicador antes de dejar la ciudad.

–¿Y ahora qué vamos a hacer?

–Pues esperar a que pase alguien.

–¡Oh, perfecto! –Jade se dejó caer hacia atrás y se rascó el puente de la nariz.

Después de un breve silencio, Donna Dee comentó:

–Mira, he cometido un error, ¿vale? A todo el mundo menos a ti se le permite cometer un error de vez en cuando. Ya sé que estás impaciente por ver a Gary y lo entiendo. Lo siento.

La disculpa avergonzó a Jade. Si no fuese por Donna Dee, aún no se habría enterado de lo de la beca.

–No, soy yo la que lo siente. –Empujó ligeramente el brazo de Donna Dee hasta que la chica volvió la cabeza y la miró. Jade sonrió a modo de disculpa–. Lamento lo que te he dicho.

Una abierta sonrisa se dibujó en la boca de Donna Dee, una boca demasiado pequeña para su dentadura.

–Está bien. –Entonces las dos empezaron a reír–. ¡Esto es fantástico! –exclamó Donna Dee. Sacó la cabeza por la ventanilla y empezó a gritar de forma teatral–: ¡Socorro! ¡Socorro! ¡Dos hermosas señoritas se encuentran en apuros!

–Idiota, mete la cabeza en el coche. Se te está mojando el pelo.

Donna Dee apagó las luces del coche para no gastar batería y se aposentaron a esperar al primero que pasara. El sol ya se había puesto antes de que abandonasen la ciudad. La carretera estaba muy oscura. Tras quince minutos sin pasar un solo coche, Jade empezó a impacientarse.

–No hace tanto frío y ha parado de lloviznar. Tal vez debiéramos volver caminando a la ciudad.

Donna Dee la miró como si hubiera perdido la cabeza.

–Eso está a muchos kilómetros.

–Al menos, podríamos ir a la casa más cercana que tenga teléfono.

Temerosa, Donna Dee echó un vistazo por encima del hombro.

–¿Quieres ir andando a una de esas chabolas de negros? Ni hablar. Puede que no nos vuelvan a ver nunca más.

–El hecho de que sean negros no quiere decir que sean peligrosos. No es más arriesgado que hacer autostop. Nunca se sabe quién puede cogerte.

–Me arriesgaré.

Continuaron con la discusión hasta que Donna Dee señaló hacia lo lejos, en la carretera.

–¡Luces! –Abrió la puerta y se bajó del coche, colocándose en medio de la carretera. Ondeó los brazos por encima de la cabeza y se puso a gritar–: ¡Eeeh! ¡Eeeh! ¡Pare!

El conductor del coche deportivo aceleró deliberadamente. Los pies de Donna Dee estaban colocados uno a cada lado de la línea central de la carretera y se mantenían firmes. El coche derrapó a unos centímetros de ella.

–¡Neal Patchett! ¡Hijo de puta! –chilló–. Podrías haberme matado.

Neal sacó el pie del freno y el coche rodó hacia delante hasta que el morro topó con los tobillos de Donna Dee. Ella retrocedió unos pasos, insultándolo. Dentro del coche, Hutch y Lamar se desternillaban de risa.

Neal divisó a Jade a través de las ventanillas abiertas del coche de Donna Dee.

–¿Qué hacéis vosotras aquí?

–Íbamos a casa de Gary, pero mi coche se quedó sin gasolina –explicó Donna Dee–. ¿Por casualidad tenéis algo de gasolina?

El erupto de Hutch fue tan grande como un cañonazo.

–Ya no.

Donna Dee le lanzó una mirada fulminante.

–Entonces, ¿podríais llevarnos a la ciudad y dejarnos en la gasolinera? Llamaré a mi padre desde allí y él nos vendrá a buscar.

Hutch abrió la puerta de delante y se bajó, desdoblando su largo cuerpo.

–Tienes que decir «por favor, cariño» –contestó sarcástico.

Lamar, que como siempre iba detrás, se inclinó hacia delante.

–Ya sabes que no damos paseos gratis.

–Todos vosotros sois muy monos –respondió Donna Dee con grave ironía–. Casi no puedo contenerme.

Jade miró con terror cómo Neal se bajaba del coche y se

acercaba al de Donna Dee con aire fanfarrón. Sin hacer caso del barro que bordeaba el arcén, se dirigió a la puerta de Jade y la abrió.

–Sal de ahí.

–Hueles a cerveza –contestó ella al apearse.

–Nos hemos tomado unas cuantas después de las clases. Hemos ido a pescar.

–¿Y habéis cogido algo?

–Hasta ahora no.

A Jade no le gustó el comentario pero prefirió ignorarlo. Con cuidado de no tocarlo, pasó por su lado y se dirigió hacia donde se encontraban los demás. Desde aquella noche en el Dairy Barn, Neal la había provocado aún más, llamándola por teléfono con frecuencia e interponiéndose en su camino en los pasillos del instituto. Ella lo esquivaba siempre que podía. Le ponía la piel de gallina y, después de lo que pasó aquel domingo por la noche, hacía ya unas cuantas semanas, ya no intentaba esconder la repulsión que le inspiraba.

Neal Patchett había nacido con privilegios que no sólo había aprovechado sino también malgastado. Jade no podía tolerar semejante despilfarro, sobre todo cuando un chico tan consciente como Gary tenía que agarrarse a cualquier cosa. Neal era vago e indisciplinado en el instituto, porque sabía que los profesores no iban a suspenderle ni a meterle en cintura. La mayoría tenía mujeres o familiares que de una u otra forma trabajaban para Iván.

Jade creía que esto era lo que motivaba el mal comportamiento de Neal, más que la tendencia adolescente a armar jaleo. Alguna de las bromas rayaban en la crueldad. En todo lo que decía y hacía había una huella de maldad innata. Jade estaba convencida de que era más peligroso de lo que la gente imaginaba. Parte de la repulsión que sentía hacia él provenía de un instinto de temor.

–¿Cómo nos vamos a meter todos ahí dentro? –preguntó Donna Dee al mirar escéptica a través de la ventanilla el interior del coche deportivo.

–Lo tengo todo pensado –contestó Neal. Empujó hacia delante el asiento del conductor–. Sube ahí detrás con Lamar –le dijo a Jade.

No había asiento trasero sino un espacio debajo del cristal. Jade dudó.

–Quizá sea mejor que me quede en el coche de Donna Dee.

–¿Aquí fuera, tú sola? –chilló Donna Dee.

–No tardaréis mucho –replicó Jade–. Media hora como máximo. No me importa quedarme, de verdad.

–Sube.

–Neal tiene razón, Jade –indicó Donna Dee–. No puedes quedarte aquí fuera tú sola, en la oscuridad. Súbete atrás con Lamar. Yo iré en las rodillas de Hutch.

Parecía que la idea le gustaba.

Jade no compartía el entusiasmo de su amiga. Se sintió incómoda pero luego pensó que era una tontería. Neal conducía como un loco, pero seguramente estaría más segura con el grupo que quedándose en una carretera desierta en una noche lluviosa.

Se metió en el coche y se apretó en el pequeño espacio con Lamar, el cual hizo lo que pudo para dejarle sitio.

–Hola, Jade.

–Hola –sonrió a Lamar. Siempre se le veía muy reprimido y deseoso de agradar, y ella sintió pena por él. No entendía por qué iba con Neal.

Neal se puso al volante y cerró la puerta.

–Sube Hutch. –Hutch obedeció la orden.

Donna Dee se dirigió hacia la puerta. Antes de que pudiese subir Neal dijo a Hutch:

–Cierra la puerta.

Hutch cerró la puerta y miró a Neal con curiosidad.

–¿Qué pasa con Donna Dee?

Neal puso en marcha el motor.

–Se queda.

Donna Dee agarró la manecilla de la puerta, pero Neal alcanzó por delante del pecho de Hutch el seguro y lo bajó.

–¡Déjame entrar, gilipollas! –Donna Dee golpeó la ventanilla. Hutch dijo con cautela:

–Neal, no deberíamos dejarla...

–¡Cállate!

–¡Déjala entrar! –Jade saltó entre los asientos y se apoyó

en el pecho de Hutch para alcanzar la manecilla de la puerta–. Abre la puerta, Donna Dee. ¡Corre! –Subió el seguro, pero antes de que Donna Dee pudiese abrir, Neal puso la primera y el coche salió disparado–. Si ella no viene con nosotros, yo tampoco voy –gritó Jade.

Ahora, más con la intención de salirse del coche que de dejar entrar a Donna Dee, volvió a coger la manecilla de la puerta.

–Agárrale las manos, Hutch. –Neal no levantó la voz, aunque estaba efectuando un peligroso giro en U en la carretera, en la que había algo de aceite y agua. La frialdad de Neal aterrorizó a Jade.

–¡No! –Empezó a luchar contra los intentos de Hutch por aguantarla. Se debatió, consiguió desprenderse de las manos de Hutch e intentó moverse con rapidez entre los asientos para conseguir alcanzar la manecilla.

Su codo tropezó con la oreja de Neal.

–¿Qué haces ahí parado, Lamar? Sujétala. Tengo que conducir.

Lamar la agarró por la cintura. Jade gritó y dio un taconazo al cristal trasero. Intentó coger el freno de mano, pero Neal le golpeó la muñeca. Jade pudo vislumbrar un instante a Donna Dee, iluminada por las luces del coche. Estaba de pie, en medio de la carretera, cegada por la luz.

–¡Donna Dee, ayúdame!

Hutch cogió las muñecas de Jade. Lamar la tenía agarrada con fuerza por la cintura. El coche se perdió en la oscuridad como una exhalación.

–¡Dejadme salir!

–¿Qué estamos haciendo, Neal? –preguntó Hutch.

–Vamos a divertirnos un poco. –Puso el coche en quinta.

–¡Esto no es divertido, gilipollas! –gritó Jade–. Llévame donde está Donna Dee. No puedes dejarla sola ahí fuera. Estará asustada.

–Está terriblemente oscuro ahí fuera, Neal –observó Lamar con inquietud.

–¿Quieres bajar?

–No, yo sólo...

–Entonces, cállate.

Obedientes, los compañeros de Neal permanecieron en

silencio. Jade trató de recobrar la compostura y calmar sus temores. Estos chicos no eran unos desconocidos, los conocía de toda la vida. Lamar y Hutch eran estúpidos, pero podían pasar. Sin embargo, Neal podía llegar a ser cruel.

–No vamos en dirección a la ciudad, Neal –observó Hutch–. ¿Adónde la llevas?

–Iba hacia casa de Gary, ¿no?

–Entonces, ¿vamos a casa de Gary? –preguntó Lamar dubitativo.

–Hutch, por favor, suéltame las muñecas –dijo Jade con calma–. Me haces daño.

–Perdona –dijo al tiempo que la soltaba–. Sólo te llevamos a casa de Gary –explicó, con una sonrisita–. Él te podrá llevar de vuelta al coche de Donna Dee. Seguro que su padre tendrá un bidón de gasolina de los que utiliza para el tractor.

Jade miró a Lamar pero no le devolvió la débil sonrisa.

Todos estaban callados. Si ése fuera un paseo ordinario, estarían metiéndose el uno con el otro, bromearían o hablarían del examen de química del día siguiente. El silencio mortal hizo que Jade se sintiese aún más incómoda. Si los dos mejores amigos de Neal estaban inquietos, era lógico que ella estuviera temerosa.

–La salida es dentro de poco –comentó Hutch. Neal no redujo la marcha–. A unos quinientos metros más o menos a tu derecha, Neal.

El coche pasó de largo la estrecha carretera que terminaba en la granja de los Parker.

–¿Qué haces? –Jade miró el hermoso perfil de Neal–. Déjame salir. Iré andando desde el cruce.

–Neal, ¿pero qué coño...? –preguntó Hutch.

–Primero quiero hacer una parada.

El corazón de Jade comenzó a latir con más rapidez por el miedo. Una hora antes celebraba la buena noticia de la beca; ahora le sudaban las palmas de las manos.

Neal giró hacia la izquierda en la carretera siguiente, la cual dejaba mucho que desear. Las malas hierbas cubrían numerosos baches.

Las luces subían y bajaban como si fuesen boyas en alta mar.

–¿Estamos volviendo al canal? –preguntó Lamar.

–Sí.

–¿Por qué?

–Me olvidé una cosa –contestó Neal.

Hutch miró con desconfianza a su amigo pero no dijo nada. El suelo bajo las ruedas estaba más encharcado a medida que se acercaban al agua. Neal detuvo el coche. Apagó el motor, pero dejó las luces encendidas.

–Todo el mundo fuera.

Abrió la puerta y puso el pie en el fango. Hutch vaciló antes de hacer lo mismo. Jade le oyó cómo preguntaba:

–¿Qué hacemos aquí otra vez, Neal? ¿Qué es lo que has olvidado?

Lamar dio un ligero codazo a Jade.

–Es mejor que salgamos. Cuando a Neal se le mete algo en la cabeza, lo mejor es seguirle la corriente. Si no, se enfada.

–Conmigo se puede enfadar todo lo que quiera. No me importa.

Neal se dirigió a la parte trasera del coche y abrió la puerta.

–He dicho que fuera.

–¡Vete a la mierda!

–Lamar, échame una mano.

Neal agarró el brazo de Jade. Ella no se lo esperaba y gritó de dolor mientras él tiraba con fuerza. Lamar le dio un empujón por detrás. Si ella no hubiese puesto el pie en el suelo, habría caído de bruces en el barro.

Se puso en pie y miró a Neal, liberándose de él de un tirón.

–Quítame las manos de encima.

–¿Y qué pasa si no lo hago? ¿Tu novio me derribará otra vez con un par de helados?

Emitió un sonido burlón, luego le volvió la espalda y fue en dirección a una nevera de mano que estaba parcialmente oculta entre las hierbas muertas.

–¿Una cerveza?

–No.

–¿Hutch? ¿Lamar?

Neal abrió la nevera, sacó tres cervezas y, sin esperar la

respuesta de sus amigos, lanzó una lata a cada uno. Abrió la suya y le dio un buen trago. Hutch y Lamar le imitaron como dos bufones.

Jade se apoyó en la parte trasera del coche y concentró su atención en frotarse los brazos para protegerse del frío. Se había olvidado el abrigo y los libros en el coche de Donna Dee.

Era una noche extremadamente oscura. Las nubes bajas cubrían la Luna. Se podía oír el discurrir de las aguas cercanas pero no se podía ver más allá de lo que iluminaban las luces. El viento era suave, pero el frío calaba hasta los huesos.

Neal terminó la cerveza. Estrujó la lata y la tiró entre la maleza que había en el canal. El lugar estaba lleno de latas.

–¿Podemos irnos ya? –Jade utilizó un tono apremiante a pesar del temblor.

–Todavía no.

–¿Por qué no?

–Porque antes de irnos –dijo con tono pausado– los tres vamos a follarte.

3

Donna Dee Monroe se encontraba en un dilema. No le parecía bien el estar a salvo en casa mientras desconocía aún el paradero de Jade. Seguro que si estuviese en casa la habría llamado.

Donna Dee sólo había esperado cinco minutos en el coche antes de que se detuviera una furgoneta en la que viajaba una familia de granjeros, que se ofreció a llevarla a la ciudad. Su madre la fue a buscar a la gasolinera, llenó una lata de gasolina y volvieron al coche. No habían pasado ni veinte minutos desde que se fueron los chicos, cuando ella ya estaba de vuelta en Palmetto.

Todavía le dolía que la hubiesen dejado abandonada. ¿Cómo se habían atrevido a hacerlo? ¿Y por qué no dejaron salir del coche a Jade cuando era evidente que ella no quería ir sola con ellos? Neal Patchett merecía que le fusilasen.

Como siempre, Hutch había cumplido las órdenes de Neal sin protestar. A Donna Dee le daba rabia que a Hutch le importase tan poco que la dejasen en una carretera desierta, a merced de cualquier indeseable que pudiese pasar por allí. Por supuesto, la idea de ser secuestrada de noche por Hutch Jolly era una locura romántica y una fantasía en la que pensaba muchas veces. Aunque lo ideal era que Neal y Lamar no fueran en el coche, pegados como lapas, Donna Dee envidiaba la aventura de Jade al ser «secuestrada».

Sola en su habitación, Donna Dee se preguntaba ahora qué debía hacer por Jade. ¿Habría intentado Neal devolverla al lugar donde la habían recogido, la habría llevado a la ciudad o la habría conducido directamente a casa de Gary? Sólo había una forma de averiguarlo. Donna Dee cogió el teléfono y empezó a marcar el número de los Parker. Pero ¿y si Jade no estaba? Después de la reciente disputa con Neal en el Dairy Barn, Gary se pondría hecho una furia en cuanto supiese lo que Neal había hecho.

Donna Dee no quería meter a Jade en problemas con su madre o con Gary. Tampoco quería que nadie se enfadase con ella. Pero no estaría tranquila hasta que supiese qué estaba pasando. Al final decidió hacer la llamada.

–¿Hacia la izquierda?

–Exacto, Velta –dijo Pete Jones–. Hoy volví del asilo un poco antes de las seis. Jade y esa chica Monroe botaban por las paredes. Cuando dejé marchar un poco antes a Jade, salieron volando. Me pidió que te dijese que dentro de una hora estaría en casa y que tenía buenas noticias que darte.

A Velta no le gustaban las sorpresas, ni siquiera las buenas. Y esa tarde no estaba para sorpresas. Se sentía cansada. Le dolía la espalda de estar todo el día doblada sobre la mesa. Tenía hambre. Quería llegar a casa, darse un buen baño y meterse en la cama.

Velta aparentaba los cuarenta que acababa de cumplir. Incluso más, como en ese momento en que frunció los labios con irritación.

–Jade no acostumbra a salir por ahí sin haberme pedido permiso.

Pete Jones rió entre dientes.

–Algo grande pasaba. Los pies de Jade apenas tocaban el suelo.

–¿Comentó cuáles eran esas buenas noticias?

–No.

–Bueno, ya aparecerá –replicó con forzada indiferencia. No tenía sentido echar más leña al fuego–. Gracias, señor Jones. Buenas noches.

De camino hacia casa, Velta escudriñaba las calles en busca de alguna señal del coche de Donna Dee. Seguro que esta escapada había sido idea suya. Desde que sus padres le habían regalado ese desvencijado automóvil, las chicas tenían demasiada independencia. Por eso Velta nunca le dejaba el coche a Jade, a no ser que explicase dónde iba y cuánto iba a tardar. La gente no pensaba bien de las chicas que tenían demasiada libertad.

Cuando llegó a casa, Velta estaba alterada. El buzón estaba lleno de cartas, pero ella estaba demasiado cansada y enfadada para examinar la correspondencia. Tiró las cartas encima de la mesa de la cocina sin molestarse en mirarlas. Se calentó un poco de sopa, y cuando acababa de bañarse sonó el teléfono.

–¿Diga?

–Hola, señora Sperry. Soy Donna Dee. ¿Puedo hablar con Jade, por favor?

–¿Cómo? ¡El señor Jones me dijo que estaba contigo!

–Bueno, sí, estaba. ¿Todavía no ha vuelto?

–Donna Dee, quiero una explicación y la quiero ahora mismo. Jade se fue de la tienda antes de las seis y son casi las nueve. ¿Dónde está?

–Íbamos a casa de Gary y nos quedamos sin gasolina.

–¿Por qué ibais a casa de los Parker a esas horas?

–Jade tenía algo que decir a Gary.

–¿Algo que no se podía explicar por teléfono?

–Señora Sperry, no vuelva a preguntarme esto, ¿vale? –Donna Dee contestó con un gemido–. Jade se lo explicará personalmente. En fin, nos quedamos sin gasolina a mitad de camino. Apareció Neal Patchett con Hutch y Lamar. Ellos..., ellos se llevaron a Jade.

–¿Se la llevaron? ¿Dónde?

–No lo sé. Se fueron y me dejaron tirada en la carretera. Supongo que lo hicieron en broma, pero es la broma más estúpida que ha hecho Neal.

–¿Estás ahora en casa?

–Sí, desde hace un rato. –Explicó cómo había vuelto a la ciudad–. Pensé que a estas horas Jade ya habría llegado a casa, que Neal o Gary la habrían traído. La última vez que les vi iban en dirección a la granja de los Parker.

–Bueno, pues ella no está aquí y no he tenido ninguna noticia.

–¿Cree que Jade está bien? –preguntó Donna Dee inquieta.

–Si Neal la ha dejado en casa de Gary, probablemente ha perdido la noción del tiempo. Estos últimos días he tenido que llamarle la atención por llegar demasiado tarde.

–¿Y cómo es que no vino a buscarme?
–¿Cuánto tiempo estuviste sola?
–No mucho.
–A lo mejor ya estabas de camino a casa cuando volvió.
–Supongo que lo mejor sería que alguna de nosotras llamara a casa de Gary para cerciorarse de que está allí. Yo no me he atrevido a llamarle porque Gary y Neal no se llevan muy bien. A Gary no le gustaría saber que Jade se había ido con Neal.
–Bueno, si ella está en su casa, entonces él ya lo sabrá, ¿no crees?
–Eso es verdad –dijo Donna Dee despacio, al caer en la cuenta–. A lo mejor está enfadado y Jade está tratando de calmarlo.
–No te preocupes, Donna Dee. Llamaré yo misma a los Parker. Buenas noches.
Velta consideró las ventajas de llamar a los Parker, pero decidió no hacerlo. Si Jade estaba con Gary, estaba segura. Si estaba con Neal Patchett, ¿para qué preocupar a Gary? Lo que no supiese, no le dolería.
Una sonrisa apareció en los labios de Velta y una extraña chispa se encendió en los grises ojos. Si Jade estaba con Neal mucho mejor. Quizás una tarde en su compañía le hiciese cambiar de opinión sobre algunas cosas. Tal vez se daría cuenta de lo importante que es codearse con la gente apropiada, y lo divertido que sería enamorarse de un chico rico.
Después de todo, quizás esto fuese lo mejor que podía haber ocurrido.

Jade se sentía tentada de quedarse tirada en el suelo fangoso al lado del canal hasta morir de hambre, sed o frío. Pero su instinto de supervivencia era demasiado poderoso. Nunca supo cuánto tiempo estuvo en el suelo, doblada en una posición fetal de defensa, paralizada a causa de la violación sufrida.
Las nubes lloraron por ella. La niebla que había caído todo el día de forma intermitente se había convertido en una lluvia molesta. Muerta de frío, humillada y violada, al

final pudo desentumecer el cuerpo y se las arregló para ponerse a gatas. Se arrastró unos metros y encontró uno de los zapatos que había perdido durante el forcejeo. Tanteó en la oscuridad en busca del otro, pero no lo localizó. No importaba. No importaba ya nada. Quería morirse.

Pero eso no era del todo cierto, porque más apremiante que el deseo de vivir era su firme determinación de que Hutch Jolly, Lamar Griffith y Neal Patchett recibieran su merecido por lo que habían hecho.

Con esa idea ardiendo como una antorcha en su interior se debatió para ponerse en pie e intentó colocarse bien la blusa. Los botones habían sido arrancados. Lo mejor que pudo hacer fue abrocharse el sujetador. Tenía los pechos doloridos.

Las nubes cubrían la Luna. No había nada que pudiese deshacer la oscuridad. Con los brazos extendidos, siguió el camino como un ciego y sólo pudo orientarse cuando dio un traspié en las profundas huellas que el coche de Neal había dejado en el barro.

Se puso de nuevo a gatas y se arrastró por las huellas. Pensó que si las seguía acabarían por conducirla a la autopista. Una criatura nocturna se deslizó por la maleza y pasó por delante de ella. Apartó las manos hacia atrás y retrocedió aterrorizada. Aguantó la respiración y escuchó. Después de algunos minutos, cuando no oyó nada más que sus propios latidos y no percibió ningún otro movimiento, continuó avanzando palmo a palmo por el surco de las huellas, concentrándose sólo en colocar una mano en el frío y resbaladizo suelo, y luego la otra. Fue arrastrando las rodillas, que le quedaron tan doloridas como el resto del cuerpo. La lluvia le caía por el cuello y la espalda, aplastándole el pelo en la cabeza.

Más de una vez estuvo a punto de abandonar. Sentía deseos de abandonarse en el suelo y morir porque, en sólo unas pocas horas, su vida se había vuelto sucia y desolada. No quería reconocer lo que le había ocurrido ni enfrentarse con las devastadoras consecuencias. Pero si abandonaba, sus violadores saldrían impunes.

Así que siguió adelante. Mano, rodilla, mano, rodilla, mano, rodilla...

Después de lo que le parecieron horas, llegó a la cuneta de la carretera. Aún a rastras, se deslizó hacia el pavimento. Con un gemido ronco y alegre, trepó adelante y quedó postrada en la carretera, como si quisiera abrazarla, como un peregrino al llegar al Santo Sepulcro. La superficie era dura bajo su cuerpo, pero ella se quedó tendida para descansar.

Si había logrado llegar hasta allí, podía hacer todo el camino de vuelta a la ciudad, al hospital, a la oficina del sheriff. Gracias a Dios había sobrevivido para dar parte del crimen. No sería difícil localizar a Hutch, Lamar y Neal. Según lo que tardase en llegar a la ciudad, en cuestión de horas estarían entre rejas.

Sin haber descansado lo suficiente, hizo un esfuerzo para levantarse. Guiada por la necesidad de castigar a los violadores, se tambaleó hacia el centro de la carretera. Seguir la línea blanca sería menos peligroso que seguir el camino por el arcén.

Mientras caminaba, intentaba calcular cuánto tardaría en llegar a Palmetto. Aunque quizá fuera mejor llegar sólo hasta la primera casa que encontrase. Desde allí podría llamar para pedir ayuda.

Su madre debía de estar histérica de preocupación. Velta siempre quería saber dónde estaba Jade en cada momento. Seguro que Donna Dee habría alertado a alguien sobre el rapto..., a menos que a ella también la hubiesen violado.

–Oh Dios, no, por favor –murmuró.

Imaginó esperanzada a voluntarios buscándolas, rastreando el condado. A lo mejor los tres atacantes ya estarían bajo arresto cuando llegase a la ciudad.

El coche casi estaba encima de ella cuando se dio cuenta. Se hallaba tan inmersa en sus pensamientos que ni las débiles luces la habían alertado de su presencia.

¡Neal! Había vuelto a buscarla. Todavía no lo habían detenido. Volvía para hacerle más daño, a lo mejor para matarla, así no podría testificar en su contra.

Jade avanzó dando traspiés y se metió en la cuneta. Había agua estancada que le llegaba a la altura de las rodillas. Tenía un olor insoportable. El frío lodo rebosaba por los desnudos pies. Sin embargo, el miedo era más fuerte que la repugnancia.

Sollozando, llena de pánico, se abrió paso a través de los juncos y la maleza, que parecían asirse a los bajos de la falda. Cuando llegó a la alambrada, se acurrucó al lado de un poste, escondiéndose, procurando no ser descubierta.

El coche redujo la marcha y avanzó con lentitud por el arcén. Cuando las luces la iluminaron, el coche se detuvo.

–No, no. –Agachó la cabeza entre los hombros y se protegió con los brazos, que sangraban debido a los arañazos sufridos por las zarzas.

–Señorita, señorita, ¿qué hace usted aquí fuera a estas horas de la noche? –La voz era de un negro, al igual que las manos que se acercaban a ella–. Señorita, ¿está herida? –Le tocó el hombro. Ella se encogió de miedo. El hombre apartó las manos rápidamente–. No le voy a hacer ningún daño, señorita. ¿Qué le ha ocurrido?

Frente a las luces del coche sólo era una silueta, pero Jade distinguió un mono de trabajo y un sombrero flexible de fieltro. El hombre extendió de nuevo las manos hacia ella. Esta vez no se apartó. La cogió por los antebrazos y la atrajo con cuidado, sacándola del arcén.

La sostuvo cogiéndole el brazo con una mano mientras con la otra abría la puerta de la vieja furgoneta, y la ayudó a entrar. La puerta se cerró con un estruendo metálico que la sacudió. El interior estaba cálido, pero no había calefacción. Empezó a temblar sin poderlo evitar.

–¿Adónde se dirigía, señorita? –le preguntó al ponerse al volante–. ¿Vive por aquí?

–¿Le importaría llevarme al hospital, por favor? –No reconoció ni su propia voz. Estaba ronca de tanto gritar. Neal la había pegado por hacerlo. Hutch le había tapado la boca con su enorme mano. Los gritos inquietaron a Lamar.

–¿Al hospital? Enseguida, señorita. Ahora descanse. Todo va a ir bien.

Jade hizo lo que el hombre le aconsejaba. Apoyó la cabeza en el asiento y cerró los ojos. Estaba salvada. Unas cálidas lágrimas salieron de los ojos cerrados y se deslizaron por las mejillas. Lloró en silencio mientras la vieja furgoneta rodaba por la carretera.

Se quedó dormida o perdió el conocimiento por unos momentos, pues tuvo la impresión de que sólo habían pasado unos minutos cuando la furgoneta redujo la marcha y se detuvo. El hombre salió del coche y se dirigió al otro lado para abrirle la puerta.

–Gracias –le dijo a media voz cuando la ayudó a salir del coche. Cuando puso los pies en el suelo, sintió un agudo dolor en la parte inferior del vientre. Se tambaleó y tuvo que agarrarse a un poste. Cerró los ojos y apoyó la mejilla en el frío metal hasta que se le pasó el mareo–. Gracias –repitió.

Se dio la vuelta hacia el hombre que amablemente la había rescatado, pero la furgoneta ya se iba.

–¡Espere!

Se protegió los ojos de las luces, pero no pudo distinguir cómo era el hombre ni el vehículo. No llevaba matrícula delante. Cuando llegó a la carretera principal, el vehículo siguió adelante y se perdió en la oscuridad lluviosa. Jade se imaginó que una rápida retirada era la única protección del negro contra quienes llegasen a falsas conclusiones sobre el encuentro con una mujer blanca violada. Por desgracia, todavía había mucha gente en Palmetto que primero actuaría y luego preguntaría.

Se dirigió como pudo hacia las puertas correderas de cristal donde se podía leer URGENCIAS en luces de neón rojas. Las puertas se abrieron. Tras ellas, la luz fluorescente azul y blanca era muy agresiva. Temió exponerse a ella, así que permaneció pegada a la puerta, esperando que alguien se diera cuenta de su presencia. Dos enfermeras y un hombre, que parecía el conserje, hablaban y reían tras el mostrador.

Jade deseaba dar parte de la agresión, pero llegado el momento le entró el miedo. Éste sería sólo el primero de los difíciles pasos que tendría que dar para que se hiciese justicia. Pero para llevar a cabo su objetivo estaba dispuesta a soportar cualquier dificultad y obstáculo que pudiese encontrar.

Se armó de valor y arrastró los pies hacia el mostrador, dejando una estela de barro.

–Perdonen. –Tres pares de ojos se volvieron hacia ella–. ¿Podrían ayudarme, por favor?

Al verla, todos se quedaron unos momentos inmóviles

por la sorpresa. El conserje fue el primero en reaccionar, dejándole paso. Luego una de las enfermeras cogió el teléfono y la otra rodeó la mesa para ayudar a Jade.

–¿Qué te ha pasado, querida? ¿Has tenido un accidente?

–Me han violado.

La enfermera la miró con aspereza.

–¿Violado? ¿Aquí, en Palmetto?

–Junto al canal, en las afueras de la carretera de la costa.

–¡Dios mío!

Jade se daba perfecta cuenta de que el portero la escuchaba con atención y miraba con fijeza el pecho a través de la blusa desajustada mientras la otra enfermera hablaba por teléfono:

–Doctor Harvey, le necesitamos en urgencias. Acaba de llegar una chica. Dice que la han violado.

–He sido violada –estalló Jade. Estaba a punto de llorar. La enfurecía además que el conserje no dejara de repasarla con la mirada.

–Vamos, cariño, te pondremos aquí mientras esperamos al doctor. ¿Quieres que llame a alguien?

–No, hasta que me haya lavado.

La enfermera la llevó a una sala de reconocimiento. La cortina que corrió alrededor de la mesa era muy ligera y ondulada, como un paracaídas amarillo.

–¡Dios, Dios, estás hecha un desastre! Quítate esas ropas. Todo. El doctor tendrá que hacerte un reconocimiento de la pelvis. Ponte esto. –Le entregó un camisón de algodón a rayas azul y blanco.

–¿No lo podría hacer usted? –preguntó con timidez.

–¿Hacer qué, querida? –La enfermera estaba colocando unas herramientas de acero inoxidable, que le parecieron repugnantes y terroríficas.

–El examen. –No quería tener a un hombre a su lado que la tocase. La idea de tener que abrir las piernas y mostrarse ante un hombre le resultaba insoportable.

–Lo siento, cariño. No puedo. ¿Te hizo él esos arañazos en los brazos?

–Ellos. Eran tres.

Horrorizada, la enfermera susurro:

–¿Negros?

–No, blancos.

Pareció aliviada.

–Llamaré a la oficina del sheriff. El doctor estará aquí dentro de un momento.

La enfermera cruzó la cortina, dejándola a solas. Se quitó la ropa despacio y con cuidado para evitar el dolor. Amontonó en el suelo la empapada blusa hecha jirones, la falda y el sujetador. Faltaban las bragas, las medias y los zapatos.

Se miró el cuerpo bajo la luz reveladora y tuvo que taparse la boca con la mano para no chillar. Estaba muy sucia. De rodilla para abajo, las piernas estaban llenas de barro. Los brazos tenían profundos y sangrientos arañazos. Las rodillas y las palmas de las manos estaban llenas de rascaduras y sangraban bajo rastros de suciedad.

Lo peor de todo era el vientre y la piel entre los muslos, que aparecían untados con una sustancia pringosa teñida de rosa por su propia sangre. Se sintió más sucia que una escupidera. Cogió apresuradamente una palangana de acero del mostrador y vomitó.

–¿Señorita Sperry?

La voz masculina provenía de detrás mismo de la cortina. Aparecía como una silueta tras el fino tejido. Jade se atragantó con las bilis, tosió y se aclaró la ardiente garganta.

–Necesito examinarla ahora, señorita Sperry.

–Un..., un momento. –Manejó el camisón con torpeza y finalmente consiguió ponérselo por la cabeza. El dobladillo apenas le llegaba a los muslos. Se subió a la camilla de reconocimiento y se tapó todo lo que pudo con la ropa que había a su lado–. Ya estoy.

Su organismo recibió otro shock desagradable. El doctor era muy joven. Tenía una cara barbilampiña. Los ojos eran brillantes y burlones. Ella se esperaba alguien como el agradable y familiar doctor de las famosas pinturas de Norman Rockwell: un anciano de cabello gris, con gafas y una simpática barriga.

El médico debió de darse cuenta de la aversión de Jade hacia él, e hizo lo que pudo para parecer compasivo, posiblemente porque no quería tener en sus manos a una niña histérica.

–Los próximos minutos no serán agradables, señorita Sperry. Voy a examinarla, sacaré algunas fotos con la Polaroid y le haré algunas preguntas. Me temo que algunas de ellas serán algo embarazosas. Empecemos primero por las preguntas, ¿le parece?

Abrió la tapa metálica de una gráfica médica y sacó un bolígrafo del bolsillo superior de la bata de laboratorio.

–¿Nombre completo?

–Jade Elizabeth Sperry.

–¿Edad?

–Dieciocho.

–¿Fecha de nacimiento?

Escribió la información pertinente en los espacios correspondientes del formulario oficial, y luego las preguntas fueron más delicadas, como ya había advertido.

–¿Fecha del último período?

–No me acuerdo.

–Necesito saberlo. Al menos aproximadamente.

Jade se frotó la sien y trató de recordar. Le proporcionó una fecha más o menos factible. Él la anotó.

–¿Alguna enfermedad venérea?

Las preguntas le sorprendieron.

–¿Cómo dice?

–¿Ha sufrido alguna vez enfermedad venérea o contacto sexual con alguien que la tenga?

Algo se revolvió en su interior y arremetió con rabia:

–¡Hasta esta noche era virgen!

En ese instante, Jade se dio cuenta de que esa noche había perdido la inocencia en más de un sentido.

–Ya veo. Muy bien. –El doctor hizo una anotación en la gráfica–. ¿Llegó el hombre...?

–Hombres. Ya le dije a la enfermera que fueron tres. ¿No se lo ha explicado?

–No, lo siento, no lo hizo. ¿Tres?

–Tres.

–¿Llegaron los tres a penetrar?

El labio inferior empezó a temblar. Lo cogió entre los dientes.

–Sí.

–¿Está segura?

–¡Sí!

–¿Llegaron los tres a eyacular?

Volvió a sentir náuseas. Tragó saliva de nuevo y dijo con voz ronca:

–Sí.

–¿Está usted segura, señorita Sperry? –preguntó escéptico–. Quiero decir, si usted era virgen quizá no fuese capaz de saberlo.

Ella le miró con dureza, pero estaba demasiado cansada para mantener mucho tiempo la furiosa mirada. Los hombros se hundieron en señal de derrota.

–Los tres hicieron eso.

El médico cerró la carpeta y volvió a colocar el bolígrafo en el bolsillo. Asomó la cabeza por la cortina y llamó a una enfermera para que le ayudase. Ésta tendió a Jade en la camilla y le puso los pies en unos estribos metálicos. El doctor se enfundó las manos en un par de guantes de goma, estirándolos hasta las muñecas. Se sentó en un pequeño taburete al final de la camilla y ajustó una luz brillante y potente. Tocó los magullados muslos y los separó. Jade emitió un pequeño gemido de protesta.

–Ya le advertí que esto no sería agradable, señorita Sperry. Intentaré no hacerle daño.

Incapaz de mirarle a los ojos, cerró los suyos con fuerza al notar que él introducía algo duro y frío en su cuerpo. Entonces se agarró a los bordes de la camilla.

–Intente relajarse. Ha hecho bien en no ir corriendo a casa a ducharse antes de venir aquí.

Jade no podía mantener una conversación, al menos mientras estuviese expuesta de aquel modo ante el doctor y la enfermera. Tenía la piel fría y húmeda al tacto, pero una roja corriente de vergüenza corría caliente por las venas. La cabeza le martilleaba y podía sentir cada latido del corazón aporreando los oídos.

–¿Cree que podría identificar a los hombres?

–Oh, sí. Puedo identificarlos.

–Eso está bien. Al menos pagarán por lo que han hecho. Es decir, si no pierde los nervios y retira los cargos antes de que el caso llegue a juicio.

–No perderé los nervios –juró con la mandíbula cerrada y rígida.

–Bueno, ya he terminado. A excepción del pelo del pubis. No todo es suyo. Cogeré una muestra. También irá al laboratorio.

Jade se encogió y mantuvo los ojos cerrados hasta que sintió cómo la enfermera le sacaba los pies de los estribos, ayudándola a sentarse. El doctor le limpió las uñas con un palillo naranja, luego se quitó los guantes y los tiró a una papelera.

–Colóquese frente a la cortina –le ordenó, mientras cogía una cámara Polaroid. Le pidió a la enfermera que le ayudase a colocarse el camisón.

Durante los siguientes minutos, fue fotografiada de frente y de espalda. No estaba desnuda del todo, pero podía haberlo estado. Le sacó fotografías de la cara, hombros, pecho, vientre, muslos, nalgas, cualquier lugar donde hubiese un arañazo o contusión. No había muchos. En eso Neal tuvo cuidado.

–¿Qué me dice de esos arañazos en los brazos y rodillas?

Ella movió la cabeza.

–Me los hice más tarde, al arrastrarme por el camino.

–Muy bien. Redactaré mi informe y mandaré este material al laboratorio. A estas horas de la noche no habrá nadie, pero mañana por la mañana se ocuparán del caso. La enfermera le acompañará a la ducha. Le daremos unas esponjas de OR para que se las pase por el cuerpo. Su ropa también ira al laboratorio.

Jade asintió.

–Gracias.

El médico salió, llevándose consigo las pruebas de laboratorio.

–Ven conmigo, cariño. –La enfermera apartó la cortina y se dirigió hacia la puerta.

Jade vaciló mientras estiraba el pequeño camisón con timidez.

–¿Así? Apenas me cubre por detrás.

–Esto es un hospital. Nadie se fija.

Jade pensó que el conserje sí se fijaría. Pero no parecía que hubiera otra alternativa. Siguió a la enfermera por el pasillo con pasos cortos para que el borde del camisón no se moviese.

–Tienes suerte de que el doctor Harvey proceda de un hospital de una gran ciudad. Sabe lo que se hace –observó la enfermera.

Cruzaron un par de puertas correderas donde ponía SÓLO PERSONAL DEL HOSPITAL y entraron en una estancia en la que varias enfermeras bebían café y tomaban unos bocadillos. La miraron con curiosidad mientras cruzaba la habitación tras la enfermera.

–Hemos llegado –dijo, mientras aguantaba abierta la puerta de un vestuario–. Las toallas y lo que necesites están en el armario, al lado de la ducha. También hay una jeringa desechable.

A Jade le hubiera gustado que no hablase tan alto. Todo el mundo la estaba mirando.

–Nunca he utilizado una jeringa –susurró.

–No te preocupes. Las instrucciones están en la caja.

Jade se deslizó por la puerta. Como ya le había indicado la mujer, encontró en el armario todo lo que necesitaba. Se quitó el camisón del hospital y se metió en la ducha. Afortunadamente el agua estaba caliente. Jade la dejó correr hasta que salió hirviendo. La soportó tan caliente como pudo y se sintió aliviada con la lluvia. Era limpia, purificadora. Quería lavar y deshacerse del odioso residuo en su cuerpo. Le sorprendió haberlo podido aguantar tanto tiempo en la piel sin haber perdido el juicio.

Después de enjabonarse tres veces, apoyó un pie en la jabonera y se lavó entre los muslos. Le dolió tanto que se le saltaron las lágrimas, pero siguió frotando la piel hasta que estuvo en carne viva. Utilizó la jeringa como pudo y agradeció el haberlo hecho. Por último, se lavó la cabeza para desprenderse del barro y se enjuagó la boca varias veces con agua caliente.

Entonces se encontró mejor, aunque sabía que nunca más volvería a sentirse limpia del todo. La habían manchado, mental, física y emocionalmente. Ya no podría volver a ser lo que había sido hasta ahora. Ese pensamiento la dejó desconsolada y furiosa.

Se secó y envolvió el pelo húmedo en una toalla. Había

varios pares de guantes de crin verdes doblados en la estantería superior del armario. Las botas de papel estaban diseñadas para ponérselas encima de los zapatos, pero ella se las colocó en sus pies desnudos.

Abrió con timidez la puerta y observó la salita. La enfermera estaba sola, sentada en un sofá, mirando la televisión. Cuando vio a Jade, se levantó.

–¿Quieres tomar algo? ¿Una coca-cola? ¿Café?

–No, gracias.

–Han llamado de recepción. El ayudante del sheriff está aquí para hablar contigo.

–Estoy preparada.

Las botas se deslizaron por el suelo. El ayudante estaba charlando con el conserje y el doctor Harvey cuando ella y la enfermera se acercaron al mostrador de la sala de urgencias. El policía empujó su gorra hacia atrás, adoptó una postura autoritaria y la miró receloso.

–¿Señorita Sperry?

–Sí, soy yo.

–Por favor, siéntese aquí.

Jade se sentó con cuidado en el borde de un diván de vinilo color espliego. Él se acomodó en una silla frente a ella. El doctor Harvey se quedó de pie en el extremo del sofá. El ayudante del sheriff, que no era mayor que el doctor, sacó una pequeña libreta de espiral del bolsillo superior de la chaqueta.

–El doctor Harvey dice que usted afirma que ha sido violada esta noche.

Ella distribuyó una incrédula mirada entre ambos.

–¿Por qué todo el mundo insiste en decir que yo «afirmo» esto o que «dije» lo otro? Me han violado. ¿Creen ustedes que estoy mintiendo?

–Espere un momento. Nadie la ha acusado de mentir. Sólo intento averiguar qué es lo que ha pasado. Tranquilícese, ¿de acuerdo?

Jade se calmó. No era fácil. Tuvo que hacer uso de sus reservas de autocontrol para no echarse a gritar. El conserje y las enfermeras estaban agrupados de nuevo en una mesa cercana. Jade no creía que fuese paranoica al pensar que cuchicheaban sobre ella. De vez en cuando, uno de ellos o todos a la vez miraban en su dirección, después continuaban rápidamente con la conversación.

–¿Cuál es su nombre completo? –preguntó el policía.

Su imagen empezó a hacerse confusa. Jade se dio cuenta de que sus ojos se llenaban de lágrimas.

–He sido violada –dijo con cansancio–. Mis violadores corren libres por ahí, mientras yo estoy aquí, siendo humillada e insultada. –Respiró hondo–. Ya le he proporcionado al doctor mi nombre completo, dirección, fecha de nacimiento y todo eso. ¿No preferiría usted saber qué es lo que me pasó y quién me violó?

–Todo a su tiempo –contestó imperturbable ante su aspecto lloroso–. Utilizo el procedimiento normal de la policía como respuesta a esta queja. Si el caso llegase a los tribunales, usted no querría que se omitiera el más mínimo detalle, ¿no es así, jovencita?

–¿Por qué no responde a sus preguntas, señorita Sperry? –sugirió el doctor, en un tono suave y cortés–. De esta forma será más rápido. ¿Quiere tomar algo?

–No, gracias.

–Si lo desea, puedo proporcionarle un sedante.

Ella negó con la cabeza. Centró de nuevo su atención en el policía y respondió con respuestas indiferentes a las preguntas rutinarias

–Bueno, respecto a esta noche –dijo tras aclararse la garganta–, usted le explicó al doctor que tres hombres la atacaron y violaron utilizando la fuerza.

–Exacto.

–¿Estaban armados?

–No.

–¿No? ¿No la retuvieron a punta de pistola o algo parecido?

–Me dominaron y sujetaron en el suelo.

–Hmm. ¿Lograron penetrar los tres?

–Eso está en mi informe, agente –respondió el doctor Harvey para ayudar.

–Yo llevo el interrogatorio, doctor. Gracias. Conteste la pregunta, señorita Sperry.

–Sí –replicó Jade–. Los tres... penetraron y..., bueno..., completaron el acto.

–¿Estaba usted drogada?

–No, no lo estaba. –El médico volvió a responder por ella al ver lo sorprendida que se quedaba, incapaz de hablar.

–¿La forzaron a hacer el sexo oral?

Ella movió la cabeza y la inclinó despacio.

–No.

–¿Dónde tuvo lugar este supuesto ataque?

¿Supuesto? La palabra le molestó, pero respondió a la pregunta:

–Cerca de un canal, fuera de la carretera de la costa. No creo que el sitio en cuestión tenga algún nombre. Sólo es un sucio camino. Podría indicarle exactamente el lugar. A no ser que se las hayan llevado, encontraría allí piezas de mi ropa.

–¿Puede suministrar al departamento una descripción de los pretendidos asaltantes?

–Puedo hacer más que eso, oficial. Puedo nombrárselos.

–¿Sabe usted sus nombres?

–Oh, ya lo creo.

–Bueno, estupendo, eso es un gran respiro para nosotros. Adelante. –Tenía el lápiz apoyado con fuerza contra la libreta, a punto de escribir.

–Lamar Griffith.

El lápiz escribió con rapidez y ruidosamente contra el papel. Luego, inclinando la cabeza hacia un lado con perplejidad, el oficial leyó el nombre que acababa de escribir. Miró a Jade.

–¿El chico de Myrajane Griffith?

–Lamar Griffith –repitió Jade con firmeza–. Neal Patchett. –El ayudante del sheriff se iba poniendo colorado por momentos. Se humedeció los labios inquieto–. Y Hutch Jolly.

Jade le cogió la libreta y el lápiz de las manos y escribió los nombres. Después se los colocó ante las narices y gritó:

–¡Ésos son los nombres de los que me violaron! Su obligación es arrestarlos y encarcelarlos.

Él tragó saliva y miró hacia el doctor, como si buscase ayuda.

–Señorita, eh, eh...

–¡Sperry! –chilló ella.

–Señorita Sperry, no sabe lo que está diciendo.

–Sé perfectamente lo que digo.

–Usted está confundiendo las cosas.

–Neal, Hutch y Lamar me sacaron del coche de mi amiga, me llevaron a ese lugar apartado y los tres me violaron. Después, me dejaron allí tirada. –Saltó del sofá–. ¿Por qué se quedan ahí sentados mirando estúpidamente? ¡Busquen a Donna Dee! ¡Vayan a por esos chicos y pónganles las esposas! ¡Métanlos en la cárcel!

–Señorita Sperry. –El doctor la cogió del brazo. La llevó de nuevo al sofá e indicó a la enfermera–: Quizá será mejor que le traiga un Valium.

–No me lo tomaré –dijo Jade enérgica, soltándose del brazo. Entonces se dirigió al agente–: Si usted no es capaz de coger a esos tres delincuentes, entonces dígaselo a alguien que pueda hacerlo.

–Jovencita de mierda. Acaba de llamar violador al hijo de mi jefe.

–Exacto. Hutch fue el segundo. Era el más bruto y el más grande. Casi me asfixia.

No se dio cuenta de que apretaba las manos con fuerza hasta que empezaron a dolerle. Las miró y vio cuatro medias lunas incrustadas en sus raspadas manos.

–Dios santo –dijo levantándose de mala gana. Se pasó la mano por su juvenil y mofletuda cara–. No me gusta nada esto. Menuda bomba va a estallar cuando le cuente al sheriff Jolly que su chico y el de Iván Patchett han sido acusados de violación.

Una hora más tarde, Jade estaba sentada en la sala de interrogatorios del juzgado. El olor a tabaco rancio y a sudor era asfixiante.

El ayudante la había conducido directamente del hospital al juzgado y la había dejado allí como si se lavase las manos del desagradable asunto.

Jade estaba segura de que antes de que todo terminase las cosas se pondrían aún más desagradables. Las ramificaciones legales eran insufribles, pero soportables en comparación con los enfrentamientos personales que tendría que afrontar. ¿Cómo se lo diría a Gary?

No podía pensar en ello en esos momentos porque se volvería loca. Tenía que enfrentarse con el aquí y el ahora: Donna Dee, por ejemplo. Jade estaba preocupada por su seguridad. Entraba dentro de lo posible que después que los chicos la dejasen, hubiesen vuelto y hecho lo mismo con Donna Dee. A lo mejor el plan de Neal había sido precisamente ése, separarlas y dejarlas virtualmente indefensas. Donna Dee podía estar seriamente herida, inconsciente en algún lugar de la carretera. Incluso muerta.

Sus angustiosos pensamientos se interrumpieron cuando el sheriff Fritz Jolly entró en la habitación. En lugar de uniforme llevaba pantalones vaqueros y una camisa de pijama de franela bajo un chaleco de camuflaje de caza.

Era obvio que le habían sacado de la cama. De la barbilla y las mejillas brotaban pelos de color orín.

–Buenas noches, Jade.

–Hola, sheriff Jolly.

Con frecuencia Jade le vendía tabaco de mascar de la tienda. Siempre se habían llevado bien. Ahora, inclinó su cuerpo fornido y majestuoso hacia la silla situada enfrente de la suya y cruzó las manos en la mesa que había entre ellos.

–Tengo entendido que esta noche te has metido en problemas.

–No me he metido en problemas, sheriff Jolly.

–Háblame de lo que ha ocurrido.

–¿Puedo esperar a que llegue mi madre? –No quería explicar la historia más de una vez–. El médico del hospital prometió llamarla para que se reuniese aquí conmigo. –El ayudante no le había dado tiempo para que llamara ella misma.

–Velta ya está esperando, impaciente y muy nerviosa –respondió–. Pero antes de hacerla pasar me gustaría escuchar detenidamente lo que tienes que decir.

–¿Por qué me han metido en esta sala?

–Porque es conveniente y discreta.

Ella lo miró con recelo.

–No he hecho nada malo.

–Nadie ha dicho lo contrario. ¿Qué pasó?

Él aguantó más la mirada. Jade dirigió los ojos hacia sus manos fuertemente apretadas y respiró hondo.

–Neal, Lamar y Hutch aparecieron donde estábamos Donna Dee y yo cuando nos quedamos sin gasolina. Me llevaron en su coche en contra de mi voluntad. Me condujeron hasta un lugar donde habían estado bebiendo cerveza y pescando esa misma tarde, y ellos... –Levantó la cabeza y le miró a la cara–. Ellos se turnaron para violarme.

Él la observó fijamente durante unos momentos pero no dijo nada. Jade añadió:

–Me temo que a Donna Dee también le haya ocurrido lo mismo.

–Mi ayudante me dijo que preguntaste por ella. Llamé a su casa. Ella está allí. Ilesa.

Respiró aliviada.

–Gracias a Dios.

El sheriff volvió a tomar la palabra, hablando en voz baja e inspirándole confianza.

–Ésta es una acusación muy seria para hacer a esos chicos, Jade.

–La violación es un delito grave.

–Me cuesta creer que hicieran algo así.

–También me costaba a mí. Ayer, a esta hora, no habría pensado que fuera posible.

–Bueno, entonces ¿por qué no me cuentas lo que realmente ocurrió?

4

La habitación de Neal aún estaba oscura cuando su padre abrió la puerta de par en par y entró directamente hacia su cama. Echó hacia atrás las sábanas y llevó su mano con fuerza hasta los muslos desnudos de Neal.

–¡Eres una mierda!

Neal se dio la vuelta hacia el otro lado de la cama y se puso en pie de un salto. Padre e hijo se enfrentaron con la cama deshecha en medio. Neal estaba desnudo. Iván llevaba pantalones cortos de boxeo y una camiseta blanca pasada de moda. Tenía el cabello gris enmarañado. Pero no tenía un aspecto cómico sino más bien furioso.

–¿Qué coño te pasa? –preguntó Neal colocando las manos en las estrechas caderas. Se le veía despeinado, soñoliento y malhumorado. El esbelto y fuerte cuerpo era más un producto de genética que de ejercicio. No hacía mal papel en las pistas deportivas pero no se esforzaba si no era absolutamente necesario. Veía su esbelto y fuerte físico como una cosa merecida.

–Acabo de recibir una llamada telefónica de Fritz –le contestó Iván.

–¿Y? Son las tantas de la noche. Me vuelvo a la cama.

–¡Y una mierda!

La cabeza de Neal estaba a mitad de camino de la almohada cuando Iván le cogió por el pelo y lo empujó hacia arriba. De repente le dio un golpe en la parte de atrás. Neal se apoyó en la pared más cercana. Se dio la vuelta, los puños alzados, listo para pelear.

–¿Violaste a una chica anoche?

Neal bajó inmediatamente los brazos.

–No sé de qué me hablas.

–Te hablo de Jade Sperry, que está en el juzgado acusándote de violación. De eso te hablo. –Iván apuntó con un severo índice el pecho de Neal–. ¡Será mejor que me digas la verdad. –El rugido de Iván podía despertar a los muertos.

Neal echó una mirada por la sombría habitación, tropezando con varios objetos antes de fijar los ojos en el atronador semblante de Iván.

–Si ella declara que fue violada, no dice más que una asquerosa mentira.

–Así que sabes de lo que te estoy hablando, hijo de puta embustero.

–¡No miento! –chilló Neal–. Hutch, Lamar y yo la recogimos y la llevamos a pescar con nosotros. Bebimos algunas cervezas. Hicimos algunas bromas. Se puso simpática, quiero decir muy simpática, papá. Ella lo buscaba y se lo encontró.

Iván le lanzó una mirada feroz. Sus astutos ojos reflejaban la luz del amanecer como fragmentos de cristal.

–¡Y una mierda! Esa chica no es ninguna idiota. Está pegada como una lapa a ese Parker. ¿Qué iba a querer hacer con tres desgraciados como vosotros?

Neal murmuró una palabrota y se pasó la mano por el despeinado cabello.

–De verdad, papá, ella se lo buscó. Hace ver que sólo va caliente por Parker, pero a la mínima oportunidad mueve el culo delante de mis narices. Entonces, cuando aparece su novio, vuelve a darse tono y me trata como un pedazo de mierda. ¿Crees que voy a tolerar eso de una chica? ¡Y un cuerno! Anoche decidí que se enterara de cómo es un auténtico hombre. Si ella quiere llamarlo violación, ése es su problema.

–¿Ése es su problema? –Iván había escuchado la explicación de Neal con una paciencia sorprendente. Ahora, rechinó los dientes–. No es sólo su problema. Ahora es el problema del sheriff y también el mío.

Neal se rascó distraído en la entrepierna.

–¿Qué vas a hacer?

–Nada.

–¿Eh? –La postura de Neal perdió su aire altivo.

–No voy a hacer nada hasta que te pongas a mi altura y me cuentes lo que realmente pasó. ¿Forzaste a esa chica?

Los hombros de Neal se encogieron con tensión.

–La situación se descontroló un poco. –Rápidamente añadió–: Pero estoy seguro de que ella lo quería.

–¿Y qué me dices de Hutch y Lamar?

–También querían un trozo. –Sonrió burlón–. No soy egoísta.

Iván estuvo a punto de darle un revés por su insolencia, pero decidió no malgastar energías y bajó el brazo.

–De Hutch me lo creo. Pero no puedo imaginarme a ese hijo mierdecilla de Myrajane forzándose entre las piernas de una chica.

–Lamar necesitó algo de empuje, pero lo hizo bien.

Sonó un golpe en la puerta. Al girarse vieron al ama de llaves Eula, de pie en el umbral de la puerta.

–¿Desea ahora su café del desayuno, señor Patchett?

–¡No! –aulló Iván–. Ya le diré cuándo quiero café.

–Sí, señor. Sólo preguntaba. –Y desapareció.

Iván miró fijamente por unos momentos el umbral vacío. Luego, le dijo a Neal:

–¿Por qué no os fuisteis donde los negros y cogisteis una fulana que permaneciese con el pico cerrado? ¿Por qué tuvisteis que echarle un polvo a esa Sperry?

–Ella lo provocó. Ésa es la razón.

–Dios, menudo lío.

Neal se dirigió con desgana hacia la cama y se puso los vaqueros que había colgado del cabezal la noche anterior.

–¿Qué vas a hacer, papá?

–Aún no le sé. Déjame pensar. –Iván dio unos pasos a lo largo de la cama–. Os podrían encerrar una buena temporada por violación, ¿sabes?

–¿Por qué? Es una mierda –tartamudeó Neal–. Una asquerosa mentira. No pueden enviar a un tipo a la cárcel por tirarse a una tía que lo necesitaba, y mucho.

–Eso lo sé yo y lo sabes tú. Tenemos que hacer que el resto de la gente piense del mismo modo.

–Bueno, yo no voy a ir a la trena, eso te lo aseguro. Allí los negros dan por el culo a los blancos. Tienes que hacer algo, papá.

–¡Cállate y déjame pensar! –chilló Iván. Luego, inesperadamente, golpeó con fuerza la cara de Neal–. ¡Me has jodido bien el día, cabrón!

En la sala de interrogatorios, Jade descansaba la cabeza sobre los brazos que apoyaba sobre la mesa. Notaba los párpados calientes y pesados debido al cansancio. Había permanecido toda la noche en el juzgado. Sólo le habían permitido ir una vez al lavabo y, además, un ayudante del sheriff la había escoltado a la ida y a la vuelta. Era como si estuviese bajo arresto y, en cambio, sabía que no se había hecho nada para arrestar a sus atacantes.

Le había explicado dos veces la historia al sheriff Jolly, con gran precisión en las descripciones. No había cambiado ni una sola palabra ninguna de las veces. Su buena memoria siempre le había funcionado en el colegio. Esa noche la hizo servir para facilitar una precisa información de la pandilla de violadores. No pasó por alto ni un solo detalle, por embarazoso que fuera.

El sheriff había intentado confundirla, pero no con mucha insistencia.

–Jade, Hutch estaba en casa cuando me he ido hace un rato.

–No sé dónde está ahora. Sólo sé dónde estaba y lo que hacía alrededor de las siete de la tarde.

–¿Es a esa hora cuando dices que pasó?

–A esa hora pasó. Hutch no estaba en casa entonces, ¿verdad?

–Llegó hacia las nueve y comentó que había estado con Neal y Lamar.

–Y lo estuvo. Me violaron.

Fritz se pasó una de sus enormes manos por su cara rubicunda, rascándose el mentón.

–¿Cómo explicas el tiempo que transcurrió entre las siete, cuando sucedió la supuesta violación, y el momento en que llegaste al hospital, que fue a las...? –Consultó la libreta del ayudante–. Llegaste al hospital exactamente a las once treinta y cuatro.

Después de que me dejaran, permanecí en el suelo bastante rato. Luego me arrastré hasta la carretera. Cuando el coche apareció tras de mí...

–Me dijiste que era una furgoneta.

–Es cierto, era una furgoneta. Pero al principio pensé que era el coche de Neal. Me asusté y traté de esconderme en la cuneta. El hombre de color me convenció para salir de allí y meterme en la furgoneta. Y me condujo al hospital.

–¿No te dio su nombre?

–No.

–¿Y no lo puedes describir?

–Estaba oscuro. Lo único que sé es que llevaba puesto un sombrero y un mono de trabajo.

–Esa descripción podría corresponder a cualquier hombre del Sur. Si te trató tan amablemente, me pregunto por qué no entró en el hospital contigo. ¿Por qué se esfumó?

–Si usted fuese un hombre negro de por aquí y llevase a urgencias a una chica blanca, la cual es obvio que ha sido violada, ¿se habría quedado allí, sheriff Jolly?

El sheriff tuvo el detalle de parecer disgustado. Luego, contestó:

–Algunas mujeres blancas preferirían morir antes de ser violadas por un negro.

Jade se levantó de la silla y agarró el respaldo como si quisiera defenderse desde el otro lado de la mesa.

–¿Usted cree que me recogió un negro y me violó, y que intento usar a su hijo y sus dos amigos como cabezas de turco? ¿Es ésa su teoría?

–Tengo que ver las cosas desde todos los ángulos, Jade. Sobre todo cuando a mi hijo se le acusa de un delito tan grave.

–Bueno, pues en vez de acosarme, ¿por qué no le hace las preguntas a Hutch?

–Pienso hacerlo.

Poco después de la conversación dejó que su madre se reuniese con ella. Velta siempre iba muy acicalada, así es que fue una sorpresa para Jade el verla desarreglada y despeinada. Velta entró como una exhalación en la sala y casi tropezó con el sheriff Jolly.

–¡Jade! ¿Qué ha pasado? Nadie quiere decirme nada. ¿Dónde has estado?

En ese instante lo último que necesitaba Jade era más preguntas. Lo que quería era que la abrazaran y la consolaran. Necesitaba ser aceptada sin preguntas de ninguna clase. Pero su madre exigía respuestas. Jade pensó que tal vez ella en su lugar habría reaccionado del mismo modo, pero ello no le hizo sentirse mejor.

El rostro de Velta no registró ni un solo gesto de emoción cuando Jade le contó lo sucedido. Tras unos segundos de silencio, repitió estupefacta:

–¿Violada?

–Sí, mamá.

Con dificultad, intentó echar hacia atrás el cabello que caía ondulado por la cara de Jade.

–¿Quién lo hizo?

Cuando Jade respondió, Velta retiró la mano, como si el pelo de su hija le hubiese producido una descarga eléctrica.

–Eso..., eso es una locura, Jade. Conoces a esos chicos de toda la vida. No harían una cosa así.

–Pues lo hicieron. –Las lágrimas aparecieron en sus ojos–. ¿No me crees, mamá?

–Por supuesto, Jade. Claro que te creo.

No le convenció la respuesta, pero le faltaba energía y ánimo para intentar que la creyese. A petición del sheriff, relató una vez más la historia para su madre. Cuando terminó, el sheriff se fue, prometiendo volver.

Desde que las dejó solas, ella y su madre no se dijeron nada de importancia. Velta le preguntó si se encontraba bien y Jade, por lo absurdo de la pregunta, le respondió que sí. Desde que le echó hacia atrás el pelo, Velta no la había vuelto a tocar.

Al despuntar el día, entró un agente y ofreció un café a Velta. Jade pidió un agua tónica para suavizar la garganta. Le resultaba doloroso tragar, sobre todo por las lágrimas que no había derramado y que tenía en la garganta.

De repente se abrió la puerta de la sala. Jade alzó la cabeza, dándose cuenta de que debía de haberse quedado dormida de puro cansancio. Lanzó un pequeño grito de miedo cuando vio que la primera persona que entraba era Neal Patchett.

La respiración se tornó entrecortada y poco profunda, como si hubiese estado corriendo.

–¿Qué hace él aquí?

Iván Patchett y el sheriff Jolly entraron detrás de Neal.

–Vas diciendo por ahí cosas muy graves, jovencita –contestó Iván–. Cuando Fritz me llamó por teléfono y me contó lo que sucedía, exigí que acusases a mi chico a la cara. Hola Velta.

La madre de Jade había reaccionado ante la aparición de Iván como su hija ante la de Neal.

–Hola, Iván.

–Esta pareja ha montado un buen jaleo esta mañana, ¿no crees?

–Sí.

–¡Yo no he montado nada! –objetó Jade ante el intento de Iván de hacer frente común con Velta sobre el mal comportamiento de sus hijos–. Esto me lo han hecho a mí. No tengo nada que ver con ello.

–Vamos, Jade –dijo Neal, hablando por vez primera–. ¿De verdad esperas que alguien crea que fuiste violada?

–Nadie tiene por qué creer lo que yo digo. Pueden ver las fotografías que me sacaron en el hospital. La evidencia de las pruebas confirmará mis palabras.

Neal se sentó en la esquina de la mesa.

–No niego que sucediese –le respondió con tono suave–. Sólo quiero aclarar que te tomas ciertas libertades al explicar cómo sucedió.

–¡No es verdad! –Se habría separado aún más de él si el respaldo de la silla se lo hubiese permitido. Aunque fuera tan guapo, a ella le resultaba repugnante.

–Bueno, vamos todos a calmarnos –intervino el sheriff Jolly cogiendo el mando–. Neal, colócate aquí, por favor. –Indicó un lugar frente a la pared–. Iván, tú coge la silla.

Iván se sentó.

–Tómate el día libre. No te lo descontaré –dijo dirigiéndose a Velta.

–Gracias.

Jade miró furiosa a su madre al ver el respeto con que trataba a Iván Patchett.

–Ahora, Jade –continuó Fritz, desviando hacia él la atención de Jade–, por favor, vuelve a contar tu historia para que la oigan Iván y Neal.

Era una petición desalentadora. No sabía si sería capaz de explicar los detalles íntimos de la violación en presencia de Neal y su padre. Sin embargo, cuando el caso fuese a los tribunales, todavía tendría una mayor audiencia.

Iván la miraba con indulgencia, pero ella notó un brillo malicioso tras la bondadosa expresión de los ojos. Neal estaba en el lado opuesto, apoyado contra la pared y con los brazos cruzados. Sonreía satisfecho.

–Sí. Jade. Me gustaría oír cómo te violé.

El tono de burla alentó a Jade. No iba a librarse de lo que le había hecho aunque tuviese que repetir mil veces la sucia verdad.

Después de beber un poco de agua que le había traído el ayudante del sheriff, empezó a relatar desde que el coche de Donna Dee se quedó sin gasolina y acabó con su llegada al hospital.

–El resto –concluyó tranquila– ya es historia.

–¿Has encontrado ya a ese negro misterioso? –preguntó Iván a Fritz.

El sheriff meneó la cabeza.

–No nos ha proporcionado ningún detalle para poder identificarlo.

–Hmmm.

En los labios de Iván se dibujó una sonrisa de satisfacción.

–Fue así –insistió Jade–. En las condiciones en que me encontraba no habría sido capaz de hacer todo el camino a pie.

–Eso es lo que piensa papá –replicó Neal–. Tus «condiciones» no eran ni mucho menos tan malas como nos haces creer. Tuviste tiempo de sobra para caminar hasta la ciudad, y eso es lo que hiciste. En el camino te mojaste los pies. Empezaste a pensar en Parker y en cómo reaccionaría cuando se enterase de nuestra pequeña fiesta.

Jade saltó de la silla.

–¡No te atrevas a mencionar su nombre! Tú no eres quién para ello. Preferiría que me violases de nuevo antes que implicar a Gary en esto.

–¡Jade, por Dios, siéntate! –Velta la cogió del brazo y la empujó de nuevo a la silla.

Iván encendió un puro y sacudió la cerilla con descuido antes de arrojarla al suelo.

El sheriff Jolly replicó:

–Neal, no tienes que responder a ningún cargo.

–Me tiene sin cuidado. Ella miente.

–Iván, ¿estás seguro de que no quieres llamar a tu abogado?

–Prescindimos de ello, Fritz. ¿Para qué molestarle tan temprano? No tenemos nada que ocultar. Pregunta al chico lo que te dé la gana.

Fritz se dirigió a Neal.

–¿Qué pasó cuando llegasteis donde estaban Donna Dee y Jade?

–Lo que ya ha explicado Jade –contestó–. Le ofrecimos llevarla en coche. Ella entró por propia voluntad. Incluso tuvo que encaramarse por encima del asiento para ponerse detrás, con Lamar.

–¿No la forzasteis a entrar en el coche?

–¡Claro que no!

–Eso lo hice porque pensé que Donna Dee también vendría –añadió Jade con rapidez–. Cuando me di cuenta de que pensaban dejarla, intenté salir. Ellos me retuvieron. No dejaron que ella entrase ni que yo saliese.

Neal se echó a reír.

–Era en plan de broma. Como si fuera un secuestro. Sólo lo hicimos para divertirnos.

Siguió narrando la historia y les habló sobre la llegada al lugar cercano al canal.

–Jade salió del coche y se sentó, mientras nosotros nos tomábamos una cerveza.

–No había ningún sitio adonde ir –recalcó ella–. Cuando dijiste lo que dijiste y me percaté de tus intenciones, me puse a correr. Confiésalo, Neal. Sabes que es la pura verdad. Intenté huir de vosotros.

–Neal, ¿qué es lo que dijiste?

–Simplemente que íbamos a joderla.

Velta se llevó la mano al pecho y cruzó las piernas. Iván dio una chupada al puro. Fritz se frotó las sienes diciendo:

–Eso corrobora la historia de Jade.

–Entonces fue cuando me di la vuelta y me puse a correr hacia la carretera –añadió ella–. No pude llegar muy lejos. Neal me cogió por el pelo y me tiró.

Él se encogió de hombros sin darle importancia.

–Dijo «y un cuerno», o algo así, pero se reía.

–No dije nada de eso, y desde luego no me reía. Estaba aterrorizada.

–¿De tres amigos? –bufó Iván incrédulo.

–Sí que se puso a correr –continuó Neal–, pero no del todo, no como si no quisiera que la alcanzaran. La cogí por el pelo. Tuvimos un forcejeo. Intentó resistirse, pero todo era para disimular.

–Eso es mentira –susurró Jade ronca, negando firmemente con la cabeza–. Eso es mentira. Me hizo daño. El desgarró mi... –Un pensamiento la estremeció. Miró hacia los tejanos manchados de barro de Neal; eran los que había llevado la noche anterior–. Él me despojó de los pantalones y luego de las medias. Se los guardó en el bolsillo de los vaqueros. Compruébenlo.

–¿Neal? –Fritz señaló con la cabeza al chico para que respondiese.

Iván giró la cabeza y miró a Neal por encima del hombro, mientras éste buscaba en el bolsillo derecho del que sacó unas medias amarillo claro. Al reconocerlos, Velta se tapó la boca para ahogar un grito de sobresalto.

Neal miró a Jade con ojos llenos de despecho y replicó con suavidad:

–Me rogaste que me los quedase como recuerdo, cariño. ¿No te acuerdas?

–¡Miente! –Saltó de la silla y agarró la mesa con los dedos como garras apuntando al rostro sarcástico de Neal. Fritz la cogió por la cintura y la empujó hacia atrás.

Se abrió la puerta y apareció un agente.

–Sheriff, ¿va todo bien?

–Todo está en orden –aseguró al oficial.

–Ah, sheriff, sobre esos informes del laboratorio...

–Sí, quisiera leer el informe oficial tan pronto como esté disponible.

–Eso es lo que quiero decirle. –Se movió nervioso–. Eso es de lo que venía a informarle. Los análisis y todo han sido tirados por error. Todas las pruebas y el expediente de la señorita Sperry se quemaron esta mañana en el incinerador del hospital.

Al oírlo, Jade se apoyó desmoralizada sobre el brazo de Fritz, quien la ayudó a sentarse. Con un leve grito de angustia, se dejó caer pesadamente. Toda la evidencia física de la violación había sido destruida. Aunque el médico de urgencias testificara a su favor, lo único que podría explicar era que había tenido relaciones sexuales, y que al parecer habían sido violentas. Bajo un severo interrogatorio, su testimonio podría resultar inútil. Además, él no podría identificar a los atacantes.

Nada de lo que se había dicho en la sala sería nunca una evidencia permisible en un juzgado; ni siquiera la confesión de Neal de que había tenido relación sexual con ella. Podría cambiar por completo su versión y negar que estuviera envuelto en el incidente. A partir de ahora sería la palabra de Jade contra la de ellos.

Cuando ya estaba a punto de caer en la desesperación, surgió un rayo de esperanza. Alzó la cabeza bruscamente.

–Donna Dee.

–¿Qué? –El sheriff Jolly se volvió hacia ella.

–Llamen a Donna Dee. Ella les confirmará que me resistí. Me vio cómo luchaba para salir del coche de Neal. Ella confirmará que no fui con ellos por propia voluntad.

Fritz consultó su reloj, y luego ordenó a su ayudante:

–Llame a la casa de Joe Monroe. Intente localizar a su hija antes de que se vaya al instituto. Dígale que quiero que venga aquí, pero no le explique el motivo.

El agente se puso el sombrero y salió de la sala. Los demás se quedaron a la espera. Velta recogió de la mesa las medias de Jade y las guardó en el bolso. Iván pidió café, que le fue servido por una eficiente secretaria. Neal salió un momento a buscar una coca-cola en la máquina de la sala de los agentes. Jade apoyó otra vez la cabeza sobre los brazos y cerró los ojos para no tener que verlo.

Deseaba dormir. Quería sacarse la venda verde del quirófano y las ridículas botas. Estaba ansiosa por peinarse y lavarse los dientes. Deseaba intimidad para derramar lágrimas por algo que inevitablemente había perdido: la virginidad.

«Gary, Gary», gimió en silencio. Él no la culparía por la violación, pero ella no era tan ingenua como para creer que ello no afectaría negativamente a sus relaciones. Resultaba tan doloroso pensar en ello que intentó concentrarse en otra cosa.

–¿Cuánto llevas trabajando para mí, Velta? –Oyó que Iván preguntaba a su madre. Todavía seguía fumando su asqueroso puro. El humo le provocaba náuseas.

–Bastante tiempo.

–¿No crees que sería una lástima que por este malentendido tuviéramos que prescindir el uno del otro?

Jade lo miró:

–No trate de intimidarla, señor Patchett. Espero que mi madre no vuelva a trabajar ni un día más en su apestosa fábrica. No quiero el dinero que gana allí para pagar mi comida y mi ropa.

Normalmente Jade no hablaría así a un adulto. Pero había sido víctima de un cruel y doloroso ataque e intentaba contraatacar, como haría cualquier animal herido.

Iván dejó caer al suelo la ceniza del puro y frunció el ceño con severo disgusto.

–Sería mejor que pusieses un bozal a tu hija, Velta. Tiene una boca demasiado grande.

Velta se volvió hacia Jade y le susurró:

–¡Cállate! ¿No ves que estás empeorando las cosas?

En ese instante el sheriff Jolly llegó acompañado de Donna Dee. Ésta parecía indecisa antes de entrar en la sala. Sus oscuros ojos bailaban de una cara a otra. Finalmente reposaron en Jade.

–¿Qué ocurre? ¿Qué ha pasado? ¿Cómo vas vestida de ese modo?

–Por favor, entra Donna Dee. –El sheriff la empujó ligeramente y le acercó la única silla libre que quedaba–. Siéntate. Queremos hacerte unas preguntas.

–¿Sobre qué? –Su voz era trémula por el temor a lo desconocido–. ¿Qué sucede? ¿Han asesinado a alguien?

–Nada de eso –contestó Fritz, intentando calmarla–. Anoche hubo un problema. Quizá tú nos puedas ayudar a aclarar algunas cosas.

–¿Yo? ¿Qué clase de problema?

–Ayer por la tarde sucedió algo después de que te quedaras sin gasolina en el coche –respondió.

–Llegué bien a casa.

–Pero Jade no.

Donna Dee se volvió hacia Jade.

–¿Qué ha pasado? Tienes muy mal aspecto.

–Fui violada.

Donna Dee tragó saliva con dificultad. Sus pequeños ojos se dilataron enormemente.

–¿Violada? ¡Dios mío, Jade! ¿De verdad? ¿Violada?

–Eso es lo que ella dice –intervino Neal con tono pausado.

La cabeza de Donna Dee giró en dirección hacia él.

–Ella estaba contigo. ¿Cómo pudo ser violada?

–¡Lo hizo él! Él, Hutch y Lamar me violaron.

Por segunda vez en cuestión de segundos, Donna Dee recibió un gran impacto.

–¿Hutch te violó?

–Es una mentirosa –dijo Neal.

–¡Cállate! –La voz del sheriff Jolly sonó como un látigo–. Todos vosotros. Éste es mi departamento. Yo soy el que está al cargo de esto. Yo soy el que hace las preguntas. –Hizo una pausa para asegurarse de que Jade y Neal estaban lo suficientemente calmados, antes de dirigirse a Donna Dee, que miraba a Jade parpadeando con rapidez.

Jade vio cómo los oscuros ojos de su amiga miraban el pelo desarreglado, los arañazos de los brazos y los vendajes del hospital.

–¿Violada? –dijo la palabra pero sin que saliera de sus labios, bien por miedo al sheriff o por total incredulidad. Con un nudo de emoción en la garganta, Jade inclinó tristemente la cabeza.

–¿Donna Dee? –El sheriff guardó silencio hasta que ella volvió a prestarle atención–. Jade afirma que los chicos aparecieron cuando vosotras dos estabais paradas en la carretera de la costa. Dice que la convencieron para que se metiese dentro del coche de Neal, y que luego no la dejaron salir cuando se vio con claridad que te iban a dejar tirada allí. Declara que armó la gorda para intentar salir del coche, que gritaba y daba patadas contra el cristal trasero. Neal ha comentado que todo era una broma, que Jade tenía que saber que era una travesura.

»Bueno, sé que no puedes testificar sobre lo que sucedió después de eso, pero me gustaría oír lo que tengas que decir sobre cómo se encontraban todos cuando los chicos se fueron con Jade en el automóvil.

Iván se inclinó hacia delante por encima de la mesa y puso su mano sobre el brazo de Donna Dee.

–No negamos que los chicos se divirtieron con ella, me entiendes, ¿no? –La mirada de Donna Dee se dirigió hacia Jade, que le dirigió una penetrante y dura mirada–. Los tres se turnaron. Neal lo ha admitido. Pero ahora que Jade ha tenido tiempo de pensarlo, le ha dado un vuelco el corazón y acusa a estos chicos de habérsela llevado a la fuerza. ¿Tú crees que eso es justo?

–Iván –interrumpió Fritz cortante–. A partir de aquí me ocupo yo.

Cada vez más angustiada, Jade observó el cambio gradual en la expresión de Donna Dee. Cuando al principio entró en la sala estaba sorprendida y perpleja. Luego, al enterarse de que Jade había sido asaltada, la miró con compasión. Sin embargo, ahora Donna Dee la observaba con cierta sospecha. Iván Patchett había alimentado deliberadamente en ella esa sospecha al presentarle el hecho bajo una perspectiva sexual y mitigando la violencia. Él sabía como todos lo que Donna Dee sentía por Hutch, y encendió una chispa de celos en su interior.

–No fue culpa mía, Donna Dee –carraspeó Jade con un tono de sinceridad en sus palabras–. No hice nada para provocarlos. Ni siquiera quería irme con ellos. Tú estabas allí. Lo sabes. Ellos me forzaron.

–¿Donna Dee?

Ésta permaneció impasible mirando la cara implorante de Jade, incluso cuando se volvió hacia el sheriff.

–Creo que habían estado bebiendo.

–Neal también ha admitido eso. ¿Insultaron? ¿Se mostraron agresivos? ¿Profirieron amenazas?

Donna Dee se humedeció los labios, nerviosa.

–No, eran los de siempre. Actuaban como unos chulos. Ya sabe, como siempre.

–Explícales después de que me metí en el coche –irrumpió Jade–. Me viste forcejear con ellos, Donna Dee.

Ésta lanzó una mirada impaciente a Jade antes de contestar:

–Tiene razón.

Jade respiró aliviada. Cerró los ojos y, por primera vez

en muchas horas, respiró profundamente. Por fin alguien estaba de su lado y confirmaba su versión de los hechos.

–Después de que Jade se metiera en el coche –siguió Donna Dee–, empezó a dar golpes en las ventanas.

–Así fue. Ya se lo dije antes, ¿se acuerdan?

–¿Afirmarías que se peleaba para salir del coche? –preguntó el sheriff sin hacer caso a Jade.

–Sí. Lamar la sostenía por detrás. Ella intentaba acercarse a los asientos para llegar a la manecilla de la puerta o la caja de cambios. Neal le golpeaba las manos. Creo que Hutch la agarró de las muñecas.

–Lo hizo. Mira. –Jade mostró las muñecas, que estaban rodeadas de oscuros moratones.

Cuando las vio, el sheriff Jolly frunció el ceño. Miró con fijeza las baldosas del suelo entre sus botas mientras se mordía con rabia el labio. Luego miró a Iván.

–Entonces sí que se la llevaron a la fuerza.

–¡Sí! –gritó Jade.

–Yo no he dicho eso.

Después de la exultante exclamación de Jade, las palabras de Donna Dee sonaron apagadas.

–¿Qué? –Jade lanzó una mirada de asombro a Donna Dee.

–Hubo una lucha dentro del coche –se apresuró a decir la otra–, pero los chicos sólo hacían el tonto, ya saben. Bromeaban con Jade como bromearon conmigo al dejarme en la carretera.

Jade salió disparada de la silla.

–Pero ¿qué estás diciendo, Donna Dee?

–Siéntate, Jade.

–Déjalo ya, ¿vale? –le advirtió Neal con expresión de aburrimiento.

–Jade, no te comportas de manera racional –añadió Velta.

–¡No dice la verdad y lo sabe! –Jade, fuera de sí, apuntó un dedo acusador hacia Donna Dee.

Al haberse destruido las pruebas físicas –y ella estaba convencida de que no había sido un accidente– su única esperanza de hacerse creer era tener un testigo de los hechos. Donna Dee no había presenciado el ataque pero podía corroborar la declaración de Jade de que la habían obligado a quedarse en el coche de Neal. Eso, combinado con el testimonio del doctor, podría procurar a cualquier jurado el beneficio de la duda.

Jade golpeó la mesa con sus desgastadas manos y se inclinó en dirección a Donna Dee.

–Sé que intentas proteger a Hutch, pero es un violador. Me violó –dijo, recalcando lentamente cada palabra.

–Hutch no haría eso.

–¡Lo hizo!

Donna Dee retrocedió ante Jade y miró al sheriff Jolly con cautela.

–Eso es todo lo que sé. ¿Puedo irme ya?

–Donna Dee, no me hagas esto –suplicó Jade al ver que el sheriff ayudaba a Donna Dee a levantarse de la silla. Intentó cogerle la mano, pero Donna Dee se soltó con desprecio–. Hutch no se merece que lo protejas –gritó Jade–. Él me violó. Por el amor de Dios, Donna Dee, por favor, diles la verdad.

Donna Dee se dio la vuelta, con ojos relampagueantes.

–¿La verdad? Muy bien, les contaré la verdad. –Se dirigió hacia los otros–. Hace unas semanas, Jade me explicó que estaba harta de tener que esperar a casarse para mantener relaciones sexuales. Me dijo que deseaba intentar convencer a Gary Parker para que lo hicieran. –Lanzó una mirada rencorosa a Jade–. Supongo que anoche tuviste tu oportunidad, ¿no es así? ¡Tres veces! Una con Neal. Otra con Lamar. Y otra con... con Hutch.

Jade abrió la boca para decir algo, pero estaba demasiado excitada para pronunciar palabra.

Donna Dee le dirigió una última mirada llena de odio antes de abrir la puerta y salir.

Después de dar un portazo, el silencio se hizo ensordecedor. Neal fue el primero en hablar:

–Ya les dije que ella lo buscó.

El sheriff le dirigió una mirada de asco, pero Jade estaba tan pasmada que no se percató.

–Neal –dijo Fritz–, eres libre de marcharte. Iván, espérame fuera. Quiero hablar contigo antes de que te vayas.

Al levantarse, Iván extendió una mano en señal de consuelo sobre el hombro de Velta.

–Es una vergüenza lo que nos llegan a hacer pasar nuestros hijos, ¿no crees? –Se marchó tras de Neal.

–Todavía puedes presentar cargos, Jade.

Transcurrió un momento antes de poder captar las palabras del sheriff. Aún estaba anonadada por la traición de Donna Dee.

–¿Cómo?

–¿Deseas todavía presentar cargos de violación contra los chicos?

–Sí.

Fritz echo una rápida mirada a Velta y después a Jade.

–Sería mejor que te lo pensases con calma antes de firmar los papeles.

–No tengo que pensar nada –respondió–. Ellos me violaron y van a sufrir por ello tanto como he sufrido yo. –Estaba casi tan dolida por el vilipendio de Donna Dee como por la violación. En el fondo de su alma incluyó a Donna Dee cuando sentenció–: Van a pagar por lo que han hecho.

El sheriff suspiró con hastío y se dirigió hacia la puerta.

–Muy bien, pues. Vete a casa. Mandaré pasar a máquina el papeleo y te lo mandaré más tarde.

5

El sheriff Jolly dirigió sus pasos a la sala policial, que estaba en plena actividad porque acababa de comenzar el turno de día. Al notar el mal humor del jefe, nadie se cruzó en su camino. Todo el mundo evitó su encuentro sin atreverse a mirarle cuando penetró en su despacho, donde le esperaba Iván Patchett.

Fritz cerró la puerta. Iván devoraba un dónut. Lo metió dentro de la taza de café y se comió la mitad de un bocado.

–Exquisitos estos dónuts, Fritz.

–¿Es eso todo lo que tienes en la cabeza esta mañana, Iván? ¿Dónuts?

Fritz se dejó caer en su sillón, apoyó los codos en la mesa y se pasó las manos por su cabello espeso y ondulado. Una vez, en el penúltimo curso del instituto, un listillo lo había llamado «¡Eh, Rojo!». Casi no vivió para contarlo. Desde entonces, nadie se había atrevido a llamarle por el apodo.

A Iván Patchett no le intimidaban ni los músculos de Fritz ni la posición que ocupaba en la ciudad. Por un mero capricho, Iván podía hacer que dejaran de votarlo para el cargo oficial que ocupaba. Ambos eran conscientes de ello.

Iván se encontraba en clara desventaja en el aspecto físico. Su cabello gris empezaba a escasear. En cuanto a estatura y peso, era de la media normal. No estaba muy fuerte, pero tampoco se le veía débil. No vestía ropas clásicas ni llamativas, sino cómodas.

La mediocridad de Iván no se reflejaba en los ojos. Éstos mostraban la arrogancia de quien se sabía el individuo más rico y con mayor influencia del condado, que podía gobernar como un principado si quería. Sus ojos resplandecían como hielo pasado por el fuego. Ese fuego era una manifestación de la rapaz avaricia que le devoraba.

A Iván Patchett le gustaba ser quién era y cómo era, y estaba dispuesto a hacer cualquier cosa para proteger el tiránico control que ejercía sobre su reino. Le gustaba ser temido, mucho más que el sexo y el juego, e incluso que el dinero. Había preparado a su hijo para que fuese exactamente como él.

Se chupó el azúcar de sus dedos desnudos. En su opinión, sólo los maricas llevaban joyas.

–No me importa decirte, Fritz, que no me gusta nada lo que veo.

–¿Y qué es lo que ves?

–Tienes el ceño fruncido. Siempre que te preocupa algo, frunces el ceño.

–Bueno, pues lo siento mucho, Iván –le respondió Fritz con enojo–, pero tiendo a preocuparme cuando a mi chico se le acusa de violar a una chica. Eso me preocupa terriblemente.

–Esa acusación no durará ni un minuto.

–Puede. Casi me ha convencido a mí. Jade no es una fresca de esas que intente sacar partido de tres chicos importantes. ¿Por qué querría inventarse una historia como ésa? Es guapa e inteligente y lleva muy buen camino para ser algo en la vida. ¿Qué va a ganar sacando a la superficie una porquería si no fuese verdad?

–¿Y yo qué coño sé? –contestó Iván, dando las primeras señales de enfado–. Atención, a lo mejor. O quizás estaba hasta las narices de su novio y vio una forma de desquitarse de él.

–Eso no te lo crees ni tú, Iván. Sabes muy bien que aquí hay algo más que una pequeña diversión que se fue un poco de las manos. –Fritz lo observó de cerca–. Alguien del hospital te debía un favor, ¿verdad? Y esta mañana llamaste al registro.

Iván ni siquiera pestañeó.

–¿Estás seguro de que quieres preguntar esto, sheriff? ¿Estás seguro de que lo quieres saber?

–Me repugna pensar en pruebas policiales falsificadas. Me entran ganas de vomitar.

Iván se inclinó hacia delante. Sus ojos centellearon.

–¿Quieres ver asociado el nombre de Hutch a una acusación de violación?

–¡Claro que no, maldita sea!

–Pues entonces, cálmate –replicó Iván. Consecuente con sus propias palabras, se acomodó hacia atrás en la silla y tomó otro trago de café–. Todo está bajo control. Dentro de un par de días todo habrá concluido.

Fritz lanzó una mirada de preocupación hacia la puerta.

–Esa chica intenta acusarlos oficialmente.

–Cambiará de opinión.

–¿Y si no lo hace?

–Lo hará.

–Pero ¿y si no lo hace? –repitió Fritz casi gritando.

Iván rió entre dientes.

–Si se empeña en tirar la cosa adelante, la haremos aparecer como una puta mentirosa.

Fritz sintió náuseas en el estómago.

–¿Quién creería eso de Jade?

–Antes de que acabe con ella –dijo Iván con una sonrisa impúdica–, hombres de todo el condado declararán que ella se los ha tirado, y toda la gente creerá todas las historias sucias que se cuenten sobre ella.

Fritz se sintió enfermo. Necesitaba aire fresco.

–Tendrás que perdonarme, Iván –contestó levantándose–. Estoy aquí desde medianoche. Me voy a casa a ducharme y a comer algo.

Iván se levantó también de su asiento.

–¿Sabes qué es lo que más me cuesta creer de todo esto? Que a esa mierdecilla de Lamar se le pusiera realmente tiesa. Habría pagado por verlo. –Propinó una palmada en la espalda a Fritz mientras reía su propia gracia–. Neal me ha dicho que Hutch fue hacia ella como un cerdo en celo. ¿Qué es lo que tiene que decir tu chico a eso?

–Todavía no he hablado con él. He llamado a Dora y le he dicho que no le dejase ir al instituto. Ésa es una de las razones por las que deseo llegar a casa cuanto antes. Quiero que Hutch me diga que no obligó a esa chica a hacer nada.

Iván le agarró del brazo y, aunque Fritz era más grande que él, lo empujó hacia sí.

–Ahora escúchame, sheriff –dijo con voz autoritaria–. Me importa un pimiento lo que Hutch te cuente o te deje de contar. No habrá confesiones públicas ni en el banquillo de los testigos ni en el altar de la iglesia baptista ni en ninguna parte. ¿Me oyes? ¿Lo has entendido bien?

–Iván, si son culpables...

–¡Culpable el culo de mi tatarabuela! ¿Culpables de qué? ¿De hacérselo con una tía? ¿Desde cuándo es un crimen para machos jóvenes y calientes el follar? Después la chica se asustó un poco. –Se encogió de hombros–. Es lógico. Nuestros chicos no fueron muy finos. Pero ella no está herida. Lo superará. Si nuestros hijos van a la cárcel, sus vidas quedarán destrozadas.

Acercó su rostro al de Fritz.

–Mi chico no va a pasar ni un solo día en prisión. Me importa un rábano los escrúpulos de conciencia que pueda tener Hutch o lo convencido que estés de lo ético que eres. Vas a enterrar este incidente ahora, Fritz. Ahora.

Iván le soltó y dio un paso hacia atrás. Pasó la mano por su cabello, cuidadosamente peinado. Movió los hombros para relajarlos. Luego, mostró una sana y fuerte sonrisa, abrió la puerta y salió a la sala donde estaban los agentes.

Fritz vio salir a Iván y sintió odio por su arrogancia y desprecio por su amoralidad, aunque lo admiraba por su astucia. Fritz aulló un nombre y al segundo apareció el secretario ante él.

–¿Sí, señor?

–Cuando hayas pasado a máquina la denuncia llévala a casa de los Sperry y déjala allí. –Fritz miró a los ojos del oficinista con cara amenazadora–. Después, olvídate de ello. Si llega a mis oídos que has soltado una sola palabra de lo que pone la denuncia, te aseguro que te arrepentirás mientras vivas.

El secretario tragó saliva.

–Sí, señor.

Fritz asintió al ver que le había entendido.

–Si alguien pregunta por mí, estaré de vuelta dentro de una hora.

Sólo tardó cinco minutos en llegar a casa. Vivía a unas manzanas del centro de Palmetto, donde el rascacielos más alto, el Citizens First National Bank, sólo tenía seis pisos. La ciudad en sí tenía tan sólo diez mil habitantes, aunque en las zonas rurales del condado vivían unas cien mil personas.

El barrio de los Jolly era viejo y confortable. Fritz y Dora habían comprado la casa de recién casados, pensando en todos los niños que cabrían en los distintos dormitorios. Desgraciadamente a Dora le había aparecido un tumor ovárico poco después de nacer Hutch, y le tuvieron que hacer una histerectomía completa. Uno de los dormitorios libres lo convirtió en habitación de costura; en otro, Fritz y Hutch guardaban los equipos de caza y pesca.

Dora estaba en la cocina fregando los platos cuando Fritz entró por la puerta trasera y se quitó el chaleco.

–Hola. ¿Aún está el café caliente?

Dora Jolly era una mujer alta y esbelta, cuyo carácter alegre había dado paso a la triste resignación de la esterilización. Era una ama de casa eficiente, pero ya no era la dulce y animosa chica con la que Fritz se había casado.

Se secó las manos con un trapo de cocina.

–¿Qué es lo que pasa, Fritz? ¿Cómo es que te llamaron en mitad de la noche para ir al juzgado? ¿Y por qué no has dejado que Hutch fuese al instituto?

Fritz se sirvió café.

–¿Dónde está?

–Arriba. En su habitación. Se comporta de un modo tan extraño como tú. Le preparé el desayuno, pero apenas lo probó. Algo raro pasa con vosotros dos y quiero saber qué es.

–No, no quieres. Créeme, no quieres. Déjalo así.

Colocó la taza de café sin terminar sobre el escurridor y salió de la cocina. La puerta del dormitorio de Hutch, en el piso de arriba, estaba cerrada. Fritz llamó una vez con fuerza, abrió la puerta y entró.

Hutch estaba vestido pero descalzo, sentado en la cama deshecha, apoyado contra la cabecera. Miraba el espacio con aire sombrío. Debajo de las pecas, la piel aparecía más pálida que de costumbre. La noche anterior había explicado que el arañazo en la mejilla se lo había hecho con la rama de un arbusto que le azotó la cara al pasar. Ahora que Fritz sabía algo más, su sola presencia le revolvió el estómago.

Hutch miró a su padre con cautela cuando se acercó a la cama y se sentó en el borde.

–Tu madre dice que no te has tomado el desayuno.

–No, no lo he tomado.

–¿Estás enfermo?

Hutch empezó a juguetear nervioso con el borde del cubrecama y se encogió ligeramente de hombros. Fritz había interrogado a tantos sospechosos en su vida que sabía reconocer la culpa cuando la veía. El estómago se le revolvió con más fuerza.

–Bueno, ¿qué es lo que pasa contigo?

–Nada.

–¿Por qué no dejamos de andarnos con rodeos? –dijo Fritz con firmeza–. Explícamelo todo.

–¿Explicarte, qué?

Fritz perdió la paciencia.

–Estoy intentando contenerme para no darte una paliza. A ver si te enteras y empiezas a hablar. Ahórrate la paliza que me temo que te mereces de sobras.

El tenue control de Hutch se rompió. Empezó a tragar saliva con rapidez. Su rostro se estremeció. Los anchos hombros empezaron a temblar. Parecía que fuese a estallar en llanto o a vomitar. Por fin consiguió decir:

–Supongo que sabes lo de Jade.

–Sé que anoche llegó al hospital hacia las once y media.

–¡A las once y media! –exclamó Hutch.

–Dice que un hombre negro sin identificar la recogió del arcén en la carretera de la costa y la condujo hasta allí. Afirma que tú, Neal y Lamar la violasteis.

Hutch dobló las rodillas, puso los codos sobre ellas y después empezó a toquetear los calcetines con las puntas de los dedos.

–No sé qué me ocurrió, papá. Te lo juro, no me di cuenta de lo que hice hasta que ya había pasado.

Fritz sintió de pronto una opresión en el pecho. En un instante se desvaneció el último rayo de esperanza que tenía de que la chica mintiese. Se pasó la mano por el rostro con expresión de cansancio.

–¿Violasteis a esa chica?

–No era mi intención –gimoteó Hutch–. Algo raro me

pasó, a los tres. Era como si estuviese detrás y me viese a mí mismo hacerlo. No podía creer que lo estuviese haciendo, pero tampoco podía pararme.

Fritz escuchó la explicación llorosa de su hijo sobre el incidente. Cada palabra incriminadora era como un martillazo en la cabeza. La historia de Hutch coincidía casi literalmente con la de Jade.

–¿Así que la abandonasteis allí? –preguntó Fritz cuando Hutch hubo terminado de hablar.

–¿Qué otra cosa podíamos hacer? Neal dijo...

–¡Neal dijo! –gritó Fritz–. ¿Es que siempre vas a hacer lo que Neal te diga? ¿Eres incapaz de pensar por ti mismo? Neal dijo: «Vamos a violar a Jade Sperry», así es que tú te sacaste la polla y la violaste. Si Neal hubiese añadido: «Ahora, córtate los cojones y cómetelos», ¿también lo habrías hecho?

–Bueno, no hay mucha diferencia entre Iván y tú, ¿no? –Fritz levantó la mano para golpearle pero luego la bajó. La desnuda verdad de las palabras de Hutch le impidió descargar el golpe. ¿Contra qué iba a golpear? ¿Quería castigar a Hutch o a sí mismo y su sentimiento de culpabilidad? Abatido, bajó el brazo y hundió la cabeza.

–Lo siento, papá. No quise decir eso –se excusó Hutch.

–Está bien, hijo. Hoy no hay tiempo de esquivar la verdad, por muy fea que sea.

–¿Le has contado a mamá lo de... Jade? –Fritz negó con la cabeza–. ¿Voy a ir a la cárcel?

–No, si puedo evitarlo. No quiero que otro preso te haga lo que anoche tú y tus amigos hicisteis a esa chica.

La cara grande y masculina de Hutch se contrajo como la de un bebé. Empezó a llorar fuertemente y con voz ronca. Torpemente, Fritz le abrazó y le propinó unas palmaditas en la espalda.

–No quería hacerlo, papá. Te lo juro. Lo siento.

Fritz lo creyó. Sospechaba incluso que Hutch estaba colado por la chica Sperry y la última cosa que haría sería dañarla. Su hijo no tenía ni una pizca de malicia en todo su ser. Estando solo, nunca cometería un acto de violencia. Pero había estado con Neal. Neal había sido el instigador. Siempre lo era. Hacía tiempo que Fritz veía aproximarse alguna desgracia como ésta. Lo único que no sabía era qué forma tomaría. Pero jamás hubiera imaginado, ni remotamente, que sería tan desastrosa.

El alma de Neal era retorcida. Iván le había metido en la cabeza que era especial, y el chico había llegado a creérselo. No había barreras entre él y su propia satisfacción. Lo que quería lo conseguía, y nunca tenía que dar explicación alguna sobre sus actos. Como consecuencia, Neal creía estar exento de las leyes que se aplicaban a los demás.

A Fritz no le sorprendía que Neal hubiese elegido a Hutch y Lamar como sus mejores amigos. En primer lugar porque eran los únicos compañeros de clase masculinos que lo soportaban. Y en segundo lugar porque ambos tenían caracteres fácilmente influenciables. Hacían todo lo que Neal les ordenaba, y sin protestar. Le temían más que a cualquier autoridad, incluidos sus padres. Con astucia, Neal había penetrado en sus egos e inseguridades para mantenerlos ciegamente fieles y totalmente obedientes.

Fritz sabía que Iván podía enterrar este incidente. Había visto demasiadas veces cómo triunfaban sus sucias maquinaciones, por lo que no dudaba de su poder. Aunque el caso llegase a juicio –lo cual era muy poco probable– los chicos nunca entrarían en la prisión del condado de Palmetto. Al menos la mitad del jurado se compondría de trabajadores de Patchett, e Iván sobornaría a la otra mitad. La reputación de Jade Sperry sería públicamente degollada.

No, Hutch no iría a la cárcel. Pero un error de este calibre no desaparecía con un golpe de borrador como la tiza en una pizarra. Fritz tenía las suficientes convicciones religiosas como para temer al infierno. Y también creía que para llegar a él no era preciso morir. Un pecador podía vivirlo en la tierra.

–Creo que lo sentirás aún más antes de que todo acabe, hijo. Odio que esto te ocurra.

Fritz sabía que, a la larga, lo que hacía era equivocado para su chico y un cruel pecado contra esa chica. Su única alternativa era dejar que la vida de Hutch se destrozase a causa de un estúpido error. ¿Podría alguien esperar eso de un padre? Era pedir demasiado. Lo mejor que Fritz podía desear era no estar vivo para ver el día en que Hutch pagaría por lo que había hecho.

–Lo único que ahora tienes que hacer es mantener la boca cerrada –le dijo a su hijo–. No hables con nadie sobre esto. Cuantos menos lo sepan, mejor. Iván y yo nos encargaremos de todo.

A pesar de los débiles rayos de luz que se filtraban por las altas y finas nubes, el interior de la casa estaba oscuro y fresco cuando Jade y Velta regresaron. Jade subió el termostato. El aire caliente que empezó a salir de los respiraderos del techo olía a polvo chamuscado.

Jade caminó por el pasillo en dirección al dormitorio. Desde el umbral, echó un vistazo a la sala de estar. En las veinticuatro horas que habían pasado desde la última vez que había estado en casa, todo seguía igual. En cambio, ella había cambiado irrevocablemente.

La enormidad de la pérdida chocó de nuevo contra ella como una ola gigantesca. Estos ataques de pesar comenzaban a ser familiares, pero todavía eran frescos y nuevos y cada uno provocaba un impacto tremendo. Tendría que aprender a ser fuerte y poder con ellos.

–Jade, ¿quieres que te prepare algo? ¿Cacao? ¿Algo de comer?

Ella se volvió y miró a su madre. El semblante de Velta estaba sosegado, pero no había naturalidad tras sus ojos. Mostraba una amabilidad artificial.

Jade echaba de menos a su padre, que la solía colocar sobre las rodillas y la mecía en la vieja y crujiente mecedora. «Nunca tengas miedo, Jade.»

–No, gracias, mamá. Ya tomaré algo más tarde, después de bañarme y vestirme.

–Creo que deberíamos hablar.

–¿De verdad?

–No me repliques, Jade –contestó Velta indignada, y se puso firme–. Estaré en la cocina. –Se volvió y empezó a dar zancadas por el pasillo.

Jade cerró la puerta del dormitorio y se sacó las esponjas sanitarias. Se vio reflejada en el espejo del tocador. Quiso esconder de la vista el desnudo cuerpo. Cogió una toalla del armario y se envolvió en ella.

En el cuarto de baño llenó la bañera de agua caliente, se metió en ella y sumergió la cabeza. Sintió deseos de respirar profundamente, llenar los pulmones con el agua ardiente y acabar con su vida.

Pero estaba claro que no podía. No era coraje lo que le faltaba para matarse, sino paz. Ya no podría saber lo que era la paz hasta que hiciese justicia. Al llegar a esta conclusión, quedó claro cómo iba a actuar.

La palabra de Velta era tan buena como una garantía. Cuando Jade salió de su habitación, Velta la esperaba en la cocina. Sentada en la pequeña mesa circular, se estaba poniendo azúcar en una taza de café instantáneo. Después de servirse un vaso de leche, Jade se acercó a la mesa.

–Un oficial ha traído esto. Dijo que te lo leyeses bien antes de devolverlo al juzgado.

Jade echó un vistazo al largo y blanco sobre que yacía sobre la mesa, pero no contestó.

–No sé cómo te has podido meter en una situación como ésta, Jade –empezó Velta–. De verdad que no.

Jade tomó un trago de leche.

–Pero no deberías empeorar las cosas acusando formalmente a esos chicos. –Velta sacó una servilleta de papel del pote de plástico que estaba en el centro de la mesa y limpió el café que había caído en el platillo.

Jade se concentró en el vaso de leche frente a ella y dejó correr las palabras de su madre como agua que discurre por finas piedras. La única forma de aguantar esto era escapar del presente y transportar su mente a un punto en el futuro donde las cosas serían diferentes.

–Imagínate las consecuencias que tendría para nosotras un juicio por violación. –Velta se frotó los brazos al sentir un escalofrío nada más pensar en ello–. Serías recordada por esto el resto de tu vida. La gente olvidaría que tu padre ganó la Medalla de Honor. Cada vez que se mencionara tu nombre, sería en relación con este desafortunado incidente.

Las palabras minimizadoras de su madre desconcentraron a Jade. Cerró los ojos y dejó caer la cabeza. Contuvo con gran esfuerzo las amargas réplicas que pugnaban en su interior.

–En algunos aspectos el sheriff tenía razón, Jade. Estoy segura de que se preocupaba por tus intereses. De verdad, lo creo. El sacar este tema al público significaría problemas para todo el mundo. Iván me despediría inmediatamente. No podría dejarme trabajar para él si nuestros hijos estuviesen en lados opuestos en un enfrentamiento legal. Si perdiese el trabajo, ¿qué haría? –Velta hizo una pausa para tomarse un respiro y otro sorbo de café–. Sólo vosotros cuatro sabéis lo que en realidad pasó allí fuera. Esos chicos contarán una historia completamente diferente, Jade. Sería su versión contra la tuya. Tres contra uno. ¿A quién piensas que creerá la gente? Estarán convencidos de que tú te lo buscaste desde un principio al meterte en el coche de Neal. –Velta dio golpecitos a la mesa con la uña del dedo índice–. A una víctima de violación siempre se le echa la culpa. Puede que no esté bien, pero es así como funciona. La gente dirá que eres guapa y que lo sabes. Comentarán que te luciste delante de los chicos hasta que perdieron el control. Los que se jactaban de que eras una estudiante ideal y una buena cristiana, te mirarán bajo otra perspectiva. Incluso algunos podrían empezar a extender mentiras sobre ti, sólo para ser el centro de los comentarios de la gente. En poco tiempo, ninguna de nosotras sería capaz de llevar la cabeza erguida en esta ciudad. –Velta suspiró–. Después de esto, podrías despedirte de cualquier esperanza de casarte con alguien importante. Será mejor que te lo pienses antes de ir por ahí contando cosas.

Jade se levantó, se dirigió al fregadero y tiró la leche que quedaba en el vaso. Luego, se volvió e hizo frente a su madre.

–He cambiado de opinión, mamá. No voy a presentar cargos.

Velta abrió y cerró la boca esbozando algo parecido a una sonrisa.

–Oh, Jade, yo...

–Espera, mamá. Antes de que digas nada, quiero que sepas por qué no lo voy a hacer. No he cambiado de opinión por haber recibido consejo tuyo ni del sheriff Jolly. Tampoco me importa si Iván Patchett te despide esta tarde. De hecho, si no has tenido el suficiente valor para plantarle cara y dejar el trabajo, yo lo hubiera hecho en cuanto te hubiese despedido. Me repugna la idea de depender de él en cualquier cosa.

»También me importa un rábano lo que podría suponer un juicio para nuestra reputación. Me da lo mismo lo que piense la gente. Las opiniones de cualquiera que creyese semejante mentira sobre mí no me merecerían la menor credibilidad.

»La única razón por la que no quiero un juicio es Gary. Nuestra relación se abriría a escrutinio público. La gente hablaría sobre líos de cama. No soportaría que algo tan puro y limpio como lo es la forma en que nos queremos lo convirtiesen en algo feo y vergonzoso, algo en lo que escarbar.

»Lo quiero demasiado para exponerlo a una cosa tan sucia. ¿Puedes imaginarte cómo se sentiría al saber que tres chicos se... se... se han vaciado en mi interior? –Las lágrimas empezaron a rodar por sus mejillas. Una grieta pareció abrirse en su pecho, como una fisura en la tierra, y lanzó un gemido–. No, mamá. Tú no puedes imaginarte lo que eso supondría para Gary; pero yo sí. Querría matarlos. Podría, incluso, intentarlo y arriesgar su futuro en ello. Un abogado defensor inteligente (e Iván puede permitirse el lujo de contratar al mejor) podría citar a Gary como testigo en contra mío. O bien tendría que hablar de nuestra intimidad en la sala, o bien cometer perjurio y no hacerlo. No dejaré que eso ocurra. –Se apartó las lágrimas de las mejillas con un gesto brusco–. Al final me he dado cuenta de que un juicio sólo retrasaría lo inevitable.

–¿Qué quieres decir? –preguntó Velta.

–Yo seré quien vea cómo pagan por lo que me han hecho. De alguna manera, algún día, obtendré una satisfacción, un desagravio. –Instantáneamente se le secaron las lágrimas–. ¿Para qué ir por vías legales cuando ellos tienen todas las de ganar? ¿Por qué colocar a Gary en esa miseria? Ya estará lo suficientemente dolido cuando rompa con él; si quiero protegerle, tendré que romper nuestra relación –añadió afligida.

»Por cierto, mamá, conseguimos las becas. La carta llegó ayer. Iba hacia casa de Gary para darle la buena noticia cuando el coche de Donna Dee se quedó sin gasolina.

Tal injusticia era abrumadora. Se apoyó abatida en el fregadero.

Velta se levantó de la silla y se limpió las manos con movimientos enérgicos.

–Bueno, cualesquiera que sean tus razones, me alegra oír que proyectas continuar tu vida. Lo mejor que puedes hacer es olvidarte de lo sucedido.

Jade irguió la cabeza. Del fondo de sus ojos azules emanaba una firme determinación. Aunque permaneció erguida, su cuerpo estaba tenso y estremecido. Cuando habló su voz sonaba tranquila y escalofriante:

–Nunca lo olvidaré.

Para cuando llegó la segunda clase, la camisa de Lamar presentaba unas aureolas de sudor en la zona de las axilas. Estaba nervioso, descontento y confundido.

Neal y Hutch no habían ido al instituto. Eso sólo ya le hacía sentirse desolado. Había considerado el quedarse en casa, pero eso le habría obligado a inventarse una excusa para su madre. Siempre que le era posible evitaba cualquier roce con Myrajane, sobre todo, si implicaba una mentira. Ella detectaba las mentiras a tres kilómetros.

Durante la hora de estudio, el director, señor Patterson, había anunciado que los estudiantes de último curso, Gary Parker y Jade Sperry, habían obtenido una beca completa. Todo el mundo había aplaudido.

–Sé que queréis expresar vuestras felicitaciones a estos dos brillantes estudiantes –había comentado el director a través del altavoz–. Por desgracia Jade se encuentra hoy ausente, pero no os olvidéis de felicitarla cuando vuelva.

Al oír que Jade no estaba, Lamar empezó a sudar de verdad. Entre clase y clase se había encontrado por los pasillos a Gary Parker, pero hizo como que no lo veía para no tener que hablarle. ¿Sería capaz de volver a mirar a Gary a la cara después de lo que le había hecho a su novia? La noche anterior había abrigado un secreto orgullo sobre sus dotes sexuales. Pero bajo la fría luz del día se acordó de que su éxito lo había obtenido a expensas de Jade.

Al ver a Gary recibiendo las felicitaciones de sus compañeros de clase la culpabilidad de Lamar se le reflejó en la frente. Lleno de vergüenza y horror, se deslizó al lavabo de chicos más cercano y se puso a vomitar.

La cuarta clase la compartía con Donna Dee Monroe. Cuando entró en el aula se sintió aliviado al verla sentada en su pupitre, pero su alivio duró muy poco. Su estómago se revolvió amenazante cuando los ojos de ella conectaron con los suyos. Ella lo sabía.

Estaba seguro de que ella lo sabía por la mirada penetrante que le dirigió. De alguna forma había descubierto lo que había ocurrido después de haberla dejado en la carretera. La intensa mirada le hizo sentir peor que cuando su madre le soltaba una bronca por uno de sus tantos descuidos. Se sintió desnudo de arriba abajo. Quería arrastrarse por el suelo y esconderse en un agujero. Pero en lugar de eso tuvo que aguantar cincuenta y cinco minutos de clase de inglés. Los minutos pasaban con una lentitud torturante.

¿Quién se lo había dicho a Donna Dee? Suponía que Jade. Pero ¿cuándo?, ¿cómo? La última vez que vio a Jade estaba tirada en el suelo, con las rodillas dobladas sobre el pecho. En aquel momento pensó que habría sido mejor si ella hubiese muerto. Entonces no habría nadie que testificase sobre lo que hizo. Su madre nunca se enteraría. Por supuesto, había enterrado rápidamente semejante pensamiento antes de que el Señor tuviese tiempo de oírlo y castigarle.

Pero al parecer Jade no estaba tan herida como parecía. No obstante, ¿cómo había vuelto a la ciudad? ¿Habría explicado a alguien lo que había sucedido en el canal? Era obvio que sí porque Donna Dee lo sabía. Oh, Dios. Si Donna Dee estaba al corriente, entonces otros lo descubrirían y su madre acabaría por enterarse. Y tomaría represalias. No importaba lo que Neal dijese; las habría.

En esos momentos, el sheriff Jolly lo sabría. Aunque su hijo estaba implicado, él era un hombre íntegro. Haría lo correcto. En cualquier momento un fornido policía aparecería por la puerta del aula, blandiendo un arma de fuego y ondeando una orden de arresto contra Lamar Griffith.

La sangre le circulaba con tal rapidez por la cabeza que tuvo que apoyarla en el pupitre para no desmayarse. Tenía la piel sudorosa. Volvió a sentir náuseas.

Lamar pensó seriamente en salir de la clase, correr hacia el centro de la ciudad y lanzarse a merced del fiscal. Era mejor traicionar a sus amigos y evitar su visible agitación; era mejor tener a Iván Patchett por enemigo el resto de su vida; era mejor estar en la cárcel con ladrones, chulos de putas y asesinos profesionales que sufrir las iras de su madre.

Cuando se dio cuenta, había perdido la oportunidad de salir corriendo por la puerta. Mientras los alumnos tenían que estar enfrascados leyendo Alexander Pope, Donna Dee se aproximó a la mesa de la profesora y pidió un pase para ir a la enfermería.

–¿Qué pasa? –le preguntó la profesora.

–No me encuentro bien. Ya sabe. –Miró a la maestra con esa mirada que se intercambian las mujeres para hacerse saber que les ha venido la regla.

–Por supuesto, cariño. Vete a casa y acuéstate con una manta eléctrica.

Lamar observó con disimulo cómo se iba Donna Dee. Al cerrar ésta la puerta miró directamente hacia él, pero Lamar no supo interpretar el significado de su silencioso mensaje. Parecía como si ella le dijese que permaneciera con la boca cerrada.

A la hora de salida del instituto, sus débiles piernas apenas podían soportarlo mientras corría hacia el coche. Como no sabía qué hacer o dónde ir a buscar soluciones, se dirigió a casa de Neal.

Estaba situada en un lugar elegante. Desde la carretera serpenteaba un camino de grava a través de gruesos árboles. El cuidado césped que rodeaba la casa era tan ancho como un campo de fútbol. Tres viejos robles la protegían con un denso dosel de ramas. Las raíces se arrastraban por la tierra como tubos de lava.

La casa de ladrillo de dos pisos era impresionante, pero Myrajane Griffith la despreciaba. A menudo, comentaba:

–El viejo Rufus Patchett tenía muy mal gusto. Diseñó esa casa para que tuviese ocho columnas en la galería, cuando con seis habría tenido más que suficiente. Rufus quería sacar de quicio a papá construyendo una casa más grande que la nuestra. Es absurdo ser tan ostentoso.

Pero recientemente se había contradecido.

–Es una pena que Iván haya descuidado tanto esa casa. Necesita el toque de una mujer. Hace tiempo que debería haberse casado de nuevo. Esa Eula que trabaja para él es un ama de llaves desastrosa. Es vaga e insolente.

Lamar era lo bastante listo como para no decir palabra y no preguntar de dónde había sacado la información su madre. Que él supiese, su madre no había puesto nunca los pies en la casa de los Patchett. Muchas veces le había llevado hasta allí, pero nunca la habían invitado a entrar.

Rufus, el padre de Iván, había hecho una fortuna con el algodón. El sudor de los recolectores, aparceros y trabajadores de la desmotadora de algodón había ido a parar al mortero que aguantaba todos los ladrillos de tono pastel. Rufus había sido inteligente. Mientras sus contemporáneos regateaban con corredores para exprimir un centavo más de una bala de algodón en un mercado en decadencia, él cambió para cultivar soja. Al igual que la familia de Myrajane, la mayoría de los plantadores de algodón lo habían perdido todo. Tuvieron que vender a Rufus extensiones de terreno a diez centavos el dólar, sólo por ahorrarse el pagar la contribución del terreno que ya no podían cultivar.

Rufus devoró tierras de todas partes. Ignorando la burla de otros agricultores, continuó con sus plantaciones de soja. En cuanto pudo construyó la fábrica de productos derivados. A la muerte de Rufus, Iván heredó toda la tierra, la fábrica y el poder que todo ello conllevaba. Algún día Neal haría lo mismo. Y después su hijo.

En lugar de sentir envidia de su amigo, Lamar estaba contento de saber que él nunca tendría que cargar con semejante responsabilidad. Había sido amamantado con el estirado orgullo de la familia Cowan y creía sinceramente que era destructivo y estúpido. ¿Qué bien había reportado a los Cowan? Los únicos que quedaban eran uno o dos primos lejanos y Myrajane, que era tacaña, codiciosa y posesiva. Había convertido en un infierno la vida del padre de Lamar, al que todavía echaba de menos. Si ella hubiese empezado de pobre, quizá todos habrían sido más felices.

Al aproximarse a la casa, Lamar observó que él no era el único invitado de Neal. El coche de Hutch estaba aparcado de frente en el camino circular.

Eula acudió a abrir. Antes de entrar al vestíbulo de mármol, Lamar se limpió a conciencia los pies en la esterilla.

–Hola, Eula. ¿Está Neal?

Subió corriendo las escaleras y abrió la segunda puerta a su izquierda, pasada la galería. Neal estaba sentado en el suelo, con la espalda apoyada en la cama. Hutch estaba repanchingado en una silla. Neal parecía el mismo de siempre, como si nada hubiera sucedido. Las pecas de Hutch se veían más oscuras que la noche anterior, o quizá debajo de ellas la piel estaba más pálida que de costumbre. El arañazo contrastaba fuertemente en su mejilla.

–Hola –saludó Neal–. Entra. ¿Quieres una cerveza?

–No, gracias.

Hutch no abrió la boca. Se dirigieron una breve mirada, pero debido al sucio secreto que ahora compartían, para Lamar era difícil mirar directamente a la cara a sus amigos. Parecía que a Hutch le sucediera lo mismo. A Neal no se le veía inquieto.

–¿Cómo ha ido hoy el instituto, Lamar?

–Bien, supongo.

–¿No ha pasado nada nuevo? –Bebió un trago de cerveza.

–No. –Tras una breve pausa, añadió–: El señor Patterson ha anunciado que Gary y... y Jade han conseguido las becas para la universidad. –Dirigió una furtiva mirada a Hutch. Éste palideció aún más.

–¿No me digas? –comentó Neal con voz burlona–. ¿Qué os parece? Bien por ellos.

Hutch saltó de su asiento y se dirigió a la ventana mientras soltaba una retahíla de palabrotas. Neal tomó otro trago de cerveza mientras lo observaba.

–Pero ¿qué te ocurre? ¿No estás contento por las becas? –dijo soltando una carcajada.

Hutch se dio la vuelta, enojado.

–¿Es que ni siquiera vamos a hablar de ello? ¿Es que vamos a hacer como si no hubiera ocurrido nada?

Lamar se sintió aliviado de que Hutch hubiera sacado el tema y de que al fin pudiera hablar de ello con alguien.

–He estado cagado de miedo todo el día.

–¿Miedo? ¿De qué? –inquirió Neal con tono burlón.

–Pues de meterme en problemas, ¿de qué va a ser?

Neal se sentó más erguido y movió la cabeza como si estuviera confundido por la preocupación de Lamar.

–Ya os dije anoche que no nos vamos a meter en ningún problema. ¿Es que no me escuchas cuando te hablo, Lamar? No hicimos nada malo.

Lamar echó un vistazo a Hutch. Éste no estaba satisfecho con la situación como Neal, pero no quería hablar para no parecer un cobarde y hacer enfadar a Neal. Lamar estaba solo.

Lamar se aferró a su débil valentía y persistió:

–Puede que alguna gente no lo vea así, Neal.

–¿Qué gente?

–Gente que se entere de lo que pasó.

–¿Quién se lo va a explicar? ¿Jade? –bufó–. Lo dudo.

–Se lo contó a mi padre –intervino Hutch.

–¿Se lo contó a tu padre? –repitió Lamar en voz alta y chillona. Sus rodillas cedieron y cayó al suelo de golpe–. ¿Qué es lo que hará?

–¡Nada, maldita sea! –Visiblemente irritado, Neal se levantó del suelo y arrancó otra lata de cerveza del paquete de seis. Al abrirla, la espuma se desparramó por su mano–. Es que vosotros dos me sacáis de quicio, ¿lo sabíais? Si vais por ahí comportándoos como culpables de algo, todo el mundo pensará que lo sois.

–A lo mejor lo somos –respondió Lamar. Neal lo fulminó con la mirada, haciéndole sentirse como un insecto al que clavan en una placa de corcho; pero tenía que descargar lo que tenía en el pecho o estallaría–. Digas lo que digas, Neal, no creo que Jade quisiera que nosotros..., ya sabes.

–¿Eres imbécil o qué? –Las palabras salieron de la boca de Hutch como si las hubiesen disparado desde el interior–. Claro que ella no quería que lo hiciésemos, idiota.

Luchó como un gato salvaje. La violamos, pura y simplemente.

–¡Oh, Dios! –Lamar se desplomó hacia un lado. Sintió que se le revolvía el estómago y que le entraban ganas de vomitar de nuevo; pero ¿qué más daba si se deshonraba a sí mismo? De todas formas su madre lo mataría cuando se enterase de lo que había hecho.

–¡Cállate! –gritó Neal–. ¡Callaos los dos! –Apretaba los dientes, furioso–. Escuchad, estúpidos, las tías siempre andan buscando el mismo rollo. Ella puso una resistencia simbólica, claro. ¿Creéis que le interesa que vayamos por ahí diciendo que ella quería que la jodieran? Antes de que pudiésemos explicar a los otros que es una tía fácil, ha sacado esta mierda para presentarnos como los malos. ¿Es que no lo veis?

Hutch estaba tan desesperado que no le importaba agarrarse a un clavo ardiendo. Lamar también quería creer a Neal, pero cada vez que empezaba a ver las cosas lógicas le venía a la memoria la fuerza con la que Jade había luchado y lo asustada que estaba cuando él y Hutch la aguantaban en el suelo para que se la tirara Neal.

Hutch se frotó la frente sudorosa con la mano. Su piel tenía el color de masilla manchada de pintura enmohecida.

–No debimos abandonarla allí.

–Llegó bien a la ciudad, ¿no?

–¿Cómo volvió? –preguntó Lamar.

Neal les informó de todo lo que sabía y de todo lo que por la mañana se había dicho en el juzgado.

–Tenía la impresión de que Donna Dee lo sabía –observó Lamar cuando Neal hubo terminado.

–Donna Dee testificó a nuestro favor –contestó Neal–. Sabía perfectamente que Jade era consciente de dónde se metía cuando entró en el coche con tres tipos cachondos y medio borrachos. Quizá debimos haber invitado también a Donna Dee a nuestra pequeña fiesta. –Sonrió y luego chasqueó los labios–. Aunque no creo que esté tan buena como Jade. Nunca me lo había pasado tan bien.

Lamar bajó la mirada hacia sus manos abandonadas sobre sus rodillas. Sintió un deseo urgente de lavárselas.

–Donna Dee estaba cabreada con Jade por habérselo hecho contigo –dijo Neal a Hutch–. Echaba chispas. Realmente, esa chica está supercolada por ti. ¿Por qué no eres amable con ella y le haces una demostración práctica de lo que hiciste con Jade?

Hutch cerró sus grandes manos con rabia. Su cara recobró el color. De hecho, se puso muy roja. Hutch perdía la calma con bastante facilidad, excepto con Neal, pero siempre había una primera vez para todo. Lamar contuvo temeroso la respiración, expectante.

Pero Hutch no quiso llevar la cosa más lejos. Recuperó su color y bajó los puños.

–Me voy a casa. –Se volvió y empezó a caminar con paso decidido hacia la puerta, pero antes de alcanzarla, Neal le bloqueó el camino.

–Me jodería bastante que mis dos mejores amigos resultasen ser unos gallinas de mierda. –Incluyó a Lamar en la mirada de aviso que lanzó a Hutch–. Jade levantó una polvareda esta mañana, pero ahora todo ha terminado. Mi viejo llamó hace un rato y dijo que Jade ha notificado a Fritz que no presentará cargo alguno. Eso es tanto como admitir que se lo estaba buscando. –Al no responder nadie, añadió–: Bueno, ¿no es cierto?

Los dos chicos se intercalaron miradas indecisas.

–Lo que tú digas, Neal –murmuró finalmente Lamar.

–Bueno, pues entonces tranquilos, ¿vale?

Hutch comentó:

–Mi padre me ha puesto hora de llegada para las próximas dos semanas. Ya nos veremos.

Después de irse, Neal levantó las manos por encima de la cabeza y se desperezó, con un gran bostezo.

–Mi viejo me ha sacado hoy de la cama antes del amanecer. No he hecho nada en todo el día. –Cogió la cerveza que tenía empezada y se la acabó de un trago–. ¿Quieres que vayamos a tirar a la canasta?

–No, yo..., bueno, también tengo que ir a casa. –Lamar se puso en pie. Se subió con dificultad la cremallera de la cazadora, metió las manos en los bolsillos y las volvió a sacar–. ¿Se va a enterar de esto mi madre, Neal?

–¿Por qué? –Neal sonrió como un caimán–. ¿Estás asustado?

–Claro que sí –admitió Lamar con una débil sonrisa.

Neal le dio una palmada en la espalda.

–No se enterará; y si se entera, ¿qué? Follaste con una tía. Menudo problema...

De repente le agarró por una nalga y le susurró con suavidad:

–Descargaste una buena dosis dentro de ella, hombre. Me sentí muy orgulloso de ti. –Apretó la carne antes de soltarla y se rió de la forma indiferente que tanto le caracterizaba.

Lamar se despidió y se dirigió a la escalera. El alto techo de la casa le hizo sentirse pequeño y enjaulado. Se detuvo un momento para soltar una relajada bocanada de aire. Al apoyarse en la balaustrada se dio cuenta de que otra vez estaba transpirando mucho. El sudor le goteaba sobre su labio superior. Tenía las palmas de las manos empapadas y frías de sudor.

También se dio cuenta de otra cosa: el pene estaba duro. Muy duro. El hablar de su proeza sexual de la noche anterior le había producido la erección. No sabía si sentirse orgulloso o enfermo de nuevo.

6

Gary Parker abordó a Donna Dee Monroe en su coche, en el aparcamiento, instantes después de que sonara el timbre de las tres y media. La sospecha que tenía de que ella le había estado evitando se confirmó. Al verle, casi se le cayeron los libros.

–¡Gary! ¿Có... cómo es que no estás entrenando?

–Quiero hablar contigo, Donna Dee.

–¿De qué? –Tiró los libros en el asiento trasero y se deslizó tras el volante, con ganas de marcharse.

Gary se inclinó hacia el volante y sacó las llaves de encendido.

–¡Eh! ¿Qué...?

–Quiero saber qué es lo que pasa con Jade.

–¿Jade? –repitió ella.

–Jade. Ya sabes, Jade Sperry, tu mejor amiga.

–Sí –contestó ella con repentina hostilidad–. ¿Qué pasa con ella?

–¿Por qué lleva tanto tiempo sin venir al instituto? ¿Qué le pasa? Cada vez que llamo, su madre me dice que está enferma. Jade no quiere hablar conmigo para nada. ¿Tan enferma está? ¿La has visto?

–No, desde la semana pasada –respondió secamente–. Si su madre dice que está enferma, supongo que será la verdad.

–¿Tampoco has hablado con Jade?

–No.

–No me lo puedo creer, Donna Dee. Eres su mejor amiga.

–Bueno, tú eres su novio. Si no quiere hablar contigo, ¿qué te hace pensar que lo hará conmigo? Por favor, dame las llaves. Tengo que ir a casa.

Extendió la palma de la mano, pero él no hizo caso.

–¿Me estás diciendo que has intentado hablar con Jade y que ella se ha negado?

La pequeña cara de Donna Dee adoptó una expresión indecisa y seria.

–Escucha, Gary. Entérate de que ella y yo nos hemos enfadado y ya no nos hablamos.

Él la miró con incredulidad.

–¡Debes de estar bromeando!

–No.

–¿Por qué os enfadasteis?

–No puedo explicártelo. Ahora, por favor... –Intentó coger las llaves, pero Gary las puso fuera de su alcance–. ¡Gary, dame las llaves!

–¡No, hasta que me digas qué coño está pasando!

Normalmente, Gary no perdía los estribos. La furia de ese momento era consecuencia de su frustración y temor. Durante varios días había notado que algo no iba bien. Sus compañeros de clase lo miraban de reojo. Algunos cuchicheaban y callaban cuando se acercaba. Jade padecía una enfermedad misteriosa. Nada había ido como antes desde el día en que se enteró de lo de la beca. Aunque no tenía nada concreto en qué basarse, tenía una fuerte premonición de que su vida se malograba.

–¿Qué pasa con Jade? –exigió.

–Si quieres saber algo de Jade, pregúntale a ella. –Donna Dee agarró las llaves antes de que él pudiera detenerla.

Sin embargo, pudo alcanzarla a través de la ventanilla abierta y la agarró del brazo.

–¿Tiene algo que ver con Neal?

La cabeza de Donna Dee se volvió como movida por un resorte.

–¿Por qué me preguntas eso?

–Porque se comporta de un modo muy raro. De repente me trata como a un colega, pero es tan falso que se le ve el plumero. Es como si estuviera en una broma de la que yo no sé nada todavía.

Donna Dee se humedeció nerviosamente los labios. Sus ojos chispearon furtivamente. Se la veía atrapada y esto le produjo un sentimiento de asco en el fondo de su garganta, confirmando la sospecha de Gary.

–¿Tiene algo que ver con Jade la repentina amistad de Neal hacia mí?

–Tengo que irme.

–¡Donna Dee!

–Tengo que irme. –Puso el motor en marcha y salió disparada del estacionamiento sin mirar atrás.

–¡Maldita sea!

Gary corrió hacia su coche. Inconscientemente decidió saltarse el entreno de atletismo, en un impulso instintivo de ver a Jade enseguida. Iba a verla, aunque tuviese que echar abajo la puerta.

Jade reconoció el motor del coche. Se acercó a la ventana del salón y lo vio correr hacia la entrada. Llamó dos veces. Gimió con anhelo sin poderlo evitar antes de arreglarse un poco y abrir la puerta.

–¡Jade!

–Hola, Gary.

Una amplia sonrisa se dibujó en su cara. Era evidente que estaba muy contento y aliviado de verla.

–Aparte de estar pálida y delgada, se te ve normal.

–¿Qué esperabas?

–No sé –contestó con sofoco–. Quizás alguna herida abierta.

La cogió por los brazos y la abrazó fuertemente. Pareció no darse cuenta de que ella no le correspondía como solía hacerlo.

–Me has tenido muy preocupado –le susurró al oído–. Me alegro de verte bien.

Ella se deshizo del abrazo, dio la espalda al umbral y le invitó a entrar. Él miró por encima del hombro con una sensación de culpabilidad.

–¿Crees que está bien, al no estar tu madre?

–Está bien. –Debido a la situación, el romper una de las reglas de acero de su madre carecía de importancia.

Cuando hubo cerrado la puerta, Gary la volvió a atraer hacia sí y le lanzó una mirada hambrienta.

–¿Qué es lo que te pasaba, Jade? Has debido de estar muy enferma. Tu madre decía que no estabas en condiciones de ponerte al teléfono.

–Eso es lo que le pedí que te dijera. –Él la miró confuso–. Siéntate, Gary.

Jade se dirigió hacia una silla y se sentó. Cuando le miró, estaba claro que se encontraba perdido por la falta de respuesta. La propia Jade tenía dificultad en tratar el tema. El cariñoso abrazo de Gary le recordó otros que no lo habían sido tanto. Aunque su cerebro sabía que había una gran diferencia, su cuerpo parecía incapaz de distinguir las caricias de la paliza recibida de sus atacantes. Pensó que debía estar agradecida. Sin deseo físico que contener, lo que tenía que hacer le resultaría más fácil.

Él se acercó, se arrodilló frente a ella y le cogió las manos entre las suyas.

–Jade, no lo entiendo. ¿Qué es lo que está pasando?

–¿Qué es lo que no entiendes?

–Nada de nada. ¿Por qué no has ido al instituto? ¿Por qué no has hablado conmigo?

–He estado enferma.

–¿Tanto como para no poderte poner al teléfono y saludarme?

Jade procuró que su voz sonase indiferente.

–Hay algo que tengo que decirte, Gary.

–Oh, Dios, no –susurró ronco. Se inclinó hacia delante y hundió la cabeza en el regazo de ella. Cogió un trozo de su gruesa bata y lo retorció entre los dedos–. ¿Padeces una enfermedad mortal? ¿Vas a morir?

El corazón de ella se rompió en pedazos. No podía soportar el pasar sus dedos por el cabello castaño y ondulado de él. Como si tuviese vida propia, se enlazaba entre sus dedos. Le acarició el pelo con ternura. De la garganta de Gary surgió un gemido como el eco del que ella contenía.

Antes de rendirse ante su dolorido corazón, le levantó la cabeza.

–No es nada de eso. No voy a morir. –Él le pasó suavemente los dedos por cada facción de la cara–. Es sólo que... –Intentó varios comienzos hasta que consiguió seguir–: He estado emocionalmente enferma.

Él repitió las palabras como si perteneciesen a otro idioma.

–¿Sobre qué?
–He estado sometida a una gran presión.
–¿Del instituto? –Le acarició el cabello, apartándole un mechón de la cara. Ella se resistió a apoyar la mejilla en la palma de su mano–. Eso se acabó, ya hemos conseguido las becas. ¡Eh! Ni nos habíamos visto desde que nos lo notificaron. Enhorabuena.
–Igualmente.
–¿Cómo lo vamos a celebrar? –Sus ojos chispearon al dirigir su mano hacia abajo, hasta el pecho–. Yo sé cómo me gustaría celebrarlo.
–¡No! –gritó ella con estridencia, apartándose al sentir la caricia. Él se asustó tanto que cayó a un lado cuando ella abandonó la silla. Sus movimientos eran nerviosos e inseguros, como si acabase de aprender a caminar.
–¿Jade?
Ella se volvió. Él la miraba perplejo.
–¿Es que no entiendes lo que trato de decirte? He estado agobiada por la beca, pero también por otras cosas. Sobre todo referente a nosotros.
–Pero ¿de qué narices me estás hablando?
Ella se dio cuenta que el alargar aquello empeoraba aún más las cosas. No había forma de hacerlo sin causar heridas, tanto en él como en sí misma.
–Eres un tipo listo –contestó deliberadamente con un tono de voz impaciente–. ¿No puedes leer entre líneas? ¿Acaso tengo que deletreártelo? ¿No coges lo que intento comunicarte?
Gary se incorporó, puso las manos en jarras e inclinó la cabeza.
–¿Estás intentando romper?
–Yo..., yo creo que necesitamos descansar el uno del otro, sí. Las cosas se estaban precipitando, se nos iban de las manos. Necesitamos retroceder.
Los brazos de Gary cayeron a los lados.
–No puedo creerlo. ¿Jade?
Se dirigió hacia ella y trató de atraerla a sus brazos.
Ella lo rechazó.
–Soy incapaz de seguir con esta presión sexual por parte tuya, Gary.

–¿Acaso no me has presionado tú también? –gritó él.

–¡Por supuesto! Ya sé que lo he hecho. Ésa es la cuestión. No es bueno para ninguno de los dos el continuar encendiendo hogueras que no podemos sofocar.

–Hace sólo unas semanas sugeriste empezar a avivar la hoguera.

–He cambiado de parecer. Deberíamos esperar, darnos mucho tiempo para tomar la decisión adecuada. –Con impaciencia, se humedeció los labios–. Pero incluso eso no es bastante. Necesitamos salir con otra gente. Hemos ido juntos desde que éramos lo bastante mayores como para citarnos. Quiero que tú..., que tú empieces a salir con otras chicas.

Durante unos minutos, él la miró sin saber qué responder. Luego sus ojos se dilataron llenos de sospecha.

–Esto tiene algo que ver con Neal Patchett, ¿no es así?

Tuvo la sensación de que una trampilla se abría bajo sus pies y sintió cómo caía a través de un agujero negro.

–No –denegó con voz ronca.

Era obvio que él malinterpretó el horror de ella por culpa.

–¡Y una mierda! –replicó despreciativo–. Me ha estado haciendo la pelota más de una semana. Justo desde que te pusiste «enferma». Ha estado actuando como un hombre que sabe un delicioso secreto y que se muere por explicarlo. Ahora ya sé lo que es. Quería picarme la curiosidad. Saliste con él, ¿no es cierto?

–No.

–No me mientas. Donna Dee también se sintió muy culpable cuando mencioné su nombre. ¿Os habéis peleado por eso?

–¿Donna Dee? –pronunció ella en un tono de incredulidad.

–Hoy la abordé, después de las clases. Me ha estado evitando casi con la misma diligencia que tú.

–¿Qué es lo que dijo?

–No te preocupes. No te ha traicionado. –Movió la cabeza–. Así que al final cediste ante el irresistible encanto de Neal. Eso hará feliz a tu madre.

Ella movió con vehemencia la cabeza, agitando su oscuro cabello.

–No. Le desprecio. Ya lo sabes, Gary.

–Eso es lo que tú dices. –Empezó a caminar nerviosamente de un lado a otro sin apenas poder contener su rabia–. Quizá le pregunte a él en persona. –Se giró hacia la puerta, pero antes de dar tres pasos Jade se lanzó a su espalda, reteniéndolo.

–No, Gary, no. Aléjate de Neal.

Él se dio la vuelta y la apartó con enojo.

–Si querías ponerme cuernos, ¿por qué tuvo que ser con Patchett?

–Estás equivocado. Gary. Por favor, no pienses que...

–¡Patchett! ¡Por el amor de Dios! –La soltó con tanta rudeza que ella se tambaleó hacia atrás. Abrió la puerta de un tirón y salió a grandes pasos.

–¡Gary!

Él no miró hacia atrás, aunque Jade sabía que le había oído cómo lo llamaba hasta que su coche se alejó. Jade volvió al interior, dando un traspié, y se desplomó contra la puerta. Las lágrimas que había estado reprimiendo saltaron como un torrente. Lloró hasta que no le quedaron lágrimas y entonces continuó con atroces sollozos.

Al principio, Gary pensó en dirigirse directamente a la finca de los Patchett y desafiar cara a cara a Neal. Seguramente podría vencerlo en una justa pelea, pero no quería proporcionar a semejante hijo de puta la satisfacción de saber que le había provocado. Le dejaría que presumiera y fuera mostrando por ahí su asquerosa sonrisa. Gary Parker no iba a rebajarse a su nivel.

Cuando llegó a casa, la rabia de Gary había dado paso a la desesperación. Cuando entró en el patio, la granja le pareció más fea que nunca. Odiaba la vieja casa, con la pintura que se caía y el porche hundiéndose. No soportaba las gallinas que picoteaban en el patio y la peste del sucio cisne. Le molestaron las risas y la cháchara de sus hermanos pequeños cuando corrieron hacia él y se agarraron a sus piernas, impidiéndole avanzar por el desgastado camino.

–Gary, mamá ha dicho que esta noche tienes que ayudarme con las cuentas.

–Gary, haz que Stevie pare de perseguirme.

–Gary, ¿puedes llevarme a la ciudad?

–¡Basta!

Seis pares de ojos atónitos lo miraron. Él observó el círculo de caras y odió sus expresiones confiadas y cariñosas. Quién se creían que era, ¿un santo?

Los apartó de su camino, atravesó corriendo el patio dispersando a las gallinas y se metió en el granero. Se dejó caer en un oscuro rincón encima de la paja y se cubrió la cabeza con los brazos. Añoranza, odio y amor luchaban en su interior.

Deseó escapar de aquel lugar. Odiaba la fealdad, la pobreza, la suciedad y la falta de intimidad. Aun así quería a su familia. En sus constantes ensueños, él regresaba de la universidad como un generoso Santa Claus, repartiéndoles golosinas. Pero la responsabilidad de convertir en realidad esos ensueños era bastante pesada. A menudo se veía desaparecer, simplemente.

Pero nunca lo haría, por supuesto. No sólo por su arraigado sentido de la responsabilidad sino por Jade. Ella hacía soportable toda la fealdad de su vida porque en ella residía la promesa de que nunca sería así. Ella era el centro de todas sus esperanzas.

¿Cómo podría llevar una vida sin ella?

«Jade –pensó tristemente–, ¿qué te ha ocurrido, que hay del futuro que íbamos a compartir?» Habían planeado acabar su formación universitaria y luego regresar a Palmetto y hacer la comunidad más igualitaria. Pero ahora parecía que ella se había decantado hacia el otro lado: el de los Patchett. ¿Cómo había sido capaz?

–¿Gary?

Su padre entró por la gran puerta del granero. Otis Parker no tenía aún los cincuenta, pero aparentaba al menos diez años más. Era delgado pero fuerte, un hombre pequeño con hombros encorvados. Su mono de trabajo colgaba suelto sobre su esquelética figura. Encontró a su hijo sentado en el oscuro rincón, sobre la paja maloliente.

–¿Gary? Los chicos dicen que los has tratado mal.

–¿Es que aquí no puedo tener un momento de tranquilidad?

–¿Ha ocurrido algo en el instituto?

–¡No! Sólo busco un poco de intimidad. –Gary tenía ganas de descargar en alguien y su padre era un buen blanco–. ¿Es que no puedes dejarme solo, aunque sea por una vez? –gritó.

–Muy bien. –Otis se dio la vuelta para marcharse–. No olvides dar de comer al cerdo.

Gary se puso en pie, con los puños apretados.

–Escucha, viejo, la última vez fui yo quien dio de comer a ese maldito cerdo. Estoy hasta las narices de dar de comer al cerdo. Estoy harto de estar rodeado de críos chillones. ¿Es que no se te ocurrió hacer otra cosa que niños? Estoy hasta la coronilla de este lugar y del olor a podrido de tu fracaso. Estoy harto del instituto, de los profesores y de hablar de becas cuando, en realidad, a nadie le importa un pimiento. Estoy hasta las narices de ser el niño bueno. Eso no lleva a ninguna parte. A ninguna parte.

Agotó la rabia. Cayó de rodillas sobre la sucia paja y empezó a llorar. Pasaron varios minutos antes de sentir la ruda mano de su padre sacudiéndole el hombro.

–Creo que necesitas un trago de esto.

Otis le ofreció una botella de aguardiente. Gary dudó antes de cogerla, la destapó y olió. Luego bebió un trago. El aguardiente le abrasó todo el camino hacia el estómago. Tosió y resolló mientras devolvía la botella a Otis, quien le dio un gran trago.

–No digas nada a tu madre de esto.

–¿De dónde lo has sacado?

–Me parece que ya es hora de que sepas quién es Georgie. Es una mujer negra que ha elaborado aguardiente durante años. No cobra mucho. De todas formas, es todo lo que me puedo permitir. Lo tengo escondido allá, bajo la vieja silla de montar, por si alguna vez lo necesitas y yo no estoy. –Otis volvió a tapar la botella con cuidado–. ¿Tienes problemas de faldas?

Gary se encogió de hombros, evasivo, aunque el recuerdo de la traición de Jade quemó su estómago más que el alcohol.

–Son la única cosa de la creación de Dios que puede enloquecer a un hombre y hacerle hablar como tú lo has hecho. –Otis lo miró con severidad–. No me ha gustado lo que has dicho sobre tus hermanos y hermanas, porque eso es una falta de respeto hacia tu madre.

–Lo siento. No quise decir eso.

–Sí, sí querías. Pero quiero que sepas que cada uno de nuestros hijos fue concebido con amor. Estamos orgullosos de cada uno de ellos. –Los ojos de Otis se empañaron–. Estamos orgullosos sobre todo de ti. Te juro por mi vida que no puedo comprender cómo has salido tan listo. Supongo que te avergüenzas de nosotros.

–No, papá.

Otis suspiró.

–No soy tan tonto como para no saber por qué no traes nunca amigos a casa, Gary. Está muy claro. Escucha, tu madre y yo no queremos que te formes para cuidar de nosotros y de los chicos. Queremos que te vayas de aquí por una sola razón: porque tú lo deseas con todas tus fuerzas. No quieres ser un fracasado como yo.

»Lo único que he tenido a mi nombre es este desgraciado pedazo de tierra, y te aseguro que eso no es mucho. Pero ni siquiera lo compré yo, sino mi padre. He hecho lo mejor que he podido para mantenerlo.

Gary sintió unos terribles remordimientos por decir lo que había dicho. Otis se dio cuenta y le dio una palmada en la rodilla, en señal de perdón; la utilizó de apoyo para ponerse en pie.

–¿Has discutido con Jade? –Gary asintió–. Bueno, ya pasará. Una mujer debe tener sus momentos de vez en cuando, si no no sería una mujer. Cuando se ponen a llorar es mejor dejarlas un rato. –Después de darle ese sabio consejo se dirigió sin prisa hacia la puerta–. Ven a la hora de cenar, y mejor si haces tu trabajo.

Gary observó cómo se iba su padre. Su ondulante y estevado modo de caminar le llevó al sombrío patio, repleto de juguetes rotos de segunda mano y de excrementos de gallinas. Gary se cubrió el rostro con las manos y deseó que cuando las bajase y abriese de nuevo los ojos se encontrase a un montón de kilómetros de distancia, libre de sus obligaciones.

Todo el mundo, incluida su familia, esperaba demasiado

de él. Estaba condenado al fracaso ya antes de empezar. Aunque escalase muchas montañas del éxito, nunca podría llevar a cabo las esperanzas que los demás tenían puestas en él. Nunca llegaría a ser lo suficientemente bueno ni lo suficientemente rico. Nunca sería Neal Patchett.

¿Pero por qué tenía Jade que lanzarse en sus brazos? ¿Y qué importaba si Neal era el chico más rico de la ciudad? Jade sabía lo superficial que era. ¿Cómo podía ella dejarse tocar por aquel tipo? Al mirar hacia el abandonado patio tuvo clara la respuesta: Neal Patchett no iba nunca al instituto con los zapatos llenos de mierda.

El resentimiento roía en su interior como el fuerte aguardiente en su estómago. Ella se arrepentiría. No tardaría en volver a él arrastrándose. Había tenido un flechazo por Neal, eso era todo. No duraría mucho. Era él, Gary, al que ella verdaderamente quería. Lo que habían tenido era muy profundo y duradero como para tirarlo. Tarde o temprano Jade recobraría el sentido. Mientras tanto, él haría..., ¿qué?

Su sentido de la responsabilidad le mostró la cara fea. Se levantó y fue a dar de comer al cerdo.

7

–Oye, Jade.

Jade volvió la cabeza desde su casillero y apretó los libros de texto contra el pecho. Pocos compañeros de clase le dirigían ya la palabra, así es que se sintió agradablemente sorprendida de que alguien se acercase a ella.

Los hechos eran oscuros, pero el bulo que corría por el instituto de Palmetto era que Jade había sido infiel a Gary Parker con Neal Patchett. Se comentaba que Gary le había dado la patada. En dos meses y medio, había pasado de ser la chica más solicitada del último curso a ser una leprosa social. Mientras sus compañeros se ponían al día ante el torbellino festivo que precedía a la graduación, ella sentía que le volvían la espalda.

El cotilleo no sólo se daba entre las paredes del instituto. Se había filtrado de lleno entre la gente. Cuando llegó a oídos de Pete Jones, despidió a Jade del trabajo de media jornada, con la débil excusa de que prefería tener a un chico joven trabajando para él.

Las cosas en casa no eran mejores. Velta se quejaba de que en el trabajo la miraban con malos ojos:

–He oído a mis compañeros de trabajo que hablaban mal de ti. ¿No te dije que te culparían por lo sucedido? Tenías que haberle dicho a ese negro que te llevase directamente a casa. Fue un gran error ir al hospital. Al hacerlo, sentenciaste tu destino y el mío.

Jade no tenía a nadie para ayudarla en sus problemas. Nunca perdonaría a Donna Dee por haberla traicionado. Aparentemente, Donna Dee tampoco la había perdonado por incitar el deseo sexual de Hutch. El abismo que había entre ellas era ya insalvable. La pérdida de su mejor amiga y confidente, sin nadie que la reemplazase, había sido como perder un miembro del cuerpo.

Pero era por haber perdido a Gary por lo que Jade lloraba cada noche amargamente. Por su actitud, era evidente que creía las mentiras que circulaban sobre ella. La rabia y la confusión eran una base fértil para sucias sospechas, y Neal Patchett las había plantado y cultivado bien. Astuto como la serpiente del jardín del Edén, Neal seguía atormentando a Gary con indirectas. Perseguía a Jade como un sabueso. Sus miradas ardientes comunicaban que compartían un secreto escabroso. Sus insinuaciones le revolvían el estómago. Pero si odiaba el refocilamiento de Neal era sobre todo por Gary. Su seguridad en sí mismo y su orgullo habían sido vapuleados con la misma brutalidad que el cuerpo de ella.

–Hola, Patrice –dijo a la chica que había tenido el coraje de romper la barrera y hablarle.

Patrice Watley era rechoncha, pálida y salvaje. Jade no recordaba haber hablado con ella desde hacía un año, cuando se formó la frontera entre las chicas buenas y las malas. Hasta hacía poco, ambas estaban en lados opuestos de la línea divisoria.

No hacía mucho que la madre de Patrice había obtenido el cuarto divorcio, y ahora estaba a la caza y captura del marido número cinco. Su activa vida amorosa la había tenido siempre tan ocupada que Patrice gozaba de plena libertad de movimientos. Así pues, a los dieciocho años, Patrice era una chica muy experimentada.

–No quiero decir nada con esto, ya me entiendes –susurró al acercarse más a Jade–, pero ¿estás embarazada?

A Jade se le pusieron blancos los nudillos al apretarlos contra los lomos de los libros de texto.

–Claro que no. ¿Por qué me lo preguntas?

Patrice chasqueó los labios con impaciencia y muestras de solidaridad.

–Bueno, mira, Jade, ya te he dicho que con esto no quiero decir nada, pero conozco los síntomas, ¿vale? He pasado dos veces por ello.

Jade inclinó la cabeza y, de forma estúpida, introdujo el dedo pulgar en la espiral de su libreta.

–No me he encontrado bien, eso es todo.

–¿Cuánto llevas de retraso?

Jade sintió que algo se desmoronaba en su interior.

–Dos meses.

–¡Dios mío! Y eso que eres lista. No te queda mucho tiempo, chica. Tienes que hacer algo rápido.

Jade no había querido saber nada sobre lo que podría significar la tardanza en el período. Ni siquiera había considerado lo que haría si el peor de los casos se convirtiese en realidad.

–Te desharás de él, ¿no?

–Yo..., yo no he pensado en ello.

–Bueno, si decides hacerlo, yo te puedo ayudar –ofreció Patrice.

–¿Y por qué lo harías?

–¿Es el hijo de Neal Patchett?

Patrice había oído los rumores. Jade se encogió de hombros, indicando que no podía estar segura de quién era el niño que llevaba dentro.

–Bueno, en caso de que sea de Neal, quiero ayudarte.

Patrice sacó un paquete de cigarrillos y encendió uno, aunque no estaba permitido fumar en el recinto del instituto. Echó la cabeza hacia atrás y envió una bocanada de humo hacia el techo.

–Ese hijo de puta hizo lo mismo conmigo el verano después de octavo. Ése fue mi primero. Mi madre se puso completamente loca. El padrastro que entonces tenía se negó a pagar el aborto, así que mi madre fue a pedir el dinero al viejo de Neal. Oye, ¿quieres un cigarro? Tienes mala cara.

Jade apartó el humo del rostro.

–No, gracias.

–¿Por dónde iba? Ah, sí. Bueno, el viejo Iván nos dio quinientos dólares. Fui a Georgie, en el barrio negro. Sólo cobra cincuenta, así que encima ganamos dinero. No te lo podrás creer –comentó totalmente irritada–, pero mi vieja se quedó hasta el último centavo. En fin, estaría encantada de hablar de ti a Georgie. Es algo especial y no le gusta atender a nadie sin referencias, ya sabes. Además, es muy reservada porque no quiere que sus otros negocios se vean afectados.

–¿Qué otros negocios?

Patrice bajó el tono de voz.

–Aparte de los abortos tiene otro empleo suplementario, aunque aparenta que es costurera. Si no tienes mucho dinero y no quieres que nadie se entere, Georgie es la que buscas. –Dio otra calada al cigarrillo–. Mira, sé que esto es demasiado para tragarlo de una vez. Puedes enviarme a la mierda y yo me largaré. A mí ni me va ni me viene, ¿sabes?

–Te agradezco el ofrecimiento, Patrice, pero tengo que pensar en ello. Ni siquiera estoy segura de estar..., de que sea necesario.

Patrice miró hacia el cuerpo de Jade y se encogió de hombros.

–Claro. Te entiendo, chica. La primera vez también me entraron escalofríos, pero mi vieja me dijo que de ninguna manera iba a tener un mocoso torbellino rondando por la casa. Además, Neal Patchett es un gilipollas. ¿Quién en su sano juicio querría tener un bastardo suyo?

A Jade se le revolvió el estómago al pensar en ello.

–Ya te diré lo que decida, Patrice. Gracias. –Se fue corriendo al aseo más cercano. Unos minutos después salió del baño. Se inclinó en el lavabo con debilidad, puso las manos bajo el agua fría y se la echó a la cara. «No es un niño –susurró, mirándose el pálido rostro que se reflejaba en el espejo–. No es nada. Es porquería.»

Después de esta conversación, cada vez que Jade se encontraba a Patrice por el pasillo ésta levantaba una ceja para preguntar. Jade pretendía no darse cuenta, aunque Patrice le había incitado a admitir que se había producido otra consecuencia grave de la violación.

Estaba embarazada.

Aún se negaba a pensar sobre el feto en términos de un individuo, un bebé. Le hubiera gustado posponer la decisión hasta recibir el diploma, que le otorgarían unas semanas más tarde. Pero la vida que llevaba en su interior iba evolucionando.

Era muy cuidadosa en la forma de vestir. No obstante, si Patrice lo había notado, sólo era cuestión de tiempo el que los demás también se dieran cuenta. El peor de los temores era que alguien compartiese las sospechas con Gary. Él nunca debería saberlo. El embarazo era una prueba irrefutable de que había estado con alguien más. ¿Podría pasar la graduación sin que él se enterase? ¿Se atrevería a intentarlo?

A pesar de todo, a ella la habían nombrado para el discurso de salutación y a Gary para el de despedida. Estaba muy orgullosa de él, aunque no se atrevió a felicitarle personalmente. Salía con otra chica y, cuando a veces Jade se lo cruzaba por los pasillos, él siempre miraba hacia el otro lado.

El honor de ser la segunda de la clase era un premio de consolación del que se enorgullecía. Habían recompensado sus años de estudio y de duro trabajo. Se había ganado el honor pese al poco apoyo familiar. No iba a consentir que ni Neal ni sus amigos le robasen también eso.

Cuando se pusiese ante el micrófono y se dirigiese a la audiencia en el discurso de salutación, quería mirar a sus atacantes directamente a los ojos. No la verían acobardada. Ellos habían violado su cuerpo, pero ella saldría con su dignidad intacta.

Pero ¿y si la gente se entrometiese aprovechando las circunstancias, agravadas por el embarazo que, sin éxito, había intentado ocultar?

La semana del baile de fin de curso, mientras sus compañeros hacían grandes planes para ese fin de semana tan importante, Jade se sintió angustiada pensando en el problema. En uno de los cambios de clase se le acercó una de las consejeras.

–¿Con quién vas a ir al baile, Jade?

–No voy a ir, señora Trenton.

–¿No vas a ir? ¿Nadie te lo ha pedido?

–Así es. –Neal lo había hecho, pero Jade le había colgado el teléfono sin darle la satisfacción de recibir contestación. Incluso se había atrevido a sugerir que fueran con Hutch y Donna Dee.

La señora Trenton la miró con cautela.

–Me gustaría que vinieses a verme a mi despacho un día de esta semana, Jade. Creo que necesitamos hablar.

«Lo sabe.»

Mientras Jade caminaba por el pasillo del instituto se dio cuenta de que ya no podía escoger entre actuar inmediatamente o esperar. Por ello, casi se sintió aliviada. No tendría que meditar sobre el dilema por más tiempo ni ponderar las posibilidades. Sólo tenía que actuar, seguir las señales y sacárselo de encima lo antes posible. Al acabar las clases fue en busca de Patrice Watley.

En muy pocas ocasiones había ido Jade a esa parte de la ciudad y, desde luego, nunca sola. Para llegar allí había tenido que cruzar las vías del tren y conducir pasado el parque desierto y la desmotadora de algodón, la cual ya no funcionaba. Sólo entonces se halló oficialmente en la «ciudad negra».

Unos años atrás, Velta había contratado a una mujer negra para planchar. Siempre que iban a su casa, Velta ordenaba a Jade que se quedase en el coche y no hablase con nadie. Después de unos meses, Velta decidió que le salía muy caro.

–Además –oyó Jade que le contaba a una amiga–, me da pánico ir a esa parte de la ciudad. Nunca se sabe lo que van a hacer.

Cuando Jade era niña no entendía qué era lo que temía Velta que les pudiese suceder una vez pasaban las vías del tren. Nunca nadie se había acercado al coche ni les había hablado ni había mostrado interés alguno ni les había amenazado. De hecho, la planchadora siempre mandaba a Jade trozos de pastel envueltos en servilletas de papel. Eran esponjosos, aceitosos y dorados, espolvoreados de azúcar. Tenían tan buen aspecto y olían tan bien que se le hacía la boca agua. Sin embargo, nunca tuvo la oportunidad de comprobar qué gusto tenían. Velta no la dejaba que se los comiera y los tiraba a la basura tan pronto llegaban a casa.

Jade aparcó el coche de su madre debajo de un árbol de mirto crespón, una manzana más allá de la dirección que Patrice le había escrito rápidamente. Al colocar disimuladamente el trozo de papel en la mano de Jade, le susurró:

–Llamaré a Georgie para que te espere. Lleva dinero.

El dinero, la mayor parte del cual lo había ahorrado del trabajo en la tienda de Pete Jones, estaba dentro del libro de bolsillo que llevaba bajo el brazo mientras iba por la acera agrietada y torcida. Se sintió avergonzada de darse cuenta de que algunos de los prejuicios de Velta habían influido en ella. Mantuvo la mirada baja, sin mirar a derecha ni izquierda, al pasar por la hilera de casas pequeñas adosadas unas a otras y construidas en estrechos solares.

La casa de Georgie era igual que las demás. A pesar del miedo que le revolvía las tripas y de los remordimientos de conciencia, Jade sentía curiosidad por lo que sucedería allí. La casa tenía una anchura de dos habitaciones pero era profunda, y el porche de atrás casi estaba al mismo nivel que el patio trasero. Había sido pintada de blanco en alguna ocasión, pero ahora la pintura era una vieja reliquia del pasado. El verde tejado de material alquitranado estaba remendado. La chimenea de metal se había oxidado y mostraba una mancha marrón que corría por la pared exterior.

–No te dejes impresionar por las apariencias –le había advertido Patrice–. La vieja Georgie es una negra rica. Podría chantajear a la mitad de la población del condado si quisiera.

Desde fuera parecía que no hubiese nadie en la casa. Las ventanas estaban cubiertas por gruesas cortinas. Reuniendo coraje, Jade se dirigió hacia la acera frente a la casa, subió al porche y llamó a la puerta.

Sintió docenas de ojos que taladraban su espalda desde lugares escondidos, pero pensó que sólo era producto de su imaginación. No se atrevió a volverse para descartar sus temores o para confirmarlos.

De repente se sobresaltó al notar que no había nadie más en la calle: no pasaba ningún coche ni había ningún niño jugando en los patios delanteros, ninguna madre empujando cochecitos por las aceras. Los vecinos de Georgie eran tan cautelosos con los intrusos blancos como los blancos cuando se aventuraban en este barrio. El lamentable cisma racial era uno de los asuntos que ella y Gary habían deseado corregir.

La puerta frontal se abrió lentamente y Jade divisó por primera vez a Georgie a través del cristal. Era mucho más joven de lo que Jade se había imaginado o quizá sólo parecía joven debido a su cara tersa, sin arrugas. Sus grandes labios estaban realzados con un tono rojo y brillante. Los ojos eran dos grandes discos de color ébano. Era tan alta y delgada que sus miembros casi parecían patas de araña. Llevaba el pelo corto, formando una corona sobre su cabeza. Vestía una larga blusa morada de algodón. Jade se sintió aliviada al ver que era muy limpia.

Tragó saliva con dificultad.

–Me llamo Jade. Creo que Patrice ha llamado de mi parte.

Georgie abrió la puerta de cristal y Jade pasó al interior. La casa no tenía un olor desagradable, como Jade había temido. Se preguntó qué era lo que Georgie guardaba en las botellas. Había montones de ellas apiladas en el recibidor.

La mujer hizo un gesto con la mano para indicar a Jade que pasase delante de ella. Para dirigirse a la parte trasera de la casa, Jade siguió el pasillo que dividía la casa en dos mitades y que formaba una línea recta desde la puerta frontal hasta la parte de atrás.

Un reloj de pared sonó de forma estruendosa en el silencio. Desde la cocina llegaba un débil y fino silbido de una olla tetera que estaba en el fuego.

Georgie indicó una habitación a mano izquierda. Aparte de una mesa cubierta por una sábana de rizo, lo único que había en el cuarto era una vitrina de esmalte pasada de moda que hacía de botiquín. Jade dudó ante el umbral.

–¿Por qué has acudido a mí?

Se sobresaltó ante la voz susurrante de Georgie, aunque tenía menos miedo de la mujer que de la mesa con la sábana y el botiquín, que contenía relucientes utensilios de acero capaces de mutilar o matar.

–Tengo algo que necesita ser tratado respondió Jade con voz ronca.

Georgie alargó la mano. Al principio Jade quedó perpleja ante el gesto. Cuando se dio cuenta de lo que significaba, revolvió en el bolso en busca del monedero, extrajo cinco billetes de diez dólares y los dejó sobre la rosada palma de Georgie. Era lo bastante profesional como para conseguir el dinero antes que nada, pero también una dama para no pedirlo directamente. Guardó el dinero en el bolsillo del vestido sin darle las gracias.

–Por favor, sácate las bragas y estírate sobre la mesa.

A Jade le empezaron a castañetear los dientes. Ahora que había llegado el momento era presa del pánico. Dejó torpemente el bolso en una esquina de la mesa y se buscó las medias bajo la falda. Se las quitó. Al inclinarse para recogerlas, preguntó:

–¿Tengo que desvestirme del todo?

–No, hasta que te haya examinado. A lo mejor no lo hago.

–¿Por qué no? –Casi temía más ser eliminada como aspirante al aborto, que el aborto en sí–. Tiene que hacerlo. Ya ha cogido el dinero.

–Tiéndete, por favor –le indicó la mujer en tono amable.

Jade se estiró. Georgie le levantó la falda, doblándola por encima del pecho, y la dejó al descubierto de cintura para abajo. Jade volvió la cabeza y miró hacia la desnuda pared.

–Algunas chicas vienen a mí demasiado tarde –explicó Georgie. Colocó las manos sobre el bajo vientre de Jade y empezó a darle masaje–. No puedo ayudarlas si esperan demasiado tiempo.

–No es demasiado tarde para mí. Se lo pregunté a Patrice.

–Ya veremos. –Georgie continuó dándole masajes en el abdomen. Tenía los ojos cerrados y dejaba que sus manos la guiaran por entre los huesos de la pelvis de Jade, no más arriba del ombligo ni más abajo del pubis. Finalmente, satisfecha, alargó una mano hacia Jade y colocó la falda en su sitio.

Jade se sentó al borde de la mesa; las piernas le colgaban con dificultad por un extremo. Debajo de Jade, la sábana se notaba fría, clínica y extraña. Intentó no pensar en ello.

–¿Lo hará?

–¿Es hijo del chico de Patchett?

–No es un hijo –protestó Jade–. Es... nada.

–¿Lo puso ahí Neal Patchett?

–No puedo estar segura. Eran tres. Neal era uno de

ellos. Los otros dos eran amigos suyos. –Sus ojos conectaron con los de Georgie–. Me violaron.

La mujer aguantó la mirada durante un buen rato. Después contestó con tranquilidad:

–Pensé que sólo violaba a chicas negras. Desnúdate. Te ayudaré.

Jade caminó lentamente por la acera, con pasos pequeños y cautelosos. Tenía las manos frías y húmedas y se sentía febril. Temblaba y transpiraba alternativamente. Georgie le había pedido que no se fuese tan pronto, pero ella había insistido. Anochecía. Tenía que inventarse una explicación razonable por su tardanza cuando recogiese a Velta en la fabrica, pero en ese momento no se preocupó de ello.

Se detuvo ante el coche y abrió la puerta con manos temblorosas. Permaneció un buen rato sentada, pensando, mientras miraba fijamente el mirto a través del parabrisas. Finalmente, cuando se sintió algo mejor, puso el coche en marcha y se metió en la carretera; entonces condujo rápido hasta que la casa de Georgie quedó muy atrás.

Tenía que ver a Gary.

Se dijo a sí misma que lo peor que él podía hacer era rechazarla, y eso ya lo había hecho. No obstante, si le explicaba todo lo ocurrido aquella noche, todos los hechos que él no sabía, quizá la aceptara de nuevo.

Al pensar en sus brazos abrazándola con amor y protección pisó con fuerza el acelerador. Se preguntó por qué había esperado tanto tiempo para contarle la verdad. Gary la conocía mejor que nadie en el mundo. Si le abría su corazón, seguro que él se daría cuenta de que había sido una víctima. Ella le explicaría que su reserva se debía a que le quería proteger del desprecio de la gente. Sin embargo, ya había sido despreciado, de modo que el silencio de ella no era ya efectivo ni necesario.

¿Por qué dejar que Neal, Hutch y Lamar tuvieran tanto control sobre sus vidas? Gary y ella eran fuertes, jóvenes e inteligentes. Juntos, sanos y salvos en su amor, podrían dejar atrás este episodio, abandonar Palmetto para siempre y construir un futuro.

El pensamiento de una relación sexual era desalentador. Pero Gary era tierno. Tendría paciencia y esperaría hasta que todos los temores y recelos de ella desapareciesen.

No alimentaba ninguna ilusión de que a partir de ahora la vida fuese fácil. Ella exigiría mucho de Gary. Por su parte, él tendría que estar dispuesto a aceptar lo inaceptable. Y lo haría si realmente la amaba. Aunque él salía con otra chica, cada vez que lo veía, antes de que él se pusiese la máscara de indiferencia, Jade leía en sus ojos castaños una dolorosa añoranza que conectaba con la de ella. Pensar en ello le proporcionó coraje mientras avanzaba a través del crepúsculo.

La luz interior de la casa de los Parker se filtraba a través de las ventanas dándole un aspecto de calabaza vaciada y encendida. Jade vio a la señora Parker mirar por la ventana de la cocina cuando oyó la llegada del coche. Como era una tarde cálida y suave, los hermanos pequeños de Gary aún estaban jugando en el patio exterior. Otis conducía un tractor a campo través, dirigiéndose hacia la casa.

Jade se apeó del coche y se sorprendió al descubrir que le temblaban las rodillas. Era estúpido ponerse nerviosa por ver a Gary. Él se había sentido tan afectado como ella por su ruptura. Se acogió a la esperanza de que estaría igual de impaciente que ella por reconciliarse.

La señora Parker la saludó con la mano desde la ventana de la cocina.

–Jade, ¿dónde te habías metido? ¡Hacía siglos que no te veía!

–Ya lo sé –contestó ella sonriendo por primera vez en varios meses, y abrazó a los hermanos pequeños de Gary. Por lo menos su familia estaba dispuesta a acogerla de nuevo–. Os he echado mucho de menos a todos.

–¿Sabes una cosa, Jade? Por fin Joey ha aprendido a hacer pipí en el orinal.

–¡Qué bien!

–Pero a veces todavía tiene que llevar pañales.

–Ya sé patinar, Jade.

Jade reaccionó ante cada noticia como si para ella esas trivialidades fuesen tan importantes como para ellos.

–¿Dónde está vuestro hermano mayor? –Su coche estaba allí, lo que quería decir que tenía que estar por alguna parte.

–Está en el granero.

–Mamá le ha dicho que dé de comer al cerdo antes de cenar.

–Bueno, me gustaría ir a verle ahora. –Jade apartó suavemente a los niños.

–¿Te quedas a cenar?

–No lo sé. Ya veremos.

–Mamá –gritó uno de los chicos hacia la casa–, ¿puede quedarse Jade a cenar?

Al cruzar el patio, Jade saludó con el brazo a Otis. Éste se sacó el sombrero y lo ondeó por encima de su cabeza, respondiendo al saludo. Ella se sentía muy animada gracias a la cálida acogida que la familia de Gary le había dedicado. O no habían oído los rumores que circulaban sobre ella o se habían negado a creerlos.

–¿Gary? ¿Gary? –Atravesó la gran puerta y los ojos intentaron acostumbrarse a la oscuridad mientras registraban el granero. Había un fuerte olor a heno–. Gary, di algo –continuó, riendo nerviosa–. ¿Dónde estás? ¿Qué haces aquí a oscuras?

No estaba haciendo nada, excepto balancearse al final de una soga que colgaba de las vigas y con la que se había ahorcado.

8

Atlanta, 1981

Dillon Burke, echado sobre la cama de la habitación del hotel, sólo con los pantalones del esmoquin puestos, se estiraba distraídamente el pelo del pecho mientras observaba la puerta del cuarto de baño en espera de que apareciese su nueva esposa. Se sentía un poco más que bebido, aunque sólo se había tomado una copa de champaña que había corrido libremente durante el banquete de boda que habían organizado los padres de Debra. Los Newberry eran baptistas y bebedores. Como habían contribuido con generosidad en su iglesia, el párroco había hecho la vista gorda cuando se descorcharon las botellas de champaña.

Pero Dillon estaba borracho de amor y felicidad. Sonrió al recordar a Debra derramando champaña sobre la mano de él cuando cruzaron los brazos y bebieron uno de la copa del otro. Sin importarle la gente, ella le había pasado la lengua por la mano de forma provocativa.

Su abuela siempre le había aconsejado que se buscase una chica baptista.

–Son buenas chicas en casi todo –había dicho–, pero no están cargadas de sentimientos de culpabilidad como las católicas.

En el caso de Debra, la abuela de Dillon tenía razón. La fibra moral de Debra era tan dura como un cinturón de acero, pero era una criatura extremadamente sensual. Gracias a su numerosa y escandalosa familia, había aprendido a expresar cualquier afecto abiertamente, sin vergüenza ni timidez.

Ahora, Dillon estaba impaciente por recibir ese amor sin reservas. Al pensar en ello se había excitado, y los pantalones de alquiler le oprimieron incómodamente en la entrepierna. Se levantó de la cama y caminó por la alfombra de felpa hacia la ventana, que ofrecía una vista panorámica del centro de Atlanta. Anochecía. Las luces centelleaban por toda la ciudad. Respiró tan profundamente y con tal satisfacción que el ancho pecho se le hinchó por completo. La vida podía ser realmente magnífica. La suya lo era. Había tenido unos comienzos difíciles, pero por fin le había sonreído la buena fortuna.

Al oír la puerta del baño se dio la vuelta y vio a Debra bajo una aureola de dorada luz. Su cabello rubio formaba un halo translúcido alrededor de su cabeza. Se dirigió hacia él, con el pecho moviéndose tentador contra el camisón de seda color marfil. A cada paso que daba, el sexy tejido moldeaba y delineaba el delta entre los pechos.

Él la atrajo hacia sí y la besó con deseo, presionando la lengua contra los labios... y le supo a enjuague de dientes.

–¿Qué? –preguntó Debra con suavidad, al notar la sonrisa de él contra sus labios.

–¿Has hecho gárgaras?

–Pues sí, después de lavarme los dientes, lo he hecho después de salir de la bañera.

–¿Te has bañado? –preguntó, acariciando con los labios el cuello cálido y fragante.

–Creo que la costumbre es que las recién casadas se bañen antes de presentarse ante sus maridos.

–¿Quieres que me duche?

–No –susurró, inclinando hacia un lado la cabeza para que él tuviese mejor acceso a la garganta–. No quiero que hagas nada, aparte de lo que estás haciendo.

Él rió entre dientes.

–Apuesto a que sí.

Bajó las manos hasta el pecho y deslizó los nudillos de arriba abajo por los pezones hasta que se le pusieron duros.

–¿Lo ves? Yo tenía razón. –La atrajo con las manos y la besó con pasión. Cuando finalmente alzó la cabeza, continuó–: Te quiero, Debra.

La había querido casi desde el primer momento en que la vio. Se conocieron el primer día de otoño, en la Universidad Tecnológica de Georgia. Como estudiantes del último curso, estaban matriculados en un seminario de inglés. Dillon había escogido la asignatura como optativa. Para Debra, licenciada en lingüística, el seminario sobre el origen del inglés era obligatorio.

Desde que oyó las primeras palabras del profesor, con tono afeminado, Dillon pensó que no le iba a quedar más remedio que hacer un cambio de horario. Se veía incapaz de soportar tres horas semanales de entonaciones nasales durante todo un semestre.

Entonces, entró Debra como una ráfaga de aire, cinco minutos tarde, el cabello rubio al aire, las mejillas sonrojadas de vergüenza, disculpándose por no haber sido capaz de encontrar el aula y jadeando por haber subido corriendo dos tramos de escaleras.

Dillon se enamoró al instante.

Después de clase se abrió paso entre los otros estudiantes en busca de la que le había hecho cambiar de idea sobre el cambio de horario.

–Hola, Debra Newberry –saludó al ponerse a su lado. Había memorizado su nombre cuando ella se lo dijo al profesor, que se había enojado por la interrupción.

Ella miró a Dillon con ojos del color del Caribe.

–Hola.

–¿Perteneces a alguien?

Habían llegado a las escaleras. Ella se detuvo y se giró, dándole la cara.

–¿Cómo dices?

Empujándola hacia atrás para no interrumpir el paso, Dillon repitió la pregunta.

–Pertenezco a mí misma –replicó ella, de una manera que habría enorgullecido a Gloria Steinem.

–¿Ningún novio, marido o similar?

–No. Aunque no veo qué tiene que ver esto contigo.

–Ahí quería llegar. ¿Querrías acostarte conmigo?

–No lo sé. ¿Querría?

Ella hubiera podido no hacerle caso y marcharse escaleras abajo. Hubiera podido enfadarse y abofetearle. Hubiera podido tomarlo como una afrenta y darle una lección de sexismo. Sin embargo, su reacción fue justo lo que él esperaba: corta y de una total rendición, por supuesto. Le había devuelto la pelota. Él había hecho la pregunta con una sonrisa tan simpática que era imposible que se ofendiese.

Salvo raras excepciones, a las mujeres les gustaba su mirada. Dillon era modestamente consciente de ello porque después de todo él no había tenido nada que ver con su atractivo rostro. La genética era la responsable. Siempre había dado por sentado que sus ojos eran castaños, pero las mujeres parecían creer que las manchas doradas en ellos eran insólitas y seductoras. Las negras pestañas y la forma en que el cabello castaño se aclaraba durante el verano despertaban las envidias.

Cuando Debra se fijó en él fue la primera vez que a Dillon realmente le importó lo que una mujer pensase sobre sus miradas. Al parecer ella las encontraba agradables e interesantes para flirtear. En lugar de ir a la cama quedaron para tomar un café y ella no le preguntó su nombre hasta después de la segunda taza. Desde un principio, no había tenido ninguna importancia.

Fue el día de Acción de Gracias cuando se acostaron por primera vez. Se habían estado viendo siempre a solas. Las citas siempre acababan con los cuellos húmedos y una estimulación manual. Dillon se había prohibido pedir algo más dando grandes muestras de autocontrol.

Esa tarde, tras un gran banquete de Acción de Gracias, estaban en la cocina de los Newberry fregando los platos. De pronto Debra le dijo:

–Dillon, hagamos el amor.

Él no perdió un instante para sacarla de la casa, que estaba llena de parientes, y llevarla al motel más cercano.

–Deberías haberme dicho que eras virgen –le susurró él después.

Al ver la incertidumbre en su cara, ella se arrimó aún más a él.

–No quería que pensases que era una chica rara.

–Sabes lo que esto significa, ¿verdad?

–¿Que no me respetarás por la mañana? –preguntó ella traviesa.

–No. Quiere decir que tenemos que casarnos.

–Esperaba que dijeses eso.

Lo prorrogaron siete meses para poder graduarse y porque Debra siempre había soñado con una boda tradicional en junio. Además, se necesitó ese tiempo para hacer los preparativos de un evento con quinientos invitados.

Ahora que había terminado la pomposidad de la ceremonia, Dillon cogió a la novia en brazos y la llevó a la cama, dejándola allí con caballerosidad.

–¿No quieres que me saque esto? –le preguntó, tocando el camisón.

–Aún no. Te ha debido de costar una fortuna. Tendrías que llevarlo puesto por lo menos tres cuartos de hora. Además –añadió–, me gusta el tacto.

Deslizó la mano por el ombligo de ella mientras la besaba en la boca. Debajo de sus grandes manos, ella sintió como si tuviese una muñeca con partes movibles que siempre estaban dispuestas a ser colocadas de esa forma. Él nunca se había aprovechado de la impaciencia de ella por agradar, y siempre tenía cuidado de no hacerle daño. Era consciente de no presionar demasiado fuerte cuando sus manos apretaron el estrecho tórax y empujaron la barriga hacia arriba, contra su cara. La besó a través del deslizante tejido.

–Mmm –gimió Debra cuando él colocó la espalda de ella encima de las almohadas–. Ámame ahora, Dillon.

–Ya lo hago. –Aunque su erección era tan intensa que producía dolor, él no quería que la primera vez que hacían el amor como marido y mujer fuese de manera apresurada y ordinaria. Toda su vida había esperado sentir una identidad única con otra persona. Debra era esa persona. La ocasión debía ser apropiadamente solemne.

Alineando los dedos con las costillas de ella, utilizó los pulgares para acariciar las curvas de su pecho y luego frotó los pezones. La capa sedosa que había entre su carne y la de ella sólo aumentaba el placer que él producía con las caricias y el grado de la respuesta de ella.

Como respuesta al ruego que ella le susurró, Dillon cogió un pecho por el ancho escote y tomó el pezón en sus labios. Lo chupó con regularidad y luego hizo juegos eróticos con la lengua.

–Dillon, por favor...

La mano de él se deslizó por el interior de los muslos de ella. Debra echó las caderas hacia arriba y frotó su montículo contra la palma de la mano de Dillon. Probablemente él podría haberlo resistido si ella no le hubiese desabrochado los pantalones para liberar la erección.

–Dios –siseó él, cuando ella rodó el extremo de su pulgar sobre la sensible punta.

Así pues, la consumación de su matrimonio tuvo lugar con él en pantalones de esmoquin y ella con su salto de cama. Hasta después no se quedaron desnudos sobre la ancha cama, entrelazados con su deseo momentáneamente saciado.

–Tengo el marido más guapo del mundo.

Debra estaba tumbada encima de su pecho, acariciándolo con la boca abierta y metiendo la nariz en el pelo rizado.

–¿Guapo? –preguntó él escéptico–. Lo dudo.

Ella sacudió la cabeza con testarudez.

–Guapo. –Besó uno de los pezones y rió cuando él se puso a gruñir de placer.

–Te he corrompido. Antes de conocerme eras una buena chica –bromeó.

–Eso era antes de saber lo que me estaba perdiendo.

Cuando hubo aceptado su proposición de matrimonio, Dillon se permitió creer que quizás ella le amase de verdad, aunque ya lo había demostrado innumerables veces. Era una suerte demasiado buena para que le hubiera ocurrido a él. No se merecía una mujer tan valiosa e inmaculada como Debra Newberry. No se había ganado la aceptación incondicional de su familia. Su aflicción por este motivo había estallado finalmente en una discusión.

En mitad de la pelea, Debra había preguntado:

–¿Qué terrible secreto temes que pueda descubrir para dejar de amarte?

–Tengo antecedentes –había dejado escapar–. ¿Crees que tus padres querrían un yerno que ha perdido el tiempo?

–No sabré qué pensar hasta que no me hables de ello, Dillon.

Sus padres se habían matado cuando él tenía ocho años.

–Iban a recogerme a un campamento de verano. Fue uno de esos insólitos accidentes de autopista. Un camión remolque se partió en dos. Su coche fue a parar debajo.

Como no había nadie más que pudiera cuidar de él, le habían puesto bajo la custodia de la abuela paterna.

–La abuela Burke hizo lo que pudo, pero yo era un chico

rebelde. Todo iba bien hasta que mis padres se mataron. Mi padre era un buen proveedor. Mi madre, obsequiosa y querida. Nadie se hubiera podido imaginar que se fueran a matar.

»Empecé a crear problemas en el colegio. Sacaba unas notas malísimas. Rechacé a la abuela por intentar ocupar el lugar de mis padres, aunque *a posteriori* me doy cuenta de la tremenda carga que fui para ella en ese momento de su vida. Al final me di cuenta de que ése era mi destino. Durante unos años todo fue bien.

»Entonces, cuando tenía catorce años, la abuela enfermó. Tenía que ingresar en el hospital. Cuando pregunté sobre la gravedad de la enfermedad, los médicos me vinieron con el rollo de confiar en la gracia de Dios. Entonces fue cuando me di cuenta de que mi abuela también iba a morir. Tuvo el detalle de decírmelo directamente: "Siento dejarte solo, Dillon, pero está fuera de mi alcance".

»Después de su muerte me pusieron en un hogar de adopción. Lo odiaba. Aparte de mí había cinco chicos más. Constantemente oía hablar de una guerra en un lugar llamado Vietnam, pero no creía que fuera peor que las peleas que presenciaba en esa casa, sobre todo entre la pareja. Más de una vez vi cómo el hombre pegaba a la mujer.

»El día que cumplí los dieciséis me largué. Pensé que era mejor vivir por mi cuenta que estar en esa casa. Se suponía que me esperaba un fondo de fideicomiso, pero me dieron largas, hasta que caí en la cuenta de que alguien, probablemente los padres adoptivos, se habían aprovechado de él. Consideré eso como un contratiempo menor. Estaba seguro de que podría arreglármelas por mi cuenta; pero claro, no podía, y tuve que robar para no morir de hambre.

»Al final me cogieron y me mandaron a una "granja para chicos conflictivos", lo que es un eufemismo de cárcel. Desde el día de llegada empecé a hacer planes de fuga. Lo intenté dos veces. La segunda, uno de los cuidadores me dio una paliza tremenda.

–Qué terrible –murmuró Debra, sintiendo lástima.

Dillon la obsequió con una siniestra sonrisa.

–Al principio yo también pensé lo mismo. Más tarde el carcelero me explicó que antes de decirme nada quiso obtener mi total atención.

»Me dijo que había jugado una buena mano, pero que la manera de jugar las cartas dependía de mí. Podía continuar metiéndome en problemas hasta terminar en la cárcel de por vida o podía cambiar las cosas y empezar a hacer que las circunstancias jugasen a mi favor.

–Es obvio que seguiste el consejo.

–Me gané el diploma del colegio en ese lugar. Cuando salí, el cuidador me consiguió un trabajo en una empresa de servicios públicos, haciendo proyectos y cosas así. Eso me permitió costear la enseñanza universitaria y el alojamiento. El resto, ya lo sabes.

Debra lo miró ligeramente enojada.

–¿Eso es todo? ¿Hasta ahí llega tu sórdido y secreto pasado?

–¿No es suficiente?

–Dillon, eras un niño. Cometiste algunos errores.

Él sacudió la cabeza con tozudez.

–No he sido niño desde que a los ocho años me enteré de que mis padres se habían roto la cabeza. Desde entonces he sido consciente de todo lo que he hecho.

–Muy bien, algunos de tus errores fueron más serios de lo normal y sus consecuencias más severas. No seas tan duro contigo mismo. Has crecido por encima de los errores de tu juventud. Me gustaría conocer a ese cuidador y darle las gracias personalmente por haberte colocado en el buen camino.

–A mí también me gustaría que lo conocieses. Por desgracia, poco después de irme otro chico le clavó un cuchillo durante un consejo; luego se quedó a su lado observando cómo se desangraba hasta morir. Así pues –resumió–, no tengo a nadie a quien invitar a esta lujosa boda que tu madre planea.

–Tú estarás allí –le contestó Debra, abrazándolo–. Y como me haces tan feliz, eso es lo único que le importa a mi familia.

Los Newberry eran antiguos residentes de una comunidad acaudalada. Sus padres provenían de grandes familias. Debra tenía tres hermanos y dos hermanas. Menos una hermana, todos estaban casados, con lo cual había todo un ejército de tíos, tías y primos en cualquier reunión familiar.

Todos le habían dado la bienvenida al redil. Al principio, Dillon se había mantenido distante. Era un mecanismo de defensa. Temía que si reconocía su aceptación, de alguna manera, él lo echaría todo a perder. Era un temor semejante al de aceptar el amor inconmensurable de Debra.

Pero ahora, mientras estaban echados juntos y relajados después de hacer el amor Dillon se concedió el lujo de disfrutar de su buena suerte. Había obtenido la carrera universitaria, que le iba a abrir muchas puertas. Formaba parte de una familia numerosa y cariñosa, algo que hasta entonces nunca había tenido. Su mujer era lista y dulce, divertida y sexy.

La cogió por el pelo y le levantó la cabeza hasta que su rostro quedó frente al suyo.

–Será mejor que dejes de mordisquearme.

–¿No te gusta?

–Me gusta tanto que podrías obtener más de lo que te imaginabas.

–Imposible. –Sonriendo, bajó la cabeza hasta el ombligo de él y lo besó–. ¿Dillon?

–¿Mmm?

–Enséñame cómo..., esto..., bueno, ya sabes, hacerte el amor con la boca.

Los ojos de Dillon, medio cerrados, se abrieron de golpe. A excepción de la temporada que pasó en el correccional, siempre había tenido asegurada la disponibilidad para el sexo. Desde el primer momento siempre le había venido rodado.

Una mañana, durante las vacaciones veraniegas del penúltimo curso del colegio, Dillon acudió a abrir la puerta trasera de la casa de su abuela.

La señora Chandler, vecina de la casa de al lado, era joven y vivaz. Tenía los ojos grandes, los pechos grandes y las piernas largas, que siempre mostraba llevando pantalones muy cortos, que le marcaban muy bien el trasero. Su marido conducía un camión para la Safeway y casi siempre estaba fuera de casa. El aburrimiento la convirtió en visitante habitual de los Burke.

–Hola, Dillon. ¿Está tu abuela en casa?

Sabía perfectamente que su abuela no estaba porque su coche no se hallaba en la entrada. Dillon, con la obstinación propia de un chico de trece años, estuvo a punto de mencionarlo. Pero eso habría sido una grosería, y su abuela le había enseñado modales. Así que dijo:

–La abuela ha ido a la tienda.

–Oh, vaya. –La señora Chandler parpadeó, aparentemente contrariada–. Me dijo que me pasase para recoger esos boletos que me guardaba. ¿Sabes dónde los ha guardado?

–Están encima de la mesa del recibidor.

–¿Podría cogerlos ahora, por favor? Estaba a punto de ir a la tienda cuando me acordé de que no los tenía.

Dillon también leyó a través de esa mentira. No estaba vestida para ir de compras. Iba vestida para seducir. Empujó con curiosidad la puerta de cristal. Ella entró. Él no hizo ningún movimiento en dirección a la mesa del recibidor y se quedó frente a la señora Chandler. Ya era más alto que ella. La mujer hizo un comentario sobre su estatura mientras le pasaba las manos por los desnudos brazos y el musculoso pecho. No estaba desarrollado del todo, pero se veía que prometía.

–Vaya, vaya, Dillon. No me había dado cuenta de lo grande que te estás haciendo.

Su joven cuerpo estaba lleno de hormonas masculinas; su cabeza zumbaba lujuriosa.

–Usted también. Quiero decir, grande. –Sus ojos se movieron en dirección al pecho de ella. Las grandes y oscuras aureolas se distinguían bajo la ajustada blusa de algodón blanca.

En cuestión de segundos se la había quitado, y la señora Chandler guió el rostro barbilampiño de Dillon hacia sus rosados pezones, empujándolos contra sus labios. La abuela aparcó en la entrada de la casa justo cuando la joven e infiel esposa de la casa de al lado iba a explotar en el interior de los pantalones cortos de Dillon.

Dos días más tarde, la señora Chandler estaba tan desesperada que se arriesgó a que la cazasen. Se deslizó por la puerta de atrás mientras la abuela de Dillon hacía la siesta. Puso el dedo índice frente a su boca, indicándole que guardara silencio, y señaló a Dillon que se metiese en su habitación. Al pasar por el recibidor, oyeron los suaves ronquidos de la abuela a través de la puerta abierta de su dormitorio.

Tan pronto como Dillon hubo cerrado la puerta de su cuarto, la señora Chandler se abalanzó sobre él como un felino hambriento. Dillon actuó sin la finura que se obtiene con la experiencia. Cuando se introdujo en el cuerpo de ella, ésta estaba mojada y caliente. Él exploró con placer. Cuando hubo terminado, la única queja de ella fue que se había introducido demasiado pronto.

Le cogió la mano y añadió:

–Ya trabajaremos en ello.

–¿Cómo? –preguntó él, mirándola con sus ojos serios y marrones–. ¿Cómo vamos a trabajar en ello? –susurró–. ¿Qué es lo que hubiera tenido que hacer? Enséñame.

Su preocupación había sido tan inesperada, su interés tan genuino, que a ella se le escaparon las lágrimas. Se pasó el resto del verano enseñándole a complacerla y quejándose de que el «gorila» con el que estaba casada ni siquiera supiera dónde estaba «eso» ni para qué servía.

–Lo único que hace es follarme hasta que estoy tan dolorida que no puedo caminar, y así se cree que es un magnífico amante.

Dillon era un estudiante diligente. Aprendió cómo complacer, cómo dar lo que una mujer necesitaba y quería. Siempre fue consciente de que la señora Chandler era la mujer de otro hombre. Lo que hacían juntos era inmoral y él lo sabía. Se hizo repetidas promesas de que lo dejaría; pero entonces ella venía a él totalmente excitada y anhelante, y él no podía resistir su tentación ni disponibilidad. Además, no pensaba que debiera tener ninguna consideración hacia un camionero. El conductor del trasto que mató a sus padres había salido ileso de la horripilante escena.

Unos días después de la Fiesta del Trabajo, la señora Chandler vino a explicar a su abuela que habían trasladado a su marido.

–El próximo fin de semana nos mudamos a Little Rock.

–De la que nos hemos librado... –murmuró la abuela

mientras observaba cómo la señora Chandler se dirigía a su casa por la vereda que separaba ambos jardines. Dillon dirigió una mirada penetrante a su abuela, preguntándose si estaría enterada de lo que había pasado en su dormitorio cada tarde mientras ella dormía en el suyo. Nunca más volvieron a hablar de la señora Chandler.

Sin embargo, Dillon nunca la olvidó. Imaginaba que los hombres nunca olvidaban a la primera mujer con la que tenían contacto carnal. Utilizó el cuerpo de ella como un laboratorio experimental, pero nunca se sintió culpable. Ella le había perseguido y había mostrado tanta satisfacción como él, y a veces más.

Aplicó las lecciones enseñadas por la señora Chandler con las chicas fáciles del colegio, la mayoría de ellas mayores que él. Entonces una de sus «hermanastras» de la casa de adopción se benefició de su pericia. Era una chica gorda, con un aliento apestoso y una piel rasposa. Agradecía patéticamente la ternura que él le mostraba cada noche. Las chicas que conoció en la calle eran aburridas, y sus encuentros con ellas tenían poco impacto emocional.

Cuando le soltaron del reformatorio y entró en la universidad, la naturaleza se puso de nuevo de su parte. Tanto psicológica como físicamente era más maduro de lo que le correspondía a su edad. El potencial que la señora Chandler había notado en él a los trece años había tomado ya su forma: tenía un cuerpo alto, fuerte, delgado y gustaba. No tuvo dificultad en crearse amistades masculinas, ni en llevarse a la cama algunas estudiantes deseables.

La primera mujer que le derrotó fue una puta, contratada por sus amigos como un favor festivo para los impetuosos. Ella tenía su rutina: un meneo de tetas y un polvo rápido. Diez pavos. Aquello se repitió más veces, pero la mayoría de las mujeres acogía esta modalidad de hacer el amor con resignación, como algo esperado pero no satisfactorio. Hasta entonces ninguna mujer le había mirado con deseo y amor ni había pedido que le enseñase la técnica. Acarició el cabello de Debra entre sus dedos y dijo con suavidad:

–No tienes por qué hacerlo.

Ella lo miró desconcertada.

–Quiero hacerlo. ¿Te avergüenza?

Él rió entrecortadamente, dándose cuenta de que sí.

–Un poco.

–Quiero hacerlo bien.

–No hay forma correcta o equivocada.

–Pero seguro que hay diferencia entre hacerlo bien y muy bien. –Avanzó por su cuerpo, puso sus labios contra los de él y susurró–: Enséñame a hacerlo muy bien.

Mucho más tarde, Dillon observó a su mujer mientras ésta dormía tranquilamente a su lado. Era tan bonita que le producía un dolor de emoción en la garganta. Pero sobre todo era una persona candorosa, inocente.

Él era el único hombre que había poseído su cuerpo, y eso era un privilegio que no se tomaba a la ligera. Ella le había entregado su corazón y confiado la custodia de su amor. De él dependía ahora el mantenerla con seguridad afectiva y económica para el resto de su vida. El gran reto al que siempre tendría que enfrentarse era ser todo lo que Debra quería y necesitaba que fuese.

Con un intenso suspiro que rompió el silencio de la oscura habitación, se dijo: «No lo vayas a joder».

9

–Señor Burke, Pilot quiere verle inmediatamente.

Con un saludo burlón, Dillon se dio por enterado del mensaje que la secretaria le había pasado desde la puerta del pequeño despacho que compartía con otros tres delineantes. Dejó caer el lápiz y se puso los nudillos en la boca. Entonces, murmuró algunas palabrotas sin darse cuenta de las miradas de sus compañeros.

Cogió la chaqueta del respaldo de la silla, se la puso sin molestarse en bajarse las mangas de la camisa y salió del despacho a grandes zancadas. Era uno de los cientos que formaban parte del extenso complejo perteneciente a Industrias de Ingeniería Pilot de Tallahassee. El nombre de la compañía era engañoso porque no tenía nada que ver con la aviación. La firma constructora ingeniera llevaba el nombre de su fundador y CEO, Forrest G. Pilot. Se decía que Forrest G. era un descendiente del célebre Poncio Pilato, y que había heredado de su antepasado la predilección por crucificar.

Al parecer ese día Dillon Burke iba a ser el ejecutado de turno.

–Estará con usted enseguida, señor Burke. Tome asiento, por favor. –La secretaria de Forrest G. Pilot señaló una silla de recepción, fuera del santuario interno.

Dillon se dejó caer sobre la silla. Estaba furioso consigo mismo por su actitud del día anterior. Al parecer uno de los espías de Pilot había informado sobre la forma de criticar de Dillon. A Pilot no le gustaba que hubiese gente descontenta entre sus filas. Lo ideal era que su ejército de zánganos trabajase duro en los despachos asignados y se guardasen para ellos mismos las opiniones que tuvieran sobre su administración. Hasta el día anterior, Dillon había cumplido con esa norma no escrita.

Al principio se consideró afortunado de que las Industrias Pilot, conocidas por todo el sudeste, le contratasen. Tanto a él como a Debra no les importó mudarse. Fue como una prolongación de su luna de miel. El salario inicial no era extraordinario, pero Dillon confió en que pronto se lo subirían. Pensaba que cuando los supervisores reconociesen su potencial, querrían mantenerlo contento para no arriesgarse a que se fuera a alguna empresa de la competencia. Había confiado en un ascenso meteórico hacia la cima.

Pero no había sido así. La compañía contrató docenas de jóvenes ingenieros recién salidos de la universidad. A ninguno se le concedió la oportunidad de avanzar. Dillon no figuraba entre los de primera división ni ganaba mucho dinero. Debra afirmaba que era feliz, aunque Dillon estaba seguro de que añoraba los lujos con los que su padre le había colmado. Se merecía algo mejor que el pequeño apartamento de una sola habitación donde vivían.

Parecía que el tiempo se hubiese detenido. Cada día estaba más impaciente. Quería hacer muchas cosas, y en las Industrias de Ingeniería Pilot no hacía nada de lo que él deseaba. Ya lo habría dejado si no fuese por el bajo salario de desempleo. Hasta que le saliera una excelente oportunidad no podría permitirse el lujo de perder el trabajo.

–Ya puede pasar, señor Burke –dijo con fría cortesía la secretaria cuando sonó el zumbador de su mesa.

Dillon se ajustó el nudo de la corbata al aproximarse a la habitación intimidatoria. Agarró el pomo de la puerta con agresividad y lo empujó para abrirla.

Pilot estaba sentado al lado de un boceto que había estado estudiando y miró a Dillon por encima de la montura metálica de las gafas de leer, indicándole una silla al otro lado de la mesa. Dillon no permitió que la mirada de Pilot le intimidase. Esperó a que hablara.

–Señor Burke, tengo entendido que no está contento con nosotros –dijo finalmente.

Si iban a echarle, no tenía nada que perder por ser honesto. Que se jodiese Forrest G. Pilot si no le gustaba lo que tenía que decir. Sabía que Debra sería la primera en apoyarle por decir lo que pensaba.

–Es cierto. No lo estoy.

–Me gusta que mis empleados estén contentos. Eso hace que el trabajo sea más agradable.

–No fue mi intención ocasionar ningún trastorno. Vi algo que no me gustó y expresé mi punto de vista, eso es todo.

Pilot se quitó las gafas y limpió pensativo los cristales con un pañuelo de lino.

–¿Por qué le molestó que al señor Gryson le nombraran ingeniero supervisor para ese proyecto de clínica médica?

–No me molestó, me puso furioso. Yo había presentado una solicitud formal a mi supervisor para ese puesto. Me aseguró que llegaría a su mesa.

–Y llegó.

–Ah, ya veo. Usted me pasó por alto en favor de Greyson.

–El señor Greyson lleva diez años en la compañía. A usted se le contrató el año pasado, cuando acababa de salir de la Universidad Tecnológica de Georgia. Sus notas y el proyecto de trabajo que presentó al solicitar trabajo aquí fueron lo suficientemente impresionantes para nosotros como para contratarle, pero sigue siendo un novato. –Extendió las manos sobre la mesa–. El señor Greyson tiene más experiencia.

–Y yo tengo más talento.

La inmodesta franqueza de Dillon cogió por sorpresa al viejo empresario, que lanzó una breve carcajada.

–Y al parecer más pelotas.

–Cuando se me contrató –continuó Dillon–, se me ofreció una oportunidad de poder hacer un trabajo actual. Con esta clínica médica es la tercera vez que pierdo un trabajo *in situ* frente a hombres que no están más cualificados que yo. Con franqueza, creo que estaban menos cualificados. Su sistema de ascenso apesta, señor Pilot. El talento y el trabajo duro deberían ser recompensados, no comprimidos dentro de esas cabinas de cristal que usted llama despachos.

–Señor Burke...

–Soy ingeniero. Quiero construir cosas. Cuando otros chicos dibujaban aviones de caza y coches, yo dibujaba edificios futuristas e intentaba encontrar la forma de construirlos.

Exasperado, se levantó y empezó a pasearse de un lado a otro.

–Lo que hago allí fuera –continuó, señalando la puerta con el brazo–, lo hacía en el primer curso de la universidad. Algunos consideran que un trabajo de delineante en Ingenierías Pilot es un auténtico chollo. El estar sentado todo el día tras una mesa de dibujo, esperando que suene el timbre de las cinco, no es mi idea de un trabajo retador. De todas formas, en pocos años los ordenadores harán los dibujos. Los delineantes se convertirán en teclistas.

Pilot se apoyó en el respaldo de la silla.

–¿Cuál es exactamente su idea de un trabajo desafiante, señor Burke?

–Trabajar con el arquitecto, contratar a los subordinados, supervisar todo el proyecto. Quiero estar allí desde que aparezca la primera excavadora hasta que se coloque la última bombilla.

–Entonces, no puedo complacerle.

Aunque se había esperado el final, cuando Dillon oyó realmente las palabras se sobresaltó. Dios Santo, ¿en qué había estado pensando para meterse en semejante ratonera? ¿Qué iba a hacer ahora? ¿Cómo iba a mantenerse a sí mismo y a su mujer?

–La primera excavadora ya ha aparecido.

Dillon parpadeó y concentró su atención en Forrest G. Pilot.

–¿Señor?

–De hecho, el trabajo de hierro ya estaba hecho antes de que el proyecto se suspendiese por mala dirección.

–No le entiendo.

–Siéntese, señor Burke. –Cuando Dillon se volvió a sentar, continuó–: Cuando usted estaba furioso conmigo por no asignarle el trabajo de la clínica, yo pensaba en otro para usted.

Dillon tragó saliva con fuerza, pero por prudencia continuó con la boca cerrada.

–Al contrario de lo que usted cree –explicó Pilot–, su trabajo ha sido tenido en cuenta. También sus cualidades de liderazgo. Me enorgullezco de tener buen olfato para detectar jóvenes talentos brillantes y ambiciosos. Tal como usted dijo antes, algunos se contentan con el trabajo reglamentado. Otros, no. Usted es uno de los últimos.

»Por desgracia, la ambición, la juventud y el talento no bastan para triunfar. Se necesita también tener paciencia y autodisciplina. Lo que debería hacer es despedirle ahora mismo por su insolencia. Pero no voy a hacerlo. En primer lugar porque es un talento demasiado valioso para pasarlo a mis competidores. Y en segundo lugar porque el trabajo que tengo en mente requiere alguien que tenga las agallas de ser incendiario cuando haga falta.

»Así pues, creo que ya es hora de que se saque el pie de la boca y me diga si está interesado en el proyecto que tengo pensado para usted.

Dillon hizo todo lo posible por mantener la dignidad.

–Por supuesto, estoy muy interesado.

–Antes de seguir adelante, debo decirle que hay un gran inconveniente en este trabajo.

Dillon pensó abatido que lo habría. El diablo siempre hacía su trabajo. Algo bueno siempre era seguido de algo igualmente malo: ésa era la versión que Dillon Burke hacía de la ley de Newton. Pero nada podía ser tan malo como volver a aquella cabina de cristal con su mesa de dibujo. Siempre era preferible el movimiento que el estancamiento.

–Estoy dispuesto a enfrentarme a cualquier cosa, señor Pilot.

Esa noche, Dillon llevó a casa un ramo de flores, una barra de pan y una botella de vino.

–¿Qué se celebra? –jadeó Debra, casi sin respiración, después de que él le soltase un beso encendido.

–¿Qué hay para cenar?

–Hamburguesas, ¿por qué?

–Bueno, porque he traído vino tinto.

–Creo que te has bebido una botella por el camino –dijo ella, oliéndole la boca–. Actúas de forma extraña. Un marido que trae regalos en el primer año de matrimonio es tan sospechoso como el caballo de Troya. ¿Es que tienes algún ligue?

–Por supuesto. –Bajó las manos hacia su culo y la atrajo hacia sí–. Con la puta más buena que ha salido de Atlanta.

–¿Me tomas el pelo?

–En absoluto, cariño –y añadió con una sonrisa lasciva–: ¿Quieres follar?

–Oh, oh.

Hicieron una carrera hasta el dormitorio, se desnudaron e hicieron el amor. Después, mientras Debra recuperaba la respiración echada entre las arrugadas sábanas, Dillon salió de la habitación y volvió con los regalos que había traído. Los dejó frente a ella.

–¿Qué tienen en común estas tres cosas? –preguntó él.

–Que todas son sobornos.

–Muy gracioso. Inténtalo de nuevo.

–Debes de haber tenido un día estupendo en el trabajo. ¿Qué pasa?

–¿Voy a tener que buscarme otra chica para jugar o qué?

–Vale, vale. Flores, vino y pan. –Meditó–. ¿Tiene algo que ver con esporas, con moho, algo así?

Él sacudió la cabeza.

–Es tanto las flores como el lazo que las envuelve.

–Rayas rojas, blancas y azules. –Empezó a cantar–: Mi país es tuyo, dulce tierra...

–Otro país cuyos colores sean el blanco, rojo y azul.

–Inglaterra.

–Otro.

Debra cogió la botella de vino y leyó la etiqueta. Entonces dijo, con mirada espectante:

–¿Francia?

Él sonrió ampliamente.

–¡Enhorabuena, señorita! Ha ganado usted el primer premio.

–¿Cuál es?

–Dos años, quizá más, ¡en París!

–¿Dillon?

–En realidad es en las afueras mismo de París, Versalles, donde está el palacio. No creo que te importe vivir en la periferia, ¿verdad?

–Dillon, pero ¿de qué estás hablando?

Él le explicó lo del trabajo que Pilot le había ofrecido

–Es para una empresa internacional de seguros. Estaban construyendo un nuevo complejo de oficinas para su cuartel general en Europa. La empresa contratista resultó ser incompetente y el trabajo fue desechado hasta contratar otra empresa.

–¿Pilot hizo una oferta?

–Exacto. Ahora Pilot necesita un ingeniero que vaya allí para poner las cosas en orden.

–Y Forrest G. Pilot te eligió a ti.

Dillon extendió los brazos en cruz e intentó parecer humilde. Debra se lanzó sobre él. Dillon cayó hacia atrás, llevándola consigo y aplastando la barra de pan francés.

–¿Te puedes creer que pensó que vivir en Francia sería un inconveniente? –preguntó Dillon–. Poco sabía que el mayor deseo de mi mujer era ir a Francia para perfeccionar su francés.

–¿Le dijiste eso?

–Eh, no soy estúpido. Hice ver que estaba disgustado por tener que ir a vivir al extranjero, y añadí que si aceptaba el trabajo tendrían que pagarme más.

–¿Qué te contestó?

–Aumento de cien dólares a la semana.

En una orgía de excitación, hicieron de nuevo el amor. Las hamburguesas que Debra había pensado servir para cenar fueron sustituidas por el aplastado pan y la botella de vino tibio. Después de haber engullido hasta la última migaja y agotado la última gota, se echaron juntos sobre las flores desparramadas y discutieron su brillante futuro.

El traslado era como una pesadilla. Había que obtener pasaportes y visados, despedirse de parientes llorosos y atar un millón de cabos sueltos. Por lo general, esas responsabilidades recayeron en Debra, mientras Dillon estaba ocupado familiarizándose con el inacabado proyecto que acababa de emprender. Estaba deseoso de ponerse en marcha. Marchó a Francia antes que Debra para hacer los preparativos de la vivienda, y a las tres semanas se encontró con Debra en el aeropuerto Charles de Gaulle.

Al pasar la aduana, Debra corrió hacia él y se dieron un fuerte abrazo. Dillon no dejaba de repetirle lo mucho que la había echado de menos mientras caminaban por el aeropuerto internacional.

–No puedes engañarme, Burke –bromeó ella cuando entraban en el aparcamiento–. Seguramente has marcado un récord de amantes francesas en las tres últimas semanas. –Él se echó a reír y le señaló un coche–. ¿Es nuestro? –preguntó con incredulidad.

–Eso me temo.

–¡Qué pequeño!

–Ésta es la única manera de sobrevivir al tráfico de aquí. Tienes que poder deslizarte entre los coches para no quedarte encajonado durante horas.

Ella calibró el pequeño interior por la largura de las piernas de Dillon.

–¿Ya cabes ahí dentro?

–Es un poco apretado. Así que tengo que decirte una cosa. –Y añadió solemnemente–: Ya no puedo hacer niños.

Debra presionó la mano contra su entrepierna.

–Mientras todavía funcione, no me importa.

Él se mostró momentáneamente sorprendido de su flirteo público, pero ella le recordó que estaban en Francia, y que los franceses eran famosos por su tolerancia en cuestión de amantes.

Dillon se disculpó por el apartamento, que estaba en un tercer piso. No se fiaba del ascensor, y le pidió a ella que no lo utilizara nunca.

–Fue lo mejor que pude encontrar –dijo Dillon, al abrir la puerta y dejarla abierta–. Aquí todo es muy caro.

Lo que él encontraba anticuado e incómodo, Debra lo veía pintoresco y encantador.

–¡Tenemos mirador! –exclamó, y corrió hacia la ventana para abrir los porticones.

–Pero no con muy buena vista.

El mirador daba a un patio triste y descuidado. Pero a las pocas semanas ya había rosas florecientes en las macetas que Debra había instalado en las ventanas. Había cubierto las grietas de las paredes interiores con coloridos pósters de viajes, e hizo fundas caseras con las sábanas para disimular los muebles de mal gusto que iban incluidos en el apartamento. En poco tiempo se convirtió en un hogar que ni Dillon habría cambiado por el vecino palacio de Versalles.

Los fines de semana, los parisinos hacían un éxodo hacia el campo dejando la ciudad para turistas como los Burke. Aparcaban el coche en las afueras y cogían el metro. Muy pronto fueron expertos en recorrer las innumerables estaciones. Como hambrientos glotones ante un festín, todo lo que consumían era francés. Se enamoraron de las vistas, los olores y los sonidos de la Ciudad de las Luces. Se recorrieron de arriba abajo los museos, parques y monumentos históricos, y descubrieron escondidos cafés donde incluso a los americanos les cobraban buenos precios por exquisitas comidas.

Las catedrales con vidrieras de colores eran oscuros santuarios donde buscaban la intimidad para besarse, en lugar de rezar. Los perritos calientes americanos palidecían al lado de los que vendían en Montmartre, al lado de cuadros originales.

Para celebrar su primer aniversario de boda pasaron un largo fin de semana en la comarca de los vinos, catando la cosecha local hasta ponerse sensibleros, y durmieron en pequeños hoteles donde las camas con colchones de plumas eran tan agradables y suntuosas como las salsas que se servían en los íntimos comedores.

Pero había una serpiente en su paraíso.

Su nombre era Haskell Scanlan. El cargo de Dillon era de ingeniero supervisor de la construcción. Haskell se ocupaba de las nóminas, de las compras y de la contabilidad. Habían tenido un breve encuentro en Tallahassee. Dillon había deseado que su primera impresión sobre el hombre cambiase cuando llegasen a Francia. Por el bien de Debra, había deseado que llegasen a ser amigos de Haskell y de su esposa.

Por desgracia, Haskell Scanlan resultó ser un tipo más desagradable en el extranjero que en su propio país. Ninguno de los trabajadores de la construcción podía soportarlo. Como un cronometrador despiadado, les rebajaba la paga si llegaban treinta segundos tarde. Cuando el capataz se acercó a Dillon para pedir un aumento de sueldo, éste se dirigió a Haskell Scanlan para hacer lo que él creía una petición justa. Haskell, inflexible, se negó incluso a considerarlo.

–¡Por el amor de Dios, auméntales el sueldo! –gritó Dillon, después de media hora de acalorada discusión.

–¿Aumento global?

–Aumento global.

–Eso sólo les estimularía a pedir luego más.

–Pero Haskell, sólo piden el equivalente a veinte centavos la hora.

–Multiplícalo y saca la cuenta.

–Vale, pues auméntales diez centavos la hora. Eso demostraría nuestra buena intención y quizá les proporcionase un incentivo suficiente para seguir con nosotros. La semana pasada perdí dos buenos carpinteros porque podían ganar más dinero trabajando en esa nueva pista de deportes que se está construyendo.

–Los carpinteros que perdiste fueron reemplazados.

–Pero se necesitaron varios días, fuera de mi horario de trabajo, para entrevistarlos y contratarlos. No me gusta perder ningún día. Está programado que el edificio se termine el verano que viene. Me gustaría acabarlo a principios de primavera.

–¿Por qué?

–Porque Debra está embarazada. Por mucho que nos guste este país, me gustaría que mi hijo naciese en el nuestro.

–Los intereses personales no deberían estar por encima de los de la compañía.

–Vete a la mierda.

–Recurre a este lenguaje si esto te hace sentir mejor. Pero te aseguro que no va a hacerme cambiar de opinión.

Dillon recurrió a ese tipo de lenguaje y a cosas mucho peores antes de que el asunto se solucionase.

–Odio tener que saltar por encima de su cadena de mando –le explicó a Debra esa noche durante la cena–, pero es un estúpido avaro incapaz de ver las cosas en conjunto.

No le entra en la cabeza que cuanto antes terminemos el edificio más dinero ahorrará a las Industrias Pilot.

–A lo mejor el saltar por encima de su cadena de mando está justificado –contestó Debra–. No puedes ser eficaz si constantemente te peleas con un hombre que evidentemente está celoso de ti.

–¿Celoso?

Haskell y su mujer habían ido una noche a cenar a casa por invitación de Debra. Así que había tenido ocasión de observarlo.

–Dillon, sé realista. Eres todo lo que a él le encantaría ser. Eres guapo, él no. Eres alto, fuerte y masculino, y él es debilucho y pálido. A pesar de las barreras del idioma, te llevas bien con los hombres, y a él lo ridiculizan. ¿No me dijiste que le llamaban «cabrón» en francés? No creo que le guste ni a su mujer.

Él hizo un gesto de aprobación refunfuñando.

–Puede que tengas razón, pero hay una gran diferencia entre determinar el problema y solucionarlo.

–Llama a Pilot.

–¿Para plantearle un ultimátum: Haskell o yo? –Sacudió la cabeza–. No estoy preparado para arriesgarme a eso. Haskell lleva más tiempo que yo en la compañía y Pilot tiene muy en cuenta la antigüedad. Si eligiese a Haskell, no llegaría a terminar mi edificio. Además de necesitar el trabajo, quiero ver terminado mi edificio por satisfacción personal.

A la semana siguiente, Dillon perdió dos operarios de la estructura metálica. Haskell se negó a proporcionarle un pequeño margen para negociar, y eso fue la gota que colmó el vaso.

–Sólo intentan manipularte.

–¡Vete a la mierda! –Dillon se fue precipitadamente para no soltar un puñetazo en la cara de Haskell. Decidió que no tenía otra elección que llamar a Pilot.

Pilot no se sintió complacido.

–Realmente no pensé que tendría que preocuparme de conflictos personales entre dos personas que se llaman profesionales.

–Siento tener que molestarle con esto, señor Pilot, pero

si Haskell continúa con el puño cerrado alrededor del monedero de la compañía, voy a perder constructores cualificados. Me sentiré forzado a contratar trabajadores de segunda mano, y no creo que ninguno de nosotros queramos eso, ¿no es así, señor Pilot?

El silencio que se produjo en la conferencia internacional se llenó de ruidos parásitos. Al final, Pilot contestó:

–Dígale que yo, personalmente, he autorizado un aumento global de diez centavos la hora.

–¿Quince?

–Doce, y no se hable más, Burke. No vuelva a involucrarme en estas disputas. Le puse a cargo de este proyecto, así es que ocúpese de ello.

Pilot colgó el teléfono antes de que Dillon tuviese la oportunidad de darle las gracias. Pensó que eso era bueno. De otra forma podía parecer que Pilot jugaba a tener favoritos, en lugar de ejercer su talento para los negocios.

Haskell Scanlan no lo vio de esa manera.

–¿Fuiste a llorar a papá? –le preguntó sarcástico cuando Dillon le informó de la conversación con Pilot.

–Le expliqué lo que pensaba que podía ir mejor para el proyecto.

–Oh, claro –replicó Haskell rencoroso–. Pilot te mira y ve un reflejo más joven de sí mismo. Bajo la brillantez de su éxito, es tan tosco y grosero como tú. Se enorgullece de ser un hombre que se ha hecho a sí mismo. Así que no cometas el error de creer que has ganado esta batalla por mérito propio. Sólo has ganado porque eres el desliz del ego del jefe.

Como en el fondo había ganado, a Dillon no le importó lo más mínimo la opinión de Haskell. Después de unos fríos días de lluvia desagradable, las cosas en la construcción fueron como la seda durante los meses de otoño. Dillon no perdió ningún trabajador más porque sabían que él era el responsable de su aumento.

Los trabajadores le apreciaban por recordar sus nombres, por su habilidad en explicar chistes verdes y por su sentido de saber cuándo interferir o no en discusiones entre ellos. Él no les pedía nada que no se pidiese a sí mismo. Corría riesgos, se quedaba más tiempo del establecido, comía el bocadillo con ellos y se ganaba su respeto por mezclarse con ellos en lugar de mantenerse apartado.

Dillon prefería conocer su edificio íntimamente –cada remache, cada cable, cada ladrillo–, en lugar de encerrarse en su caseta. Inspeccionaba cada fase de la construcción. Sus elevados costos produjeron su siguiente altercado con Haskell Scanlan.

–¿Qué coño es esto? –Dillon sujetaba un trozo de cable eléctrico en sus enguantadas manos. El desafortunado electricista que Dillon había elegido para formularle la pregunta miró cauteloso alrededor del círculo de mirones y al ver que ninguno estaba dispuesto a acudir en su ayuda empezó a dar una explicación en francés muy rápido.

Dillon no entendió ni una sola palabra. Sacudió el trozo de cable delante de la cara del hombre.

–Esto no es lo que yo pedí. ¿De dónde lo has sacado?

Uno de los electricistas habló chapurreando un poco de inglés. Dio unos golpecitos en el brazo de Dillon. Éste se dio la vuelta enfadado.

–¿Qué?

El hombre señaló hacia el montón de rollos de cables eléctrico. Después de una breve inspección. Dillon se dirigió a los hombres que estaban observando, inactivos.

–No instaléis más mierda de ésta. ¿Entendido?

El hombre que había servido de intérprete comunicó la orden a los demás.

Dillon se echó uno de los pesados rollos de cable al hombro y cogió el ascensor de servicio para ir a la planta baja. Luego, irrumpió tras la puerta de la caseta. Haskell, sentado tras la terminal del ordenador, saltó instintivamente ante la salvaje interrupción de Dillon y frunció el ceño.

–¡Me gustaría saber qué coño es esto!

El rollo de cables aterrizó encima de la mesa de Haskell con un fuerte estruendo, y su silla salió disparada hacia atrás sobre sus ruedecillas.

–Pero ¿qué te crees que estás haciendo? –chilló–. Quita esa cosa de mi mesa.

Dillon puso las manos a los lados del rollo de cable y se inclinó sobre él.

–Escúchame bien, idiota. Te voy a hacer tragar esta

mierda de material palmo a palmo si no me das una explicación completa de por qué no compraste el que pedí hace ya meses. Tienes diez segundos.

–El cable que pediste era tres veces más caro que éste –contestó Haskell, recuperando un poco la calma.

–El cable que pedí era tres veces más bueno y tres veces más seguro.

–Éste se ajusta con los códigos de edificios locales.

–¡Pero no se ajusta con el mío! –replicó Dillon rechinando los dientes.

–Si no hubiese sabido que era suficiente...

–¡Tú no sabes una mierda! Este edificio va a cubrirse con todo tipo de electrónica sofisticada. Y para evitar cualquier catástrofe tiene que llevar el mejor hilo eléctrico posible.

Dillon agarró el teléfono y lo lanzó a las rodillas del sorprendido contable.

–Ahora mueve el culo y haz el pedido que encargué. Quiero recibir los materiales no más tarde de mañana al mediodía, o te mandaré a cada uno de los electricistas que no tenga nada más que hacer que joderte en la mesa.

El teléfono cayó al suelo al levantarse Haskell como un rayo.

–Tú no puedes hablarme así.

–Acabo de hacerlo. –Dillon señaló hacia el teléfono–. Estás perdiendo el tiempo. Hazlo.

–No lo haré. Yo soy el responsable de que los costos se mantengan bajos.

–Estoy de acuerdo con tal de que no comprometa la integridad del edificio. Y en este caso lo hace.

–El cable que pedí es suficiente y, de acuerdo con la administración local, seguro.

–Pues de acuerdo con Dillon Burke es una mierda. No pienso instalarlo en mi edificio.

–¿Tu edificio? –repitió Haskell con una sonrisa desdeñosa.

–Pide el cable que ordené, Scanlan.

–No.

A Dillon le gustaba la armonía tanto como al que más y evitaba la confrontación siempre que podía. Pero no estaba dispuesto a rebajar sus valores en su primer proyecto. Ni tampoco estaba dispuesto a llamar otra vez a Pilot. Éste ya le había dicho que se ocupase de ello.

–O coges el teléfono y llamas –continuó con calma–, o estás despedido.

Haskell se quedó boquiabierto.

–No puedes despedirme.

–Ya lo creo que puedo.

–¿Ah, sí? Veremos lo que el señor Pilot tiene que decir al respecto.

–Veremos. Mientras tanto considérate fuera de este proyecto. Y a no ser que quieras que te parta la cara, te sugiero que permanezcas fuera de mi vista hasta que te hayas largado.

El enemigo de Debra era el aburrimiento. Durante los primeros meses en Francia, se había ocupado de decorar el apartamento con un presupuesto muy justo, y tuvo éxito, teniendo en cuenta las limitaciones del edificio.

Habían comentado la posibilidad de que ella buscase trabajo, pero no era factible. No había puestos para profesores en las escuelas de habla inglesa, y los comerciantes preferían contratar a un francés antes que a un americano. Así pues, mataba las horas del día leyendo, paseando por las estrechas y pintorescas calles y escribiendo largas cartas a sus parientes. Aunque intentaba esconderlo de Dillon, añoraba a su familia. Por fuerza tenía que evitar la depresión.

El embarazo la rejuveneció. No sufría ningún efecto secundario y juraba que nunca se había encontrado mejor. Estaba llena de energía. Cada día, ella y Dillon se maravillaban de los cambios sutiles de su cuerpo. Esta nueva forma de intimidad ahondó aún más su mutuo amor.

Para distraerse hasta la llegada del bebé se apuntó a un cursillo de cocina, al que llegaba dando un paseo desde el apartamento. En la clase había cuatro mujeres más y dos hombres, todos ellos jubilados. Junto con la maternal *chef*, se volcaron en ella como gallinas ponedoras. Más tarde pasaba los días en clase o en la pequeña cocina del apartamento, practicando lo que había aprendido, o compraba en los mercados del barrio los ingredientes necesarios para demostrar sus aptitudes culinarias ante Dillon. Llegaba a casa con los brazos cargados de bolsas y las subía por el crujiente ascensor que Dillon le había prohibido utilizar.

Esa tarde en concreto estuvo a punto de pillarla porque llegó a casa sólo unos momentos antes que él. La abrazó inmediatamente y le plantó un beso firme sobre sus fríos labios. Luego, sonriendo, la soltó y dijo:

–Vámonos a Suiza.

–¿Suiza?

–Sí, ya sabes, uno de los países que tiene frontera con Francia: cabras y Heidi, Alpes y nieve, yo-do-la di yuu.

–Ya conozco Suiza. ¿Recuerdas nuestro fin de semana en Ginebra?

–¿Fue allí donde había un espejo en el techo de nuestra habitación?

–O sea, que te acuerdas.

–¿Cómo podría olvidarlo? –gruñó, cogiéndola de nuevo. Sus bocas se fundieron en un beso.

–No necesitamos espejos en el techo –susurró ella cuando por fin se separaron.

–Pero yo necesito salir de la ciudad y celebrarlo.

–Celebrar, ¿qué?

–Hoy he despedido a Haskell Scanlan.

La sonrisa de Debra se desvaneció.

Dillon le explicó lo que había ocurrido.

–Odio haber tenido que llegar a este extremo, pero no me dejó alternativa. –Estudió la cara de preocupación de Debra–. ¿Tú no crees que he hecho lo correcto?

–Estoy convencida de que hiciste exactamente lo que tenías que hacer. Pero por desgracia mi opinión no tiene tanto peso como la de Forrest G. Pilot.

–Por eso quiero irme a Suiza esta noche. Si él está de acuerdo con mi decisión, habremos pasado un estupendo fin de semana en los Alpes. Si no está de acuerdo, lo primero que tendré que hacer es dejar el trabajo, en cuyo caso ya no nos podríamos permitir un viaje a Suiza. Y si me despide, menos aún. Así que mientras todavía tenga trabajo y me sienta tan bien como ahora, mandemos todo a la porra y vayámonos.

Cogieron un talgo hasta Lausanne y otro hasta Zermatt. Bromearon con estudiantes, charlaron con una abuela de Montreux que tejía un gorro para su décimo nieto y tomaron la comida que Debra había llevado.

Dillon bebió un fuerte vino tinto de una bota que le ofreció uno de los estudiantes, pero rechazó dar una calada a un porro de marihuana. Cuando la pareja que estaba frente a ellos se apoyaron el uno en el otro, Dillon y Debra se preguntaron por qué no, y se abrazaron y besaron hasta quedarse dormidos.

En Zermatt, Dillon esquió por las pistas más duras. El embarazo de Debra no le permitía eso, así que se consoló echando una ojeada por las tiendas y mirando el interminable desfile de gente de la *jet-set*. Fueron juntos en un trineo de caballos y observaron a los patinadores que se deslizaban sobre cuchillas plateadas a través de un lago helado. Se atiborraron de *fondue* de queso, pan compacto y oscuro, vino blanco y chocolate suizo.

Durante el viaje de vuelta en el tren, Dillon la atrajo hacia sí, de manera que la cabeza de ella quedó bajo su barbilla.

–Ésta ha sido nuestra auténtica luna de miel.

–¿Qué había de malo en nuestro viaje a las Bermudas?

–Nada en absoluto. Pero entonces tú estabas recién casada. Ahora eres mi mujer. –Deslizó la mano en el interior del abrigo de ella y la dejó descansar sobre su estómago–. Te quiero.

Mientras esperaban en Lausanne para hacer transbordo de tren, ella se compró una tableta de aspirinas.

–¿Qué pasa? –preguntó él.

–Se me está irritando la garganta.

El resto del viaje a París, Debra durmió encogida, y con frecuencia se despertaba tiritando.

–Me duele al tragar saliva –se quejó.

Dillon colocó la mano en la frente de ella.

–Estás ardiendo. Será mejor que te tomes otra aspirina.

–Prefiero no hacerlo sin preguntar primero al doctor. A lo mejor la aspirina no es buena para el niño.

Cuando llegaron a París, Dillon estaba preocupado, aunque Debra le aseguró que su garganta irritada sólo era consecuencia de haberse expuesto al aire de la montaña. El lunes por la mañana, Dillon tuvo que atravesar la ciudad en la hora punta de tráfico para llevar a Debra a su médico, y llegaron a la consulta justo cuando la abrían. Con amabilidad y preocupación, la enfermera condujo a Debra a una sala de reconocimiento y pidió a Dillon que esperase fuera. No le agradó la idea, pero esperó. Después de que varios pacientes que esperaban desviasen la mirada, se dio cuenta de que debía de parecer un facineroso. No se había afeitado en todo el viaje y había pasado una noche en el tren, prácticamente sin dormir.

Por fin le hicieron pasar al despacho del doctor.

–La señora Burke tiene mal la garganta –dijo en un inglés muy rudimentario–. Yo... –Frotó un trozo de algodón.

–Me ha puesto una inyección –siguió Debra con una mueca.

–¿Estreptomicina? No se ofenda, doctor Gaultier, pero si es tan serio, quizá debiera recomendarnos a un especialista.

–Estoy de acuerdo –contestó él con un ademán–. Esperemos los resultados del laboratorio. Lo sabremos mañana.

–Estoy segura de que todo irá bien –aseguró Debra a su preocupado marido–. Me ha recetado un antibiótico. Hoy me quedaré en cama y dejaré que me cuides.

Dillon intentó devolverle la sonrisa, pero parecía tan enferma que no encontraba ningún motivo para sonreír. La llevó al apartamento y la metió en la cama, antes de ir a la farmacia que estaba a un par de manzanas de distancia. Luego ella se tomó la cápsula y una taza de té, antes de caer en un profundo sueño.

Fue entonces cuando Dillon se acordó de llamar al trabajo. Habló con el capataz al que le había asignado temporalmente el mando antes de irse el viernes anterior. El francés le convenció de que todo iba bien y le insistió en que se quedase en casa con su mujer. Durante todo el día estuvo sentado al lado de Debra, dio algunas cabezadas en la silla y sólo despertó a Debra cuando tenía que tomarse la medicina.

A pesar de la fiebre y el malestar, ella se las arregló para bromear cuando él la llevó al lavabo.

–Menos mal que esto no me ha pasado en el noveno mes. No me habrías podido levantar.

Dillon se comió un bocadillo para cenar pero no pudo convencer a Debra para que se tomase algo más que un plato de sopa.

–Ya me encuentro mejor de la garganta –le dijo–. Lo único que pasa es que estoy muy débil. Necesito dormir toda la noche. Tú también tienes pinta de necesitarlo –le comentó, pasándole la mano por la cara sin afeitar.

Después de administrarle la medicina. Dillon se desvistió y se metió en la cama junto a ella. Exhausto, nada más estirarse se quedó dormido.

Se despertó durante la noche. Intentó ver a través de la oscuridad y consultó el despertador de la mesilla de noche. Era hora de dar otra cápsula a Debra. Encendió la lámpara.

Entonces, lanzó un alarido.

Los labios de Debra estaban morados y ella yacía muy quieta.

–¡Oh, Dios! ¡Oh, Dios mío! ¡Debra! ¡Debra! –Colocó las piernas a horcajadas a los lados de sus muslos y acercó la oreja a su pecho. Suspiró de alivio cuando escuchó su respiración. No obstante, ésta era débil. Apenas respiraba.

Dillon saltó de la cama y se puso la ropa sin abrochar. Se enfundó los pies desnudos en unas zapatillas de deporte. Cogió a Debra en brazos, envuelta en mantas y corrió por el apartamento hasta la puerta. Descendió por las escaleras con pasos inseguros. ¿Debía llamar a una ambulancia o conducirla él mismo al hospital? Finalmente se decidió por lo último, pensando que hasta que localizase el número, con su limitado francés y dada la urgencia de la situación, podría ser demasiado tarde.

–Dios, no, no.

Un fuerte viento se llevó las palabras de la boca mientras corría desde el edificio hasta el coche aparcado. Depositó a Debra en el asiento delantero. Ella se inclinó hacia un lado, y de nuevo la voz de Dillon rompió con una oración.

Sabía, más o menos, dónde estaba el hospital más cercano y pisó el acelerador en esa dirección. Cuando el coche giraba por las esquinas de las calles, los neumáticos chirriaban sobre el pavimento, produciendo eco en los silenciosos edificios. Llevaba el volante con la mano izquierda mientras con la derecha daba masaje a la muñeca de Debra. Por su cabeza pasó rápidamente el pensamiento de cómo la recordaría siempre si moría.

El personal de la sala de urgencias se dio cuenta inmediatamente de la gravedad de su estado y se la llevó en una camilla. Dillon tuvo que correr para seguirles. Ante una puerta señalizada con palabras que no pudo leer, gente que él no podía entender no le permitió la entrada. Luchó contra ellos e intentó atravesar las puertas tras la camilla. Al final lo redujeron y lo llevaron a la sala de espera, donde una enfermera de habla inglesa le amenazó con expulsarle si no se calmaba.

–¿Calmarme? –gritó ronco–. Mi mujer está moribunda... y usted espera que me calme. Quiero estar con ella.

La enfermera se mantuvo firme y le informó de los diferentes formularios que tenía que rellenar para ingresar a Debra en el hospital. Luego, cuando se quedó solo, empezó a pasear arriba y abajo hasta que se sintió tan cansado que se sentó derrengado en una silla.

Dejó caer la cabeza, apretó los pulgares en las sienes y rezó a un Dios de cuya existencia no estaba convencido, pero en el que paradójicamente confiaba.

¿Qué más podía exigirle esta deidad egoísta? ¿No había dado ya lo suficiente? Toda la gente que había amado había sido alejada de él: sus padres, su abuela, el cuidador del reformatorio que se había interesado especialmente por él.

Estaba maldito. «Id con cuidado. Si amáis a Dillon Burke, moriréis.»

–No, no –gimió–. Debra no. Por favor, Debra no. No te la lleves, apestoso hijo de zorra.

Negoció con el invisible poder, haciendo voto de sacrificar cualquier cosa si Debra era perdonada. Prometió vivir una vida buena, alimentar al hambriento y vestir al desnudo. Juró no volver a pedir nada nunca más si ese pequeño favor podía ser concedido.

–Déjala vivir.

–¿Señor Burker?

Dillon levantó la cabeza de golpe. Un médico estaba de pie, a unos centímetros de él.

–¿Sí? ¿Mi mujer? ¿Está...?

–Va a ponerse bien.

–Oh, Dios. –Dillon estalló en sollozos mientras apoyaba la cabeza contra las frías baldosas de la pared de la sala de espera–. Oh, Dios.

–Ha tenido una reacción alérgica al antibiótico que le prescribió el doctor Gaultier. No es culpa de nadie –añadió enseguida–. Hemos consultado al doctor Gaultier. No había nada en la ficha médica enviada desde Estados Unidos que indicase que fuera alérgica a este medicamento.

–Mire, no tengo intención de demandar a nadie –interrumpió Dillon, irguiéndose–. Debra está viva y se va a recuperar. Eso es lo único que me importa.

Dillon estaba tan aliviado, que se sintió las rodillas como de goma. Todo había ocurrido muy rápido. La vida era preciosa. La vida era frágil. Un momento aquí y al siguiente ya no estás. Cada segundo debía ser ávidamente vivido porque nunca se sabía cuándo iba a estallar el final.

Tendría que recordar eso. Tendría que hablar con Debra sobre esa revelación. Ellos la convertirían en su filosofía, vivirían por ella, la controlarían hasta sus...

Los felices pensamientos se paralizaron de repente.

–Doctor –graznó. Antes de preguntar ya sabía la respuesta, pero tenía que preguntarlo. Sus labios estaban pegados y su boca seca de horror–. Doctor, no ha mencionado el bebé. ¿Está bien?

–Lo siento, señor Burke. No pudimos hacer nada por el pequeño. Estaba ya muerto cuando llegó la señora Burke.

Dillon miró fijamenre al doctor, sin verlo realmente. Había negociado la vida de Debra, pero había dejado sin determinar las condiciones. Ahora ya sabía cuál había sido el precio.

8

Morgantown, Carolina del Sur, 1977

El doctor Mitchell Hearon, decano de asuntos estudiantiles y de ayuda económica en la Escuela Universitaria de Dander, en Morgantown, Carolina del Sur, abrió la carpeta de solicitud de Jade Sperry y le pasó un trozo de papel por encima de su desordenada mesa.

–Esto es un vale. Preséntelo en la oficina de becarios el día que se matricule.

Los ojos de ella se movieron en dirección a la tarjeta que él le entregó. Había una cantidad impresa a su nombre sobre un grabado que representaba la escuela. Intentó distinguir los números, pero incluso eso estaba fuera de su alcance.

–La cantidad cubrirá su enseñanza, libros y todas las cuotas –continuó el director–. Los gastos de estancia correrán a su cargo, aunque la escuela estará encantada de ofrecerle una lista de hospedajes con un presupuesto asequible.

Ella apenas podía dar crédito a sus oídos.

–Yo..., yo no sé cómo agradecérselo, doctor Hearon.

–Puede agradecérmelo haciendo las cosas lo mejor que pueda. Estudie mucho. Aplíquese. Haga que sus metas se conviertan en realidad.

–Sí, sí. Lo haré. –Su risa expresaba el alivio y la alegría que sentía. Se levantó con brusquedad y casi perdió el equilibrio–. ¡Gracias! No se arrepentirá. Usted...

–Es un placer, señorita Sperry. Creo que usted será una persona muy valiosa para la Escuela Dander. Somos pocos, pero gozamos de una auténtica reputación académica. Nos enorgullecemos de la diligencia e integridad de nuestros estudiantes.

Las circunstancias habían forzado a Jade a perder el derecho a beca en el Estado de Carolina del Sur. Después de trabajar más de un año en un gran economato de Savannah, empezó a enviar solicitudes a otras universidades y escuelas universitarias pidiendo ayuda económica. Volvió a mirar la tarjeta que tenía en la mano, sin apenas dar crédito a sus ojos.

Para concluir la entrevista, el doctor Hearon se puso en pie y extendió la mano.

–Me gustaría que pasase por aquí cuando se haya matriculado. Tengo interés en saber qué asignaturas ha escogido para el primer semestre. El profesorado toma un interés personal por cada estudiante.

–Vendré a verle. Se lo prometo. Gracias de nuevo. –Jade se dirigió a la puerta con rapidez. Después de abrirla, volvió la mirada hacia él por encima del hombro–. Ah, y déle las gracias a los otros miembros del comité de becas.

–Lo haré. Adiós, señorita Sperry.

–Adiós.

El largo pasillo tras el despacho estaba vacío y silencioso. Jade quiso expresar su regocijo con un grito hacia el techo de arcos góticos, pero se contuvo como pudo. No obstante, echó a correr hacia las puertas del final del pasillo con un desenfado que desentonaba con la majestuosidad del edificio.

Una vez fuera, dio rienda suelta a su euforia. Se apoyó contra una imponente y estriada columna, y se quedó mirando el vale antes de oprimirlo contra el pecho como si fuera una alegre avara. Después lo guardó en el bolso, abandonó la sombra de la galería de entrada del edificio administrativo y caminó bajo la luz de finales de verano.

Parecía más clara y amigable que cuando entró nerviosa en el edificio. Las flores a lo largo de las aceras brillaban bajo el sol. El cielo estaba excepcionalmente azul, con nubes blancas y sin manchas. Nunca había notado el intenso verdor del césped, ¿o es que el césped del campus de la Escuela Dander era mucho más verde?

Era como si ella, igual que Dorothy en *El Mago de Oz*, hubiese sido repentinamente empujada de un mundo en blanco y negro a otro en color. Había pasado por un verdadero infierno, pero luego salió al otro lado para descubrir que después de todo valía la pena luchar por la vida.

Las campanas Westminster en la torre de la capilla del campus dieron la hora cuando pasaba por la biblioteca. Se sentía invadida por un sentimiento de paz y optimismo que no había experimentado desde la violación. Ese día le habían otorgado un nuevo comienzo.

Al coche le había costado ponerse en marcha y el indicador del agua se encendía por encima de los cuarenta y cinco kilómetros. A duras penas consiguió sobrevivir desde Savannah, de donde habían salido el día anterior. Después de instalarse en el Pine Haven Motor Gourt, Jade utilizó las restantes horas de luz para conocer la ciudad donde se encontraba la escuela universitaria.

El campus formaba el núcleo de la ciudad, y a Jade le pareció que tenía encanto y carácter. La única industria local era la escuela, y el abovedado edificio administrativo, el único rascacielos del lugar. Alrededor del campus había bonitas casas solariegas que alojaban a miembros de la facultad. El barrio comercial de Morgantown era suficiente para satisfacer sus necesidades.

¿Dónde vivirían ellas? ¿Encontrarían algún apartamento barato cerca del campus, para que ella pudiese ir a pie a clase y dejar libre el coche para que lo usara Velta? El próximo semestre no empezaría hasta el mes siguiente, pero aún había muchas cosas que hacer. ¿Qué es lo que debería buscar primero: un trabajo de media jornada o un lugar dónde vivir?

Aparcó el coche frente a la casita número tres y, con una sonrisa irónica, se reprendió a sí misma por volver a caer en su típica manía de preocuparse. Ese día iba a relajarse y a celebrarlo. La consecución de la beca había sido el primer paso positivo hacia su objetivo final: el ver castigados a los asesinos de Gary.

Neal Patchett, Hutch Jolly y Lamar Griffith no eran sólo sus violadores; eran también los responsables del suicidio de Gary. Si alguna vez flaqueara su resolución de ver hecha justicia, sólo tenía que recordar la visión del cuerpo de Gary balanceándose en el extremo de aquella soga. Con su violencia, perfidia y mentiras, Neal y sus compinches le habían conducido al suicidio.

Jade no descansaría hasta que hubiesen pagado por sus

crímenes. La venganza no vendría rápido. Sería un proceso lento y laborioso que quizá tardara años en realizarse, pero estaba preparada para ello. Gracias al doctor Hearon y a su comité, ya estaba en camino.

Se sorprendió de que la casita se abriera con sólo empujarla, pues pensaba que estaría cerrada con llave.

–¿Mamá? ¡Lo tengo!

Jade entró en la pequeña habitación que olía a cerrado. El acondicionador de aire de la ventana intentaba exhalar aire fresco, pero con poco éxito. Inmediatamente su cerebro captó tres cosas: había una maleta a los pies de su madre; un hombre al que Jade había llegado a odiar estaba de pie al otro lado de la maleta; Graham, su hijo, estaba llorando en la cuna portátil.

Jade se detuvo en el umbral e intentó averiguar lo que implicaba la maleta. La mirada de Velta era fría y desafiante. Los ojos del hombre, furtivos, rehuían los de Jade. Ésta quería exigir una explicación pero prevalecieron los instintos maternales. Dejó el bolso encima de la cama, se dirigió a la cuna y cogió en brazos al lloroso bebé, abrazándolo amorosamente contra su pecho.

–Ssst, cariño. ¿Qué pasa? Mamá ya está aquí. Todo va bien. –Lo arrulló hasta que dejó de llorar. Luego se dirigió a su madre–: ¿Qué está haciendo él aquí?

El hombre se llamaba Harvey algo o algo Harvey. Jade no lo recordaba. Había borrado intencionadamente el nombre de su cabeza después de romper su tarjeta de visita y tirarle los trozos a la cara. Había insistido en que si él no se iba voluntariamente de la sala de maternidad, haría que lo echasen. Aunque él se presentó como el fundador y director de una agencia privada de adopción, Jade interpretaba de forma diferente su ocupación. Estaba tan relacionado con una agencia de adopción como un traficante de drogas con un farmacéutico.

Harvey había sido el descubrimiento de Velta. Ella había explicado a Jade que él era la solución a todos sus problemas, es decir, el hijo ilegítimo de Jade. Sin consultar a Jade, Velta había llevado a Harvey al hospital un día después del nacimiento de Graham. Harvey le ofreció varios miles de dólares por su hijo.

–Un recién nacido blanco y masculino sin ningún defecto aporta el precio más alto en el negocio –había dicho.

Ahí fue cuando Jade pulsó el timbre de alarma que molestó a otros pacientes y alertó al personal de enfermería.

Jade abrazó ahora con más fuerza a Graham, mientras observaba a su madre.

–Mucho antes de nacer Graham ya te dije que nunca lo daría en adopción. Lo repetí después de nacer. Lo dije en serio entonces y lo digo en serio ahora. Dile a tu amigo que se vaya o llamaré a la policía.

–Harvey no está aquí ni por ti ni por tu bebé –contestó Velta.

Jade dirigió una severa mirada a los dos.

–Entonces, ¿qué es lo que está haciendo aquí? ¿Cómo supo dónde encontrarnos?

–Lo llamé por teléfono anoche y le expliqué dónde estábamos.

–¿Por qué?

Graham empezó a retorcerse entre sus brazos, pero ella no lo soltó. A pesar de lo que su madre hubiese dicho, Jade tenía miedo de que le arrebatasen el niño. Por desgracia sus problemas no las habían unido. Durante el pasado año, su inestable relación se había ido deteriorando. El interés de Jade por recibir una formación universitaria molestaba a Velta. Para ella, la solución a un hijo ilegítimo era un marido.

–Volvamos a Palmetto, Jade –había sugerido un día de principios de verano, cuando los ánimos estaban tan turbulentos como el tiempo bochornoso–. Al menos, estaremos marginadas en entornos conocidos. Si hubieras actuado de forma amable con ellos, estoy segura de que habrías conseguido que alguno de esos tres chicos reconociese a Graham y se casase contigo.

Jade había estado a punto de golpearla.

–¿Preferentemente Neal Patchett?

–¡Vivir en esa hermosa casa que tiene sería mil veces mejor que este estercolero! –había gritado Velta, gesticulando con las manos para mostrarle el pobre apartamento de Savannah–. Si desde un principio te hubieras mostrado más simpática con él no hubiera sucedido lo que sucedió.

Jade había salido precipitadamente de casa con Graham y no había vuelto a entrar hasta que estalló la tormenta de truenos. Desde entonces Velta no volvió a sacar el tema de volver a Palmetto y Jade imaginó que había desistido de esa idea. Aparentemente lo había hecho, pero tenía otro plan que de alguna manera incluía a Harvey.

–Todavía no me has dicho qué hace él aquí –dijo Jade.

–Desde aquel día en el hospital, Harvey y yo nos hemos ido viendo regularmente. En secreto, por supuesto.

Jade abrazó con mucha más fuerza a Graham. ¿Habrían preparado un plan para arrebatarle a Graham? ¿Intentarían hacer que ella se declarara madre incapacitada? Ella no dejaría que eso ocurriese. Nadie le quitaría jamás a su hijo.

–Harvey ha tenido la bondad de pasar por alto tu grosería –continuó Velta–. Cuando me acuerdo de la escena que organizaste en el hospital, no puedo imaginarme por qué ha sido tan bueno, como no sea por su buen corazón. –Velta se volvió hacia el hombre y sonrió–. Bueno, cuando llegamos ayer aquí me di cuenta de que te encantó este lugar. Por mucho que yo no quiera, tú estás totalmente decidida a ir a esta escuela. Así que anoche, cuando fuiste a comprar las hamburguesas, llamé a Harvey a Savannah y acepté su petición.

–¿Su petición? –preguntó Jade sobresaltada–. ¿Quieres decir una petición de matrimonio?

–Exacto –replicó Velta desafiante–. Estábamos esperando que volvieras para irnos.

Jade se quedó boquiabierta, mirándolos con incredulidad. Luego estalló en una carcajada.

–¡Mamá, no lo dirás en serio! ¿Realmente te largas con ese tipo? Dime que es una broma.

–No es una broma, te lo aseguro. Harvey ha sacado todas mis cosas del apartamento de Savannah y las ha traído consigo. Lo que se haya quedado te lo puedes quedar. Vamos, Harvey. Ya hemos esperado bastante.

Harvey, que no había abierto la boca, cogió la maleta y se dirigió hacia la puerta, seguido de Velta.

–¡Mamá, espera! –Jade volvió a colocar a Graham en la cuna y corrió tras su madre, alcanzándola junto a un Sedan gris–. ¿Has perdido el juicio? –le preguntó–. No puedes irte así como así.

–Soy adulta. Puedo hacer lo que me dé la gana.

Jade retrocedió un paso. Velta le estaba echando en cara las palabras que ella misma le había dicho hacía poco, y en más de una ocasión; en particular, cuando informó a Velta de su intención de quedarse con el niño.

–No lo hagas –le susurró–. Sé que sólo lo haces por despecho, mamá. Te necesito. Por favor, no te vayas.

–Me necesitas mucho, pero es una pena, Jade. Tú te has cargado de problemas. Yo no voy a hacer de niñera mientras tú te vas a la escuela cada día.

Jade intentó otra táctica:

–Olvida que te necesito para ayudarme con Graham. Ya me las arreglaré –añadió rápido–. Pero mamá, por favor, piensa lo que esto significa para ti.

–¿Tan difícil te resulta aceptar que otro hombre me encuentre atractiva?

–Claro que no. Pero a lo mejor lo deseas tanto que te hace ver algo que realmente no es. ¿Has pensado en ello? Por lo menos date tiempo para conocerlo mejor.

–No más tiempo, Jade. Hace mucho que no hago nada por mí. Estoy cansada de pagar tus errores. Por tu culpa, tuve que dejar mi trabajo, venderme la casa y volver a empezar de nuevo.

–No fue culpa mía –protestó Jade con voz ronca y angustiada.

–Fuiste violada, luego insististe en quedarte con el niño, cuando lo mejor para todos hubiese sido deshacerte de él.

–No habría sido mejor para mí, mamá. Yo quería a Graham. Y lo sigo queriendo.

–Bueno, Harvey me quiere a mí –insistió Velta–. Después de todo lo que he pasado, quiere que tenga buenos momentos.

Jade se sintió responsable hacia su madre. Era su deber como hija intervenir para que no ocurriera un desastre, incluso si ello significaba ofenderla. Era mejor dañar sus sentimientos que dejar arruinar su vida.

–Él no te merece, mamá –dijo. Lanzó una mirada despectiva al grasiento pelo de Harvey y a su brillante traje–.

Se alimenta de los sentimientos de la gente por interés. Negocia con la vida humana. ¿Es ése el tipo de hombre con el que te quieres casar? Papá fue recompensado con la Medalla de Honor. Era un héroe. ¿Cómo puedes incluso pensar en...?

–¡Eso no es verdad!

Velta le dirigió una mirada rencorosa.

–Estábamos bien hasta que tú llegaste. Entonces Ron no pudo soportar vivir con nosotras y se voló los sesos. Así que ya tienes dos suicidios a tu cargo, Jade. De hecho, no me has dado más que problemas desde el día en que fuiste concebida. No voy a pasar el resto de mi vida en la estela de tu destrucción. –Empujó a Jade hacia un lado, abrió la puerta del coche y se metió dentro.

Harvey cerró la puerta ruidosamente, rodeó el coche y se deslizó tras el volante. Velta mantuvo la cabeza desviada mientras daban marcha atrás y se iban.

–¡Mamá, no! –Jade corrió tras el coche, pero éste aceleró–. ¡Mamá! –gritó. Miró hasta que estuvieron fuera del alcance de su vista. Luego se quedó mirando fijamente en la misma dirección hasta que el llanto de Graham la sacó de su pasmosa incredulidad.

Estúpidamente, entró en la pequeña casita. Graham ondeaba sus regordetes brazos en señal de resentimiento. Tenía la boca totalmente abierta, enseñando los dos únicos dientes. Jade lo arrulló mientras le cambiaba el pañal. Con las prisas de hacer la maleta e irse con Harvey, Velta no se había molestado en cambiarle durante el tiempo que Jade estuvo fuera.

Se sentó con el bebé encima de la cama y lo meció, mientras esperaba que se calentase el biberón. Cuando alcanzó la temperatura deseada, le colocó la tetina en su boca. Él la cogió anhelante. Debido a su voraz apetito, ella había dejado de darle el pecho mucho antes de estar emocionalmente preparada para ello.

Él se agarró a su blusa, con sus rechonchos deditos hurgando en la tela. Al chupar el pezón de goma, ella lo sostuvo aún más cerca para tener la sensación de alimentarle con su cuerpo.

Siempre permanecería el misterio de cómo era posible

que algo tan precioso y dulce como Graham hubiese podido salir de algo tan horrible como una violación. No solía asociar la concepción de Graham con el incidente porque el hacerlo la hubiera forzado a especular sobre de quién sería la semilla que había tomado raíz en su cuerpo. Ella nunca lo quiso saber.

El separar el origen de Graham de la violación tuvo lugar aquella tarde en casa de Georgie. Ésta había comentado a Jade que se enorgullecía no sólo de su precisión en el manejo de los instrumentos médicos sino de su intuición con la gente. Esa tarde, su intuición la había obligado a preguntar a la joven y temerosa Jade si realmente quería abortar.

–Usted no parece el tipo de chica que normalmenre acude a mí, señorita Sperry. Lo dijo incluso esa fresca de Patrice Watley. ¿Está segura de que quiere continuar con esto?

Fue en ese momento cuando Jade supo que no quería. El feto que llevaba en su interior, como por arte de magia, había dejado de tener relevancia alguna respecto de la violación. El niño que crecía en su interior era suyo. Lo quiso al instante y por completo.

La revelación le causó tal impacto emocional que se desmayó sobre la mesa de Georgie. Durante media hora estuvo sollozando desconsoladamente, no por angustia, sino por el alivio de haberse liberado de la agonizante decisión que la había obsesionado durante semanas.

El acceso de llanto la dejó débil y temblorosa. Al final se tranquilizó, agradeció llorosa a Georgie el tiempo que le había dedicado y se fue. Georgie se quedó con los cincuenta dólares por haber convencido a una chica indecisa para que no abortara.

–¿Preparado para eructar? –Jade sacó la tetina de la boca de Graham. Éste protestó un poco, pero se calló cuando Jade le dio palmaditas en la espalda hasta que eructó muy a gusto–. ¡Dios mío! –exclamó ella–. ¡Eso sí que es un eructo! –Él la miró y sonrió. Una sensación de amor invadió su cuerpo como un potente narcótico. Le pasó el pulgar por el labio inferior, limpiándole la mezcla de leche y saliva, y chupó el dedo. Luego volvió a colocar al niño contra su pecho y continuó dándole el biberón.

Turbada y débil a causa de la emoción, ese día abandonó la casa de Georgie con renovada esperanza. Si le hubiera explicado todo a Gary, como hubiera tenido que hacer la noche de la violación, él lo hubiera comprendido. Amable y cariñoso como era, habría estado de acuerdo con su decisión de quedarse con el niño. Se habrían ido de Palmetto, se habrían casado y habrían perseguido sus sueños. Gary tomaría al niño como propio y, así, nadie lo sabría nunca. Con esos planes en mente, había corrido hacia la casa de Gary.

Pero ahí era donde sus recuerdos anhelaban detenerse. El camino hacia la granja de Gary siempre conducía directamente al granero y a la horripilante visión que allí le había esperado.

–Si hubieses confiado un poco más en mí... –Se inclinó hacia delante y susurró las palabras sobre la mejilla aterciopelada de Graham–. ¿Por qué lo hiciste, Gary?

Ella sabía el motivo, por supuesto. Su fe en ella había sido destruida. Aquellos que lo habían hecho continuaban con sus vidas inalteradas, aunque no sería para siempre.

En parte, Dios había sido misericordioso. Graham no se parecía en nada a ninguno de los tres atacantes. Ninguna de sus facciones proporcionaba pista alguna de su paternidad. Tenía el cabello oscuro y ondulado, como el de ella. Sus ojos eran azules y algo achinados. El único rostro que podía distinguirse de su rolliza belleza era el de Ronald Sperry, que era la versión masculina de la suya propia. Le gustaba que se pareciese a su padre.

Desde el día en que sucedió, a Jade siempre le pareció dudosa la versión de que su padre había muerto accidentalmente. Pese a ello, cuando oyó la verdad de labios de su madre recibió un golpe brutal. Velta siempre había negado con vehemencia que la herida fatal de su marido, producida por él mismo, era intencionada. Para ella, el admitirlo y sugerir que Jade era la responsable, le demostró el grado de antipatía de su madre.

¿Tan desesperadamente infeliz había sido el vivir con ella que le había inducido a fugarse con un tipo tan odioso como Harvey? Así parecía. Jade deseaba poder agarrarse a un bonito recuerdo de su madre pero no había ninguno, a diferencia de los muchos que conservaba de su padre.

Cuando Graham terminó de comer no lo puso en su cuna, sino que lo mantuvo junto a ella, como solía hacer cuando necesitaba el consuelo de un contacto humano. Ahora que el golpe del abandono de Velta había perdido algo de fuerza, las consecuencias de cómo la partida afectaba a ella y a Graham empezaban a aflorar.

Todo lo que Jade llevaba encima era un repuesto de ropa y unos treinta dólares, apenas lo suficiente para llevarles de nuevo a Savannah. Una vez allí, ¿cómo podría arreglárselas ella sola para mudarse a Morgantown?

–¿Qué vamos a hacer, Graham? –Acarició con la nariz su dulce y oloroso cuello–. ¿Qué vamos a hacer?

La opción más fácil sería volver a Savannah y reanudar su trabajo, prometiéndose que en cuanto hubiese ahorrado lo suficiente continuaría con sus estudios.

Pero ahora aún resultaría más difícil ahorrar dinero porque tendría los gastos extras del cuidado del niño. Un aplazamiento acarrearía otro y el deseo de buscar una compensación se alejaría de sus manos.

No, no dejaría que eso ocurriese.

Tenía que haber un camino. No podía dejar pasar esta oportunidad. Ya había sacrificado una beca y no estaba dispuesta a sacrificar otra.

11

El timbre de la puerta resonó en el interior de la casa. Era un hogar solemne, construido al estilo georgiano. El enladrillado romo estaba adornado de blanco y acentuado con porticones esmaltados en negro en las ventanas. Estaba apartada de la calle, rodeada de un césped muy bien cuidado. La hierba todavía brillaba debido al temprano riego del sistema automático.

La evidente opulencia hizo que Jade se sintiera cohibida. Lanzó una mirada crítica a su falda y deseó que las arrugas no se viesen demasiado. Se mojó los dedos con la lengua y limpió por última vez la baba de la boca de Graham, justo cuando una mujer guapa y pequeña, de cabello rubio ceniza, abría la puerta. Jade calculó que tendría unos cincuenta años.

–Buenos días. –Graham atrajo inmediatamente la atención de sus delicados ojos grises. Luego la mujer sonrió a Jade–. ¿Puedo ayudarla en algo?

–Buenos días. ¿Es usted la señora Hearon?

Ella asintio.

–Sí.

–Me llamo Jade Sperry. Siento venir a estas horas de la mañana, pero es que quería ver al decano Hearon antes de que se vaya al trabajo. –El llevar a Graham al campus era más desalentador que traerlo a la casa del decano–. ¿Por casualidad está todavía en casa?

–Está desayunando. Pase.

–Preferiría quedarme aquí, en el porche –le contestó Jade dubitativa–. Lo que tengo que decirle no llevará mucho tiempo.

–Entonces no hay motivo para que no entre. Por favor. ¿Es éste su niño? Es encantador.

Jade se sintió obligada a entrar y pasó a través de bonitas

habitaciones. Atravesaron una iluminada cocina donde el olor tentador de huevos y jamón le hizo tragar saliva. En estos días su menú consistía principalmente en cereales y bocadillos. No recordaba cuándo había sido la última vez que había comido algo cocinado.

Entraron en un patio interior trasero tan ancho como la casa. En una mesa de hierro forjado con la superficie de vidrio, el decano Hearon acababa el desayuno. Igual que el día en que Jade se entrevistó con él en su despacho, vestía traje marrón y corbata, pero pudo distinguir un jersey con coderas de ante y unos pantalones anchos con un brillante dobladillo.

El cabello canoso rodeaba la lisa cabeza como una corona de laurel. Por encima de las orejas salían mechones de pelo. También tenía más pelos en los agujeros de la nariz. Pero sus facciones resultaban simpáticas. Su rostro era agradable, la mirada amistosa y la sonrisa dulce. Miró con curiosidad cuando su mujer acompañó a Jade al interior. Se quitó la servilleta de lino que tenía colocada en el cuello de la camisa y se puso en pie.

–Vaya, señorita Sperry, ¿no es así? Qué sorpresa más agradable.

–Gracias. –Alzó a Graham en su brazo izquierdo y extendió la mano derecha al decano. Después, él le señaló una silla frente a la mesa y la invitó a sentarse.

Jade se sintió aturdida y poco segura de sí misma. La correa del bolso que colgaba sobre su hombro estaba a punto de resbalarse por el brazo, y Graham se retorcía e intentaba alcanzar la fronda que colgaba de un helecho Boston que estaba detrás de ella.

–No, gracias, doctor Hearon. De verdad, no puedo quedarme. Siento interrumpirle el desayuno, pero como ya le he dicho a su esposa, tenía que verle antes de que se fuese a la escuela.

–Tengo tiempo para una taza más de café. Me encantaría que me acompañase. Cathy, por favor... ¿Señorita Sperry? –De nuevo, hizo un gesto hacia la silla. Jade se sentó para no parecer maleducada, pero sobre todo porque mantener el equilibrio entre Graham y el resbaladizo bolso era una hazaña que habría desafiado a un experto malabarista.

–Gracias. Siento haberme presentado así. Debería haber llamado... ¡No, Graham! –En el último minuto, pudo impedir que su hijo se comiese las hojas que había arrancado del helecho–. Lo siento mucho. Espero que no haya estropeado la planta.

–Ésta es la tercera vez que se disculpa desde que ha entrado aquí señorita Sperry. Semejante sobredosis de arrepentimiento me está poniendo nervioso.

–A mí también –replicó la señora Hearon cuando volvió a entrar con una pequeña bandeja. Sobre ella había una taza y su platillo, y un plato con una porción de miel sobre una fina loncha de *prosciutto* y un bollo de moras.

–Oh, no era mi intención que usted...

–¿Prefiere té en lugar de café?

Jade no quería ofenderles declinando su hospitalidad. Además le gruñía el estómago.

–Té, por favor –contestó tranquila–. Si no le es molestia.

–Ninguna. Ya lo tengo preparado.

Cathy Hearon fue a buscar el té. Jade sonrió débilmente al decano de los asuntos estudiantiles.

–Gracias por su hospitalidad.

–De nada. ¿Mantequilla?

Le pasó un recipiente de cristal Waterford con mantequilla. Cuando la untó en el bollo caliente, le dio a Graham el aro de goma para mordisquear que llevaba a todas partes. Por el momento pareció contento de masticarlo, mientras ella tomaba el desayuno.

La señora Hearon se sirvió una taza de té de jazmín y luego se sentó a la mesa.

–¿Cómo se llama el niño?

–Graham.

–Graham. Me gusta. Muy poco corriente, ¿no es verdad, cariño?

–Así es. La señorita Sperry es la jovencita de Palmetto de la que te he hablado.

–Ah, sí. Verá, señorita Sperry, Mitch tiene parientes lejanos en Palmetto.

Jade volvió los ojos asustados hacia el decano. En el encuentro anterior, él no había mencionado nada sobre Palmetto. Deseaba que no le preguntasen: «¿Conoce usted a...?». Cuanto menos se dijese sobre Palmetto, mejor, porque no quería mentirles en nada.

Por suerte, Graham proporcionó una distracción. Golpeó el aro sobre la mesa, luego lo lanzó al suelo y cogió una brillante cuchara de plata. Jade recogió el aro, pero él prefirió la cuchara.

Cathy se echó a reír.

–No va a estropear esta cuchara. Puede morderla cuanto quiera.

El decano Hearon miró fijamente a Jade.

–No recuerdo que me dijese que era madre cuando me vino a ver hace unas semanas.

–No, señor, no lo hice.

–No es que sea de mi incumbencia, por supuesto. Tampoco habría influido en el comité becario.

Jade se limpió la boca con la servilleta de lino.

–Me temo que sí le incumbe, doctor Hearon. Por eso he venido aquí esta mañana. –Abrió el bolso, sacó el vale y se lo deslizó por encima de la mesa–. Sintiéndolo mucho, tengo que renunciar a la beca.

La señora Hearon fue la primera en romper el largo y delicado silencio.

–Señorita Sperry, la conocía a usted a través de mi marido. Usted le causó muy buena impresión. Pero si le hace sentirse más cómoda, les dejaré a solas para que puedan discutir el asunto en privado.

Jade agradeció su sensibilidad.

–Eso no será necesario, señora Hearon. De todas formas, no hay nada más que decir. –Colocó la correa del bolso sobre su hombro, cargó con Graham y se levantó–. Muchísimas gracias por el desayuno.

–Un momento, señorita Sperry –dijo el decano Hearon–. Siéntese, por favor. –Esperó hasta que ella lo hubo hecho. Colocó las manos bajo la barbilla y le dirigió una mirada indagadora–. Francamente, estoy sorprendido y decepcionado. Pocas veces he visto un candidato que se mereciese una beca completa como usted, o realmente tan contento cuando se le concedió. Usted prácticamente salió volando de mi despacho. ¿Qué ha sucedido desde la última vez que la vi?

Jade consideró un número de mentiras viables. Pero al mirarles a los ojos era imposible engañarles. Sentían curiosidad, pero esta característica tan humana iba acompañada de algo no tan común: auténtico interés.

–Mi madre se fue. –Evidentemente su respuesta no era lo que ellos esperaban; así es que se explicó–: Mi madre se ocupaba de Graham mientras yo trabajaba. Había pensado seguir trabajando después de clase y los fines de semana, pero ahora no podré permitirme los gastos de cuidar al niño además de los normales.

–Seguro que...

Jade sacudió la cabeza, cortando la interrupción del decano.

–He agotado todas las opciones, créame.

A costa de su trabajo en Savannah, había hecho incursiones semanales a Morgantown en busca de alojamiento, trabajo y facilidades aceptables sobre cuidados de bebés. Su busca había resultado inútil.

–Cualquier facilidad que considerase, y admito ser bastante particular, no podría pagarla, aunque sus horas de trabajo fueran compatibles con mi horario. Pero sobre todo, con la afluencia de estudiantes que empiezan el nuevo semestre, ni siquiera me ha sido posible conseguir un trabajo. Como mi madre ya no está disponible para ayudarme, me es imposible matricularme este semestre.

Bajó la mirada, deseando que no notasen su temor. No sólo estaba en juego su carrera universitaria sino también su sustento. Su jefe en Savannah había perdido la paciencia con ella por pedir tanto tiempo libre y la había despedido. Antes de marcharse, Velta había vaciado su cuenta bancaria, llevándose con ella lo que quedaba de la venta de la casa de Palmetto.

A Jade sólo le quedaban veinte dólares. De ellos, doce los tenía que pagar esa noche por la habitación en el Pine Haven Motor Court. Al día siguiente se quedaría sin dinero. Suponía que tendría que acabar implorando a su anterior jefe en Savannah que le permitiese volver al trabajo.

–Dejar escapar esta beca parece un paso dramático y drástico, señorita Sperry –dijo el decano Hearon.

–Estoy de acuerdo, pero en estos momentos no tengo

otra elección. No me detendrá para conseguir mis estudios, doctor Hearon. Se lo prometo. Tengo mis razones para querer conseguir un título lo antes posible.

–¿Razones...?

–Personales.

Su concisa respuesta hizo que él frunciese el ceño.

–¿Por qué solicitó una beca en la Escuela Dander?

–¿La verdad?

–Hasta ahora ha sido muy franca.

–Era una de las pocas que quedaban en un área de tres Estados que todavía no había probado. No me concedieron becas en otras escuelas ni universidades. Al ser ésta una escuela universitaria relacionada con la Iglesia, me apoyé en la benevolencia cristiana de Dander.

–Y si no la hubiésemos aceptado, ¿qué habría hecho?

–Lo que todavía quiero hacer: seguir intentándolo.

El doctor Hearon se aclaró la garganta.

–¿Me equivoco al pensar que el padre de Graham...?

–El padre de Graham está muerto. –La gente siempre quería saberlo, y ésa parecía la respuesta más simple. Dudaba de que la hubiesen creído, pero no insistieron.

–Sé de un trabajo –dijo repentinamente Cathy Hearon–. Cariño –se dirigió a su marido–, tú conoces a Dorothy Davis. Es la propietaria de esa tienda donde compro casi toda mi ropa. –Y dirigiéndose a Jade, añadió–: Justamente ayer la señorita Dorothy me comentó que está buscando a alguien para que se ocupe de la contabilidad. Me explicó que su vista ha empeorado tanto que ya no puede leer las facturas.

–No me extraña. Esa rata debe rondar los ochenta.

Cathy golpeó a su marido en la mano.

–No le hagas caso, Jade. La señorita Dorothy es un tanto arisca pero en el fondo tiene un buen corazón. Para ser una buena mujer de negocios hay que ser dura. ¿Te interesaría?

–Me interesa cualquier cosa, señora Hearon. Y los negocios son mi especialidad. Pero no me basta con un trabajo. Aún no he encontrado una buena guardería ni un lugar donde vivir.

–Seguro que hay algo disponible.

Jade pensó en los veinte dólares que tenía en el bolso. Ni siquiera podía dar una paga y señal para trasladarse.

–Me temo que no, señora Hearon.

El decano de asuntos estudiantiles consultó el reloj y se puso en pie.

–Voy a llegar tarde si no me voy ya. Es hora de ir al fondo de la cuestion.

Frunció las espesas cejas en un vano intento de parecer severo.

–Señorita Sperry, creo que no se atreve a admitir que está indigente, aunque no sea por su culpa. Nunca me había encontrado con una persona más decidida que usted a estudiar una carrera. Sólo una serie de circunstancias muy graves pueden haber amortiguado su entusiasmo y determinación. Admiro su entereza.

»Por otro lado –continuó con un tono autoritario que a menudo había sobresaltado a estudiantes medio dormidos–, demasiado orgullo puede ir en contra de una persona. Ése es el momento de que abandones tanto amor propio, expongas tu vulnerabilidad y concedas a alguien el honor de ayudarte.

»Estoy seguro de que Cathy se las puede arreglar para que consiga el trabajo que ofrece la señorita Davis, aunque si yo estuviese en su lugar me lo pensaría dos veces. Es una vieja tacaña que ni siquiera envolvería gratis los regalos por Navidad. Si usted puede trabajar para ella, merecería ser canonizada.

»Por último, por si no lo ha notado, cada vez que Cathy mira a Graham se le humedecen los ojos. Por desgracia nunca hemos tenido hijos. No me extrañaría nada que lo malcriase mientras está usted con nosotros.

–¿Con ustedes? –gritó Jade–. Oh, pero yo...

–No me interrumpa, señorita Sperry. Aún no he acabado y el tiempo se me echa encima. Lo que usted ignoraba es que Cathy y yo a menudo hemos tenido algún estudiante durante un semestre. Este año decidimos no hacerlo por la sencilla razón de que el semestre anterior tuvimos una mala experiencia: el jovencito se largó con un par de candelabros de plata. Lo que más me dolió no fueron los malditos candelabros, sino que mi preciso indicador sobre la naturaleza humana me había fallado. Usted lo ha reparado.

»Así que a no ser que tenga planes para nuestra cubertería, usted y su hijo son bienvenidos a esta casa para vivir todo el tiempo que deseen. En cualquier caso, consideraré una afrenta personal no ver su nombre en la lista de los estudiantes de primer curso al finalizar el día de hoy. Su expediente es casi perfecto, y sería un incalificable desaprovechamiento de sus aptitudes el que no continuara con su formación por algo tan mezquino como ir corto de dinero. Cathy, tengo el capricho de cenar ostras esta noche.

Se marchó con un brusco movimiento de mano.

Cathy Hearon dio unas palmaditas en el brazo de Jade.

–A veces se pone así, pero ya te acostumbrarás.

12

Columbia, Carolina del Sur, 1978

–¡Eh, Hutch! Creí que te habías muerto. Pasa, hijo de puta. –Neal Patchett aguantó abierta la puerta para que pasara su amigo. Hutch entró en la desordenada habitación.

–¿Estáis ocupados?

–Claro que no. Me alegro de que hayas venido. ¡Lamar! –chilló Neal–. Tenemos compañía. –Neal golpeó con el puño el trozo de la pared entre el póster de Loni Anderson y el de las animadoras de los Cowboys de Dallas–. Acércate esa silla y siéntate, Hutch. ¿Quieres una cerveza?

–Sí, gracias.

–Creía que estabas entrenando, señor deportista. –Neal le pegó en el hombro al ir a la cocina en busca de la cerveza.

–Lo estoy, pero hoy he pasado de ir. –Hutch cogió la fría cerveza y le dio un buen trago; luego, eructó con estruendo–. ¡Ah! Esto es bueno. Hola, Lamar.

Lamar apareció por el pasillo. Llevaba una corbata en el cuello, aunque vestía unos tejanos rajados y una camiseta. En la mano llevaba una raqueta de tenis.

–Hola, Hutch. ¿Cómo van los entrenos de fútbol?

–Este año el equipo apesta. No participamos en ninguna liga importante. ¿Deshaciendo el equipaje?

Lamar dejó a un lado la raqueta de tenis y se quitó la corbata.

–Intento ordenar mi habitación.

–¿Para qué molestarse? –preguntó Hutch mientras se echaba sobre la destartalada silla–. De todas formas dentro de una semana este lugar será como una pocilga. Por eso me gusta.

Éste era el segundo año que Neal y Lamar compartían alojamiento fuera del campus. La casa era vieja y espaciosa, bastante apartada de los vecinos, por lo que no se avisaba a la policía hasta que las fiestas estaban totalmente descontroladas. En el primer curso, a Hutch no le permitieron vivir con ellos porque formaba parte del equipo de fútbol y era obligatorio que viviese en la residencia de los atletas. Había envidiado la libertad y la atmósfera relajantes de la casa.

–La primavera pasada, cuando vino Myrajane para empaquetar las cosas de Lamar para volver a casa, echó una mirada al interior y casi se desmayó –comentó Neal, riendo entre dientes–. Si mi viejo no llega a estar allí para cogerla cuando cayó hacia atrás, habríamos tenido la silueta de su cuerpo marcada en el porche de enfrente. Ya sabes, como los agujeros que Willy Coyote deja tras de sí al caer por los precipicios.

Cogió un porro del último cajón de la mesa, lo encendió y dio un par de caladas. Cuando se lo ofreció a Hutch, éste lo rechazó.

–Mejor que no. Donna Dee puede oler esa porquería a un kilómetro de distancia. Pero me tomaré otra cerveza.

Neal pasó el canuto a Lamar, quien dio una calada mientras obsequiaba a Hutch con una de sus sonrisas nerviosas y dubitativas. Neal volvió de la cocina con una cerveza para Hutch.

–Tu mujercita te tiene muy atado, ¿eh? –Neal volvió a coger el porro y a darle unas cuantas caladas–. Maldito idiota, ¿por qué tuviste que casarte justo después de llegar a esta mariconada de lugar que llaman universidad?

–No es tan malo –refunfuñó Hutch.

Neal se colocó la mano detrás de la oreja.

–¿Qué es ese ruido, Lamar?

–¿Qué ruido?

–¿No lo oyes? Es como una bola de hierro y una cadena arrastrándose.

–Vete a la mierda. –Hutch vació la segunda cerveza y estrujó en su mano la lata de aluminio–. Al menos puedo salir cada noche.

–Y yo también –respondió Neal lentamente–, pero no me caso con ellas.

La primera cita de Hutch con Donna Dee había tenido

lugar en el baile de final de curso del instituto. En cierto modo, él se había sentido obligado a pedírselo. Pareció como si ella lo hubiese esperado, y ambos sabían el porqué aunque nunca hablaron de ello. El verano siguiente a la graduación, siempre que no estaba con Neal y Lamar estaba con Donna Dee.

A Hutch siempre le había hecho gracia, pero empezó a gustarle mucho más. A medida que la iba viendo, la opinión que Neal tenía sobre ella pesaba cada vez menos. Aunque no era guapa, era divertida y cariñosa, y dejaba bien clara su adoración por Hutch. Nunca faltaba a la misa del domingo, pero en su segunda cita la mano de él ya estaba por debajo del sujetador de ella, acariciando los pezones; y en la tercera, ella le proporcionaba juegos de manos.

Fue idea de Donna Dee ponerse en la parte posterior del coche después del picnic en la playa y los fuegos artificiales del Cuatro de Julio.

–Pe... pero nunca creí que... Lo que quiero decir es que, Donna Dee, no llevo encima ninguna goma.

–No importa, Hutch. Deseo tanto hacer el amor contigo que eso no me preocupa.

Él pensó que si a ella le daba igual estar a punto de perder su virginidad, él no debería dar mucha importancia a la tasa de natalidad. Además, ¿no le había dicho Neal una vez que una virgen no podía quedarse embarazada? Y en esos momentos iba algo bebido y estaba muy caliente, y Donna Dee se mostraba tan extraordinariamente sumisa que la lujuria pudo con el sentido común. Desde entonces, siempre llevaba encima una provisión de condones por si ella se ponía amorosa de nuevo. Como consecuencia, cada vez que salieron juntos necesitó uno.

–¿Estás saliendo con Donna Dee? –Neal había planteado la pregunta mientras hacían esquí acuático el fin de semana después del Día del Trabajo.

–No –había mentido Hutch–. Es una tía simpática. Ya lo sabes.

Neal le había mirado con escepticismo.

–No me gustaría que mi mejor amigo me ocultara secretos. Si no te estás metiendo entre sus piernas, ¿por qué coño pasas tanto tiempo con ella?

–Parece que tengas celos, Neal.

Lamar había hecho el comentario en plan de broma, pero el rostro de Neal se había puesto furioso. Empaquetó sus enseres y se fue a casa. Como la barca y los utensilios de esquí eran de él, Hutch y Lamar no tuvieron más remedio que acortar también sus vacaciones.

Cuando Donna Dee informó a Hutch de que cumplía con los requisitos para entrar en la universidad, él recibió la noticia con cierta emoción. Quería verla en la escuela y sabía que la echaría de menos si no entraba, pero Neal tenía grandes planes para él y Lamar.

–Vamos a armarla tan gorda que se recordará en los anales de la universidad –había prometido Neal, borracho–. Vamos a joder cada conejo que se mueva.

Durante el primer semestre, Hutch se las arregló como pudo para ocupar todo su tiempo entre los entrenamientos de fútbol, mantener satisfecha a Donna Dee, las clases y los planes que Neal tenía para él. En el campo hizo lo que le ordenaron, y dejó sus proyectos de juego arrinconados. Como compartía varias clases con Donna Dee, ésta le hacía todos los trabajos escritos. A cambio de este servicio, ella esperaba amor y afecto, y él se lo proporcionaba gustosamente si no estaba muy cansado.

Después de los partidos de los sábados y hasta los lunes por la mañana, participaba en los libertinajes que tenían lugar en casa de Neal. Siempre abundaba droga, alcohol y chicas. Fue uno de esos fines de semana depravados lo que causó la primera riña seria entre él y Donna Dee.

–En la biblioteca he oído a tres chicas que hablaban de la orgía del fin de semana pasado –le había comentado–. Esa rubia con una marca en el cuello explicaba a sus amigas que se había tirado a un jugador de fútbol pelirrojo, pero no podía recordar su nombre de lo flipada que iba. Sé que eras tú, Hutch. Eres el único jugador pelirrojo de segundo curso. Me dijiste que lo único que hacías cuando ibas a casa de Neal era beber unas cuantas cervezas. ¿Dormiste con esa rubia?

A Hutch casi le parecía oír a Neal incitándole a mentir para sacarse de encima a Donna Dee. Pero en un arranque de cariño e integridad la miró arrepentido y confesó:

–Me temo que sí, Donna Dee. A veces las cosas se desmadran.

Donna Dee había estallado en sollozos, lo que sobrecogió a Hutch, que se sintió totalmente inútil. Con torpeza, pasó los brazos alrededor de ella.

–Lo siento, cariño. No significó absolutamente nada. El estar con otra chica no es lo mismo que estar contigo. Yo... yo te quiero.

No podía dar crédito a sus propios oídos, pero Donna Dee lo había oído con claridad. Alzó la cabeza y lo miró con ojos lacrimosos.

–¿De verdad, Hutch? ¿Me quieres?

Hutch estaba anonadado por lo que había dicho. Antes de poder evitarlo, ya estaban hablando de un anillo de compromiso para el día de San Valentín, y campanas de boda en junio. Cuando fueron a Palmetto para informar a sus padres sobre sus planes, Fritz había expresado su preocupación en privado.

–Eres demasiado joven para casarte, hijo –le había comentado.

–Lo sé, papá. Pero ella lo quiere así.

–¿Y tú?

–Bueno, claro. Quiero decir, supongo. Es decir, sí.

–¿Te casas con ella porque la quieres?

–Claro. ¿Por qué sino?

Intercambiaron una mirada incómoda. Luego, Fritz suspiró resignado.

–De acuerdo, Hutch, si estás seguro de que eso es lo que quieres.

La boda tuvo lugar la segunda semana de junio. Tres días antes, Donna Dee y Hutch estaban en el salón de la casa de sus padres examinando los regalos que habían recibido. Ella dejó a un lado el paquete de cuchillos de carne que acababa de abrir y colocó el lazo del envoltorio sobre el colgador, que ya estaba lleno de lazos.

–¿Hutch?

–¿Mmm? –Estaba comiendo un bocadillo de salchichón que la señora Monroe le había preparado.

–Hay algo que quiero preguntarte.

–Adelante.

Donna Dee ató con mucho cuidado el nuevo lazo en el colgador, una práctica que había empezado con su primer regalo de boda.

–Antes de que dos personas se casen, todo debe salir a la luz, ¿no es así?

Hutch se chupó las puntas de los dedos grasientos.

–Supongo.

–Bueno, es sobre esa noche que llevasteis a Jade al canal.

Hutch se quedó helado, con los dedos aún en la boca. Bajó lentamente la mano y se volvió hacia Donna Dee, aunque sus ojos no conectaron con los de ella. Al tragar saliva, su prominente nuez iba de arriba abajo.

–¿Sobre qué?

–Lo que dijo no era verdad, ¿no? Realmente no la violasteis. –Donna Dee miraba fijamente a Hutch.

Hutch no sabía si decirle la verdad o lo que ella quería oír. Tenía que admitir o que la había violado o que había deseado a su mejor amiga. Era una situación en la que no salía ganando de ninguna manera.

–Claro que no fue violación –murmuró–. Ella nos conocía. ¿Cómo iba a ser violación?

–¿Intentó pararte los pies?

Los anchos hombros se alzaron y cayeron pesadamente.

–Ella, bueno..., ya sabes que algunas chicas dicen que no quieren y en realidad es lo contrario.

Donna Dee desvió la mirada.

–¿Tú la deseabas, Hutch? Quiero decir, debiste de haber querido hacer eso con ella, o no se te habría puesto dura.

Él levantó sus grandes pies sobre la alfombra del salón.

–No fue así, Donna Dee. Te lo juro. Fue..., fue una locura. Bueno, no sé cómo te lo podría explicar. –Con un gesto de impaciencia extendió las manos con las palmas hacia arriba–. No fue como si de repente hubiese decidido tirarme a Jade, ¿vale?

–Vale. –Donna Dee respiró temblorosa–. Siempre he creído que había mentido sobre el hecho de que la violasteis. Simplemente se puso tan a tiro que no pudiste aguantarte, ¿no es así? Eres humano. Eres un hombre.

Hutch ignoró el rápido pestañeo de sus ojos y ella hizo lo propio con las gotas de sudor que caían sobre el labio superior de él. Ninguno de los dos era sincero, pero para tener la conciencia tranquila era obligatorio que continuasen engañándose a sí mismos y entre sí.

En la recepción de la boda, Neal se acercó a Hutch y le murmuró:

–Te recomiendo a la dama de honor.

–Ésa es la prima de Donna Dee.

–No me importa de quién es prima, está buenísima. –Neal le golpeó en las costillas–. Imagínate lo bien que te lo podrías pasar en las reuniones familiares.

–Estás loco. –Hutch gruñó, sacándose de encima el brazo que Neal había colocado alrededor de sus hombros.

–Oye, ¿es que este matrimonio va a cambiar tu estilo? No me gustaría que eso ocurriese.

En ese instante, Hutch decidió ser fiel a su esposa. Sin importar cómo lo habían blanqueado para que sus conciencias lo aceptaran, Donna Dee había mentido para que le retiraran los cargos de violación. Sus celos por Jade estaban justificados, aunque ninguno de ellos se había dado cuenta. Estaban confinados por un pecado que él no quería complicar siendo un marido infiel. Considerando los duros momentos que habían causado a Jade, pagar con la fidelidad no era un precio muy alto.

Tras su viaje de miel al Hilton Head Island, Hutch trabajó en la oficina de su padre hasta que tuvo que volver a los entrenamientos del equipo. Donna Dee estaba deseosa de establecer su casa en Columbia. Según ella, su instinto maternal se le había disparado. La noche anterior, mientras desempaquetaban la delicada porcelana china en una habitación con paredes de ladrillos de color ceniza, había informado a Hutch sobre sus planes de dejar los estudios.

–Ahorraremos el dinero que hemos gastado en mis clases. De todas formas, no soy un genio, Hutch. ¿Qué haría yo con ciencias sociales y biología? Ya sé todo lo que necesito saber sobre eso, ¿no? –Se acercó a él, y juguetonamente le apretó los testículos.

–Sigues tomándote las pastillas, ¿verdad?

–Claro. ¿Por qué?

Él se dio cuenta de que ella no le miró a los ojos cuando contestó.

–Porque lo último que necesitamos ahora es un niño.

–Ya lo sé, bobo.

–Prometí a mi familia que no dejaría los estudios si nos casábamos. Las asignaturas de este año son bastante fuertes. El entrenador no para de atosigarme por no practicar lo suficiente. En este momento no puedo cargarme con más responsabilidades.

Ella dejó a un lado lo que estaba haciendo, rodeó a Hutch con sus brazos y le besó lentamente.

–Después de todo lo que he hecho por ti, ¿no crees que tu felicidad me la merezco primero yo?

Ahí estaba de nuevo esa advertencia sutil de que ella se había jugado el cuello por él cuando él lo había necesitado con desesperación. ¿Acaso ese culpable secreto iba a servir como precio de intercambio para el resto de su vida en común? Ese pensamiento sombrío no le había dejado tranquilo durante la noche y le había llevado a casa de Neal esa tarde. Estar con Neal y Lamar era como volver a la escena del crimen. También era como explorar en una muela picada. Cuanto más lo hacía, más le molestaba. El problema existía, y él no podía evitarlo.

–¿Y cómo está Donna Dee? –le preguntó ahora Lamar–. No la he visto desde vuestra boda. –La marihuana le había dejado tirado sobre una silla, con una pierna colgando por encima.

–Está bien. Me dijo que os saludase de su parte.

Neal bebió directamente de una botella de Jack Daniels.

–¿Le dijiste a Donna Dee que venías aquí?

–Claro.

–¿Y ya se fía de ti estando con nosotros? –se burló Neal–. Pues aún es más tonta de lo que me pensaba.

Hutch se puso rápidamente en pie, furioso.

–No es tan tonta. Dice que estás lleno de mierda, y creo que tiene razón. –Se dirigió a la puerta.

Neal se levantó y se puso frente a Hutch, bloqueándole el paso.

–No te largues, hombre –le dijo con suavidad–. Sólo te estaba pinchando. Quédate. Algunas Delta Gammas han prometido venir y ayudarnos a poner este lugar en condiciones. Y te aseguro que eso no es todo lo que pondrán en condiciones –añadió con sonrisa lasciva–. Lamar y yo no podremos ocuparnos de todas ellas.

–No, gracias –respondió Hutch irritado–. Me voy a casa con mi mujer. –Intentó esquivar a Neal, pero a pesar del alcohol y la droga Neal aún estaba ágil y en plenas facultades mentales.

–Tío, ¿es que nunca vas a saldar esa deuda?

Hutch se quedó quieto.

–¿Deuda?

–No te hagas el tonto. Me refiero a corresponder a Donna Dee por lo que hizo con nosotros.

Hutch lanzó a Lamar una rápida mirada de culpabilidad, pero Lamar desvió los ojos.

–No sé de qué me estás hablando.

–¡Y una mierda! –exclamó Neal–. Intentas corresponder a Donna Dee porque te libró de la trena. Primero te la tiraste. Luego, te casaste con ella. Y ahora juegas a ser su osito de peluche.

–Cállate.

–Ella podría clavarte sus garras si supiera lo mucho que te divertiste con su mejor amiga, ¿no es cierto, Lamar? –preguntó mirando al otro chico, que parecía muy incómodo–. Tú y yo nos lo pasamos bien, pero me parece que Hutch se pensó que el regalo de Jade venía envuelto especialmente para él.

Hutch acercó su cara a la de Neal.

–Eres un hijo de puta, Neal. No quiero volver a saber nada de ti ni tener nada que ver contigo.

Empujó a Neal hacia un lado y salió por la puerta hecho una furia. Lamar lo llamó.

–Eh, Hutch. Neal no quiso decir eso. No te vayas.

Hutch siguió adelante sin mirar hacia atrás.

–Volverás –gritó Neal desde la puerta–. Sabes perfectamente quién es el dueño de la pastelería. Cuando te falte azúcar, volverás.

Un poco después de que Hutch se hubiese ido, Lamar se encerró en su cuarto, dejando que Neal divagase y delirase solo. Neal no solía perder la paciencia, pero cuando lo hacía, Lamar le temía. En realidad no sabía qué le asustaba más, si las rabietas de Neal o sus siniestros silencios.

Cuando estaba quieto y callado, con la rabia hirviendo en su interior como el azufre en las profundidades del Hades, casi podía olerse su furia.

Lamar odiaba vivir en esa casa, pero le faltaban agallas para decírselo a Neal y mudarse. Durante las vacaciones de verano había estado pensando en ello. Le hubiera gustado que su madre le pidiese que cambiara de universidad o que le sugiriese quedarse un año en casa antes de continuar con los estudios. Cualquier cosa con tal de no vivir un año más bajo el dominio de Neal.

Pero no ocurrió nada, y nunca llegó a reunir el coraje suficiente para explicar a Neal que quería vivir en otro lugar. Dócilmente, había trasladado de nuevo sus cosas de Palmetto a la vieja casa que habían arrendado por segundo año. Alrededor de las paredes de su dormitorio todavía se apilaban cajas y maletas. Falto de iniciativa, se estiró sobre la cama y se cubrió los ojos con la mano. Ahora que Hutch se había ido, Lamar perdió las esperanzas de poder escapar de Neal. Si le decía que quería trasladarse a otro sitio podía ocurrir algo gordo. Así pues, parecía que estaba encadenado.

Era una juerga continua. Neal estaba rodeado de gente que decía que les gustaba. Lamar sospechaba que lo que realmente les gustaba era lo que él les proporcionaba. También se imaginaba que algunos de ellos temían ofenderle, igual que él. Se sentían intimidados y aceptaban sus invitaciones.

La puerta de la casa siempre estaba abierta para quienes buscaban sexo, alcohol y drogas blandas. El continuo torrente de estudiantes en busca de placer apenas aportaba intimidad a Lamar. Aunque se encerrase en su cuarto, siempre había alguien que entraba buscando el lavabo o una cama vacía donde echar un polvo.

Sólo de pensar en otros nueve meses así se sentía abatido. Neal estaba celoso de cualquier cosa que redujese su tiranía sobre sus amigos. Exigía absoluta lealtad y constante disponibilidad. Por eso se había puesto así con Hutch. Neal estaba celoso de Donna Dee porque ocupaba la mayor parte del tiempo de Hutch.

Había puesto el dedo en la llaga al mencionar el incidente de Jade. Los tres habían intentado hacer como que no había ocurrido. E incluso cuando Gary Parker se ahorcó y Jade y su madre abandonaron Palmetto, no quisieron relacionar esos incidentes con lo sucedido en el canal esa fría tarde. Sin embargo, por mucho que intentaran mantenerlo fuera de sus conversaciones, siempre encontraba un modo de salir a la luz. Pensando ahora en ello, era Neal el que solía mencionarlo.

¿Estaba Neal manipulando el tema, al igual que había acusado de ello a Donna Dee? Siempre que quería algo sacaba a relucir el suceso. El recuerdo de ello servía para mantenerlos a raya. ¿Por cuánto tiempo?, se preguntaba Lamar. ¿Para toda la vida? Sintió escalofríos al pensarlo. Lo último que deseaba era ser el receptor final de todas las burlas de Neal. Dios no quisiera que Neal se enterase de que estaba enamorado.

Aparte de su desgana de vivir dos años más con Neal, Lamar se sentía desgraciado por haber dejado a su nuevo amor, un profesor de octavo curso de la escuela primaria de Palmetto. Se habían conocido por casualidad en el cine. Su primera cita no tuvo más romanticismo que ir a tomar un café después de la película, aunque estuvieron hablando toda la noche. Una tarde, después de un largo paseo por la orilla del mar, Lamar había admitido algo nervioso:

–No puedo llevarte a casa. Vivo con mi madre.

–A mí también me gustaría estar a solas contigo.

Decidieron encontrarse clandestinamente en un motel. Allí, a excepción de la violación de Jade Sperry, Lamar perdió su virginidad. Como sus amigos pensaban que había hecho el amor durante años, no podía destruir el mito y confiar a alguien que aquélla había sido la mejor noche de su vida.

Había sido meticulosamente discreto, lo que no era una hazaña pequeña al vivir con Myrajane. A ella no le importaba que Lamar hubiese vivido un año fuera de casa, pero quería controlar cada minuto de su tiempo. Un ángel benevolente había impedido que se enterase del incidente de Jade Sperry. Myrajane fue una de las primeras en condenar a Jade cuando Gary se suicidó. Conociendo lo injusto de la crítica, Lamar luchó con su conciencia sobre si debería aclarar a su madre ciertos hechos. Sólo consiguió aguantar un primer asalto antes de decidir guardarse lo que sabía.

Hasta ahora no podía creerse que hubiera tenido la buena suerte de salir ileso de esa desagradable situación. Le parecía como si viviese un tiempo prestado, y tomó precauciones extras para que su madre no se enterase de su nueva aventura amorosa.

Ahora tenía dos pecados sobre su conciencia. Pero Lamar no había salido impune por sus infracciones. Estaba pagando por ellas al estar condenado un año más bajo la tiranía de Neal.

Se esforzó por levantarse y prepararse para la noche. Debía desempaquetarlo todo antes de que llegasen las Delta Gammas. De lo contrario colocarían las cosas donde él no supiese encontrarlas. Tal como Neal esperaba, se pondría un poco a tono, algo bebido, y probablemente llevaría una de las Delta Gammas a su dormitorio y harían el amor.

Según su recién adoptada filosofía de la vida, para poder sobrevivir en el mundo cruel uno tenía que hacer lo que se esperaba de él, aunque no le gustara.

13

Morgantown, Carolina del Sur, 1977-1981

–¡Ostras! ¿Pero qué clase de examen era ése?

Jade sonrió al estudiante que se le había acercado al salir del edificio de Ciencias.

–Ese examen era realmente una cerdada.

Los repiques de las campanas anunciaron las cuatro en punto. Los árboles, ya sin hojas, eran como sombras inclinadas a través del césped del campus, y un viento fresco y fuerte hacía caer las hojas del otoño.

–La biología nunca ha sido mi fuerte. Por cierto, me llamo Hank Arnett.

–Encantada de conocerte, Hank. Yo soy Jade Sperry.

–Hola, Jade. –Sonrió abiertamente–. Entonces, ¿crees que aprobarás el examen?

–Bueno, soy una becada, así es que tengo que sacar más que un aprobado. Al menos tengo que mantener una media de notable.

Él lanzó un silbido.

–Eso es duro.

–Si las ciencias no son tu fuerte, entonces, ¿cuál es? –preguntó ella por seguir la conversación.

–Arte. Prefiero Monet a madame Curie, siempre. ¿Crees que Picasso sabía o le importaba cómo se procreaba el paramecio?

Jade se echó a reír.

–Mi especialidad es la empresa.

–Mmm. –Enarcó las cejas como si estuviese impresionado–. Con una cara como la tuya, habría dicho la música. Literatura, quizás.

–No. Marketing y administración de empresa.

–Esta vez me falló totalmente la intuición. Te aseguro que no te habría tomado como una futura magnate.

Ella tomó el comentario como un piropo ambiguo.

–Bueno, aquí es donde me desvío. –Se detuvieron en la intersección de dos aceras pavimentadas–. Encantada de haberte conocido, Hank.

–Sí, yo también. Oye, bueno, ahora iba a tomar un café. ¿Te apuntas?

–Lo haría, pero es que tengo que ir a trabajar.

–¿Dónde trabajas?

–De verdad, tengo prisa, Hank. Adiós. –Antes de que él la pudiese detener, dio media vuelta y corrió hacia el aparcamiento.

Hank Arnett la observó hasta que desapareció de su vista. Tenía un carácter tranquilo. Era alto y larguirucho, y hablaba con un fuerte acento sureño. Tenía los hombros anchos y huesudos, y su espeso y ondulado cabello de color caoba lo llevaba normalmente recogido en una cola de caballo. Su agradable rostro no tenía la belleza del de una estrella de cine, pero el brillo de sus castaños ojos era atractivo. La mayor parte de la ropa que vestía era de marca, y la llevaba con garbo, sin parecer afeminado.

Una de sus virtudes era la tenacidad. Gracias a su buen sentido del humor, las debilidades de la vida le parecían más una diversión que un motivo de enojo. Jade descubrió esta faceta durante el primer curso en la Escuela Dander. Tras su primer encuentro, Hank se acostumbró a acompañarla al coche después de la clase de biología. Como era la última clase de Jade antes de ir a trabajar, siempre tenía una buena excusa para declinar las invitaciones que Hank le hacía para ir a tomar café. Aunque a ella le gustaba mucho, siempre rechazaba las sutiles propuestas que él le lanzaba para salir juntos.

Como bien había predicho el decano Mitch Hearon, la señorita Dorothy Davis no era una jefa fácil de soportar. Estaba orgullosa de ser solterona, y era una mujer exigente y quisquillosa. Su tienda vestía a mujeres desde que nacían hasta que morían. La señorita Dorothy estaba personalmente al corriente de cada pieza de la mercancía y, de memoria, podía proporcionar una cifra aproximada de casi todo el material. Sus clientes la temían.

Jade se ganó la aprobación de la señorita Dorothy por su eficacia y diligencia. Estaba contenta con ella porque era «una jovencita inteligente, no como la mayoría». Jade utilizaba sabiamente el tiempo en la tienda para aprender todo lo que podía sobre la manufactura y marketing de la ropa y otros productos textiles, y los métodos actuales de administrar un negocio.

Había llegado a la conclusión de que para dañar de manera irrevocable a los Patchett debía atacarlos en un frente económico. Quería destrozarles en lo que para ellos era lo más importante: el dinero y la influencia que lo acompañaba. Quería mutilar para siempre su maquinaria de poder. Su objetivo era crear un trastorno económico en Palmetto que beneficiase a la comunidad y al mismo tiempo derrocase la monarquía Patchett. No alimentaba ilusiones de que fuese un proyecto fácil. Tendría que ser lista, inteligente y tener más capacidad de poder que ellos, incluso antes de llevarlo a cabo. De ahora en adelante, todo lo que hiciera estaría destinado a devolverles la pelota y destruirlos. Cada mañana se levantaba pensando en ello, y se iba a dormir saboreando la victoria que estaba a unos cuantos años de distancia.

Si no hubiese sido por Neal, la violación no habría tenido lugar. Él y su padre eran sus blancos principales. Desde luego no tenía la intención de dejar libres a Hutch, Donna Dee y Lamar; pero ellos caerían como consecuencia de la destrucción de los Patchett.

Se suscribió bajo seudónimo al *Palmetto Post*, el periódico local, que recibía en un apartado postal en el campus. El periódico la mantenía al corriente de las noticias locales. En el verano había leído la noticia de la boda de Donna Dee y Hutch. Jade se preguntaba si habría tenido tres damas de honor vestidas de rosa, como siempre había deseado. Guardaba los periódicos fuera de la casa de los Hearon por temor a que descubriesen que era una persona no grata en su ciudad natal. Los parientes que Mitch tenía allí debían de ser realmente lejanos porque no mantenía ningún contacto con ellos. Ni llamadas, ni visitas, ni siquiera felicitaciones de cumpleaños. El tema no había vuelto a salir a la luz, pero todavía pasarían varios meses antes de que

Jade perdiese el miedo de que lo descubrieran. La pareja significaba mucho para ella y Graham, y no quería que nada dañase sus relaciones.

Sólo le cobraban cincuenta dólares al mes por la habitación y la comida, y sólo se habían avenido a ello para no herir su orgullo. La señorita Dorothy le hacía un diez por ciento de descuento en su ropa. Pero vestir a Graham era caro porque crecía con mucha rapidez. Cada penique contaba.

Como no podía permitirse nada que pudiese arriesgar su trabajo, no se sintió muy contenta cuando una tarde Hank Arnett apareció inesperadamente en la tienda.

Jade que estaba desempaquetando una caja de batas de terciopelo dio un respingo.

–¿Qué estás haciendo aquí? Por favor, vete. Puedo perder mi trabajo.

–No te preocupes, Jade. La vieja no va a despedirte. Le he dicho que tengo que darte un mensaje urgente de tu casero.

–¿Del doctor Hearon? ¿Qué mensaje?

El rostro de Hank se iluminó con una amplia sonrisa.

–¿Vives con el decano Hearon? –Se rascó la cabeza–. No se me ocurrió pensar en el profesorado. He registrado todas las pensiones y residencias de estudiantes.

–¡De todos los trucos sucios y miserables, éste es el peor! –Ella siempre le había dado evasivas cuando él le preguntaba dónde vivía. Esta vez, él la había ganado, pero era imposible enfadarse con Hank–. Ahora que ya has conseguido lo que querías, haz el favor de irte. No estoy en situación de poder perder el trabajo.

–Me iré discretamente con una condición.

–Ninguna condición.

–Como quieras. –Se sentó en la esquina de la mesa de la señorita Dorothy y cogió una manzana de una cesta de fruta, de la que la señorita Dorothy comía religiosamente por su contenido en fibra.

Jade miró preocupada hacia la puerta de la tienda, temerosa de que su jefa apareciese como un rayo, ondeando una carta de despido.

–¿Qué condición? –susurró.

–Mañana, antes de clase de biología, tienes que venir a

tomar café conmigo. Y no me digas que tienes otra clase porque a esa hora te he visto estudiando en la biblioteca.

–¿Señorita Sperry?

La voz de la señorita Dorothy obligó a Jade a aceptar la invitación de Hank, y lo empujó hacia fuera con la manzana escondida en el bolsillo de la chaqueta. Al salir, obsequió a la señorita Dorothy con un seco saludo militar.

Su nariz se estremeció con indignación.

–¿Quién era ese joven tan impertinente?

Jade balbució una explicación convincente, pero en su interior se reía al pensar en lo impertinente que era Hank Arnett.

Al día siguiente se encontraron para tomar un café, y lo convirtieron en una costumbre. Él le pedía que fuese con él a cenar, al cine, a conciertos; pero muy a su pesar, ella siempre le daba negativas como respuesta. Otros jóvenes de la escuela también la perseguían, pero ella les paraba los pies fríamente. Sólo Hank se había acercado a ella de la única manera que podía tolerar: amistosa, sin propósitos sexuales ni amenazantes.

Una tarde soleada de finales de las vacaciones de Navidad, Jade estaba jugando con Graham en el patio de atrás, cuando Cathy la llamó.

–Tienes compañía.

Hank apareció por la puerta y atravesó el jardín, poniéndose a su lado.

–Hola. Sé que te lo digo con retraso, pero Feliz Navidad y próspero Año Nuevo.

–Igualmente.

–¿Qué tal se ha portado Papá Noel contigo?

–Demasiado bien –contestó, acordándose de la generosidad de los Hearon, a la que no pudo corresponder–. Has vuelto pronto de Winston-Salem.

Él se encogió de hombros.

–No había nada especial que hacer en casa, excepto comer. Mi madre me dijo que estaba delgado y se empeñó en empapuzarme. Le recordé que siempre había sido delgado, pero no me hizo caso. No creo que vuelva a probar bocado hasta Semana Santa. Jade, ¿de quién es el niño?

Había estado hablando sin parar, pero justo después de

formular la pregunta calló bruscamente. Ladeando la cabeza, miró a Jade con curiosidad, como un perro mira a su dueño cuando éste habla.

–Éste es mi hijo. Se llama Graham. Saluda a Hank, Graham. –Graham gateó por el césped hacia Hank y le propinó una manotada en la nariz.

–¡Eh! –Hank alzó los puños como si fuese a boxear con el niño, y luego le apretó ligeramente el estómago.

Graham rió.

–No estoy casada, ni nunca lo he estado, Hank.

–No te lo he preguntado.

–Pero querías hacerlo.

–¿Su padre es importante para ti?

–Por lo que a mí respecta, Graham no tiene padre.

Hank le obsequió con una dulce sonrisa y se dejó caer sobre la hierba, llevándose consigo al niño. A Graham le encantó el juego. Sus carcajadas hicieron que Cathy saliese por la puerta trasera a curiosear. Entonces invitó a Hank a quedarse a cenar.

–Voy a echarte muchísimo de menos. –Hank miró tristemente a través de la ventanilla del coche. Llovía; una lluvia fuerte, típica de primavera–. Si mi madre no fuese tan pesada, me quedaría aquí e iría al cursillo de verano.

–No puedes hacer eso, Hank. Sobre todo si es por mí.

Jade estaba sentada a su lado en el Volkswagen de Hank, que había pintado de manera que pareciese una mariquita. Él se volvió y la miró.

–Jade, todo lo que hago es por ti. ¿Todavía no te has dado cuenta?

Ella bajó la mirada.

–Ya te dije hace meses que sólo íbamos a ser amigos. Eso es todo. Recuerdo muy bien la conversación. Fue justo después de que llegases de las vacaciones de Navidad. Estábamos estudiando para ese examen de biología...

–Lo recuerdo, lo recuerdo –contestó molesto.

–No me culpes si ahora estás decepcionado. Fui sincera contigo desde el principio. –Buscó la manecilla del coche, pero él la agarró del brazo.

–No has sido sincera conmigo, Jade. Me dijiste que todo lo que querías era amistad, pero no me explicaste por qué. Sólo puedo pensar que tus motivos tienen algo que ver con Graham.

Ella sacudió la cabeza inflexible.

–Escucha, Jade. Estoy loco por ese niño. No me importa quién sea su padre, me encantaría serlo yo.

–Por favor, Hank, no –gimió ella–. No digas nada más. No puedo corresponder a tus sentimientos.

–¿Cómo lo sabes?

–Lo sé.

–¿Por qué, Jade? Dímelo. Sé que te gusto.

–Me gustas mucho.

–Entonces..., ¿qué?

Ella miró hacia otro lado, negándose a responder.

–Jade. –Hank le cogió la cara por las mejillas con sus largas y delgadas manos–. Algún hijo de puta te hizo daño. Rompió tu corazón. Déjame hacerte otro, ¿vale? Te quiero tanto que podría compensar cualquier experiencia mala que hayas sufrido.

Ella se mordió el labio y sacudió la cabeza tanto como se lo permitían las manos de Hank.

–Eres tan preciosa, Jade. Dios, no tienes idea de cuánto te quiero.

Hank bajó la cabeza hasta la de ella, y por primera vez la besó. Sus labios eran suaves y dulces. No eran amenazadores, pero aun así el corazón de Jade empezó a golpear con fuerza. El espanto y el temor la inmovilizaron. Él besó las facciones de su cara, murmurando lo bella y deseable que era, y lo mucho que quería hacer el amor con ella.

Al final volvió a besarla en los labios. Jade respiró entrecortadamente, y luego dejó de respirar cuando los labios de él apretaron con más fuerza y trataron de separar los suyos. Todavía paralizada, no era capaz de empujarlo hacia atrás. Por error, él se lo tomó como un signo alentador. Inclinó la cabeza hacia un lado y frotó sus labios contra los de ella, separándoselos.

El cuerpo de Jade se estremeció. Hank deslizó las manos desde la cabeza de ella hasta los hombros y le hizo un pequeño masaje para que se relajara. Luego, le cogió una de las manos y se la colocó contra su pecho. La otra la puso sobre el muslo.

La respiración de Hank era cada vez más quebrada e irregular. Desde su garganta surgían pequeños sonidos de placer. Sin embargo, fue con la máxima cautela posible cuando intentó profundizar el beso y obtener una respuesta de parte de Jade. Ella retrocedió. Hank era bastante persistente.

Su lengua no era intrusa o imperiosa, pero en el momento en que entró en la boca Jade comenzó a sentir asco y temor. No le recordaba la ternura ardiente de los besos de Gary sino sólo los que le habían dado sus violadores. Puso las manos sobre los hombros de Hank. Éste entendió de diferente forma su reacción y la abrazó con fuerza, mientras la presionaba contra la puerta y se inclinaba sobre ella.

–¡No! –Jade lo empujó hacia atrás, moviendo la cabeza de un lado a otro e implorándole que cesase de hacerle daño. Emitió unos sollozos secos y atormentados–. Para. Por favor, no. ¡Dios mío!

–¿Jade? –Humillado, Hank intentó atraerla hacia sí, pero ella se aferró a la puerta del coche–. Jade –susurró con voz angustiosa–. Lo siento. No voy a hacerte daño. ¿Jade?

Sus dedos escudriñaron a través del cabello de ella hasta que se calmó. Finalmente ella alzó la cabeza y lo miró con ojos muy abiertos y temerosos.

–Te lo dije. No puedo.

–Está bien, Jade.

Ella se esforzaba en que él comprendiese lo que le estaba explicando.

–No puedo estar así contigo. No puedo estar de este modo con ningún hombre. No esperes que ocurra nunca. No pierdas el tiempo intentándolo.

Los ojos de Hank habían perdido su chispa, pero no su bondad. Sonrió forzadamente y se encogió de hombros con resignación.

–Es mi tiempo, así es que lo perderé como quiera.

La acompañó hasta la puerta de la casa y le dio un último adiós, prometiendo escribir una vez a la semana como mínimo. Después de entrar en la casa, Jade se apoyó en la puerta y cerró los ojos.

–Jade, ¿queréis tú y Hank tomar un poco de café y tarta?

Cathy había entrado al vestíbulo por la parte de atrás de la casa, y se quedó quieta cuando vio la expresión sombría de Jade.

–Hank no está conmigo, Cathy. Dijo que me despidiese de su parte y que ya os vería en otoño.

–Oh, pensé que estaría un ratito aquí.

–No. ¿Cómo está Graham? ¿Se fue a la cama sin armar escándalo? Será mejor que vaya a verlo.

Al pasar por delante de Cathy, ésta le cogió de la mano.

–¿Qué ocurre, Jade? ¿Estás triste porque Hank se va todo el verano? ¿O es que os habéis peleado?

Jade se dejó caer sobre el tercer escalón de la escalera y se cubrió la cara con las manos, tristemente exclamó:

–Dios mío, desearía que fuera más sencillo.

Cathy se sentó al lado de ella. Retiró las manos de Jade de su rostro y la miró con preocupación maternal.

–¿Qué pasa, Jade? ¿Quieres hablar de ello?

–¿Dónde está Hank? ¿Qué sucede aquí? –preguntó Mitch al reunirse con ellas. Llevaba puesta una bata de verano encima del pijama. Jade se dio cuenta de que Cathy también iba vestida para ir a dormir, y llevaba algunos rulos en la cabeza. Ambos habían estado esperando a Jade.

Los Hearon habían sido más padres para ella que los suyos propios. Ronald Sperry apenas era algo más que una medalla en una caja, una fotografía, un recuerdo entrañable, pero distante. Jade había intentado localizar a su madre, pero sin éxito. Velta había borrado bien las huellas, o Harvey lo había hecho por ella. Era evidente que se había lavado las manos respecto a Jade y Graham. La ruptura con su madre prácticamente le rompió el corazón, pero al final lo había superado y deseaba que su madre hubiese encontrado algo de felicidad.

Ciertamente, Jade la había encontrado. Desde el día en que los Hearon habían insistido en que ella y Graham se quedasen con ellos, la trataron como a su propia hija, aunque le habían dicho que les llamase por su nombre de pila. La versión de Graham del nombre de Cathy era algo así como Caff. A Mitch lo llamaba Poppy.

Los días se habían convertido en semanas y las semanas en meses, y en poco tiempo Jade no podía ya imaginarse la vida sin Cathy y Mitch. Ella y Graham compartían una gran habitación en el segundo piso de la casa. Cathy les preparaba suculentas comidas. La encantadora casa, al principio su refugio, se había convertido en su hogar.

Cathy llevaba fotografías de Graham en su billetero, y presumía de él como una abuela. Respetaban la intimidad de Jade y nunca preguntaban sobre el padre del niño, aunque ella estaba segura de que sentían cierta curiosidad. No acostumbraba a surgir ninguna situación delicada cuando presentaba a Jade y Graham a sus amistades, pues Cathy manejaba la situación con su característico tacto. Jade tenía con ellos una gran deuda de gratitud, pero esperaba que ella y Graham les hubiesen devuelto algo de la felicidad que de ellos habían recibido. Sin la generosidad de los Hearon, su vida habría tomado un giro totalmente diferente. No sólo no habría podido ir a la escuela, sino que también habría perdido algo más importante: el afecto, aceptación y compasión de los Hearon.

Ahora, sentándose en la silla que estaba al lado de la mesa del vestíbulo, Mitch dijo:

–Señoras, ¿se puede saber qué está pasando aquí?

–Algo ha ocurrido esta noche entre Jade y Hank.

Jade sonrió tristemente.

–No, Cathy. No ha pasado nada entre nosotros. Nunca pasará. Ése es el problema. –Respiró hondo–. Por desgracia, Hank se ha enamorado de mí.

–¿Y tú no correspondes a sus sentimientos? –indagó Cathy con amabilidad.

–Le quiero muchísimo como amigo.

–El ser considerado como amigo es un duro golpe para un chico enamorado –dijo Mitch.

–Lo sé –contestó Jade, sintiéndose desgraciada–. Intenté explicárselo hace meses, pero fue inútil. Le animé a que saliera con otras chicas. Sabía que se haría daño si seguía saliendo conmigo, pero él no quería escucharme. Ahora ha ocurrido lo peor, y esto me apena.

–¿Tan segura estás de que no podrías llegar a enamorarte de él? –preguntó Cathy esperanzada–. Es un joven muy agradable, y lo tienes completamente cautivado. Quizá después de la separación de este verano...

Jade sacudió la cabeza.

–No me enamoraré de él, ni de nadie.

Los rostros preocupados de los Hearon mostraron su desconcierto. Habría sido un alivio tremendo para Jade el desahogarse y explicarles toda la verdad. Pero no quería que nadie supiese lo de la violación. Había aprendido que las víctimas asaltadas eran víctimas de por vida. Aunque fuesen totalmente inocentes, como ella, siempre las observarían con curiosidad y sospecha, como si hubiesen sido marcadas. Jade vivía con el temor de que los Hearon se enterasen de lo ocurrido. Aunque estaba segura de que estarían de su parte, no quería correr el riesgo. Cuando se sentía tentada a confiarse, sólo tenía que recordar que sus compañeros de clase, su mejor amiga e incluso su madre, habían dudado de ella.

–Estoy cansada –dijo, levantándose–. Buenas noches. –Los abrazó antes de subir las escaleras, confiando en que respetarían su intimidad.

Ellos no hicieron más preguntas.

Incluso asistiendo al cursillo de verano, Jade pudo trabajar más horas en la tienda, hasta llegar a estar tan familiarizada con las finanzas como la señorita Dorothy. Hacia finales de verano, Jade era tan indispensable para ella, que despidió a su contable y puso a Jade en su lugar.

–Necesitaré más dinero –le dijo Jade con suavidad, pero firme–. Por lo menos, cincuenta dólares a la semana.

Se pusieron de acuerdo en un aumento de cuarenta dólares. Jade ahorraba la mayor parte del sueldo. Si alguna vez volvía a producirse una crisis en su vida, estaba decidida a tener más de veinte dólares para sobrevivir.

Los Hearon y ella se las arreglaron para soportar los terribles dos años de Graham. Cathy recogió prácticamente todo lo rompible y lo puso fuera de su alcance. Cuando Mitch volvía a casa por las tardes, se llevaba a Graham a dar largos paseos. Sin importar el tiempo que hiciese, los dos caminaban de la mano por las aceras del barrio. Mitch le hablaba de las maravillas del universo y Graham le escuchaba atentamente, como si entendiese algo. Por lo general, había cosas interesantes en sus excursiones, como gusanos o un centro de flores para la mesa del comedor.

Hank volvió en otoño. Jade se sorprendió de lo contenta que estaba de verle. Tal y como había prometido, había escrito una vez a la semana como mínimo. Sus cartas eran interesantes y anecdóticas, y siempre incluía un dibujo original para Graham. Después de verse diariamente durante casi un mes, Jade reabrió el tema de su relación.

–Hank, no habrás olvidado lo que te dije la primavera pasada, ¿verdad?

–No –contestó él–. ¿Y tú has olvidado lo que yo te respondí?

Ella lo miró afligida.

–Pero es que me siento culpable. Deberías salir y pasártelo bien. Deberías tener otras relaciones que fuesen mucho más... satisfactorias.

Él se cruzó de brazos.

–Lo que estás intentando decirme es que tenga relaciones sexuales, ¿no es así?

–Exacto.

–Cuando quiera, ya lo haré, ¿vale? Ahora mismo, la única mujer con la que estoy interesado en hacer el amor tiene algunos problemas. Hasta que los solucione, estoy dispuesto a contentarme.

–No, Hank, por favor. Nunca solucionaré estos problemas. No quiero ser responsable de tu infelicidad.

–No me siento desgraciado. Prefiero estar contigo sin joder que estar jodiendo con otra persona deseando que seas tú. ¿Tiene esto algún sentido?

–Absolutamente ninguno.

Él se echó a reír pero sus ojos se pusieron serios.

–Sin embargo, hay algo que sí puedes hacer por mí.

–¿Qué?

–Buscar ayuda profesional.

–¿Quieres decir un psiquiatra?

–O psicólogo o asesor. –Se mordió un momento el labio

antes de añadir–: Jade, no intento pescar nada, ya me entiendes, pero creo que te ocurrió algo traumático que te ha hecho rechazar a los hombres. ¿Voy por buen camino?

–No rechazo a los hombres. A mí me gustan los hombres.

–Entonces de lo que tienes miedo es de la intimidad sexual. Cuando intenté hacerte el amor, más que rechazarme estabas asustada.

Ella mantuvo la mirada lejana, sin pronunciarse.

–Quizá, si lo hablases con alguien te podría ayudar a superarlo.

–No confíes en ello.

–Pero no te haría ningún daño el intentarlo.

No volvieron a hablar de ello, pero él había plantado una semilla en la mente de Jade. Sopesó cuidadosamente los pros y los contras. Uno de estos últimos era el gasto. No le hacía ninguna gracia gastarse dinero en un psicólogo, pues no tenía esperanza de que fuese a dar resultado. Otro aspecto negativo era el mismo Hank. Si ella empezaba a ir a un psicólogo, Hank podría confiar en una recuperación y empezar a presionarla para que le diese más de lo que podía. Además, en esos momentos su primordial objetivo no era tener una relación satisfactoria con un hombre, sino vengar la muerte de Gary. Tratarse su fobia podría desviar su objetivo.

Por supuesto, los beneficios eran obvios. Podría volver a ser «normal».

Un año después de la conversación con Hank pidió hora por primera vez. Durante varias semanas no dijo nada a nadie. Cuando finalmente se lo contó a Hank, éste la agarró por los hombros, los apretó con fuerza y exclamó:

–¡Estupendo! ¡Fantástico!

El resultado inmediato de las sesiones no fue ni estupendo ni fantástico. Hablar de la violación con la psicóloga abrió heridas que Jade pensó que el tiempo y la distancia habrían cicatrizado. Salía de las sesiones como si la hubiesen violado de nuevo. Sin embargo, después de varios meses de terapia, ganó confianza en sí misma, pensando que algún día podría ser capaz de dejar a un lado sus temores. Si eso llegase a suceder, estaría tan contenta como Hank.

En una helada y tempestuosa tarde de principios de marzo de su penúltimo curso, corrió por la acera hasta su casa y entró.

–¿Cathy? ¿Mitch? ¿Graham? Mamá ya está en casa –gritó–. ¿Dónde está todo el mundo?

Graham entró en el vestíbulo y se abrazó a sus rodillas. Parecía que cada día creciese un palmo. Entonces empezó a moverse con el ímpetu de una locomotora.

Ella se arrodilló para darle un abrazo.

–¿Dónde está Cathy?

–Tienda.

–Entonces, ¿estás con Poppy? –le preguntó mientras se quitaba el abrigo.

–Poppy está dormido.

–¿Dormido? –Se dirigió hacia el estudio, llamándolo con creciente alarma al no recibir respuesta–. ¿Mitch?

Jade se acercó despacio al umbral de la habitación llena de libros en las estanterías. Aunque sabía que él no podía oírla, repitió suavemente:

–¿Mitch?

Estaba sentado detrás de su mesa, con un libro abierto sobre su regazo, la cabeza inclinada hacia un lado. Muerto, sin lugar a dudas.

Esa tarde Jade y Cathy lloraron juntas en la habitación donde había fallecido, rodeado de los libros que tanto amaba. Cathy estaba tan impresionada y afligida que Jade tuvo que ocuparse de los preparativos fúnebres.

Se lo notificó al director de la escuela, escribió y preparó la esquela para el periódico local, y condujo a Cathy a la funeraria para escoger un ataúd. Más tarde, cuando Cathy se retiró a su habitación, Jade recibió a las amistades que venían a ofrecer sus condolencias.

La mujer de un joven profesor de historia se ofreció a tener a Graham hasta después del funeral. Jade aceptó el ofrecimiento agradecida, pues sabía que Graham estaría revoloteando por todas partes, sin entender las idas y venidas de tantos extraños en la casa. Además, cada vez que preguntaba dónde estaba Poppy era como una puñalada para Cathy y ella.

Hank permaneció a su lado para ayudar en lo necesario.

Hacía recados y todas las tareas que nadie más podía llevar a cabo. La mañana del funeral llegó temprano. Jade llevaba un vestido de punto negro de cuello cisne y una gargantilla de perlas de bisutería. Saludó a Hank en la puerta. Jade llevaba el cabello recogido en una cola de caballo, con un lazo de terciopelo negro. Las débiles sombras de tristeza y fatiga bajo sus ojos resaltaban aún más su color azul.

Condujo a Hank a la cocina, donde ya había preparado café.

–Cathy todavía está arriba vistiéndose –dijo mientras le entregaba una taza–. Supongo que debería ir a darle prisa. No encuentra nada. Está totalmente ausente. Llevaban casados treinta y tres años, y se siente a la deriva. Hacían una pareja perfecta. Él era siempre tan...

Se le quebró la voz. Hank la atrajo hacia sí. Era bueno sentirse abrazada. Las manos de Hank le frotaban la espalda de arriba abajo mientras le susurraba al oído palabras de consuelo. Era afectuoso. La fragancia que llevaba era atractiva y familiar. A ella le gustó la sensación de picor de su chaqueta de lana bajo la mejilla.

Antes de que ninguno de los dos se diese cuenta, el abrazo cambió de carácter. Tal y como la psicóloga le había aconsejado, Jade se concentró en todo lo que era agradable sensualmente, sin pensar en otra cosa que no fuese favorable y buena. Para su sorpresa, lo encontró todo bueno.

Alzó la cabeza y lo miró perpleja. Él le sonrió amable, como si le leyera el pensamiento. Lentamente dirigió una de sus manos hacia el rostro de ella y se lo acarició con el nudillo. El dedo pulgar pasó suavemente por sus labios un par de veces. Luego la besó.

El corazón de Jade palpitaba descontrolado, pero no era de temor. No se estremeció, ni se giró ni acobardó. Hank alzó la cabeza e hizo una pausa, dándole tiempo para quejarse. Como no lo hizo, dejó escapar un largo suspiro antes de volver a acariciar sus labios.

–¿Hank?

–No me digas que pare –le suplicó él.

–No iba a hacerlo. –Se puso más cerca de él.

Él la rodeó con sus brazos y la acercó más. Sus labios separaron los de ella. Le frotó los dientes con la lengua.

–¿Jade? –murmuró–. ¿Jade?

Sonó el timbre de la puerta. Hank la soltó y dio un paso atrás.

–Maldita sea.

Ella le obsequió con una sonrisa nerviosa.

–Disculpa.

De camino a la puerta se humedeció los labios y saboreó el beso de Hank. No había estado nada mal. De hecho, había sido muy delicioso. Era extraño pensar en tal cosa en el día que iban a enterrar a Mitch, pero no podía esperar para poder estar a solas de nuevo con Hank.

Pero cuando abrió la puerta, su sonrisa se congeló. Estaba cara a cara con uno de sus violadores.

14

Myrajane Cowan Griffith no se hubiera sentido más ofendida si le hubiesen tirado un cubo de agua fría a la cara.

–Tú eres esa chica Sperry –dijo en tono acusador–. ¿Qué estás haciendo aquí?

Jade cogió pensativa el pomo de latón de la puerta, con la mirada fija en Lamar. Se podían percibir los cambios producidos en él durante los últimos cuatro años. Llevaba el cabello más largo. Había engordado, y ahora tenía más aspecto de hombre que de niño. Pero sus oscuros ojos seguían siendo cautos, nerviosos, y cuando miraron asombrados a Jade parecieron pedirle disculpas.

–¿Podemos entrar? –preguntó Myrajane despreciativa.

Jade apartó los ojos de Lamar y miró a su madre. Myrajane había envejecido. Los peores aspectos de su carácter se reflejaban en su rostro. Con mano de novata había intentado camuflar la piel erosionada con maquillaje. El resultado era patético. La chillona sombra de ojos azul se había concentrado en los pliegues de los párpados, y la pintura de los labios se había desparramado por las grietas que salían de la boca.

Jade se puso a un lado y les indicó el vestíbulo. Myrajane la miró de arriba abajo, moviendo nerviosamente los pintarrajeados labios en señal de desaprobación.

–No me has dicho por qué atiendes a la puerta de la casa de mi primo.

–Vivo aquí –replicó Jade.

–¿Jade?

Jade se volvió inexpresiva hacia Hank, que se acercaba desde la parte de atrás de la casa. Myrajane observó horrorizada su cola de caballo.

–Soy Hank Arnett –le dijo, alargando la mano hacia Lamar–. ¿Eran amigos del doctor Hearon?

–Mitchell era mi primo segundo –respondió Myrajane con frialdad–. ¿Dónde está su viuda?

Su tono de voz traslucía su desagrado hacia quienes consideraba que no estaban a la altura de las circunstancias.

–Le haré saber a Cathy que están aquí –contestó Jade, dirigiéndose a la escalera–. Hank, si no te importa...

Su voz se desvaneció mientras gesticulaba vagamente hacia el salón. Hank la miraba extrañado. Había notado algo raro, pero jamás hubiera podido imaginar lo que ella había sentido al ver a Lamar cuando abrió la puerta.

Jade se dio la vuelta con rapidez y corrió escaleras arriba. Al llegar se apoyó contra la pared y apretó los puños contra sus labios. Cerró los ojos con fuerza en un intento por contener su rabia. Un zumbido golpeaba sus oídos.

Cuatro años. Un tiempo suficiente para que el impacto hubiese sido más leve. Pero al encontrarse cara a cara con Lamar la rabia había hervido en su interior, y había sentido deseos de destrozarlo, de hacerle tanto daño como él le había hecho a ella. A duras penas consiguió contenerse, pero se le revolvía el estómago sólo de pensar que ambos estaban bajo el mismo techo. Quería limpiarse, tomar un baño de agua hirviendo, frotarse el cuerpo igual que había hecho después de la violación.

Pero no tenía más remedio que soportarlo. Por el bien de Cathy, no podía montar ninguna escena. Cathy la necesitaba ese día. Sobreponiéndose se dirigió a la puerta de su habitación y llamó.

–Cathy, abajo tienes visita.

–Entra, por favor.

Cathy, tenía dificultades para abrocharse el vestido negro. Jade se acercó para ayudarla. Cathy se miró al espejo.

–A Mitch no le gustaba que fuese de negro. Decía que era un color demasiado dramático para mí. –Intrigada, inclinó la cabeza hacia un lado–. ¿Crees que me lo decía como piropo?

Jade descansó la barbilla sobre el hombro de Cathy, mirando en el espejo.

–Pues claro. Él pensaba que eras encantadora.

Cathy sonrió temblorosa.

–A veces olvido que se ha ido, Jade. Me doy la vuelta para decirle algo, y de repente me acuerdo y vuelvo a experimentar el dolor que ello me produce. Es como una herida fresca. ¿Sabes lo que quiero decir?

Lo sabía muy bien. Era exactamente así como se había sentido al abrir la puerta a Lamar Griffith unos minutos antes.

–Acaba de llegar Myrajane Griffith de Palmetto. Está esperando abajo.

Cathy jugueteaba con los artículos del tocador.

–¿Dónde está mi pañuelo? Quiero llevar el que Mitch me compró un verano que fuimos a Austria.

El bordado pañuelo estaba a la vista. Jade lo cogió y se lo dio a Cathy.

–Ha dicho que es la prima de Mitch.

–Entonces, querrás decir Myrajane Cowan.

–Su nombre de casada es Griffith.

–Lo había olvidado. No la conozco muy bien. Mitch no la podía soportar. Creo que su madre y la madre de Mitch eran primas hermanas. Hace años que no nos vemos, pero ella es el tipo de persona que se habría ofendido si no se lo hubiesen notificado personalmente. La llamé por teléfono la noche en que Mitch murió.

–La señora Griffith y su hijo Lamar estaban casi tan sorprendidos de verme como yo de verlos a ellos.

Cathy dejó de buscar su reloj de pulsera entre los objetos desordenados del tocador. Aún en su aflicción, podía captar el extraño tono de voz de Jade.

–No me fui de Palmetto en circunstancias muy agradables, Cathy. Hubo un... escándalo. Quería que primero lo supieses por mí, en caso de que ellos te mencionen alguna cosa.

Los ojos de Cathy parpadearon en señal de enfado.

–Más les valdrá que no lo hagan.

–Y no quiero que ellos sepan nada de Graham. Nadie sabe nada de él en Palmetto, y tengo mis motivos para actuar de este modo.

–¿Motivos que no puedes compartir conmigo?

Jade miró hacia otro lado y sacudió la cabeza.

–Jade –dijo Cathy cogiéndole la mano–, Mitch te quería.

Yo te quiero. Esto no lo puede cambiar nadie. Si hubiese sabido que Myrajane te traía malos recuerdos, no la habría llamado.

Las dos mujeres se abrazaron.

–Gracias –susurró Jade.

Bajaron las escaleras de la mano y entraron en el salón. Myrajane estaba sentada en el borde del sofá, en una postura tensa. Lamar, sentado en una silla, tenía una mirada tensa e incómoda. Hank estaba de pie frente a una ventana. Miró con alivio a Cathy y Jade cuando aparecieron.

–Alguien está llamando a la puerta –dijo–. Yo abriré.

Cathy se dirigió a Myrajane, sosteniendo aún el brazo de Jade.

–Gracias por venir, Myrajane. Hola, Lamar. Mitch hubiera estado contento de que hubieseis venido. Creo que ya conocéis a Jade.

–Sí –contestó Myrajane, dirigiendo una mirada de censura a Jade, que Cathy no tuvo en cuenta.

–Jade ha vivido con nosotros más de tres años –replicó Cathy–. Mitch la veía como la hija que nunca tuvimos. La adoraba, yo también. Jade, por favor, ¿podrías traer una bandeja de café para nuestros invitados? Por favor, perdóname, Myrajane. Tengo que ir a saludar a los que acaban de llegar.

Como siempre, Cathy había evitado hábilmente una difícil situación. Pronto, los Griffith fueron absorbidos por los otros invitados que llegaron para dar el pésame antes del funeral. Jade estuvo ocupada recibiendo a las visitas y sirviendo café.

Durante el funeral en la capilla del campus, Jade casi consiguió olvidar la aparición de Lamar y su madre. Sentada al lado de Cathy, a petición de ésta, permaneció absorta ante el ataúd. Recuerdos de Mitch corrieron por su mente mientras era elogiado por miembros de la facultad. Había sido un catedrático respetado, un marido devoto, un amable y cariñoso sustituto de padre para ella y abuelo para Graham. Sus vidas no habrían sido lo mismo sin su existencia. Iban a añorarle terriblemente.

En el cementerio, la gente la admiraba por su fortaleza y dedicación a Cathy. Como sus ojos no se humedecieron, nadie podía llegar a imaginarse lo mucho que lloró interiormente. Parecía que el día fuese interminable. Numerosos amigos y compañeros de Mitch fueron a la casa a dar el pésame a la viuda. La multitud no se fue disolviendo hasta que comenzó a oscurecer. Entrada la noche, sólo quedaban algunos invitados. Cuando se fueron, Cathy y Jade estaban por fin solas.

–Creo que tendría que ir a buscar a Graham –dijo Jade.

–¿Por qué no dejas que pase otra noche allí? Ellos se ofrecieron. Ya sabes que lo están cuidando bien. Y tú no has parado en todo el día. Sé que estás cansada.

–Estoy exhausta –admitió Jade, hundiéndose en el sofá al lado de Cathy y sacándose los zapatos negros de tacón–. Pero no más que tú, estoy segura.

–La verdad, me ha gustado hablar de Mitch. Significaba mucho para tanta gente...

Jade cogió la mano de Cathy entre las suyas.

–Realmente, sí.

Estuvieron calladas un momento antes de que Cathy añadiese:

–No me he dado cuenta de cuándo se ha ido Hank, y no le he dado las gracias por todo lo que ha hecho estos dos últimos días.

–Le he pedido que acompañase a esa pareja de viejecitos de Birmingham. Todavía no habían conseguido una habitación en un motel, y parecían tener miedo de no saber llegar. Tú estabas con otra persona, así que Hank no ha podido despedirse.

–Es un chico encantador.

–Sí, sí lo es. Muy encantador. –Guardaron unos minutos de silencio, y entonces Jade añadió–: Gracias por cómo has llevado la situación con la señora Griffith y Lamar. He permanecido lo más lejos posible de ellos hasta que se han marchado.

–La muy bruja se las arregló para cogerme cuando salía del baño. Me agarró del brazo y me preguntó si estaba enterada del escándalo que te había obligado a salir de Palmetto. Le contesté que si tenía que decir algo negativo de ti, no era bienvenida a mi casa.

Cathy arrugó el ceño, preocupada.

–Jade, ¿es ese «escándalo» en Palmetto lo que no te permite llevar una relación romántica con Hank?

Jade se quitó el lazo negro del cabello y se soltó el pelo. Miró con fijeza el terciopelo negro mientras lo enroscaba entre sus dedos y dijo sosegadamente:

–Cuando estaba en el último curso del instituto fui violada por tres chicos. Lamar Griffith fue uno de ellos.

Aunque no lo había planeado, de repente el momento pareció apropiado para contárselo a Cathy.

–Myrajane no lo sabe, por supuesto. Lo único que ha oído es que yo fui la responsable del suicidio de mi novio.

Una vez abierta la escotilla, las palabras fluyeron como un torrente. Estuvo hablando casi media hora. Explicó la historia sin mostrar emoción alguna, casi de memoria porque se la había repetido a sí misma cada vez que su determinación de la venganza se había debilitado. Desaparecida la sorpresa inicial, Cathy ahogó su llanto en el pañuelo.

–Oh, Jade –sollozó, cuando Jade hubo terminado–. Estoy contenta de que me lo hayas contado. No debías haberlo sobrellevado sola. Esto explica muchas cosas. ¿Cómo pudo tu madre abandonaros a ti y a Graham?

–Dudaba de mi inocencia y estaba resentida conmigo por no quedarnos en Palmetto y obligar a uno de los chicos a que reconociese a Graham y se casase conmigo.

–¡Dios mío! ¿Cómo pudo proponerte semejante cosa?

Jade se inclinó hacia delante y abrazó a Cathy.

–Tú eres la primera persona que verdaderamente ha creído mi palabra sobre lo sucedido. Sé que Mitch también lo habría hecho. Estuve tentada a decíroslo muchas veces. Ahora me alegro de no haberlo hecho, ya que Mitch y Lamar eran parientes.

–Yo también me alegro de que Mitch no estuviese aquí para oír tu historia. Él habría... –Se detuvo y llevó la mano al pecho–. Oh, pero ojalá estuviese aquí, Jade. ¿Cómo voy a poder soportar el no volver a verlo nunca más, ni oír su voz ni poder tocarlo?

–No tendría que haberte molestado con mis problemas, especialmente esta noche.

–No, Mitch te habría obligado a ello. Nos ha unido más, y él lo habría querido así.

Jade siguió abrazándola hasta que cesaron sus lágrimas.

–Ahora me voy arriba, Jade –susurró con voz ronca al ponerse en pie–. Buenas noches.

–¿Estarás bien?

Cathy le sonrió sin fuerzas.

–No, pero necesito estar sola..., con él..., para decirle mi último adiós.

Después de haberse marchado, la casa parecía extrañamente silenciosa. Mientras Jade iba por las habitaciones recogiendo servilletas y vasos, pensó en lo contenta que estaría de tener a Graham de nuevo en casa, haciendo ruido, creando sus pequeños torbellinos de actividad. Quizás eso aliviase el vacío que Mitch había dejado al irse.

No estaba segura de que fuera capaz de entrar en su estudio sin verlo a él allí, hundido en la silla. Se dijo a sí misma que eso no debía ocurrir. Tenía que esforzarse en imaginárselo consultando uno de los libros que tanto amaba, o caminando por la acera cogido de la mano de Graham o explicando alguna de sus maravillosas historias.

El timbre de la puerta interrumpió sus pensamientos. Se echó una rápida mirada en el espejo del recibidor antes de abrir la puerta.

–Jade...

Ella intentó cerrar la puerta, pero la mano de Lamar fue más rápida y agarró el pomo.

–Por favor, Jade. Déjame hablar contigo un minuto.

Ella lo miró con odio, respirando furiosa.

–Vete de aquí.

–Por favor, Jade. He estado todo el día buscando el mejor momento para hablar contigo.

–Nunca habrá un buen momento. Y desde luego hoy menos.

Intentó cerrar la puerta de nuevo, pero él se colocó entre ella y el marco.

–Por Dios, Jade, ¿crees que ha sido fácil para mí venir aquí?

–Nunca lo podré saber porque yo nunca he violado a nadie. Nunca podré saber lo fácil o difícil que resulta enfrentarse después con la víctima, aunque no parecía que tú y tus amigos tuvieseis ningún problema en verme cada día en el colegio. Así que no comprendo por qué te ha sido tan difícil venir aquí esta noche.

Él se mostró afligido.

–Cualquier cosa que me digas no será ni la mitad de lo que me merezco, Jade. No puedo reparar lo que hice, Dios bien lo sabe. Pero, por favor, déjame hablar contigo unos minutos. Eso es todo lo que te pido.

Ella le dejó entrar, quizá porque él había reconocido que lo que había sucedido al lado del canal había sido contra su voluntad. Cuando más tarde pensó en ello, ésa fue la única razón que tuvo para haberle dejado entrar.

Cuando estuvo dentro, Lamar cerró con cuidado la puerta.

–¿Dónde está la señora Hearon?

–Arriba.

–¿Podemos sentarnos en algún lado?

–No. –Con un gesto automático de defensa, Jade se cruzó de brazos–. Di lo que has venido a decir, Lamar.

Estaba más guapo que cuando iba al instituto, pero no se mostraba más seguro de sí mismo. No discutió con ella.

–Jade, lo que te hicimos...

–Me tirasteis al barro, me cogisteis de las manos y las piernas y os turnasteis para violarme. Eso es lo que me hicisteis, Lamar.

–Oh, Dios –gimió él.

–Parece que tus recuerdos sobre esa noche están algo borrosos. Los míos, no. Neal me golpeó varias veces mientras me mandaba callar. Hutch fue el más bruto. Fue el que más daño me hizo.

Lamar sintió cómo se le ponía la piel de gallina.

–Tú dudaste, pero al final también lo hiciste.

–Porque no tenía otra elección, Jade.

–¿Ninguna elección? ¿Y qué elección tuve yo?

–Si hubiese querido pararlo, ¿qué podría haber hecho? ¿Cargarme a Neal y a Hutch? –Lanzó una risa corta y ronca–. Claro. Ahora puedo verlo. ¿No lo entiendes?

–No –contestó con fuego en los ojos–. Porque aunque no pudieses pararlo, no tenías por qué haber participado. Podías haberte puesto atrás para ayudarme. Podías haberme respaldado cuando expliqué lo sucedido.

–Neal me habría matado.

–Te quedaste con los brazos cruzados y dejaste que pisotearan mi reputación. No dijiste nada cuando Neal se burló de Gary y lo condujo al suicidio.

–No podía decir nada, Jade. Tenía que estar con Neal. Lo siento. –Aparecieron lágrimas en sus ojos–. Tú eres fuerte. Siempre lo has sido. La gente te admira. Tú no sabes lo que es tener sólo dos amigos.

–¡Sé lo que es no tener ninguno! Durante los últimos y solitarios meses del último curso en el instituto fui repudiada por todo el mundo, excepto por Patrice Watley.

Lamar era sincero al balbucir sus excusas.

–No te puedes imaginar lo que es estar bajo el mando de Neal. Hasta este año no he podido alejarme por fin de él, y eso le ha fastidiado mucho. Hemos estado viviendo juntos en esa vieja casa...

–No me interesa.

–Bueno, de todas formas me fui antes de terminar el semestre la primavera pasada, y él se pasó semanas sin dirigirme la palabra. Actuó de la misma manera que cuando se casó Hutch. Por cierto ¿sabías que se casó con Donna Dee Monroe?

–Tal para cual.

–Hutch estuvo jugando a fútbol durante un par de años. Neal estaba celoso incluso del equipo. Después del segundo curso, Hutch sorprendió a todo el mundo alistándose en la Marina. Neal decía que lo que Hutch quería era alejarse de Donna Dee porque ella no hacía más que agobiarle para tener un niño. Ahora viven en Hawai, pero he oído decir que van a volver a casa. Hutch todavía sigue sin ser padre.

A lo mejor sí lo era. Este pensamiento hizo estremecer a Jade.

–¿Por eso has venido aquí, Lamar? ¿A ponerme al día sobre mis violadores?

–Jade, casi me desmayé cuando esta mañana abriste la puerta. Me quedé sin habla de miedo.

–¿Miedo? –preguntó ella con una agria carcajada–. ¿Tenías miedo de que fuese a matarte?

–No, peor que eso. Tenía miedo de que me señalaras con el dedo y empezaras a gritar «¡violador!».

–Ya lo intenté una vez y no sirvió de nada.

–Tu desprecio es comprensible.

–Vaya, gracias, Lamar. Me alegro de contar con tu aprobación.

–No lo he dicho en ese sentido.

Bajó la cabeza y se quedó mirando al suelo, con un gran suspiro.

–Creo que sería mejor que te fueses.

–Todavía no he dicho lo que he venido a contar. –Ella le lanzó una mirada, mostrando su impaciencia para que se fuera–. Quiero que entiendas por qué..., por qué tuve que estar de acuerdo con ellos aquella noche. En ese momento de nuestras vidas, Hutch habría hecho cualquier cosa que Neal le hubiese ordenado. Además, creo que Hutch estaba enamorado de ti.

–Es increíble que te atrevas a dignificar la violación como algo romántico. –Dejó caer los brazos a los lados, apretando los puños–. La única diferencia entre lo que me hicisteis y el asesinato es que yo sigo viva. Y si Neal os hubiese dicho a ti y a Hutch que me mataseis, probablemente estaría muerta.

Los ojos de Lamar le suplicaron paciencia.

–Todo lo que has dicho es cierto, Jade. Fue un crimen, un acto violento de desquite dirigido a Gary por haber ganado a Neal en aquella pelea del Dairy Barn. Al menos eso es lo que era para Neal. Y siempre estaba comentando lo chula que te mostrabas cuando él estaba cerca. Creo que estaba resentido porque preferiste a Gary antes que a él. En cuanto a Hutch... –Se encogió de hombros–. Tengo mis teorías, pero sólo Hutch sabe por qué estuvo de acuerdo. –Hizo una pausa y respiró hondo–. Para mí fue una prueba de hombría. Tenía que demostrarles a ellos y a mí mismo que era un hombre. Por desgracia, no funcionó.

Jade le miró con aspereza. Él alzó la cabeza y la miró directamente a los ojos.

–Soy homosexual, Jade. –Soltó una risa burlona–. Supongo que soy el típico caso: padre débil, madre dominante. Mis sospechas sobre mí mismo no se confirmaron hasta después de mi depravado primer curso universitario, cuando follé mucho, pero no disfruté nada.

»El verano siguiente conocí a un hombre en Palmetto. Daba clases en la escuela primaria, hasta que le descubrieron acariciando a uno de sus estudiantes en el lavabo de hombres. Mi madre no se hubiera podido imaginar lo destrozado que me quedé cuando me contó, como mero cotilleo, toda la sórdida historia de mi amante. Supongo que se lo pasaba bien iniciando a jóvenes invertidos como yo. En fin, el caso es que se fue a algún lugar del este. Mi primera aventura amorosa terminó en tragedia.

–Lo mismo que la mía.

–Sí –respondió él despacio, mirando hacia otro lado–. Conseguí nuevos amigos y amantes en la universidad. Uno de ellos se puso celoso por mis actividades sexuales durante las bacanales de Neal. Yo participaba porque no quería que Neal se enterase de lo mío. Dios quiera que no llegue a oídos de mi madre. Probablemente me mandaría el Ku Klux Klan. ¿Te imaginas su reacción si se enterase de que el árbol genealógico de los Cowan va a morir porque su hijo es marica?

Graham podía ser un Cowan, pero Myrajane nunca lo sabría.

–Todavía no he salido del cascarón –confesó Lamar–. Pero después de haberte visto hoy, quería que lo supieses. Pensé que podría ayudar a explicar por qué hice lo que hice.

Por unos momentos, Jade le observó con latente desprecio.

–Tú no has venido aquí para explicar las cosas en mi beneficio, Lamar. Has confesado tu oscuro pecado porque quieres que te perdone. Pues lo tienes claro. Tu preferencia sexual no justifica la violación.

»No sólo me violaste sino que causaste la muerte de Gary. Aunque pudiese perdonarte por la primera ofensa, puedes tener la seguridad de que nunca te perdonaré por la segunda. No, Lamar, mientras viva os guardaré rencor.

»Hasta que te he visto esta mañana, vivía con la idea equivocada de que el tiempo me había anestesiado. Pero entonces ahí estabas tú, y todo volvió como un rayo, tan horrible como entonces. Yo estaba allí, otra vez en el barro, suplicándoos a los tres que no lo hicieseis. –Sus ojos se empequeñecieron peligrosamente–. Nunca lo olvidaré, y mientras lo recuerde no te perdonaré.

Él miró fijamente a un punto tras el hombro de ella. Las atractivas facciones de su rostro estaban sumidas en la tristeza y resignación. Finalmente, sus ojos la miraron.

–Esto es lo que pensé que dirías. Pero tenía la esperanza de que valía la pena intentarlo. –Se volvió hacia la puerta, pero se detuvo y dio unos pasos atrás–. Supongo que no servirá de nada añadir que lo siento.

–No.

Abatido, sacudió la cabeza y se marchó, cerrando la puerta al salir. Jade corrió hacia ella y la cerró con llave. Apretó la frente contra la dura madera hasta que sintió dolor. Sus palabras burlonas resonaban en su cabeza. Neal había aguantado sus brazos y animado a Lamar a hacer uso de su turno. Hutch, jadeante por su reciente esfuerzo, llamaba mariquita a Lamar por mostrarse remilgado. Jade se tapó los oídos, se dio la vuelta, de espaldas a la puerta, y se dejó caer hasta que quedó sentada en el suelo. Inclinó la cabeza sobre sus rodillas y, como había hecho aquella noche, gimió temblorosa.

–No, por favor, no.

Pero de todos modos, Lamar lo había hecho y después parecía muy orgulloso de sí mismo. ¿Cómo se había atrevido ahora a venir a ella, aireando su culpable conciencia, revelando su angustioso secreto y pidiendo su perdón?

A él le habría parecido que ella había sobrevivido al incidente y que estaba bien. Él no lo sabía, pero incluso después de meses de terapia era incapaz de aceptar o de devolver el afecto a un hombre. Aquella noche estaba tan marcada en su alma como una mancha de nacimiento. Nunca podría deshacerse de ella. Era como una sentencia de vida que no podía compartir con nadie, especialmente con alguien tan bueno como Hank.

Debido a las circunstancias, hoy había podido evitarlo. Pero al día siguiente le diría que nunca podría llegar a expresar su amor físicamente. Para ella era imposible ser lo que él quería que fuese, lo que él se merecía tener. Esta vez tenía que hacérselo creer y aceptar.

La oscuridad de su corazón iba a tono con la noche. El

silencio de la casa se cerró a su alrededor. Lloró por Graham, porque ya nunca más tendría a Poppy. Su corazón estaba destrozado por Cathy, que había perdido a su marido y mejor amigo. Sintió pena por Hank, por el dolor que ella produciría en su corazón.

En las horas más sombrías de la noche, casi envidió a Mitch y a su paz recién encontrada.

Jade se graduó en la Escuela Dander como la primera de la clase. En el discurso que tuvo que pronunciar dio públicamente las gracias al desaparecido decano, al doctor Mitch Hearon, por haber demostrado su fe en ella. Cathy sacó docenas de fotos de Jade con la toga y el birrete, y celebró una pequeña fiesta en su honor.

El día en que Jade fue por última vez a la tienda de la señorita Dorothy Davis, la espalda de la vieja mujer estaba más erguida que nunca, pero en sus ojos asomaban lágrimas.

–Menos mal que he puesto la tienda en venta –sollozó–. Me habría costado semanas encontrar a alguien que te reemplazase.

Lo que realmente estaba diciendo era que nunca podría reemplazar a Jade, y ambas lo sabían. Durante el último año que trabajó para ella, Jade llevó prácticamente la dirección del negocio. Los otros trabajadores la obedecían a ella. La señorita Dorothy había sido una mera figura decorativa.

–Toma esto –dijo, entregando a Jade un sobre blanco. En el interior había un cheque, el primero que la señorita Dorothy había hecho en años.

–¡Cinco mil dólares! –exclamó Jade al leer la cifra.

–Te lo has ganado. Si te lo hubiese dejado en mi testamento, los malditos abogados se lo habrían apropiado –explicó malhumorada.

–No sé qué decir.

–Dime adiós. Te vas a ir, ¿no es cierto?

Jade no la abrazó tan fuerte como hubiese deseado por temor a romperle sus frágiles huesos. Echaría de menos la tienda y a su excéntrica dueña, pero no sería ni la mitad de lo que añoraría a Cathy. Abandonar a Cathy iba a ser mucho peor que la separación de su madre.

Cuando llegó con el coche se quedó sentada en el vehículo, mirando la casa y recordando aquella mañana en que llevó a Graham en brazos. Ahora, éste salía por la puerta dando brincos. Era un chico robusto, de ojos azules y una pequeña hendidura en la barbilla. Ni siquiera jadeaba de cansancio cuando llegó al coche.

–Cathy quiere saber por qué estás aquí fuera, sentada en el coche.

La verdadera respuesta era que temía ir dentro y explicar las noticias, pero le dijo simplemente:

–Estaba esperando a que mi mejor chico me viniese a buscar.

–¿Yo?

–Claro. ¿Qué has hecho hoy?

Mientras caminaban hacia la casa, Graham parloteó sobre *Barrio Sésamo* y un viaje a un «sitio con millones de flores».

–El semillero –dijo Cathy, que había oído el último trozo de la conversación. Los tres se dirigieron a la cocina–. He comprado algunas semillas para las macetas del porche frontal.

–Serán muy bonitas. ¿De qué color?

Jade intentó mantener la conversación, pero se dio cuenta de que languideció por culpa de ella, no de Cathy. No podía retrasar más tiempo lo inevitable.

–Cathy, hay algo que tengo que decirte.

–Ya me preguntaba cuándo ibas a hacerlo. Sabía que te rondaba algo por la cabeza.

Cathy se sentó en la mesa, frente a Jade. Graham estaba pintando en una libreta, con la lengua fuera, a un lado de la boca.

–No sé cómo decírtelo, excepto que salga de un tirón. –Jade respiró hondo–. He aceptado un trabajo en una empresa manufacturera de ropa en Charlotte.

–¿Carolina del Norte?

–Sí. Me hubiera gustado encontrar algo más cerca de Morgantown, pero ya sabes que la escuela es la única industria de aquí. Éste es un buen trabajo, con un respetable sueldo para empezar. Trabajaré para el vicepresidente encargado de los pedidos. –Miró a Cathy con un silencioso ruego de comprensión–. Esto significa que Graham y yo tendremos que mudarnos, pero es una oportunidad demasiado buena y no la puedo dejar escapar.

Jade estaba preparada para abrazarla y consolarla si estallaba en llanto. Pero el rostro de la mujer se iluminó como un árbol de Navidad.

–Me encanta la idea de un cambio. ¿Cuándo nos vamos?

15

Tallahassee, Florida, 1983

Casi todo el mundo del vuelo transatlántico se había dormido a causa de la sosa película. Dillon no podía dormir. El asiento del avión no había sido diseñado para un hombre de su tamaño. Todo cuanto podía hacer era apoyar la cabeza en el asiento y cerrar los ojos.

Al oír a Debra moverse, se volvió para comprobar cómo estaba. Ella colocó la mano sobre su hijo, que dormía, después miró a Dillon y sonrió.

–Es un buen pasajero –susurró–. Nadie creería que éste es su primer vuelo.

El pequeño Charlie, de seis meses, dormía boca abajo, en una acolchada canastilla. Al hacer ruido con la nariz, sus padres volvieron a mirarse y sonrieron.

–Intenta dormir un poco –dijo Dillon con suavidad. Se acercó a ella y le acarició el cabello–. En cuanto lleguemos a Atlanta, tu familia no nos dejará un minuto tranquilos.

–Nada de eso. Estarán tan encantados con Charlie que no nos harán caso. –Le mandó un beso con la mano, luego se acurrucó lo más cómodamente que pudo bajo la manta del avión, y cerró los ojos.

Dillon continuó mirándola, con el corazón latiendo de emoción al recordar lo cerca que había estado de perderla hacía año y medio. Los meses que siguieron a la enfermedad que produjo la pérdida de su hijo, Debra se sintió muy deprimida. Sus padres fueron a Francia y estuvieron con ella mientras se recuperaba de su enfermedad física. Los Newberry se quedaron todo el tiempo que pudieron, al marchar se la confiaron a Dillon, que se sintió incapacitado para tratar su depresión.

Ella no tenía interés en volver a hacer las actividades de antes, entre ellas las clases de cocina. Ya no mantenía ordenado el apartamento. Cuando Dillon llegaba del trabajo por las tardes, tenía que ocuparse de los menesteres de la casa. La ropa sucia se amontonaba hasta que él encontraba tiempo para ocuparse de ella. Debra pasaba los días durmiendo. Ésa parecía la única manera de aplacar su dolor.

Dillon lloraba la pérdida de su hijo trabajando más de lo normal. Su panacea era un enorme esfuerzo físico. El agotamiento le proporcionaba un refugio temporal de olvido. En cambio Debra no había encontrado ese alivio para su sufrimiento. Incluso se negaba a hablar del tema con Dillon cuando éste lo sacaba a relucir, pensando que hablar de ello la desahogaría. Dillon consultó con el médico de Debra, y éste le aconsejó que supiese esperar.

–La señora Burke ha sufrido una desgracia emocional muy grave. Debe tener paciencia con ella.

Dillon era la paciencia personificada con Debra. En cambio, carecía de paciencia con los tópicos de los llamados médicos profesionales. Cuando pasaron las semanas y no vio señal alguna de mejora, pensó en mandar a Debra a casa por un tiempo. Creía que si estaba con su familia tal vez mejoraría su estado de ánimo y recuperaría su optimismo.

Sin embargo, nunca tuvo el suficiente coraje para sugerirlo siquiera. Le molestaba ver cómo ella se quedaba mirando fijamente el espacio, totalmente ida, pero habría sido peor no verla en absoluto. No le quedó otra alternativa que dedicarse a ejercitar la paciencia que el doctor le había recomendado.

Durante ese tiempo la única obsesión de Debra fue el sexo. En cuanto su cuerpo se hubo recuperado, ella le incitaba a hacer el amor, aunque Dillon no habría llamado así al frenético ejercicio que practicaban. El acto no estaba inspirado por la pasión ni el deseo sino por la desesperación. Tampoco el placer era el objetivo perseguido. Dillon quería perforar el aislamiento que Debra se había impuesto a sí misma. Ella quería volver a quedarse embarazada lo antes posible.

No había tiempo para una excitación preliminar. Cada noche se poseían sudorosamente, balanceando la cama en una cópula delirante. Después, Dillon se sentía vacío y triste, pero continuaba haciéndolo porque esos minutos eran los únicos del día en que Debra daba señales de vida.

A veces, cuando Dillon estaba al borde de la desesperación, se consolaba pensando que por lo menos ya no tenía que luchar con Haskell Scanlan.

Forrest G. Pilot había revocado el despido del contable, pero lo había mandado a Estados Unidos. Eso satisfizo a Dillon. No le importaba lo que hiciera Scanlan ni donde lo hiciera mientras permaneciese fuera de su vida. El sustituto de Scanlan era un francés mucho más tratable, que además hablaba un buen inglés.

El estado emocional de Debra experimentó un giro de ciento ochenta grados el día en que confirmó que estaba embarazada. Cuando Dillon acababa de traspasar el umbral de casa, ella se lanzó en sus brazos. Semejante euforia era tan inesperada que él se cayó de espaldas. Ella se tiró encima de él, riéndose como hacía antes del desastroso viaje a Zermatt.

–Estoy embarazada, Dillon. Estoy embarazada.

Antes de que pudiera reponerse de la sorpresa, ella ya le estaba desabrochando la camisa y besando su pecho apasionadamente. Hicieron el amor en el suelo, como antes: con un fervor originado por amor y cariño.

–Dios mío, qué bueno es volver a tenerte –susurró él mientras acariciaba sus labios con los dedos, y penetró en ella.

Sus vidas volvían a ser resplandecientes, como si se hubiese descorrido una oscura cortina. La vida era preciosa, pero el pesimismo volvió a atormentarle durante el embarazo de Debra. ¿Y si se volvía a producir una tragedia? Debra volvería a sufrir otra depresión que ninguno de los dos podría superar. Al aproximarse el cuarto mes de embarazo, período en el que habían perdido el primer niño, la preocupación de Dillon se hizo insostenible. Una tarde dijo a Debra de repente:

–Voy a mandarte a casa para que tengas el niño, y no quiero oír ninguna protesta.

–Ya estoy en casa.

–Ya sabes lo que quiero decir. A Georgia. Con tu madre. Ella se encargará de que todo vaya bien. Además, quiero que nuestro niño nazca en suelo americano.

Ella le dirigió una astuta mirada.

–Por fin conseguiste una, ¿verdad?

–¿Conseguir una qué?

–Una querida. Según nuestra vecina de abajo, todos los franceses tienen una, por lo menos. Me advirtió que sólo era cuestión de tiempo el que tú adoptases esa costumbre, sobre todo ahora que mi figura ya no es esbelta ni seductora.

–Eres extraordinariamente atractiva –gruñó él, colocando las manos sobre su abdomen. La subió y acercó hacia él, besándole la tensa piel. Luego sus labios se dirigieron a sus pechos, que no llevaban sujetador–. Tú sí que has adoptado algunas costumbres francesas –murmuró, al pasar su lengua por uno de los oscuros pezones.

–Todos los sujetadores me quedan demasiado pequeños. –Estrechó sus pechos con las manos y se los ofreció. Él la acarició con la boca, hasta que sus jadeos probaron que la vecina de abajo estaba equivocada.

Más tarde, ella yacía con su espalda apoyada en el pecho de él, que tenía la mano sobre la barriga de ella. Debra le preguntó adormilada:

–¿Cuándo planeaste facturarme a casa de mi madre?

–Olvídalo –suspiró él, besándola en la oreja–. No vas a ir a ninguna parte.

Dillon no se quedó tranquilo hasta que por fin sostuvo en brazos a su hijo recién nacido. Charles Dillon Burke era un milagro ante los ojos de su padre. Dillon estuvo loco de contento desde que lo vio por primera vez.

Continuó con su buena suerte en el trabajo. El edificio de seguros fue terminado a satisfacción de todo el mundo. Forrest G. Pilot acudió desde Florida para inspeccionarlo personalmente. A Dillon le pareció que había envejecido bastante y que estaba tenso. Aun así, Pilot elogió a Dillon por su buen trabajo, y demostró su aprecio dándole una gratificación.

–Tómate un mes y medio de vacaciones pagadas. Eso te dará tiempo para hacer el traslado antes de volver al trabajo.

Antes de ir a Tallahassee decidieron pasar un par de semanas en Atlanta, en casa de los Newberry, para que éstos se pusiesen al día con su nuevo nieto. Dillon estaba seguro de que Forrest G. tenía grandes planes para él. Había satisfecho más que sobradamente las expectativas del viejo hombre.

Dillon descansó la cabeza en el duro respaldo del asiento y cerró los ojos satisfecho. Por encima del sonido de los motores del jet podía oír la respiración de Debra y los dulces y guturales sonidos que Charlie producía en su sueño.

–¿Qué demonios está pasando aquí? –rugió Dillon–. ¿Dónde está Forrest G.? ¿Qué haces tú en esa mesa?

Haskell Scanlan se apoyó en la suntuosa butaca de cuero y observó a Dillon con aire de superioridad.

–Es para mí un honor informarte que el señor Pilot ya no trabaja aquí.

Dillon necesitó una infinita fuerza de voluntad para no saltar por encima de la mesa, agarrar a Scanlan por su escuálido cuello y matarlo. Era una sorpresa demasiado desagradable para su primer día de vuelta al trabajo.

Cuando unos minutos antes vio la desconocida señal en la plaza de aparcamiento, confió en que sólo significase un nombre y un logotipo nuevos de la compañía. Sin embargo, nada más entrar en lo que antes había sido la oficina de Forrest G. se encontró con la única persona que nunca habría deseado ver. Las Industrias de Ingeniería Pilot tenían un nuevo dueño y una nueva administración, y Haskell Scanlan llevaba el timón.

Dillon miró a su viejo enemigo.

–¿Qué ha pasado con Forrest G.?

Los largos dedos de Scanlan acariciaron de arriba abajo el borde de la brillante mesa.

–Tu mentor se ha retirado.

Dillon se burló.

–Él no dejaría libre esa silla sin oponer resistencia.

–Hubo un pequeño escándalo –admitió Scanlan–. Me sorprende que no lo hayas leído en los periódicos.

–He estado ocupado con el traslado de la familia. ¿Qué pasó?

–Con los fondos que había disponibles, la compañía

para la que ahora trabajas decidió que podía hacer más de lo que el señor Pilot estaba haciendo.

–En otras palabras, fue un relevo hostil. Vino un conglomerado y echó a Forrest G. a la fuerza. –Los ojos de Dillon se achicaron–. Me pregunto quién les proporcionó la información desde dentro.

La sonrisa de Scanlan era tan repulsiva como el ruido que hacen las uñas en una pizarra.

–Yo hice lo que pude para ayudar a los nuevos propietarios.

–No lo dudo –comentó Dillon despreciativo–. Estoy seguro de que lamiste el culo de todos hasta que la lengua te quedó dolorida.

Scanlan brincó de la silla y se puso en pie, parpadeando furioso. Tenía las mejillas hinchadas, como las de una víbora.

–Adelante, Scanlan, golpea. Venga, dame un buen motivo para darte una paliza.

Scanlan dio un paso hacia atrás.

–Si valora en algo su trabajo, más vale que cuide sus modales cuando se dirija a mí, señor Burke. No hemos despedido todavía a ningún empleado desde que estamos aquí, pero será inevitable. No me importaría que usted fuese el primero.

Dillon estuvo tentado de mandar a la mierda a Scanlan y salir de la oficina dando un portazo. Pero ¿en qué lugar le dejaría eso a él? No iba mal de dinero gracias a la bonificación que Forrest G. le había dado. Sin embargo, había tenido muchos gastos con el traslado. No habría muchos trabajos disponibles en Tallahassee, y no podía pedir a Debra y a Charlie que se volviesen a mudar justo cuando acababan de instalarse.

Habían decidido no comprarse una casa hasta que estuvieran más familiarizados con la ciudad. Lo que habían hecho era alquilar una en un barrio limpio y respetable. El jardín era más pequeño de lo que a Dillon le hubiera gustado, y sólo tenía un árbol. No obstante, Debra parecía contenta.

Por ahora sería estúpido morder la mano que le daba de comer.

–¿Qué es lo que tienes para mí? –refunfuñó Dillon.

Scanlan se subió un poco los pantalones para sentarse. Cogió una carpeta, la abrió y pasó el dedo por una columna de nombres.

–Hay un cubículo disponible para ti en el segundo piso. El número 1.120. Puedes trasladar tus cosas hoy mismo y empezar mañana.

–¿Me vuelves a colocar en un despacho de dibujo? –gritó Dillon–. ¿Qué coño pretendes?

–Ése es el único trabajo que tengo libre en estos momentos. O lo tomas o lo dejas.

Dillon murmuró una serie de tacos en francés.

–Desde luego, ni que decir tiene –añadió Scanlan–, que el trabajo de un dibujante no tiene la misma remuneración que el de uno que trabaja en la obra, así es que te ajustaremos el sueldo.

–Debes estar disfrutando con esto, ¿verdad? –dijo Dillon.

Scanlan sonrió encantado.

–Enormemente.

–No puedo volver al dibujo. Tiene que haber algo más.

Scanlan lo observó durante unos minutos. Luego, echó para atrás su silla, se dio la vuelta y cogió una carpeta del fichero que tenía detras.

–Ahora que lo dices, acabo de acordarme de algo. Hace poco adquirimos una propiedad en Mississippi que necesita una extensa renovación antes de que resulte rentable. ¿Te interesa?

Dillon resumió la explicación a Debra.

–Así que o acepto el trabajo de Mississippi o vuelvo a dibujar. –Golpeó un puño contra la palma de la otra mano–. No sé por qué no le he pegado un puñetazo a ese hijo de puta y me he largado.

–Sí, sí lo sabes. Ya no eres un camorrista callejero. Eres un padre de familia, un profesional que no va a permitir que un tipo desgraciado como Scanlan le derrote.

–Bueno, en estos momentos ese tipo desgraciado tiene la sartén por el mango, y lo sabe perfectamente. Después de dejarle, he buscado otro trabajo. Por lo menos he hecho un par de docenas de llamadas. La respuesta siempre ha sido la misma: nadie tiene ningún trabajo disponible.

–Aparte de querer arrancarle la cabeza a Scanlan, ¿qué quieres hacer?

–No lo sé, Debra. –Se dejó caer en el sofá y se frotó los ojos, cansado–. Lo que sí sé es que no quiero volver a dibujar.

–Entonces acepta el otro trabajo y nos trasladamos a Mississippi.

Dillon cogió en brazos a Charlie, que estaba en el regazo de Debra. El niño agarró con fuerza el dedo índice de su padre.

–Tengo una alternativa. No es perfecta, pero ten en cuenta que sólo será temporal.

Después de haber expuesto su plan, ella le preguntó:

–¿Dónde vivirías?

–En el remolque que hay allí. Me las podría arreglar con una pequeña cama, una nevera y un calentador.

–¿Y qué me dices de un lavabo?

–Usaré el *Port-o-lets*. Además, el edificio en el que trabajaré tiene una ducha. Scanlan me dio los planos para estudiarlos antes de tomar una decisión.

La expresión de Debra reflejó su falta de entusiasmo. ¿Vendrías a casa cada fin de semana?

–Sin falta. Te lo juro.

–No veo por qué no nos podemos mudar todos a Mississippi.

–Porque Scanlan sería capaz de quitarme el trabajo nada más instalarnos. Nos estaría haciendo jugar al gato y al ratón indefinidamente.

–Pero esto también es indefinido –replicó ella tristemente–. Podría retenerte allí para siempre.

Dillon sacudió la cabeza.

–Con este trabajo no tendré la misma relación emocional que tuve con el edificio de Versalles. Lo dejaré que se pudra en el momento en que me entere de algo nuevo. He cursado solicitudes de trabajo por toda la ciudad. Tarde o temprano saldrá algo.

»Scanlan nunca me ha perdonado por sacarle de su puesto en Francia. Consiguió vengarse en Forrest G., y ahora me da a elegir entre una mierda o volverme a meter en uno de esos malditos despachos. Él espera que yo escoja lo último porque es más fácil, pero no pienso darle esa satisfacción a ese hijo de puta.

Se acercó a su esposa, con Charlie en brazos, y la besó en la sien.

–Confía en mí, Debra. Ésta es la mejor solución. Las semanas pasarán tan rápido que no tendrás ni tiempo para echarme de menos.

Por desgracia el tener que viajar diariamente para ir a trabajar no resultó ni tan provisional ni tan fácil como Dillon había esperado. Su alojamiento en Mississippi era asqueroso, pero no se lo comentó a Debra porque ésta estaba haciendo un gran esfuerzo para mantener una actitud positiva.

A simple vista, no había salida. Un otoño excepcionalmente lluvioso había hecho que todas las obras en construcción de todo el sur estuviesen desiertas. Hubo muchos despidos temporales. Nadie quería contratar a un ingeniero de construcción, aunque fuese brillante, ambicioso y muy decidido.

Durante su estancia en Atlanta, Dillon había comprado un coche. Se lo dejó a Debra, y las idas y venidas de Mississippi las hacía en una motocicleta de segunda mano. Llegaba tarde a casa los viernes por la noche, y los domingos tenía que irse a primera hora de la tarde. Eso apenas le proporcionaba tiempo para descansar del agotador fin de semana, antes de empezar a trabajar el lunes por la mañana.

El trabajo en sí no era nada interesante. La mayor parte implicaba restauración interior. Construía nuevas paredes, reemplazaba techos que se caían por otros nuevos, instalaba mejores pavimentos. El edificio era viejo y feo, y cuando acabase con él seguiría siendo viejo y feo. No obstante, él trabajaba con los mismos principios con los que habría trabajado si el edificio hubiera sido nuevo. Manejaba un barco pequeño y se empeñaba en que los trabajadores diesen el ciento por ciento de rendimiento. Era cuestión de orgullo. Además, no pensaba darle facilidades a Scanlan. Scanlan podría degradarlo o despedirlo por resentimiento, pero nunca por hacer un mal trabajo.

La situación creó tensiones en la familia de Dillon. Los fines de semana se acumulaba el trabajo, y eso hizo desaparecer algo de la alegría que antes tenían. Quehaceres domésticos que Debra no podía hacer recayeron en Dillon. Normalmente a él no le habría importado hacerlos, pero cada sábado por la mañana se pasaba varias horas ocupado en tareas de la casa, cuando lo único que él quería era dormir, hacer el amor a su esposa y maravillarse con la rápida evolución de su hijo.

Aunque estaban rodeados de jóvenes familias como ellos, no llevaban ninguna vida social. Eso empezó a notarse en Debra. Se pasaba toda la semana sola con un bebé que aún no tenía el año. Se volcó en Charlie y era una madre excelente, pero no tenía ninguna válvula de escape y parecía poco dispuesta a participar en ninguna actividad del vecindario. Dillon empezó a notar síntomas de una progresiva depresión, y eso le asustó.

Un domingo por la tarde, mientras se preparaba para el viaje a Mississippi, la cogió entre sus brazos.

–El próximo viernes prepararé una fiesta y vendré pronto a casa. ¿Crees que lo podrás soportar?

El rostro de Debra se iluminó con una sonrisa radiante.

–Oh, Dillon, ¿de verdad? Será fantástico.

–No he terminado con todas las tareas de tu lista de este fin de semana. Tendré tiempo de sobras para hacerlo todo y vaguear un poco la semana que viene. Consigue una canguro para el sábado por la noche. Nos arreglaremos y saldremos. Cenar. Bailar. Ir al cine. Lo que tú quieras.

–Te quiero –contestó ella, hundiendo la nariz en el cuello de su camisa.

Se abrazaron y besaron hasta que él tuvo que hacer el gran esfuerzo de dejarla para marcharse. Cogió su casco. Debra lo siguió hasta la puerta llevando a Charlie en brazos, quien a fuerza de practicar había aprendido a decir adiós con la mano.

Dillon no se atrevió a pedir formalmente el día libre a Scanlan, por lo que pidió a uno de los subcontratistas que estuviera al tanto de todo mientras él estaba fuera. Sólo le costó una cerveza.

El jueves por la tarde telefoneó a Debra.

–No llamarás para decirme que no vienes, ¿verdad? –preguntó ella ansiosa.

–Oye, un poco de confianza, ¿no? Claro que voy. –Bajó el tono de voz y añadió con un acento a lo Groucho Marx–: Tengo planeado hacer muchas cosas este fin de semana. –Ella soltó una risita tonta–. ¿Qué estás haciendo?

–Preparándote unas cuantas sorpresas.

–Mmm. Estoy impaciente por llegar. ¿Ese que oigo por ahí es mi hijo?

–Sí, está chillando porque sabe que estoy hablando contigo.

–Dile que dentro de unas horas estaré ahí.

–Ve con cuidado, Dillon. Por aquí hace un tiempo horrible.

–Antes de que te des cuenta estaré ahí.

Las inclemencias del tiempo no le hicieron desistir de emprender el viaje, pero le obligaron a ir más despacio. Florida estaba sufriendo la tempestad más fría de todos los tiempos. La lluvia era fuerte. A veces, bolitas de aguanieve golpeaban la visera del casco. En el interior de los guantes de cuero, los dedos estaban congelados. Cuando llegó finalmente, Tallahassee no le había parecido nunca tan bonita.

En cuanto abrió la puerta de la casa fue saludado por unos aromas tentadores procedentes de la cocina. En medio de la mesa del comedor había un jarrón con flores frescas y una tarta de chocolate que tenía escrito su nombre. La carne asada se estaba haciendo lentamente en el horno.

–¿Debra? –Dejó en una silla el casco y los guantes y se dirigió a la parte trasera de la casa, donde estaban los dormitorios–. ¿Estáis en el baño? –Comprobó la habitación de Charlie, pero la cuna estaba vacía. ¿A qué estáis jugando? ¿Forma esto parte de la sorpresa?

Dillon abrió la puerta de su dormitorio y se quedó quieto cuando vio a su mujer y a su hijo estirados pacíficamente encima de la cama. Debra rodeaba a Charlie con su brazo. Su dorado cabello se extendía precioso sobre la almohada. El corazón de Dillon latía lleno de amor. La pobre Debra se había quedado agotada preparándole el fin de semana. Se dirigió hacia la cama, se sentó en el borde y acarició su impecable mejilla.

Entonces fue cuando se dio cuenta de que no estaban durmiendo.

A menudo Haskell Scanlan trabajaba hasta tarde en su afán por conseguir el éxito, pero un día en particular estuvo más tiempo de lo normal. Ya era muy de noche cuando abandonó el edificio. Sólo quedaba su coche en el garaje.

Una esbelta y oscura figura le bloqueó el camino. Antes de que Scanlan pudiese expresar su sorpresa, un puño le golpeó la boca como un mazazo, rompiéndole todos sus dientes frontales y empujando su cabeza hacia atrás con tal impacto que estuvo en tracción durante dos meses. Antes de caer al suelo, una mano lo cogió por el cuello y le pegó de nuevo. El segundo golpe le fracturó la mandíbula. Un último puñetazo dirigido al estómago le causó una hernia en el bazo.

Estuvo una semana semiinconsciente en el hospital antes de poder comunicar a la policía el nombre de la persona que sospechaba era la causante del brutal y al parecer no provocado ataque.

El coche de la policía se dirigió a la dirección que le habían dado. Nadie contestó a la puerta. Los dos agentes interrogaron a la vecina de la casa de al lado.

–Después de los funerales –les dijo–, sólo estuvo por aquí unos días.

–¿Funerales?

–Su mujer y su hijo murieron hace tres semanas por asfixia. ¿Se acuerdan cuando tuvimos la tormenta de aguanieve? Antes de echarse a dormir un poco, la señora Burke encendió el horno por primera vez en la temporada. No funcionaba bien, así es que murieron mientras dormían. El señor Burke los encontró cuando llegó a casa.

–¿No sabe dónde está?

–Hace más de una semana que no lo veo. Pensé que había vuelto al trabajo.

Los agentes consiguieron una orden de registro y entraron en la casa. Según ellos, parecía que nada se había tocado desde el día del fatal accidente. Había un ramo de flores marchitas en un jarrón de agua podrida encima de la mesa.

Al lado quedaban los restos de un pastel de chocolate que las hormigas habían atacado.

Nadie de la obra en Mississippi había vuelto a ver al señor Burke desde el jueves por la tarde que se había ido. Sus compañeros de trabajo expresaron su pena por la muerte de su familia.

–Estaba loco por su hijo –dijo uno–. Siempre estaba hablando de él.

–¿Qué sentía por su esposa?

–Su fotografía sigue todavía en el remolque. No se la pegaba con otras mujeres, si es eso lo que me está preguntando.

Los cargos por asalto a Haskell Scanlan fueron archivados. El único sospechoso había desaparecido. Parecía como si se hubiese desentendido de todo.

16

Palmetto, Carolina del Sur, 1987

–¡Un maricón! ¿Te imaginas? –Neal Patchett sacudió la cabeza en señal de incredulidad y tomó otro trago de bourbon con agua.

Hutch Jolly estaba tan sorprendido como Neal por la noticia de Lamar. Pero Hutch no era tan expresivo.

–Durante estos últimos años no he tenido mucho contacto con Lamar –observó Hutch–. Al menos no tanto como tú.

–¿Qué coño quieres decir con eso? –preguntó Neal a la defensiva.

–No quiero decir nada en especial, sólo que yo no he tenido mucho contacto con él. ¿Te diste cuenta de algún cambio en él durante estos años?

–No, y eso sólo puede significar una cosa.

–¿Qué cosa?

–Que era marica desde un principio –contestó Neal–. Todos estos años que estuvo pegado a nosotros como una lapa resulta que era maricón. Se me revuelve el estómago sólo de pensar en ello. ¡Yo conviví con ese tío!

Hasta entonces, Donna Dee no había entrado en la conversación.

–Es vergonzoso el modo en que estáis criticando a alguien que acaba de morir. No me importa que Lamar fuese homosexual, aun así era un ser humano. Era nuestro amigo. Siento lástima por él.

Neal rió con disimulo.

–Deberías tener una charla con tu señora, Hutch. Aclárale ciertas cosas. Que le den pena maricones así... Quizá tendría que haberse ido a San Francisco, como Lamar.

»¿Sabes? –continuó–, ésa tendría que haber sido mi primera pista. Primero se fue de la casa que compartíamos, luego, se puso loco por ir a California tan pronto nos graduásemos. ¿A quién, en su sano juicio, se le ocurriría vivir entre tantos maricas si no fuese también del gremio? Tenía que haberme dado cuenta entonces de que él lo era.

Donna Dee abrió la boca para decir algo, pero Hutch le lanzó una mirada de aviso y preguntó:

–Cariño, ¿quedan algunas almejas?

Modesta, Donna Dee salió de la habitación y fue a la cocina. Últimamente no tenía mucha paciencia. Hacía poco que habían tenido una discusión por trasladarse a una casa más grande. La actual la habían comprado cuando Hutch volvió de Hawai. No era mejor que la anterior, pero tampoco podían permitirse más.

Además, Donna Dee utilizaba la casa –entre otras muchas cosas– como excusa de su malhumor. Hutch no hizo caso del ruido de platos y los portazos de los armarios de la cocina, y sirvió una bebida a su invitado.

Neal todavía hablaba del reciente fallecimiento de Lamar.

–¿Tú sabes qué enfermedad lo mató?

–Sida –respondió Donna Dee al regresar con una bandeja de almejas y patatas fritas.

–Mi padre dice que sólo pueden cogerla los maricas. Se transmite al follar por el culo. ¿Qué os parece como forma de palmarla?

Hutch engulló las almejas. Había perdido buena parte de su musculatura y, en cambio, había echado barriga. Continuaba teniendo el apetito de siempre.

–El periódico decía que murió de neumonía –dijo, con la boca llena.

–Eso es lo que Myrajane quiere que todos crean –contestó Neal–. Ni siquiera lo ha enterrado en el panteón Cowan del que está tan orgullosa. Fue incinerado en California. Seguro que el montón de cenizas no ocupaba ni esto –comentó, señalando con las manos un espacio de unos cinco centímetros–. Me dijeron que al final no pesaba ni cuarenta y cinco kilos. –Rió–. ¿Os imagináis el funeral? Debió de ser como una barraca de feria: un montón de maricones sentados y lamentándose «Oh, no sé qué voy a hacer sin mi querido Lamar» –dijo Neal en tono cursi.

Donna Dee saltó de la silla.

–Siempre has sido un gilipollas, Neal Patchett, y nunca podrás dejar de serlo. Perdonadme. –Se fue otra vez de la habitación. Unos segundos después, oyeron el portazo de la puerta del dormitorio.

Neal empujó con la lengua una de sus mejillas.

–Tu querida esposa es un tonel de sonrisas, Hutch.

Hutch miró en dirección al dormitorio.

–Últimamente he tenido que trabajar más de lo normal, y a ella no le gusta estar sola por la noche.

El único trabajo que Hutch pudo encontrar cuando salió de la marina fue en la plantación de soja. A Donna Dee le molestaba mucho que trabajase para los Patchett, aunque Hutch no se lo quería decir a Neal. Nunca consideró la posibilidad de volver a la universidad. Aunque tenía el dinero, carecía de iniciativa.

Donna Dee trabajaba de recepcionista en la consulta de un ginecólogo. Una de las ventajas era que recibía consejo y tratamiento gratis. Llevaban casi diez años casados, y nunca había podido quedarse embarazada. Luchó contra esa barrera con tal fanatismo que dejó aturdido a Hutch.

Con el transcurso de los años, él había intentado hacerla entrar en razón.

–¡No lo entiendes! –le había gritado ella–. Si no tenemos un hijo, entonces no hay motivo para que estemos juntos.

Él no supo ver la lógica de semejante planteamiento, pero tampoco continuó con la discusión porque siempre acababa en una pelea que le dejaba muy irritado. Se imaginaba que era cosa de las hormonas femeninas y que los hombres no podían entenderlo. Su propia madre había sufrido lo mismo porque había querido tener más hijos.

Al menos una vez a la semana, Donna Dee volvía a casa del trabajo con un artículo sobre una nueva técnica reproductiva para parejas estériles. Sin lugar a dudas, el método revolucionario de fertilización involucraría a Hutch de alguna manera degradante y embarazosa.

O bien tendrían que follar hasta que sus testículos estuviesen doloridos o tendría que correrse en una bolsa de plástico o ella iría por la casa con un termómetro en la boca y, cuando fuera el momento idóneo, ella diría «Ahora», y él tendría que hacerlo, tanto si era en mitad de la noche como durante la comida del domingo. Incluso en una ocasión le pilló haciendo sus necesidades en el baño, y le dijo:

–No hace falta que te subas los pantalones. Es la hora.

Él pensaba que las tácticas de Donna Dee no eran nada románticas.

Hutch suponía que no tenía que juzgar la obsesión de ella. Él no era el que no funcionaba. Su esperma estaba bien. Cada médico que habían consultado había dicho lo mismo: Donna Dee no podía concebir un niño. Pero Donna Dee estaba condenadamente decidida a tener uno. Era como si tuviese que probar al mundo, a él y a sí misma, que podía. Lo que él temía era que la obsesión de Donna Dee tenía algo que ver con el incidente de Jade Sperry. No quería tener la seguridad de que el causante era la culpabilidad, así que nunca lo sugirió.

Neal se acabó de beber el bourbon y dejó el vaso en el borde de la mesa.

–Te casaste demasiado pronto, Hutch. ¿No te lo decía yo? Pero tú no me escuchabas. Ahora estás colgado en casa, con una mujer que tiene un erizo en el culo, y yo todavía estoy de pesca por ahí. –Chasqueó los labios con satisfacción–. Una chavala distinta cada noche. –Se inclinó hacia delante y bajó el tono de voz–. Ven conmigo esta noche. Armaremos una buena, como en los viejos tiempos. No se me ocurre una despedida mejor para nuestro compañero Lamar.

–No, gracias. Prometí a Donna Dee que iríamos al cine.

–Tú te lo pierdes. –Con un suspiro, Neal se levantó y arrastró los pies hacia la puerta. Hutch lo acompañó–. Por cierto –añadió Neal–, mi viejo me ha dicho que preguntara por tu madre. ¿Cómo se encuentra?

–Lo bien que se puede esperar en estos casos. Al final vendió la casa y se ha mudado a un sitio más pequeño. Trabaja mucho en la iglesia, para llenar el tiempo, ya sabes, desde que no tiene a mi padre para que la cuide.

El año anterior, el sheriff Fritz Jolly había estado investigando el incendio de un edificio, cuando una viga le cayó encima rompiéndole la cadera. Estuvo hospitalizado durante meses. Incluso después de volver a casa, nunca volvió a tener su anterior fortaleza, y se le presentó una complicación tras otra hasta que murió a causa de una infección.

–Dile a tu madre que mi padre ha dicho que si necesita algo, que se lo pida.

–Gracias, Neal. Se lo diré. Estará muy agradecida.

–Lo menos que puede hacer es interesarse por ella. Tu padre hizo muchos favores al mío. Ya sabes. Neal dio unos golpecitos en el bolsillo de la camisa de Hutch. No hace daño tener un hombre de mente abierta en la oficina del sheriff. ¿Qué tal te va el trabajo en la fábrica?

–Apesta como la mierda.

Neal soltó una risita y dio un ligero golpe en el hombro de Hutch.

–Veremos qué puedo hacer.

Hutch cogió a Neal por la manga al ver que se iba.

–¿Qué quieres decir?

Neal apartó la mano de Hutch.

–Será mejor que vayas a ver a tu querida. Discúlpate por el gilipollas de tu amigo. Todavía no me he encontrado con una mujer que no se deshaga por una disculpa.

Hutch sacudió su gran cabeza como un perro enfadado.

–Dime qué es lo que has querido decir sobre mi trabajo en la plantación.

Neal frunció el ceño, como si estuviese a punto de compartir un secreto. Bajó la voz y dijo:

–Ya es hora de que alguien piense algo original para ti, Hutch. El sheriff que ocupó el puesto después de morir tu padre es un imbécil tan estirado que cuando camina chirría. Mi padre piensa que el departamento necesita sangre nueva. Bueno, ¿ves dónde quiero ir a parar?

–¿Yo? –contestó Hutch bajando la voz para equilibrarla con el tono conspiratorio de Neal.

Neal sonrió abiertamente.

–Piensa en lo contenta que se pondría tu apenada madre si siguieras los pasos de tu padre.

–Ya solicité un puesto de agente cuando dejé la marina, pero no me contrataron.

Neal colocó las manos en las caderas y sacudió la cabeza como si fuese un niño enfadado.

–Tu problema es que no tienes fe, Hutch. ¿Alguna vez han fallado los Patchett en algo que se hayan propuesto? Unas palabras por aquí, otras por allá, y podemos conseguir que las cosas ocurran.

–Si tuviera un trabajo mejor, seguro que las cosas aquí en casa serían más fáciles. –Hutch dirigió una mirada hacia la parte trasera de la casa, donde Donna Dee se había refugiado con su malhumor–. Haría lo que fuese para poder entrar en el departamento del sheriff.

Neal le sonrió y le dio unas palmaditas en la mejilla.

–Contamos con ello, Hutch. Contamos con ello.

Iván estaba descansando en su gabinete con una copa de Jack Daniels cuando Neal llegó a casa. Entró en la habitación y se dirigió directamente al mueble bar. Mantuvo el suspense y se sirvió una copa.

Iván, ya un poco harto, dejó a un lado el periódico y preguntó:

–Bueno, ¿lo ha aceptado?

–Papá, se ha tragado el anzuelo como un buen pececito.

–La mano de Iván golpeó el brazo del sofá de cuero.

–Eso son buenas noticias. Estoy impaciente por echar a la calle a ese hijo de puta que hay ahora. Pero habrá que hacerlo despacio, claro. Hutch empezará como agente y trabajará para ascender. Pongamos un año, un año y medio como mucho, y ya no tendremos que preocuparnos de la aplicación de las leyes locales.

Neal saludó a su padre con el vaso.

–Puede que seas viejo, pero todavía te guardas algunos trucos debajo de la manga.

–¿Viejo? –rugió Iván–. Todavía puedo superar a hombres veinte años más jóvenes que yo en las estratagemas, la bebida y la jodienda.

–Quizá sólo algunos hombres veinte años más jóvenes que tú –sonrió Neal satisfecho.

Iván lo miro.

–Escúchame bien, muchacho. En lo que concierne a la bebida y a las putas, parece que lo estás haciendo bien. Pero no te olvides de la administración. No trabajas lo suficiente. Tienes que anteponer el trabajo al whisky y las mujeres, si no te hundirás incluso antes de aventurarte en el agua.

–Ya trabajo –contestó Neal de mal humor–. Esta semana he ido tres días a la plantación.

–Y los otros cuatro los has pasado quemando caucho del coche nuevo que te compré.

–¿De qué me sirve ir a la fábrica? Todavía eres el jefe. Y siempre machacas todas las ideas que se me ocurren.

Iván le alargó el vaso vacío, malhumorado.

–Ponme otro whisky. –Neal obedeció a su padre con desgana.

Iván tomó un trago.

–Por ahora no veo la necesidad de gastar dinero para mejorar o expandir el negocio. Pero últimamente he estado pensando mucho sobre nuestro futuro y he decidido que ya es hora de que te cases.

Neal fue sorprendido con el vaso en la boca. Se quedó helado y miró a su padre.

–¿Que has decidido qué?

–Ya es hora de que te cases.

–Anda y que te den morcilla.

–¡No pienso aguantar tu desfachatez! –tronó Iván, apretando con el puño el brazo del sofá–. En estos momentos sólo te dedicas a conducir como un loco, beber como un cosaco y tirarte mujeres fáciles. –Iván señaló a su hijo con el índice–. Si quieres ser respetado y temido, el primer paso es casarse.

–¿Qué te hace pensar que quiero una mujer llorosa colgada de mi cuello? Ese tipo de vida es sólo para imbéciles como Hutch. Me gusta la vida que llevo.

–Entonces, supongo que no te molesta el cotilleo que corre por ahí sobre Lamar y tú.

La reacción de Neal fue instantánea.

–¿Qué cotilleo?

Ahora que ya tenía asegurada la atención de Neal, Iván se echó hacia atrás y se apoyó en los cojines, adoptando una postura más relajada.

–Desde que erais pequeños, habéis ido juntos. A la gente le costará creer que tú no supieras que era marica. –Iván miró a su hijo de cerca–. Incluso yo estoy empezando a tener mis dudas.

–Continúa, viejo –contestó Neal con un tono agresivo.

–Vivisteis juntos, solos. Ahora que la perversión de Lamar es de conocimiento público, sólo es cuestión de tiempo el que la gente empiece a especular sobre ti.

La furia de Neal se reflejaba en sus ojos.

–El que piense que soy un maricón está loco. En la ciudad hay por lo menos unas cien mujeres que saben perfectamente cómo soy. Sólo estás echando humo para que me arrodille ante tus deseos.

La voz de Iván permaneció tranquila.

–Tú mismo me dijiste que Lamar tuvo mujeres cuando estabais en la universidad. La gente podría pensar que tus devaneos también son una tapadera. –Bebió un trago de su vaso pero sus ojos escrutadores no se apartaron de Neal ni un momento–. Ese chico de Myrajane estuvo más jodido que la garganta de Hogan. No quiero que la gente diga lo mismo de mi hijo. –Movió la cabeza sabiamente–. Una esposa cortaría de cuajo el chismorreo. Y aún mejor si a los nueve meses de la boda llegaba un bebé. –Respiró hondo y miró alrededor de la habitación–. Voy a odiar tremendamente el tener que morirme, hijo–. No quiero renunciar a ninguna cosa que me pertenezca. –Sus perspicaces ojos miraron de nuevo a su hijo–. Sería más generoso si supiera que atrás dejaba una dinastía.

Volcó toda la fuerza de su malevolencia en su hijo.

–Lo único que se interpone entre mi persona y una garantía de inmortalidad eres tú. Lo mínimo que puedes hacer es trabajar y tener un hijo y heredero.

–Bien sabe Dios que tengo mucha experiencia.

Iván se tomó el divertido comentario de Neal como una concesión. Cogió la sección de sociedad del *The Post and Curier* de Charleston, que había estado leyendo cuando Neal llegó a casa, y se lo lanzó. La primera página estaba cubierta de fotografías de jovencitas con vestidos blancos llenos de volantes.

–Esta temporada está llena de jóvenes debutantes que se presentan en sociedad –dijo suavemente Iván–. Escoge una.

Marla Sue Pickens era perfecta: rubia, ojos azules y baptista. El linaje de su madre era impecable. Su padre y su socio habían creado una fortuna fabricando tuberías con desechos metálicos. A Iván le gustaba esa mezcla de distinción y craso mercantilismo.

Marla Sue era la única chica de tres hermanos. El mayor era el heredero del negocio de las tuberías. El otro hermano era físico y trabajaba en Charleston.

Marla Sue era una jovencita de carácter tranquilo que daba por hechas la opulencia de su familia y su belleza natural. En la actualidad estaba matriculada en Bryn Mawr, pero sus únicas ambiciones eran casarse, ser una buena ama de casa y tener hijos tan impecables como ella.

Ese anteproyecto de su futuro no se derivaba tanto de la vanidad como de la ingenuidad, porque a pesar de toda su sofisticación Marla Sue no era muy brillante. Iván observó este hecho como una ventaja. Aprobó satisfactoriamente la elección de Neal, que sólo se había basado en la apariencia física. María Sue cooperó involuntariamente al enamorarse de Neal la noche que se conocieron.

Un conocido muy importante de Charleston debía un favor a Iván.

–Consideraré saldada la cuenta si puedes conseguir una invitación para mí y mi hijo a una de esas puestas de largo.

Durante la mitad de la noche, los Patchett observaron desde un segundo plano. Era fácil distinguir a Marla Sue. Lucía tanto como la gargantilla de brillantes que llevaba alrededor de su esplendoroso y aristocrático cuello. Lleno de optimismo, Iván dio un golpecito en la espalda de Neal mientras miraban cómo Marla Sue bailaba el vals.

–Bueno, hijo, ¿qué te parece?

Neal repasó a la chica con esa mirada que había derretido moldes anteriormente congelados.

–No tiene tetas.

–Tan pronto como diga «Sí, quiero», puedes comprarle unas bien grandes.

Neal pidió para bailar a Marla Sue y ejercitó el encanto por el que era famoso. Ella se derretía con cada sílaba de sus halagos. Sonreía bobamente, se ruborizaba y le creyó profundamente cuando le dijo con tono humilde:

–Me encantaría llamarte por teléfono, pero estoy seguro de que estás demasiado ocupada para hablar con un paleto de Palmetto como yo.

–¡Oh, no, no lo estoy! –respondió ella con sinceridad. Luego bajó la mirada y suavizó la voz hasta que resultó casi inaudible–. Si quieres, me gustaría volver a saber de ti, Neal.

–Soy demasiado viejo para ti.

–Oh, a mí no me lo parece. En absoluto. Diez años no es nada.

Al día siguiente recibió dos docenas de rosas blancas, seguidas de una llamada telefónica. Quedaron para ir a comer. Después de la cita de la comida, Neal no la llamó en una semana.

–Todo forma parte del programa –aseguró a Iván, que estaba impaciente con el retraso.

La estrategia de Neal dio resultado. Marla Sue estaba muy emocionada de volver a hablar con él y lo invitó a cenar con su familia, el siguiente domingo en Charleston. Neal mostró sus mejores modales, respondiendo con educación a las preguntas del padre de Marla Sue. Halagó a su madre y a sus cuñadas hasta que las tuvo comiendo de su mano.

Era todo lo que podía hacer para mantener una cara seria. Su viejo tenía razón: no había nada tan satisfactorio como manipular a la gente. Excepto el sexo, pero no obtenía nada de eso de Marla Sue.

Iván le había ordenado que no le pusiese las manos encima.

–Esa chica tiene su margarita bien segura. Déjala estar hasta la noche de bodas.

–¿Crees que soy idiota? –le preguntó Neal resentido–. Ella se cree que la respeto tanto que no me la voy a llevar a la cama antes de casarnos. Se siente bien pensando que ejercita ese tipo de control sobre mí.

Para aliviar la tensión que su novia le estaba creando en su vida sexual, se volcó en una mujer de Palmetto que tenía un apetito sexual insaciable y un marido que se pasaba el día viajando por razones de trabajo.

Neal veía a Marla Sue tanto como se lo permitían los

estudios de ella. Se gastó una fortuna en llamadas telefónicas y flores. Pero estas inversiones dieron sus beneficios. Fue invitado a pasar todo un fin de semana en Charleston con ella. Con un diamante de tres quilates y un tono modesto, le preguntó si quería hacerle el honor de convertirse en su esposa. Como ya se esperaba, ella dijo que sí al instante.

Estaba previsto que la boda fuera el acontecimiento social del año. A quien Neal no podía manipular era a la madre de la novia, que quería hacerlo todo de la misma manera que Emily Post. En el momento de acercarse el fin de semana de la boda, Neal ya estaba decidido a terminar con todo el asunto y continuar con su vida de siempre.

Él e Iván se trasladaron a un hotel de Charleston para los días de las festividades nupciales, que empezaron un viernes con una comida en honor de los novios en la casa de los abuelos maternos de la novia.

–Piensa –le susurró Marla Sue al oído– que mañana por la noche sólo estaremos nosotros. Solos.

Neal gimió y la abrazó.

–No me hables de ello, querida, porque se me va a poner tiesa aquí mismo, en el recibidor de tu abuela. –A pesar de su educación conservadora, a ella le encantaba cuando él hablaba así.

Él la abrazó con fuerza. Fue entonces cuando vio a la joven que estaba en el otro lado de la habitación. Le estaba lanzando una mirada directa y descarada que él reconoció al instante como una invitación. Mientras la miraba, ella metió el dedo en su copa de vino, luego se lo llevó a la boca y lo chupó lentamente. Él se excitó.

–¡Neal! –Marla Sue se separó, sonrojándose–. Compórtate.

–Entonces deja de provocarme –le contestó, haciéndole creer que ella era la responsable de su erección.

Unos minutos después, la otra joven se acercó a ellos.

–¿Cuándo me vas a presentar a tu novio, Marla Sue?

–Oh, Neal, ésta es mi amiga más íntima. Es mi dama de honor. –Él no se enteró muy bien de su nombre, lo que después de todo carecía de importancia. Había captado el sugestivo mensaje de su mirada.

–Encantada de conocerte al fin –dijo ella lentamente. Se dieron la mano. Cuando las manos se separaron, un dedo de ella acarició la palma de la mano de él.

El mismo viernes por la tarde, todo el mundo invitado a la boda se reunió en la iglesia baptista para hacer un ensayo. Las cestas de flores y los candelabros ya estaban preparados. Cada vez que los ojos de Neal buscaban a la dama de honor se convencía aún más de que el título era una denominación inapropiada. Si ella era una dama, él podía volar; y las miradas que ella transmitía eran todo menos honorables. Se había enterado de que su padre era el socio del señor Pickens. Había que reconocer el mérito de aquella chica, que tenía el valor de flirtear tan abiertamente, y al mismo tiempo el sigilo para no ser pillada.

Desde la iglesia, una caravana de coches pasó por las calles hasta llegar al restaurante donde Iván era el anfitrión de la cena. No había escatimado dinero. Era una cena lujosa. Iván estuvo a la altura, comportándose como el perfecto anfitrión. Con una copa de champaña en la mano, se le nublaron los ojos cuando dijo:

–Si la madre de Neal estuviera aquí esta noche para celebrar este feliz acontecimiento, sería perfecto. Hijo, espero que tú y tu preciosa novia, Marla Sue, seáis tan felices como fuimos Rebecca y yo.

Mientras Neal bebía su vino en reconocimiento del sentimental brindis, la dama de honor le acariciaba sus partes bajo la servilleta colocada en sus piernas.

Cuando concluyó la cena, todo el mundo se dirigió a la pista de baile a pasar un buen rato. Entre los invitados se encontraba el recién elegido sheriff del condado de Palmetto, Hutch Jolly, que era el mejor amigo de Neal. Él y su mujer bailaron al son de la música.

Marla Sue abría regalos de boda, emocionada mientras desenvolvía un tesoro tras otro. La dama de honor tropezó con Neal cuando salió de la habitación.

–Perdona –le susurró seductora.

Neal esperó unos sesenta segundos antes de dirigirse a su novia y excusarse.

–Perdóname un momento. Tengo una cosa que hacer.

–¿Qué cosa?

Él le cogió la cara entre las manos.

–Las novias no deberían hacer preguntas curiosas si no quieren que se estropeen las sorpresas de la boda.

Ella parpadeó.

–Te quiero mucho.

–Yo también te quiero.

Neal le dio un suave beso antes de perderse entre la multitud. Casi había llegado a la puerta cuando fue interrumpido por Hutch y Donna Dee.

–Parece una buena chica –dijo Donna Dee–. Mejor de lo que te mereces.

–Donna Dee, es un milagro que con esa lengua tan afilada que tienes –le contestó Neal– no hayas cortado en rodajas la polla de Hutch.

–¡Vete a la mierda!

Hutch intentó hacer de juez de paz.

–Parece que de verdad te vas a casar con una buena familia, Neal. Sus parientes parecen encantados contigo.

En algún lugar de la casa una joven excitada le estaba esperando. El peligro de poder ser sorprendido era un poderoso estimulante. La intriga era irresistible. Estaba muy impaciente por reunirse con ella.

–Sentíos como en vuestra casa. Mi padre se ha gastado una fortuna en esta fiesta. Bebed y divertiros.

Antes de que le pudieran detener, Neal atravesó la puerta. El comedor privado donde se celebraba la fiesta estaba contiguo al vestíbulo. A la derecha había un corto pasillo. Neal casi lo había atravesado cuando se abrió la puerta del tocador de señoras y la dama de honor le dijo con una sonrisa:

–¿Por qué has tardado tanto? Empezaba a creer que ya no vendrías.

Él se introdujo en el aseo y cerró la puerta con llave. La habitación recordaba un burdel, lleno de cretona floreada y espejos con marcos dorados. Neal apenas tuvo tiempo de fijarse porque la dama de honor se abrazó a él. Sus bocas se juntaron en un beso apasionado.

–Estás loca –murmuró él mientras devoraba su cuello–. Realmente debes odiar a Marla Sue.

–Adoro a Marla Sue. –Le desabrochó la camisa y acarició su pecho con sus largas uñas y su viciosa lengua–. Esto es uno de mis *hobbys*, simplemente. Algunas chicas coleccionan cajas de música o botellas viejas. Yo colecciono novios.

Cuando Neal le levantó la falda y agarró su culo descubrió que llevaba medias y ligas, pero no bragas. La empujó con fuerza hacia arriba contra su tensa bragueta.

Como las manos de él estaban ocupadas, ella se sacó el body de su traje de seda y frotó sus desnudos pechos contra la desabrochada camisa. El contacto endureció sus pezones. Neal bajó la cabeza para chupar uno de ellos. Ella le desabrochó la bragueta y manoseó en el interior de los calzoncillos hasta que sacó el erecto pene.

–Mmmm –gimió ella mientras lo acariciaba.

–¿Lo quieres, nena? –gruñó Neal–. Pues ahí lo tienes.

Colocó las manos sobre los hombros de ella y la puso de rodillas frente a él. Ella se lo metió rápidamente en la boca. Él le acarició el cabello y adelantó la cadera. Echó la cabeza hacia atrás y la movió de un lado a otro contra la puerta, perdiéndose en las sensaciones de la boca de ella.

Ella se las arregló para liberarse del dominio de Neal.

–Lo siento. No voy a conformarme sólo con esto.

Se echó hacia atrás y se estiró en el suelo, doblando las rodillas. Neal se puso encima de ella. Hundió su rostro entre sus pechos, frotándolos con dureza, y penetró en su cuerpo. Cuanto más fuerte se movía de arriba abajo, más placer sentía ella. Lo hicieron de manera que estuvieron a punto de estallar. Él le mordió uno de los pechos para no gritar.

Después permanecieron unos momentos tendidos uno contra el otro. Cuando al final Neal salió de su cuerpo y se levantó, ella se miró la marca de los dientes en su pecho.

–Eres un hijo de puta.

Con una sonrisa sofocada, Neal se arregló la ropa, se dirigió al lavabo y se lavó las manos, después, se peinó. Al llegar a la puerta se detuvo y la miró. Ella todavía estaba sentada en el suelo.

–Será mejor que te laves antes de volver a la fiesta –le dijo, señalándole la pelvis–. Apestas a leche.

Cuando giró la llave y abrió la puerta, se encontró con

una desagradable sorpresa. Iván estaba de pie en el umbral, con una expresión asesina.

–¡Pequeño mamón! –tronó Iván.

Desde que habían abandonado el restaurante, Iván había estado regañando a Neal por su indiscreción. Lo que había hecho había sido salvaje y loco, pero también muy divertido. Él era el novio, pero no estaba muerto. Ningún hombre menor de noventa y cinco años habría podido resistir semejante golpe de libertad.

Sólo los había descubierto Iván. Los demás ni siquiera los habían echado en falta. Neal había vuelto a la fiesta, había cogido a su novia entre sus brazos y la había besado mientras sus familiares y amigos sonreían indulgentes. La dama de honor no iba a abrir la boca. ¿Qué daño había hecho? La furia de su viejo era injustificada, y Neal estaba empezando a perder la paciencia.

–Lo cierto, papá, es que ella ha sido una calientapollas –dijo suavemente.

Iván dejó el volante y propinó un manotazo en la boca de Neal. El golpe lo cogió por sorpresa.

–¡Pero qué te has creído! –gritó Neal–. No vuelvas a hacer eso nunca más.

–Y tú no vuelvas a hacer nunca más una cosa tan estúpida: tirarte a la dama de honor mientras la novia y su familia están en la habitación de al lado –masculló Iván–. ¿En qué estabas pensando? Podías haber echado a perder todo el montaje.

–¡Pero no lo he hecho! –gritó Neal con rabia–. Así es que cállate ya.

–Había alquilado tres rameras para ti en tu despedida de soltero de esta noche. ¿No podías haber esperado un poco más?

–No te preocupes que no habrás gastado el dinero en vano, pero te apuesto lo que quieras a que lo que hacen las putas no es tan excitante como tirarse a la dama de honor de tu novia la noche anterior a la boda.

Iván le miró como si fuese a pegarle de nuevo. Pero en lugar de hacerlo agarró el volante con más fuerza y pisó a fondo el acelerador. Se dirigían al hotel, donde estaban esperándolos los padrinos de boda de Neal para celebrar su última noche de soltero.

–No decidí por capricho que te casaras, lo sabes muy bien –gruñó Iván–. Si hubiese querido una criadora de nietos, podríamos haber encontrado una chica lo suficientemente decente en Palmetto. Escogimos a esta joven porque los bolsillos de su padre están repletos de billetes. Ella recibirá mucho dinero cuando cumpla los veinticinco, y la mayor parte de él estará a tu disposición. Pero si vas por ahí follándote a sus amigas en los lavabos, ¿crees que te soltará algún penique?

–Espera un momento, espera un momento –le replicó Neal acalorado–. No esperarás que vaya a cambiar mi estilo de vida sólo porque me caso, ¿verdad? Si es así, ya puedes empezar a cambiar de idea.

Iván miró con ojos chispeantes a su hijo, aunque no disminuyó la velocidad.

–Me importa un bledo si te tiras a todas las bellezas de Charleston a Miami. Sólo te pido que tengas un poco de sentido común. Trata a tu mujer como una pieza de porcelana china que sólo utilizas en ocasiones especiales. Llévale algún regalito de vez en cuando. Dale hijos para mantenerla ocupada. Entonces podrás follarte a quien quieras porque ella no podrá hacer nada. Pero, por el amor de Dios, no le restriegues en la cara tus infidelidades.

Neal se tomó a mal el sermón. Si de algo entendía, era de mujeres.

–Escúchame, viejo. Sé cómo tratar a una mujer, ¿vale?

–No sabes ni la mitad de lo que te piensas.

–No necesito que me digas... ¡Papá!

Pero Iván no pudo hacer nada. No había visto el tren de carga.

17

Los Ángeles, 1991

–¿Graham? Soy yo.

–¡Hola, mamá! ¿Has visto ya alguna estrella de cine?

Jade, sentada sobre sus pies, sonrió ampliamente al aparato telefónico. Se imaginaba la cara de los catorce años de Graham. Un mechón de cabello oscuro y ondulado estaría colgando sobre su frente. Bajo las cejas, sus ojos azules estarían chispeantes.

–Hasta ahora no, pero hoy te he comprado una cosita. –Miró el jersey de Los Angeles Rams que acababa de comprar.

–¿Qué es?

–Tendrás que esperar para verlo.

–¿Es chulo? ¿Me gustará?

–Es superchulo y te encantará.

Jade preguntó cómo iban las cosas en casa. Él le aseguró que no había ningún fallo técnico en su apretado horario. Cathy Hearon era una organizadora nata.

–¿Sigue lloviendo en Nueva York?

–Sí –contestó Graham apenado–. A cántaros.

–Qué pena. Aquí hace un tiempo espléndido.

–¿Has ido a bañarte?

–He estado demasiado ocupada.

–¿Mamá? ¿De verdad tenemos que mudarnos a ese sitio de Carolina del Sur?

La sonrisa de Jade se desvaneció. Le molestaba mucho la falta de entusiasmo de su hijo para trasladarse.

–Ya sabes la respuesta a eso, Graham. ¿Por qué sigues preguntándomelo?

–No conoceré a nadie –murmuró él quejándose–. Tendré que dejar a todos mis amigos.

Cuanto más se acercaba la hora de irse de Nueva York, más frecuentemente tenían esta conversación. Graham sabía lo importante que era este proyecto para ella desde el punto de vista profesional. Él no sabía las implicaciones personales que conllevaba. Nadie lo sabía.

En los traslados anteriores había estado a la altura de las circunstancias, pero ahora que era un quinceañero, daba más importancia a las amistades. Se resistía a la idea de abandonarlas.

–Harás nuevos amigos, Graham.

–No hay nada que hacer allí.

–Eso no es verdad. Palmetto está cerca del mar. Podrás ir a la playa siempre que quieras. Iremos juntos a pescar cangrejos.

–No me gustan los cangrejos.

Ella no hizo caso del comentario.

–Los colegios de Palmetto tienen ahora equipo de fútbol. Ya lo he comprobado. Podrás seguir jugando.

–Pero no será lo mismo.

–No, no será lo mismo. Es muy distinto de la ciudad.

–Es la tierra de los paletos.

Sin salida. No había réplica a eso. Comparado con la Gran Manzana, Palmetto era definitivamente la tierra de los paletos. Tras el subsiguiente silencio, Jade dijo excitada:

–Mañana me entrevistaré con el contratista que he venido a ver. Deséame suerte.

–Buena suerte. Espero que lo contrates. Y ten cuidado. Hay mucha gente rara en California.

–¿Y en Nueva York no?

–Por lo menos aquí los puedes distinguir.

–Siempre voy con cuidado –le contestó–. Espero poder concluir el asunto en un par de días más y regresar a casa. Saldremos juntos y haremos algo especial. ¿Trato hecho?

–Trato hecho.

Cuando colgó el teléfono estaba llena de añoranza por él. Había días que se comportaba de un modo algo impertinente, pero generalmente era un hijo ideal. A medida que había ido creciendo, había asumido un aire protector hacia ella, y Jade lo encontraba divertido y conmovedor.

Ya era más alto que ella. Había tenido que acostumbrarse a ese hecho. Graham era fuerte, atlético y estaba lleno de vitalidad. Jade llevaba en secreto su orgullo por su atractivo físico, pero siempre que alguien se lo decía, ella destacaba el carácter y la inteligencia de su hijo. Tenía un gran sentido del humor y una sensibilidad que ella consideraba personalmente gratificante.

No la tenía sin cuidado su oposición a dejar a sus amigos y el colegio y trasladarse a otro Estado, otro mundo. Todavía faltaban meses para mudarse, pues no iba a dejar el colegio hasta que acabase el semestre actual. Ella esperaba que cuando llegase el momento él estuviese ya psicológicamente preparado, aunque había tenido más de un año para hacerse a la idea.

Jade recordó de pronto aquel día invernal del año anterior, cuando se aprobó el proyecto de Palmetto. Su presentación ante la mesa de los directivos de GSS había sido impecable. El asunto se había estudiado tan a conciencia que había acumulado un montón de estadísticas que apoyaban sus argumentos. Había contestado a las preguntas incisivas que los miembros le habían formulado de manera tan meticulosa y detallada que se había ganado su confianza. No les había hecho una propaganda agresiva, sino que había dejado que los hechos hablasen por sí mismos.

George Stein, el jefe del ejecutivo, era el último fundador superviviente de GSS. Aunque rondaba los ochenta, seguía siendo el soporte del conglomerado que había sido fundado cuando Charlie Chaplin era el número uno del estrellato cinematográfico. Había empezado con una fábrica de acero y, a través de las décadas, se había ido extendiendo. Actualmente GSS servía de paraguas para compañías establecidas por todo el mundo, y abarcaba enjambres de empresas tanto comerciales como técnicas.

Era típico de GSS comprar compañías poco reconocidas y luego disolverlas o reorganizar sus operaciones para hacerlas rentables. Inicialmente Jade había sido contratada para analizar tres fábricas textiles que GSS había adquirido.

La recomendación que había dado a la directiva había sido cerrar las tres fábricas y construir una nueva más grande y técnicamente más avanzada. Algunos miembros de la dirección habían dado su consentimiento. El señor Stein, cuyas manos y calva estaban llenas de manchas por la edad, había mirado fijamente a Jade durante un buen rato. Todo su cuerpo denotaba los estragos del tiempo, pero sus ojos eran tan avispados como los de un muchacho de veinte años.

–Parece inflexible en su posición, señorita Sperry.

–Efectivamente. Estoy convencida de que éste es el único camino para que GSS gane dinero con el negocio del textil. Y Palmetto, en Carolina del Sur, es el lugar idóneo para una fábrica como ésta por su proximidad al canal de navegación. ¿Qué mejor manera para poder utilizar nuestros propios intereses navieros y alcanzar los mercados internacionales?

–¿Qué me dice del personal administrativo de esas fábricas? ¿Los dejamos también en la calle?

–De ningún modo. Sugiero que les ofrezcamos trasladarse a Palmetto, y si declinan la oferta, darles una indemnización de seis meses cuando cerremos las fábricas.

Al concluir la discusión, Stein pidió una votación. El plan de Jade fue unánimemente aprobado.

–Muy bien, señorita Sperry –dijo Stein después de contar los votos–. El proyecto es suyo. TexTile, ¿no es así?

–Sí –respondió ella, intentando disimular su emoción con una actitud profesional–. Me gustaría llamarlo TexTile.

Ahora TexTile llevaba más de un año evolucionando. Los abogados de GSS habían comprado tierras con discreción. Por un margen muy pequeño, la distribución en zonas había sido aprobada por el Ayuntamiento de Palmetto. Trabajando conjuntamente con David Seffrin, un promotor auspiciado por GSS, Jade había contratado al arquitecto y ya tenía el anteproyecto hecho.

Se encontraba en Los Ángeles para concertar los servicios de un contratista general. Una vez se consiguiese ese trabajo vital, todo estaría ya preparado. Jade se trasladaría a Palmetto, lo que indudablemente sería una sorpresa para sus habitantes, que no tendrían motivo para relacionarla con la vasta adquisición de tierras; y entonces empezaría la excavación para construir el edificio. Ella tomaría medidas para incorporar al personal que había decidido seguir trabajando.

Un frenesí de actividad había pasado a través de las filas de ejecutivos de GSS cuando Jade se unió a la compañía. Pocos hombres, y menos aún mujeres, eran contratados como vicepresidentes. Se necesitó algún tiempo antes de que su agudeza en los negocios convenciese a otros que ocupaban posiciones similares de que su juventud y atractivo no invalidaban su competencia. Al principio, sus homólogos masculinos habían evitado tratar con ella, husmeando con desconfianza, intentando determinar hasta dónde llegaban sus ambiciones y si suponía una amenaza a sus aspiraciones individuales.

También husmeaban por otras razones.

Habían hablado montones de veces sobre sus piernas en los bares y en los vestuarios masculinos del gimnasio de la compañía. Muchos de ellos, solteros y casados, habían expresado su interés en explorar sus largos y esbeltos muslos hasta arriba. Pero a ninguno de los que se habían atrevido a probar las aguas se les había concedido el privilegio de poderlas vadear.

En todo el tiempo que llevaba en el mundo de los negocios, Jade había desoído los chismorreos y las indirectas sexuales que le dirigían. Mantenía su vida privada justamente así. Esquivaba la inevitable política interior de la oficina. No invitaba a que le hiciesen confidencias, y ella tampoco compartía ninguna. Trataba a todo el mundo de manera amistosa pero distante. Su foco de atención siempre había estado en su trabajo, no en sus compañeros.

En muy poco tiempo había probado su valía en GSS, y había sido muy bien recompensada al ponerla a cargo de la planta TexTile. Sin embargo, nadie –ni George Stein ni ningún otro– sabía la importancia vital que para ella tenía este traslado. Quería hacer una auténtica obra de arte con la nueva fábrica TexTile, un éxito comercial. Pero nadie habría podido imaginar que su obsesión por volver a Palmetto con la influencia de GSS sobre sus espaldas era más personal que profesional.

–Pronto –murmuró, al levantarse de la silla donde había descansado mientras hablaba con Graham.

Se dirigió a la ventana del otro lado de la habitación. Su alojamiento para este viaje había sido elegido al azar. Jade había decidido quedarse en este hotel porque estaba situado frente a una obra en construcción. Otros huéspedes del hotel podían haber visto eso como una desventaja, pero la fea vista era exactamente lo que Jade había pedido al hacer la reserva.

Desde su llegada a Los Ángeles, tres días antes, había estado espiando la obra, apuntando detalles e impresiones. Jade no veía este hecho como un fraude, sino simplemente como una práctica de trabajo. Si quería triunfar causando estragos en la injusta economía de Palmetto, no podía dejar nada al azar.

Era esencial encontrar el correcto equipo para TexTile. El contratista no podía ser alguien que dejara el trabajo a mitad porque Palmetto no le gustara o que fuese una persona que no le gustase trabajar para una mujer, como ya le había sucedido. Y como Jade tenía la intención de supervisar cada faceta de la planta TexTile, necesitaba tener a los aliados más fuertes de su parte. Se había impuesto rigurosas exigencias a sí misma para ser lo más inteligente y dura posible. La gente que la rodease no podía ser menos, sobre todo el constructor. Durante una buena temporada, él y ella serían los únicos representantes de GSS en Palmetto.

Antes de irse de Nueva York había empaquetado unos prismáticos de alta tecnología, que ahora utilizaba para comprobar el progreso del trabajo al otro lado de la calle. Quería saber cómo llevaba a cabo el contratista las operaciones diarias. ¿Se reforzaban las precauciones? ¿Se desperdiciaban materiales? ¿Era diligente el equipo de trabajo?

Colocó los prismáticos directamente en frente de la ventana de su habitación del piso dieciséis; el mecanismo de enfoque automático proporcionó al instante la vista de los trabajadores. Era la hora de comer. Los obreros bromeaban entre sí mientras destapaban los termos y desenvolvían el papel de los bocadillos. Parecía un equipo sociable, lo que era una buena señal y un punto a favor del contratista. Se percató de un movimiento fuera de su campo de visión y desvió un poco los prismáticos.

Era él.

Este hombre ya había atraído su atención desde el primer día que había utilizado los prismáticos para mirar la obra. Durante tres días había hecho aumentar la curiosidad de Jade. A diferencia de los demás, él no se tomaba el descanso de la comida. Parecía que nunca descansara ni se relacionara con los compañeros. Trabajaba sin parar e independientemente, con el casco hundido en la cabeza y concentrado en el trabajo.

Ahora, mientras estaba absorto consultando unos planos, un repentino soplo de aire lanzó una bolsa a sus pies. Jade vio cómo se movían los labios del hombre y daba una patada a la bolsa en dirección al círculo de trabajadores. Uno de ellos recogió la bolsa de celofán y la metió en su bolsa de la comida.

«Bien por ti», pensó ella. Mantener limpia la obra era uno de sus requisitos previos.

Ya había visto todo lo que necesitaba ver, pero sin saber por qué estaba poco dispuesta a bajar los prismáticos. El aislamiento de él la tenía intrigada. Su barbuda cara no sonreía nunca. No lo había visto ninguna vez sin sus oscuras gafas de sol. Llevaba una ropa similar a la del día anterior y a la del día anterior a éste: unos Levis gastados, una camisa rojo mate, botas y guantes de trabajo. Sus brazos eran pulcros y musculosos, y tenía la piel morena. La temperatura era tibia, típica del sur de California, pero aun así y a través de los potentes prismáticos, ella podía apreciar que el sudor había aplastado el pelo de su pecho.

Mientras ella seguía mirando, él se quitó el casco protector el tiempo suficiente como para poder distinguir una mata de pelo castaño que casi le llegaba a los hombros. Entonces, justo cuando iba a ponerse el casco de nuevo, giró la cabeza y miró hacia el hotel. Como si ella lo hubiese llamado por señas, parecía que él mirase directamente a la ventana. Eso produjo una sacudida en Jade.

Sintiéndose culpable, Jade dejó caer los prismáticos y se alejó de la ventana, aunque el cristal era opaco y se reflejaba desde fuera. Era imposible que él la hubiera visto, pero así y todo ella estaba temblando. Si su mirada tras las oscuras gafas era tan intensa como su postura, entonces era un hombre al que no le haría gracia ser espiado.

Las palmas de las manos de Jade estaban húmedas. Se las

secó en la falda. Sintió un vacío en el estómago. Se sirvió un vaso de agua y se lo bebió. No podía imaginarse lo que le había ocurrido. Durante años, los sexos se habían homogeneizado en su mente. Su intento de llevar una relación romántica con Hank había hecho daño a ambos. La ayuda profesional no había colaborado.

Después de meses de terapia, la psicóloga le había dicho:

–Sabemos lo que causó su conducta. Depende de usted la manera en que la trate. Para que tenga lugar una curación, señorita Sperry, usted debe participar en el proceso.

Jade había respondido cándidamente.

–No puedo. Lo intenté, y lo único que hice fue herir a alguien a quien tengo en gran estima.

–Entonces me temo que estamos en un callejón sin salida. Necesitará mucho coraje para establecer otra relación sexual.

A Jade no le faltaba coraje sino más bien el egoísmo necesario para romper el corazón de otra persona. Como no había garantías de que pudiera «curarse», declinó probar suerte a expensas de otro. Por eso le sorprendió tanto su reacción física ante el hombre que había observado con los prismáticos. Se sentó frente al pequeño escritorio e hizo otra anotación en la libreta. Su energía estaba generada por algo mucho más fuerte que una potente conducta hacia el sexo. Como le habían quitado el privilegio de poder amar completamente a un hombre o de aceptar el amor de un hombre, estaba más decidida que nunca a conseguir una compensación. Nadie en Palmetto tenía por qué aguantar más las injusticias que los Patchett habían decidido perpetrar. Después de todos estos años, estaba muy cerca de conseguir sus objetivos.

Había empleado bien su estancia en Los Ángeles. Después de observar y analizar durante tres días, estaba convencida de que David Seffrin había encontrado el contratista para TexTile. Al día siguiente iba a salir de detrás de los prismáticos e iba a presentarse a sí misma.

De pie, frente al espejo de la puerta de la habitación del hotel, Jade observó su imagen. Había cumplido treinta y dos años. Los estragos del tiempo apenas se notaban. Se mantenía esbelta y no se apreciaba ninguna arruga. Sus mejillas todavía mostraban un color sonrosado natural. Su cabello era brillante y oscuro, sin ninguna señal de canas. Sus ojos, tan azules como siempre, seguían siendo su facción más arrebatadora.

Su color favorito era el negro. Lo llevaba muy a menudo. El traje de dos piezas que había elegido ponerse ese día era negro, pero lo suficientemente ligero como para estar a la altura del clima del sur de California.

Al dejar el hotel, Jade rememoró todos los años pasados desde que se graduó en la Escuela Dander, y que la habían llevado hasta el punto donde se encontraba en esos momentos de su vida. Había estado trabajando en Charlotte, Carolina del Norte, hasta que se le presentó una oportunidad mejor en Birmingham, Alabama. Su tarea consistía en las compras, pero la habían contratado para un puesto medio administrativo. Después de ese trabajo siguieron otros, aunque siempre estaba en el área del textil y de la manufactura de telas, poniendo en práctica los conocimientos que había adquirido bajo la tutela de la señorita Dorothy Davis.

Ella, Graham y Cathy, que se convirtió en miembro de la familia, se mudaron varias veces. Intuitivamente, Jade sabía cuándo había conseguido todo lo que su posición podía ofrecer, y decidía que había llegado el momento de seguir progresando. Sus superiores siempre lamentaban verla marchar. La única excepción fue uno al que tuvo que amenazar porque la perseguía con propósitos sexuales. Como él no se tomaba en serio sus amenazas, Jade dejó el trabajo después de seis meses de estar allí.

La mayoría de sus experiencias habían sido recompensadas. A lo largo del camino, había aprendido los aspectos técnicos del negocio, las estrategias de marketing y cómo potenciar la eficiencia de la producción. Pero su meta final rebasaba los límites de estas pequeñas industrias. Sus posibilidades eran mucho más amplias. Cuando llegase la ocasión, ella estaría preparada.

Jade estudió mucho. Leyó a conciencia las revistas empresariales, por lo que ya estaba al corriente de GSS mucho antes de leer en *The Wall Street Journal* el artículo que después tendría un efecto fundamental en su futuro. Ya entonces sabía que GSS era uno de los conglomerados en expansión más grandes del mundo. El artículo trataba sobre la reciente adquisición por parte de GSS de tres fábricas textiles, las cuales, según el vicepresidente entrevistado, eran en la actualidad tres albatros.

Después de leer varias veces el artículo, Jade empezó a elaborar un plan en su mente. En aquel momento, ella trabajaba para una compañía que tenía su cuartel en Atlanta, pero ya sabía adónde quería ir después. Esa tarde puso una conferencia telefónica a Nueva York.

–¿Hank? Soy Jade.

–Eh, ¿qué tal? ¿Cómo estás? ¿Cómo está Graham?

–Creciendo como una mala hierba. Uno de estos días ya estará tan alto como tú.

–¿Y Cathy?

–Muy bien. Igual que siempre.

Después del encuentro con Lamar Griffith en el funeral de Mitch, Jade sostuvo una charla seria y franca con Hank. Le dijo que, a pesar de la psicoterapia que había seguido, no podía tener una relación física. Corriendo el riesgo de sacrificar su amistad, ella quería que él entendiese bien que sólo sería platónico.

Animado por el beso que habían compartido aquella mañana, él se quedó consternado al principio y luego se enfadó por el cambio repentino de Jade. Se fue hecho una furia, y Jade no lo volvió a ver durante meses. Entonces, una tarde apareció inesperadamente en la casa, como si no hubiese pasado nada. Su amistad se reanudó donde la habían dejado. Como explicación, él le dijo:

–Prefiero ser tu amigo que nada.

Como ella se trasladaba de ciudad en ciudad y de trabajo en trabajo, los dos mantuvieron el contacto por correspondencia y llamándose a menudo por teléfono. Así pues, él no se sorprendió de que le llamara a Nueva York, donde él se había mudado tan pronto como recibió su diploma en arte y diseño.

Una vez ya puestos al día sobre las noticias personales, Jade le preguntó:

–¿No hiciste una vez un trabajo para GSS?

–El año pasado. Hoy había un artículo sobre ellos en el *Journal*.

–Eso es lo que despertó mi memoria.

–Me encargué de volver a diseñar sus oficinas –le explicó él–. Vi que necesitaban un abultado presupuesto. La oferta que les hice era tan asquerosamente capitalista que incluso me avergoncé de pedirles semejante cantidad.

–Lo dudo.

Él se rió.

–Bueno, el caso es que aceptaron.

Hank había hecho grandes cosas. Después de trabajar varios años para una empresa de decoración comercial, se había instalado por su cuenta, llevándose consigo a la mayoría de sus clientes. Sus relaciones le habían proporcionado una base de clientela sólida y lucrativa. Ahora diseñaba interiores para edificios comerciales nuevos o para viejos que necesitaban renovarse. Al delegar la mayor parte del trabajo sucio a sus dos aprendices, él disfrutaba del tiempo libre para pintar.

–Como compañía, ¿qué tal es GSS para trabajar?

–El viejo George Stein lleva el negocio con mano de hierro. Todo el mundo le teme como si fuese la muerte.

–¿Te entrevistaste con él personalmente?

–Naturalmente. Ambos examinamos mis diseños para ver si eran compatibles con su idea de un ambiente de trabajo productivo. Más tarde se convirtió en un verdadero fan de mi arte. Perdona la inmodestia.

Jade estaba indecisa. No estaba segura de pedir a Hank este favor personal. Hasta entonces no había involucrado a nadie más en su busca de la venganza. Incluso Cathy, que sabía todo sobre la violación y sus consecuencias, pensaba que los progresos en la carrera de Jade eran simplemente eso. Ella no sabía el verdadero motivo que tenía Jade.

Hank haría cualquier favor que ella le pidiese, pero detestaba utilizarlo. Por otro lado, a él no le afectaría el resultado. Más que usar a un amigo, estaba sacando partido de una oportunidad única.

–Hank, ¿podrías presentarme?

–¿A George Stein? –preguntó él, obviamente sorprendido.

–Si es al que todo el mundo teme, entonces es el hombre con el que necesito hablar.

–¿Puedo preguntar por qué?

–Quiero trabajar para ellos.

–¿Quieres decir aquí, en Nueva York? ¡Cómo me gustaría teneros a todos aquí! Pero será mejor que te avise de que esta gente habla mucho. No puedes encontrar un pez gordo en esta ciudad preparado para picar el anzuelo y, comparado con George Stein, Leona Helmsley es Miss Simpatía.

–Soy totalmente consciente de los inconvenientes, pero ya es hora de que empiece a jugar duro con los chicos grandes.

–GSS tiene un departamento de personal para cada una de sus compañías. ¿Por qué no recurrir a las vías ordinarias?

–¿Cuánta gente solicita un trabajo cada día? Mi currículum es bueno, pero pueden pasar meses antes de que lo estudien. Además, quiero entrar desde arriba, no desde una administración media.

Hank silbó entre dientes.

–¿No podías haberme pedido un favor más pequeño, por ejemplo, escalar desnudo el Empire State Building en pleno día?

–Sé que es mucho pedir, Hank. Si no lo puedes hacer, lo entenderé.

–¿Acaso he dicho que no pudiese? Lo único que pasa es que George es un viejo arisco al que se le tiene que dar en el sitio justo, porque de lo contrario la has pifiado. Dame un par de días para pensarme cómo atacar.

–Preferiría encontrarme con él en un ambiente amigable y distendido, en algún sitio lejos de sus subordinados. ¿Puedes hacerlo?

Hank se superó por ella. Invitó al señor Stein a su estudio para que viese una pintura que acababa de terminar. Engañó al pobre viejo diciéndole que la pieza contemporánea quedaría fantásticamente detrás de su mesa.

Jade estaba esperando en el desván de Hank, en el Soho,

cuando su chófer lo llevó allí. Se la presentaron como a una amiga de fuera de la ciudad. A Stein le encantó la pintura, habló con Hank sobre el precio y la compró para su oficina, lo que le dejó de bastante buen humor.

Entre copas, Stein preguntó educadamente:

–¿Usted también es artista, señorita Sperry?

Si Jade hubiese escrito un guión, no hubiera podido hacer un mejor comienzo.

–No, trabajo en la fabricación y marketing de tejidos.

–Es vicepresidenta de una compañía de Atlanta que se dedica a la línea de ropa de trabajo –añadió Hank.

–He leído que GSS ha adquirido recientemente las tres fábricas Kelso –observó Jade.

–Es cierto. –Stein se olía algo. Frunció el ceño.

–Ah. –Jade pareció indiferente. Se acercó su copa de vino a los labios–. Hank, deberías regar esa planta de la esquina. Está...

George Stein la interrumpió.

–¿Conoce usted las fábricas Kelso, señorita Sperry?

–Sólo de oídas.

–Y ¿qué ha oído?

–Espero que GSS las pueda hacer rentables, pero...

–¿Pero? –interrumpió el viejo.

–Pero sin duda alguna eso requerirá una vasta reorganización, desde la administración hasta abajo. Modernizar tres plantas será caro. –Se encogió de hombros, dejando que él sacara sus propias conclusiones.

–¿Valdría la pena semejante gasto?

–Para proporcionar una respuesta a esa pregunta necesitaría meses de evaluaciones, señor Stein. No creo estar en posición de ofrecer ninguna opinión.

–Yo le he preguntado por una, ¿no es así?

Hank disimuló una carcajada detrás de la aceituna de cóctel que se metió en la boca. Jade contestó:

–Conozco el negocio desde el telar hasta la factura, señor Stein. Conozco una planta en buen funcionamiento cuando veo una. Detecto problemas que deberían ser corregidos, y confío en mi habilidad para resolver esos problemas. Sin embargo, no doy opiniones de nada a no ser que tenga algo en lo que me pueda basar. ¿No hay nadie en su organización que pueda proporcionarle una opinión más estudiada? –Antes de preguntar, ya sabía que no. De lo contrario Stein no habría solicitado su opinión.

Antes de irse del estudio de Hank, Stein pidió a Jade que le enviase su currículum.

–Supongo que estaría interesada en trabajar para nosotros.

–Si la oferta es lo suficientemente atractiva, señor Stein.

Al recordar ahora esa extraña entrevista, Jade esbozó una sonrisa mientras abandonaba el hotel. La calina de Los Ángeles era más sólida debido al polvo procedente de la obra en construcción que estaba al otro lado de la calle. El estrépito era ensordecedor, pero a Jade no le importó. El vehículo del contratista estaba a un par de manzanas, así es que decidió ir caminando.

El recuerdo de su primer encuentro con George Stein se cruzó con otros que no tenían nada que ver con los negocios.

–Lo tienes en el bote –dijo Hank cuando Stein se hubo ido–. Vamos a celebrarlo.

Descorchó otra botella de vino blanco. Al sentarse en los cojines que servían de asiento, Hank cogió la mano de Jade y la acarició con su pulgar.

–He conocido a alguien, Jade –empezó.

–¿Quieres decir una mujer?

–Sí. La conocí en el departamento de interiorismo de Macys. Ella intentaba vender el sofá más horrible que he visto en mi vida a un cliente igual de horrible. Coincidimos con la mirada cuando explicaba las mejores características de semejante atrocidad. En el momento en el que el cliente lo cargó en cuenta, yo ya no pude contener la risa.

Jade se inclinó hacia delante, con ganas de saber más.

–¿Cómo se llama?

–Deidre. Se ha graduado en interiorismo, y cogió el trabajo en Macys hasta encontrar algo mejor.

–Entonces tenéis mucho en común.

–Procede de una pequeña ciudad de Nebraska. Tiene una nariz pecosa, un trasero muy bonito y una risilla tonta contagiosa.

–Y a ti te gusta mucho.

Él la miró a los ojos, como si buscase algo.

–Sí. Y lo que es más sorprendente, yo también le gusto.

–Yo no creo que eso sea sorprendente. ¿Tenéis buenas relaciones sexuales?

Él le obsequió con una vaga sonrisa.

–Al parecer, en Nebraska se reproducen como setas.

–Me alegro, Hank –contestó Jade, apretando las manos de él entre las suyas–. Mucho.

–Estoy pensando en casarme con ella. –Le lanzó una mirada indecisa, y luego la miró muy seriamente–. ¿Qué te parece, Jade? ¿Me caso?

Hank no le estaba pidiendo consejo. Le preguntaba si debía abandonar sus esperanzas respecto a ella y hacer planes con otra persona.

–Cásate con ella, Hank –le respondió Jade–. Eso me haría muy feliz.

Antes de irse de viaje de negocios a Los Ángeles, Jade había ido a casa de Hank y Deidre a ver a sus hijas gemelas. Acababan de cumplir seis semanas. Hank seguía siendo su mejor amigo. Ella le había contratado como diseñador de las oficinas de TexTile en Palmetto.

Jade pestañeó, volviendo al presente, y se dio cuenta de que había llegado a su destino. Sintió la corriente de adrenalina que corre cuando se va a emprender una empresa profesional, especialmente si es un ataque por sorpresa. David Seffrin se había encargado de concertar una cita entre ella y el contratista, pero no había especificado el día ni la hora.

–Veré cómo está mi horario y contactaré con él personalmente cuando llegue a Los Ángeles –había dicho Jade al arquitecto.

Quería ver cómo eran en realidad las cosas, sin que estuviera todo preparado al saber de antemano que venía el constructor de TexTile.

Entró tranquilamente en el despacho sin llamar. En el interior había dos mesas. En una, una secretaria tecleaba en un ordenador. En la otra, un hombre hablaba por teléfono. Estaba de espaldas a Jade.

La secretaria levantó sus uñas magentas del teclado.
–¿Qué desea?
–Vengo a ver al señor Matthias.
La secretaria echó un vistazo al otro lado del despacho.
–¿Está citada?
–No, pero el señor Seffrin ha hablado con el señor Matthias sobre mi visita. Si fuera tan amable de decirle que la señorita Sperry de GSS en Nueva York está aquí para ver...
–¿La señorita Sperry?
Las ruedecillas de la silla del hombre chirriaron al moverse. Jade se dio la vuelta despacio, manteniendo fría su expresión.
–¿Señor Matthias? Soy Jade Sperry. ¿Cómo está?
Aturdido, él mantuvo la mirada en Jade mientras habló unas breves palabras en el teléfono antes de colgar. Se levantó, abrochándose la chaqueta, y se dirigió hacia Jade con la mano extendida.
–No sabía que hoy tuviésemos una cita. –Lanzó a su secretaria una mirada de impaciencia.
–Y no la tenemos. No estaba segura del horario que iba a tener en Los Ángeles. Y resulta que hoy estoy libre. Pensando que quizás usted no tuviese planes para comer, he pensado en pasar por aquí.
–¿Comer? ¿Hoy? Bueno, oiga, claro.
–¿Y qué pasa con el señor Hemhill? –preguntó la secretaria.
–Cancélelo –contestó su jefe descortés–. Oiga, ¿cuándo le gustaría ir? –preguntó a Jade.
–Ahora mismo.
–Oh, yo, bueno, pensé que primero querría echar un vistazo.
–Ya he echado un vistazo, señor Matthias.
–Bueno, vale, eso está bien. Oiga, ¿tiene medio de transporte? Si no, podemos coger mi coche. –Corrió hacia la puerta y se la abrió.
Una vez instalados en el interior de su Jaguar, y cuando se hubieron puesto de acuerdo sobre el restaurante, ella le preguntó:
–¿Ha leído la información que le envió el señor Seffrin?

–Por supuesto. Página por página. Yo soy su hombre para ese proyecto en Carolina del Sur.

–¿Qué le hace pensar eso, señor Matthias?

Jade escuchó mientras él, después de una declaración de modestia, enumeró sus maravillosas cualificaciones. Cabía pensar que una buena comida de negocios duraría al menos un par de horas, pero incluso luchando contra el tráfico de Los Ángeles, Jade y el señor Matthias volvieron a la oficina mucho antes. Ella declinó su invitación de continuar la conversación en el interior.

–Gracias por su tiempo, señor Matthias.

Jade se dio la vuelta para marcharse. Él la siguió, bloqueándole el paso en la acera.

–Oiga, espere. ¿Cuándo tendré noticias suyas?

–El señor Seffrin y yo tenemos otros contratistas que entrevistar –mintió ella.

Durante la comida, ella había intentado mantener una actitud abierta, pero cada palabra que salía de la boca del hombre corroboraba su primera impresión negativa. Jade pensó que él debía de haber escrito su propio boletín informativo y recomendaciones porque realmente parecía tener una elevada opinión de sí mismo.

Cuanto más alardeaba, menos impresionada estaba ella. Aunque estaba impaciente por empezar a trabajar en el proyecto, tuvo que aceptar resignadamente que el viaje había sido inútil y que todavía no tenía un contratista general.

–Podrían pasar semanas, incluso meses, antes de que tomemos una decisión –dijo evasiva a Matthias.

–Oiga, escuche, no estará molesta por lo que ha pasado en el restaurante, ¿verdad?

–¿Se refiere a cuando me invitó a su casa a tomar el postre? –le preguntó ella fríamente, dejando de lado toda profesionalidad–. No señor Matthias, no estoy molesta. Simplemente me repugna.

–Bueno, usted es una dama con clase. Merecía la pena intentarlo –le contestó él con una estúpida sonrisa–. No puede culpar a un hombre por echarle los tejos.

–Oh, sí que puedo, señor Matthias.

–Entonces, usted es una de esas feministas con envidia

de pene. Una calientapollas, vamos. Supongo que ya tenía una opinión formada sobre mí antes de que fuéramos a comer.

–Tiene razón. –Como él no había escatimado ninguna palabra, ella no veía el motivo de guardarse sus opiniones–. En primer lugar, su oficina es un desastre. No le hablo del desorden que produce el trabajo duro. Le hablo de ceniceros llenos de colillas, de latas de refrescos vacías y de un suelo pegajoso y asqueroso.

»En segundo lugar, vine sin cita previa sólo para ver cómo manejaría la situación. Su anterior cita para comer se merecía una llamada personal de usted explicando el motivo de su cancelación. En tercer lugar, no podría estar meses trabajando con un individuo que empieza casi cada frase con "Oiga". Y por último, supe que usted no sería el adecuado para este trabajo en el instante en que observé sus manos.

–¿Qué les pasa a mis manos?

–Son suaves y sus uñas están muy cuidadas.

–Oiga, señora, ¿dónde ha aprendido usted que...?

La sirena de un coche de policía que se aproximaba silenció a Matthias. El coche se detuvo a tan sólo unos metros de donde se encontraban.

–¿Qué demonios está pasando? –Olvidando a Jade, Matthias se dirigió hacia donde estaban los policías y cogió a uno por la manga–. ¿Qué están haciendo ustedes aquí?

–¿Quién es usted?

–Wayne Matthias. Soy el jefe de aquí.

–Hemos recibido una llamada. Al parecer, uno de sus trabajadores ha perdido los estribos y ha atacado a otro. Allí arriba –añadió el policía, inclinando hacia atrás la cabeza y señalando los últimos pisos del inacabado edificio.

–¡Mierda! ¡Lo que me faltaba! –exclamó Matthias aflojándose el nudo de la corbata. Un montón de peatones se iban apilando, curiosos por saber lo que sucedía–. Será mejor que mantengan a esta gente alejada. No quiero problemas si hacen daño a alguien.

Jade fue empujada hacia atrás con los demás mirones, pero se sintió obligada a quedarse para saber por qué habían llamado a la policía. Todo el mundo se quedó silencioso y expectante al ver cómo descendía lentamente el ascensor de servicio. Cuando llegó al suelo se abrió la puerta metálica y un hombre fue empujado desde el interior a los brazos del uniformado policía.

–¡Usted! –gritó Matthias furioso–. Hubiera tenido que imaginar que era usted.

Era el hombre que Jade había estado observando con los prismáticos.

18

El policía apartó a un lado a Matthias y se enfrentó al hombre, cuyas manos estaban maniatadas a la espalda con un cinturón de cuero. Dos trabajadores más salieron del ascensor detrás de él, aunque mantuvieron la distancia.

Jade se dio cuenta de que el hombre no se había dado por vencido sin luchar. Tenía un corte bajo la ceja que le sangraba, pero los rostros de los otros dos hombres habían recibido la peor parte. Él miró despreciativo a los que le rodeaban, sobre todo a Matthias.

Uno de los policías preguntó:

–Bueno, ¿qué ha pasado allá arriba?

–Podía habernos matado a todos –dejó escapar uno de aquellos trabajadores–. Casi estuvo a punto de hacerlo antes de que le redujésemos y le atásemos las manos.

El policía se dirigió a su compañero:

–Sácale ese cinturón y ponle las esposas. –Luego preguntó al que había hablado–: ¿Quién es usted?

–Soy el capataz. Estábamos allá arriba trabajando en los conductos de aire cuando él empezó a protestar por la mala calidad de los materiales. Le dije que la calidad de los materiales no era de su incumbencia y que volviese al trabajo. Él se negó y exigió ver al señor Matthias. Yo le contesté que al jefe le importaba un comino su opinión, y que siguiese trabajando o que le daría una patada en el culo. Entonces fue cuando me soltó un puñetazo. –Se tocó un dolorido morado en su barbilla.

–¿Es eso cierto? –El policía se dirigió a un trabajador hispano que había bajado con ellos en el ascensor.

–Sí. Empezó a pegar a todo el mundo.

–Chillaba e insultaba al señor Matthias.

–¿A mí? –preguntó Matthias dando un paso al frente–. ¿Qué he hecho yo? Ni siquiera estaba allá arriba.

–Usted pidió esa mierda. –La voz profunda y vibrante del acusado, que hablaba por primera vez, hizo que los demás permaneciesen en silencio–. Su edificio arderá como el papel si alguna vez se produce un pedo en los conductos del aire.

Matthias masculló unos tacos en voz baja.

–Está como una cabra. Siempre lo he creído desde que lo contraté, pero sentí pena por él, ya sabe –dijo, hablando al policía con un tono agradable–. Ha sido un incordio desde el primer día... –Su respiración se entrecortó cuando recibió en la barbilla el puñetazo del hombre, que lo dejó atontado.

Justo cuando el policía había quitado el cinturón de las muñecas del trabajador, éste había atacado a Matthias. El sorprendido agente intentó volverlo a agarrar, pero el trabajador le empujó a un lado furiosamente. El hombre cogió a Matthias por el cuello de la camisa y lo lanzó contra la valla metálica. Los dos policías se interpusieron y separaron al hombre del vapuleado Matthias. El hombre se debatía con tal fuerza que tuvieron que agarrarle entre dos policías para esposarle. Le leyeron sus derechos y lo llevaron al coche celular, empujándolo en el asiento trasero.

–Te acordarás de mí por esto –le chilló Matthias, mostrándole su pálido puño–. Te denunciaré por agresiones, hijo de puta.

–Mejor eso que ser un asesino –le contestó el hombre a través de la ventana trasera del coche oficial.

–Tendrá que venir a comisaría a cumplimentar la denuncia –dijo el policía a Matthias–. Ustedes también –se dirigió a los trabajadores–. Necesitamos declaraciones de todos.

Ellos sacudieron las cabezas y murmuraron entre sí mientras el agente se reunía con su compañero en el coche y se marchaban.

La multitud se dispersó, pero Jade se quedó paseando por allí, sin ser vista, hasta que Matthias se fue en su Jaguar un par de horas después. Cuando Jade entró por segunda vez en el mismo día sin anunciarse, la secretaria seguía tecleando en el ordenador.

–¿Qué es lo que quiere? –le preguntó la secretaria en un tono algo antipático.

–Un poco de información.

–El señor Matthias se ha ido y no volverá hasta mañana.

–Estoy segura de que usted puede ayudarme.

–¿En qué?

–Quiero saber cosas sobre el hombre que ha sido arrestado esta tarde.

El rostro de la secretaria perdió parte de su hostilidad.

–Usted también cree que es guapo, ¿verdad?

–¿Cómo dice?

–Está muy bien, ¿no cree?

–¿Puede ayudarme o no? –preguntó Jade con tono amable.

La secretaria se encogió de hombros, luego volvió a girar la silla de cara al ordenador y buscó un programa.

–Realmente me derretí el día que vino aquí a rellenar un formulario de trabajo.

–¿Cómo se llama?

–Dillon Burke. Las barbas siempre me han vuelto loca. Tengo una amiga que dice que las barbas excitan el útero, ¿no le parece terrible? –Rió tontamente–. Hacen que el hombre parezca misterioso, ¿sabe?

–Lo cierto es que estoy más interesada en su historial.

La secretaria buscó la información en la pantalla.

–Empezó a trabajar para Matthias el veintiocho de abril del año pasado.

–¿Y antes de eso?

–No dice nada. Mírelo usted misma. Esto es todo lo que tenemos sobre él. Ni siquiera una dirección.

Giró la pantalla hacia Jade, que comprobó la escasa información; luego, arrancó una hoja de papel de un bloc de notas y escribió el nombre del hombre y su número de la Seguridad Social.

–Exactamente, ¿qué es lo que hace?

–De todo. Viéndole así, uno nunca se lo imaginaría pero es muy listo y sabe lo que hace. Matthias siempre pide consejo al señor Burke, pero nunca lo admitiría.

Jade tomó buena cuenta de ese hecho.

–Así pues, sus acusaciones eran ciertas.

–¿Acusaciones? Oh, ¿usted se refiere a lo que él dijo sobre Matthias respecto a los materiales de mala calidad?

–¿Es cierto?

–Mire, no creo que esto le incumba. Ya le he dicho más de lo que...

–Intentó seducirme. –Jade tuvo una corazonada y jugó con esa baza–. Mientras comíamos, Matthias deslizó su mano por debajo de mi falda y me pidió que fuese con él a su apartamento a pasar el resto de la tarde.

Los ojos de la secretaria reflejaron su desprecio, al tiempo que sus uñas magentas acariciaban su mano como las uñas de un gato.

–¡Mierdecilla despreciable!

Jade observó a Dillon Burke mientras era escoltado a través de la puerta y conducido a recepción, donde firmó un recibo por sus pertenencias. Mientras se ponía el reloj de pulsera, el policía de recepción le dijo algo que le hizo girar la cabeza. Miró a Jade con esa intensidad perturbadora que ella ya había notado a través de los prismáticos.

Bajo las espesas cejas, sus castaños ojos la observaron con recelo. La miró de arriba abajo y de abajo arriba. Ella necesitó de toda su fuerza de voluntad para no echarse a temblar.

–¿Está seguro? –le oyó decir al sargento cuando volvió a girar la cabeza.

–Oiga, amigo, no busque tres pies al gato, ¿vale? Váyase antes de que cambiemos de opinión.

Jade descubrió al levantarse que no tenía las piernas del todo firmes. No le gustaban las comisarías. Le recordaban la noche que había estado en el juzgado de Palmetto. No le había extrañado leer la noticia de que Hutch ocupaba ahora el puesto que había tenido su padre.

–¿Señor Burke? –dijo, cuando él se acercó a ella–. ¿Querría venir conmigo, por favor?

Cuando él inclinó la cabeza hacia un lado con mirada burlona, su largo cabello cayó sobre su hombro.

–¿Para qué? ¿Se puede saber quién es usted?

–Me llamo Jade Sperry. Por favor. –Señaló hacia la puerta. Sus azules ojos no se acobardaron ante la dura mirada de él, aunque era algo desconcertante–. Ya ha oído al sargento. A lo mejor cambian de opinión y deciden retenerle aquí toda la noche. Por aquí.

Ella se dirigió a la salida, dando la falsa impresión de que confiaba en que él la seguiría. Todo lo que ella sabía era que, nada más atravesar la puerta, él podría irse por otro lado y no verlo nunca más. Pero se sintió aliviada al ver que seguía sus pasos.

Jade le condujo hasta la limusina aparcada en la esquina. El chófer salió del coche para abrirles la puerta. Ella dejó que Burke le precediese. Él dudó unos segundos antes de entrar. Ella sabía que la limusina era una extravagancia, pero quería que él se quedase sin habla y humillado por la buena suerte que le había caído encima. Quería que él accediese a la proposición que iba a hacerle.

Jade apretó un botón para subir el cristal entre el chófer y el asiento trasero. Sin decir una palabra, Burke observó todos sus gestos.

La limusina se metió entre el tráfico y recorrió las calles silenciosamente. Jade cruzó las piernas, pero enseguida se arrepintió. Sus medias produjeron un ruido sedoso en el silencio. Burke miró las piernas y luego lanzó una mirada interrogativa a Jade.

Para disimular su nerviosismo, Jade abrió su bolso y extrajo un paquete de cigarrillos y un mechero.

–¿Un cigarrillo?

–No fumo.

–Oh. –Soltó una risita algo ridícula mientras dejaba los cigarrillos y el mechero encima del pequeño bar del coche–. Supongo que he visto demasiadas películas.

–¿Películas?

–Siempre que sacan a un prisionero de la cárcel lo primero que le ofrecen es un cigarrillo. Yo he comprado tabaco pensando que... Ésta es la primera vez que saco a alguien de la cárcel.

Con una mirada cínica, él observó el interior del coche.

–También es mi primera vez.

–¿No había estado nunca en la cárcel?

Él se giró hacia ella bruscamente, sobresaltándola con el inesperado movimiento.

–¿Y usted?

Él parecía muy grande y demasiado cerca de ella, y de repente Jade dudó del acierto de su impulso. Recordó la rapidez con la que el hombre había atacado a Matthias cuando le habían sacado el cinturón. Su fuerza física la asustó, probablemente porque él mismo se sentía intimidado.

–No, nunca he sido encarcelada –contestó tranquila.

Él le dirigió otra mirada escrutadora.

–Ya me lo imaginaba.

–¿Le duele la herida del ojo? –Ya no sangraba, pero todavía estaba fresca.

–Sobreviviré. –Se acomodó en el asiento mirando fijamente hacia el cristal ahumado que los separaba del conductor–. ¿Adónde vamos?

–Pensé que estaría hambriento. ¿Me acompaña a cenar?

–¿Cenar? –preguntó él con una sonrisa triste. Se miró su ropa de trabajo y las botas–. La verdad es que no voy vestido para un sitio elegante.

–¿Eso le importaría?

–Desde luego que no. ¿Y a usted?

–Ni mucho menos.

Viajaron en silencio unos minutos hasta que Dillon no pudo contener más su curiosidad.

–¿Cuándo va a decirme de qué va todo esto? Si Matthias la ha enviado para sobornarme o algo así, entonces...

–Le aseguro que él no tiene nada que ver en esto. Recibirá una explicación completa después de cenar, señor Burke. Además, ya hemos llegado.

La limusina se detuvo delante de un restaurante cuya especialidad era la carne. Jade había consultado con el conserje del hotel antes de decidir el restaurante y darle la dirección al conductor. La familia que llevaba el local anunciaba toda clase de comida a precios razonables. El lugar no era elitista, y el interior parecía el escenario de una película de Gene Autry. El gran comedor era oscuro, contrastado con las lámparas de luz dorada que colgaban del techo.

Jade estaba contenta de la elección. Una camarera con falda de cuero y botas camperas los acompañó a una mesa que hacía esquina. El señor Burke se sentiría más cómodo aquí que en un restaurante más caro.

Él pidió una cerveza a la camarera. Jade pidió una soda con lima. Cuando les sirvieron las bebidas, él dio las gracias amablemente. Mientras bebía la cerveza, Jade lo observó con disimulo, preguntándose cómo sería sin la barba. Él se limpió la espuma de la cerveza que había quedado pegada en su bigote.

Jade se dio cuenta de que sus manos no eran suaves. Eran manos trabajadoras. Las uñas estaban cortas y limpias. Los guantes de trabajo habían dejado la marca del sol alrededor de las muñecas. Los fuertes brazos que la habían impresionado a través de los prismáticos parecían ahora mucho más fuertes. Llevaba una camisa lisa encima de la camiseta sin mangas. Estaba desabrochada. Se había arremangado las mangas hasta los codos. Realmente su pecho había impresionado a la camarera.

–Cuando termine, ¿me tocará a mí?

Jade desvió los ojos de su pecho a su rostro.

–¿Perdón?

–¿Podré observarla tan detenidamente como usted me observa a mí? Podría ser algo embarazoso si los dos lo hacemos a la vez.

La llegada de la camarera hizo que Jade se quedase sin contestar. Con rapidez, pidió la comida.

–Mi invitado tomará el filete más grande cocinado en su punto, patatas fritas y ensalada. Yo tomaré el filete mignon pequeño. Después pediremos el postre. –Puso las cartas del menú en la mano de la camarera y miró al hombre.

Él apretaba con tal fuerza la jarra de cerveza que sus nudillos estaban blancos. Su voz vibró de ira.

–Soy un chico grande, señorita Como-se-llame. Puedo leer el menú y pedir lo que quiera yo solito.

Ella no lo había querido humillar, al menos de la manera que él se pensaba, y su comentario sobre cómo ella le había observado le había molestado.

–Disculpe mi rudeza. A veces hago eso sin pensar. Es una mala costumbre que tengo –dijo Jade.

–¿Va a decirme qué es lo que estoy haciendo aquí con usted?

–Después de cenar.

Él murmuró una palabra no muy agradable.

–Mientras tanto, ¿puedo tomar otra cerveza?
–Por supuesto.
La comida llegó cuando él estaba terminando la segunda cerveza. Dillon comió con ganas, y Jade se preguntó cuánto debía de hacer que no comía un buen filete. Utilizaba los cubiertos correctamente, pero con rapidez.
–¿Le apetece otro filete? –preguntó ella con amabilidad, inclinándose hacia delante. En el mismo instante en que adoptó ese tono de compasión se dio cuenta de que lo había estropeado.
Él la miró con frialdad.
–No.
Dillon rehusaba más por orgullo que por no tener hambre, pero Jade lo dejó correr. Les recogieron los platos. Él declinó tomar postre, y apenas se encogió de hombros cuando ella sugirió tomar café.
–Dos cafés –dijo Jade a la camarera.
Una vez servidos, ella empezó la explicación.
–Yo estaba en la obra cuando usted fue arrestado esta tarde, señor Burke. –Ella le miró a los ojos en busca de alguna reacción, pero no hubo ninguna. La mirada de él siguió imperturbable en el rostro de ella. Ella esperaba alguna señal de sorpresa o interés, y le molestó que no se produjera–. Me impresionó por varias cosas. Una de ellas fue que no se acobardó en absoluto a la hora de expresar su opinión, aunque no fuera aceptada. Eso denota convicción y coraje, dos atributos que estoy buscando. Necesito a alguien «duro».
Una fuerte carcajada salió desde el fondo del pecho de Dillon.
–¡Idiota de mí! Seguro que ha tenido usted muchos problemas.
–Sí, es cierto.
Él apoyó los antebrazos sobre la mesa y se inclinó hacia delante para hablarle con suavidad.
–Ahora lo pillo. Usted está buscando una aventura porque su rico y afortunado marido es un alcohólico del trabajo y está demasiado ocupado para reparar en usted. O a lo mejor ha descubierto que se está tirando a la secretaria y usted quiere devolverle la pelota.

»Usted pasaba justamente por la obra cuando ocurría todo el follón y se puso húmeda imaginándose una fantasía sexual. Así que dijo a su chófer que la llevase a la comisaría y, desde allí la rica, poderosa y mandona zorra tocó algunas teclas para sacarme de la cárcel. ¿No es eso? –Complacido, se apoyó en el respaldo de la silla–. Bueno, muy bien. Siento que haya tenido que pasar por toda esa historia para nada. Por mil dólares follaré con usted toda la noche.

19

Un pequeño escalofrío recorrió el cuerpo de Jade.

–¿Cómo se atreve?

Inclinándose de nuevo hacia delante, él rodeó la muñeca de ella con su mano.

–Vale, quinientos. Hoy he perdido el trabajo. No puedo mostrarme exigente.

Jade se soltó la mano. Su primer impulso fue soltarle unas cuantas verdades, como había hecho con Matthias esa tarde por transgresiones sexuales que habían sido mucho menos ofensivas que las de Burke. En comparación con el hombre sentado frente a ella, Matthias era un santo.

Pero Jade tuvo la intuición de que había algo más detrás de la mirada de Dillon Burke. La barba desarreglada, el pelo largo y la dureza sólo eran consecuencias de algo en concreto. No sabía cómo lo sabía. Sencillamente, lo sabía. En lugar de cantarle las cuarenta y marcharse, se quedó sin darse por vencida. ¿Por qué?, se preguntaba. ¿Por qué ella estaba precisamente allí cuando a él lo arrestaron? Durante días, ella lo había estado observando con los prismáticos desde la ventana del hotel. Era como si el destino se lo hubiese puesto en bandeja.

Él todavía la observaba con su mirada penetrante e intensa. En su lugar, ¿no se habría sentido confuso? De cualquier forma, la planta TexTile tenía que proporcionarle el beneficio de la duda.

Ella llamó con la mano a la camarera.

–¿Está seguro de que no quiere postre, señor Burke?

Él la observó receloso. Luego contestó con brusquedad:

–Tarta de manzana.

–Dos –dijo Jade a la camarera–. Y necesitaremos más café. Vaya trayéndolo. Seguramente estaremos aquí un rato más.

Cuando se hubo ido la camarera, Jade se quedó mirando fijamente los castaños e inmutables ojos de Dillon.

–Quiero una cosa tan desesperadamente que puedo tocarla cada noche en mis sueños. Usted puede ayudarme a conseguirla, pero no tiene nada que ver con el sexo. Sabiendo esto, ¿sigue interesado en oír mi proposición?

Él mantuvo la mirada en Jade, aun cuando se inclinó hacia atrás para dejar que la camarera sirviera las tartas y los cafés. Cogió el tenedor de postre y dijo:

–Tiene desde este momento hasta que termine la tarta para interesarme.

–Sus acusaciones eran correctas. Matthias estaba usando materiales malos y sobornaba a un inspector para que diera su visto bueno.

–Hijo de puta –murmuró Dillon en voz baja–. ¡Lo sabía! Veía cosas que me parecía imposible que fuesen aprobadas en las inspecciones. Pero Matthias siempre obtenía el sello oficial de aprobación.

–Cobraba al cliente el precio de los materiales buenos y él se quedaba con la diferencia.

–El dinero me importa un bledo. Ese edificio podría caerse en pedazos, sobre todo si se produjese un terremoto. ¿Cómo lo averiguó?

–A través de su secretaria. Tenía mucho que explicar sobre él cuando le conté que había intentado seducirme durante la comida.

–Oh, estupendo –murmuró él–. Eso me pone a mí a la altura de Matthias.

–No lo crea, señor Burke.

–Entonces, ¿quién es usted? ¿Una investigadora? ¿Ha hecho todo esto para que testifique en contra de Matthias en un juicio?

–No. Ya no estoy interesada en lo que le suceda a Matthias. He hecho fotocopias de sus pedidos de compra y otros documentos incriminadores, y luego lo he llamado por teléfono. Le he amenazado con entregar lo que tengo al fiscal del distrito si no retiraba los cargos contra usted.

–Usted no tenía que haberme acompañado personalmente al salir de la cárcel.

–Sí, tenía que hacerlo.

–¿Por qué?

–Porque estoy a punto de ofrecerle el trabajo que iba a ofrecer a Matthias. Ha terminado ya con la tarta. ¿Puedo seguir hablando?

Él apartó el plato vacío y cogió la taza de café, sin responder a su pregunta.

Después de permitirse una sonrisa, Jade le dijo a quién representaba. Él estaba vagamente familiarizado con GSS.

–Durante más de un año nuestro departamento legal ha estado adquiriendo varias propiedades en Palmetto, Carolina del Sur. Vamos a construir una fábrica allí.

–¿Qué tipo de fábrica?

–Textil. Pero además de la tela que se produzca allí manufacturaremos tejidos a un precio moderado. Esa zona del Estado es pobre. Hasta la última década, más o menos, los explotadores de recursos han estado en contra de un desarrollo industrial.

–Debido a los agentes contaminantes.

–Exacto. Pero después de crear un comité de control de contaminación, eso ya no es excusa. Las corporaciones han perdido fuerza. La Junta de Desarrollo del Estado nos autoriza completamente porque GSS se dedica a proteger el medio ambiente.

–Me apuesto lo que sea a que también se dedica a hacer pasta –dijo él irónicamente.

–Para todo el mundo. Nosotros llevaremos algunos ejecutivos y mandos intermedios, pero la fábrica creará cientos de puestos de trabajo para la población. Cambiará totalmente la base de su economía.

–Nunca he oído hablar de Palmetto.

–Es una ciudad situada cerca de la costa, entre Savannah y Charleston. La ciudad en sí tiene sólo diez mil habitantes, pero en el condado viven varios miles más. Toda la región se beneficiará cuando GSS se instale allí.

–¿Qué papel representa usted?

–Soy la supervisora del proyecto.

Él arqueó una de sus cejas.

–¿Usted es la jefa del cotarro?

–Por decirlo de alguna forma.

–¿Y ha hecho todo el camino hasta el sur de California para contratar trabajadores? –preguntó él escéptico.

–He venido para buscar un contratista general.

–Eso lo hace normalmente un promotor.

–GSS tiene una compañía promotora. Un hombre llamado David Seffrin está al cargo de TexTile. Él fue quien me envió aquí para que me entrevistase con Matthias, que había sido muy recomendado, aunque ahora dudo de la autenticidad de sus referencias.

–Si ese Seffrin es el promotor, ¿por qué contrata usted?

–El contratista que obtenga este trabajo tendrá que ser aprobado por mí. Esta fábrica es mi hijo, señor Burke. Lo ha sido desde su concepción. Yo trabajaré muy de cerca con el contratista durante mucho tiempo, así es que lo esencial es que a mí me parezca la persona apropiada para el proyecto. –Se inclinó ligeramente hacia delante y añadió–: Creo que usted es el hombre que necesito.

La carcajada de Dillon atrajo la mirada de algunos comensales del restaurante.

–Sí, claro. –Se miró a sí mismo, metiendo el dedo en un agujero en la rodilla de sus pantalones–. Parezco todo un jefe, ¿verdad? ¡Pero si parece que me haya sacado de una rueda de presos!

–Me tiene sin cuidado el aspecto que tenga.

Él sacudió la cabeza inflexible.

–No soy su hombre. Siento decepcionarla.

–Usted es del Sur, señor Burke. –Él le lanzó una mirada dura e interrogadora–. Un acento sureño reconoce a otro –dijo ella–. Y usted estaba familiarizado con el asunto de la industria contra el turismo.

–O sea, que me contrataría sólo por mi acento sureño.

–No, lo contrataría por sus cualificaciones.

–No estoy cualificado.

–¡No me venga con chorradas! –Él volvió a arquear la ceja en señal de sorpresa–. Usted puede rechazar mi oferta, pero no me mienta. Estoy segura de que tiene una buena razón escondida tras esa barba y ese resentimiento, pero usted está cualificado para este trabajo.

»La secretaria no sólo me habló de Matthias, también me dijo muchas cosas sobre usted. La situación era desastrosa cuando usted apareció. Poco después de que lo contrataran, usted empezó a ver muchos problemas y a dar consejos a Matthias, hasta tal punto que él no hacía nada sin consultarle antes. No contrataba a ningún subcontratista sin conocer su opinión. ¿No es cierto?

Él la miraba fríamente.

–La secretaria me dijo que usted parecía un experto en todo, desde estudiar los anteproyectos hasta trabajar con el hierro o instalar conducciones eléctricas. Me dijo que Matthias le odiaba por discutir sobre la calidad de los materiales, pero no se atrevía a despedirlo porque usted se había hecho imprescindible. ¿No es verdad?

Él se mordió la punta del bigote.

–Tengo su número de la Seguridad Social –añadió ella tranquila–. Lo comprobaré todo. Así es que no intente mentirme.

Él murmuró una serie de tacos y después dijo:

–A lo mejor en otro tiempo estuve cualificado, pero en siete años no he hecho nada más que trabajo manual. No he querido hacer otra cosa. Y no quiero hacer otra cosa. Sólo quiero que me dejen en paz de una vez.

–¿Por qué?

–Por razones que a usted no le importan.

Su fuerte y enojado tono de voz atrajo de nuevo la atención de la gente.

–Creo que es hora de que nos vayamos –sugirió Jade–. ¿Listo?

–Del todo.

–¿Dónde podemos dejarle? –preguntó ella cuando estuvieron de nuevo en la limusina.

–En la obra. Mi furgoneta está aparcada allí. Al menos, espero que siga allí.

Jade le dio la dirección al chófer y luego se reclinó hacia atrás en el asiento.

–Aunque Matthias le necesita, no creo que le dé la bienvenida. ¿Qué hará mañana, señor Burke?

–Dormir hasta tarde, supongo.

–¿Y luego?

–Buscar trabajo.

–¿Cualquier trabajo?

–Exacto. Cualquier trabajo. En cualquier sitio. No importa.

–Yo creo que sí que importa. –Él giró la cabeza y la miró furioso por haberle contradecido–. Creo que importa mucho más de lo que usted sería capaz de reconocer. –Jade buscó el maletín en el suelo y lo abrió–. Éste es el prospecto que el señor Seffrin preparó para la planta TexTile. Me gustaría que se lo quedase y le echase un vistazo. –Le entregó el prospecto, que estaba protegido por una cubierta de plástico–. Mañana vuelvo a Nueva York. ¿Tiene algún número donde pueda localizarle dentro de unos días?

–No. Y ver este prospecto no me hará cambiar de opinión.

–El salario es de cinco mil dólares al mes, efectivo desde el momento en que firme el contrato. Y una gratificación de veinticinco mil dólares si quedo satisfecha con el trabajo. –En el prospecto no se hablaba para nada de una gratificación. George Stein explotaría cuando se enterase, pero ella necesitaba todas las bazas que pudiese utilizar.

–Me importa un bledo el dinero.

–Oh, ¿de verdad? Pues iba a cobrarme mil dólares por pasar la noche conmigo –le recordó ella.

–Estaba intentando insultarla.

–Pues funcionó.

Él se pasó la mano por su largo cabello y dijo:

–Gracias por sacarme de la cárcel, pero ha perdido el tiempo.

–No lo creo. –La limusina se deslizó por la curva hasta la desierta y oscura obra–. Ya sabe dónde puede contactar conmigo cuando haya tomado una decisión, señor Burke.

–Usted no escucha, ¿verdad? Ya he tomado una decisión. Mi respuesta es no. –El chófer acudió a abrir la puerta. Puso un pie en el suelo, pero se dio la vuelta y preguntó–: ¿Cómo dijo que se llamaba?

–Jade.

–Gracias por la cena, Jade, pero me gustan los filetes muy hechos.

–Con un movimiento repentino, la cogió por la nuca y la atrajo hacia sí. Su boca cubrió la de ella en un fuerte beso. Introdujo la lengua entre sus labios, empujándola brevemente hasta el fondo antes de dejarla ir–. Disculpe mi rudeza. A veces hago esto sin pensar. Es una mala costumbre que tengo.

Salió del coche, dejando a Jade sin habla, con los labios húmedos y temblorosos.

Frente a la puerta de la oficina de Jade, Dillon se sintió algo torpe, fuera de lugar y demasiado grande para la ropa que llevaba puesta. Después de varios años trabajando al aire libre, el estar dentro de una oficina le hizo sentir claustrofobia.

Jade Sperry estaba sentada detrás de su mesa, hablando por teléfono. Llevaba el cabello recogido en una cola de caballo, pero con su dedo índice rizaba un mechón del cabello.

–Otra cosa, Cathy, por favor, llama al colegio de Graham y concierta una cita con el director. Quiero verlo antes de irnos... No, no me olvidaré. Gracias por recordármelo. Llegaré a casa hacia las seis. Adiós.

Colgó el teléfono y se dio la vuelta en su silla, dando un pequeño respingo al verlo allí de pie.

–Perdone. ¿En qué puedo servirle?

–Con qué rapidez olvidan...

La sorpresa se dibujó en la cara de ella, haciendo que sus ojos se agrandaran y brillaran más.

–¿Señor Burke?

Él se encogió de hombros conscientemente.

Con rapidez, ella se puso en pie y rodeó la mesa. Llevaba una blusa blanca, una falda de tubo negra y los mismos zapatos negros de tacón que había llevado dos semanas antes en Los Ángeles. Sus piernas seguían siendo tan bonitas como él las recordaba.

–No le he reconocido sin la barba –dijo ella–. Y lleva el cabello más corto, ¿verdad?

–Ésa es una manera educada de decir que por fin me lo he cortado. Incluso me he arreglado. –Burlonamente, extendió los brazos hacia los lados. Llevaba sus mejores pantalones tejanos y una camisa nueva. Como impulso de última hora, incluso se había comprado una corbata en K-mart, donde había adquirido también la camisa. Hacía tanto tiempo que no se ponía una corbata que le había costado tres intentos y unas cuantas palabrotas hacerse el nudo.

Estudiando su nueva imagen en el espejo del establecimiento, decidió que había hecho lo mejor que había podido y, que si para ella no era suficiente, que se fastidiase. Al fin y al cabo, ¿quién necesitaba eso?

Él.

Dillon había llegado a esa conclusión después de varios días de angustia. ¡Maldita mujer! Jade Sperry había conseguido interesarle en algo por primera vez en siete años. La mujer tenía agallas al confiar un proyecto de semejante magnitud a un hombre quemado y desgraciado como él..., pero el reto era irresistible.

–Siento mirarle tan fijamente –dijo ella recobrando la compostura–. Está tan cambiado. Siéntese, por favor.

Él cogió la silla que ella le indicó.

–Supongo que debería haber llamado primero. –La verdad es que no se había atrevido. Temía que ella le dijese que ya tenía a otra persona. Y eso habría sido una gran decepción–. Espero no haberla cogido en mal momento.

–En absoluto. –Ella volvió a sentarse tras la mesa.

Él observó la oficina con interés. Todo en ella era pulcro y moderno, muy agradable, con tiestos de violetas africanas y algunas reproducciones artísticas enmarcadas, dibujadas por una mano aficionada, decorando las paredes. Cada pintura estaba firmada con el nombre de Graham Sperry

–Es mi hijo –observó ella, siguiendo su mirada–. Tiene catorce años. A él le da vergüenza que cuelgue sus dibujos del colegio.

–Catorce –murmuró Dillon. Charlie habría cumplido ocho en su próximo cumpleaños. Se pasó la mano por su espeso bigote, que había decidido dejarse cuando se afeitó la barba.

–¿Puedo ofrecerle un café o algo fresco?

–No gracias.

–¿Cuándo se fue de Los Ángeles?

–Hace una semana. He venido en coche.

–Oh, ya veo. Debe de haber sido una buena experiencia.

–Normal –contestó él indiferente. ¿Estaría ella evitando el tema, no atreviéndose a decirle que había encontrado a alguien con mejor actitud?

–¿Es la primera vez que viene a Nueva York?

–Sí.

–¿Y qué le ha parecido?

–No está mal.

Después de un breve silencio, ella dijo:

–Espero que tenga buenas noticias para mí.

–¿Aún sigue en pie lo del trabajo?

–Sí.

–Pues ya tiene a su hombre.

Los ojos de Jade chispearon, pero mantuvo el tono de voz tranquilo.

–Estoy muy contenta de oír eso, señor Burke.

–¿Por qué? Usted me encontró en la cárcel. No sabe cómo trabajo. No tengo mi propio negocio.

–Mientras estaba en California decidí que no quería una compañía. Un solo individuo es menos intimidante que una gran compañía.

–Sigo sin entenderla –dijo Dillon.

–Queremos que TexTile pertenezca a Palmetto. Utilizar trabajadores del lugar y subcontratistas de la región sería ir en la dirección correcta. Compartí esta idea con el señor Seffrin y él está de acuerdo. El hecho de que usted no tenga su propia fuerza laboral es más bien una ventaja. Y además –añadió exagerando su acento sureño–, usted habla su idioma. No parece un intruso y eso es precisamente lo que queremos: no parecer intrusos.

–Y ese tipo, Seffrin...

–Confía en mi intuición, aunque debo decirle que durante este tiempo hemos estado mirando en otros sitios. Usted sigue siendo el primero de mi lista, por tanto estoy muy contenta de verlo aquí. Ahora, dígame cómo trabaja. –Colocó las manos en la mesa y se dispuso a escuchar.

–He hecho un poco de todo lo relacionado con la construcción, pero lo que más me gusta es poner todas las piezas juntas.

–Antes de saber que era un desgraciado, lo primero que

me puso en contra de Matthias fueron sus manos –dijo ella–. Eran suaves. Sólo trabaja detrás de una mesa. Yo necesito a alguien que supervise cada rincón de la construcción, que trabaje mano a mano con los subcontratistas y los obreros.

–En esto no habrá ningún problema. Así es como me gusta hacerlo.

–Bien. Este trabajo también requiere a alguien que esté comprometido con el proyecto. Desde el momento en que agujereemos el suelo hasta el final, puede contar con dos años, como mínimo.

–No tengo nada mejor que hacer.

–¿Instalarse en Palmetto no será un problema para usted?

–En absoluto. Yo crecí en el Sur, como ya se dio usted cuenta, y obtuve mi licenciatura en la Universidad Técnica de Georgia.

–¿Hay algo que quiera comentar antes de que traiga el contrato para que lo firme?

–¿Qué me dice de los subcontratistas?

–¿Qué pasa con ellos?

–No suelo considerar menos de tres ofertas para cada trabajo –dijo él–. ¿Estoy obligado a conceder el trabajo al postor más económico?

–No, si no se siente cómodo con él.

–A veces el postor más económico, a la larga, resulta el más caro porque el trabajo tiene que hacerse de nuevo.

–Creo que nos entendemos bien señor Burke. Ahora, si puedo ver sus referencias, el asunto quedará zanjado.

Él se movió incómodo en la silla. Había temido que llegara ese momento.

–No puedo proporcionarle ninguna referencia.

–Oh, ¿por qué no?

–Durante los últimos años me he movido mucho. Me he involucrado en peleas o me he emborrachado o me he hartado de la incompetencia del jefe y me he largado. –Se encogió de hombros–. Las referencias no eran una prioridad. Vamos, que no tengo.

–¿Y cómo puedo saber yo que no se meterá en peleas, que no se emborrachará o que no me dejará plantada?

–No lo puede saber. Tendrá que confiar en mi palabra.

Dillon aguantó la respiración. Una vez llegado tan lejos, no estaba seguro de poder soportar la decepción de que ella no lo contratase. Quería el trabajo. Era esencial para él. Significaba la gran diferencia entre empezar a vivir de nuevo o seguir existiendo, simplemente.

Ella se puso en pie y rodeó la mesa.

–Tiene que estar en Palmetto el uno de mayo. He concertado una reunión con el pueblo, en la que anunciaré nuestros planes, y usted debería estar allí.

–¿Quiere decir que me contrata?

–Está contratado. Desde ahora hasta el Primero de Mayo, casi cada minuto de su trabajo consistirá en reuniones con Seffrin, el arquitecto, el diseñador y yo. Ya tiene todo el trabajo estipulado, señor Burke. Intentaré encontrar una oficina vacía para que pueda utilizarla.

¡Estaba contratado! Estaba demasiado atónito como para poder reaccionar.

Ella extendió la mano.

–¿Trato hecho?

Dillon se levantó y le dio la mano. Había una gran diferencia entre dar la mano a Jade Sperry y dársela a un hombre. La mano de ella era pequeña, pero agradable y suave. No parecía encajar en ese gesto masculino, pero le dejó una agradable impresión, incluso bastante rato después del apretón de manos.

–Perdone un momento. Enseguida vuelvo.

Jade abandonó el despacho. Él se dirigió a la ventana y observó la ciudad. Todavía le costaba creer lo que estaba sucediendo. La noche en que ella lo llevó a cenar él había levantado una docena de barreras a la propuesta de ella. Pero después no había podido dejar de pensar en la oferta.

Al final, se había dado por vencido y había cogido el prospecto que ella le había entregado. Después de leerlo una docena de veces, la planta TexTile de GSS se había convertido en una obsesión para él, igual que su pesar.

Durante siete años había rebasado los límites de su culpabilidad. El informe del forense había dicho que Debra y Charlie habían muerto accidentalmente, pero Dillon sabía que él era el responsable. Después de que las ambulancias se hubieron llevado sus cuerpos, mientras él se paseaba por la casa, totalmente abatido, había descubierto la lista de las cosas que no había podido hacer el fin de semana anterior. El último quehacer de la lista era: «Comprobar el horno».

Después de irse de Tallahassee, Dillon había vagabundeado con su culpabilidad a cuestas. Le había llevado hasta las heladas fronteras de Alaska y hasta las salvajes selvas de América Central. Había intentado ahogar la culpa en litros de whisky, abusar de ella con sexo que no significaba nada para él, y matarla corriendo riesgos innecesarios. Aun así, no podía sacársela de encima. Era como si se fuese regenerando siempre, como una parte de él tan distinguible como una huella dactilar.

Después de considerar la proposición de Jade Sperry durante varios días, se le ocurrió que quizá pudiese fundir sus dos obsesiones. Si aceptaba el trabajo y lo llevaba a cabo satisfactoriamente, podría expiar el fallo que llevaba en su conciencia por la muerte de su mujer y su hijo.

–Todo está listo.

Dillon dio un respingo cuando Jade volvió a entrar en la oficina, trayendo consigo el contrato de tres folios. Él lo estudió detenidamente, rellenó los detalles que faltaban y luego lo firmó.

–Tan pronto tenga una dirección permanente en Palmetto –dijo ella– haga el favor de comunicárnoslo para ponerla en el fichero.

–Si no les importa, me gustaría vivir en el local.

–¿En la obra?

–Me gustaría estar en un remolque lo suficientemente grande como para que pueda servir de oficina y de vivienda a la vez.

–Como usted quiera. –Jade se levantó y se dirigió a la puerta, seguida de Dillon–. Ya se lo he notificado al señor Seffrin. Él tiene la oficina en otro edificio, pero está de camino hacia aquí. El señor Stein se ha enterado de que usted está en el edificio y también quiere verle. Antes que nada, hay otra cuestión que creo que debemos aclarar.

Jade bajó la mirada. Desde el ángulo en el que él se encontraba, las oscuras pestañas de Jade parecía que hubiesen sido pintadas en sus mejillas con un fino pincel.

–Usted no debió besarme aquella noche en Los Ángeles. Eso no debe volver a suceder. Si usted tiene algún problema trabajando bajo la supervisión de una mujer, necesito que me lo diga ahora.

Deliberadamente, él esperó a que ella alzase la mirada para responderle.

–Tendría que ser un eunuco ciego para no ver que usted es una mujer, una mujer muy bella. Pero no cambiarían las cosas si tuviese un bigote tan espeso como el mío. Quiero ese trabajo.

»Tampoco ha dejado ninguna duda en mi mente para poder responderle. Eso es bueno. No tengo ningún complejo sexista. En fin, puede sentirse totalmente segura en lo que respecta a mi persona. Cuando quiera a una mujer, ya la encontraré, pero sólo será para pasar la noche. No quiero a nadie de quien preocuparme o a quien hablar a la mañana siguiente.

Jade tragó saliva.

–Entiendo.

–No, usted no lo entiende, pero eso no tiene importancia. Lo que sí debe entender es que nunca intento ligar con la gente para la que trabajo.

–Entonces, ¿por qué me besó?

Él sonrió como un niño travieso.

–Porque usted me puso de mal humor.

–¿Cómo?

–Para empezar, no había tenido un buen día –le contestó él sarcásticamente–. Luego apareció usted, una mujer elegante, vestida para matar y ondeando una tarjeta de oro. Ya soy mayorcito. No me gusta que me vayan dando órdenes, como a usted no le gusta que sean condescendientes hacia su persona porque lleva falda y medias. No conozco a ningún hombre vivo que le guste estar bajo el mando de una mujer.

–Y viceversa.

–Entonces, usted debió haberme abofeteado cuando la besé.

–Usted no me dio la oportunidad.

La conversación había durado diez minutos más que el beso, y él ya estaba dispuesto a dejar el tema. Le hacía sentirse incómodo. No sabía qué era lo que le impulsó a besarla. La única cosa de la que estaba seguro era que no quería saberlo. No obstante, no podía dejar a un lado el tema sin antes hacerle una pregunta.

–Si ese beso le molestó tanto, ¿por qué me ha contratado?

–Porque he dedicado mi vida al éxito de este proyecto, señor Burke. Comparándolo con esto, un beso no tiene casi importancia. –Sus ojos se empequeñecieron, y Dillon se preguntó de nuevo por el motivo–. Sin embargo, no debe volver a ocurrir.

–Como ya le he dicho, no tenía ninguna intención sexual.

–Bien. –La sonrisa de Jade indicó que se sentía tan aliviada como él de zanjar el asunto–. Antes de ir a ver al señor Stein, ¿tiene alguna otra pregunta?

–Sí. ¿Quién es el señor Stein?

20

Palmetto, mayo, 1991

El auditorio cívico estaba hasta los topes ese tranquilo Primero de Mayo. Jade estaba sentada en una hilera de sillas que habían sido colocadas en el escenario. Se había llenado rápidamente con una multitud ruidosa y expectante.

Poco a poco, había ido circulando la noticia de que se había adquirido una gran parcela de tierra para uso industrial. Dillon llevaba varias semanas en Palmetto, para conseguir los permisos de construcción, y ocupándose de los accesos a la obra, pero lo había hecho muy discretamente y no había anunciado nada públicamente.

El chismorreo era desenfrenado. Circulaban rumores de todo tipo; se decía incluso que se estaba construyendo un reactor nuclear en Palmetto. Jade había pedido que el concejo municipal –cuyos miembros no estaban seguros de lo que iba a hacer GSS– organizasen esta reunión para disipar los temores y explicar todo a la población.

Ella se había preparado su discurso a conciencia, pero sentía un nudo en el estómago. Para calmarse pensó en la casa que había alquilado en Palmetto para ella, Cathy y Graham. Era una casa antigua que tenía espaciosas habitaciones, suelo de parqué y vigas en el techo. Los dueños la habían restaurado y modernizado antes de decidir trasladarse a Charleston. Jade, a través de un agente de la propiedad inmobiliaria de Nueva York, había firmado el contrato de alquiler tan pronto como la casa estuvo disponible.

A Cathy le encantaría la soleada cocina y el porche trasero, que, sin lugar a dudas, le recordaría su casa de Morgantown. El espacioso y sombreado patio trasero estaba rodeado de arbustos. Jade había elegido una de las habitaciones de arriba para Graham. A él le gustarían las estanterías que había en ella para poder instalar su equipo de música.

Ella le había descrito entusiasmada la habitación por teléfono.

–Tiene tres ventanales que dan al jardín delantero y un armario mucho más grande que el que tienes ahora. Te va a encantar.

Él todavía se sentía inseguro y con pocas ganas de hacer el traslado.

–Eso suena bien. ¿A cuánto está de la construcción?

–A unos cuantos kilómetros. ¿Por qué?

–Curiosidad. Dillon me dijo que a lo mejor podría ir allí alguna vez.

Graham conoció a Dillon en Nueva York, cuando una tarde se presentó en el despacho después del colegio. Sólo se habían visto una vez, pero Graham mencionaba al hombre con frecuencia. Hank era el único hombre adulto con el que Graham estaba relacionado. Jade pensó que no era malo que Graham considerase a Dillon como una especie de ídolo, siempre y cuando la cosa no fuese más allá. Aunque Dillon Burke era exactamente lo que ella necesitaba para construir TexTile, no estaba segura de que fuese un modelo apropiado para su impresionable hijo, sobre todo si Dillon buscaba reemplazarlo por el hijo que había perdido.

Ella sabía sobre Dillon más de lo que él se imaginaba. Después de ella, el contratista iba a ser el individuo más importante del proyecto. Durante las dos semanas desde su encuentro en Los Ángeles y su aparición en Nueva York, Jade había utilizado todo los recursos de GSS para indagar en su historial, confiando en que su intuición no le hubiera gastado ninguna mala pasada.

Ahora conocía la dura infancia que él había pasado, el período que había estado en un correccional y su carrera universitaria. Estaba enterada de lo de las empresas Pilot y las dificultades que tuvo con la nueva administración después de la adquisición. Las trágicas muertes de su mujer y de su hijo explicaban su cinismo. A través de antiguos trabajadores que lo conocían, había sabido que tenía un talento excepcional pero que no lo utilizaba.

Cuando ella le pidió las referencias, lo hizo para probar su integridad. Su sinceridad le demostró que había hecho la elección correcta. Él tenía razones personales para querer llevar a cabo este proyecto. Eran tan poderosas como las de ella, pero cada uno en su propia conveniencia. Si él no hubiese aparecido en Nueva York, ella habría vuelto a Los Ángeles en su busca.

Se decidió que Cathy y Graham se quedasen en Nueva York hasta que Graham hubiese acabado el curso. Si la idea de volver a ver a Dillon le hacía más agradable el traslado, perfecto. Pero Jade no quería que Graham viese a Dillon como un compañero. Ella confiaba en que cuando Graham empezase el colegio en Palmetto, haría amistades rápidamente y se adaptaría.

Aunque había crecido entre dos mujeres, era un chico sin ninguna ambigüedad respecto a su sexo. Tenía cuatro años cuando preguntó por primera vez:

–Mamá, ¿dónde está mi papá?

Se acababan de marchar de Morgantown a Charlotte, y Jade lo había matriculado en el parvulario. Él era un niño despierto, así que no era de extrañar que después de sus primeras semanas en el colegio se hubiese dado cuenta de que a su familia le faltaba algo que las otras tenían.

–Tú no tienes padre –le explicó ella con suavidad–. No necesitas ninguno. Tienes a Cathy y me tienes a mí, y antes de morir, tenías a Poppy. Eres muy afortunado de tener tanta gente alrededor que te quiere.

Durante un tiempo él se sintió satisfecho, pero el tema volvió a salir un día que Hank les había visitado.

–¿Hank es mi padre?

–No, cariño. Sólo es un amigo que te quiere mucho.

La tozuda racha de Graham había crecido en proporción al resto de su cuerpo. Sus cejas se habían juntado encima del puente de la nariz y sus azules ojos se habían oscurecido.

–Entonces, ¿quién fue mi padre? He debido tener uno.

–Tuviste uno, pero no es importante.

Al contrario, tener un padre era extremadamente importante para un niño de siete años. A diferencia de antes, el asunto no era tan fácil de evitar.

–¿Te has divorciado de él? –preguntó.

–No.

–¿Podría venir a verme alguna vez?

–No.

–¿No le gusté cuando nací?

–Él no estuvo allí. Sólo yo. Y yo te quiero tanto como diez personas juntas. Como cien. –Por aquel entonces, había alcanzado una edad en la que los abrazos no eran bien recibidos, pero esa noche había dejado que ella le sostuviese entre sus brazos durante mucho rato.

Durante un tiempo él se ocupó a su aire del problema, a veces de manera enrevesada. Llegó a oídos de Jade que Graham iba contando por el colegio que su padre se había muerto cuando estaba salvando a un niño pequeño en un incendio.

–¿Por qué has dicho eso, Graham? –Ella hizo la pregunta con buenos modos, no como una reprimenda.

Se encogió de hombros. Puso mala cara, pero sus ojos resplandecían llenos de lágrimas. Era muy hombre para ponerse a llorar. Acababa de cumplir diez años.

–¿Los niños del colegio te molestan por el hecho de no tener padre?

–Algunas veces.

Sus esperanzas de que Graham no se sintiese defraudado habían sido ilusorias. No tener padre marcaba una gran diferencia. Y aunque gran parte de su adolescencia transcurrió en un hogar en el que sólo estaba su madre, durante los años de su niñez su padre estuvo con ella. Después de su muerte, conservaba fotografías y recuerdos de él que la consolaron. Nunca olvidaría las tranquilas charlas que mantenían juntos, su carácter afectuoso, sus abrazos, sus besos de buenas noches o lo que él le susurraba al oído: «No tengas nunca miedo, Jade».

No consideraba la opción de contarle a Graham la verdad. Si él supiera que era el resultado de una violación, muy probablemente se culparía de vivir. Rehusó dejarle tal tipo de culpabilidad, recordando la cruel responsabilidad que Velta le había dejado a ella la última vez que la vio.

Cathy no opinaba lo mismo. Cada vez que Graham sacaba el tema de su padre apremiaba a Jade para que se lo explicara, pero no daba resultado. El estigma de no tener padre ya era de por sí suficientemente malo como para que supiera el resto. Para aliviar su conflicto, le dio permiso para mentir.

–Odio las mentiras, Graham, tú lo sabes. Pero creo que algunas veces son necesarias si sirven para proteger a alguien y no a uno mismo.

»Así que cuando tus amigos te pregunten por tu padre, diles simplemente que tu padre murió. De esta manera no te sentirás incómodo. Te doy mi permiso para que digas eso, que murió antes de que tú nacieras. ¿De acuerdo?

Evidentemente todo fue bien, pues Graham no volvió a sacar el tema nunca más. Había llegado a un nivel de madurez que le permitía resolver las cosas por sí mismo. Pensando en lo rápido que iban pasando los años, el corazón de Jade se encogió de añoranza por su hijo. No podía esperar hasta junio, cuando él se reuniría con ella en Palmetto.

–Has congregado casi a una multitud.

Jade salió de su ensimismamiento y giró la cabeza en respuesta a la suave voz cerca de su oreja. Dillon se había sentado en la silla vacía que estaba a su lado.

–Buenos días, Dillon. Estás muy guapo.

–Gracias –respondió él muy consciente de ello.

Llevaba un traje nuevo para la ocasión y se había cortado el pelo.

Ella se había vestido con mucho esmero. Habría viejos entre la gente que recordarían el escándalo que provocó cuando se marchó de la ciudad. La mayoría sentía simplemente curiosidad por la nueva industria de Palmetto. En cualquiera de los casos, iba a ser el foco de atención de todo el mundo. Quería deslumbrarlos.

–Ayer por la noche me acerqué hasta tu remolque, pero no estabas –le dijo a Dillon.

–Lo siento. Te eché de menos.

–Parecía como si ya te hubieras instalado.

–No había mucho que hacer. Estoy preparado para empezar a trabajar.

–No sabía que tuvieras un perro.

–¿Un perro?

–Había un perro echado en el último escalón del remolque.

–¡Ah, él! –dijo frunciendo el ceño–. Apareció hace unos cuantos días y cometí el error de darle unas sobras de la comida.

Inclinó la cabeza y le sonrió burlonamente.

–¿Y ahora te ha adoptado?

–No por mucho tiempo. Pienso llevarlo a la perrera en la primera ocasión que tenga.

–Después de que se cure su pata, supongo. Eso parecía un vendaje casero –le dijo ella todavía con la misma provocativa sonrisa.

Dillon frunció aún más el ceño.

–Se metió en una pelea. Tenía una fea herida. Le puse agua oxigenada y se la vendé. Eso es todo.

–No sé, Dillon –dijo ella despreocupadamente–, creo que has hecho un amigo para toda la vida.

Cambió de tema moviendo la cabeza hacia la multitud.

–¿Esperabas esto?

–Sí. Mi nombre apareció ayer por la tarde en el periódico local.

Su mirada se posó nuevamente en ella.

–¿Alguna razón especial para que tu nombre provoque tanto interés en la ciudad?

–Es posible. Crecí aquí.

Él reaccionó como si hubiera sufrido una descarga eléctrica. Sus ojos oscuros la miraron directamente.

–Es curioso que te hubieras olvidado de comentarme este pequeño detalle.

Pero antes de que dispusiera de una oportunidad para responderle, el alcalde de Palmetto se le acercó.

–Señorita Sperry, esperemos otros cinco minutos más o menos para que la gente encuentre un sitio para sentarse, entonces podrá dar paso a su presentación. ¿Cuánto calcula que durará?

–Unos diez minutos aproximadamente. Después daré paso a las preguntas.

–Perfecto. Disponga de todo el tiempo que considere necesario, pequeña dama. Hoy es un día memorable. Todavía no me lo puedo creer.

Atajando sus efusividades sexistas, le presentó a Dillon. Mientras los hombres se daban la mano, Jade tuvo la oportunidad de echar un vistazo a la multitud y distinguió a una mujer que estaba sentada entre el público.

Reflexivamente sus labios pronunciaron su nombre: Donna Dee.

Su amiga no había corregido su labio superior; su pequeña cara seguía convergiendo en un punto por encima de su labio superior. Llevaba el cabello muy corto, pero éste seguía siendo inexorablemente liso.

Pese a ello, había marcados cambios en su aspecto. Ya no parecía irremediablemente animada sino severa. Sus ojos parecían haberse hundido en sus órbitas, haciendo que su mirada resultase más furtiva que nunca. Parecía un animal receloso asomándose al mundo desde su guarida.

Su mirada estaba ahora anormalmente fija, clavada en Jade. El tiempo había marcado profundas líneas en cada lado de su prominente boca. Jade y Donna Dee tenían la misma edad, pero Donna Dee parecía diez años mayor.

Jade sintió una punzada de remordimiento al recordar con cariño todas las noches que habían dormido juntas, en casa de una u otra, riendo y haciendo planes sobre su futuro, en los que invariablemente aparecían los hombres con los que se casarían: Gary y Hutch. Por lo menos una de ellas había visto cumplido su deseo. Los pensamientos de Jade debían de haberse transmitido a través de sus facciones, pues Donna Dee fue la primera en desviar su mirada. Bajó los ojos hasta su regazo.

Era extraño no ver a Hutch entre la multitud. Una serie de agentes ayudaban a controlar a la multitud, pero Hutch no se encontraba entre ellos. Hutch siempre había sido alto y fuerte, pero sobre todo cobarde. No cabía duda de que estaba intentando evitar su primera confrontación en quince años.

Había algunas personas vagamente familiares para Jade. Podía ponerles nombres a sus caras. No distinguió a Myrajane Griffith, pero ella no era de las que se mezclaban con el público, que ella consideraba más bien chusma. Y evidentemente Lamar tampoco estaba. Jade sólo había oído hablar de él una vez más después de verlo en Morgantown. Como entonces, le había suplicado su comprensión. Había lamentado que su muerte fuera tan trágica, pero su postura no había cambiado. Murió sin ser perdonado.

El alcalde se volvió a aproximar. Miró su reloj de pulsera y tironeó de su abrigo, dándose importancia.

–Bueno, señorita Sperry, creo que podemos empezar.

–Estoy preparada –contestó.

El alcalde empezó a hablar poéticamente a través del micrófono hasta que todo el público se quedó aletargado por el aburrimiento o se empezó a impacientar. Finalmente presentó a Jade.

El aplauso de la audiencia fue correcto pero reservado.

–Señoras y señores, muchas gracias por haber venido esta mañana. Su asistencia me confirma que la GSS ha escogido un excelente lugar para instalar su planta textil. Palmetto fue escogido por varias razones. Por encima de algunas de estas razones privaba su disponibilidad de materia prima para la construcción y su accesibilidad a los astilleros, que facilitarán el transporte de materiales, relativamente poco costoso, a mercados nacionales y extranjeros.

»Sin embargo, la primera razón de esta elección ha sido el doble beneficio que se derivará de esta empresa. La planta textil creará cientos de puestos de trabajo y reanimará una debilitada economía. Y la planta textil progresará gracias a una fuerte, espontánea e ingeniosa fuerza de trabajo; en otras palabras, gracias a ustedes.

Jade contuvo el aliento. Como ya había esperado se produjo un gran aplauso que fue creciendo como una marea hasta hacerse ensordecedor en la atestada sala. Sonrió interiormente, sabiendo que ya los tenía. Estratégicamente no había empezado su discurso intentando impresionarles con el poder y el futuro de la GSS. Eso sólo habría conseguido aflorar sus resentimientos. En cambio, había adulado a la región y a sus gentes.

El cambio de ánimo era palpable. El público comenzó a asumir una cordial actitud. La audiencia no desconfiaba ya de la compañía yanqui que se entrometería en su camino e inundaría la región de extranjeros. Les habló de los procedimientos de la planta, de las distintas fases, desde que llegaba el algodón hasta que salían las prendas confeccionadas con destino a todos los mercados del mundo.

–Esta planta pertenecerá a esta ciudad –continuó Jade–. Cuanto más invirtáis en ella, mayores beneficios obtendréis.

Generará miles de dólares cada año, sólo en impuestos locales, que serán canalizados para hacer mejoras necesarias para la comunidad. En un plano individual, significará mejores ofertas de trabajo para numerosos trabajadores de diversas áreas profesionales.

–¿Qué tipo de trabajos? –gritó alguien desde el final de la sala.

–En cadenas de montaje, fletes y transportes, mantenimiento, ingeniería, trabajos de oficina. La lista de oportunidades es interminable. Para empezar, necesitaremos albañiles. Ahora me gustaría presentarles al señor Dillon Burke. Él es nuestro contratista.

Se volvió hacia Dillon y le invitó a acercarse al micrófono. Se aproximó a la tarima. Su aspecto era imponente, sobre todo por su físico excepcional. Ello, sumado a su grueso y curvado bigote y a su mirada convincente, originó un silencio que cayó sobre la sala llena de murmullos. Jade le dedicó una sonrisa alentadora mientras le acercaba el micrófono.

Después de unas breves palabras se excusó, volviendo más tarde con un dibujo arquitectónico de toda la planta. Una exclamación corrió por toda la sala cuando lo vieron.

–Así quedará la planta una vez acabada –explicó Dillon–. Como pueden ver, será una obra de lo más moderna que tardará años en construirse. Animaré a los subcontratistas para que contraten mano de obra de la región.

Apoyó el dibujo contra el facistol y regresó deprisa a su asiento.

–Muchas gracias, señor Burke.

Jade se dirigió nuevamente a la audiencia.

–Ahora me gustaría responder a sus preguntas...

La puerta trasera de la sala se abrió con tanta fuerza que dio un portazo contra la pared de la sala. Todo el mundo giró la cabeza para averiguar qué había causado tal conmoción. Un expectante silencio se cernió sobre la sala cuando dos hombres interrumpieron en ella.

Avanzaron directamente hacia el centro de la sala por entre las filas de sillas caídas a su paso, llegando hasta el borde mismo del escenario. El corazón de Jade latía en su garganta, pero no hizo caso de la ruda interrupción.

–Ahora contestaré a sus preguntas.

Se levantaron algunas manos pero no tuvo tiempo de percibirlas.

–Tengo una pregunta para usted, señorita Sperry –le anunció una voz del pasado–. ¿De dónde demonios ha sacado usted la desfachatez para presentarse en esta ciudad?

Jade mantuvo la compostura, aunque su expresión se tornó glacial al bajar la mirada hacia el hombre que estaba frente al facistol.

Iván Patchett la miraba desafiadoramente desde su silla de ruedas.

21

Intervino el azorado alcalde porque no se quería arriesgar a que el miembro más importante de la comunidad se ofendiera, ni tampoco quería que insultaran a Jade. En cualquier caso, era una situación violenta. La única manera posible de evitar la catástrofe era acabar con la reunión lo más rápidamente posible.

Por encima del estruendo, Jade declaró a través del micrófono que las próximas preguntas serían contestadas con una serie de artículos en el periódico.

–¿Qué demonios está pasando? –le espetó Dillon cuando llegó a su lado–. ¿Quién es ese vejestorio?

–Ya te lo explicaré más tarde. Lo que ahora quiero es salir inmediatamente de aquí.

–No has contestado a mi pregunta.

Iván no se había ni inmutado por la confusión reinante.

Aunque la reunión se había dado por terminada, la gente tardaba mucho en dispersarse. La mayoría esperaba a ver qué era lo próximo que iba a pasar. Notaban que el ambiente estaba muy tenso y, como de costumbre, Iván creaba expectación.

A Jade le hubiera gustado escoger otro momento y otro sitio para su primer encuentro con los Pathett, pero Iván estaba forzando la situación y ella no iba a echarse atrás. Bajó de la tarima y se enfrentó a él directamente.

–Tengo todo el derecho a estar aquí o en cualquier otro sitio que escoja. El sistema de libre empresa todavía sigue funcionando en Estados Unidos.

–No en *mi* ciudad.

–Bueno, bueno, Jade Sperry. Así que tú eras la misteriosa persona que estaba detrás de todo este asunto. ¿Quién lo hubiera pensado?

Neal estaba detrás de la silla de ruedas de Iván. Jade

pensó equivocadamente que sería inmune al efecto que él producía sobre ella. Pero no fue así. La rabia y el odio se apoderaron de ella, oscureciendo casi su sonriente cara.

«Paciencia –se dijo a sí misma–. No podrá aguantar mucho más tiempo esa sonrisa de autosuficiencia.»

Como había seguido recibiendo el periódico de Palmetto durante todos esos años, estaba enterada del accidente que tuvieron en el paso a nivel de Charleston. Las dos piernas de Iván habían sido cortadas por encima de las rodillas. Neal sufrió fractura de pelvis, rotura de varios huesos, contusiones y otras numerosas heridas que le retuvieron en el hospital durante meses. No llegó a casarse con Marla Sue Pickens. Las razones por las que no tuvo lugar la boda fueron de lo más confusas.

El aspecto de Neal no daba la impresión de haber sufrido cambio alguno, a pesar del accidente ni del tiempo transcurrido. Estaba más guapo y arrogante que nunca.

–Pensé que este asunto apestaba hasta el cielo la primera vez que estas solicitudes de redistribución aparecieron en la agenda del pleno municipal. Evidentemente, voté en contra de ellas. Traté de convencer a los demás, pero algunos estaban ya encandilados y no sabían bien qué es lo mejor para esta ciudad. –Sonrió maliciosamente–. Tengo que decirte, Jade, que me admira la manera tan sigilosa que has tenido de abordar el tema.

–No le hagas ningún cumplido –gruñó Iván, señalando con un dedo a Jade–. Me saca realmente de quicio, joven. Quizá crea que ha sido muy astuta. Quizá piense que desde que estoy confinado en esta maldita silla de ruedas soy más débil y más incompetente.

Hizo rodar la silla hasta que sus muñones casi tocaron sus rodillas. Ella se mantuvo erguida, aunque la mera visión de él le repelía y la idea de que la pudiera llegar a tocar le producía náuseas.

–Escúcheme bien, joven –siseó él–. Estoy más fuerte que nunca. El tren no me afectó el cerebro, ¿sabe?

Sus ojos se estrecharon en una línea maliciosa.

–Puede estar bien segura de una cosa: su maldita planta no se construirá jamás en mi territorio.

Cogió una lata que tenía en su regazo y la lanzó contra

el dibujo arquitectónico de la planta que seguía apoyado contra el facistol. Se cayó al suelo. Por el rabillo del ojo, Jade vio cómo Dillon se abalanzaba hacia delante. Lo detuvo con un movimiento de su brazo.

Su voz estaba increíblemente tranquila.

–Puedo asegurarle, señor Patchett, que en un tiempo usted fue temible. –Sus ojos le recorrieron sin apenas emoción–. Hoy es usted patético.

Esquivó su silla de ruedas y pasó rozando a Neal, sin apercibirse de él o de lo que hubiera dicho. Afuera todavía había gente merodeando. Todos la miraron con expectación cuando salió del edificio. Evidentemente esperaban ver cuán lejos había llegado con Iván.

Llegó hasta la acera con pasos decididos, se dirigió hacia su nuevo Jeep Cherokee y abrió la portezuela del conductor. Lanzó su cartera al interior del coche, y cuando estaba a punto de colocarse al volante, alguien la cogió del brazo por detrás.

Dillon se había puesto unas gafas oscuras de sol, pero incluso con sus ojos protegidos por la oscuridad de los cristales pudo darse cuenta de que estaba furioso. Para no llamar la atención de los curiosos paseantes, conservó su voz baja y tirante.

–¿Se puede saber de qué iba todo eso?

–Éste no es ni el lugar ni el momento apropiados para discutirlo.

Acercó su cara a la de ella.

–Por supuesto que no. Pero antes de empezar con la primera palada de suciedad, quiero saber si tengo alguna pistola apuntándome a la espalda. ¿Quién es ese hijo de puta de la silla de ruedas?

–Se llama Iván Patchett, y no ha estado siempre sentado en una silla de ruedas.

Se echó hacia atrás con la mano un mechón de pelo que le caía por la cara. Confió en que Dillon no se diera cuenta de que le temblaba la mano.

–Aunque de todas formas, siempre ha sido un hijo de puta.

–¿Patchett? ¿Ése al que llaman Haba de soja?

–El mismo. Ahora, por favor, suéltame el brazo. Hoy ya

he estado expuesta al público más que suficiente. No quisiera enzarzarme en una discusión contigo en plena calle principal.

Se miró la mano, que tenía cogida la parte superior de su brazo. Hasta entonces no se había dado cuenta de que la estaba tocando. La soltó inmediatamente.

–¿El otro tipo era su hijo?

–Neal.

–¿Qué tienes en contra de ellos?

–Ése es mi problema.

Intentó meterse de nuevo en el coche, pero él cogió de nuevo su brazo tan rápidamente como una trampa.

–Lo hiciste asunto mío a partir del momento en que me sacaste de la cárcel de Los Ángeles –pronunció cada áspera palabra a través de sus dientes, mientras su bigote apenas se movía–. Me hiciste creer que todo iba a ir sobre ruedas, que todo el mundo apoyaría al ciento por ciento el proyecto y que dispondría de un regimiento de personas para trabajar para mí. Evidentemente, esto no es así. Quiero saber con qué tengo que habérmelas.

–Por el momento, con quien se las tiene que haber es conmigo, señor Burke.

A pesar de la gente rezagada que aún continuaba circulando por la acera, Jade liberó su brazo de su presión.

–Sus responsabilidades no abarcan el campo de las relaciones públicas. Ése es mi cometido. A partir de ahora le agradeceré que no intente comprender mis motivos. Y le despediré si se atreve a intervenir.

Se metió en el coche dando un portazo y no miró hacia atrás mientras desaparecía a toda marcha.

Jade sabía que Dillon tenía todo el derecho del mundo de estar preocupado por el apoyo de la gente, ya que ello podría afectar radicalmente sus planes. Pero sus relaciones con los Patchett no eran asunto suyo, ni nunca lo serían. Por otra parte se imaginó que a él no le gustaría saber que desempeñaba un papel, por muy pequeño que fuera, en una venganza. En cualquier caso, no le iba a decir más que lo estrictamente necesario.

En cuanto entró en su casa empezó a sonar el teléfono recién instalado.

–¿Diga?
–¿Se ha acabado ya la reunión?
–¡Señor Stein! –exclamó ella–. Sí, acaba de terminar justamente ahora.
–¿Cómo es que no me ha llamado? Le dije que me llamara.
–Estaba a punto de hacerlo. Acabo de llegar ahora mismo.
–Bueno, ¿y cómo ha ido?
–¡Perfectamente! No podíamos haber esperado mejor respuesta.
Le relató brevemente cómo había ido todo, omitiendo cualquier mención sobre los Patchett.
–Por lo que veo sigue entusiasmada con el potencial comercial de esa área.
–Desde luego.
–Bueno, entonces, déjeme que le hable de unas cuantas ideas que se me han ocurrido.
Jade se sentó para escuchar.

–¿Todavía sigues aquí? ¿Es que no puedes coger ni una indirecta?
Con el tacón de su zapato nuevo, Dillon le dio un empujón al perro callejero, apartándolo mientras abría la puerta del remolque.
–¡Lárgate!
El perro callejero lo miró con ojos desconsolados y apoyó su cabeza en las patas delanteras.
–Instálate –gruñó Dillon–. Pero no esperes que te siga dando de comer.
Dio un portazo tan grande que tembló todo el remolque. Cogió un agua tónica de la nevera de la estrecha cocina, se quedó plantado en la salida de aire frío y se bebió de un solo trago la mitad del líquido. Hizo rodar la lata fría por su frente.
–¡Maldita sea!
No daba la bienvenida a nada que le hiciera pensar o sentir en su vida. Hacía siete años que había dejado de sentir oficialmente. Más que enterrar a su esposa y a su hijo

había enterrado sus sentimientos. Nada salvo su cuerpo continuaba viviendo. Su interior estaba hueco y vacío. Le gustaba así. Había decidido que continuara así.

Se había marchado de la casa donde Debra y Charlie habían muerto, dejándolo todo tras sí. A partir de ese día se mantenía desligado del mundo. No tenía absolutamente nada, salvo las pocas cosas esenciales que podía llevar consigo cuando se establecía en algún sitio. Permanecía indiferente a la gente. Nunca permaneció mucho tiempo en el mismo lugar como para hacer amistades. Tampoco las quería.

Había aprendido de la forma más dura que no importaba lo bien que se hiciera lo que se esperaba de uno; no importaba lo buena que intentara ser una persona porque siempre acabaría recibiendo una patada. Sería castigada por cosas mal hechas que ni siquiera sabía que existían. Siempre se acumulaban deudas, cuya tarifa eran las vidas de aquellos a quienes amaba.

A partir de esta cruel lección, Dillon había desarrollado una filosofía lógica: no amar.

Su vida estaba a salvo, exenta de dolor, y así es cómo quería que continuara. No quería que el afecto de un perro le produjera ligadura alguna. No quería preocuparse por su trabajo hasta el extremo de ser protector y posesivo, pensando en él como en «mi fábrica». Y se repetía hasta la saciedad que no necesitaba una mujer para nada.

Maldiciendo, cerró de un portazo la puerta de la nevera. Así era la vida. Había un estúpido chucho enroscado en el último peldaño de su escalera que le lamía la mano cada vez que traspasaba la puerta. Era casi tan protector como una osa madre con respecto a la fábrica textil, y ni siquiera se había empezado aún. Y estaba realmente furioso con Jade. La furia era una emoción. No quería sentir ninguna emoción por lo que a ella concernía.

Después de semanas de reuniones y más reuniones en Nueva York con ejecutivos vestidos con trajes Burberrys, hombres que jamás habían tenido ampollas en sus manos, no veía llegado nunca el momento de empezar. Ahora que parecía que se había permitido así mismo involucrarse sentimentalmente por primera vez en mucho tiempo en su trabajo, el proyecto podía irse al traste.

Un demente podría haber predicho perfectamente que Patchett se opondría desde el principio al proyecto y que lucharía hasta la muerte para evitar que otra empresa se instalara en la ciudad, relegando sus empresas a un segundo puesto. Jade Sperry no era una demente. Ella sabía de antemano que encontraría un enemigo en Patchett. Después de las palabras que se intercambiaron en la reunión, Dillon tuvo el convencimiento de que ellos dos habían sido enemigos durante mucho tiempo, junto con su hijo.

El viejo Patchett le había dicho: «¿De dónde demonios ha sacado usted la desfachatez para presentarte en esta ciudad?». Ello sugería un escándalo. ¿Es que Jade había abandonado la ciudad en circunstancias escandalosas?

Dillon se acabó el agua tónica y estrujó la lata con rabia. No se podía imaginar a la competente, tranquila, fría y sosegada señorita Sperry envuelta en un escándalo, y menos si éste era de índole licencioso. No se la quería imaginar en ningún contexto, pero éste frecuentemente ocupaba sus pensamientos.

Era natural, se decía a sí mismo. Ella era su jefe. Si su jefe fuera un hombre, también estaría pensando en él. Pero de todas formas, si su jefe hubiera sido un hombre no se encontraría pensando lo mismo que a menudo le venía a la cabeza sobre Jade.

Había sido físicamente fiel a Debra durante casi un año después de su muerte. Entonces, una fría y solitaria noche, en Montana o Idaho tal vez, recogió a una mujer de un bar y se la llevó a un motel. Después sintió asco de sí mismo y se quedó más desolado que nunca. Lloró por Debra desconsoladamente. A pesar de su incapacidad sentimental, recuperó el apetito sexual y recobró su fuerza y salud. La segunda vez que se fue a la cama con otra mujer, tuvo muchas menos dificultades. Con la tercera, casi fue fácil. Para entonces desarrolló la habilidad de desvincular el acto físico de su conciencia. Podía estimular su cuerpo sin que se sintiera culpable. Podía conseguir placenteras liberaciones sin que se involucraran su corazón ni su cabeza.

Su carácter reservado le había hecho aún más atractivo para las mujeres que antes. Encontraban excitante su latente hostilidad. Su conducta hacía emerger los instintos maternales de las mujeres. Pero sólo habían satisfecho su deseo sexual. Cuando las dejaba seguía tan obsesionado como antes. Sus nombres y sus caras nunca se fijaron en su memoria.

Ahora un nombre y una cara se repetían con frecuencia en sus pensamientos. Y esto le molestaba bastante.

El chucho de afuera empezó a ladrar.

–¡Cállate! –vociferó Dillon desde la puerta. Oyó entonces el ruido de un motor y abrió la puerta.

Jade Sperry se apeó de una resplandeciente y nueva furgoneta con el logotipo de TexTile estampado en la puerta.

–¿Muerde? –preguntó ella mirando hacia el perro.

–No lo sé. No es mío.

–No creo que él se haya enterado. Ya te está protegiendo.

Se dobló hasta la cintura y atrajo al perro haciendo suaves ruiditos con los labios.

–Ven aquí, perrito.

El perro dejó de ladrar, emitió unos cuantos quejidos y se acercó bajando la escalera. Ella le dejó que le oliera la mano. Le gustó. Ella le rascó detrás de las orejas.

–¿Perro guardián? –comentó Dillon divertido.

Jade se enderezó y le lanzó el manojo de llaves de la furgoneta. Espero que te guste.

Él agarró con una sola mano las llaves lanzadas al vuelo.

–Es para que la lleves mientras sigas en el puesto de trabajo.

–Ya tengo una.

Ella echó una mirada a los escalones de su caravana.

–Ésa es para uso personal. Siempre que representes a TexTile, por favor, usa la furgoneta de la compañía.

–Sí, mamá. ¿Alguna cosa más?

Ella subió los escalones del remolque. El perro la siguió meneando la cola. Sacó del bolso una tarjeta de crédito para gasolina y se la tendió a Dillon.

–Usa esto también.

–Gracias.

–Tus facturas me las enviarán directamente a mí.

–Eso espero.

Se estaba mostrando descortés, pero le molestaba recibir regalos de una mujer. Le recordó cuando fue alumno de la señora Chandler para aprender a hacer el amor. Haz esto, haz aquello. No tan fuerte. Más fuerte. Despacio. Más rápido. Dillon fue un alumno brillante, y muy rápidamente ya había perfeccionado su propia técnica. Le gustaba mucho más cuando se ponía encima.

Era una actitud inoportuna y muy poco popular, lo sabía, pero no podía hacer nada. Estaba perversamente satisfecho de encontrarse en el escalón superior al de Jade, que se veía obligada a levantar la cabeza para hablarle directamente a la cara. Quizá fuera ella el jefe y tuviera los medios para comprar furgonetas nuevas, pero no iba a golpear su masculinidad.

–Me tendrás que acompañar a casa.

–Claro.

–Me gustaría ver primero la oficina que te has construido.

Él ni se movió. Ella le sonrió con fingida dulzura.

–Si ésta es una hora conveniente para usted, señor Burke.

Se quedaron mirándose mutuamente, percibiendo cómo tenía lugar una guerra no declarada de voluntades.

Él dio un paso hacia atrás, y con un ademán la dejó entrar. Para evitar que el perro entrara, cerró la puerta, deseando no haberlo hecho. El remolque era demasiado pequeño para dos personas o, por lo menos, así le parecía ahora que estaba a solas con Jade.

Nunca la había visto con ropa que no fuera de oficina. Se había cambiado desde la reunión y ahora llevaba unos tejanos y un suéter blanco. Si no lo supiera, jamás hubiera adivinado que había estado embarazada. Sus piernas y trasero eran firmes y esbeltos. Su estómago plano. Sus pechos...

Se aclaró la voz.

–Mañana instalarán el teléfono.

–Bien –dijo ella, apartando la vista de la mesa que él había colocado.

La parte habitable del remolque había sido convertida en una reducida oficina. Los únicos objetos que no servían para trabajar eran una radio y una pequeña televisión portátil.

–No te ha quedado mucho sitio para vivir.
–No necesito mucho espacio.
–¿Estás seguro que no reconsiderarás mi oferta de contratarte una secretaria?
Él movió la cabeza.
–Si más tarde veo que necesito una, te lo haré saber.
Los ojos de ella vagaron por encima de él, hacia la cocina y la habitación.
–¿Es que quieres ver también mi cama?
Los ojos de ella saltaron rápidamente hacia los de él.
Él podría haber apostado su próxima paga a que ella tenía un comentario mordaz en la punta de la lengua, pero decidió dejarlo correr.
–Lo único que me interesa es el lugar donde llevarás los asuntos de la compañía –dijo con voz crispada.
Consideró que la resistencia de la señorita Sperry tenía un límite: no se extendía a una interacción entre sexos. En ese terreno, su sofisticación se derrumbaba. Él había observado su comportamiento con otros hombres en las oficinas centrales de la compañía en Nueva York. Se molestaba con insinuaciones o frases de doble sentido. La señorita no era un ligue. Con ella, todo era trabajo o nada.
Él había llegado a la conclusión de que no estaba casada. Nunca había mencionado tampoco un ex marido. Uno de los ejecutivos jóvenes de la GSS se le había acercado sigilosamente en la máquina del café de la oficina y le había preguntado:
–¿A que te estás tirando a Jade?
Dillon nunca había aprobado los típicos fanfarroneos de los vestuarios, y especialmente con extraños.
–¿Se puede saber de qué va todo este asunto?
–Tengo cincuenta dólares apostados.
Dillon tomó con tranquilidad un sorbo de su humeante café al tiempo que miraba peligrosamente de soslayo al otro hombre.
–Te voy a decir una cosa: si lo que quieres es hablar de sexo, ¿por qué no te vas a tomar por el culo?
Al parecer, Jade había dejado a algunos de sus homólogos masculinos tan frustrados que se había empezado a especular sobre su sexualidad. Dillon sentía una gran curio-

sidad por conocer la identidad del padre de su hijo, pero se había refrenado a la hora de abordar el tema.

–Quizá necesitaremos otro remolque –dijo ella en su decidido y acostumbrado tono de trabajo.

–¿Para qué?

–Yo también necesito una oficina. Sería mejor que la tuviera aquí que en el centro de la ciudad. Además, así tendría más facilidad para hablar con tus colegas y tal. ¿Qué te parece? Algo lo suficientemente grande como para que cupiera mi mesa y una salita de espera.

–Es tu dinero.

–Lo buscaré mañana.

–Perfecto.

–Bueno, creo que eso es todo.

Ella estaba en el quicio de la puerta, con la mano ya en el picaporte cuando él le interceptó el paso.

–Aún falta una cosa, Jade.

Inconscientemente, ella dio un paso hacia atrás. Él pensó que su brusco movimiento la había asustado. Parecía como si incluso le tuviera miedo.

–¿Qué es lo que quieres?

Él notó que estaba también sin aliento. Ella tenía todo el control. ¿De qué tenía miedo? Entonces aplazó su curiosidad personal y se dirigió a las cuestiones prácticas.

–Háblame de Iván Patchett.

–¿Qué quieres saber de él?

–Entiendo que esté tan preocupado por la fábrica textil. Le usurpará parte de su poder. Palmetto ha sido su reino, y lo ha dirigido durante mucho tiempo.

–Supongo que se podría ver de esta forma –dijo ella.

–Creo que tú lo ves así.

–¿Qué quieres decir?

–Sabías que la fábrica afectaría negativamente a los Patchett. ¿Decidiste construir aquí por este motivo?

–Tú has visto los prospectos. Sabes que Palmetto es una localización perfecta.

–También sé que podías haber escogido otra ciudad cualquiera, entre una docena o más a lo largo de la costa sureste, que hubiera sido tan perfecta o más. ¿Por qué Palmetto?

–La conocía.

–Lo que me lleva a mi segunda pregunta: ¿por qué Patchett considera que es una desfachatez el hecho de presentarte aquí?

Ella movió la cabeza y se volvió a ordenar la nube de oscuros y sueltos rizos que caían por encima de sus hombros.

–No me marché de Palmetto en circunstancias ideales.

–¿Y estas circunstancias tenían que ver de alguna manera con los Patchett?

–Entre otras.

–Especialmente con el más joven de los Patchett.

–¿Por qué dices eso?

Él estudió un momento su cara y luego jugó fuerte.

–¿Quién es el padre de tu hijo, Jade?

–Graham no tiene padre.

–Error. Esto no pasa desde Belén. Estabas embarazada cuando dejaste Palmetto, ¿verdad?

Ella se limitó a mirarle fríamente con sus ojos azules.

–¿Te dejó Neal Patchett embarazada y luego se negó a casarse contigo? ¿Es eso?

–En absoluto. Desprecio a Neal Patchett y siempre lo he despreciado.

Se apartó de su camino, dio un tirón a la puerta y salió fuera. El perro saltó a sus pies moviendo la cola, ávido de recibir más palabras amables. Jade apartó al perro y bajó las escaleras, volviéndose en el último escalón para dirigirse de nuevo a Dillon.

–Mira, sé que esta mañana he tenido un pequeño altercado contigo en la ciudad, y lo siento. Tenía que haberte asegurado que tengo la situación totalmente controlada y dejar el tema zanjado.

–¿Tienes la situación totalmente bajo control?

–Totalmente. Puedo hacer frente a cualquier dificultad que pueda surgir, y seguro que te habrás dado cuenta de que surgirán bastantes antes de que hayamos terminado. Sólo debes preocuparte por las cuestiones que atañen a la construcción. Y por favor, guárdate tus especulaciones sobre mí y mi hijo. Mejor aún, no especules sobre nosotros. Cuando empecemos a excavar, estarás tan ocupado que no dispondrás de tiempo para pensar más que en el trabajo.

Dillon estaba más intrigado que nunca. Su volátil reacción a sus preguntas le había reforzado su curiosidad. Ésta era una pequeña ciudad. La gente hablaba. Más pronto o más tarde se enteraría de su oscuro pasado. Juiciosamente, escogió no proseguir más con ello ahora.

Cerró el remolque y la siguió hasta la nueva furgoneta. Subió al volante y encendió el motor.

–Menudo capricho –observó mientras echaba un vistazo al interior.

–La GSS es una corporación de primera –dijo ella fríamente.

Él condujo la furgoneta a lo largo del trillado camino que conducía hacia la autopista.

–Me tendrás que indicar para ir a tu casa.

Conocía el lugar que ella había alquilado, pero no quería que ella lo supiera.

Siguiendo sus lacónicas indicaciones, él condujo por la ciudad. De pronto se dio cuenta de que no le estaba indicando hacia su casa alquilada.

–Me sorprende que quieras vivir tan lejos –le comentó él por decir algo mientras dejaban los límites de la ciudad.

–No vamos directamente a mi casa. Quiero saber tu opinión sobre una cosa.

Él le dirigió una mirada sorprendida, pero ella no se dio por aludida.

Continuó conduciendo por la carretera de dos carriles, que tal y como él conocía, llevaba a la costa atlántica.

–Gira a la derecha en el próximo cruce.

Él hizo un brusco giro hacia una estrecha carretera de grava.

–Puedes pararte cuando quieras.

En cuanto detuvo la furgoneta, ella se apeó.

–Me gustaría que me acompañaras.

Dillon bajó de la furgoneta y la siguió hacia una alambrada de cables. Un oxidado cartel de NO PASAR estaba clavado a uno de los postes. Sin hacer caso del aviso, ella le pidió que mantuviera dos alambres separados para poder pasar entre ellos.

–¿Sabes que esto es una propiedad privada? –le dijo él.

–Sí, ya lo sé.

Cuando ya había pasado sin incidencias al otro lado, colocó un pie en el alambre inferior, aguantándolo hacia abajo y sujetando el contiguo tan alto como pudo.

–Venga. No creo que nos cojan.

Debido a su altura, Dillon tuvo que tener más cuidado cuando pasó por entre la alambrada. Cuando estuvo dentro del vallado, colocó las manos en las caderas y la miró.

–¿Y ahora, qué? ¿Qué se ve desde este lado que no se pueda ver desde la carretera?

Estaban en un trozo de barbecho. Si lo que tenía ella en la cabeza era un agradable paseo por el campo, le hubiera tenido que decir que se cambiara de ropa. Había dejado su americana y la corbata atrás, pero seguía vestido con los pantalones del traje y con los zapatos que había llevado a la reunión.

–Sólo quiero echar un vistazo. –Cruzó el terreno a pie–. No quería venir sola.

–Venir aquí sola puede ser realmente una lata –bromeó él.

Pero ella seguía sin estar para bromas.

Por espacio de media hora estuvieron recorriendo el terreno sin cultivar. Ella caminó a lo largo de la valla y le pidió que contara los pasos, lo que hizo sin entender bien el porqué de esta extraña petición. Ella sacó una pequeña libreta de espiral e hizo algunas anotaciones.

El viento empezó a soplar con más fuerza, pero ella no lo notó, ni siquiera cuando el cabello le fustigó la cara y los labios. Oscuras nubes empezaron a cernirse, precipitándose hacia abajo. Dillon oyó un trueno lejano. Continuaron caminando y midiendo, sin razón aparente para él.

Finalmente ella se recogió con la mano el cabello que ondeaba al viento y se lo sujetó firmemente a la nuca, mientras giraba hacia atrás su cabeza para poderle mirar.

–¿Qué opinas?

En esa postura, con sus pies ampliamente separados, su mano detrás de su cabeza y su jersey pegado por el viento a su cuerpo, definiendo la forma, el tamaño y la sustancia de sus pechos, todos sus pensamientos estaban guiados por el deseo.

–¿Qué es lo que creo? –repitió él bruscamente–. Creo que nos vamos a mojar.

Ella miró al cielo con ojos de un azul más oscuro que las nubes de tormenta.

–Creo que tienes razón. Pero ¿qué te parece este terreno?

Con la mano volvió a echarse hacia atrás con impaciencia los cabellos revueltos por el viento.

–¿Ésta es la razón por la que nos hemos estado pateando este terreno durante media hora para saber mi opinión sobre este mísero trozo de tierra? Te hubiera podido dar mi opinión sin tener que embarrarme los zapatos nuevos.

–¿Crees que no tiene valor?

–¿Valor? –gritó él debido al viento–. Creo que no tiene valor. Probablemente la mitad del terreno se inunda.

–Estoy pensando en comprarlo para la GSS.

Dicho esto, dio media vuelta y siguió caminando por el terreno desigual hacia la valla. Dillon fue tras ella, aturdido.

–¿Se puede saber para qué lo quieres?

–Para una futura expansión. Dillon, ten cuidado con los alambres.

Atravesaron el alambrado sin contratiempos y se dirigieron hacia la furgoneta. Cerró la puerta del pasajero con un fuerte golpe y corrió al pasar por delante del capó. Apenas acababa de entrar en el vehículo cuando empezaron a caer gruesas gotas de agua en el parabrisas.

Maldijo el barro de la suela de sus zapatos, y entonces continuó en el punto en que habían dejado la conversación.

–Supongo que no dirás en serio eso de comprar ese terreno.

–Pues quizá lo compremos. El señor Stein llamó hoy. Hablamos sobre varias áreas de oportunidades en el condado y en sus alrededores. Es muy posible que adquiera propiedades para la corporación. De hecho, más que una sugerencia fue una orden de ejecución.

–Antes de que pudieras construir algo más grande que una casa en este terreno, te costaría millones prepararlo y tenerlo dispuesto.

–Tenemos millones.

Su ligereza le molestó muchísimo.

–Bueno, pues si ya sabes todas las respuestas, ¿por qué me has traído contigo?

–Por protección.

La contempló rabioso un momento. Luego puso marcha atrás y extendió uno de sus brazos por detrás del asiento. Giró la cabeza y condujo la furgoneta hacia el cruce con la autopista. A través de las puntas de los dedos de su mano extendida, podía sentir el cabello de Jade. Estaba húmedo y era suave, y el contacto le puso loco. Le hubiera gustado coger un buen manojo de él y frotárselo por la cara. La lluvia que caía había enfriado los cristales de las ventanas, que empezaban a empañarse. Podía sentir el perfume de Jade en el sofocante e inmóvil ambiente. El cabello de Jade. Su perfume. Estaba demasiado pendiente de Jade. Buscando algo para distraerse, se fijó en un buzón rural, que se apoyaba precariamente en un poste medio podrido. A través de la lluvia, Dillon leyó el nombre que había sido pintado hacía años en el abollado metal. Las letras estaban descoloridas, pero aun así fue capaz de leer lo que ponía: O. PARKER.

–Quiero saber qué anda buscando esa pequeña lagarta.

Iván apartó quejumbrosamente a la sirvienta que estaba tratando de servirle una segunda ración de boniatos. Hacía cuatro años que Eula se había jubilado. Su hija había ocupado su puesto, asumiendo además la responsabilidad de cuidar a un imposibilitado.

–Tráeme una botella de coñac –ordenó bruscamente.

Cuando ella se marchó a cumplir sus órdenes, Iván miró a Neal, que estaba repantingado en su silla, jugando con la fruta que quedaba en su plato.

–Bueno, ¿es que te has vuelto sordo? Di algo.

Sin mover más que los ojos, Neal dirigió una mirada furiosa a su padre.

–¿Cuántas veces te lo tengo que decir? No sé más de lo que ya te he contado.

Iván cogió la botella de las manos de la sirvienta y se llenó una copa grande. La sirvienta recogió el plato de Neal cuando le indicó que había terminado. Al volver a la cocina los dejó a solas en el comedor, sentados alrededor de una mesa en la que podían caber perfectamente veinte personas.

–Ese constructor, Burke, sólo ha concedido el trabajo de excavación a una unidad de fuera de Columbia. Están trayendo ya el equipo para remover la tierra –dijo Neal.

–Bueno, lo podían haber hecho también desde aquí –gruñó Iván, mientras se servía otro coñac.

Rodó con su silla de ruedas fuera del comedor y se dirigió hacia el estudio.

–Ven aquí –vociferó a través de las vacías habitaciones de la casa. El interior no había cambiado apenas, a pesar de las modificaciones que se habían hecho debido a la silla de ruedas de Iván.

Neal entró en el estudio detrás de su padre, llevando consigo una copa de coñac.

–No puedes parar esto simplemente porque desees que desaparezca, viejo. Te comportaste como un loco en la reunión gruñendo como un caimán herido. Ésa no es la manera de solucionarlo, papá.

Neal se tiró en el sofá de piel.

–Tenemos que ganar a Jade en su propio terreno. Nos habíamos dormido en los laureles mientras ella compraba la tierra donde se va a construir la fábrica textil. Esta vez no nos pillará desprevenidos.

–¿En qué estás pensando?

El coñac había ayudado a aplacar el mal humor de Iván. Por otra parte, estos días ahogaban su fuerza de tirano. Desde que el accidente del tren había perjudicado tan seriamente su salud, Neal había ido asumiendo progresivamente mayor responsabilidad. Aunque antes había evitado el trabajo, se había sorprendido gratamente al descubrir que era como un juego. Siempre jugaba a ganar, y era un mal perdedor.

–He estado husmeando todo lo que Jade hace –dijo a su padre–. Se ha instalado en el lugar de la construcción en una casa portátil, al lado mismo de donde vive ese tal Burker. La única cosa curiosa que ha hecho es ir a la parcela de los Parker dos veces.

–¿Qué demonios estás diciendo?

–Dos veces que yo sepa –añadió Neal frunciendo el ceño–. Una vez con Burke y la otra sola. No los visita, sólo fisgonea un poco. La segunda vez ni siquiera se bajó del coche; sólo pasó unas cuantas veces a lo largo de la valla de Otis. Ayer fue al juzgado y pidió los planos.

–¿Estás seguro de que eran los del terreno de los Parker?

–Estoy seguro. Solté un par de cumplidos al gordo trasero de Gracie Dell Ferguson –dijo Neal refiriéndose a la oficinista del juzgado–. Después de eso no tuvo inconveniente en explicármelo todo. Jade pidió ver todos los registros del terreno de los Parker y de los alrededores de su propiedad.

–Yo tengo la mayoría de los alrededores de la propiedad.

–Eso es, papá, son tuyos. Gracie Dell me informó mientras se aseguraba de que yo observaba sus tetas.

–¿Le dijo Jade a Gracie Dell por qué quería ver los planos?

–No.

Mientras Neal servía un coñac para él y otro para su padre. Iván preguntó:

–¿Por qué crees que Jade está tan interesada en la granja de los Parker?

–No lo sé, pero en todo caso no me gusta –refunfuñó Neal.

–Quiero saber qué es lo que se trae entre manos.

–Bueno, no lo va a anunciar con mucho tiempo de anticipación. Y más tarde o más temprano se dará cuenta de que la has estado siguiendo y haciendo preguntas.

–No hay problema. He encontrado a un par de chicos que son bastante listos y capaces de tener las bocas cerradas. La están vigilando por turnos y luego me lo cuentan. Y mientras tanto –añadió con una lenta sonrisa–, estoy siendo encantador. Ayer le envié flores.

Iván miró astutamente a su hijo.

–Es mucho más guapa ahora de mujer que cuando era niña.

–¿Así que también te has dado cuenta de eso? –rió Neal.

–Ha entrado de sopetón en la ciudad y ha provocado un

gran revuelo, pero debajo de su imagen profesional Jade es sólo una mujer. Pueden pedir toda la igualdad que quieran, pero cuando se llega al fondo de la cuestión, sólo son buenas con lo que tienen entre las piernas.

–Normalmente estaría de acuerdo contigo. Pero ésta me preocupa. No ha olvidado lo que pasó antes de la graduación.

Iván señaló con un contundente dedo el espacio que los separaba.

–Ella ha venido a enterrarnos. No era una estúpida ¿sabes? Tal vez ahora aún es más lista. Ella ha venido a por sangre. A por nuestra sangre.

Los ojos de Neal brillaron por encima del borde de su copa de coñac.

–Todo lo que sé es que si se crea una nueva industria en Palmetto, ésta pertenecerá a los Patchett.

Iván soltó una carcajada.

–Ésta es la manera de pensar que te he enseñado. Me llena de orgullo ver que te han aprovechado bien algunas de mis lecciones. Nadie va a venir a interponerse en nuestro camino.

–No, pero Jade nos puede complicar las cosas temporalmente. Para empezar, puede provocar una guerra de salarios. Si ofrece diez centavos más por hora a sus trabajadores, ¿con quién crees que querrá trabajar la gente?

–Nuestros trabajadores son leales.

–¿Leales...? ¡Y un cuerno! –dijo Neal con desprecio–. Éste es el *nuevo* Sur, papá. Despierta. Toda esa mierda generacional es simplemente eso, mierda. Si Jade les ofrece mejor salario que nosotros, los perderemos. Y no importará que sus padres y sus abuelos hayan trabajado para nosotros. ¡Maldita sea! Cada vez que pienso en ello me gustaría tener mis manos alrededor de su garganta.

Iván miró a Neal frunciendo las cejas.

–Hubieras tenido que matarla aquella noche y culpar a los negros o a algunos imbéciles de su muerte.

–Sí. ¡Ojalá hubiera sabido entonces lo que sé ahora!

–Ella ha venido por venganza, de acuerdo. Yo también lo he hecho muchas veces y puedo reconocer los signos.

Iván chasqueó los labios con disgusto.

–De haberlo sabido, esa mierda de gallina de chaval de Myrajane hubiera llegado hasta el final. Nuestro venerable sheriff afirma que no hay más razones para luchar contra esto. Así que imagínate quién nos queda.

Neal posó su mano sobre el hombro de su padre.

–No te preocupes, papá. Nosotros solos nos bastamos.

Jade llevó el jeep Cherokee hasta el patio, que lamentablemente parecía el mismo que había visto la última vez. Las gallinas eran seguramente algunas generaciones mayores que las anteriores, pero seguían picoteando por el patio. Una cerda gruñó desde su embarrado establo.

A través de la ventana de la cocina podía ver a la señora Parker limpiándose las manos en un trapo de cocina y mirando a través de la ventana para ver quién había llegado. Jade volvió a experimentar aquella terrible sensación. Hubiera tenido que ir a otra hora del día para que no le recordara aquel otro crepúsculo, cuando se encontró con el espeluznante descubrimiento del granero. Pero la hora de cenar era la única en que podía estar segura de encontrar a Otis en casa.

Se acercó a la puerta y llamó. Con el trapo de cocina colgando de su hombro, la señora Parker abrió la puerta y miró a Jade a través de la mosquitera, haciéndose sombra con la mano por la puesta de sol.

–¿Le puedo ayudar en algo?

–Hola, señora Parker. Soy Jade. Jade Sperry.

Jade oyó cómo inspiraba. Esto hizo que su esquelético pecho se elevara. Se llevó la mano a la frente y la miró más de cerca.

–¿Qué es lo que quieres?

–Me gustaría entrar y hablar con usted.

–No tenemos nada que decirnos.

–Por favor, señora Parker. Es importante, de lo contrario no hubiera venido. Por favor.

Jade esperó ansiosamente durante lo que le pareció un interminable silencio. Entonces la señora Parker abrió la puerta, que lanzó un fuerte crujido. Ella inclinó su encanecida cabeza, y Jade entró en la habitación principal de la casa. La tapicería del sofá estaba tan desgastada por algunos sitios que se salía el relleno. Había una mancha en el reposacabezas del sillón. La estera estaba desenmarañada cerca de los bordes. Ninguna mejora se había hecho en la habitación desde que Jade estuvo por última vez. Era una oscura habitación con un deslucido empapelado, unos ajados muebles, un sonoro reloj y una fotografía enmarcada de Gary con toga, que nunca había llegado a llevar en la entrega de diplomas.

A su regreso, Jade había visitado la tumba de Gary. El ver cómo le sonreía desde el marco barato, le dio más fuerza para llevar a cabo su cometido. Se giró hacia la madre de Gary, que había envejecido mucho en los quince años transcurridos. Su cabello era fino y poco cuidado y su ropa le venía grande. Por debajo de ella, su piel cubría los huesos.

–¿Dónde están los niños más pequeños, señora Parker? ¿Qué les ha pasado?

Sin ningún tipo de cumplido, le contó a Jade que las dos chicas se habían casado y que tenían niños. Uno de los chicos vivía en la ciudad con su mujer y trabajaba en la plantación de soja; otro se había enrolado en la marina; otro se había ido sin decir adónde. La última postal que recibieron de él estaba sellada en Texas.

–El bebé aún está en casa –le dijo ella con tono fatigado–. Se graduará el próximo año.

Jade recordó con tristeza todo lo que Gary quería haber hecho por sus hermanos y hermanas más jóvenes.

Oyó cómo se cerraba una puerta en otra parte de la casa.

–Debe de ser Otis –dijo con inquietud la señora Parker–. No podrá creer que estés aquí.

–Necesito verle.

Otis Parker había envejecido mucho más que su mujer. Se había encorvado, y el poco pelo que le quedaba era blanco. Los elementos habían escarbado con el paso del tiempo profundos surcos en su cara desesperanzada. Se puso a la defensiva en cuanto vio a Jade.

–Tenemos compañía, Otis.

La señora Parker había cogido el trapo de cocina de su hombro y lo estrujaba entre sus manos.

–¿Quién es?

Se movió con los característicos pasos vacilantes de sus piernas arqueadas y se detuvo a unos pocos metros de Jade, mirándola de soslayo con ojos penetrantes.

–Soy Jade Sperry, señor Parker.

El suspiro dejó su cuerpo con un lento siseo. Jade casi esperó que se desinflara. Pero por el contrario, se irguió completamente.

–Ya lo veo. ¿Qué es lo que estás haciendo aquí?

Jade quería colocar sus brazos alrededor de ellos. El abrazarlos sería casi como estar tocando a Gary otra vez. Se resistió al impulso. Había intentado compartir su pesar con ellos en el funeral de Gary pero fue rechazada. Ellos creyeron, como todo el mundo, que su infidelidad había sido la causa del suicidio de Gary.

–Había oído que habías vuelto otra vez a la ciudad –dijo Otis.

–¿Qué es lo que quieres de nosotros?

–¿Nos podemos sentar?

La pareja se consultó silenciosamente con un intercambio de miradas. Otis le dio la espalda y se fue a sentar en el sillón que tenía una oscura mancha en el reposacabezas. La señora Parker le indicó a Jade el sofá, y ella se sentó en una dura silla con un oscuro asiento de mimbre.

–Usted me ha dicho que había oído que yo había vuelto –empezó a decir Jade–. ¿Saben por qué?

–Oímos que estabas construyendo una nueva fábrica de algo.

–Así es.

Les dio una sucinta explicación.

–Mi compañía está considerando varias maneras de diversificarse. Para poder expandirnos necesitaremos más terreno. Por esta razón le he venido a ver esta tarde, señor Parker. –Suspiró–. Quiero comprar su granja en nombre de GSS.

La señora Parker levantó su mano hasta la boca, pero no se atrevió a decir nada. Otis continuó mirando de reojo a Jade.

–¿Este lugar? ¿Para qué?

–Hay varias posibilidades –respondió evasivamente.

–¿Como cuáles?

–No puedo comentarlas, señor Parker. También le ruego que guarde la máxima reserva respecto a esta oferta.

Miró a la señora Parker y de nuevo a Otis.

–Espero que lo entiendan. Nadie tiene que saberlo.

–No me importa. No estoy interesado en vender.

–Me doy cuenta de que la propiedad ha pertenecido a su familia durante mucho tiempo, señor Parker. Hay un cierto vínculo sentimental que considerar, pero...

–No está en venta.

Jade movió los labios hacia dentro. Les estaba haciendo recordar, empujándolos hacia dolorosos recuerdos. Su presencia en la casa les traía a la memoria a su querido hijo, perdido tan trágicamente. Estuvo tentada de irse y aliviar su pena, pero hizo un esfuerzo por continuar.

–Por lo menos, ¿me podrían dar permiso para valorar la propiedad por una tercera parte imparcial? Sería hecho con la mayor discreción y sin ningún tipo de molestias para ustedes, se lo prometo. Una vez considerada la tasación, me gustaría tener otra oportunidad para hablar con ustedes.

–No nos haría ningún mal, ¿verdad, Otis? –preguntó la señora Parker.

Otis miró a Jade con animosidad.

–Hiciste daño a mi chico. Le rompiste el corazón por la mitad. –Jade inclinó su cabeza.

–No les puedo explicar qué es lo que pasó aquella primavera, pero deben creer que yo amé a Gary con todo mi corazón. Si hubiera tenido la posibilidad de escoger, nunca le hubiera hecho daño.

–¿Crees que comprando este lugar vas a expiar la culpa de tu conciencia? –preguntó el señor Parker.

–Algo así.

–Bueno, ni tú ni esa pomposa compañía para la que trabajas tiene el suficiente dinero para compensar a nuestro Gary.

–Tiene usted razón, señor Parker. Ningún dinero puede reemplazar su vida. Lo único que sucede es que su granja está en el camino de nuestro progreso. GSS está preparada para pagarle un alto precio por ello.

–No voy a vender. Por lo menos a usted.

Se levantó y dejó la habitación.

Al cabo de un rato, Jade se levantó a regañadientes. La señora Parker la acompañó hasta la puerta.

–¿Cree usted que podría hacer tasar la propiedad?

La mujer lanzó una preocupada mirada hacia la parte de atrás de la casa.

–Él no ha dicho un rotundo no, ¿verdad?

–No, no lo ha dicho.

–Entonces, creo que puede hacerlo.

–Después ¿podría venir a verles otra vez?

Su boca fruncida empezó a abrirse con emoción.

–Jade, nosotros amábamos a nuestro hijo. Nunca hemos superado lo que se hizo a sí mismo.

–Yo tampoco.

–Casi mata a Otis también.

Se sonó la nariz con el trapo de cocina.

–Él es orgulloso, ya sabes, como todos los hombres. Yo espero que algo obtendremos por todo el pesar que hemos sufrido por Gary. Alguien debe pagar por lo que pasó.

Jade alargó su mano y presionó su brazo.

–Gracias. Nos pondremos en contacto pronto. Y por favor, recuerde que no debe decir nada de esto a nadie.

22

–Oye, mamá.

–¿Que oiga qué?

Graham levantó la vista de *Deportes Ilustrados* que estaba manoseando. Se hallaba tendido en el suelo del salón, tumbado de barriga.

–Esto, dicho por ti, suena divertido. Normalmente se lo dicen los negros entre sí.

–Una vez me encontré a un hombre, un hombre blanco, que solía empezar sus frases con «oiga», y esto me molestaba tanto que lo mandé a la cárcel.

Graham rodó sobre su espalda y se sentó.

–¿Bromeas?

–No bromeo.

Tenía el pelo negro revuelto y le brillaban los ojos. Ella se lo quedó mirando, descaradamente.

Desde que él y Cathy habían llegado a Palmetto la semana anterior, Jade parecía no haberle visto bastante. Le había echado terriblemente de menos durante el mes y medio de la separación. Había sido el período de tiempo más largo que habían estado separados, y no le había gustado.

–Si no me crees –dijo ella–, pregúntale al señor Burke la próxima vez que lo veas. Él sabe mejor que yo que este hombre está en la cárcel.

–El señor Burke es increíble.

–¿Increíble?

Jade trató de entender el calificativo. Dillon trabajaba infatigablemente y tomaba cada retraso, ya fuera por inclemencias del tiempo o por mal funcionamiento del equipo, como una afrenta personal. Elevaba su diligencia hasta rayar en el fanatismo. Construir la fábrica se había convertido en su cruzada. Estaba casi tan obsesionado en este objetivo como ella.

–Creo que se le podría decir «increíble». –Jade mantuvo deliberadamente un tono evasivo.

Dillon no tenía vicios que ella supiera. No se había emborrachado nunca ni se había presentado con resaca delante de ella. Si se veía con alguna mujer, sería lejos del remolque porque nunca había llegado a su conocimiento que se llevara alguna mujer al lugar de la construcción.

–La primera vez que le vi, pensé que era una persona huraña –le dijo Graham.

–¿Huraña?

–No sonríe mucho, ¿verdad?

–No, creo que no –dijo ella pensativamente. En muy pocas ocasiones le había visto sonreír. Y en las pocas ocasiones que le había visto, había sido más bien una expresión irónica.

–Y la primera vez que me llevaste a la construcción, me gritó cuando subí al bulldozer.

En el poco tiempo que llevaba en Palmetto, Graham le había pedido tres veces que le llevara a visitar el lugar de la construcción. Estaba fascinado con ello. Ahora, Jade se preguntaba si estaría más fascinado por Dillon que por el lugar de la construcción.

–Me alegro de que Dillon te gritara. No deberías jugar con la maquinaria. Puede ser peligroso.

–Eso fue también lo que me dijo el señor Burke. Me dijo que la gente que anda jugando a hacerse daño, tiene mierda en el cerebro.

–¡Graham!

–Lo dijo él, mamá, no yo. Sólo te lo estoy repitiendo.

–¿Qué otras pintorescas expresiones has aprendido del señor Burke?

Él sonrió.

–Creo que ahora le caigo bien, pero casi se vuelve loco cuando *Loner* y yo nos subimos en la apisonadora.

–¿*Loner*?

–Su perro. Así es como el señor Burke llama a su perro. De todas maneras, la estaba escalando como si fuera una colina normal, cuando el señor Burke salió corriendo de su remolque gritándome que me bajara a toda hostia de la apisonadora..., eso es lo que dijo, mamá. Entonces me agarró del brazo, me sacudió y me preguntó si es que no tenía ni una pizca de juicio, y que por qué los niños siempre se complicaban la vida con las apisonadoras.

»Le dije que no era un niño. Él me dijo: "Tampoco has crecido mucho que digamos. Y mientras estés por aquí, harás lo que yo te diga". Daba miedo, porque cuando habla así, tan serio y grave, no puedes ver cómo se le mueven los labios por debajo del bigote.

–Sí, ya lo sé.

Nunca había visto perder el control a Dillon. Al igual que Graham, también había mirado su bigote y sus labios para ver algún signo de movimiento.

–No te hizo daño, ¿verdad?

–No, coño. Quiero decir, no claro. Más tarde me pidió perdón por haberme agarrado el brazo. Me dijo que cuando nos vio a mí y a *Loner* en la apisonadora, tuvo miedo de que la mierda nos tragara enteros.

Ella frunció el ceño al oír su vocabulario. De nuevo Graham la miró inocentemente. Era divertido poder decir palabrotas que normalmente tenía prohibido utilizar.

–Tiene una forma de agarrar que te podría partir un hueso.

Su fuerza nunca se había puesto en duda. En más de una ocasión Jade se había quedado mirando cómo trabajaba a través de la ventana de su oficina móvil, sin darse cuenta que alguien lo miraba. Su zancada era larga y segura cuando se movía controlando la excavación. Incluso a lo lejos, ella lo podía distinguir de los otros trabajadores porque siempre llevaba puesto un sombrero blanco y gafas oscuras de aviador..., y luego estaba su bigote, claro.

–... si puedo. ¿Puedo?

–Lo siento Graham. ¿Si puedes qué?

Entornó los ojos como hacen los adolescentes cuando sus padres dan muestras de ser increíblemente estúpidos.

–Que si puedo ir en bicicleta hasta el lugar de la construcción. Conozco el camino.

–Pero está a bastantes kilómetros.

–Por favor, mamá...

–Al parecer hay algo importante en juego –dijo Cathy.

Había entrado en la habitación con una bandeja con

galletas, un vaso de leche para Graham y un café para Jade.

–Necesitarás comida para continuar.

En el poco tiempo que Cathy llevaba en la casa, ya había ejercitado su destreza de convertirla en un hogar. Jade no se dio cuenta de lo vital que le resultaba Cathy hasta que tuvo que apañárselas sin ella durante un mes y medio. Ella se encargaba de las compras, cocinaba y llevaba la casa. Eso es lo que ella quería hacer, y lo hacía estupendamente. Sin nadie al que mimar, Cathy consideraría que su vida no tenía sentido.

Puso la bandeja en la mesa del café y se sentó en el sofá, al lado de Jade.

–¿De qué se está hablando esta noche?

Con su primera galleta recién salida del horno, Graham explicó:

–El señor Burke me dijo que podía ir al lugar de la construcción siempre que quisiese. ¿Qué hay de malo en ir en bicicleta hasta allí, mamá?

–En primer lugar, está demasiado lejos para ir en bicicleta. En segundo lugar, el sitio de la construcción no es un patio de recreo. Podrías estorbar a los obreros mientras trabajan o bien hacerte daño. Para terminar, deberías hacer amistades de tu edad.

–Ya he conocido a varios chicos del barrio.

Ella esperaba que pudiera hacer amistades durante el verano para que la entrada en el colegio la próxima temporada fuera más fácil. Estar con jóvenes de su misma edad sería un pasatiempo más sano que estar por ahí con el solitario contratista general.

–El señor Burke tiene mejores cosas que hacer que entretenerte.

–Pero él dijo que yo podía ir, mamá. No quieres que me divierta –dijo refunfuñando.

–¿Puedo pedir al señor Burke que venga a cenar con nosotros una de estas noches? –preguntó Cathy, con su característica diplomacia.

–Sí. Eso sería estupendo –dijo Graham sonriendo de nuevo.

–No estoy segura –dijo Jade precipitadamente.

–¿Por qué no, mamá?

–A menos que esté fuera, siempre cena solo en su remolque –argumentó Cathy suavemente–. Estoy segura que apreciará una comida casera.

–Si quiere vivir como un ermitaño, creo que deberíamos respetar su aislamiento.

Era una débil excusa. Aunque sus expresiones no se lo dijeron, ella lo supo. La verdad era que Dillon y ella pasaban muchas horas juntos a lo largo del día. Era tan competente que en muchas ocasiones se encontró pidiéndole su opinión y consejo. Tenían un trato amistoso pero estrictamente profesional, y así debía seguir.

–Todavía no me has dicho si puedo ir en bicicleta hasta allí –le recordó Graham–. Por favor, mamá. Palmetto no es como Nueva York. Aquí no pasa nada malo.

Con pulso inseguro, Jade puso la taza y el platillo de nuevo en la bandeja.

–Déjale un par de días para que lo piense, Graham –intercedió Cathy–. Ya que te has liquidado todas las galletas, ven a ayudarme a limpiar la cocina. Por favor, llévate la bandeja a la cocina. Yo iré dentro de un momento. Y ahora, desaparece.

Graham se puso en pie con reticencia y se llevó la bandeja de la habitación. Una vez que estuvo lejos, Cathy cubrió las manos de Jade que estaban crispadamente entrelazadas en sus rodillas.

–Él no sabía nada mejor que decir, Jade.

–Claro que no. Hasta que fui violada por una pandilla, yo tampoco creí nunca que pudiera pasar nada malo aquí.

–Ya sé que nunca has querido decirle a Graham cómo fue concebido –dijo Cathy, calibrando sus palabras.

–No he cambiado de opinión.

–Pero ¿qué pasará si lo llega a saber por otra persona? –preguntó Cathy con preocupación–. ¿Qué pasará si alguien viene y le pregunta directamente quién de los tres hombres es su padre?

–Las personas involucradas en la violación no dirán nada. Tampoco saben que Graham fue concebido esa noche.

–Tus enemigos son las personas más influyentes de la ciudad, los Patchett y el sheriff Jolly. Cuando oigan hablar de Graham, harán cuentas.

–Y entonces, ¿qué? ¿Confesarán acaso la violación? No lo creo.

Cathy miró atentamente la cara de su amiga.

–Jade, nunca he interferido en tu vida personal. Si lo hubiera hecho, te hubiera casado hace años con Hank Arnett. Nunca he pretendido decirte qué es lo que tienes que hacer.

–¿Y ahora? ¿Es que ha cambiado algo?

La mujer de más edad no tengo en cuenta su sarcasmo y le susurró rápidamente:

–Déjalo correr.

–Dejar correr, ¿qué?

–Jade, no soy estúpida. No seleccionaste caprichosamente Palmetto para construir aquí la fábrica textil. ¿Por qué tenías que volver a un lugar que te trae tan malos recuerdos si no fuera para vengarte?

Ella apretó las manos de Jade con más fuerza.

–Tus éxitos son ya suficiente venganza. Has superado todos los obstáculos que se han interpuesto en tu camino. Tienes a Graham, y te quiere locamente. ¿Qué más quieres? Déjalo correr.

–No puedo, Cathy.

Ni siquiera se atrevió a contradecir las palabras de Cathy.

–He esperado años para esto y ahora no lo voy a dejar correr.

–Temo que esto te va a consumir. Quizá te destruya a ti antes que a ellos.

–No los quiero destruir. Si lo hubiera querido, los hubiera matado hace quince años. No, quiero que pierdan algo que aprecien, de la misma forma que yo perdí mi inocencia y a la persona que amaba. Quiero ver cómo se destruyen sus sueños, como ellos me destruyeron el mío.

»Pero sobre todo, quiero vengar la muerte de Gary. Ellos lo mataron, Cathy, tan seguro como si le hubieran puesto una pistola en la cabeza y hubieran apretado el gatillo. No descansaré hasta que lo paguen caro de por vida.

Su tono, ya suave, se convirtió en un susurro.

–Era tan idealista... Soñábamos con destronar a los Patchett, con detener su tiranía económica sobre Palmetto. Apresan víctimas que no tienen poder, fuerza ni influencia, tal y como hacían quince años atrás. Están fuera de la ley y sin control, y continuarán haciendo daño a la gente y reprimiendo esta ciudad hasta que alguien les pare los pies. –Su expresión se endureció–. He trabajado quince años para tener esta oportunidad. No la puedo desperdiciar.

Cathy, que había permanecido escuchando, alzó sus implorantes ojos hacia Jade.

–Dile a Graham qué es lo que te pasó. Si estos hombres son tan villanos como dices, lucharán. Intentarán llegar a ti a través de él. Díselo, Jade, antes de que alguien lo haga.

Ella reconoció lo acertado de lo que le estaba diciendo Cathy, pero tampoco olvidaba la responsabilidad que Velta le había dejado en el suicidio de su padre. Si contaba a Graham lo de la violación, probablemente él asumiría erróneamente la culpa de su concepción. Y no le quería cargar con una culpa que podría arrastrar toda su vida.

–No, Cathy. No debe saberlo jamás.

La cuestión de si Graham podía ir o no en bicicleta al lugar de la construcción se aplazó de momento porque Dillon se marchó de la ciudad para entrevistarse con algunos contratistas de hormigón.

–Me dijo que me asegurara de que *Loner* tiene suficiente comida y agua mientras él está fuera –le dijo a Graham esa misma tarde cuando ella volvió a casa–. No tiene ninguna lógica discutir si puedes ir en bicicleta hasta allí. Volveremos a hablarlo cuando regrese el señor Burke.

Graham estaba cabizbajo.

–¿Y eso cuándo será? ¿Dentro de cien años?

–Dijo dos semanas.

–Cien años –repitió desanimadamente mientras se marchaba.

Él no estaba contento con el vuelco que habían dado los acontecimientos, pero secretamente Jade sí lo estaba. La precaución que había planteado Cathy no podía ser rechazada a la ligera. Había estado pensando tanto en sus planes que había llegado a olvidar el posible contraataque que podían hacer los Patchett y Hutch. Desde la reunión, habían intentado pasar desapercibidos. Eso ya era de por sí bastante sospechoso. No cabía la menor duda de que estaban tramando algo, y ella no podía bajar la guardia ni por un momento.

No quería que Graham vagabundeara libremente por la ciudad. A pesar de la ausencia de Dillon, el trabajo seguía adelante en la construcción. Había nombrado controlador temporal de la obra al operario de la excavadora. Como los niveles de Dillon eran tan altos, Jade confió en que el hombre hiciera correctamente su trabajo, aunque se encontraba más segura y con más confianza cuando podía consultar con Dillon.

La construcción se había convertido casi en un lugar turístico y diariamente acudían centenares de curiosos. Raro era el día en que Jade no concedía una entrevista a un reportero. Lola Garrison, una reportera de acontecimientos de Charleston, que trabajaba por libre, estuvo con ella casi un día entero. Estaba escribiendo un artículo sobre la fábrica textil para el suplemento dominical, que acompañaba a varios importantes periódicos del Sur.

La primavera estaba dando paso al verano. Los días se alargaban. Una tarde, Jade decidió hacer horas extras después de que la plantilla de operarios hubiera parado las máquinas y dado por terminada la jornada. Estaba tan absorbida por el trabajo que había perdido la noción del tiempo, y no se dio cuenta de lo tarde que era hasta que *Loner* empezó a ladrar.

Sintió un ligero estremecimiento de alegría. Pensó que Dillon había regresado. Pero le pareció que las pisadas que se oían en la escalera no eran suficientemente pesadas, y los ladridos de *Loner* no eran de bienvenida. Se abrió la puerta del remolque.

–Hola, Jade.

–¡Donna Dee!

Estaba sorprendida de ver a su antigua amiga y, al mismo tiempo, se sentía aliviada de ver que no era nadie peligroso.

Loner seguía en el umbral, ladrando furiosamente.

–Tranquilo, hombre –le dijo Jade.

Rodeó su escritorio y cruzó la habitación para cerrar la puerta. Se giró, enfrentándose a Donna Dee.

–Estás estupenda, Jade. –Su sonrisa estaba teñida de envidia y amargura–. Pero siempre has estado bien.

–Gracias.

–No te preocupes, no espero que me devuelvas el cumplido. Mentirías.

Eso dejó a Jade sin nada que decir. Los años no habían pasado en balde para Donna Dee, que por otra parte no había sido nunca guapa. Su atractivo había residido siempre en su animada personalidad. Pero ni siquiera eso le quedaba ya. Su irónico sentido del humor se había convertido en rencor.

–¿Por qué me has venido a ver, Donna Dee?

–¿Me puedo sentar?

Jade movió la cabeza hacia una silla y regresó a su mesa. Donna Dee se sentó remilgadamente, dando un tirón a su falda por encima de las rodillas, con nerviosismo. No había ni un solo hueso quieto en todo el cuerpo de Donna Dee. No estaba preocupada por si sus rodillas estaban tapadas o no. Había algo más que la inquietaba. Quizá culpabilidad.

–Fui a tu casa –le dijo–. Me dijeron que estarías trabajando hasta tarde.

–¿Te dijeron?

–La mujer mayor y el chico... ¿Graham?

–Sí, Graham.

Donna Dee miró hacia otro lugar. Jade notó que estaba apretando con ambas manos el asa de su bolso, como si alguien se lo fuera a robar.

–Yo..., eh, no sabía que tenías un hijo hasta hace unos días.

–Ha estado en Nueva York terminando el curso. ¿Cómo has oído hablar de él?

–Tú sabes lo rápidamente que circulan los cotilleos por aquí.

–Sí, lo sé. Demasiado bien.

Donna Dee movió la cabeza y se colocó un mechón de pelo detrás de la oreja.

–Es un chico muy guapo, Jade.

–Gracias.

–Se parece a ti.

–Y a mi padre.
–Sí, recuerdo las fotografías que tenías de él.
Sus dedos empezaron a estirar el asa de cuero de su bolso.
–¿Cuántos años tiene... Graham?
–Catorce.
Las dos mujeres se miraron mutuamente a través de la habitación, a través de los años de amargura. Donna Dee rompió el tenso silencio.
–Me vas a obligar a preguntarte, ¿verdad?
–Preguntarme, ¿qué?
–¿Fue concebido esa noche?
–¿Te refieres a la noche que fui violada? –Jade se levantó de repente–. Eso os proporcionaría a ti y a Hutch algo excitante de qué hablar para la cena de esta noche.
Donna Dee también se levantó.
–Hutch y yo no cenaremos juntos esta noche. Ni siquiera podremos hablarnos. Hutch está en el hospital de Savannah en cuidados intensivos. ¡Se está muriendo!
Sus palabras retumbaron por las paredes. Por un instante las dos mujeres se miraron mutuamente. Entonces Donna Dee se dejó caer en la silla y se sujetó la frente con la mano.
–Se está muriendo.
Al igual que había sido Fritz, Hutch era un figurante detrás de una insignia. Era la marioneta de los Patchett. Antes de que Jade regresara, era tan sólo una sospecha, pero el primer día en Palmetto pudo confirmarla. Deliberadamente sobrepasó el límite de velocidad y fue detenida por un policía.
Cuando intentaba ponerle la multa, empezó a decir coquetamente:
–Al señor Patchett no le va a gustar cuando oiga hablar de esto. Soy una amiga suya. Me dijo que si alguna vez me ponían una multa por exceso de velocidad, que no me preocupara. Todo lo que tiene que hacer es llamar al sheriff y él lo arreglará, me dijo. ¿Por qué crear tantos problemas? Sería una pérdida de tiempo, ¿no le parece? –Asumiendo un papel que detestaba, se quitó las gafas de sol y deslumbró al policía con una sonrisa.
–Bueno, me alegro de que me lo hayas dicho, señorita. Se metió el bloc de multas de nuevo en el bolsillo.

–El sheriff Jolly me hubiera jodido si hubiera ofendido a una amiga del señor Patchett. ¿Estamos hablando de Neal o del viejo?

–Adivínalo –dijo ella, poniendo el coche en marcha.

–No te reconozco. ¿Quién dijiste que eras?

–No te lo he dicho –respondió ella, y se marchó, sintiéndose orgullosa por haber comprobado su intuición.

Ahora se sentía insensible. No quería darse el placer de desenmascarar a Hutch como un corrupto cobarde que temía tanto ser condenado como Iván y Neal Patchett temían el ridículo.

–No lo sabía, Donna Dee –dijo ella–. Siento oír eso.

Donna Dee bufó desdeñosamente.

–Sí, ya... Si muere Hutch habrá dos eliminados y sólo tendrás que preocuparte de uno, ¿no?

–Eso es tanto como conceder que lo que tenían en común los tres era violarme.

–Eran los tres que tú *acusaste*.

Miró a Jade con curiosidad.

–Iván es como si estuviera muerto, ya lo sabes. Nunca se recuperará del accidente. Neal estuvo un tiempo bastante mal. Al principio todo el mundo creyó que se había quedado castrado. ¿No sería gracioso que al semental de Palmetto no se le levantara nunca más? Pero sólo era un sucio rumor. Muchas mujeres juran que está más fuerte y más caliente que nunca.

–No me interesa para nada.

Donna Dee continuó como si Jade no hubiera hablado.

–Fritz y Lamar están muertos. Iván es un lisiado. Hutch se está muriendo. Dios casi ha igualado el marcador para ti Jade. Debes de estar satisfecha.

–No soy responsable de ninguna de sus desventuras. Y no me importa lo que pienses, Donna Dee, pero no deseo la muerte de Hutch.

–Pero no vas a llorar en su funeral, ¿verdad?

–No, vertí todas mis lágrimas en el funeral de Gary.

Donna Dee tomó aliento y dijo a la defensiva:

–Hutch no tuvo nada que ver con eso. Fue Neal quien se lo contó a Gary, no Hutch.

–¿Qué le dijo a Gary?

–Que estabas embarazada y que ibas a pedir ayuda a Georgie.

La breve información tan bruscamente revelada dejó a Jade paralizada. Aunque permaneció inmutable, su mente funcionó febrilmente. Su sangre se aceleró con increíble rapidez a través de sus venas.

–¿Neal le contó a Gary que iba a abortar?

Su voz era seca y áspera. La pregunta que se había estado haciendo durante todos estos años había sido finalmente respondida. Donna Dee no se había dado cuenta de que había puesto la pieza que faltaba en el rompecabezas.

Jade había ansiado saber qué era lo que llevó a Gary a suicidarse. Ahora lo sabía. Le habían dicho que ella estaba embarazada, no sólo haciéndole ver que le era infiel sino convirtiéndola también en una mentirosa ante sus ojos.

No tenía la menor importancia saber cómo Neal se había enterado de que estaba embarazada. Seguramente Patrice Watley se lo había dicho. Entonces, con su confianza en ella totalmente destrozada, Gary se suicidó. La traición de Neal parecía ilimitada.

Jade colocó sus manos en la cintura.

–Deberías irte, Donna Dee.

–No abortaste ese día, ¿verdad?

–Te estoy pidiendo que te vayas.

–Tu hijo es el bebé, ¿verdad? Escúchame, Jade.

Inspiró profundamente, como abrazándose.

–Hace un año, Hutch empezó a encontrarse mal todo el tiempo. Mientras le fue posible, no hizo caso de los síntomas. Sabes lo obstinados que pueden llegar a ser los hombres cuando les pasa algo así. Nunca quieren admitir que son menos que Supermán.

»Así que –continuó–, no supimos qué tenía hasta que tuvo un fallo renal. Se le diagnosticó una rara enfermedad de riñón. Desde entonces está bajo tratamiento de diálisis. En la ciudad nadie lo sabe. Lo hemos mantenido en secreto para que no pierda el trabajo. Pero ahora eso no es lo importante.

Sacó un pañuelo del bolso y se secó los ojos.

–La diálisis ya no funciona. Le tienen que hacer un trasplante para que viva.

–Lo siento por los dos.

–Jade –dijo suplicando Donna Dee–, la mayor esperanza que Hutch tiene de un trasplante es tu hijo.

–¿Qué? –gritó Jade sin dar crédito a lo que acababa de oír.

Donna Dee se levantó de su silla y avanzó unos cuantos pasos hacia Jade.

–Hutch y yo no hemos tenido hijos. Lo hemos intentado todo pero no me he quedado embarazada. Dora murió hace dos años, así que Hutch no tiene ya ningún pariente.

»Antes de que casualmente encontremos un donante, podríamos llegar tarde, Jade. –Se echó a llorar y apretó el brazo de Jade–. Si Hutch es el padre de Graham, Graham podría ser el donante que necesita Hutch.

Jade se zafó de su apretón y se apartó de ella como si tuviera una enfermedad contagiosa.

–¿Es que has perdido la cabeza? Jamás, Donna Dee.

–¡Por el amor de Dios, estamos hablando de la vida de una persona!

–Sí, exactamente, de la vida de Gary. Murió como consecuencia de lo que Hutch me hizo, no me importa cómo lo quieras lavar para tu conciencia. Sabías perfectamente bien que aquel día yo estaba diciendo la verdad en la oficina del sheriff. ¡Lo sabías, Donna Dee! Después perpetuaste las mentiras que se dijeron de mí.

–¡Tenía sólo dieciocho años! –gritó ella–. Estaba de mala leche porque el chico al que yo quería deseaba a mi mejor amiga y no a mí.

–Ésa es una mala justificación. Tus mezquinos celos son en parte responsables de haber conducido a Gary al suicidio.

Donna Dee se tapó las orejas con las manos, pero Jade se las quitó.

–No sacrificaré ni una sola gota de la sangre de mi hijo, aunque hubiera una remota posibilidad de salvar la vida de Hutch.

–Eres una perra egoísta y engreída –dijo Donna Dee con dureza–. Siempre lo has sido.

–Lo más importante del mundo para mí es mi hijo. Mi hijo, Donna Dee. No pertenece a nadie más que a mí. Y nadie lo va a tocar.

La mirada de Donna Dee estaba tan llena de odio que Jade no hizo nada por calmarla. Donna Dee se dio la vuelta, abrió la puerta y salió furiosa. Jade se precipitó a cerrar la puerta tras ella y se abalanzó hacia el teléfono.

Cathy respondió al segundo timbrazo.

–Cathy, ¿está Graham contigo?

–Pues claro. Está aquí mismo sentado, cenando. Nos dijiste que empezáramos sin ti.

–Sí, sí, me alegro de que lo hicierais.

Le temblaban las rodillas. Se dejó caer en la silla del escritorio.

–Escucha, Cathy. Preferiría que Graham no saliera después de la cena. Ni siquiera a dar una vuelta en bicicleta o a practicar con el monopatín o a hacer unos encestes.

–Habíamos pensado ver una película en el canal HBO después de cenar.

–Bien. Eso está muy bien.

–¿Qué es lo que pasa?

–Nada.

–¿Tiene eso algo que ver con la visita que nos ha hecho esta tarde la señora Jolly?

–Sí, pero preferiría que no le contases nada de eso a Graham.

Notó la desaprobación de Cathy a través del silencio que siguió a las palabras de Jade.

–Quiere decirte hola.

–Pásamelo.

–Hola, mamá, ¿cuándo vas a venir a casa?

–Pronto. Espérame.

–¿Pero qué coño...?

Dillon se desvió para no atropellar al perro. *Loner* había salido disparado desde la cuneta de la carretera y había corrido directamente hacia la furgoneta. Dillon dio un frenazo dejando la huella de los neumáticos durante varios metros.

–¡Estúpido perro callejero! –gritó desde la ventana.

Al escuchar la voz familiar, *Loner* se deslizó hasta una señal que había en el suelo. Movió la cabeza, miró la furgoneta y se dirigió hacia ella con gran alegría. Dillon abrió la puerta del pasajero. *Loner* saltó hasta su falda, lamiéndole la cara y dando golpes al volante con su cola imparable.

–Perro tonto, sal de encima. Dios mío, qué mal hueles. ¿Cuándo te bañaste por última vez?

Apartó a *Loner* de su falda y puso el vehículo nuevamente en marcha. *Loner* le estaba dirigiendo una mirada amartelada. Su lengua colgaba de un lado de la boca. Estaba respirando fuertemente.

–Te he dicho un montón de veces que no me quieras, pero no escuchas, ¿verdad?

Dillon tuvo que reconocer que era agradable ser recibido por alguien después de una ausencia de doce días, aunque el único que le hubiera echado de menos fuera un perro callejero con tan poco cerebro como para atravesar corriendo la carretera y ponerse delante de una furgoneta de dos toneladas. A pesar suyo le había empezado a coger cariño. Lo buscaba cuando no estaba alrededor del remolque, y se quedaba preocupado hasta que volvía a aparecer.

Acarició al animal detrás de una oreja.

–¿Qué estabas haciendo? ¿Ibas a casa o andabas buscando alguna hembra?

Loner dejó de jadear y levantó sus cejas.

–¿Ah, sí? ¿Conseguiste alguna?

Loner gimoteó.

–Conozco la sensación –dijo Dillon con tristeza.

Ciñó su mano izquierda sobre el volante y continuó acariciando a *Loner* con la mano derecha. A esta hora de la noche había muy poco tráfico. Se podía conducir casi sin pensar, cosa conveniente porque la cabeza de Dillon no estaba para conducir.

La había echado de menos.

Había acortado su viaje en dos días e, innecesariamente había conducido durante seis horas para llegar a casa esa misma noche en vez de salir tranquilamente por la mañana para llegar perfectamente por la tarde. ¿Y desde cuándo había empezado a pensar en ese lugar, su lugar, como su hogar? Desde que había alguien aquí que ansiaba ver.

Eso le había asustado terriblemente; le había asustado

tanto que incluso había empezado a pensar, en Knoxville, en la posibilidad de abandonar el proyecto de la fábrica textil y desaparecer. Pero no había tenido ese pensamiento por mucho tiempo.

–Sólo por una razón –le dijo al atento *Loner*–. Porque es muy cobarde escaparse de esa manera de los problemas.

¿De qué le había servido evadirse de la sociedad cuando murió Debra? Le había anestesiado temporalmente, permitiéndole vivir, cuando la vida le tenía sin cuidado. Después del descubrimiento de los cuerpos, la única razón que le había obligado a continuar fue causarle daño a Haskell Scanlan. Una vez hecho eso, no se había preocupado de tomarse otro respiro.

Pero alguna motivación le había conservado vivo. Algo pequeño pero muy activo, como el chip de un ordenador, se había metido dentro de su conciencia y le había permitido seguir viviendo. Ahora, sabía por qué. La fábrica textil. Tenía que construir esta fábrica. Lo creía con cada fibra de su ser.

–Así que la tengo que terminar. Me tengo que probar a mí mismo que me quedo hasta el amargo final. ¿Lo entiendes?

Loner gimoteó y apoyó su cabeza en las piernas de Dillon.

–Sí, lo sé. La vida es una mierda.

No quería querer al perro, y ahora se encontraba con que tenía un nudo en la garganta porque el estúpido perro callejero estaba contento de volverle a ver. Tampoco quería querer al chico, pero Graham era de ese tipo de niños que siempre le hubiera gustado que fuera Charlie. Era curioso, inteligente y afectuoso y lo suficientemente juguetón para no ser un borde.

–¿Qué tal Graham? –le preguntó a *Loner*–. ¿Lo ves muy a menudo? Quizá la próxima vez que me vaya de la ciudad por algún tiempo le pediré que te dé tu baño semanal.

Loner movió su cola de un lado a otro de su grupa, medio entusiasmado con la idea. No le encantaban los baños.

–Le podría ofrecer unos cuantos dólares. Los chicos de su edad siempre necesitan algún dinero.

Antes de que se marchara, Jade le había pedido excusas

por el vagabundeo de Graham en el lugar de la construcción. Ella pensaba que se había convertido en un pesado, interponiéndose en el camino de Dillon y haciendo preguntas constantemente. Pero de hecho estaba encantado siempre que Graham aparecía detrás de él. Sus preguntas y observaciones eran unas veces humorísticas y otras astutas. A pesar suyo, esperaba ver de nuevo a Graham.

Había evitado pensar en ello durante las seis horas de conducción, pero ahora, cuando sólo estaba a unos minutos de su destino, se sentía impulsado a conocer la verdadera razón de su prisa por volver a casa: estaba ansioso de ver a Jade.

Tenía mucho que contarle, por supuesto. Y estaba seguro de que ella también tendría que informarle de muchas cosas. Cosas que habían tenido lugar mientras él estaba fuera y que era conveniente que las comentaran.

Pero ¿era el trabajo la única razón por la que la quería ver? Deseó hasta el infinito que así fuera, porque otra idea sería completamente estúpida y supondría ser desleal a Debra. Debería de haberse ido con una mujer mientras estaba fuera de la ciudad. Si se hubiera llevado a la cama a una afectuosa y complaciente mujer, quizá ahora no se sentiría tan inquieto. Quizá no estaría tan deseoso de ver a Jade. Quizá su polla no se pondría tan dura con sólo el recuerdo de cómo la había visto erguida ante la tormenta.

Condujo la furgoneta hacia el trillado camino de su remolque. *Loner*, notando que ya estaba en casa, se levantó y se sacudió de la cabeza a la cola. Dillon soltó una carcajada, pero su risa se cortó cuando vio luz dentro del remolque y el Cherokee de Jade aparcado delante.

«¿Qué demonios está haciendo aquí a estas horas de la noche?»

Aparcó la furgoneta y se apeó. *Loner* pasó por su lado y buscó su plato de agua. Dillon intentó abrir la puerta del remolque. Estaba cerrada.

–¿Jade?

Sacó el llavero del bolsillo de su pantalón y metió la llave en el cerrojo. La puerta se abrió silenciosamente.

Su cabeza estaba apoyada encima de la mesa; estaba dormida. Dillon se acercó de puntillas.

–¿Jade?

No se movía. Su cabeza descansaba encima de su brazo extendido. Sus ojos cerrados quedaban desdibujados por entre su mano. Tenía unos dedos muy esbeltos. Su mano era delicada y en reposo parecía muy frágil. Su cabello suelto era una ola de confusión, esparcido por sus brazos y por encima de los papeles en los que se había quedado dormida. Era muy negro, el perfecto complemento a su tez blanca.

La mejilla que no estaba apoyada presentaba un ligero sonrojamiento. Su ceja era tan suave y brillante como la de una muñeca china. Estaba profundamente dormida. Respiraba a través de los labios ligeramente separados.

Dillon sentía un deseo irresistible de tocarla.

Se debatía pensando en qué hacer. A ella no le gustaría que la hubiera encontrado en una posición tan vulnerable. Sería una situación embarazosa para los dos y podría llegar a afectar su relación de trabajo, lo que no deseaba bajo ninguna circunstancia. Obviamente estaba muy a gusto.

Una vez sopesadas todas las posibilidades, decidió que lo mejor sería dejarla como estaba. Si se despertaba y se daba cuenta de que él había vuelto, podía ir a su remolque e iniciar una conversación, si quería: si no, se verían a primera hora de la mañana. No encontró ninguna razón para que la lámpara permaneciera encendida sobre su cara, así que se inclinó sobre el escritorio y la apagó.

En el momento en que el remolque se quedó a oscuras, ella se despertó.

–¡No! –Saltó de la silla, dándose casi un golpe con la cabeza de él.

–Jade, soy yo.

–¡No me toques! –Empezó a tantear los objetos desparramados por la mesa.

–¿Qué estás haciendo?

–¡Si me tocas, te mato!

Dillon, desconcertado por su violenta reacción, miró hacia sus manos extendidas y vio el frío destello del metal.

–Jade –dijo sosegadamente–, soy yo, Dillon.

Intentó llegar al interruptor de la luz.

–¡No!

Ella hizo un movimiento hacia su estómago con el abrecartas.

–¡Dios!

Era evidente que aún estaba durmiendo o tan desorientada que no se daba cuenta de lo que estaba haciendo. Antes de que pudieran hacerse daño, se abalanzó sobre ella y le agarró las manos. El teléfono cayó al suelo. Folios y papeles se desparramaron como las hojas de otoño en un día de fuerte viento. Jade se puso a gritar. Lucharon por el control del abrecartas. Ella cayó hacia la pared que tenía detrás, haciendo caer un calendario que estaba colgado.

Él le retorció las manos, pero ella no soltó el abrecartas. Aunque parecía estar dotada de una fuerza sobrehumana, él sabía que le debía de estar haciendo daño. Le pediría perdón después. Antes tenía que evitar que le clavara aquello en el estómago.

Finalmente agarró con fuerza sus muñecas y las balanceó sobre su cabeza. Presionó su cuerpo contra el de ella, poniéndola entre la pared y él. Ella agitó su cabeza salvajemente de un lado a otro.

– ¡Me tendrás que matar primero!

–Jade.

–¡No te dejaré! ¡Me tendrás que matar!

–Jade.

Parecía como si él hubiera entrado en su pesadilla y la hubiera despertado. Dejó de debatirse al instante. Su cabeza se detuvo. Sus pechos subían y bajaban enérgicamente contra su pecho.

–¿Quién eres?

Él podía notar su acelerada respiración en la cara.

–Soy Dillon.

–¿Dillon?

–Eso es.

–Dillon.

–Sí.

Exhausto, inclinó su cabeza por encima de la suya, apoyándola en su frente, mientras inhalaba bocanadas de aire. Le soltó las muñecas. Al hacerlo, los brazos de ella cayeron sin vida a lo largo de su cuerpo.

–¿Estás bien? –le preguntó él con voz ronca.

Ella asintió. Él se separó de ella y buscó el interruptor. El abrecartas estaba todavía en su mano. Podía haber sido mortal.

–¿Pero se puede saber qué intentabas hacer con esa maldita cosa? –preguntó enojado.

Jade soltó el abrecartas e instantáneamente se dejó caer en la silla.

–Me protegía.

Estaba pálida, temblorosa y jadeante, pero no había de qué preocuparse. Al ver que estaba bien, Dillon se permitió ponerse furioso.

–¡Maldita sea! Casi me metes un viaje en el estómago.

Jade apoyó el codo en la mesa y apartó de su cara unos mechones de cabello.

–No hubieras tenido que asustarme.

–No te asusté. Hice bastante ruido afuera. Te llamé dos veces.

–¿Por qué no me despertaste?

–No quería molestarte.

–Lo siento, pero te inclinaste hacia mí como si me fueras a ahogar.

Él empezó a soltar una retahíla de palabrotas.

–Y de todas formas, ¿qué haces aquí? ¿Qué hora es? –preguntó ella, al parecer todavía confusa por haber sido despertada tan abruptamente.

–No es tan tarde –respondió él–. Sólo algo más de las once.

–¡Oh, Dios!

Recogió el teléfono del suelo. Mientras empezó a marcar el número de su casa, Dillon se quedó de pie en el borde de la mesa, observándola.

–Me alegro de que hayas venido ahora –le dijo mientras colgaba el auricular–. Cathy estaba preocupada, pero no le gusta llamarme e interrumpirme cuando estoy trabajando.

–¿Y se puede saber por qué te quedas aquí sola hasta tan tarde? –le preguntó él enfadado–. Tienes suerte de que haya sido yo el que haya entrado por esa puerta.

–La puerta estaba cerrada.

–No creo que eso impidiera entrar a alguien si realmente quisiera.

–Bueno, no ha ocurrido ninguna tragedia, así que será mejor que lo olvidemos, ¿de acuerdo?

Ese tono despectivo le hizo apretar los dientes con rabia. Cuando ella bordeó la mesa, él le cerró el paso.

–Lo olvidaremos cuando yo diga que es momento de olvidarlo. Una mujer no debe estar aquí sola, a kilómetros de la ciudad, después de anochecer. No lo vuelvas a hacer.

–¿Debo recordarte que no tienes autoridad sobre mí?

–Olvidemos nuestras categorías profesionales. Eso no tiene que ver con el trabajo. Además, sólo me recalcas lo de las categorías cuando sabes que estás equivocada.

Sus ojos le miraron ferozmente.

–Si hubiera venido alguien que no fueras tú, *Loner* habría ladrado para avisarme de que había peligro.

Dillon acercó su cabeza cerca de la suya.

–¿De verdad?

–Naturalmente.

–Bueno, pues para tu información, *Loner* no estaba aquí –dijo él suavemente–. Estaba fuera dando un paseo. Con un poco de suerte, probablemente no habría vuelto hasta antes del amanecer.

Ella miró irritada hacia otro lado.

–Te agradezco tu preocupación por mi seguridad.

–No te halagues a ti misma. No estoy preocupado; sólo intento meter un poco de sentido común en alguien que evidentemente tiene mierda por cerebro.

Jade giró rápidamente la cabeza.

–Me alegro que utilices este particular tipo de vocabulario. Me recuerda que debo decirte que no debes usarlo delante de mi hijo.

–¿Has estado escuchando a escondidas mis conversaciones con Graham?

–Claro que no. Él te imita. Él cree que tú eres extraordinariamente maravilloso.

Esto le resultó agradable.

–¿De verdad?

–En serio. Así que vigila lo que dices cuando estés con él.

–Yo no he dicho nada que no haya oído en la televisión, y probablemente en su clase.

–Ésta no es la cuestión.

–Sí, precisamente ésta es la cuestión. A menos de que quieras que Graham sea un cursi, deberías dejarle decir algunas palabrotas. Está demasiado rodeado de mujeres. Le viene bien estar un rato por aquí entre hombres.

–Lo que me lleva a otro tema. No le alientes a que venga hasta aquí en bici.

–No lo he hecho.

–Él dijo que sí.

–No lo hice.

–¿Nunca le has hablado de venir hasta aquí en bici?

–Claro, cuando salió el tema. Le dije que era algo que tenías que decidir tú.

–Bueno, ya que soy su madre, muchas gracias.

Él supo que la volvería a besar. Era un disparate tremendo, pero de todos modos lo iba a hacer, y una vez que se había decidido no pensó que pudiera haber nada que lo detuviera.

Él deslizó sus dedos por entre su cabello y movió su cabeza hacia la suya. Entonces bajó su boca hasta la de ella. Sorprendida, el aliento salió disparado de su boca. Él lo notó en sus labios, lo probó. Al hacerlo, desapareció cualquier otro pensamiento de su cabeza. No pensó en las consecuencias de este beso, porque era seguro que en cuanto hubiera acabado ella lo despediría. No pensó en Debra. No pensó para nada. Sólo respondió al agradable estímulo erótico que el besar a Jade le había transmitido.

La punta de su lengua rozó sus labios; entonces la presionó hacia el interior de su boca. Ella estaba conmocionada. Su cuerpo se puso tan tenso que se le cortó la respiración. Él no se detuvo por la falta de participación de ella. Ejercitó la técnica que había ensayado años atrás y lentamente le hizo el amor a su boca. Su lengua se introducía, luego retrocedía, una y otra vez, hasta que ella recuperó la respiración y levantó las manos para agarrar sus brazos.

–No –susurró ella–. Por favor.

Ella no había querido decir que parara, había querido decir que por favor continuara. Porque aunque había precedido ese «por favor» con un «no», él podía notar su excitación. Estaba creciendo en su interior. Generaba un calor que él podía sentir a través de su ropa. Su respiración era rápida y ligera, entrecortada.

Apretó su cabeza entre sus largos dedos y la hizo girar más hacia atrás. Él acarició su garganta y besó la suave y fragante piel debajo de su oreja.

–No, Dillon –se quejó ella.

–No quieres decir eso.

Volviendo a sus labios, ladeó su cabeza y la besó más profundamente que antes. El calor y el deseo se concentraron en sus pelotas; él se quejó por la intensidad del dolor y por la potencia de placer. Puso una mano en su trasero y levantó la frente hacia la de ella. Sintió crecer su erección. Se frotó contra ella. Ella gimió.

Su otra mano fue a buscar su pecho. Estaba firme, lleno, perfecto. Su pezón respondió a la caricia de su pulgar. Él quería arrastrar su boca hasta él, incluso a través de su blusa, y bajó la cabeza para hacerlo.

–¡No!

Se separó de él con tanta brusquedad que perdió el equilibrio y fue a dar contra la pared. Cruzó los brazos en su pecho y movió las manos arriba y abajo de sus brazos, como si tratara de limpiarlos. Sus ojos estaban tan abiertos que el blanco resaltaba alrededor del azul eléctrico de sus iris.

–He dicho que no –dijo ella confusa–. Te he dicho que no. No, no. ¿Es que no lo entiendes? ¡No!

Estupefacto, Dillon dio un paso hacia ella.

–Jade, yo...

–No me toques. ¡No me toques!

En su voz sonó una nota de histeria, adelantó una mano hacia él para apartarlo.

Él hizo un gesto de rendición.

–De acuerdo, de acuerdo, no te tocaré. Te lo juro.

Nunca se había encontrado en una situación como aquélla. A veces las mujeres ponían cierta resistencia para parecer más tímidas, pero ninguna se le había puesto histérica. Ella tampoco le estaba engañando. Si él hubiera pensado que era una pose, se habría puesto furioso. No era una pose. No cabía la menor duda de que ella estaba realmente aterrorizada.

–No tienes que tener miedo de mí, Jade –dijo él suavemente–. No te obligaré a hacer nada.

–No puedo.
–Ya me doy cuenta.
–No puedo –repitió ella.
–Está bien, ¿de acuerdo? Ahora, por favor, deja de mirarme como si fuera Jack el Destripador. No te voy a hacer daño.

Gradualmente fue cediendo su pánico. Dejó de frotarse los brazos con las manos pero los mantuvo cruzados sobre su pecho. Sus ojos perdieron esa alarma de animal salvaje atrapado, pero eran evasivos. Ella posó su mano sobre el pecho que él había deseado. Ese gesto tan femenino y protector le hizo sentirse como un pervertidor de menores.

Evitando todavía sus ojos, cogió rápidamente el bolso y las llaves.

–Debo irme a casa o Cathy se empezará a preocupar otra vez.
–Jade, ¿qué...?

Ella movió su cabeza bruscamente, sin querer dar ninguna explicación de su extraño comportamiento.

Dejó el remolque con una ligera carrera y se subió al Cherokee. Dillon se quedó en el quicio de la puerta, mirándola con perplejidad, hasta que la oscuridad se tragó el resplandor rojo de los pilotos de su automóvil.

23

La idea que George Stein había discutido con Jade el Primero de Mayo significaba construir un anexo de la corporación GSS en algún lugar cercano a la fábrica textil. Acomodaría no sólo a sus más altos ejecutivos, sino también a los afiliados a GSS en transporte, petróleo y otras diversas industrias situadas en el sureste. Desde entonces le había llamado casi diariamente pidiéndole el informe de la adquisición de terreno. Había intentado deshacerse de él diciéndole que estaba intentando ser muy exigente. Él le había insinuado que si el trabajo se estaba convirtiendo en algo demasiado pesado para poderlo llevar ella sola, quizá debería mandarle a alguien para que la ayudara.

Ella reconoció el tono intimidatorio que ello significaba, pero sabía que no podría deshacerse de él para siempre. El anexo era un proyecto atractivo en el que ella quería participar totalmente..., pero con tiempo. Por desgracia, cuando el señor Stein concebía una idea quería ver productividad inmediatamente.

La mañana siguiente al regreso de Dillon, Jade se decidió a ver a Otis Parker de nuevo. Sin apenas causar ningún tipo de molestia, habían tasado la propiedad, junto con varios terrenos de dentro y de fuera de Palmetto.

Llegó pronto a la granja, justo cuando Otis se estaba subiendo al tractor, antes de salir hacia el campo.

–No le quitaré más que un minuto de su tiempo, señor Parker –le dijo mientras se acercaba.

–Si vienes para decirme que venda el terreno, pierdes el tiempo.

–Por favor, escúcheme.

Ella esperó mientras él se apeó reticente. Después de una pausa, ella continuó:

–No creo que usted y la señora Parker no quieran vivir

con holgura el resto de sus vidas. Podría comprar una casa bonita en la ciudad y retirarse. No tendría que trabajar ni un día más, a menos que lo quisiera. Piense en todo lo que puede hacer para sus hijos y nietos.

Él la miró con resentimiento.

–Todo eso suena realmente bien, pero si decido vender el terreno, no se lo venderé a usted.

–¿Qué es lo que quiere decir?

Sacudió un desgastado trapo de color rojo del bolsillo del mono y lo pasó distraídamente por el tractor.

–No tengo por qué darle ninguna explicación.

–Señor Parker, le pedí que no discutiera con nadie mi interés por su terreno.

–No lo hice. Pero usted sabe cómo son las cosas en esta pequeña ciudad. Las palabras se escapan. El individuo que tasó la propiedad estuvo por aquí dos días enteros y despertó la curiosidad de la gente.

Ella abrió rápidamente su cartera.

–Aquí está lo que GSS le ofrece por su propiedad, incluyendo la casa.

Le tendió el contrato legal y señaló la suma al final de la página. Cuando el hombre consiguió ver la cantidad con sus cansados ojos, se quedó con la boca abierta.

–¿Quinientos mil dólares? ¿Me está tomando el pelo?

–No, señor Parker. No se lo estoy tomando. Todo lo que tiene que hacer es encontrarse conmigo esta tarde en las oficinas centrales y firmar el contrato.

–No –dijo el hombre sacudiendo la cabeza.

–Le puedo asegurar que nadie le va a ofrecer tanto por su propiedad, señor Parker. Está muy por encima de la tasación.

Él la miró un momento con desconfianza y entonces movió la cabeza.

–No voy a hacer nada con prisas. Y le he dicho que ni siquiera he decidido vender aún.

Le dio la espalda, se subió de nuevo al tractor y puso el motor en marcha. Después de encasquetarse un sombrero de paja, condujo el tractor fuera del terreno. Jade dejó el contrato en el porche, sujetándolo con una piedra. Cuando se daba la vuelta para marchar oyó cómo se abría la puerta de metal y vio a la señora Parker.

–Buenos días.
–He oído decir a alguien que tienes un niño.
La señora Parker habló rápidamente, como si le costase trabajo pronunciar las palabras.
–Sí, se llama Graham.
–Me estaba preguntando si podría ser el hijo de mi Gary.
La tristeza cubrió a Jade como una mortaja. La desesperada esperanza que vio en la cara acongojada le rompió el corazón. Estuvo tentada de mentir y decirle que Gary era el padre de Graham, pero en el fondo esto no haría más que perjudicar a los Parker y a Graham.
–No, no lo es, señora Parker –dijo ella tristemente–. Pero deseé que lo fuera desde el día en que supe que estaba embarazada.
Sin pronunciar otra palabra, la escuálida mujer se metió dentro de la casa. La puerta de metal se cerró.
A los pocos minutos, Jade llegó al cruce con la carretera. Cuando hubo entrado en ella, un bonito El Dorado de color rojo manzana la adelantó.
Estaba tan ensimismada pensando en los Parker mientras se dirigía a la construcción que no volvió a apercibirse de El Dorado hasta que casi lo tuvo encima. Al parecer había hecho un giro en U y la estaba siguiendo. Neal Patchett iba al volante.
Sonriendo, le indicó que se parara.
–Vete a la mierda.
Sin dejar de sonreír, él aceleró lo suficiente para dar a su coche la ventaja de unos pocos metros antes de frenar bruscamente, casi chocando con el Cherokee de Jade. Reflexivamente, ella frenó. Neal Patchett aparcó enfrente de ella, de modo que los dos coches formaban una T en la amplia carretera.
Jade abrió de golpe la puerta y salió fuera.
–¿Pero se puede saber qué estás haciendo?
–Te pedí amablemente que te detuvieras.
Su tono, su jactancia, su zalamera sonrisa eran demasiado familiares cuando se acercó a ella.
Curiosamente, estaban casi en el mismo lugar donde él la había secuestrado del coche de Donna Dee quince años atrás.

–Y, como siempre, si no te sales con la tuya la impones a la fuerza.

Él hizo una elegante reverencia de cabeza.

–Culpable.

–Si querías verme, deberías haberme pedido una cita.

–Bueno, lo he intentado, ¿no? ¿Acaso no has recibido ninguno de los mensajes que te he dejado en tu contestador automático?

–Los he recibido... y los he rechazado.

–¿Y acaso no me has colgado cada vez que te he llamado? Ni siquiera he recibido una nota de agradecimiento por las flores que te envié dándote la bienvenida por haber regresado a la ciudad.

–Las tiré tan pronto me las entregaron.

–Ay, Jade. Te fuiste al norte y te volviste una maleducada. Esos yanquis de allá arriba te debieron de contagiar muy malas costumbres. ¿Qué le ha pasado a aquella dulce niña que todos conocíamos y queríamos?

–Fue violada por una pandilla.

Él se estremeció, pero era una reacción ensayada.

–Veo que todavía estás llena de rencor. Deberías de tener cuidado. La amargura te hará envejecer antes de tiempo, te hará salir arrugas en la cara. Además, ¿para qué? Lamar está muerto y enterrado. Hutch está casi muerto. Yo vengo a ti como un viejo amigo ofreciéndote la pipa de la paz, esperando que olvides nuestro pequeño malentendido.

Reducir su violación y el suicidio de Gary a un pequeño malentendido era grotesco. Necesitó hacer acopio de todas sus fuerzas para no desgarrar la sonrisa de autosuficiencia.

–Tú vienes a mí como un hombre lleno de miedo, Neal. Mi compañía es un peligro para vuestra economía feudal. Vais a perder vuestro poder absoluto, y lo sabéis. Mejor aún, yo lo sé.

–No quites a los Patchett de en medio tan rápidamente.

–Nunca lo he hecho. Pero esta vez no vais a ganar.

Ella volvió a su coche y cerró la puerta. Neal metió la cabeza por la ventanilla abierta.

–¿Estás segura de esto?

–Segurísima.

Él entrecerró los párpados.

–¿Sabes, Jade? No podía dar crédito a mis oídos cuando oí que habías tenido un hijo, siendo que ni siquiera tienes un marido. Así que fui a echar un vistazo a tu casa el otro día y he aquí que me encontré con un adolescente encestando en la entrada, tal y como yo solía hacer.

Ella no podía disimular su pánico. Sin dejar de mirarla, Neal continuó en el mismo tono.

–Es un chico bien parecido, Jade. Me recuerda a mí mismo cuando tenía esa edad. –Se inclinó más–. Estaba pensando que quizá Georgie no te quitó el niño el día que te vimos entrar en su casa.

–¿Te vimos?

–Sí, Gary y yo. Fuimos a comprarle un poco de bebida. No puedes imaginarte lo que nos sorprendimos cuando te vimos acercarte de puntillas hasta su acera con tus cincuenta dólares apretados en el pequeño puño.

–No fuisteis allí a comprar bebida. Patrice Waley te dijo que yo estaría allí. Te llevaste a Gary para que me viera.

–Se puso completamente loco –dijo con una suave sonrisa.

Ella temblaba tan incontroladamente y estaba tan llena de rabia que casi no pudo hablar.

–Hasta ahora pensaba que te merecías la muerte. Pero estaba equivocada: te tenía que haber matado hace quince años.

Él continuó con indiferencia, como si no la hubiera oído:

–¿Sabes lo que creo, Jade? Creo que saliste de la casa de Georgie con tus cincuenta dólares todavía en tu mano y un niño en la barriga.

Metió el brazo por la ventana y se enroscó un mechón de su cabello alrededor de sus dedos.

–Creo que yo puse ese bebé ahí dentro. Creo que el chico es mío. Y lo que los Patchett consideran suyo, lo cogen.

Ella sacudió su cabeza al mismo tiempo que ponía la marcha atrás. El coche dio una sacudida hacia atrás, sacando casi el brazo de Neal antes de que éste pudiera retirarlo por la ventanilla. Jade puso la primera y aceleró. El Cherokee salió disparado hacia delante y a punto estuvo de chocar contra el último modelo de El Dorado. Los dedos de

Jade quedaron agarrotados en el volante. Apretó sus dientes para no gritar.

–¡Malditos sean!

¿Por qué sería que los Patchett tenían el poder de aterrorizarla?

Todavía la asediaban el miedo y el recelo cuando llegó a la construcción y aparcó delante de su oficina móvil. Dentro, el ambiente ya estaba caldeado. Agitada y asustada, conectó el aire acondicionado y se quitó la chaqueta. La estaba colgando en la percha cuando se abrió la puerta detrás de ella.

La silueta de Dillon se perfilaba con el brillante sol de la mañana.

–Buenos días –dijo ella.

–Buenos días.

Era difícil mirarle después de lo que había pasado la noche anterior. Rápidamente dirigió su atención en hacer café. Sus manos temblaban por lo que Neal le había dicho. Estaba tan torpe que desparramó granos de cafe por todas partes.

–No tuve la oportunidad de preguntarte ayer noche sobre tu viaje. ¿Cómo fue?

–Muy productivo, creo.

No te esperaba de vuelta hasta el jueves.

–Vi a todo el mundo más rápidamente de lo que pensaba.

–¿Te han concedido ya el contrato?

–Primero quisiera discutir contigo las cláusulas principales.

–Bueno, lo haremos en cuanto el café esté listo.

–Entonces, ¿sigo trabajando aquí?

Jade se volvió hacia él de repente. Aunque se había vestido con su habitual mono de trabajo, no se había movido. Se mantenía de pie en el quicio de la puerta, como si estuviera esperando el permiso para poder entrar.

–Por supuesto que todavía trabajas aquí. Y por favor, cierra la puerta. Estás dejando escapar el aire frío.

Entró y cerró la puerta.

–Después de lo que pasó ayer noche no estaba seguro de que aún tuviera trabajo. Pensé que igual me mandabas a hacer las maletas esta mañana.

Algunas veces deseó que él llevara más ropa debajo del peto del mono. Era duro mirar a su torso, pero aún resultaba más duro mirar a sus ojos intensos.

–No hubiera sido justo despedirte, ¿no crees? Sobre todo por una cosa tan tonta como un beso.

Deliberadamente, ella minimizó el significado del beso, porque era la única manera rápida, segura y prudente de tocar la cuestión; en otras palabras, la estaba eludiendo. Si no le restaba importancia, le tendría que reprender. Y para hacer eso se vería forzada a agarrarse a sus propias ambigüedades sobre el tema. Y en esto, ella no estaba preparada.

Su beso la había noqueado. La había aterrorizado, realmente. Pero junto a estas reacciones que ella consideraba normales, desde lo más profundo de su ser surgía una curiosidad por saber qué hubiera pasado si no le hubiera detenido.

Después de una noche de insomnio había jugado a hacer cábalas. ¿Qué es lo que habría pasado si no hubiera sido lo bastante inflexible para dominar su deseo? No importaba la manera en que se hiciera esta hipotética pregunta porque la respuesta seguía siendo la misma. Sus caricias habrían sido más deseadas. Poco a poco la ropa se hubiera convertido en un impedimento, y entonces él habría esperado que ella recibiera dentro de sí lo que sintió con una fuerte impresión en la parte inferior de su abdomen. Él la conocería íntimamente. Ella conocería su fuerza, su poder, su esencia. El mero pensamiento de esto la hacía temblar tanto por fuera como por dentro, y no de asco y repulsión. Esto era lo que la dejaba confusa. ¿Por qué no se sentía indignada? Porque no sentía respulsión.

Las tentativas de Hank por cortejarla, cuando entendió su reticencia a ser cortejada, habían sido dulces y suaves. No había nada suave en la manera en que la boca de Dillon se había apropiado de la suya, nada dulce en la hambrienta exploración de su lengua. Ella no había sido besada así desde Gary. Honestamente tendría que admitir que nunca había sido besada así.

Su reacción a la agresión de Dillon había estado condicionada. Ella había respondido según la sintomática manera de su problema psicológico. Pero no había respondido con la usual rapidez e inflexibilidad. Ella le había ofrecido tiempo y espacio en el que moverse. ¿Por qué? Porque a pesar de su agresividad, su embestida le había hecho estremecerse en lugares que había considerado inmunes a la estimulación sexual. Su corazón había palpitado no sólo con miedo, sino también con una peculiar excitación que, debido a su novedad, era igualmente terrorífica.

Su anómala reacción ante ello era tan perturbadora como el beso en sí mismo.

Éste era el motivo por el que ella no estaba preparada para tratar esta cuestión en ese preciso momento. Su encuentro con Neal, sus amenazas encubiertas, le habían dejado temerosa y vulnerable. Cathy le había predicho que ellos le atacarían a través de Graham. Se juró a sí misma redoblar sus esfuerzos para mantenerle apartado de ellos.

Sin embargo, su problema más acuciante era restablecer su relación de trabajo con Dillon. Eso tenía que ser tratado inmediatamente, por el bien del proyecto.

Aplazó momentáneamente su preocupación por Graham, y dijo:

–Siéntate, Dillon. Háblame de los contratistas que has pensado para el trabajo.

Él se sentó mientras ella servía el café. Ahora ya sabía que él lo tomaba solo, y le ofreció una taza humeante. Después se sentó detrás de su mesa.

–Lo he reducido a tres tipos –le dijo él pasándole una carpeta que había traído consigo–. No están en ningún orden en particular.

Ella miró los tres tipos que Dillon había entrevistado. Entonces volvió al primero de ellos y empezó a leer más detenidamente. Él se movió inquieto en su silla. Ella supo que él iba a hablar antes de que pronunciara una sola palabra.

–Me siento como si te tuviera que pedir perdón, Jade, pero no sé ni por qué o para qué.

–No es necesaria ninguna disculpa.

–Pero veo que estás preocupada.

–Estoy preocupada pero no tiene nada que ver contigo.

Ella mantuvo sus ojos en las hojas que tenía delante pero retuvo muy poco de lo que estaba leyendo. Su concentración seguía llevándola a recordar cómo había sentido su bigote en su boca.

–Ya me habías avisado una vez, sobre lo de besarte, quiero decir.

–Recuerdo esa conversación.

–El día que te besé en la limusina..., bueno, quiero que sepas que eso fue totalmente diferente a lo de ayer noche. Ayer noche...

–No he pedido ninguna explicación.

–De todas maneras, no quiero que pienses que he visto algo en tu amistosa conducta para conmigo.

–No creo eso.

–Tú no me has puesto ningún tipo de señales sexuales.

–Me alegro de saberlo.

–No planteé besarte, Jade. Fue espontáneo.

–Lo entiendo.

–Si me hubieras dicho antes que no te gustaba...

–Nunca dije que no me gustara.

Sólo después de oír sus propias palabras se dio cuenta de lo que había admitido. Sus ojos coincidieron, en silencio pero sin interferencias. Ella tomó un pequeño respiro. No había arma alguna contra la intensidad de su mirada.

–Entonces, ¿te gustó? –preguntó él bruscamente.

–No. Quiero decir... –Ella bajó sus ojos de nuevo–. Lo que quiero decirte, Dillon, es que no puedo..., no puedo hacer eso.

–¿No puedes besar a un compañero de trabajo?

–No puedo besar a nadie.

Ella le oyó colocar su taza de café en el borde de la mesa. Sus ropas rozaron el almohadón de su silla cuando él se levantó rápidamente.

–¿Que no puedes besar a nadie?

–Eso es.

–¿Por qué?

–Ése es mi problema.

–Y ahora es el mío –dijo él levantando la voz.

Ella levantó valientemente su cabeza y le miró, deseando no haberlo hecho. Tenía los brazos apoyados en el borde de su mesa y estaba inclinado ligeramente hacia delante. El sol de verano había hecho que surgieran suaves mechas en su cabello. Sus desnudos brazos, su amplio torso, su cara con bigote y sus fijos ojos de color avellana, todo transmitía una masculinidad que tan pronto le fascinaba como la repelía, como el beso.

–El tema está zanjado –dijo ella con voz ronca.

–Por ahora, quizá.

Miró el trabajo sobre su mesa y se aclaró la garganta.

–Me gustaría discutir contigo estas ofertas para que puedas tomar una decisión.

–Está bien –dijo él lentamente.

Él había estado de acuerdo, pero durante la reunión continuó mirándola con aquella mirada fija que le hacía sentir incómodamente cálida. Él hacía todo con esa misma condenada intensidad: su trabajo, mirar fijamente... y besar.

–¡Maldita sea! ¡Ya me estoy hartando de toda esta mierda!

Iván no se estaba refiriendo a su imposibilidad física ni a su silla de ruedas, aunque blandió el puño en el apoyabrazos. Su estallido de rabia estaba provocado por el contrato que yacía en los muñones de sus piernas, el contrato que Neal había conseguido con engaños del señor Parker.

–¿Quién en su sano juicio pagaría medio millón de dólares por ese miserable trozo de tierra?

–Parece que lo tendré que hacer yo –dijo Neal sonriente.

–¿Para qué lo querrá?

–Quizá simplemente para construir un tendido ferroviario a través de él. Según los periódicos, la fábrica exportará mercancías al extranjero a través del Port Royal. Lo quiera para lo que lo quiera, para nosotros son malas noticias.

Neal miró fijamente el contrato con el ceño fruncido.

–Ésta es probablemente la primera oferta de Jade. A GSS le sale dinero por el culo. Seguirá subiendo su oferta hasta que Otis no la pueda rechazar.

–Sírveme una copa –dijo Iván bruscamente.

Neal se sirvió también un fuerte bourbon. Se había enfrentado a ella esa mañana temprano. De hecho, ella había puesto el dedo en la llaga. Por primera vez en su vida, su confianza se estaba tambaleando.

A Jade no se la podía manejar tan fácilmente como Iván

y él habían pensado. Ella no había respondido a sus llamadas, había dicho que había tirado las flores que él le había mandado. Había desarrollado una amplia fiebre de intereses entre la gente de la ciudad por la nueva fábrica. Él tenía la enfermiza sensación en su estómago de que ella se iba a llevar la mejor parte.

Su padre estaba viejo y lisiado. Aún se oía su voz, ¿pero cuánta gente realmente le seguía escuchando? ¿Cuánta influencia podría ejercer Iván cuando se hubiese instalado la nueva industria? A Iván se le conocía por manipular a la gente, haciendo trueques para puestos codiciados. Quizá mucho antes de lo que esperaban tendría que estar suplicando a la gente para que trabajara para él.

Neal miró a su alrededor. Las alfombras Aubusson, la porcelana de China, el cristal de Waterford, todo era reliquias de la familia de su madre y no tenía precio. Estaba encantado de tener la más grande y lujosa casa del condado. Le gustaba conducir cada año un coche nuevo. Le gustaba ser Neal Patchett y lo que el nombre significaba en la ciudad. No quería que las cosas cambiaran a estas alturas de su vida.

Miró a su padre, que estaba hundido en su silla de ruedas, y se dio cuenta que su futuro no se podía confiar a un viejo lisiado. Su padre no estaba preparado para luchar en esta batalla, pero había enseñado a su hijo. Era tiempo de que Neal pusiera a prueba sus propios músculos.

–Esto es lo que voy a hacer, viejo. Voy a ir al banco y firmaré un cheque por quinientos mil dólares.

Iván lo miró fijamente.

–¿Con qué garantía?

–Un acre o dos aquí, un acre o dos allá. Arañaré las suficientes escrituras para cubrir el cheque.

–No me gusta vender tierras.

–Tampoco te han gustado nunca mis ideas de diversificar. Así que ahora nos encontramos atrapados con una fábrica que está a punto de ser absorbida por toda una nueva industria. Si me hubieras dejado emprender la expansión y ponernos al día, hacer alguna de las cosas que yo quería, ahora no nos encontraríamos en esta situación –dijo Neal furiosamente–. Así que ahora cállate y escucha para cambiar.

Iván frunció el ceño pero permaneció en silencio.

–Jade ha demostrado interés en varias propiedades –siguió Neal–, pero la de los Parker es con mucho la más grande. Y por ello es la más importante para Jade. Iremos a por ella. Tenemos que apropiarnos de la propiedad de Otis.

–El banco quizá no te preste tanto.

–Lo hará si le digo que es por un plazo de tiempo corto. Todo lo que tengo que hacer es asegurarme la propiedad de los Parker. Entonces la señorita Astorbutt tendrá que venir hasta mí exhibiendo un contrato con el logotipo de la GSS. Y puedes jugarte el cuello a que cuando lo haga el precio de esa propiedad se habrá inflado de la noche a la mañana. No sólo la tierra de los Parker, sino todos nuestros acres que rodean la propiedad.

»Si ella está ofreciendo medio millón, eso quiere decir que está dispuesta a ofrecer más. Nos la tendrá que comprar. Saldaré la cuenta con el banco y la operación sólo me costará los intereses. Mientras tanto, habré hecho un importante negocio.

–¿Para qué dirás al banco que necesitas el dinero?

–Ya pensaré en algo. No quiero que en la ciudad se sepa ni una sola palabra de esto. Quiero que esto coja a Jade desprevenida como un mordisco en el culo.

Neal había hecho planes de cómo usar todo el beneficio que conseguiría, pero no quería hablar de ello con su padre hasta que todo esto hubiera acabado con Jade. Esperaba que Iván estuviera de acuerdo en poner al día y expandir su propio negocio. Se habían estado peleando por este asunto durante años. Iván se había aferrado obstinadamente a la tradición, rechazando con desdén la tecnología moderna. Neal pensó que posiblemente este miedo le hubiera cambiado de mentalidad. Él había estado llevando el negocio desde el accidente de tren, aunque Iván mantenía la figura de autoridad. Era el momento de que todo el mundo, incluyendo al viejo, empezase a verle como el jefe. Se bebió lo que quedaba de su copa.

–¿Quieres que te traiga otra chica esta noche, papá?

Los ojos de Iván chispearon.

–Esa pelirroja que me distes como regalo de cumpleaños tenía una boca de aspirador.

–Miraré a ver si todavía está en la ciudad.

–No, esta noche no. Tengo demasiadas cosas en la cabeza como para que me absorban el cerebro.

Él presionó su mandíbula.

–Sigo pensando que hemos pasado algo por alto. ¿Qué hay sobre Otis? ¿Qué le vas a decir?

–Cuando las cosas lleguen más lejos, te dejaré que seas tú quien hable con Otis.

Iván lanzó una carcajada.

–Ese tipo es más estúpido que la mierda que cultiva. Le recordaré lo bueno que he sido con él durante todos estos años. Le diré que si tiene que vender su terreno a alguien, deberá hacerlo a un amigo.

Se detuvo a pensar.

–A lo mejor deberías pedir al banco seiscientos mil dólares. No hará daño endulzar el pote. Esa perra de Sperry puede llegar a ser muy persuasiva.

–Buena idea.

Neal se dispuso a marchar, pero Iván lo detuvo.

–Enséñame la fotografía del chico otra vez.

Iván se había quedado tan sorprendido como Neal cuando oyó que Jade tenía un hijo. Neal le había sacado una foto instantánea con la Polaroid y se la había traído para enseñársela a Iván. De nuevo le pasó la foto a su padre, que la había estado estudiando durante horas la primera vez que la vio.

–He vuelto a su casa esta mañana –dijo Neal–, y le he visto segando el césped. Está en la edad correcta.

–Me dijiste que fue a ver a Georgie.

–Lo hizo, pero salió con el niño.

–Eso no lo sabes y Georgie está muerta. No se lo podemos preguntar.

–Me he enfrentado con ella esta mañana y ella no me lo ha negado. Aunque lo hubiese hecho, yo sé que estoy en lo cierto. Le toqué la moral. Ella no estaba embarazada de Gary Parker.

–Bueno, hijo –dijo Iván inclinándose hacia delante, casi salivando y blandiendo la fotografía–, piensa qué podría significar esto para nosotros si este chico fuera nuestro.

–No lo tengo que pensar. Sé que este chico es mío.

La expresión de Neal era astuta y amenazadora.

–Y yo lo quiero, padre.

–Esa noche la tuvisteis tres –observó ceñudamente Iván–. También puede ser de Hutch. O hasta de Lamar.

–No se parece a ninguno de los dos.

–Tampoco se parece a ti –le contestó Iván–. Él es la viva imagen de ella. Jugando a ser el abogado del diablo, ¿qué te hace estar tan seguro de que es tuyo?

–Es mío.

–Vas a tener que probarlo –dijo Iván con una despectiva sonrisa–, porque tú sabes que él es el único heredero que vas a tener.

Neal se pasó el dorso de la mano por su labio húmedo. El accidente que había robado las piernas a Iván había acabado con la habilidad de Neal para la reproducción. El tren de carga pulverizó un tercio de la parte delantera del coche. Neal había estado atrapado entre los hierros durante horas, antes de que el equipo de rescate pudiese cortar el destrozado metal y liberarle. El flujo sanguíneo hacia sus testículos había sido cortado durante tanto tiempo que le produjo una esterilidad irreversible. A él no le gustaba pensar en ello.

Gracias a Dios, no se había quedado también impotente. Se habría suicidado si eso le hubiese ocurrido. Pero cada vez que salía el tema del heredero, se ponía enfermo. Se le había inculcado desde la cuna que la primera cosa que se le pedía era producir otro varón Patchett. Era lo esperado. Era la única cosa que realmente importaba.

Palmeó la espalda de su padre.

–Déjamelo todo en mis manos, papá. Éste es mi hijo y yo lo voy a reclamar. Primero vamos a tener a su madre implorándonos de rodillas.

En su camino hacia la ciudad, Neal fue tarareando. Ahora tenía un plan específico, se sentía mejor. Había sido mortificante que Jade le hubiera seguido rechazando como una basura. Tiempo atrás, ella le había rechazado por Gary Parker. Aún le seguía mirando como alguien al que hubiera que mantener en un corral. No podía tolerar a ninguna mujer que pensase que se había llevado lo mejor de él. Antes de acabar con ella. Jade Sperry se arrepentiría del día en que le escogió como adversario.

Jade condujo el coche por la carretera. Graham estaba en el césped de delante de casa, practicando con una pelota de fútbol.

–Hola, mamá.

–Hola.

–Mira.

Lanzó la pelota a través del campo. Cuando estaba a tan sólo unos pocos metros de ella, dio una fuerte patada a la pelota que fue a estrellarse contra el tronco de un pino.

–¡Eso es un gol! –exclamó alzando los puños por encima de su cabeza en señal de victoria.

–Fácil de conseguir sin oposición.

Se sacudió algunos mechones negros y sudados de la frente.

–¿Cómo?

–Pruébalo de nuevo, pero conmigo de portera.

–¡Vale!

Recuperó de nuevo la pelota y la llevó a un lado del campo. Jade se sacó los zapatos de tacón alto y adoptó una posición de reto delante del árbol.

–Cuando estés preparado.

En vez de dirigirse directamente hacia la pelota como había hecho antes, Graham zigzagueó a lo largo del campo y lanzó hábilmente la pelota con un elegante juego de pies. Aunque Jade estaba delante de la portería, él la sacó del centro con un ingenioso lance. Y antes de que se pudiese volver a colocar, él volvió a dar con la pelota en medio del árbol.

–¡Gol! –gritó.

Enseñando sus dientes, Jade se abalanzó sobre él, cogiéndolo, y rodaron por el césped.

–¡Falta, falta!

Jade le hizo cosquillas en las costillas, pero él le sorprendió rodando hacia un lado y sacándosela de encima. Ella se sentó jadeando.

–¿Cuándo has aprendido a hacer esto? Hasta hace pocos meses te podía coger durante una hora.

–Estoy creciendo.
Ella se lo quedó mirando con orgullo maternal.
–Desde luego.
–¿Cuánto pesas, mamá?
–¡Qué poco delicado!
–No, en serio. ¿Cuánto pesas?
–Alrededor de cincuenta y un kilos.
–¡Yo casi peso más!
–¿Qué es lo que estáis haciendo vosotros dos? –Cathy les estaba observando desde la galería.
–Estábamos jugando a fútbol. He perdido –dijo Jade tristemente.
Graham dio un salto y la ayudó a ponerse de pie.
–Te llaman por teléfono –dijo Cathy–. ¿Les digo que esperen hasta la media parte?
–Muy gracioso –comentó Jade mientras subía pesadamente por las escaleras.
Cathy rió.
–Te serviré una coca-cola.
–Gracias –dijo Jade por encima de su hombro mientras caminaba con sus pies enfundados en medias hacia el teléfono de la sala.
–¿Señora..., eh..., Jade?
–Sí.
–Soy Otis Parker.
Había pasado cerca de una semana desde que ella había dejado el contrato en su casa. Había resistido la tentación de llamarle, y estaba muy contenta de que finalmente lo hubiera hecho él. Contestó con fingida ecuanimidad:
–Hola, señor Parker.
–Un tipo contestó al teléfono que me dejó en su tarjeta de visita. Él me dio este número de teléfono.
–Debió de ser el señor Burke. Espero que esta llamada signifique que ha decidido aceptar mi oferta.
–No, no realmente. Voy a pensar sobre ello un poco más.
Ella tapó con una mano el auricular y le dio distraídamente las gracias a Graham cuando le trajo la bebida fría.
–Señor Parker, estoy dispuesta a incrementar mi oferta.

Tenía que proceder con cautela, especialmente desde que no sabía por qué él estaba eludiendo la cuestión. ¿Qué diría a una oferta de setecientos cincuenta mil dólares?

Él tapó el micrófono.

Jade pudo oír retazos de una conversación en voz baja. Él estaba hablando con alguien.

–¿Señor Parker?

¿Le estaba preguntando su opinión, su consejo? ¿O estaba siendo asesorado por una tercera persona?

Él volvió a ponerse al teléfono.

–Si ofrece tanto, es que realmente quiere esa propiedad con toda su alma.

–Sí.

–¿Para qué?

–No estoy autorizada a darle esta información.

–Ejem... Bueno, yo...

–Antes de que me dé su respuesta..., me gustaría darle dieciocho meses para que pueda desalojar su casa. En otras palabras, GSS sería dueña de la propiedad tan pronto como se firmara la escritura, pero nosotros no asumiríamos la ocupación del terreno hasta dentro de un año y medio. Eso daría a su familia bastante tiempo para trasladarse. No estaría obligado a tomar ese período de tiempo, pero tendría esta opción.

Jade bebió un trago de coca-cola, mientras tenía lugar otra conversación como respuesta.

Sus dedos estaban tan fríos como el vaso helado.

–Le volveré a llamar –dijo el señor Parker cuando retornó a la línea.

–¿Cuándo?

–Cuando me haya decidido.

–Señor Parker, si otra tercera persona está...

–Eso es todo lo que tengo que decirle esta noche. Adiós.

Después de colgar el teléfono, ella se quedó mirando el aparato, deseando haber dicho más, deseando haber dicho las cosas de otra manera. Se estaba jugando tanto que había que actuar con pies de plomo. No sólo estaba en juego su orgullo, sino también su futuro en GSS.

Otis Parker colgó el teléfono y se giró hacia sus invitados.

–Bueno, Otis, ¿Qué le vas a decir cuando la vuelvas a llamar? –Iván le observó por debajo de sus cejas.

Otis se rascó la cabeza y miró incómodamente hacia su mujer, que estaba rígidamente sentada en el sofá.

–No sé exactamente qué hacer, Iván. Ella me está ofreciendo setecientos cincuenta mil dólares y un año y medio para trasladarme. No podrás mejorar un trato como éste.

–Nosotros podremos y lo haremos.

La mandíbula de Neal parecía esculpida en granito. Sus ojos resplandecían como el cristal. Durante la reunión con los Parker, había declinado sentarse.

Después de haber llevado a Iván y depositarlo en un sillón, con un reposacabezas grasiento, había permanecido de pie, apoyándose suavemente contra la pared, aparentando estar más relajado de lo que estaba.

Había sido una semana maldita. Él quería que el pacto se consumara lo más pronto posible. No le gustaba empeñarse hasta las cejas. Pero había llegado hasta aquí y continuaría hasta el final. Si ello significaba renunciar a unos pocos lujos como el barco y la casa de la playa de Hilton Head, él lo haría. Dio a su padre un imperceptible asentimiento.

–Danos unas pocas semanas para mejorar su oferta –dijo Iván volviéndose hacia Otis–. Me debes esto después de las veces que te he prorrogado el crédito.

Entonces Iván hizo lo que se le daba mejor. Utilizó tácticas intimidatorias.

–No me importa decirte, Otis, que me has decepcionado. La primera vez que Jade abordó el tema de comprarte el terreno, deberías haber venido a decírmelo. No me habría enterado si no hubiera tenido espías que vigilan por mis intereses. Pensaba que me estaban mintiendo la primera vez que me dijeron que estabas envuelto en el juego de la chica Sperry para arruinarme.

–Yo no estoy en ningún juego, Iván.

–Bueno, para mí eso es tan seguro como que existe el infierno. Ahí está mi oferta todavía sin mirar, encima de la mesa. Aquí estoy yo, creyendo que éramos amigos, pensando en ascender a tu hijo que trabaja para mí. Sí, señor, estaba a punto de nombrarlo capataz y aumentarle considerablemente el sueldo por nuestra relación de amistad. Me imagino que él podría utilizar el dinero extra con el próximo bebé que está en camino. –Lanzó un bufido, dejando a los Parker que pensaran en lo que no se había dicho.

Neal continuó entonces.

–¿Preparado para marcharnos, papá?

–Creo que lo estoy. Por lo que veo, esta noche no se va a cerrar ningún trato.

Iván hizo un ademán a Neal para que lo cogiera.

–Estoy cansado de tanto titubeo, Otis. Estoy preparado para que te decidas sobre esto, ¿me oyes?

Otis asintió tristemente.

Neal cogió a Iván entre sus brazos y lo levantó del sillón. Otis anduvo lentamente hacia la puerta y la mantuvo abierta. Mientras ellos pasaban, Neal dijo:

–Cuesta creer que seas capaz de hacer negocios con Jade después de que Gary se ahorcara por su culpa. Si le vendes el terreno, tu hijo se revolverá en su tumba.

La señora Parker hizo un pequeño y lastimero sonido. Neal les lanzó una desdeñosa mirada. A continuación llevó a su padre a través del destartalado porche y lo colocó dificultosamente en el asiento delantero de El Dorado.

Mientras se iban de la casa, Iván dijo:

–Buen trabajo. Esa última coletilla podría tener una importancia decisiva.

–Pero no podemos contar con ello.

–El dinero es una motivación mejor que los sentimientos. En vez de igualar la oferta de Jade, deberíamos volver con una mejor.

–¡Pero por qué!

–Ella está esperando su respuesta, ¿verdad? Nosotros podríamos cogerla por sorpresa, derribar al viejo tonto y conseguir que firme, antes de que tenga la posibilidad de recobrar el juicio. Este juego puede seguir indefinidamente. Con los recursos que tiene, ella puede seguir aumentando la oferta hasta el día del Juicio Final. Y ahí debe de haber mucho en juego para que ella haya aumentado tanto en tan poco tiempo.

–Haz lo que creas que es necesario –gruñó Iván, rascándose el centro del pecho distraídamente–. No voy a poder dormir una noche tranquilo hasta que esa puta esté fuera de mi vida.

24

–¿Cree que podría ser un jugador de fútbol profesional, señor Burke?

–Te dije que me llamaras Dillon.

–Ya lo sé, pero suena extraño.

–Llámame Dillon. Has hecho una buena jugada, Graham. Y contestando a tu pregunta, sí, creo que te puedes hacer profesional si lo deseas suficientemente.

–Eso es lo que mi mamá también dice. Dice que puedo hacer todo lo que quiera si lo deseo suficientemente.

Desde el vestíbulo donde escuchaba sin ser vista, Jade sonrió.

–Una mujer lista, tu madre.

–Ah, ¿viste su fotografía en el dominical?

–Ya lo creo. Eso sí que fue un buen artículo. Deberías de estar orgulloso de ella.

–Lo estoy.

El entusiasmo de Graham fue disminuyendo poco a poco.

–Pero todavía no me deja ir en bicicleta hasta el lugar de la construcción.

–Tendrá sus razones.

–Son estúpidas.

–No para una madre que se preocupa por su hijo.

Mientras escuchaba la conversación que se desarrollaba al tiempo que la partida de ajedrez, Jade pensaba que tal vez no había sido mala idea invitar a Dillon a cenar. Cathy había continuado insistiendo en invitar a Dillon a cenar, así que ella se lo había preguntando esa misma tarde. Había hecho que sonara espontáneo y casual.

–¿Por qué no te acercas a cenar esta noche? Graham ha estado esperando a jugar contigo al ajedrez.

Él había dudado unos segundos antes de aceptar.

–De acuerdo. Estaré allí en cuanto me haya puesto un poco decente.

–Bien, te veré después.

Su actitud había sido sencilla y agradable, evitando que él pudiera dar un significado especial a la invitación.

La cena había discurrido alegremente. Le habían tratado como a un viejo amigo de la familia. Mientras hacían bromas y se tomaban el pelo, era difícil creer que sólo unas pocas semanas atrás su boca había explorado la suya con pasión, que su mano había acariciado su pecho, que su cuerpo se había frotado contra el de ella debido a una excitación sexual.

Jade no habría imaginado jamás que muchos días después recordaría con tanta claridad ese abrazo o que los recuerdos le indujeran a las mismas ambivalentes y extrañas sensaciones que le habían producido el beso.

–¿Qué es lo que estás haciendo aquí fuera en el pasillo?

Ella se sobresaltó cuando Cathy se acercó por detrás y la pescó escuchando.

–Estaban en una conversación seria de hombres y no quería interrumpirlos –le dijo, susurrando.

Cathy le lanzó una mirada de entendimiento y la acompañó hacia la sala de estar, donde el tablero de ajedrez había sido dispuesto sobre la mesa del café.

–Hay más licor de melocotón, Dillon. Cuando quieras más, sírvete tú mismo.

–Gracias. Cathy, pero no. La cena estaba deliciosa.

–Gracias.

–Mamá, Dillon me ha dicho que quizás esta próxima temporada podamos ir él y yo a Clemson a ver un partido de fútbol.

–Ya veremos.

Graham se estaba preparando para pedirle un compromiso más firme, cuando de pronto sonó el timbre de la puerta.

–Yo iré.

Se puso de pie rápidamente.

–Uno de mis amigos me va a traer el nuevo recambio de Nintendo. Dillon, si quieres te puedo enseñar a jugar.

Dillon torció la boca, y luego sonrió abiertamente.

–No saber jugar al Pequeño Ícaro me hace sentir viejo y estúpido.

–No tanto como a mí –le dijo Jade con una suave sonrisa–. Todavía no he desarrollado la habilidad de llevar el Joy Stick.

En sus ojos apareció un destello de travesura.

–He oído decir que todo necesita su práctica.

Jade agradeció el grito de Graham desde la puerta principal.

–¡Mamá! Es esa mujer otra vez.

Jade se levantó de la silla y se dirigió hacia el vestíbulo, caminando lentamente, cuando Graham dio paso a Donna Dee en la sala de estar.

–Ya había venido otra vez a buscarte –dijo Graham.

Donna Dee se quedó un momento mirando a Dillon antes de encontrar los ojos de Jade.

–Quizás hubiera tenido que llamar antes, pero... ¿puedo verte un minuto?

Jade había dejado las cosas claras durante su última conversación. No quería repetir la escena, sobre todo delante de Cathy, Graham y su invitado.

–Vayamos a la galería.

Cuando se hubieron apartado de la puerta principal, Jade se enfrentó a Donna Dee.

–Deberías haber llamado. Te habría dicho que no perdieras el tiempo viniendo de nuevo.

Donna Dee prescindió de cualquier simulación de educación.

–No te hagas la interesante conmigo, Jade. Vi el reportaje que te hicieron en el dominical del pasado fin de semana. Ahora eres un pez gordo. Por lo que ese tal Garrison ha escrito tan extensamente sobre ti, debes de creerte que eres la mejor cosa que jamás nos ha pasado en este condado. Pero ni unos caballos salvajes me hubieran podido arrastrar hasta aquí si no fueras mi última esperanza.

–¿Para qué?

–Hutch. Ha empeorado. Su estado es crítico. Si no se encuentra en los próximos días un donante de riñón, lo voy a perder.

Jade bajó su mirada hacia las baldosas pintadas del porche.

–Lo siento, Donna Dee, pero no te puedo ayudar.

–¡Me tienes que ayudar! Graham es la única esperanza que tiene.

–Tú no sabes eso. –Jade mantuvo su voz baja pero con un tono de rabia–. No acepto que pongas sobre los hombros de mi hijo la responsabilidad de la vida de Hutch.

–No en los suyos sino en los tuyos. ¿Cómo puedes dejar morir a un hombre sin hacer nada para ayudarle?

–No cualquier hombre, Donna Dee. Un hombre que me violó. Si Hutch estuviera envuelto en llamas, yo le tiraría agua, pero tú me estas pidiendo mucho más que eso. Ni siquiera permitiría que Graham pasara por las necesarias pruebas. –Sacudió la cabeza con firmeza–. No. De ninguna manera.

–¿Incluso si Hutch es el padre de Graham?

–¡Shh! Te puede oír. Baja la voz.

–¿Qué es lo que vas a decir a tu hijo cuando quiera saber sobre su padre? ¿Le vas a decir que dejaste morir a su padre porque te querías vengar?

–Cállate, por el amor de Dios.

–Por ti misma, querrás decir, ¿no? No quieres que Graham sepa que eres tan buena como un asesino. ¿Crees que te querrá si alguna vez descubre que dejaste morir a su padre sin levantar siquiera una mano para ayudarle?

–¿Qué significa todo este griterío?

Jade se giró. Dillon las estaba mirando desde la puerta metálica.

–¿Dónde está Graham? –preguntó ella llena de miedo al pensar que él también hubiera podido oír las palabras recriminatorias de Donna Dee.

–Cathy se lo ha llevado arriba.

Él cruzó la puerta metálica y se acercó a las dos mujeres en la galería.

–¿Qué sucede?

–Yo he venido para rogar por la vida de mi marido –le dijo Donna Dee–. Jade le puede salvar si quiere.

–Esto no es verdad, Donna Dee. No sabes nada seguro.

–En este preciso momento, Hutch está en la unidad de cuidados intensivos –explicó Donna Dee a Dillon–. Él se morirá a menos de que Jade permita que su hijo le done un riñón. Ella lo rechaza porque no quiere que el chico conozca quién es su padre.

Los ojos de Dillon se dirigieron hacia Jade. Eran inquisitivos y penetrantes. Ella sacudió la cabeza, silenciosamente.

–Bueno –dijo él mirando fijamente a Donna Dee–. Ya has dicho lo que querías decir. Adiós.

Amargamente, Donna Dee levantó la vista hacia él. Su expresión continuaba imperturbable.

–Si tu hijo descubre algo de esto –dijo dirigiéndose a Jade– nunca te lo perdonará. Espero que te acabe odiando.

Abandonó la galería, llegó precipitadamente hasta la acera y se metió en el coche. Justo cuando ella empezaba a serenarse, Graham cruzó precipitadamente la puerta, con Cathy siguiéndole los talones.

–Mamá, ¿por qué gritabais tanto?

–Nada, Graham. Eso no es asunto tuyo –le contestó ella, evitando la dura mirada que Dillon había fijado en ella.

–Es la segunda vez que esta mujer viene aquí; debe de ser un asunto importante. Dime qué es lo que quiere de ti.

–Es un asunto particular, Graham.

–Me lo puedes decir.

–No, no puedo. ¡Y no quiero discutir más sobre este asunto! Así que déjalo correr.

Le avergonzó delante de su héroe, Dillon, el tono elevado y aleccionador de su voz.

–¡Tú nunca me dices nada! –le gritó–. Me tratas como a un niño tonto.

Se metió rápidamente dentro de la casa y corrió escaleras arriba. Cathy estaba preparada para intervenir, pero se contuvo prudentemente.

–Estaré en mi habitación, si me necesitas.

Cuando hubo entrado, Dillon se dirigió a Jade:

–¿Quieres que hable con Graham?

Ella se giró abruptamente, dirigiéndole una mirada feroz y canalizando su ira hacia él porque era una vía de escape.

–No, gracias –dijo en tono crispado–. Creo que por esta noche ya has tenido bastante espectáculo. Te pido que olvides todo lo que has oído aquí.

Él la cogió por los hombros y tiró de ella hacia él.
–Lo siento.
Después la dejó ir tan rápidamente como la había cogido, y le dijo por encima de su hombro:
–Sabes dónde puedes encontrarme si quieres que haga algo por Graham. Buenas noches.

Él no necesitaba esta mierda.
Dillon estaba de pésimo humor mientras conducía su destartalada furgoneta. Al llegar al remolque apagó el motor. Al parecer, *Loner* estaba en otra excursión canina. No había acudido a darle la bienvenida. Dillon pensó que daba igual mientras pasaba al interior del remolque. No era una buena compañía, ni siquiera para el perro. En el interior, el remolque estaba tan caliente y humeante como una olla a presión. Puso en marcha el aire acondicionado y se quedó delante de la salida de aire frío, al mismo tiempo que se quitaba la camiseta y se desabrochaba los tejanos. Apoyó sus antebrazos en la pared, encima del aire acondicionado, e hizo descansar su frente sobre ellos. El aire sopló por su piel sudorosa y agitó velozmente el vello de su torso.
Le resultaba imposible entender a Jade. Cada vez que pensaba que ya la había entendido, era arrojado hacia otro lado, como esta noche. Nunca hubiera podido imaginar que iba a presentarse una mujer en casa de Jade, después de cenar, reclamando al hijo de Jade para su enfermo marido.
Ella había mencionado a Hutch. El fin de semana se había publicado en el periódico local la noticia de que el sheriff de Palmetto, Hutch Jolly, estaba en el hospital de Savannah a la espera de recibir un trasplante de riñón. A menos de que fuera una increíble coincidencia y Palmetto tuviese dos hombres llamados Hutch esperando un donante de riñón, Hutch Jolly era el padre de Graham. Era evidente que Graham no lo sabía y Jade trataba de ocultárselo.
¿Sabía Jade algo de la enfermedad, antes de regresar?
¿Estaba exhibiendo a Graham como una zanahoria delante de un enfermo en estado crítico? Si Jolly era el padre de Graham, ¿qué papel representaban en todo esto los Pat-

chett? La esposa de Jolly también odiaba a Jade, pero no por lo que cabía esperar. Normalmente la esposa querría negar que su marido era padre de un hijo ilegítimo.

La experiencia le había enseñado que nada era normal en todo lo que concernía a Jade Sperry.

Evidentemente, ella necesitaba ayuda. Pero cuando él se la había ofrecido, ella se había enfundado en una gélida armadura y la había rechazado terminantemente. ¿Qué imbécil rechazaría una oferta de ayuda cuando la necesitaba tan desesperadamente?

Dillon se pasó la mano por el pelo.

–Cristo.

Él reconoció la estupidez de Jade porque él también había sido culpable de lo mismo. En el funeral de Debra y de Charlie, había sido muy rudo con los señores Newberry y con todos sus amigos. Había desdeñado todas las sinceras muestras de dolor y había rechazado los ofrecimientos de ayuda porque el estar con gente que Debra había conocido y amado era demasiado doloroso para él. Los había rechazado pensando que podría encontrar sosiego en la soledad.

Sólo después de aceptar este trabajo había conectado de nuevo con los Newberry. Les había escrito una carta pidiéndoles perdón por los siete años de silencio y comunicándoles dónde se encontraba. Había sido capaz de escribir el nombre de Debra sin que su corazón se sintiera rasgado por una hoja de afeitar. Los Newberry le habían contestado, expresándole su alegría por saber algo de él, e invitándole abiertamente a que fuera a visitarlos a Atlanta. Ahora era capaz de recordar a Debra viva, cariñosa y alegre, en vez de imaginarla muerta en la cama, con su hijo en los brazos. A pesar de sus obstinados intentos de doblegarse a su sufrimiento, se había curado.

Ajustó el termostato en la unidad de la ventana y fue a su habitación. Se quitó las botas, se sacó los tejanos y los calzoncillos y se tumbó desnudo entre las sábanas de su cama. Cruzó las manos debajo de la cabeza y contempló el techo. Tal y como le había pasado a él siete años atrás, Jade era reticente a aceptar ayuda porque su problema era algo insufrible.

–Pero ¿qué?

Dillon no se dio cuenta de que había hablado en voz alta hasta que oyó el sonido de su propia voz.

¿Qué?

¿Por qué tanto miedo a la hora de confiar su sexualidad a otros? Hasta que conoció a Jade, había creído que «frígida» era una palabra para describir a tímidas solteronas. Las ingenuas en las películas de clase B eran llamadas frígidas antes de que la palabra se incorporara al lenguaje culto masculino. Era el antónimo de «ninfomaníaco», una palabra de numerosas aplicaciones pero sin una verdadera definición. Por desgracia describía perfectamente a Jade Sperry, que se aterrorizaba cuando la tocaba un hombre.

¿Es que Hutch Jolly le había robado a Jade el derecho de disfrutar de la sexualidad? Si era así, Dillon odiaba a ese tipo que no había visto. Jade era una mujer inteligente y bella, pero tenía un terrible secreto encerrado en lo más profundo de su mente. Continuaría persiguiéndola hasta que alguien la exorcizara.

«No pienses en eso. Sólo trabajas para ella –se dijo–. Tú no eres ni el que ella ha escogido ni su amante, ni siquiera su futuro amante.»

Pero Dillon se mantuvo despierto durante horas pensando en cómo podría abrir el corazón de Jade y desterrar sus miedos.

El cuerpo dormido en la cama de la UCI era una esfinge humana conservada con vida por máquinas construidas para prolongar un aliento que no valía la pena alargar.

Jade miró a su antiguo compañero de clase, su violador. Hutch no había sido nunca guapo, pero ahora parecía penosamente feo. Los huesos de su alargada cara estaban grotescamente pronunciados y las mejillas hundidas. Su palidez contrastaba con su cabello rojo. Siempre había sido un atleta robusto y fuerte. Ahora tenían que suministrarle oxígeno por los orificios nasales. La tecnología médica estaba llevando a cabo funciones que su cuerpo no podía hacer.

Mientras sus signos vitales eran electrónicamente controlados y analizados, mientras luchaba por su vida, las dos enfermeras que le atendían se quejaban del calor que hacía fuera y comentaban la película sobre la Guerra Civil que tenía por protagonista a Mel Gibson y que se estaba rodando en una localidad cercana.

–Sólo dos o tres minutos, señora Sperry –dijo una de ellas cuando se marchaba.

–Sí. Gracias.

Había estado luchando subconscientemenre con la decisión durante toda la noche, porque el conocimiento de que iba a trasladarse hasta Savannah y ver a Hutch la había despertado esa mañana. Lo cierto es que no había cambiado de opinión respecto a que Graham fuera examinado como un donante de riñón. Simplemente sintió la necesidad de ir y ver a Hutch, en la que probablemente sería la última vez.

Había encontrado el camino hacia la UCI.

Afortunadamente Donna Dee no estaba allí para poder contradecir su afirmación de que era un pariente que había venido desde Nueva York para despedirse de su primo Hutch.

Estaba contenta de haber venido. El odio requería mucha energía. Algunas veces su odio hacia los tres hombres que habían causado la muerte de Gary era tan intenso que la dejaba exhausta. A partir de ahora tendría más energía, porque era muy duro odiar al hombre que estaba en la cama.

De pronto él se agitó y abrió los ojos. Le costó un poco enfocar a Jade, y más aún reconocer con quién estaba. Cuando lo hizo, sus labios secos y pálidos se separaron, y pronunció su nombre incrédulamente.

–Hola, Hutch.

–Jesús. ¿Estoy muerto?

Jade meneó la cabeza.

Él intentó humedecer sus labios, pero su lengua estaba pastosa.

–Donna Dee me dijo que habías vuelto.

–Ha pasado mucho tiempo.

Él la miró por un momento.

–Por lo que yo puedo ver, estás estupenda, Jade. Exactamente igual.

–Gracias.

Se produjo una pausa violenta. Finalmente Hutch dijo:

–Donna Dee me ha dicho que tienes un hijo.

–Así es.

–Un adolescente.

–Va a cumplir quince años.

Él cerró los párpados con fuerza e hizo una mueca como si le hiciera daño. Cuando volvió a abrir los ojos no tuvo problema alguno para enfocar la cara que tenía encima suyo.

–¿Es mío?

–¿Cómo quieres que lo sepa Hutch, cuando fuisteis tres los que me violasteis?

Él se quejó como un hombre que estuviera pasando por un tormento espiritual.

–Es mío –dijo ella, recalcándolo–. No quiero saber quién fue su padre.

–No te puedo culpar, supongo. Sólo me hubiera gustado saberlo antes de morir.

–Eso no va a pasar si vives otros cincuenta años.

Él soltó una risa triste y asmática.

–No creo que ése sea el caso.

–Señora Sperry, tiene que marcharse.

Jade hizo un gesto de asentimiento a la enfermera.

–Adiós, Hutch –le dijo en voz baja.

–¿Jade?

Intentó detenerla, levantando un contusionado brazo lleno de agujas.

–Donna Dee tenía esta absurda idea. Te iba a pedir que tu hijo me donara su riñón.

–Me ha venido a ver dos veces.

De nuevo parecía sufrir.

–Le dije que no lo hiciera. Prefiero morir antes que mezclar a ese chico. Si él es mi hijo no le pondría en una terrible experiencia como ésa. No dejes que te convenza. No dejes que moleste al chico.

Su vehemencia le sorprendió. Las lágrimas que llenaban sus ojos eran incongruentes con su cara viril. Tragó convulsivamente varias veces.

–Si él es mi hijo no quiero que nunca sepa..., que nunca sepa lo que te hice.

Unas lágrimas rodaron por sus flacas mejillas.

–Deseo con todas mis fuerzas deshacer lo que hice, pero no puedo. Todo lo que puedo decir es que lo siento, Jade.

–No es tan sencillo, Hutch.

–No espero que me perdones. Ni siquiera quiero tu compasión. Sólo quiero que sepas que nuestras vidas nunca fueron lo mismo después de aquella noche.

»Mi padre sabía que había hecho mal y nunca lo superó. Nunca hablamos de ello, pero lo sé. Lamar fue castigado, tan cierto como que hay Dios. El tren incluso la emprendió por ti contra Iván y Neal.

–¿Contra Neal?

–Se ha quedado estéril. No puede tener niños. Muy pocos lo saben. Ni siquiera Donna Dee.

Se tomó un momento para recobrar aliento y fuerzas.

–Lo que quiero decirte, Jade, es que todos hemos sufrido por ello.

–Quizás hayáis sufrido, pero Gary murió.

Él asintió con remordimiento.

–Sí, también tengo que morir con eso en mi conciencia.

Parpadeó y le cayeron más lágrimas de los ojos.

–Nunca planeé hacerte tanto daño como te hice, Jade. Siento enormemente todo lo que te hice.

Intercambiaron una larga mirada, que se rompió cuando Donna Dee irrumpió en la UCI. Parecía sofocada y sin aliento. Se paró en seco cuando vio a Jade al lado de su marido.

–Si has venido a relamerte, te vas a quedar con las ganas –dijo desafiante–. Hutch tiene un donante.

Corrió a ponerse al otro lado de la cama de Hutch y levantó su pálida mano hasta su pecho, meciéndola.

–Un joven de veinte años ha tenido un accidente de moto esta mañana antes del amanecer.

Le sonrió a través de lágrimas de alegría.

–Las partes pueden coincidir bastante bien, así que tu doctor ha dado el visto bueno. Dentro de poco te prepararán para quirófano. Oh, Hutch –susurró inclinándose para posar un beso en su frente.

Parecía demasiado conmocionado por las noticias para hablar.

Donna Dee se irguió y se quedó mirando a Jade.

–Después de todo, no necesitaremos a tu hijo. –Sus pequeños ojos brillaron maliciosamenre–. Estoy muy contenta. Nunca tendré que darte las gracias por haber salvado la vida de mi marido.

Dillon se quedó despierto media noche intentando encontrar sentido a los pocos hechos que conocía. Cuando finalmente se fue a dormir, sus sueños fueron perturbadores y decididamente eróticos. Al amanecer había decidido que podía retrasar sus quehaceres del domingo y, conducir en cambio, hasta Savannah. Perseguía más que un simple cambio de escenario. Iba a la búsqueda de información. Si no la podía obtener por Jade, quizá la podría conseguir a través de Donna Dee. Técnicamente, la vida personal de Jade no era asunto suyo. Si continuaba insistiendo, ella estaba en su perfecto derecho de despedirle. Pero había llegado al punto en que deseaba experimentar esa posibilidad. Tanto si le gustaba como si no, estaba involucrado con Jade, aunque fuera una relación unilateral.

Llegó al hospital en el mismo momento en que Jade salía de la UCI. Cuando lo vio en el pasillo, ella demostró su disgusto.

–¿Qué es lo que haces aquí?

Su cara se veía pálida bajo la luz fluorescente que tenían encima de sus cabezas. Había sombras violetas debajo de sus ojos que acentuaban su tamaño y vibrante color. Se había puesto una falda de algodón corta lavada a la piedra, una camisa de lino blanca, un cinturón de cuero rojo y sandalias rojas. Estaba muy bonita.

–Te podría hacer la misma pregunta –dijo él–. Después de lo que oí ayer noche, me imaginé que éste sería el último lugar en el que te encontraría hoy.

–Tengo una razón para estar aquí. Tú no tienes ninguna.

–Considérame un paseante curioso.

Al darse cuenta de la incesante actividad que rodeaba la UCI, Dillon miró por encima del hombro de Jade. De repente el pasillo se llenó de personal médico, todos corriendo de un lado para otro.

–¿Qué es lo que pasa?

–Hutch tiene un donante. –Se le hizo un nudo en la garganta.

–No será...

–No, no es Graham. Es la víctima de un accidente.

Ella miró hacia atrás, hacia la UCI, y entonces se giró y se dirigió hacia la salida. Dillon la siguió.

–¿Es Hutch Jolly el padre de Graham?

Sin vacilar, mantuvo su enérgica zancada.

–No lo sé.

–¡Por el amor de Dios! –Se paró irritado delante de ella para impedirle el paso–. ¿Lo es o no?

–¿Por qué te metes en mi vida privada? Tu morbosa fascinación por ella me pone realmente nerviosa.

–¿Qué es la señora Jolly para ti?

Muy enfadada, retuvo su respiración por un momento antes de dejarla ir con un signo de resignación.

–Donna Dee era mi mejor amiga.

–¿Hasta cuándo? ¿Cuándo dejaste de ser su amiga? ¿Cuando te dejó Hutch embarazada? ¿Estaban entonces ya casados?

–¡Por supuesto que no! ¿Cómo puedes...? –Apretó los labios para no decir algo más.

Él le podría haber preguntado aquello que realmente la hubiese puesto rabiosa. Era el momento de dar marcha atrás y detenerse. La cogió por el brazo y la condujo hacia la salida.

–Si fueras honesta conmigo –le dijo cambiando el tono de voz– no tendría que fisgonear.

–Esto no es de tu incumbencia.

–Yo pienso que sí.

–¿Por qué?

De nuevo se detuvo delante de ella. Había mucho que preguntar. Él la aproximó a la pared más cercana y le susurró furioso:

–Porque quiero saber por qué te quedas helada cada vez que te toco. ¡Maldita sea, Jade! Has hecho que yo deseara tocarte, pero no puedo soportar que me mires como si fueras un sacrificio humano y yo tuviese las manos llenas de sangre fresca.

–No quiero oír nada de esto.

–Puede que no lo quieras oír, pero así es cómo es, y tú lo sabes bien, maldita sea. Por la manera en que te he besado, puedes suponer que quiero acostarme contigo.

–No. No digas nada más.

–Jade.

–Toma nota de esto –dijo ella con énfasis–. Nunca podrá haber nada íntimo entre nosotros.

–¿Por qué me firmas los cheques?

La rabia golpeó brevemente en sus desolados ojos azules.

–Por esto también. Pero sobre todo por cosas que no conoces.

–¿Qué cosas, Jade? Eso es lo que estoy intentando averiguar. ¿Dime qué cosas?

Ella sacudió la cabeza. Por primera vez, su obstinación apareció impenetrable.

Maldiciendo en voz baja, Dillon la dejó pasar para que le precediera hacia la salida.

Jade llegó a las afueras de Palmetto a media tarde. Vio por el retrovisor que Dillon todavía la seguía. Él no había dejado que más de un coche se interpusiese en su camino desde Savannah. Cogió la salida de la derecha, después de ella. La tortuosa carretera comarcal estaba bordeada en ambos lados por densos bosques. Conducía a un lugar sin salida con una abandonada casa de campo. El letrero «En venta» llevaba tanto tiempo allí que casi quedaba completamente tapado por la alta hierba que crecía a su alrededor. Los elementos habían descolorido las letras. La casa era impresionante desde un punto de vista arquitectónico a pesar de su estado. La pintura se estaba descascarillando en las columnas corintias. Los porticones de las ventanas se habían perdido o habían desaparecido. Una parte del techo había sido arrancada durante el último huracán y yacía en el suelo.

En los alrededores aún quedaban robles que habían escapado al daño. Desde sus ramas colgaba musgo trepador sin vida en el húmedo ambiente, a no ser que se moviera gracias a una brisa costera. Los pájaros gorjeaban por encima de los estáticos pinos y bebían en una fuente de piedra cubierta de líquenes. Los crespones de mirto estaban tan cargados de collarines de fucsias florecidas que las ramas se balanceaban como las cabezas de las antiguas doncellas durmientes.

Jade salió de su Cherokee.

–Bonito sitio –señaló Dillon mientras se apeaba de la furgoneta.

–A que es precioso... Estoy pensando en comprarlo.

Impávida pese a su falta de entusiasmo, Jade se dirigió hacia la casa y encaminó con cuidado sus pasos hacia los escalones de la galería, que rodeaban la casa por tres sitios. Sus pisadas sonaban a hueco mientras caminaba a lo largo de la casa, mirando por las ventanas. Las que todavía conservaban los cristales estaban inexorablemente salpicados de sal. La playa se hallaba a tan sólo cuatrocientos metros.

–No lo dirás en serio... –observó Dillon siguiéndola hasta la galería.

–Ya lo creo.

–¿No es un poco grande para vosotros tres?

–No es para nosotros. La quiero comprar para la GSS.

Dillon lanzó una carcajada.

–Primero una singular granja y ahora una abandonada Tara. Espero que George Stein no te haya dado carta blanca con el talonario de cheques de la compañía.

Sin sentirse ofendida, dejó la barandilla y se aventuró hacia la parte este de la casa, donde una vez había habido un antiguo jardín de flores. Los caminos de pisoteadas conchas estaban ahora ahogados por hierbas, y en los parterres que en otro tiempo habían tenido plantas con flores, ahora crecían hierbas silvestres.

En el extremo más alejado del jardín había otro roble vivo. Un columpio colgaba de una de sus ramas. Las cuerdas que lo sujetaban al árbol eran de un grosor mayor que sus muñecas. Los nudos debajo de la tabla eran más grandes que sus rodilas. Se sentó con cautela en el columpio y se impulsó con el tacón de su sandalia.

Inclinó su cabeza hacia atrás, cerró los ojos y dejó que el moteado sol se derramara por su cara. Respiró profundamente el aire sofocante que desprendía una densa fragancia a miel y gardenias.

–Ya habías estado aquí, ¿no?

Ella abrió sus ojos. Dillon estaba de pie con las manos metidas en los bolsillos traseros, obsevándola. Sus ojos color de avellana tenían un tono más verde de lo habitual, reflejando las ramas del árbol.

–Muchas veces. No estaba bromeando cuando te he dicho que la quería comprar. Me gustaría que esto fuera el patio de recreo de la compañía, un servicio de alojamiento con desayuno.

–Yo pensaba que estabas buscando propiedades para hacer un anexo.

–Esto será una adición. Piensa lo estupendo que sería recibir aquí a clientes y ejecutivos de alto nivel. El agente inmobiliario me facilitó un plano del terreno y se lo he enviado a Hank.

Dillon había conocido a Hank en Nueva York. Habían hablado sobre la fábrica textil.

–Le dije que me gustaría que la casa fuera modernizada pero sin perder la gracia y encanto del sureste. Si conseguimos los mercados extranjeros que esperamos, podríamos traer aquí a sus viajantes para las comidas oficiales. Tal vez les podríamos traer incluso con calesas de caballos, y servirles julepes de menta en la galería. Les encantaría.

La rodeó y se puso detrás de ella, colocando sus manos por encima, en la cuerda, y empezó a empujar el columpio, no muy fuerte, pero sí lo suficiente como para que su cabello ondeara al viento.

–¿Ya le has contado todas estas ideas a George?

–Aún no. Quiero que primero Hank haga algunos bocetos en acuarela.

–Tú y Hank parecéis muy compenetrados.

–Somos amigos desde la universidad.

–Hmm.

Ignoró el tono especulativo de su voz.

–También le he pedido a Hank que diseñe una casa de playa con un mirador, donde podríamos celebrar las fiestas de la compañía, y organizar picnics y recepciones. Podríamos alquilarla a otra gente cuando no la necesitáramos. Eso aliviaría los costes de mantenimiento.

–A George le gustará eso. Y quizá mientras tuvieras a todos esos ejecutivos extranjeros sentados en la galería y tomándose una copita de menta, algunos negritos podrían cantar canciones espirituales desde los cuartos de esclavos.

Posó el pie en el suelo antes de que el columpio se parara. Tenía que girar la cabeza hacia atrás si quería mirarle a los ojos. La coronilla de su cabeza le estaba tocando casi su estómago.

–Me estás utilizando.

Él no se movió, aunque la conversación hubiera sido mucho más fácil si hubiera soltado las cuerdas y se hubiera colocado delante de ella.

–Es verdad.

–Gracias por admitirlo, por lo menos.

–Supongo que me dejé llevar. ¿Crees que estoy loca?

–Creo que eres... misteriosa –admitió después de una pausa para poder encontrar la palabra adecuada–. De hecho me tienes totalmente confundido.

Su voz era demasiado intensa para que resultara confortable. Ella trató de asimilar lo que le había dicho y desviar la conversación hacia él.

–Tú también tienes un carácter bastante misterioso.

Su bigote se extendió por encima de su sonrisa.

–¿Yo?

–Sí, tú. Para ser un soltero que vive solo, no es que salgas mucho.

–Eso no tiene nada de misterioso. Mi exigente jefe no me deja mucho tiempo para divertirme.

–Tú no ves a otras mujeres.

Él arqueó las cejas.

–¿Es que me estás siguiendo?

–Juraría que eres un hombre que a menudo necesitas la compañía de mujeres.

–Quieres decir, sexo.

–Sí, sexo –repitió ella con inquietud.

De repente la tranquila tarde se había detenido. Incluso los insectos habían dejado su monótono zumbido. El aire era bochornoso. Jade se dio cuenta de que la ropa se le pegaba a la piel. Su cabello caía pesada y cálidamente en su nuca. Un sol color de mantequilla empezó a descender dejando escapar su calor a través de resplandecientes rayos. Era como si estuviera en una perfumada sauna, con la única diferencia de que no estaban desnudos.

Era muy consciente de lo cerca que se encontraba Dillon, de lo cerca que sus hombros estaban de sus caderas. Unos pocos centímetros separaban sus manos de la cuerda. Su fragancia se mezclaba con otras, pero ella la podía distinguir.

–Lo que quería decir –observó ella sin apenas aliento–, es que tu falta de actividad social tiene algo que ver con el hecho de haber perdido a tu mujer y a tu hijo.

Su bigote volvió a su posición. Bajó las manos y se apartó del columpio, manteniendo sus anchas espaldas delante de ella.

–¿Cómo supiste eso?

Lo supe unos días después de conocerte en Los Ángeles.

–Por lo visto el comprobarlo todo forma parte de tu trabajo –le dijo él con tirantez, y girándose para darle la cara.

–La fábrica textil era vital para mí. No me podía arriesgar a seleccionar mal. Te estudié tanto como pude.

La miró con odio durante unos momentos, y luego sus hombros se fueron relajando gradualmente.

–Creo que no importa que de una u otra manera te hayas enterado.

–¿Qué es lo que pasó? –preguntó ella suavemente.

–¿Por qué preguntas si ya lo sabes todo?

–Sólo sé los hechos principales.

Él arrancó una ramita del árbol y se la enroscó entre los dedos.

–Estábamos viviendo en Tallahassee. Yo trabajaba para un odioso hijo de puta que me asignó un trabajo fuera de la ciudad. Sólo podía ir a casa los fines de semana. Debra odiaba las condiciones de trabajo y yo aún más. Pero en ese momento no podía elegir.

»Ella se estaba deprimiendo, así que planeamos un fin de semana especial. Llegué a casa una fría noche del viernes. Ella había preparado una gran velada para nosotros.

Su voz se hizo monótona mientras acompañaba a Jade hacia la casa y le contaba lo que había descubierto en su habitación.

–Parecía que estaban estupendamente –dijo él con voz ronca–. No había nada revuelto, no había sangre... –Hizo un gesto de negación–. Pensé que estaban durmiendo.

–¿Qué es lo que hiciste?

Sus ojos se volvieron fríos.

–Mandé a la mierda al hombre que me había mantenido lejos de la familia.

–Bien hecho.

–Luego estuve borracho durante unos cuantos meses, me aparté de todo, incluso de la «compañía» que mencionaste antes. Cuando lo hube superado, me lo montaba con cualquier mujer que me decía «sí». Gordas, delgadas, feas, guapas, viejas o jóvenes. No me importaba, ¿sabes? –Jade movió su cabeza–. Bueno, quizá debieras ser un hombre para entender eso.

–Quizá.

–De todas formas me estuve moviendo bastante; me convertí en un tipo solitario hasta que me ofreciste este trabajo. Ésta es la primera vez en siete años que tengo algo por lo que luchar. Te debo las gracias por eso, Jade.

–No me debes nada, excepto el duro trabajo que haces por el dinero que se te paga. Hasta ahora no me has decepcionado.

Arrojó la ramita al suelo y se sacudió las manos.

–Hubiera debido estar con ellos en casa.

–¿Para qué? ¿Para que tú también te murieras durmiendo? ¿Acaso eso habría mejorado las cosas?

–Tenía que haber comprobado el horno.

–¿Y seguro que ella no lo hubiera puesto en marcha antes de que tú lo hubieses comprobado?

–No me lleves la contraria.

–Entonces no digas tonterías, Dillon. No puedes pasarte la vida expiando la culpa por algo que no fue culpa tuya. –Lo miró un momento–. Esto que me has dicho explica muchas cosas. Sabía que el trabajo en la fábrica textil significaba mucho para ti. Pero no me imaginaba cuánto hasta ahora.

–Para mí es como una segunda oportunidad, y no la quiero echar a perder.

Se deslizó por el tronco del árbol, hasta que se quedó sentado en cuclillas.

–Así que ahora ya conoces cuáles son mis motivaciones. ¿Cuáles son las tuyas?

–Un salario fantástico. Posición y respeto en un mundo de hombres.

–Bueno, y teniendo todo esto, ¿por qué regresaste a Palmetto?

–Porque la GSS necesita a la ciudad y la ciudad necesita a la GSS. Como buen observador que eres, no se te habrá pasado por alto lo mal que está aquí la economía. Algunas de las personas que viven por aquí no tienen todavía servicios sanitarios en casa. Subsisten con cualquier cosa que pueden plantar.

»La fábrica va a contratar a muchas personas. Antes de que lleguemos a ser funcionales, voy a organizar clases y talleres de trabajo para enseñar cosas necesarias. Los que sean contratados recibirán una remuneración por su formación. La planta dispondrá de guardería durante todo el día para que más de una madre pueda trabajar. Habrá...

–Todo eso es una mierda, Jade.

Se quedó con la boca abierta de sorpresa.

–¿Qué?

–Digo que todo eso no es más que una mierda, aunque suene muy bonito. Por fuera pareces empapada de altruismo –dijo poniéndose de pie–. Pero si escarbo más profundamente voy a encontrar la verdadera razón por la que quieres establecer esta fábrica aquí, que no es por compasión hacia la pobre economía de esta zona.

Estiró sus piernas entre las de ella, se agarró de las cuerdas del columpio y se plantó delante de ella, dirigiéndose hacia su cara vuelta hacia arriba.

–Tiene algo que ver con tu antigua amiga y con el sheriff con el que está casada, que quizá sea o no sea el padre de Graham. En todo esto están liados por alguna parte los Patchett. No hay ningún amor perdido entre tú y los peces gordos de esta ciudad.

–Se está haciendo tarde. Me tengo que ir.

Ella se levantó aunque ello significaba que tocaría su pecho contra el suyo. Pasó por debajo de uno de sus brazos, y casi había conseguido librarse cuando él atrapó su mano y la hizo volverse.

–No tan rápido, Jade.

–Las razones que te he dado para construir aquí la fábrica son verdaderas.

–No lo dudo.

–Entonces, ¿por qué no las aceptas, y ya está?

–Porque no cuadra. Alguien que rezuma tanta compasión por el prójimo ofrecería un riñón si lo necesitasen.

–Nadie va a tocar a Graham para que le estirpen un riñón.

–Exacto, sobre todo si el receptor está casado con tu antigua y mejor amiga y, además, podría ser el padre de tu hijo. –Él se acercó–. ¿Es que Jolly te dejó por Donna Dee después de dejarte embarazada y cuando aún lo querías?

–Yo lo odiaba.

–Ahora nos estamos acercando a algún sitio. ¿Por qué?

–Déjame en paz, Dillon.

–No hasta que entienda de qué va todo esto.

–No tienes que entender nada.

–¿Por qué te asustas tanto cada vez que un hombre se te acerca?

–Yo no me asusto.

–¡Anda que no! Hace apenas unos segundos casi te desmayas cuando me tocaste con tu pecho. Y la expresión de tu cara cuando descubriste que se me ponía dura es difícil de describir.

–No me di cuenta.

–Estás mintiendo. ¿Es Hutch Jolly el hombre que te dejó frígida?

–No soy frígida.

–¿No? Quizá me hayas engañado.

–O quizá es que no te encuentro atractivo

Se pasó los dedos por detrás de la nuca y por debajo de los cabellos, donde tenía la piel húmeda por el calor.

–Ésta es otra mentira, Jade.

Al girar la cabeza pasó el bigote por delante de sus labios.

–Me dijiste que te había gustado que te besara.
–No lo dije.
–Mentirosa.
Él tocó las comisuras de sus labios con su lengua. Fue algo estremecedor. Sus apremiantes caricias la pusieron excitada y anhelante. Colocó sus manos encima de su camisa y notó los sólidos músculos de debajo de la piel. Su tamaño y fuerza la abrumaban; le podía hacer daño. Olía y sabía masculinamente. Su hombría la seducía y repelía al mismo tiempo. Luchó contra su deseo y contra el terror que sentía.
–No hagas esto, Dillon –le suplicó junto a sus labios ansiosos–. Yo no la puedo reemplazar. Ninguna mujer puede.
Él tiró rápidamente su cabeza hacia atrás.
–¿Qué es lo que has dicho?
–No voy a ser una de esas mujeres con las que alivias la pena por tu mujer.
–¿Es eso lo que crees? ¿Que eres sólo otra suave y húmeda pista hacia el olvido?
–Es posible, ¿no?
Él masculló un taco entre dientes.
–Mira, si eso fuera lo único que buscara, podría tener una mujer desnuda en mi cama para toda la noche.
–¿Pero tendría también un hijo adolescente?
–Oh, yo lo podría conseguir –dijo él tensamente–. Se supone que Graham es el repuesto del hijo que perdí.
–Ciertamente, has hecho cosas para ganártelo.
Su furia era tan palpable como su calor. Surgía a través de su cuerpo y a través del suyo. Él le dirigió una única y cruda mirada, deteniéndose en sus pechos y en la parte superior de sus muslos, antes de volverla a mirar la cara.
–No te concedes suficiente mérito, Jade. Aunque no tuvieras a Graham, seguiría queriendo follar contigo.
Se giró y se dirigió hacia su furgoneta. Jade, furiosa por lo ocurrido, fue a su encuentro. Lo alcanzó mientras subía a la furgoneta.
–Si persistes en decirme estas cosas, no tendré más remedio que despedirte.
–Adelante –dijo él con un agresivo tirón de mandíbula.
Solamente estaba siendo brusco para asustarla, pero fun-

cionó. La idea de que él pudiera abandonar el proyecto ahora la dejó anonadada. ¿Dónde encontraría a otro capataz general tan bueno como él? ¿Qué excusa daría a George Stein, quien no tenía más que cumplidos para Dillon? Intentó otro camino.

–Todavía sigo convencida de que eres el mejor hombre para realizar este trabajo, Dillon.

–Gracias.

–¿No te das cuenta de que no sería aconsejable que fuéramos amantes, incluso..., incluso si yo pudiera?

–Nunca dije que fuera aconsejable.

–Alteraría permanentemente nuestra buena relación de trabajo. Y ninguno de los dos quiere eso, ¿no?

–No.

–La fábrica es demasiado importante para los dos. No podemos dejar que los conflictos personales interfieran en nuestro trabajo, ¿no?

–Si tú lo dices...

–Entonces, ¿ves mi punto de vista?

–Sí, lo veo.

–¿Y tengo tu palabra de que esto no continuará?

–En absoluto.

Hasta ahora, él había evitado mirarla directamente. Cuando fijó los ojos en los de ella, ella notó su impacto como un suave golpe en el abdomen. Entonces se puso sus oscuras gafas de sol y ella no pudo seguir viendo sus ojos.

25

–¡Hijo de puta! –Graham dio un puntapié al neumático pinchado de su bicicleta–. ¡Mierda, coño, joder!

Se deleitaba soltando todas las palabrotas que oía a los obreros en la construcción. A veces incluso a Dillon, cuando éste no sabía que él estaba por allí, escuchándole. Si su madre le hubiera pillado diciendo algo parecido, le habría castigado por una semana como mínimo. Pero ahora no había nadie que lo pudiese oír, así que dejó ir otra sarta de palabrotas.

Había conseguido finalmente la autorización de su madre para ir en bicicleta hasta la construcción y volver, si la llamaba antes de marcharse y no hacía ninguna parada no prevista a lo largo del camino. Sólo había hecho el viaje unas pocas veces, cuando de pronto llegó una racha de mal tiempo. Había llovido durante una semana. Cuando el tiempo mejoró cayó enfermo con un virus estomacal que le provocó vómitos, obligándole a guardar cama un día entero. Los días siguientes a su enfermedad, su madre le había restringido cualquier tipo de esfuerzo físico.

–Si esto es una gripe de verano, podrías tener una recaída.

–Pero, mamá, ahora me encuentro perfectamente.

No había podido convencerla. Así que éste era el primer día, en al menos dos semanas, que había tenido permiso para visitar el lugar de la construcción, y ahora se le había pinchado la rueda.

Graham bajó la vista tristemenre. Si continuaba yendo con la rueda pinchada la estropearía. Debería arrastrar la bicicleta de vuelta a casa, pero ello significaría no poder visitar hoy el lugar de la construcción. Si arrastraba la bicicleta hasta allí, no podría llegar a la hora, y su madre se enfadaría.

Lo mirase por donde lo mirase, la cosa estaba jodida.

Le adelantó un coche veloz, levantando una nube de polvo. A pesar de las lluvias recientes, los días siguientes habían sido tan cálidos que el suelo estaba otra vez seco. Graham agitó la mano para que no le fuera el polvo a la cara y entonces disparó al conductor con el dedo.

Inmediatamente se encendieron las luces de freno del coche.

–¡Maldita sea! –exclamó Graham lleno de miedo.

Para mayor mortificación, el coche empezó a retroceder.

–¡Oh, mierda!

Se pasó la lengua por los labios secos y se limpió las manos en los *shorts*.

El atractivo El Dorado de color rojo manzana rodó hasta pararse a su altura. La ventana ahumada del pasajero se bajó electrónicamente.

–Hola, chico.

Graham tragó saliva nerviosamenre.

–Hola.

–A menos de que esté equivocado, me has disparado.

Las rodillas de Graham empezaron a temblar. Estaba realmente acojonado.

–Sí, señor.

–¿Y cómo es eso?

–Yo..., bueno..., de poco me ahogo con el polvo que usted ha levantado. –Entonces, confiando en no parecer un idiota total, añadió–: Yo creo que iba muy rápido.

El conductor se echó a reír.

–Yo siempre tengo prisa, chico. He de ir a sitios y ver a gente.

Él asintió al lado de la bicicleta.

–Me parece que tienes un problema.

–He pinchado una rueda.

–¿Hacia dónde ibas?

–Hacia el edificio de la fábrica textil.

–Hmmm.

El conductor se bajó las gafas de sol y miró por encima de ellas.

–Está en la dirección opuesta a la que yo voy, pero creo que te podré acercar hasta allí.

–No, gracias..., yo iré...

–Tu biciclera cabrá en el maletero.

–Gracias de todas maneras, señor, pero creo que no debo...

–Eres el chico de Jade, ¿no?

Graham se quedó por un momento parado.

–Si, señor, ¿cómo lo sabe?

–¿Cómo te llamas?

–Graham.

–Ah, sí, Graham. Bueno, Graham, yo y tu mamá nos conocemos desde la escuela primaria. A lo mejor ella me ha mencionado. ¿Neal Patchett?

El nombre le era vagamente familiar. Graham estaba seguro de que su madre había hablado de alguien llamado Patchett.

–¿Conoce ella también a su padre?

–Es cierto –le contestó Neal con una amplia sonrisa–. Se llama Iván. ¿Sabías que un tren de mercancías le cortó las piernas limpiamente como un silbido?

Como la mayoría de chicos de su edad, Graham estaba fascinado por la sangre.

–¿Está bromeando?

–Es cierto. Justo por encima de las rodillas. Fue una auténtica desgracia.

Presionó un botón de la guantera y se abrió el maletero.

–Pon la bicicleta dentro y sube. Estaré encantado de poder acompañarte.

A Graham le habían prohibido que se dejase acompañar por extraños, pero él sabía quién era ese hombre, y su madre también le conocía. Si no iba con él, se quedaría en la carretera sin saber qué hacer. Consideradas todas las posibilidades, ésta era la mejor opción.

Arrastró la bicicleta a la parte trasera del coche y la metió en el maletero. Tuvo que reordenar una caña de pescar y dos pistolas, que estaban sueltas en el maletero, pero fue finalmente capaz de encajarla y cerrar el maletero.

La lujosa tapicería de cuero del coche le hizo tomar consciencia de sus polvorientos zapatos deportivos. Sus piernas sudadas y desnudas se pegaban en el asiento. Después de haber estado afuera bajo el sol ardiente, se sentía bien.

–¿Todo dispuesto?
–Sí, señor.
–Deja este «señor» de mierda, ¿vale? Llámame Neal.
–Gracias.
Neal le preguntó si le gustaba Palmetto. Graham contestó a todas sus preguntas educadamente. Habían rodado por lo menos un par de kilómetros cuando Graham dijo con inquietud:
–Señor Patchett, tenemos que dar la vuelta. La construcción está hacia el otro lado.
–Eso ya lo sé. Pero he pensado que podríamos arreglar tu rueda pinchada. Conozco a un mecánico que me lo podría hacer gratis. Y mientras esperamos, podremos beber algo frío. ¿No te parece una buena idea?
–Supongo que sí.
Beber le parecía muy bien. Estaba sediento. Llegaría unos minutos más tarde a la oficina de su madre pero se consolaba pensando que ir a arreglar la rueda pinchada no le llevaría mucho más tiempo que ir a casa arrastrando la bicicleta por el camino. Tan pronto como dejasen el garaje, le diría al señor Patchett que le acompañase. El rápido Cadillac los llevaría a la construcción en un momento, muchísimo más rápido que pedaleando.
–Llamaré a mi madre desde el garaje y le diré que llegaré tarde –dijo con una repentina inspiración.
–Hazlo si lo crees necesario.
Neal le dirigió una mirada.
–¿Va todavía al terreno de los Parker, de tanto en tanto?
–¿Dónde?
–A la granja de los Parker.
–No lo sé.
–La he visto allí, y pensé que ella te lo habría mencionado.
–Sé que está comprando propiedades para su empresa –le dijo Graham tratando de ser de utilidad.
–Tu madre consigue realmente lo que se propone, ¿verdad?
Tomándolo como un cumplido, Graham contestó con una sonrisa feliz.
–Sí, es cierto.

Cuando llegaron al garaje, un hombre completamente lleno de grasa fue tranquilamente a saludarlos. Sonrió al señor Patchett, enseñando tres dientes manchados. Mientras arreglaba la rueda, les invitó a esperar dentro de su oficina, donde se estaba más fresco.

Graham siguió a Neal al interior de la desordenada oficina. Se estaba sólo parcialmente más fresco que afuera y apestaba a colillas de un maloliente cenicero, a grasa y a aceite de motor. Graham lo habría encontrado desagradable si no se hubiera quedado estupefacto por la ardiente chica desnuda que colgaba de un calendario de pared. No se había dado cuenta de que los pezones pudieran ser tan grandes y rojos o el vello púbico tan fresco y negro.

–Ahí hay un teléfono, si quieres llamar a tu madre.

Graham no estaba haciendo nada malo, pero se sentía demasiado inquieto para hablar con su madre justo ahora. Además, no quería que Neal Patchett, que era un tipo muy enrollado, pensase que él era un gallina.

–¡Uau, qué buena está!

Neal se besó los dedos y acarició a la chica del calendario.

–Ella es algo, ¿sabes? Cuando tenía tu edad, solía venir aquí y hojear los calendarios. Más tarde compraba mis condones aquí. Es más rápido que en el drugstore. Ya sabes. Hay una máquina en el lavabo, por si alguna vez estás en un apuro.

Sin decir nada, Graham apartó sus ojos del calendario para mirar a Neal.

–Sabes lo que son los condones, ¿verdad chico?

Graham asintió estúpidamente. Entonces se aclaró la garganta y dijo:

–Claro que sé lo que son los condones.

–Ya me imaginaba que lo sabías. ¿Qué edad tienes ahora?

Era adulador que el señor Patchett le hablase de hombre a hombre.

–Cumpliré quince en mi próximo cumpleaños –respondió orgulloso.

–¿Y cuándo será eso?

–El 27 de noviembre.

Neal le miró un instante y estalló en una gran sonrisa.

–Cerca del Día de Acción de Gracias.

–Coincide con el Día de Acción de Gracias cada siete años.

–¡Imagínate! Bueno, ¿qué es lo que quieres para beber?

Abrió la máquina de bebidas frías, que Graham no había visto hasta entonces. Era un cajón del aire acondicionado. Las botellas estaban ordenadas en hileras por una reja de metal.

Neal golpeó el cajón de la caja registradora y éste se abrió. Sacó un puñado de monedas. Graham vio el dinero y nerviosamenre miró hacia la ventana.

–¿No le importará?

–Debe a mi padre demasiados favores para que le importe. No te preocupes por esto. ¿Qué es lo que quieres beber?

Graham buscó algo familiar a lo largo de las hileras de botellas.

–¿Tienes Dr. Pepper?

–¿Dr. Pepper? Me parece que no. Grapere, Nehy de naranja, el Gran Rojo y Chocolate Soldier.

–¿Chocolate Soldier? ¿Qué es eso?

–¿Me estás diciendo que has alcanzado la madura edad de catorce años sin haber bebido Chocolate Soldier?

El tono de Neal le hizo sentirse torpe y ponerse a la defensiva.

–En Nueva York bebemos crema de huevo. Se compra a vendedores ambulantes.

Neal introdujo medio dólar en la ranura de las monedas.

–¿Crema de huevo? Eso me suena a mí a bebida de yanquis.

El Chocolate Soldier estaba delicioso. El señor Patchett se ofreció a conseguirle otro, pero él rehusó. Estaba preocupado por la hora.

–¿Cuánto tiempo más debemos esperar hasta que arreglen el pinchazo?

–Me parece que casi ha terminado.

Neal abrió la puerta y se fueron hacia el lugar de trabajo.

Graham se sentía aliviado de saber que pronto volverían a estar en camino.

–Ya debería de estar allí. Si llego tarde, mi madre se enfadará.

–Bueno, ya sabes cómo son las mujeres. De un grano de arena hacen una montaña.

Amistosamente palmeó a Graham en el hombro.

–Deja de soltarme las mismas cansinas excusas que das a todos tus clientes. –Jade sonrió al micrófono del teléfono–. ¿Cuándo tendrás algo para enseñarme?

–No deberías presionar a un artista –dijo Hank Arnett–. La presión ahoga la creatividad.

–¿Cuándo? No quiero llevar la propuesta a nuestro amigo George hasta que pueda presentarle tus dibujos.

Jade continuaba con sus planes para comprar la casa de la plantación para GSS. Había invertido horas en conferencias telefónicas con Hank. A él le había gustado la idea desde el principio, pero dijo que no se podía comprometer hasta que viera las fotografías de lo que tendría que trabajar. Jade había conseguido que el agente inmobiliario le dejara entrar en la casa. Las fotos que había hecho con la Polaroid las tenía ahora Hank. Esperaba que pudiera barajar algunas ideas. Estaba impaciente por verlas.

–Modestamente, unas pocas acuarelas mías serán argumentos persuasivos complementarios –dijo él–. Ya sabes que George está loco por mi obra.

–Déjate de historias y hazlas.

–Dame dos semanas más.

–Diez días.

–Eres más dura que Deidre –se quejó.

–Tu mujer es un ángel. Por cierto, ¿cómo están mis ahijadas gemelas?

Dillon entró en la oficina en el preciso momento en que ella estaba colgando el teléfono.

–Pareces contenta.

–Estaba hablando con Hank.

–¿Siempre te hace sonreír así? –le preguntó él amargamente.

–Algunas veces.

Él carraspeó sarcásticamente. Estaba de un humor de

perros desde que habían empezado las lluvias torrenciales, que habían convertido el lugar de la construcción en un peligroso cenagal. Dillon se había dado finalmente por vencido y había hecho parar las excavaciones hasta que mejorara el tiempo y se secara la tierra.

El retraso había creado un comprensible fallo técnico en su programa. Era el único que no aceptaba la situación y estaba llevando a todo el mundo al límite para recuperar el tiempo perdido. Sonreía incluso con menos frecuencia que antes. Hoy estaba especialmente malhumorado.

Había una pronunciada mancha de sudor en la parte de delante de su mono de trabajo. Las botas y los tejanos estaban llenos de polvo. Había dejado fuera su sólido sombrero, pero no sus gafas de sol, que hacía girar por la patilla. Más que un gesto relajado y ocioso parecía una frustración reprimida. Sus labios estaban firmemente cerrados debajo de su bigote.

No la había tocado desde aquel día en la casa abandonada de la plantación. Sus conversaciones versaban estrictamenre sobre el trabajo. De todas formas, lo que le dijo antes de que se separaran aún estaba muy presente en la mente de Jade. Si ella dudaba de la resolución tomada detrás de su «en absoluto», todo lo que tenía que hacer ella era mirarle ahora a los ojos.

–¿Querías verme para algo en particular, Dillon?

–Sí, cenar.

–¿Cómo?

–Cenar. Vayamos a cenar.

–Estupendo. Llamaré a Cathy. Estoy segura de que no le importará añadir un plato más.

–Eso no es de lo que estoy hablando. –Se acercó a su mesa–. Vayamos a cenar juntos. Tú y yo solos.

–¿Quieres decir como una cita?

–Exacto, como una cita.

–¿Cuándo?

–Pronto.

–¿Por qué?

–¿Por qué no?

Sus ojos contactaron en un chispazo.

Jade alzó su mano hasta su garganta y jugó con el broche que allí se había enganchado. Él apoyó sus puños, con los nudillos hacia abajo, en el borde de la mesa y se inclinó sobre ella.

–¿Qué pasa? –dijo él malhumorado–. ¿Hay algo malo en salir a cenar juntos o es que no te gusta cuando es el hombre el que paga?

Ella respondió con un ligero escalofrío en la voz:

–Hablaré con Cathy y veré qué noche será la mejor para que se quede con Graham. –De pronto se levantó de su asiento–. Dillon, ¿está Graham aquí?

–No lo creo.

–¿Es que no lo has visto?

–No lo he visto hoy. De hecho no lo he visto desde que se puso enfermo. ¿Lo estabas esperando?

Rodeó su mesa y salió disparada hacia la puerta del remolque. *Loner* estaba adormilado en el sombreado escalón. Levantó la cabeza y la miró con indiferencia. Si Graham estuviera por allí, *Loner* le estaría siguiendo los talones, por mucho calor que hiciera, y no durmiendo a la sombra. Dio una vuelta por los alrededores pero no encontró rastro de Graham ni de su bicicleta.

–¿Qué hora es?

Estaba rodeada de relojes y llevaba uno de pulsera; su pregunta era reflexiva.

–Cerca de las cinco, ¿por qué?

Pasó por el lado de Dillon y cogió el teléfono de su mesa.

–Hace casi una hora que me llamó Graham –dijo ella mientras marcaba el número de teléfono de su casa–. Debería de estar ya aquí.

–Quizá no salió inmediatamente después de su llamada.

Jade sacudió su cabeza.

–Él siempre procura llegar antes de que terminen los trabajadores... Hola Cathy. ¿Está Graham ahí?

Sus dedos se tensaron alrededor del cable del teléfono al oír la respuesta.

–Sí, sé que ha llamado pero todavía no ha llegado.

–¿Qué es lo que ha dicho? –le preguntó Dillon cuando Jade colgó el teléfono.

–Exactamente lo que me temía que me dijera, que salió

de casa tan pronto como me llamó. Cathy estaba justo delante suyo. Le dijo adiós mientras se marchaha. Va a ver si lo encuentra en el camino hacia aquí.

–Quizá lo entretuvo algún amigo.

–Él es consciente. Sabe que lo estoy esperando. Debería de estar aquí..., a no ser que le haya pasado algo.

Dillon la cogió por los hombros cuando ella se dirigió precipitadamente de nuevo hacia la puerta.

–Jade, tiene catorce años. A esa edad los chicos se entretienen fácilmente y pierden la noción del tiempo. Graham sabe cuidar de sí mismo. No tengas miedo.

–Él sabe perfectamente que no le volveré a dejar venir en bicicleta si pierde el tiempo por ahí y llega tarde. Algo le ha pasado.

Zafó los hombros de sus manos y salió de la casa móvil. No tenía ningún plan concreto en mente. Estaba propulsada por la adrenalina para actuar, para moverse, para localizar inmediatamente a Graham.

–¿Adónde vas?

–A buscarle.

Se subió al Cherokee.

–No puedes salir a buscarle sin un plan concreto –dijo él–. Si aparece, ¿cómo sabrá dónde encontrarte?

–Primero, preocupémonos de encontrarlo.

Mientras cerraba la puerta, distinguió El Dorado girando hacia ellos desde la carretera. Lo reconoció al instante y saltó de su coche.

Antes de que Neal pudiera llegar a detenerse, Jade ya había agarrado la manecilla de la puerta del pasajero y la estaba abriendo.

–¡Graham!

Las piernas casi no la sostenían de emoción. Lo sacó del asiento de cuero y lo rodeó con sus brazos. *Loner* corría en círculos alrededor de ellos, ladrando con júbilo, hasta que Dillon le ordenó que se sentara.

–Mamá, me estás asfixiando –murmuró Graham con cierta vergüenza de adolescente.

Lo cogió por los hombros y lo apartó a cierta distancia.

–¿Dónde has estado?

–Se me pinchó la rueda por el camino. El señor Patchett

me recogió y me llevó al garaje para que me la arreglaran. Después hemos venido aquí directamente.

Ella dirigió una mirada asesina a Neal, que sonreía apoyado en el techo de su coche.

–Me tenías que haber llamado desde el garaje, Graham.

–No pensé en ello –murmuró él.

–¿Dónde tienes la bicicleta? –le preguntó Dillon.

–Está en mi maletero.

Neal se dirigió a la parte trasera del coche y utilizó la llave para abrir el maletero. *Loner* le estaba oliendo con recelo.

Dillon sacó la bicicleta y le dio un tenso «gracias».

–No le des las gracias –Jade le escupió rencorosa, casi demasiado enfadada para poder hablar.

–Mamá, él me ha acompañado.

Jade sentía deseos de zarandear a Graham por haber recurrido a la ayuda de Neal. Para contenerse, sujetó fuertemente los brazos al lado de su cuerpo y clavó sus uñas en las palmas de su mano hasta que sintió dolor.

–Sabes muy bien que no puedes aceptar que te lleve un extraño, Graham.

–Pero él no es un extraño. Tú lo conoces y él te conoce a ti. Pensé que no habría ningún problema.

–Pues pensaste mal.

–Jade.

–Cállate, Dillon. Éste es mi problema. Yo lo puedo resolver.

–Bueno, pues lo estás haciendo muy mal.

La llegada de Cathy en coche impidió que siguiera la discusión. Se apeó rápidamente.

–Graham Sperry, nos tenías a tu madre y a mí muy preocupadas; casi nos volvemos locas. ¿Dónde has estado?

–Ya te lo contará de camino a casa –dijo Jade.

–¿A casa? –se quejó Graham–. ¿Me tengo que ir a casa?

Jade le dirigió una dura mirada, dando por terminada la discusión. Ni siquiera Cathy se atrevió a preguntar más. Colocó su brazo alrededor de los hombros de Graham y se lo llevó al coche.

En cuanto se hubieron marchado, Jade se enfrentó a Neal.

–Debería hacer que te arrestaran.

–Ya me amenazaste una vez, pero te rajaste, ¿no te acuerdas? ¿Cuando vas a aprender, Jade, que si la emprendes conmigo, no me puedes ganar?

–Apártate de mi hijo. Si le haces daño te mataré.

–¿Hacerle daño? –respondió suavemente Neal–. ¿Cómo podría hacerle daño a alguien de mi propia sangre?

–¿De qué estás hablando? –preguntó Dillon, dando un paso amenazante hacia Neal. Al darse cuenta de su cambio de humor, *Loner* empezó a gruñir.

Neal no estaba intimidado por ninguno de los dos.

–Yo soy el padre del chico. ¿No te lo ha dicho Jade?

–¡Eso no es verdad! –gritó ella.

–¿Llamo al sheriff o me encargo yo? –preguntó Dillon.

–Bueno, Jade –se mofó Neal–. ¿Qué quieres que él haga? ¿Quieres que se quede por ahí y que oiga todos los sórdidos detalles de nuestro largo romance de hace tiempo? Si él es el que te arrebata tu humedad, estoy seguro de que estará interesado.

–Hijo de puta. –Dillon se dispuso a atizarle un puñetazo, pero Jade se interpuso entre los dos.

–No, Dillon, esto es lo que quiere que hagas. Lo he visto antes. Déjame a solas con él.

–A la mierda –gruñó Dillon, intentando todavía poner sus manos sobre Neal.

–Por favor, no discutas conmigo.

Sus ojos vagaron por la cara de ella, sin comprender lo que estaba ocurriendo. Entonces se dio la vuelta, entró iracundo en su oficina y cerró de un portazo la puerta detrás de él.

–Llama a este estúpido animal –dijo Neal.

Loner todavía seguía ladrando alrededor de él. Jade lo calmó.

–Dime lo que tengas que decirme.

Él le alcanzó la mejilla antes de que ella le pudiese golpear la mano. Cuando lo hizo, esgrimió una mueca.

–No tengas miedo, que no haré daño a este chico tuyo. Tienes miedo de que yo lo reclame... o de que él me reclame.

Neal era estéril. El pensamiento de los Patchett era dinástico. En ese preciso y terrorífico momento, Jade se dio cuenta de lo importante que era la existencia de Graham para ellos. Ellos procurarían que él se hiciese uno de ellos. Ocultando su miedo, Jade dijo:

–No hay ni la más remota posibilidad de que eso suceda.

–¿No? Yo le gusto, Jade, pregúntaselo.

–No dudo de que tú le hayas atraído. Los chicos de su edad pueden ser fácilmente atraídos por su debilidad.

Él soltó una breve risa y pregunto:

–¿Por qué no nos lo haces más fácil a todos? Si sólo dices una palabra, yo haré lo correcto y te pediré en matrimonio, como debería de haber hecho quince años atrás. Nosotros podríamos ser una familia feliz, viviendo en la casa familiar; tres generaciones de hombres Patchett y la nueva señora de la casa.

–Apártate de mi hijo –le advirtió en tono amenazador–. Te lo aviso, Neal.

–Jade, tú sabes mejor que nadie que en Palmetto el único aviso que no vale una mierda es el que viene de un Patchett.

Se le acercó y le cogió la barbilla con la mano.

–Déjame darte uno: no luches conmigo. Voy a tener a mi hijo, con o sin ti. –Sonrió maliciosamente–. Pronto será un hecho consumado. –Parpadeó–. Tú me tuviste una vez, y no estuvo tan mal, ¿no?

Ella dio un tirón de cabeza para desprenderse de su mano y se apartó de él.

–Esto es todo por ahora –dijo sonriendo–. Llego tarde a una cita.

Después de enviarle un beso se metió en El Dorado y arrancó. Jade mantuvo su valiente postura hasta que desapareció de su vista. Entonces se derrumbó y se dejó caer contra la pared exterior de la oficina. Dillon salió por la puerta con expresión furiosa.

–Bueno, yo he sido un buen chico. He sido paciente. Pero ahora quiero saber de qué va toda esta mierda. Quiero saber qué coño está pasando y por qué. Tú no te vas a ir de aquí hasta que yo lo sepa.

26

La cogió por la mano y la empujó detrás de él. Cerró la puerta, descolgó el teléfono y señaló hacia el sofá.

–Siéntate.

–Todavía tengo trabajo que hacer, Dillon.

–Estás libre para el resto del día, además no me importa lo que tengas en tu agenda. Vamos a hablar. Ahora siéntate.

Ella se dejó caer en el sofá, cubriendo su cara con sus manos, capitulando más por un agotamiento emocional que por una ciega obediencia.

–¿Quieres beber algo?

Ella movió la cabeza. Dillon se sentó en una silla de metal, situándola sólo a un par de centímetros de sus rodillas, inclinando la silla hacia atrás y rodeando sus brazos por detrás de ella.

–Venga, suelta.

–Suelta, ¿qué?

–¡Maldita sea! ¿Vamos a seguir jugando a adivinanzas?

–Éste es tu juego, no el mío. Me quiero ir a casa.

–Hace un minuto querías trabajar.

–¡Deja de presionarme!

–Entonces hablemos.

–¿Qué es lo que quieres saber?

–Para empezar, ¿me puedes explicar por qué dos hombres están reclamando a Graham como su hijo?

–Ambos tienen mucho que ganar si Graham es su hijo. Hutch tendría un riñón y Neal, un heredero.

Cuando Dillon alzó sus cejas inquisitivamente, ella añadió:

–Se ha quedado estéril como consecuencia del accidente que cortó las piernas de Iván.

Dillon no se quedó satisfecho con la explicación.

–Esto no tiene sentido, Jade. Normalmente, los hombres no van reclamando por ahí su paternidad. Normalmente es en otro sentido.

–Las circunstancias no son normales.

–¿Te acostaste con ambos?

–No.

–Entonces, ¿sus demandas sobre Graham son totalmente infundadas?

Ella no dijo nada.

–¿Quién es su padre, Jade?

–¡No lo sé!

–Entonces, sí que te acostaste con ellos.

–¡No!

–¡Maldita sea! –gritó–. Sé clara conmigo.

–¡Ellos me violaron!

Las palabras retumbaron por las paredes de la pequeña habitación. Retumbaron dentro de la cabeza de Dillon mientras miraba perplejo a Jade.

Ella volvió a cubrirse la cara con las manos.

–Me violaron –repitió suavemente–. Me violaron.

Dillon se pasó las manos por el pelo y lo mantuvo unos momentos apartado de su cara. Cuando bajó las manos se frotó las palmas en las pantorrillas. Había querido saberlo. La había presionado para que se lo dijese, pero no había contado con eso.

Había esperado oír confesiones de una reformada adolescente caprichosa o de una tímida introvertida que había reclamado atención convirtiéndose en chica fácil o de una rebelde que quería atormentar a sus padres. No había esperado una violación.

–¿Cuándo, Jade?

–El febrero de mi último año en la escuela. Fue el día que supe que Gary y yo habíamos recibido becas para la universidad.

–¿Gary? Vaya, cuando pensaba que conocía a todos los actores de esta trama me introduces uno nuevo.

–Gary Parker –dijo ella–. Éramos novios en la escuela, pero mucho más que eso. Nos íbamos a casar y juntos íbamos a cambiar el mundo.

Con voz reposada y remota, le relató lo sucedido.

–Teníamos tantas expectativas para el futuro... Lo quería tanto...

–¿Puede ser Gary el padre de Graham?

Ella miró a través de la ventana, que por ahora era un pedazo de crepúsculo.

–No. Yo era virgen cuando me violaron.

–Impresionante. ¿Y lo hicieron los dos?

Volvió los ojos hacia él.

–En realidad fueron tres. El tercero se llamaba Lamar Griffith. Era un muchacho tímido y sensible, pero lo hizo para salvar su cara delante de Neal.

–¿Todavía vive en Palmetto?

Ella le explicó el destino de Lamar.

–Ya lo tengo –dijo Dillon tras una larga pausa–. Fue idea de Neal.

–Oh, sí –respondió fieramente–. Era su líder. Si no hubiera sido por él, nunca habría pasado. Pero Hutch y Lamar podrían haberle detenido. En vez de hacerlo, también me violaron, y me dejaron abandonada.

–¿Te abandonaron?

–Donna Dee me llevaba en coche a casa de Gary para informarle de lo de las becas. Por el camino nos quedamos sin gasolina.

Le explicó lo sucedido en esa lúgubre tarde, sin olvidar ningún detalle singular. A pesar de los años, sus recuerdos permanecían cristalinamente claros.

–Cuando me subieron estaba enfadada. Pero empecé a tener miedo cuando Neal no cogió el desvío hacia la casa de Gary y me condujo hacia el canal donde habían estado antes pescando. Él ordenó que saliesen todos del coche. Yo me opuse, pero me arrastró fuera.

–¿Y los otros obedecieron como ovejas?

–Es difícil que te puedas hacer una idea del control que tenía Neal sobre ellos. Habrían hecho cualquier cosa que él hubiera dicho. Se pasaron latas de cerveza. Yo rechacé beber nada. Cuando acabaron, pregunté si nos podíamos ir. Neal dijo: «Todavía no». Le pregunté por qué, y me dijo... –Vaciló, y sus ojos se desviaron hacia su regazo–. Me dijo: «Porque antes de irnos, te vamos a follar».

Dillon acercó los codos a la espalda de la silla, cubriendo su boca con los dos puños. Cerró los ojos, deseando que nunca hubiera utilizado esa crudeza con ella. Y deseando, con toda su alma, haber golpeado la cara de suficiencia de Neal Patchett cuando tuvo la oportunidad.

–No dudé ni por un momento que lo harían.

La voz de Jade sonaba cavernosa. Dillon sabía que Jade no estaba allí con él; había vuelto a esa fría y lluviosa noche de febrero.

–Me volví y eché a correr, pero Neal me alcanzó y me agarró por el pelo con una mano. Me dolió. Grité, y las lágrimas aparecieron en mis ojos. Levanté los brazos para intentar sacar su mano de mi pelo pero no pude. Mientras tenía los brazos levantados, él puso su otro brazo alrededor de mi cadera y me empujó al suelo. Estaba frío y mojado. –Hizo una mueca–. Olía mal, como a pescado muerto.

»Hutch gritó: "¿Pero qué coño estás haciendo?", y Neal contestó: "Exactamente lo que he dicho que le íbamos a hacer. Cállate y ayúdame. Aguántale los brazos".

»Me puse a gritar y a llorar, diciendo que no, no. No podía ver a nadie, excepto a Neal. Le ataqué, hasta que Hutch se dejó caer detrás de mi cabeza y me cogió por las muñecas. Me las puso en el suelo, por encima de mi cabeza. Neal se estaba doblando encima de mí, diciendo que me callara. Me golpeó varias veces.

»Lamar dijo: "¿Te has vuelto loco Neal?". Neal lo miró por encima del hombro y le dijo: "Haz algo útil y deja de comportarte como una gallina. No le vamos a hacer daño". Lamar se tiró hacia atrás, yo no le podía ver, pero pude oír como decía: "Está llorando". Entonces Neal se puso realmente furioso. Dijo: "¿Quieres un trozo de esto, o no? Si no, aparta tu culo fuera de mi vista".

»Neal se había estirado encima mío. Separó mis muslos y clavó una rodilla encima de uno de ellos. Yo grité. Me volvió a pegar. Intenté darle patadas. Entonces fue cuando Lamar me cogió fuertemente por los tobillos. No me podía mover, y empecé a suplicarles que no lo hicieran.

»"Hazla callar –dijo Neal–. No soporto esta manera que tienen las mujeres de quejarse."

»Hutch cogió mis dos muñecas con una mano y me tapó la boca con la otra. Yo eché mi cabeza hacia atrás e intenté suplicar ayuda con mis ojos a Hutch, pero él no me estaba mirando la cara. Estaba mirando lo que Neal me estaba haciendo.

Dillon no movió ni un solo músculo. No dijo nada. Durante unos segundos, Jade se entretuvo con la hebilla de su reloj de pulsera. La habitación estaba tan silenciosa que él podía oír el tictac.

–Neal me rasgó la blusa. Mi sujetador se abrochaba por delante. Lo desabrochó y lo dejó abierto. Recuerdo..., recuerdo la vergüenza que sentí al estar de esa manera. Cerré fuertemente los ojos. Me mordí la lengua hasta que noté que me había hecho sangre. Él dijo: "¿No son las tetas de Jade Sperry una bonita vista?".

Hipó un seco sollozo.

–Creía que me iba a morir. Quería morir. La mortificación de eso... Neal, a quien yo odiaba... –Se llevó la boca a la mano, como si fuera a devolver, pero continuó, con la voz ahogada–: Me puso las manos encima. Me las estrujó, apretó y tiró de ellas. Era horrible, doloroso y humillante. Se inclinó y me chupó con fuerza el pezón izquierdo. Con tanta fuerza que me hizo mucho daño.

Dillon saltó de la silla. Se metió las manos en la parte de atrás de los tejanos y caminó por la habitación como si buscase una salida. Se sentía tan furioso que le hubiera gustado golpear algo, destrozarlo, aplastarlo. Jade no se dio cuenta de su reacción y continuó con su horripilante relato.

–Neal se estaba riendo cuando se puso de rodillas y se desabrochó los pantalones. Se los bajó y cogió su pene con la mano. Dijo: "Bonito, ¿eh, Jade? Seguro que tu coño no puede esperar".

»Hutch parecía preocupado y le dijo: "Neal, venga, ya te has divertido bastante. Déjala ir". "¿Que la deje ir? –dijo Neal–. Ni hablar, estoy llegando ahora a la parte más divertida."

»Neal me levantó la falda. Yo movía las caderas de un lado a otro tratando de que dejase de quitarme las bragas. Él tenía tanta prisa que Lamar le tuvo que ayudar. Entonces Neal...

Dillon había estado de pie, enfrente de la ventana, mirando sin ver cómo se oscurecía el cielo. Entonces Jade dejó de hablar. Él miró por encima de su hombro hacia ella. Su cabeza estaba reclinada sobre sus manos: se estaba haciendo un masaje en las sienes.

Dillon volvió a su silla, la giró y se sentó enfrente de ella. No dijo nada, y resistió el impulso de tocarla. Su sola presencia parecía que a ella le daba seguridad. Por lo menos lo esperaba. Jade bajó las manos de su cara y se humedeció los labios.

–Neal escupió en sus manos y se frotó con la saliva. Me dijo: «Apuesto a que eres buena chupando pollas. ¿No se la chupas a Parker? Deberías hacérmelo a mí también». –Cerró los ojos, como eternamente agradecida–. No me lo hizo hacer –dijo bruscamente.

»No le fue fácil, pero me penetró. Creo que se sorprendió al saber que era virgen porque me miró a la cara y se echó a reír. Se me acercó y me dijo: "Bueno, esto es gloria. Voy a conseguir después de todo tu cereza". Ésta era una vieja broma entre nosotros. Entonces él... –Bajó su cabeza todavía más–. Él... empujó con fuerza y me hizo mucho daño.

Las luces de seguridad halógenas del exterior se encendieron automáticamente. Algo de su azul y blanca luz se introdujo por la ventana, pero la mayor parte de la oficina siguió inundada con sombras profundas y con el sonido sibilante de su voz.

–Creí que duraría toda la vida. Después me di cuenta de que no había tardado mucho en llegar al clímax. Al retirarse esparció su semen encima de mi estómago. Lanzó la vista hacia Hutch y sonrió. «He engrasado el coño para ti.»

»Cambiaron las posiciones. Cuando Hutch retiró la mano de mi boca intenté gritar otra vez, pero no tenía fuerza. Apenas pude levantar un brazo. Cuando Hutch se inclinó sobre mí, le arañé la cara. Me maldijo y puso su mano en la mejilla. La sangre caía por sus dedos. Eso le puso furioso. Gruñó: "Aguántale las manos, Neal". Neal me cogió las manos y las mantuvo asidas a ambos lados de mi cabeza.

»Hutch fue el único que me besó. Al principio creí que eso era todo lo que iba a hacer. Su peso casi me ahogaba, y continuaba hurgando con su lengua en mi boca. Me hizo sentir náuseas. Estaba gritando el atropello en mi interior, pero el único sonido que emití fue como el maullido de un gatito.

»Oí que Neal se reía detrás de mí. "¿Llegarás al final, Hutch? Oye, me estás poniendo cachondo otra vez. Incluso a Lamar se le está poniendo dura." Lamar se rió nerviosamente.

»Grité cuando Hutch me penetró. Fue el doble de brutal que Neal. Me di cuenta de que me estaba desgarrando el interior y haciéndome sangrar. Lo notaba.

–¡Hijos de puta! –siseó Dillon.

Con una rabia casi incontrolada se golpeó las piernas con los puños.

–Cuando Hutch llegó al clímax, arqueó la espalda y emitió un ruido horroroso y estruendoso. Recuerdo que separaba los labios de sus dientes. Estaba feo, repulsivo. Entonces cayó encima de mí. Yo no podía respirar, pero noté su cálida respiración en mi cuello. Olía a cerveza y me hizo sentir náuseas, pero tenía miedo de que si devolvía me ahogaría en mi propio vómito. Así que me las arreglé para no hacerlo.

»Lamar fue el último. Pero para entonces ya no tenía fuerzas para luchar. Creí que Lamar se pondría a llorar cuando me mirara. Sus manos estaban en su bragueta, pero dudaba. Neal le dijo: "¿Cuál es el problema? A ver qué tal haces tu trabajo". "No sé si debería hacerlo, Neal." La voz de Lamar era insegura y temblaba. Eso era característico de él.

»Desde que Hutch se había probado a sí mismo, se encontraba envalentonado. "Maldita sea. Deberíamos de habernos imaginado que el maricón se iba a acojonar." "¡No soy un marica!", gritó Lamar. Creo que entonces ya estaba luchando contra sus ambigüedades sexuales. Debió de pensar que o lo hacía o sería objeto de sus mofas, así que lo hizo.

»Cuando se bajó los pantalones, los otros aplaudieron su erección. Supe que era la primera vez para él. No sabía dónde... Continuaba embistiéndome. Me hacía daño porque estaba magullada y escocida. Cuando hubo entrado, empujó frenéticamente, como si fuera un animal en celo La cara se le llenó de sudor. Neal continuaba haciendo bromas y riéndose de la técnica de Lamar. Finalmente se corrió.

»Se estaba riendo aliviado cuando salió de dentro de mí. Pero al mirarme a la cara se le congeló la sonrisa. Creo que Lamar se dio cuenta del alcance de lo que habían hecho. Sus ojos pedían perdón en silencio. Pero nunca le perdoné, ni entonces ni cuando lo vi unos años después.

–¿Cuándo fue eso? –preguntó Dillon.

Ella le explicó brevemente el funeral de Mitch Hearon y la inesperada aparición de Lamar.

–No los he perdonado, a ninguno de ellos, hasta hoy.

Después de un prolongado silencio, ella levantó la cabeza.

–¿Me puedes pasar un kleenex, por favor?

Dillon localizó una caja de kleenex en un lado de la mesa. Cogió uno y se lo dio.

–Gracias.

No lo utilizó para secarse los ojos, porque durante todo el relato no había vertido ni una sola lágrima, sino para secarse el sudor de las palmas de las manos.

–¿Te abandonaron allí, Jade?

–Sí –rió ella amargamente–. Como un cruel tópico, Neal se fumó un cigarrillo antes de marcharse. Recuerdo el olor del azufre de la cerilla y del humo del tabaco. Me había enrollado como una pelota. En ese momento era insensible. No recuerdo haber notado tanto el dolor como el entumecimiento.

»Discutieron qué hacer conmigo y decidieron que tenía la fuerza suficiente para encontrar mi camino de vuelta a la ciudad. Lamar preguntó: "¿Qué vamos a decir si alguien descubre lo que ha pasado?". Neal le dijo: "¿Quién lo va a contar? ¿Tú? Seguro que no. Entonces ¿de qué estás preocupado?".

»Hutch preguntó qué pasaría si yo contaba algo. Neal se echó a reír. Dijo que yo no lo contaría porque no querría que mi "chico querido", refiriéndose a Gary, "se enterara". Dijo que yo lo había estado pidiendo y que había estado coqueteando con los tres.

»Evidentemente Lamar y Hutch estuvieron de acuerdo con él, sobre todo porque ellos sabían que eso era lo que él quería de ellos, y también para justificarse por lo que habían hecho.

»No creo que Neal tenga ningún remordimiento ni que se sienta culpable. Es amoral. No tiene conciencia. Quería darme una lección porque amaba a Gary en vez de a él, y además vengarse de Gary por haberse burlado de él en una estúpida pelea. Vio la manera de castigarnos a la vez. Porque se llama Patchett, consideró que tenía todo el derecho.

–Supongo que irías enseguida a las autoridades, ¿no?

Jade volvió a reírse amargamente.

–Dillon, tú aún no me conoces bien. Tan pronto como me pude mover, gateé hacia la carretera. No me importaba si moría con tal de vivir lo suficiente para ver cómo los castigaban.

Ella volvió a explicar su visita al hospital y todo lo que había pasado al día siguiente en la oficina del sheriff Jolly. Dillon no se lo podía creer.

–¿Así que una pandilla de violadores se escondió debajo de la alfombra y fue olvidada?

–Hasta ahora.

–Ahora, quince años después, has vuelto para vengarte. Quieres hacerles pagar por su violación.

–No sólo por eso.

–¿Quieres decir que hay más?

–Gary.

–Oh, es verdad. Me olvidaba –dijo humildemente–. Muchas veces los novios pasan malos momentos como éste, Jade.

–Gary sufrió, desde luego. Especialmente cuando Neal y los otros me pintaron como una chica fácil. Neal no le dejaba en paz. Se mofó de Gary con insinuaciones hasta que no lo pudo aguantar más.

Cuando le contó lo que Gary había hecho después de verla entrar en casa de Georgie, Dillon se quedó perplejo. Se volvió a pasar las manos por el pelo y buscó algo qué decir. Se contuvo para no decirle lo primero que se le había ocurrido: que Gary debería de haber tenido más fe en la mujer que amaba. Pero a ella no le habría gustado.

–Después del suicidio de Gary no podía estar en Palmetto, pero juré que un día volvería y que cuando lo hiciera tendría el control.

–Acabas de estrujar a Iván y a Neal. Ellos han visto la escritura de la pared, y saben perfectamente lo que les significa la nueva industria.

–Tienen que responder de muchas cosas. No soy la única a la que han hecho daño durante estos años.

–Antes de venir, ¿sabías que Hutch estaba enfermo?

–No. Planeaba denunciar la corrupción del departamento del sheriff.

–¿Está corrompido?

–Me jugaría cualquier cosa. Él tapa las huellas de los Patchett, justamente como había hecho su padre.

–En cualquier caso, el asunto es discutible, ¿no?

–Supongo que sí.

Las últimas noticias eran que el trasplante de riñón de Hutch había sido un éxito. Los doctores se mostraron reservados hasta que disminuyó el riesgo de infección, pero el diagnóstico era bueno. La reacción del órgano había sido combatida con drogas. Al parecer no había sufrido ningún efecto secundario, aunque se dudaba de que pudiese volver a ocupar el cargo público.

–¿Y que hay de Donna Dee? Ella es tan culpable como todos ellos.

–Siempre ha querido a Hutch. Si yo hubiese denunciado su corrupción, ella hubiese sufrido la desgracia con él. Como era de esperar, ella ha venido a mí, suplicando por su vida, igual que yo le supliqué a ella para que dijese la verdad en la oficina del sheriff Jolly.

»Ésta no es la razón por la que me negué a que Graham hiciera de donante, pero ella sabe lo que significa sentirse desesperado, abandonado por tu última esperanza.

–¿Tiene Lamar familia aquí?

–Su madre. Según tengo entendido, no supo nunca de la violación.

–Entonces, cualquier forma de venganza será ineficaz, ¿no?

–Excepto que Graham podría ser su único nieto.

–¿No sabes realmente quién lo engendró?

–No.

–Graham tampoco lo sabe.

–¡No, y no quiero que él lo sepa!

–Seguro que ha preguntado de dónde viene, quién es su padre.

–Le quité importancia al asunto. Graham acepta el hecho de que sólo tiene madre.

Dillon frunció el ceño dubitativamente.

–Por el momento, es posible. Pero ¿y mañana? ¿Y después de mañana? A medida que se haga mayor hará más preguntas para saber quién es su padre.

–Si esto sucede, le diré sinceramente que no lo sé.

–Hay maneras para detectarlo. Se llaman huellas digitales genéticas.

–No lo quiero saber. No hay ninguna diferencia. Él es mío. Mío –dijo ella, con la voz quebrada–. Si hubiese sabido que Hutch estaba enfermo y Neal estéril, habría dejado a Graham en Nueva York. Nunca imaginé que él sería el factor pivotante de sus vidas. Me asusta, Dillon. Tú crees que me he pasado esta tarde, pero sé el tipo de traición que Neal y su padre son capaces de hacer.

Su miedo era obvio. Instintivamente, Dillon se le acercó. Igual de instintivamente, ella retrocedió.

–Maldita sea. Me gustaría que yo no te representara ninguna amenaza. Me gustaría abrazarte.

La oscuridad parecía intensificar la ronquedad de su voz.

–Sólo abrazarte, Jade. Eso es todo.

Después de un momento, ella susurró:

–No creo que pase nada si me abrazas.

–Yo nunca te haría daño –dijo mientras se levantaba y se dirigía hacia el sofá, colocándose al lado de ella–. Nunca.

–Te creo.

Él la rodeó con sus brazos y se apoyó hacia atrás, arrastrándola consigo hasta que estuvieron apoyados en los cojines del sofá. La intimidad de la posición la alarmó. Ella podía notar sus bíceps.

–Está bien –murmuró él–. Está bien. Te soltaré cuando quieras. ¿Quieres que te suelte? Dímelo.

Después de una tensa espera, ella movió la cabeza y se

relajó contra él. Aparentemente, la pequeñez del peto de su mono no la ofendió. Apoyó la cabeza en su pecho. Su pelo se deslizó por su piel, haciéndole gemir de placer. La mano de ella continuó confiadamente en su brazo.

–¿Jade?

–Hmmm.

–Desde esa noche, ¿has sido incapaz de hacer el amor?

–Incapaz, y no lo deseaba.

–¿No lo deseabas ni probar?

–Lo intenté con Hank.

–¿Hank Arnett? –Los celos le golpearon.

–Él se había enamorado de mí. Yo lo sabía pero no quería que lo estuviese. Tampoco quería hacerle daño. Seguí diciéndole que no había solución, que no iba a cambiar. Discutí con él para no darle falsas esperanzas con mi recuperación. Hank se mostró obstinado.

–Y al final se convenció.

–Tardó años. Yo quería devolverle su afecto, por eso empecé a ver una psicóloga. Un día fui capaz de besarle con naturalidad.

–¿Te gustaba besarle?

–Tanto como era capaz.

Los celos de Dillon se habían apaciguado. Ella no lo había calificado así cuando le dijo que le habían gustado sus besos.

–Por entonces murió Mitch. Lamar apareció en el funeral. Al verlo me acordé de nuevo del horror. Entonces le dije a Hank que no podría tener una relación sexual con ningún hombre. Me era imposible.

–¿Le dijiste por qué?

–No. Y como no lo hice se enfadó y desapareció durante meses. Un día volvió y desde entonces hemos sido buenos amigos. Al final lo ha aceptado.

Dillon no quería ser el defensor de la causa de Hank, diciéndole que era un buen tipo y que ella debería de haberle dado otra oportunidad. Hank estaba en Nueva York; Dillon estaba aquí con ella, abrazándola.

–¿Por qué me has contado lo de tu violación, Jade?

Cuando ella levantó su cabeza y lo miró, él se dio cuenta de que no había razón para sentirse celoso de Hank ni de nadie más.

–Tú no hubieses aceptado como soy sin una explicación.

–¿Y?

–Y, porque..., porque es importante para mí que entiendas por qué soy como soy.

Para reprimir sus deseos de besarla, colocó la cabeza debajo de su barbilla.

–Lo que te ha pasado ha sido un crimen. Fue inesperado, sucio y violento. No tiene nada que ver con el sexo.

–Ya lo sé. Dillon.

–La intimidad del sexo entre dos personas que se quieren...

–Es algo muy diferente –dijo ella acabando la frase–. La psicóloga me repitió eso mismo hasta que me puse enferma de oírlo. No, no me culpo subliminalmente a mí misma. Sí, estaba enfadada con el sexista sistema legal, como lo estaba con los hombres, pero no creía que todos los hombres fueran bárbaros. No, no sentía inclinaciones hacia el lesbianismo. No, no quería ver a todos los hombres castrados.

–Es un alivio.

Ella volvió a levantar la cabeza y cuando sus ojos se encontraron se empezó a reír. Él también se echó a reír. Rieron durante varios minutos, y fue catártico porque ninguno podía llorar. Su risa les dejó sin fuerzas, y se apoyaron mutuamente para aguantarse.

Entonces dejaron de reír, precisamente en el mismo instante. Hacía sólo un segundo que se estaban divirtiendo, pero de pronto se miraron fijamente a los ojos, sin aliento y tensos.

El pecho de Dillon se notaba tirante. Sus ojos se dirigieron hacia la boca de ella. Él vio cómo movía sus labios.

–¿Dillon?

Él cerró rápidamente los ojos.

–Te quiero besar, Jade, te quiero hacer el amor por primera vez en tu vida. Te quiero enseñar lo que es realmente, lo que puede ser. Quiero que me hagas el amor.

Cuando volvió a abrir los ojos, los de ella se sobresaltaron. Sus labios estaban temblorosos. Él estuvo tentado de subir su boca hasta la altura de la suya y descubrir por qué ella le estaba mirando con esa particular expresión. Confiaba que fuese porque la atraía y no al revés.

Le apartó el cabello. Ansiaba aliviar el temblor de sus labios con besos suaves, masajeando la línea de preocupación que había entre sus cejas. Quiso contagiarle que su respiración fuese de pasión y no de temor. Quería darle el regalo del descubrimiento sexual que le habían robado.

Pero si no lo hacía bien podría convertirse en un daño irreparable. Por ello la apartó, se levantó y la ayudó a levantarse.

–En otro momento –dijo tristemente.

La casa estaba a oscuras. Dillon, que había insistido en seguirla hasta casa, no se marchó hasta que la vio entrar sana y salva. Cathy le había dejado una nota en la cocina, explicándole que se había ido a acostar temprano porque tenía dolor de cabeza. Había una cazuela en la nevera, decía la nota. Todo lo que Jade tenía que hacer era calentarla en el microondas. Pero no se sintió lo suficientemente hambrienta como para molestarse. Después de comprobar que la casa estaba cerrada, subió a su habitación.

Una luz se reflejaba por debajo de la habitación de Graham. Llamó a la puerta y la empujó. Estaba encima de la cama, mirando la televisión con un aparente desinterés.

–¿Puedo entrar?

–Es tu casa.

Desoyendo el comentario, se acercó al pie de su cama y se sentó.

–He cogido la indirecta. Estás enfadado conmigo.

Él dudó entre continuar de mal humor o desahogar su rabia. Se decidió por lo último.

–¿Acaso no estarías furiosa conmigo si yo te hubiera avergonzado hasta dejarte para el arrastre? Mamá, me trataste como a un niño delante de Dillon y del señor Patchett.

–Lo que hice quizá te pareció ilógico, Graham, pero yo estaba tremendamente preocupada.

–¡Montaste un número por nada! Ni siquiera llegaba demasiado tarde.

–Ésa no era totalmente la razón. Yo estaba preocupada porque estabas con Neal.

–¿Por qué? Estuvo simpático. Y tú lo conoces, así que ¿cuál es el problema?

–El problema es que lo conozco demasiado bien. No es bueno.

–Pues lo parecía –repuso en tono agresivo.

–Seguro que lo parecía. Rezuma encanto pero está podrido hasta la médula, Graham. Tienes que creerme en lo que te voy a decir: manténte alejado de él, puede ser peligroso.

Graham hizo un sonido de burla.

–Lo digo en serio. La próxima vez que se te acerque, quiero saberlo inmediatamente.

Se la quedó mirando, con la obstinación de un adolescente.

–Has cambiado, mamá.

–¿Cambiado?

–Desde que nos hemos mudado aquí, estás tensa todo el tiempo.

–Tengo un trabajo enorme que hacer, Graham. Además de la fábrica, estoy adquiriendo propiedades para la casa matriz de la compañía, haciendo todo...

–¿Estás tratando de comprar tierra a unas personas llamadas Parker?

Jade miró a su hijo con sorpresa.

–¿Cómo te has enterado de eso?

–El señor Patchett lo mencionó hoy.

Jade no había vuelto a saber nada de Otis Parker desde su última conversación por teléfono. Había dudado entre llamarle para presionarle o darle más tiempo para que considerara su oferta. Graham había confirmado sus sospechas: los Patchett iban detrás de ella.

Concentró de nuevo sus pensamientos en Graham y dijo:

–Sabes lo ocupada que estoy. Tengo muchas cosas importantes en la cabeza. Eres lo bastante mayor para comprenderlo.

–También tenías mucho trabajo en Nueva York, pero no te sacaba de quicio. ¿Qué ha pasado?

Jade se le acercó, y peinó hacia atrás su cabello con los dedos.

–Últimamente estoy tan nerviosa porque quiero hacerlo bien en este proyecto. Y porque quiero que tú seas feliz aquí. Lo eres, ¿no? ¿Te gusta la casa?

–Sí, es estupenda, pero...

–Pero ¿qué?

–Tengo que volver a dar toda esa explicación a mis nuevos amigos.

–¿Explicación?

–Sobre por qué no tengo padre y por qué Cathy no es realmente de la familia. Ya sabes, toda esa mierda que siempre tengo que explicar. –Él se mordisqueó una uña–. Ya sé que siempre me has dicho que éramos una familia especial. Única. –Levantó sus tristes ojos azules hacia los de ella–. No quiero ser especial, mamá. Estoy cansado de ser único. Ojalá fuéramos normales, como todo el mundo.

–No existe ese factor de normalidad, Graham.

–Bueno, la mayoría de la gente es más normal que nosotros.

Lo arrastró hasta sus brazos y presionó su preocupada cara contra su garganta.

–Algunas veces ocurren cosas en nuestra vida que no las podemos controlar. Debemos hacer lo mejor para vivir con aquello que nos han dado.

»Deseo con todo mi corazón que tú hubieras podido disfrutar de una vida normal de familia. No ha funcionado. Lo siento. He hecho todo lo que he podido. Y todavía sigo haciendo lo que creo que es mejor –añadió, pensando en el consejo de Cathy y Dillon de contarle a Graham lo de su violación. No podía. Su hijo estaba pasando ya por una situación suficientemente difícil, adaptándose a su nueva casa y madurando rápidamente, como para afectarle con su tragedia.

–Ya sé que lo estás haciendo, mamá. Olvida lo que te he dicho. –Se zafó de sus brazos y le dirigió una tenue sonrisa–. Te pido perdón por haberte avergonzado hoy delante de Dillon, te prometo no volverlo a hacer.

–¿Estabas con él esta noche?

–Sí. ¿Por qué?

–Sólo preguntaba.

–¿Qué? –preguntó echándose a reír–. Se te escapa la risa.

–Creo que tú le gustas a Dillon, eso es todo.

–Pues claro que le gusto. No podríamos trabajar tan bien juntos si yo no le gustara.

–Venga, mamá. Ya sabes a lo que me refiero.

–Somos amigos.

–Ah. –Sonrió con un aire de superioridad–. ¿Crees que seré tan alto como él cuando termine de crecer?

Miró la fotografía enmarcada de su mesita.

–¿Cuánto medía el abuelo Sperry?

Cuando cumplió trece años, Jade le entregó oficialmenre la Medalla de Honor de su abuelo y la fotografía que siempre había conservado como un tesoro. Desde que era tan pequeño que se sentaba en su regazo, le había explicado la historia heroica de su padre en el conflicto de Corea. Nunca le había dicho que la muerte de su abuelo fue un suicidio.

–Medía metro ochenta y cinco centímetros de alto.

–Así que yo también seré tan alto como mínimo.

–Probablemente. –Se inclinó hacia él y le besó la frente–. Pero no tengas tanta prisa en llegar hasta ahí, ¿vale? Buenas noches.

–Buenas noches, ¿mamá?

Ella se volvió y lo miró.

–¿Era alto mi padre?

Pensando en sus tres atacantes, respondió rápidamente.

–Por encima de la media.

Graham asintió con satisfacción. Entonces alcanzó el interruptor de la lámpara que estaba por encima de su cama, y lo apagó.

–Buenas noches.

27

Jade estaba trabajando en su mesa cuando Neal entró sin haber sido anunciado y sin ni siquiera haber llamado a la puerta. *Loner* no le había avisado de que alguien estaba afuera. Graham estaba pescando en un riachuelo cercano y se había llevado al perro para que le hiciera compañía.

Neal le sonrió, como si se hubieran despedido de la manera más amistosa.

–Hola, Jade.

–¿Qué estás haciendo aquí?

–He traído a mi padre porque quiere verte.

–¿Para qué?

–No me gustaría estropearle la sorpresa.

Cualquier sorpresa que los Patchett preparasen sería desagradable.

–No quiero verle.

–No tienes elección.

Usó una silla plegable para mantener la puerta abierta de la casa móvil al salir. Cuando regresó, llevaba en sus brazos a Iván. Lo depositó en el sofa.

Jade se levantó tensa detrás de su escritorio. Engreído, Neal cogió la silla que aguantaba la puerta y se sentó, apoyando un tobillo en la pierna contraria.

–¿Para que me quería ver? –le preguntó a Iván.

–¿No preguntas por mi salud? –se burló–. ¿Ninguna frase agradable? ¿No quieres charlar primero?

–No.

Ella cruzó sus brazos sobre el vientre en un gesto de impaciencia.

–Si tiene algo que decirme, dígamelo. Si no, márchese.

–Ésta no es la manera como yo trato a los amigos.

–Ésta es la manera como yo le trato a usted.

Acarició el suave pomo de su bastón.

–He visto fotografías de tu chico. Es realmente un muchacho bien parecido.

Recordó la costumbre que tenía Iván de mirar a la gente por debajo de sus pesadas cejas. Estaba utilizando este método de intimidación con ella. Era difícil mantener una fachada de indiferencia, especialmente cuando hablaba de Graham. Su demoníaca personalidad quedaba realzada por su deformación física.

Conservando su tono frío y monótono, ella contestó:

–Creo que lo es –respondió conservando su tono frío y monótono.

–Se te parece. Por lo menos desde lejos. Me gustaría verlo de cerca.

El corazón la estaba martilleando, pero conservó su expresión impávida y no dijo nada.

–¿Por qué no te sientas, Jade? –le sugirió Neal.

–Prefiero estar de pie.

–Como quieras.

La mano de Iván, llena de manchas y surcada de venas, desapareció en la chaquera y sacó un sobre del bolsillo interior. Se lo tendió a Jade. Ella lo miró con desconfianza.

–¿Qué es esto?

–¿Por qué no lo abres y ves lo que es?

Jade alcanzó el sobre, abrió la solapa y sacó un documento de propiedad. Rápidamente examinó la hoja y entonces dirigió la vista hacia las importantes líneas al pie de las firmas de las partes involucradas en la transferencia de propietario.

–Otis Parker –susurró, aflojando sin tensión.

–Así es.

Iván se relamió como un carnívoro que acaba de devorar a su presa.

–Esta tierra es nuestra ahora. El contrato se firmó ayer.

Como en un trance, Jade regresó a la silla de su mesa y se sentó. Examinó las dobladas páginas del documento. Llevaba el sello de un notario, y era oficialmente incuestionable. No era de extrañar que Otis la hubiera estado evitando y que no hubiera respondido a los mensajes que ella había dejado a través de la señora Parker, que siempre parecía aturdida cuando ella llamaba. Jade había ido en coche hasta su casa para verlos, pero nadie había respondido a su llamada, aunque ella sabía que estaban en casa.

–¿Cuánto le disteis? –preguntó con un murmullo.

–Un millón de dólares.

–¿Un millón?

–Así es.

Neal se apoyó en su silla y dijo:

–Le prodigamos la misma cortesía que tú. No se tiene que mudar hasta dentro de dos años, si no quiere. Eso le dará tiempo para cultivar la cosecha de dos años. Aunque no lo va a necesitar con tanto dinero –añadió con una risotada.

–¿Cómo..., cómo llegasteis a juntar tanto capital?

Él parpadeó.

–Liquidé algunos activos, hipotequé otros y pedí un crédito a corto plazo. Cuando estás en el consejo del banco local puedes hacer este tipo de cosas. –Adoptó una benévola expresión–. Lo ves, Jade, todavía tienes mucho que aprender de cómo los chicos del Sur llevan los negocios.

–Llegaste a la ciudad moviendo tu culo como si fueras alguien. –Iván la miró con dureza–. Esos hijos de puta de Nueva York que representas son gatos falderos comparados conmigo.

Se golpeó ruidosamente en el pecho.

Jade se humedeció sus labios, ansiosa.

–¿Cuáles son las condiciones del pago?

Neal miró riendo a su padre.

–¿Crees que nos chupamos el dedo, Jade? No te hemos dejado espacio para que maniobres. Hemos cerrado el trato con un cheque al portador por toda la cantidad. Otis casi se mea en los pantalones cuando le di el cheque.

Jade se las arregló para mantener sus facciones tranquilas. Dobló con cuidado el contrato y lo puso en el sobre, dejándolo en un lado de la mesa.

–Enhorabuena.

Como si la reunión hubiera acabado, cogió su bolígrafo y continuó con lo que estaba haciendo antes de que entrase Neal.

–¿Bueno?

Jade miró a Neal con una inquisitiva sonrisa en sus labios.

–¿Bueno?
–¿No tienes nada qué decir?
–¿Sobre qué?
–¡Maldita sea! –rugió Iván–. Sobre la tierra. ¿Qué piensas?
–Tú la querías. Ahora la tenemos –dijo Neal extendiendo ampliamente sus manos–. Puedes olvidarte de absorber a Otis. Ya no participa en este juego. Tengo lo que tu pomposa compañía quería. A partir de ahora deberás tratar conmigo.
Dejó caer el bolígrafo y dobló las manos debajo de su barbilla.
–Estás confundido. Mi compañía no está interesada en adquirir la propiedad que primero pertenecía a los Parker y ahora te pertenece a ti. –Sonrió dulcemente.
–¡Ah, caramba! –rió Iván–. Estás jugueteando para hacer bajar el precio.
–En absoluto, señor Patchett. Les estoy siendo sincera. No tengo el más mínimo interés en comprar esa tierra. Ahora, si me disculpan...
Neal se puso rápidamente de pie.
–¡Mientes, perra! Estoy seguro de que querías esa propiedad. Desde que has llegado a la ciudad te la has pateado, la has medido y la has hecho tasar. No intentes negarlo. Te he hecho seguir.
–Sí, pensé que lo harías –dijo ella con calma–. De hecho, contaba con ello.
Los pulmones de Iván resollaron cuando luchó para meter oxígeno.
–¡Maldita seas! –La miró furioso. Su alma demoníaca apestaba. Olía horriblemente–. Nos has hecho trampas, pequeña mierda. Nos has estafado.
–¡Cállate! –ladró Neal a su padre.
Cubrió la distancia que le separaba de la mesa de Jade con dos grandes zancadas y la agarró por los antebrazos, estirándola hacia sus pies.
–¿Quieres decir que nunca has querido la granja de los Parker? –dijo entre dientes.
–Así es. Yo sólo quería que tú la quisieras.
–Ha jugado con nosotros como si fuéramos una pareja

de tontos –ladró Iván–. Hemos gastado un millón de dólares en un montón de mierda de cerdos.

Jade giró su cabeza hacia el viejo y lo miró con unos ojos azules ardientes.

–Una pequeña compensación por la vida de Gary, ¿no cree?

Neal la empujó desde detrás del escritorio y la zarandeó fuertemente.

–Nos has arruinado.

–Justamente como tú me arruinastes a mí y a Gary.

La abofeteó con el dorso de la mano en la boca. Ella gritó. La puerta se abrió tan de golpe que creó un vacío dentro de la habitación. La silueta de Dillon y su fiera expresión pertenecían al dios del Trueno, pero habló letalmente.

–Te vas a arrepentir de esto.

Se abalanzó por la habitación, agarrando a Neal por el cuello y empujándolo contra la pared. Iván golpeó con su bastón a Dillon en la parte de atrás de la rodilla. Él lanzó un grito de dolor, se giró y agarró el bastón de Iván. Al principio Jade temió que lo usara para romperle el cráneo al viejo, pero en lugar de eso lo pisó por un lado, levantó el otro extremo y lo rompió como una ramita.

Apartó bruscamente las dos piezas y respondió al frenético grito de Jade mientras Neal se abalanzaba por detrás. Neal siempre había contado con otros para que pelearan por él. En cambio Dillon había aprendido la lucha callejera para sobrevivir. Se movía con precisión y suavidad, y le pegó en el vientre con el codo, a continuación le golpeó en la cara, rompiéndole la nariz.

Neal se tambaleó hacia atrás, chocó contra la pared y resbaló hasta el suelo. Dillon se situó delante de él, respirando pesadamente.

–Vete de aquí inmediatamente y saca a ese miserable viejo hijo de puta contigo.

Neal intentó lamerse la sangre de la barbilla, pero la sangre le goteaba desde la nariz y le caía sobre la camisa. Recobrando la dignidad que pudo, se esforzó en levantarse. Después de los golpes que Dillon le había propinado, no le resultaba fácil levantarse y arrastrar a Iván.

Jade los siguió hasta fuera, sabiendo que finalmente había llegado el momento que había esperado durante quince años. Los Patchett estaban derrotados y humillados.

Neal descargó a Iván en el asiento del pasajero de su El Dorado. Jade se quedó delante de la brillante parrilla cromada, cuando él pasó alrededor de la capota. Ella le puso el contrato en la palma de la mano.

–Espero que no tengas un día de paz mientras vivas.

Él estrujó el contrato en su puño.

–Te vas a arrepentir de esto. Te lo juro.

Se situó como pudo detrás del volante. Jade hizo visera para protegerse los ojos contra el sol y los vio marcharse. Ni siquiera tosió por la nube de polvo que los chirriantes neumáticos dejaron en su estela.

Sus rodillas se doblaron y se precipitó hacia el suelo en el mismo lugar donde estaba. Introdujo las manos en la tierra.

Dillon se agachó a su lado.

–¿Estás herida?

–No. Me siento estupendamente.

Le sonrió. Su cara estaba cubierta de polvo y sudor. Había una línea roja a lo largo de su frente que señalaba la marca que le había hecho el sombrero. Sus gafas habían dejado huellas semicirculares en sus mejillas, debajo de sus ojos, que irradiaban preocupación.

–Gracias, Dillon.

–Vi su coche y vine aquí tan pronto como pude. –Tocó suavemente su labio. Estaba hinchado pero no sangraba–. Aunque no lo bastante pronto.

–Ni siquiera duele.

Ella vigiló el coche que se alejaba velozmente por entre la nube de polvo.

–Lo hice –susurró ella de nuevo.

–¿Qué es lo que has hecho?

Ella le explicó el golpe que había llevado a cabo.

–Tenía tanto miedo de que no hubiesen caído en la trampa, de que adivinaran que mi interés en la granja de los Parker era mentira...

–¿Qué hubiera pasado si ellos no hubieran caído en la trampa?

–Mitch me dejó un legado. Yo ni siquiera sabía que existía hasta que se leyó su testamento. Si esto me hubiese fallado, podría haberlo usado para comprar la tierra de los Parker.

Él movió la cabeza con disgusto.

–Me llevaste hasta allí, me tuviste marcando el terreno como un tonto loco, y todo era para el espectáculo...

–Reconozco que te he utilizado. Te pido disculpas.

–Después de lo que los Patchett te hicieron –dijo dando una ligera sacudida con la cabeza–, tú no tienes que dar explicaciones de tus motivos ni de tus métodos.

–Ésta era mi *vendetta*. No te quería implicar a ti ni a nadie más de lo necesario.

Volvió a mirar fijamente a lo lejos. El día era cálido y bochornoso, aunque el verano estaba llegando a su fin. El cambio era inminente.

–Gary odiaba ser pobre –dijo tristemente–. Odiaba la pobreza tanto para él como para su familia. Solía decir que un día volvería a Palmetto y soltaría un millón de dólares en el regazo de su padre.

Se volvió hacia Dillon con una expresión radiante.

–Dillon, lo hice por él.

Rodeó su cintura con las manos y la puso en pie. Luego sonrió francamente por debajo del bigote.

–Creo que esto merece que lo celebremos.

Cuando la sirvienta entró en el gabinete y preguntó al señor Iván y al señor Neal cuándo les gustaría tomar la cena, Neal le arrojó una jarra de cristal. Ella se quitó de en medio en una décima de segundo y tuvo el sentido común de no volverles a molestar.

La habitación olía al coñac que se había derramado de la botella y que caía en la alfombra, pero los dos estaban tan embrutecidos por lo mucho que habían bebido que no notaron el olor.

–La muy puta –murmuró Neal mientras echaba más coñac en su copa–. Lo peor de todo es que ni siquiera fue tan buena. Era una asquerosa virgen.

Hizo un amplio gesto balanceando la copa y tirándose el coñac encima de la mano.

–Todo ha sido por eso, ¿sabes? En aquella ocasión, Hutch, Lamar y yo nos divertimos con ella. ¿Cómo hubiéramos podido imaginar que se lo tomaría tan a pecho o que su novio se colgaría por ello?

–¡Siéntate y cállate! –gruñó Iván desde su silla de ruedas. Su cabeza estaba hundida en sus hombros, como si el cuerpo le hubiera tragado el cuello. Sus ojos, por debajo de sus ceñudas cejas, eran puntas de aguja con una maliciosa luz.

–Estás borracho.

–Tengo todas las razones para estarlo.

Neal se abrió paso por la habitación hasta la silla de su padre y se detuvo delante de él.

–Por si lo has olvidado, papá, no tenemos más orinales en los que mear. Aparte de otras cosas, hemos utilizado los beneficios del próximo año para hacer frente al crédito.

–¿Y de quién fue la brillante idea?

–Tenía que resultar –dijo Neal a la defensiva.

–Bueno, pues no ha funcionado.

El modelo había sido impuesto desde que era niño. Neal estaba seguro de sí mismo y era arrogante hasta que se metía en problemas; entonces se volvía hacia su padre para que lo sacara de ellos.

–¿Qué vamos a utilizar como dinero, papá? –dijo tristemente–. ¿Cómo vamos a pagar a los trabajadores? La fábrica tendrá que cerrar.

Iván miró a Neal con una rabia patente.

–¿Por qué coño te preocupas de eso? Pronto no tendremos empleados porque todos estarán trabajando para la fábrica de Jade Sperry. La factoría Patchett de soja será historia.

La cara magullada de Neal se sacudió con una emocionada preocupación.

–No digas eso, papá.

–Eso es lo que ella había planeado hacernos durante todo este tiempo. Ella quería hacernos cerrar, nos quería arruinar.

Iván se quedó mirando a una diana en la lejana pared, como si la fuerza de su mirada pudiera destruirla.

–Y eso es exactamente lo que nos ha hecho.

Neal se dejó caer en el sofá y se llevó las puntas de los dedos a las cuencas de sus oscuros ojos.

–No sé cómo ser pobre. No quiero ser pobre.

–Deja ya de quejarte.

–Bueno, a ti no te importa lo que ocurra. Yo seré el que quedará con vida para palear toda esta mierda. El médico ha dicho que tienes el corazón y los pulmones hechos polvo. De todas maneras vas a morir pronto.

–No necesito a un médico para que me diga eso. –No parecía que estuviera cerca de la muerte. Sus ojos brillaban con una luz diabólica–. Pero una cosa es totalmente cierta. No me voy a morir sin haber igualado este marcador y para siempre. Esa chica Sperry no se va a salir con la suya. Dejemos que tenga su pequeña victoria a cambio de algo mucho más importante.

Súbitamente sobrio, Neal dejó su copa encima de la mesita del café.

–Su hijo.

–Eso es. Tal vez los Patchett estemos heridos, pero no estamos muertos. La primera cosa que vas a hacer mañana es llamar por teléfono e invitar a... Myrajane Griffith.

Dillon estaba manejando la barbacoa del patio.

–Es un pescado con muy buena pinta –le comentó a Graham, que estaba ayudando.

–Gracias –contestó, sonriendo con orgullo–. Cada vez que voy a ese sitio del canal, pesco al menos uno.

–¿Cómo te va en el colegio?

Hacía dos semanas que había empezado el colegio en Palmetto, y hasta la fecha todo iba bien. Y así se lo contó a Dillon.

–Espero poder meterme en el equipo de fútbol. Las pruebas son la próxima semana.

–No te preocupes. –Dillon dio una vuelta completa a un filete de pescado–. ¿Echas de menos Nueva York?

–No mucho. Prefiero vivir en una ciudad pequeña. ¿Y tú?

Antes de contestar, Dillon miró hacia la casa. Graham siguió su mirada. Podían ver a su madre a través de la ventana de la cocina.

–Sí, me gusta esto –dijo Dillon volviendo a fijar su atención en el asado de la barbacoa.

–¿Qué harás cuando se haya acabado de construir la fábrica? ¿Te quedarás aquí o te irás a otro sitio?

Desde que había surgido el tema, Graham se había alegrado de tener la oportunidad de preguntar a Dillon por su futuro. Sería estupendo que el futuro de Dillon coincidiera de alguna manera con el suyo.

–Aún falta mucho para que la fábrica esté acabada –dijo Dillon–. Años. Después de eso no estoy seguro de lo que haré. No hago planes tan a largo plazo.

–¿Por qué?

–Porque descubrí que no es bueno.

Jade sacó la cabeza por la puerta trasera.

–Todo está preparado. Estamos esperando a los hombres.

–No por más tiempo. El pescado está a punto.

Dillon se giró hacia atrás.

–Graham, por favor, apaga el gas.

–Ahora mismo.

La interrupción de su madre había tenido lugar en un momento inoportuno. La última frase de Dillon le preocupaba, porque contradecía lo que decía su madre de que uno debía fijarse objetivos específicos y luchar por ellos sin importarle los obstáculos. También le hubiera gustado tener alguna garantía de que Dillon aún estaría por los alrededores durante bastante tiempo.

–Asegúrate de que la espita está bien cerrada –le advirtió Dillon.

–Me aseguraré.

Dillon colocó en un plato los filetes de pescado y los llevó hasta la puerta de atrás, que Jade mantenía abierta. Graham la miró cuando se inclinó y olió el pescado, relamiéndose con anticipación. Dillon dijo algo que la hizo reír.

De repente se sintió otra vez ilusionado. Cerró el gas con cuidado y lo siguió al interior. Siempre le había gustado que Dillon se quedara a cenar, pero hoy se respiraba una atmósfera de fiesta en la casa. No sabía con certeza qué se estaba celebrando ni tampoco le importaba. Lo único que le importaba era que a su madre se la veía más relajada desde que había llegado de Nueva York. Quizás había hecho caso al comentario que le había hecho hacía unas pocas semanas de estar muy tensa. Esta noche estaba completamente relajada.

Se había cambiado de ropa al llegar del trabajo y se había puesto un traje de un tejido blanco, suave y vaporoso. Los amigos le habían dicho que su madre estaba de buen ver, y era verdad. Cuando se sentaron para cenar, ella estaba excepcionalmente guapa.

Murmuró una oración de acción de gracias, como le habían pedido, y mientras servían los platos preguntó:

–¿Podemos jugar al Pictionary después de cenar? Dillon y yo formaremos pareja otra vez, como antes.

–¡Nunca más! –exclamó Jade. Agarró su cuchillo y golpeó el asa sobre la mesa–. La última vez hicisteis trampa.

–Yo no iría tan lejos y no llamaría hacer trampas a sus señales con las manos –dijo Cathy con diplomacia.

–Eso es hacer trampas –dijo Jade inflexible.

–Esto es una excepción. Retráctate.

Dillon alcanzó la esquina de la mesa y deslizó su mano por debajo de su cabello, apretando su cuello. Reflexivamente, ella levantó su hombro e inclinó la cabeza hacia un lado, atrapando su mano entre su mejilla y el hombro.

Graham observó un cambio inmediato en su expresión. No hubiera parecido más soprendida si Dillon se hubiera levantado de la mesa y hubiera empezado a bailar desnudo. Ella levantó la cabeza y la giró hacia donde él estaba.

–Me retracto.

Su voz sonaba también graciosa, como si se hubiera acabado de un golpe un trago directo de whisky. Sus mejillas se sonrojaron y ella estaba respirando como si hubiera hecho gimnasia. Se continuaron mirando mucho rato después de que Dillon hubiera retirado suavemente la mano de su cuello. Cuando finalmente dejaron de mirarse, Dillon empezó a esparcir mantequilla en su panocha de maíz. Su madre parecía estar perpleja. Ella miró hacia su plato y se entretuvo con su cubierto como si nunca lo hubiera visto antes y no estuviese segura de cómo manejarlo.

Graham sonrió. Si su madre y Dillon no querían tener sexo, entonces él no entendía nada de nada.

–Todavía no me lo puedo creer. Cada vez que lo recuerdo me entran ganas de pellizcarme para asegurarme de que realmente ocurrió.

Jade se volvió hacia Dillon, que estaba sentado a su lado en el columpio recién instalado.

–Pasó, ¿verdad? ¿Esto no es un sueño?

–Sin lugar a dudas será un sueño para los Parker. Y una pesadilla para los Patchett. Los has hecho correr de miedo.

–Realmente doy miedo –dijo ella riendo.

–Lo puedes dar. Tú me diste miedo al dejarme sin habla aquella noche que me sacastes de la cárcel.

–¿Yo? Tú eras el que llevaba la poblada barba y el ceño sombrío.

–Pero mantuviste la situación bajo control. No había tenido dónde agarrar mi vida desde que murió Debra. Tu fría competencia me intimidó. ¿Por qué crees que me comporté como un cerdo?

–Creí que era una característica de tu encantadora personalidad.

–Puro miedo –dijo sonriendo.

Jade miró hacia la parte delantera de su jardín. A través de las densas ramas de los árboles, la luz de la luna estampaba sombras singulares en la hierba. Los grillos cantaban. La brisa olía ligeramenre a agua de mar.

–Me gustaría que mi madre supiera lo que he hecho hoy.

No había amargura en su voz sino tan sólo un deseo.

–Nunca te he oído mencionar a tus padres. ¿Qué les pasó?

–Hubiera sido mejor que no me lo preguntaras.

Jade pasó media hora explicándole la difícil relación que tenía con su madre. Le explicó el suicidio de su padre y el distinto modo que ella y su madre habían reaccionado. Casi se desmayó al oír que Velta había hecho en parte responsable a Jade de su violación.

–Estabas equivocada –le dijo cuando terminó de hablar de Velta–. Me alegro de haberlo sabido. Me alegro también de que nunca haya tenido la oportunidad de conocer a tu madre.

–Toda mi vida he querido que ella me quisiera, pero nunca me quiso. No estuvo contenta cuando yo llegué, y nunca lo estuvo.

–Probablemente estuviera celosa de ti, Jade. Y aunque nunca lo llegara a admitir, posiblemente te admiraba.

–Quizá puedas imponer respeto cuando tienes treinta años. Pero no cuando tienes tres o trece. O incluso dieciocho. Nunca pude ser lo que ella quería que yo fuese.

–¿Y qué es lo que ella quería?

–Una sonriente y tonta belleza sureña que haría una buena boda y eso en Palmetto significaba echar el guante a Neal Patchett.

Dillon lanzó una maldición.

–Mis objetivos iban mucho más lejos que los suyos; ella no los podía ver y mucho menos entender.

–Bueno, dondequiera que esté, se habrá dado cuenta de que estaba equivocada. Probablemente esté lamentando lo que hizo.

–Me gustaría verla y hablar con ella. No quiero una disculpa. Lo que me gustaría es que viera lo bien que lo hemos pasado Graham y yo. Me gustaría saber si finalmente ha encontrado algo o alguien que la pueda hacer feliz.

–Suena como si la hubieras perdonado.

Jade sopesó la palabra «perdón» y le pareció que no era adecuada. Su madre pertenecía a otro tiempo. Velta no tenía ya el poder o la autoridad de hacerle daño.

–Sólo me gustaría que supiera que he cumplido lo que me propuse. Tanto si se ha arrepentido como si yo la he perdonado es irrelevante. Eso pertenece al pasado. A partir de hoy quiero mirar hacia el futuro, no hacia atrás.

Dillon dejó el columpio y se dirigió a la barandilla que rodeaba la galería. Sin que se hubiesen dado cuenta, se había hecho tarde. Detrás, la casa estaba silenciosa. Cathy y Graham se habían retirado ya. Dillon no parecía tener prisa en marcharse. Rodeó la barandilla con las manos y se inclinó desde la cintura.

–Últimamente he estado pensando mucho en el pasado.

–¿Sobre algo en particular?

–Sí. Llegué a la misma conclusión que tú: ha llegado el momento de dejarlo estar, de ir hacia delante.

Se volvió y abrazó sus caderas, poniéndose delante de ella.

–Toda mi vida he defendido la teoría de que si un individuo es bueno, trabaja duro y no choca con el barco cósmico, será recompensado. Las cosas le irán bien.

»El punto débil de esta teoría es que si lo estropea lo paga con creces. Le ocurren cosas malas. Últimamente he empezado a pensar que esta teoría está equivocada.

Ella notó que los ojos de él la acariciaban a través de la noche plateada.

–Estás hablando de tu mujer y de tu hijo.

–Sí.

–Cuando pasa un accidente como ése, Dillon, ¿no es natural que el ser humano busque una explicación? ¿Y no es natural también que, puesto que tenemos que culpar a alguien de lo ocurrido, nos culpemos a nosotros mismos?

–Pero yo hice una ciencia con ello. Empezó cuando murieron mis seres queridos. Recuerdo que me inquietaba buscando la razón por la que había hecho enfadar tanto a Dios. Esto era antes de que los consejeros de niños supieran decir a los niños que cuando las cosas van mal no es culpa suya. –Giró una de sus manos y se examinó los callos en la base de los dedos–. Si empiezas a pensar de esa manera cuando eres un crío, sigues pensando así en la adolescencia y en la madurez. Estaba siempre pendiente de mantener la cuenta de las buenas acciones nivelada con la de los fallos, para que no hubiera más errores que aciertos. Cuando hacía algo mal, esperaba que el martillo cayera. –Volvió su cabeza, poniéndose de perfil–. Cuando Debra y Charlie murieron, pensé que la había jodido. –Se rió desaprobadoramente–. ¡Qué vanidoso es pensar que uno controla los destinos de otras personas!, ¿no crees?

»Durante todos estos años, yo he asumido la culpa de sus muertes. Yo me imaginaba que era la retribución por algo que había hecho o dejado de hacer.

Jade cruzó la terraza y se detuvo cerca de él, en la barandilla, pero no le interrumpió. Movió la cabeza con disgusto.

–El punto de partida es que esta mierda pasa, tal como se dice, la vida da palos de ciego. La mierda pasa. Las tragedias acontecen a gente buena. La fortuna sonríe en un estanque de nata. –Sus ojos conectaron con los de élla.

–No puedes imaginarte lo bien que se siente uno sin esta carga de culpabilidad.

–Debra y Charlie fueron víctimas de la desgracia, Dillon. Como lo fuiste tú.

–Gracias por ayudarme a verlo. –Levantó la mano hacia un lado de su cara, como si la fuera a acariciar. Entonces, con los dedos, le apartó unos oscuros mechones de su cara–. Eres hermosa, Jade.

Ella se sintió muy tranquila y sosegada en su interior, porque no estaba experimentando la clamorosa alarma que se disparaba cuando un hombre la tocaba; no quería hacer nada, ni siquiera parpadear, tragar saliva o respirar, porque eso hubiera disparado su terror.

En vez de concentrarse en sus propias reacciones, intentó dirigir toda su atención hacia Dillon. ¿Qué es lo que él veía en ella con esos intensos ojos verde grisáceos? ¿Notaba sedoso su cabello entre sus dedos? ¿Estaba también sujeto a la misma expectación que la dejaba sin aliento?

«¿Expectación, para qué?», se preguntó ella.

Era un pensamiento desagradablemente destructivo, así que lo alejó de sí. Ella escucharía cada latido de su corazón, y por ahora no quería que nada la molestase.

Él extendió su brazo derecho a nivel de su hombro y se abrazó a la columna que ella tenía detrás. Atrapada entre la columna y él, Jade sintió una sensación de pánico. Pero cuando él pronunció su nombre con su voz profunda y tranquila, se relajó.

–¿Jade?

–¿Hmm?

–Estoy a punto de hacer algo que has repetido varias veces que no haga.

Sintió una sensación de vacío en el estómago y notó su aliento, cálido y húmedo en su cara. Mantuvo sus ojos abiertos tanto como le fue posible antes de que se le cerraran involuntariamente. Su bigote le acarició el labio superior. Con la punta de su lengua tocaba tan suavemente el centro de sus labios que al principio pensó que era una imaginación suya.

–Ahora te voy a probar, Jade.

Giró su cabeza y alineó sus labios con los de ella. Sorprendentemente, sus labios se abrieron receptivos. Él hizo un sonido apenas audible y presionó su lengua hasta el interior de su boca. Aplicó una decidida y suave presión sobre sus labios y una deliciosa succión a su boca. Su lengua se movía en el interior, pero no la sentía como invasora.

La oscura calidez de la noche descendió a través de ella con el profundo misterio de su beso. Sintiéndose mareada, buscó un apoyo. Su mano se agarró a su brazo, que seguía sujeto a la columna. Él susurró su nombre y acercó su cuerpo hasta sentir su ropa. Colocó suavemenre una de sus manos en su cadera. Sus labios acariciaron y mordisquearon los suyos. Los cepilló con sus bigotes. Con suavidad arrastró su labio inferior entre sus dientes. Bajó su cabeza y le besó en la nuca.

Ella lanzó un ligero grito.

–Tengo miedo.

–¿De mí?

–De esto.

–No tengas miedo.

Jade cerró los ojos e intentó no pensar.

Dillon esperó.

–¿Estás bien? –Levantó su cabeza y la miró a la cara–. ¿Jade?

Ella posó su mano en su pecho agitado.

–No puedo respirar.

Un lado de su bigote se elevó.

–¿Eso es una buena o mala señal?

–No estoy segura.

–Lo tomaré como una buena señal.

–De acuerdo.

–Relájate. –La reclinó en la columna–. Respira profundamente.

Obedeció como un niño. Con los ojos cerrados, aspiró suavemente bocanadas de aire. Cuando volvió a abrir sus ojos, la cara de Dillon se acercaba a la suya y volvió a quedarse sin aliento.

–Me siento como una tonta.

–Tienes que superar la peor pesadilla de una mujer.

–Quiero superarla. –Las palabras salieron precipitadamente–. Realmente lo deseo.

–Bueno, eso está bien –dijo él con voz apagada–. Trabajaremos en ello. Tengo en la cabeza pasar un largo fin de semana juntos. Sin ataduras. Sin expectaciones. Sólo aislarnos de todo lo que nos resulta familiar para que nos podamos relajar. ¿Qué dices?

–No.

Él dejó caer sus manos y dio un paso hacia atrás. Su expresión reflejaba rabia y frustración.

–Entonces no puedo seguir besándote. Porque más tarde o más temprano perderé la cabeza. Mi polla empezará a pensar por mí, y terminaré asustándote. Y eso no lo quiero.

Se apartó de ella y bajó las escaleras. Ella le alcanzó antes de que llegara a la furgoneta.

–Dillon, no lo entiendes.

–Lo entiendo. Te juro que lo entiendo, lo único que pasa es que... –Peinó su pelo con su mano–. Bueno, no puedo seguir.

Ella le agarró por las solapas.

–No. Te digo que no has entendido lo que te estaba intentando decir. No quiero esperar hasta un largo fin de semana. Quiero intentarlo esta noche. –Nerviosamente, humedeciéndose los labios, miró implorante a Dillon–. Ahora, Dillon.

28

–¿A dónde vamos? –preguntó Jade–. Bueno, sé adónde vamos, pero ¿por qué?

–Espera y lo verás.

Las luces de los faros iluminaron por un momento el túnel de árboles que llevaba a un camino sin salida, a la casa de la plantación que recientemente Jade había comprado para la compañía. Salvo las profundas sombras bajo el espeso follaje, el patio estaba bañado por la luz de la luna. La casa parecía majestuosa y blanca, más hermosa que a la dura luz del día.

Dillon sonrió al coger una linterna de la guantera.

–Vamos, no hay problema. El propietario es un amigo personal mío.

Cruzaron el patio y subieron las escaleras. Las viejas tablas crujieron bajo su peso.

–Tengo que arreglarlas antes de que alguien se haga daño –dijo mientras buscaba una llave en el bolsillo del pantalón.

–¿Dónde conseguiste la llave?

–Si no dejas de hacerme preguntas te cargarás la sorpresa.

–¿Qué sorpresa?

–Ésa es otra pregunta.

El rancio olor característico de una casa abandonada les dio la bienvenida cuando abrieron la puerta e hizo pasar a Jade al amplio vestíbulo. Él encendió la linterna y la enfocó a lo largo del suelo de baldosas italianas.

–Esto es como un escenario.

Jade se cogió los codos.

–La prefiero de día. Esto es fantasmagórico.

Estaba confundida y vagamente decepcionada. Cuando dejaron su casa, ella pensó que él la llevaría directamente a su remolque. El quedarse en su casa estaba fuera de lugar.

Aunque hubieran podido pasar sin que les oyeran Cathy y Graham, se habría sentido incómoda sabiendo que estaban en habitaciones cercanas. Esta noche no quería que nada contribuyera a sus inhibiciones.

Si le daba tiempo a pensar en ello, quizá perdiera los nervios. Esta laberíntica y vieja casa, que había estado abandonada durante años, la estaba poniendo nerviosa. Se había disgustado y enfriado un poco debido al retraso. ¿Podría enfriarse su ardor tan fácilmente?

–Dame la mano y mira dónde pisas.

Ella le dio la mano. Él iba delante. La sorprendió dándole indicaciones para evitar los escalones que estaban estropeados y que podrían resultar peligrosos.

–¿Has estado antes aquí?

–Ajá.

–¿Sin mí?

–Ajá.

–¿Cuándo?

–Cuidado con ese clavo oxidado.

Cuando llegaron al primer piso, Dillon giró a la derecha, siguiendo el pasillo con la linterna. Todas las puertas de las habitaciones estaban abiertas excepto una al final del corredor. Dillon la condujo a esa puerta. Él la miró expectante antes de girar el pomo de porcelana y abrir la puerta.

Jade cruzó el umbral y entró en la habitación.

Contrariamente al resto de la casa, la habitación había sido limpiada. No había telarañas en las esquinas de los altos techos ni cayendo de las lágrimas de cristal de las lámparas de encima de sus cabezas. La madera del suelo estaba sin pulir, pero había sido barrida de suciedad y escombros.

Había un solo mueble en la habitación: una cama de latón. Jade la había admirado durante su primera visita a la casa, aunque estaba lamentablemenre deslustrada. Ahora brillaba en el resplandor de la linterna de Dillon. Siguiendo el estilo victoriano, el alto cabezal había sido trabajado con torbellinos y rizos. Las almohadas, de lino fresco y blanco, se apoyaban contra él. Había sábanas frescas y un cobertor cubría el colchón. Una mosquitera había sido suspendida desde el techo para adornar la cama.

Jade se quedó mirando, sin habla, mientras Dillon se

dirigía hacia la chimenea de mármol y encendía las velas que habían sido dispuestas encima. Entonces fue encendiendo decenas de velas por toda la habitación hasta que el pálido muaré de las paredes resplandeció con una suave luz y la cama de latón debajo de la gasa brilló incandescente. Después de encender la última vela, arrojó la cerilla a la chimenea y se giró hacia Jade. Él parecía tímido e inquieto.

–Bueno, ¿qué opinas?

Ella subió las manos hacia los lados y abrió la boca para decir algo, pero ninguna palabra salió de ella.

–No tengo mucho que hacer por las noches –dijo él–. Desde que salió lo de la casa, he ido viniendo por aquí después del trabajo, haciendo todo tipo de cosas.

Él dirigió una mirada insegura hacia la cama.

–Quizá te parezca pomposa, lo sé, pero sabía que este lugar te gustaba mucho. Así que pensé que si alguna vez..., que si nosotros..., maldita sea.

Le pasó una mano por la nuca y puso la otra en el cinturón de sus tejanos.

–Mira, no te podía llevar al maldito remolque porque es un lugar de lo menos romántico... y yo creí que te gustaría, que desearías un sitio romántico. –Lanzó una sarta de maldiciones–. Debo de parecer un estúpido, ¿verdad? Me siento como un idiota. La cosa más romántica que he hecho por alguna mujer, desde que murió Debra, ha sido preguntarle su nombre. –Dejó escapar un suspiro de disgusto–. Probablemente esto no haya sido una buena idea. Te puedes ir si lo deseas.

Jade meneó la cabeza en silencio.

–No me volveré loco, te lo juro –dijo él–. Di que quieres marcharte y nos marcharemos.

Ella se le acercó.

–Empiezo a pensar que eres tú el que está asustado, Dillon.

–Lo estoy. Estoy asustado de que te puedas ir. –Bruscamente añadió–: No quiero que te vayas. Probablemente seré un miserable fracasado.

La luz de las velas se reflejaba en su intensa mirada.

–Esto no es posible.

Casi inconscientemente, ella desvió la mirada hacia la cama.

–La habitación es preciosa. De verdad. Ha sido un detalle romántico y acertado.

–Gracias.

Ella volvió su cabeza de nuevo hacia un lado y sonrió tímidamente.

–Me alegro de que vaya a ser contigo, Dillon.

Él alcanzó su mano y la apretó. Su pulgar siguió la línea de sus abultados nudillos.

–Yo también. ¿Pero por qué yo?

Sus párpados descendieron hasta oscurecer sus ojos.

–Todavía no estoy segura de que pueda hacerlo, pero tú eres el primer hombre que me ha hecho desearlo. Por primera vez creo que vale la pena correr el riesgo.

Levantó una mano hacia sus labios y le besó la palma.

–En cualquier momento del camino, todo lo que tienes que decir es que pare y yo pararé. Probablemente lance alguna maldición y hasta es posible que llore –dijo con una media sonrisa–. Pero me detendré.

Ella no quiso que él dejase de hacer lo que estaba haciendo con su mano. Él la retuvo en sus labios mientras hablaba. Su aliento le dejaba húmedos retazos en su piel. Hizo girar levemente su mano y, mientras ella abría sus dedos, él hundió sus dientes en el rollizo pulgar.

Cerrando los ojos, él la besó en el centro de la mano, haciendo hervir su corazón con su boca. Los labios eran cálidos y apetecibles; su lengua, juguetona y erótica. Condujo su dedo índice hacia el bigote. Lo exploró de un lado al otro con la yema de sus dedos, conduciéndolo al borde de su labio superior.

Poco a poco mordisqueó con sus dientes su dedo índice. Le hizo sentir cosquillas en la punta del dedo y en el bajo vientre. Él lo hizo con cada uno de sus dedos, mordisqueando la carne y chupando la piel con su lengua.

Jade experimentó tanto placer viéndolo como sintiendo lo que le hacía. La luz de las velas levantó una leve sombra de su cabello. Oscuras pestañas caían por encima de los huesos de sus mejillas con líneas tímidamente dibujadas. Su boca, con su grueso labio inferior debajo de su amplio bigote, parecía increíblemente sexy. Al mirarlo hizo que sintiera su barriga como un gato que se estaba desperezando con placer animal después de un largo sueño.

Él besó la parte interna de sus muñecas, y entonces se dirigió hacia la curva de su codo. Ella notó la húmeda pasada de su lengua y la hábil superficie de sus dientes tironeando de su piel. Un lado de su cabeza tropezó con su pecho, y Jade tuvo miedo de que el terrible pánico se apoderara de ella. Pero lentamente, desde el centro de su pecho, su cuerpo le decía que todo marchaba bien.

–Se tienen que poner duros.

Ella no se dio cuenta de que había susurrado las palabras en voz alta hasta que Dillon levantó su cabeza.

–¿Qué?

–Nada.

–¿Qué has dicho?

–He dicho..., he dicho que se tienen que poner duros.

–¿El qué?

–Mis pezones.

Él bajó sus ojos hacia ellos.

–¿Lo están?

Ella asintió.

–Cuando frotaste tu cabeza contra mí.

–¿Te gustó?

–Sí.

–¿He hecho algo hasta ahora que no te haya gustado?

–Sí.

–¿Qué?

–Te paraste a hablar.

Él se rió suavemenre.

–¿Lo ves? Estoy volviendo hacia mis antiguas costumbres. Estoy esperando que algo salga mal cuando deseo con todas mis fuerzas que todo vaya bien.

Como si esto fuera una lenta rutina que ensayaran cada noche, él elevó los brazos de ella y los apoyó en sus hombros. Sujetándola suavemente alrededor de su cintura, la acercó hasta que sus cuerpos se pusieron en contacto. Mientras los mantenía juntos, Jade no podía ocultar su sorpresa.

–Tus pezones no es lo único que se pone duro, Jade –le

recordó con un susurro tenso. Presionando su frente contra la suya, él continuó en el mismo urgente tono–: Sólo es carne. Soy yo y no me tienes miedo, ¿verdad?

Esperó su respuesta. Finalmente, ella movió la cabeza, haciéndola rodar por su frente de un lado a otro.

–Por favor, no me tengas miedo.

–No te tengo miedo.

–Entonces bésame. –Echó su cabeza hacia atrás y la miró–. Bésame, Jade

–Ya lo he hecho.

–No, he sido yo el que te he besado, que es diferente.

Ella quería demostrarle que no se iba a echar atrás. Más importante aún, se lo necesitaba probar a sí misma. Deslizó sus dedos por su cabello empujando su cabeza hacia abajo, mientras se ponía de puntillas. Presionó su boca contra la suya.

Su respuesta fue poco entusiasta y eso la picó.

–Me ayudaría si tú también me besaras.

–No me estás besando. Nos estamos tocando los labios. Eso no cuenta.

Su miedo a la intimidad luchaba contra la determinación a defenderla. Nuevamente de puntillas, probó la línea de entre sus labios con la punta de su lengua. Se abrió paso y de pronto se encontró explorando la línea interna de su boca con su lengua, frotándola, probando a Dillon. Empujó aún más su cabeza. La boca de él se cerró sobre la de ella.

Había ocurrido algo gratamente sensual. Los dos lo notaron. Emitiendo un hambriento sonido, él cruzó sus brazos por la parte más estrecha de su espalda, haciéndola doblarse. Jade, dueña aún de la situación, le dejó hacer. De hecho, ella agradeció la calidez de su cuerpo.

Por primera vez en quince años dejó que sus emociones rodaran sin control. Saboreó su boca. La textura de su cabello y de su piel eran dos excitantes placeres para sus dedos. Sus oídos disfrutaban con los sonidos anhelantes que salían a través de la garganta de él, con una vibración sensual. Su fuerza no le asustaba. Se sentía bien, pues su suavidad la amortiguaba y complementaba. Sensaciones explosivas estallaban en cada uno de los puntos en que se tocaban.

Los besos continuaron. A medida que crecía su deseo, ella fue empujando su lengua más profundamente dentro de su boca. Él respondió con placer hasta que cada beso fue un acto de amor, un intercambio carnal.

Finalmente, sin aliento, Jade liberó su boca y se apoyó débilmente en él.

–Dillon, ¿nos podemos sentar, por favor?

–Vamos a tendernos.

Ella se separó de él. Los ojos de Dillon parecían absortos, pero su voz permanecía tranquilizadoramente suave.

–¿De acuerdo?

Su corazón empezó a agitarse con fuerza ante la idea de acostarse con él. Aprehensivamente miró hacia la cama.

Dillon le acarició con el dorso de sus dedos la mejilla y le volvió la cabeza hacia él.

–Nos tenderemos de lado, Jade. No me voy a echar encima tuyo.

Ella se humedeció los labios. Sabían a Dillon, estupendamente a Dillon.

–De acuerdo. Nos tenderemos de lado.

Se apartó de ella y empezó a desabrocharse la camisa.

–Aún no estoy preparada para quitarme la ropa –dijo ella rápidamente.

–No importa.

Su elección no había alterado la suya. Se sacó la camisa y la tiró al suelo. No llevaba cinturón. El cinturón de sus viejos tejanos estaba tan blanco que incluso las trabillas estaban completamente blancas. Se curvaba hacia fuera de su cuerpo, creando un vacío incitante entre él y su delgado y velludo abdomen. Apartando la mosquitera, se sentó a un lado de la cama, se sacó las botas y a continuación los calcetines.

Luego se tendió sobre su espalda. Su piel bronceada parecía oscura en contraste con las sábanas blancas y el montón de almohadas. Extendió sus manos hacia ella a través de la mosquitera abierta. Con estrépito, se dejó caer a su lado. Se quitó las sandalias, pero ésa fue la única concesión que hizo antes de cerrar la mosquitera.

Sin camisa, él parecía más amenazantemente masculino, y su fuerte masculinidad la empezó a abrumar. La vertiginosa euforia que habían creado los besos se empezaba a disipar. Las mareantes llamas parpadeaban como las ascuas en una hoguera casi apagada. Ella notó la oscuridad del miedo descendiendo sobre ella. Aparentemente Dillon también la notó.

–Estoy hecho del mismo material que tú, Jade –le dijo suavemente–. Lo único que pasa es que tiene forma diferente.

Ella miró su amplio y velludo pecho, el acusado hueco que su abdomen formaba por debajo de su caja torácica, el misterio de su ombligo y la evidente protuberancia de su entrepierna.

–Casi.

Con su dedo índice, le tocó un lado de su ansioso ceño.

–No es tan malo, ¿verdad?

–No está nada mal –respondió ella rápidamente–. Me gusta cómo eres. Me has gustado desde la primera vez que te vi con los prismáticos.

Él frunció el ceño con sorpresa.

–¿Prismáticos?

Desde la punta de su dedo gordo hasta la punta de su dedo meñique casi podía abarcar la anchura de su espalda. Frotó su mano arriba y abajo de su columna.

–¿Recuerdas que en Los Ángeles, cuando te contraté, te dije que había estado mirando cómo trabajabas durante varios días? Te estuve observando con unos prismáticos desde la habitación de mi hotel, que estaba al otro lado de la calle. Algunas veces pensé que habías notado cómo te observaba. Parecía que me mirabas directamente. –Sus ojos azules encontraron los suyos y se quedaron mirándose–. Me dejaste sin aliento.

Su mano dejó de moverse por su espalda. Quemaba como una marca de hierro a través de la delgada tela de su blusa.

–No sabía cómo responder a la manera en que me hiciste sentir –dijo ella con una voz gutural.

–¿Y qué hay de ahora?

–Todavía no sé cómo responder.

–Búscala.

–¿Cómo?

–Tócame. Todavía mantengo la promesa –añadió él–. No te tocaré. A menos de que quieras que lo haga.

Ella admiró con cautela su desnudo torso.

–Me gustaría continuar con los besos, si te parece bien. –Su sonrisa era una pequeña línea.

–Creo que lo podré soportar.

Él trató de cogerla para colocarla a su altura, pero ella se erizó. Las manos de él se relajaron en sus brazos.

–Si nos vamos a besar, tenemos que poner nuestras bocas al mismo nivel. Échate, Jade.

Después de algunos momentos de tensión, ella se estiró a su lado. Él cogió su cara entre las manos y la acercó a la suya. Sus bocas volvieron a juntarse en otro profundo y húmedo beso. Fue suave, sensual. Su lengua se movió provocativamente hacia dentro y hacia fuera de su boca. Al poco rato el beso fue insuficiente. Ella quería más.

Era más sencillo tocarle cuando no le miraba directamente a los ojos. Apoyó tímidamente su mano en su pecho. Él gimió con sorpresa y placer pero no liberó su boca del profundo beso.

Su piel estaba caliente. El pelo de su pecho se notaba vivo y elástico en el dorso de su mano. Su pezón estaba firme. Ella lo podía notar en el centro de su mano. Estuvo unos minutos sin poderse mover. Pero sus besos eran potentes, liberándola de toda la ansiedad y empapándola de una inquietante curiosidad y deseo.

Ella movió un poco sus dedos. Más músculo duro. Más cabello. Su pulgar acarició su pezón. Él hizo una rápida inspiración y la mantuvo. La mano de Jade se congeló en donde estaba.

–No quería asustarte –susurró él entrecortadamente–. No te pares.

–No esperaba que fueras tan...

–¿Tan qué, Jade?

–Tan suave.

Riendo suavemente metió su cara entre su cabello y la abrazó más fuertemente. Él la hizo rodar hasta colocarla encima de él. El cambio de posiciones había sido tan rápido e inesperado que Jade no tuvo tiempo de prepararse para el *shock* de estar encima de sus piernas. Le miró a la cara, con la expresión congelada.

–Si no te gusta, podemos cambiar –dijo él solemnemente.

Después de analizarlo, ella se dio cuenta de que lo que estaba experimentando era placer y no miedo. Habían pasado muchos años desde que había estado con Gary Parker. Había pasado tanto tiempo desde que se sintió así por última vez, que casi no había reconocido lo que era.

Aunque los tocamientos adolescentes que se habían hecho no se podían comparar a aquello. Gary era un niño. Dillon era incuestionablemente un hombre y ella no era ya ninguna niña. Ella se había convertido en una mujer desde hacía muchos años, pero Dillon era el primer hombre que le había hecho darse cuenta de su feminidad. Ahora era embriagador, estimulante y un despertar.

Su erección presionaba sus muslos. Irradiaba calor desde ese punto de contacto hacia todas las partes de su cuerpo. Su feminidad se calentaba. Latía con la dulce hinchazón de su deseo. Ella padecía y era delicioso.

–Me gusta, pero no sé qué hacer –dijo en un angustioso murmullo.

–Haz lo que quieras hacer, Jade. Esto no es un examen. No te voy a poner ninguna puntuación. No es cuestión de pasarlo o suspenderlo. Cualquier cosa que hagas está bien.

Ella bajó sus labios hacia los suyos para besarlo. Él mantuvo su cabeza recta entre sus manos mientras su boca conectaba con la suya en una orgía de besos que los dejaron jadeantes. Ella tiró hacia atrás su cabeza para respirar; él aprovechó el momento para empezar a acariciarle la garganta. Levantó una mano hacia el primer botón de su blusa.

–¿Qué...? No.

–Esto forma parte de ello, Jade –dijo manteniendo la mano donde estaba.

–Ya lo sé, pero...

–Quiero verte. Déjame acariciarte. –Sus ojos permanecieron cerrados. Finalmente dijo–: De acuerdo, si tú no quieres.

–No, espera.

Dudó sólo un momento antes de volver a colocar sus

manos encima de su pecho y vientre. Sentándose sobre sus talones, entre sus piernas, empujó a Dillon hacia una postura sentada y guió su mano hasta su pecho.

–No me hagas daño.

–Nunca, nunca lo haría. Quiero enseñarte lo bien que puedes sentirte al ser acariciada.

Ella asintió y dejó libre su mano. Él desabrochó el primer botón y se dirigió al segundo. No tenía prisa en sus movimientos. Cuando terminó con los botones, sacó el dobladillo de su blusa por encima de la cinturilla de su falda. Entonces, alcanzando el interior por la blusa suelta, la abrazó.

–¿Puedo tocar tus pechos, Jade?

Sus manos se sentían frías en su piel. Eran callosas y duras, pero su tacto era suave.

–Sí.

Él rodeó su pecho izquierdo.

–Dime si te hago daño. Dime cuando quieras que pare.

–No tengo miedo de que me hagas daño. Tengo miedo de que sea incapaz de soportarlo. Tengo miedo de que me hagas recordar, y que el recuerdo lo eche todo a perder.

–No pienses en nada más que en el ahora. Concéntrate en las sensaciones.

La acarició suavemente a través de su sujetador. Frotó ligeramente sus nudillos contra su pezón. Se puso tieso. Involuntariamente, ella emitió un sonido ronroneante.

–Me gustaría desabrocharte el sujetador.

Ella asintió.

Le puso las manos por detrás y le desabrochó el corchete. Luego introdujo su mano por dentro del flojo sujetador y cogió un pecho en su mano. Ella pronunció su nombre.

–¿Quieres que pare?

Ella negó vigorosamente con la cabeza.

Su mano se movía con experiencia por su pecho. Lo definía y reafirmaba. Ella se mordió el labio cuando sus caricias llegaron finalmente al pezón. Estaba duro y distendido, incluso antes de que él empezara a acariciarlo.

–Eres perfecta, Jade.

Él continuó acariciando con su pulgar la rígida punta, sin tocarla apenas, provocando cálidas oleadas y escalofríos.

Jade se dejó llevar por sus caricias, inclinó la cabeza y la apoyó en su hombro. Colocó sus brazos alrededor de él. Hundió sus uñas en la flexible carne de su espalda.

–Jade, quiero ponerlo en mi boca. Aquí. –Presionó su pezón–. ¿Puedo hacerlo?

Ella dio su consentimiento con un ligero movimiento de su cabeza que tenía apoyada contra su espalda.

Dillon apartó su blusa y la parte inferior del sujetador. Jade notó en sus pechos ardientes la brisa fresca de la noche. Su primer beso fue suave, tierno, afectuoso. Sus labios coquetearon con su piel; su lengua se movió experta. Pasó su bigote por su pezón turgente hasta que ella creyó volverse loca de placer.

Entonces sus labios lo rodearon y atrajeron con dulces y cálidos movimientos succionantes de su boca. Cada suave tirón producía respuestas acordes en la profundidad de su útero.

Eran extraordinarias, irresistibles. Llegó a sentarse en sus rodillas para resultar más accesible. Dillon acunó sus pechos entre sus manos como si fuese a beber de un cáliz que devolvía la vida. Cuando apartó su boca, la acarició con su nariz y frotó fuertemente su mejilla contra ella, antes de volver a su boca de nuevo.

Su ropa continuaba interponiéndose en su camino.

–Si te quito la blusa por los hombros, ¿sacarás los brazos por las mangas? –preguntó con voz ronca–. Por favor, Jade.

Ella asintió.

Sacó la blusa por los hombros y guió sus brazos por entre las mangas. De repente, perdiendo los nervios, ella agarró el sujetador contra su pecho. Se miraron profundamente a los ojos. Ella notó que una vena en la frente de Dillon sobresalía visiblemente y que su mandíbula permanecía cerrada.

–¿Vamos a parar ahora?

–Yo... No, creo que no.

Sacó las manos y el sujetador cayó en su regazo.

–Oh, gracias –dijo con una profunda exhalación.

Con ambas manos empezó a acariciar primero su cabello, los trazos de su cara y luego pasó a sus labios, que estaban hinchados y sonrosados de tantos besos. Sus dedos acariciaron su cuello y torso y se desviaron hacia sus pechos. Se la quedó mirando como si fuera un milagro de la creación.

–Dime qué es lo que quieres que te haga, Jade.

Cogió su cara entre las manos y la dirigió hacia sus pechos hasta que sus labios se hundieron en la carne. Sus pezones se volvieron a poner turgentes debido a las caricias de su lengua. Su boca le producía un inmenso placer.

Con un quejido, él se dejó caer en las almohadas, le sacó los sujetadores del regazo y buscó a tientas el botón de sus tejanos. Los ojos de Jade se abrieron inmensamente, llenos de terror.

–No voy a hacer nada que no quieras que haga –explicó él rápidamente. Levantó su mano izquierda detrás de su cabeza y se agarró a un tubo curvo de la cabecera de la cama–. No puedo hacer nada con una sola mano, ¿verdad? Pero tengo que hacer sitio, Jade.

Su mano derecha se movió afanosamenre para desabrochar el obstinado botón. Cuando bajó la cremallera le quedó abierta la bragueta a través de la cual se le veía un trozo de los calzoncillos blancos de algodón. De todas formas se podía observar perfectamente su firme erección. Jade se le quedó mirando con miedo.

Siguiendo fiel a su palabra, mantuvo una de las manos en la cabecera de la cama pero con la otra alcanzó su mejilla.

–Se me ha puesto dura, es lógico. Pero no se me ha puesto dura porque te quiera violar o porque quiera demostrarte que físicamente soy superior a ti.

»Se me ha puesto dura porque tienes unos increíbles ojos azules en los que me gustaría nadar. Se me ha puesto dura porque tienes unas piernas estupendas de las que me ha sido imposible mantener mis ojos apartados desde aquella noche que fuimos en aquella maldita limusina. Se me ha puesto dura porque tu boca es deliciosa y tus pechos son dulces y porque sé que ahora debes de estar húmeda. –Sonrió por el erotismo de su propio monólogo–. No quiero ultrajarte, Jade. Quiero hacer el amor contigo.

Jade cruzó los brazos sobre sus pechos y dejó descansar sus manos en sus hombros.

–Ya lo sé, Dillon. Lo sabe mi corazón, pero mi cabeza...

–Deja de escuchar a tu cabeza –dijo él casi gritando, pero inmediatamente bajó su tono de voz–. ¿Qué es lo que quieres hacer, Jade? Escucha a tu corazón. ¿Qué es lo que te dice?

–Me dice que yo también quiero hacerte el amor, pero tengo miedo de que me quede helada cuando intentes penetrarme.

Él pasó su mano por entre su cabello.

–Entonces ni siquiera lo intentaré. Sabía que esto nos iba a llevar tiempo. Ya contaba con ir despacio. Iremos paso a paso, y no intentaremos el acto sexual hasta que estés preparada.

–Pero eso no es justo para ti.

–No estoy sufriendo.

Ella dirigió una mirada dubitativa hacia su regazo. Él rió sonoramente.

–Bueno, hay sufrimientos y sufrimientos. Me voy a sentar otra vez, ¿vale?

Cuando ella estaba arrodillada otra vez entre sus piernas, él bajó con cuidado sus brazos del pecho.

–Eres tan bella –susurró.

Un beso dio paso a otro beso hasta que fue imposible distinguir cuándo acababa uno y empezaba otro. Sus manos estaban en constante movimiento, acariciando su nuca, su espalda, su cintura, sus pechos. Por otra parte, Jade había perdido la timidez a acariciarle. Su torso era un territorio inexplorado que ella descubría con manos áridas y curiosas, pero con labios cautos.

–Sigue –murmuró cuando los labios de ella se posaron sobre su pezón.

Ella lo fue chupando delicadamente, descubriendo lo excitante que resultaba. Tenía treinta y tres años, y éste era el primer cuerpo de hombre al que tenía acceso. Era un mundo maravilloso lleno de nuevas experiencias para sus ojos, para sus manos y para su boca.

Los labios de Dillon volvían a menudo hacia sus pechos. Los besó repetidamente. Con la ligera punta de su lengua casi la hacía delirar. Jade abrazó fuertemente su cabeza hacia su pecho, gozando de la sensación de su espeso cabello contra su piel suave y cálida, mojada por la acción de su boca.

Su centro se agitó con dolor. Los labios de su sexo se hincharon con un influjo de sangre y deseo. Para liberar su dolor febril arqueó instintivamente su pelvis y la giró hacia Dillon.

Él maldijo abundantemente.

Jade no se había dado cuenta de que él había deslizado sus manos por debajo de su falda hasta que notó sus palmas que se deslizaban por la parte de atrás de sus muslos.

–¿Estás bien, Jade?

Ella sólo pudo emitir un quejido incoherente.

Las manos de él se movieron por encima de su trasero, palpándolo, acercándose a ella. Entonces bajó su cabeza y acarició el valle de sus muslos a través de su falda.

Ella gimió al sentir la explosión de placer que le produjeron sus inesperadas caricias. Sus muslos se relajaron. Se agarró firmemente a los hombros de él. Él extendió una mano encima de su trasero y movió la otra hacia la parte delantera de sus bragas. Sus dedos se deslizaron por debajo del encaje hacia los densos y brillantes rizos de su sexo.

Jade ni siquiera pensó en estar asustada. Más aún, ella lanzó una mirada confusa y dobló su cabeza por encima de la de él.

–Abre los muslos un poco, Jade.

Él no la empujó. No la sondeó cruelmente. Sus dedos estaban buscando suavemente, acariciando persuasivamente, aplicando una presión no mayor que el batir de las alas de una mariposa. Ella separó sus piernas unos centímetros.

–Muy bien –le susurró, animándola–. Estás húmeda. –Empujó ligeramente sus pechos y volvió su boca hacia allí–. Suavemente húmeda.

Sus dedos se deslizaron a través de la carne hinchada pero no la penetró. Suavemente, lentamente, él le separó los labios hasta exponer la parte más sensitiva a los movimientos giratorios de sus dedos. Por instinto, Jade se empezó a ondular contra su mano.

La habitación llena de velas empezó a encogerse a su alrededor. Su universo se reducía al centro de la cama, al centro de su cuerpo, al lugar donde Dillon le estaba dando más placer de lo que jamás hubiera soñado. Su lengua golpeaba su pezón tan delicadamente como el paso de su dedo, que se movía por encima de su deslizante clítoris.

Su vientre empezó a moverse. Sus pechos se agitaban en cada rápida inspiración. El calor la consumía. Cabalgó sobre su mano, desinhibidamente. Cuando la tensión se hizo insoportable y su cuerpo se convirtió en una cámara de combustión, atrapó entre los dientes su musculado hombro para no gritar cuando se produjo la demoledora liberación.

Él se dejó caer sobre las almohadas, trayéndola consigo. Ella quedó sobre su pecho y su vientre, con las piernas también sobre las de él. Dillon palpó su espalda, acarició su trasero, masajeó sus hombros.

La cabeza de Jade permaneció escondida en el hueco de su cuello. Al bajarla respiró profundamente la mezcla de sus sudores con su perfume y la colonia de él. De tanto en tanto la sacudía un leve temblor.

En ese momento él colocó las manos a ambos lados de su cabeza y se la levantó para poderla mirar a la cara.

–Has estado increíble –le susurró él bruscamente.

Ella movió su cabeza con desazón.

–Nunca creí que fuera tan... tan...

–Exactamente lo que yo he dicho.

Se rieron estrepitosamente. Se besaron suavemente. Entonces se besaron con deseo, entremezclando sus lenguas. Dillon desabrochó la cintura de su falda y la bajó hacia sus muslos, sus manos se deslizaron dentro de sus bragas y se cerraron sobre su trasero, elevándola.

–Quiero sentirte contra mí, Jade. Tu humedad, tu calor..., contra mí. Te juro que mi polla se quedará donde está, pero, maldita sea...

Jade también quería sentirlo. Momentos antes había pensado que todo su deseo se había consumido en un solo acto. Pero sus besos estaban renovando su creciente ansiedad que antes había sido nueva y ahora ya le era familiar.

Se quitó toda la ropa y se estiró encima de él. Cuando Dillon volvió a acariciarla, sus manos tocaron carne desnuda. Continuó subiéndola por su cuerpo hasta que su boca alcanzó sus pechos.

Sus piernas se abrieron con naturalidad. Separó sus rodillas para sentarse a horcajadas sobre su cintura. Él colocó sus manos alrededor de la parte de detrás de sus muslos y las deslizó arriba y abajo en una caricia que la hizo abandonarse.

–Dillon, por favor...

No podía especificar con un nombre lo que estaba pidiendo, pero nunca hubiera podido imaginar lo que él le dio.

Agarrando su cintura entre sus manos, la levantó mientras se inclinaba hacia delante y metía su cara en el sedoso cabello de entre sus piernas. Para evitar caer de bruces, Jade se agarró a las barras de la cabecera.

Él besó los flexibles y oscuros rizos.

–Dillon...

Se deslizó más y la volvió a besar, con su boca abierta y amándola. Casi se desmayó cuando notó su lengua separándola, buscándola, encontrándola, acariciándola, golpeándola, mientras sus manos masajeaban la parte de atrás de sus muslos, debajo mismo de sus nalgas.

Su corazón se volvió a acelerar. Un rosado rubor se extendió desde su pubis hasta sus rígidos pezones.

Estaba a punto de volver a pasar. Ella lo quería. Aún y así...

–No.

Trató de zafarse de Dillon.

–Dillon, no. Para.

Cuando oyó la palabra clave la soltó, pero parecía confundido y ansioso.

–Por el amor de Dios, ¿por qué?

–Te quiero dentro de mí.

Le sacó los calzoncillos y se deslizó hasta la punta de su pene, que ya estaba húmedo por su reluciente emisión.

–No, Jade, déjame...

–Déjame a mí –dijo ella con énfasis. Las primeras rítmicas contracciones se apoderaron de ella cuando se llevó la tersa cabeza de su órgano entre los protectores labios de su sexo. Su cuerpo palpitó alrededor de él.

Él soltó un juramento apenas audible y colocó sus manos en la parte de arriba de sus muslos. Rozó con sus dedos la húmeda mata de rizos y presionó el clítoris bajo su monte de Venus. Jade lo llamó por su nombre cuando la recorrió el clímax. Ella se colocó encima de él y entonces se dejó caer encima de su torso, mientras espirales de sensaciones continuaron cubriendo su cuerpo. Dillon rodeó con sus brazos el delgado cuerpo. Sólo necesitó penetrarla para sentir el orgasmo.

Las paredes de la habitación llena de velas les devolvieron suaves gritos de placer, gemidos de agradecimiento, miradas de saciedad.

29

El ambiente en la habitación del hospital era sepulcral. El doctor que estaba al pie de la cama no podía disimular por más tiempo su pesimismo. Miró primero al paciente, después a la mujer del paciente, y dijo:

–Lo siento. Hemos hecho todo lo que hemos podido.

Los dos permanecieron en silencio cuando desapareció el doctor. Finalmente, Hutch volvió la cabeza en la almohada y alcanzó la mano de Donna Dee.

–Bueno, eso es lo que hay.

–No. –Su cara pequeña y afilada se contrajo mientras luchaba por no llorar–. Ese nuevo medicamento contra el rechazo de órganos, quizá dé resultado.

–Ya has oído lo que ha dicho.

–He oído que es experimental y que no es muy optimista. He oído cada palabra. Eso no quiere decir que lo crea. Me niego a creérmelo.

–Siempre te empeñas en rechazar todo aquello que no quieres creer. –Hutch cerró sus ojos tristemente.

–¿Qué quieres decir con eso? –Estaba echado, sin decir nada. Ella le dio un tirón a la mano–. ¿Hutch?

Él abrió los ojos con un esfuerzo. Su voz era débil.

–Nunca quisiste creer lo que realmente le pasó a Jade.

–¿Jade?

–Tal como dice, nosotros la violamos, Donna Dee.

Ella trató de soltar su mano, pero él se la agarró con una tenacidad sorprendente para un hombre moribundo. Donna Dee estaba impaciente por cambiar de tema.

–No tiene sentido que ahora te preocupes por algo que pasó hace quince años, Hutch.

–He tenido una eternidad para preocuparme. Yo la violé. Y contribuí a que Gary Parker se suicidara.

–Hutch, este doctor con sus habladurías te ha deprimido. Estás diciendo locuras. ¡Cállate! No sigas por favor.

–¡Deja de mentirte a ti misma, Donna Dee! –jadeó él–. Soy culpable como el pecado. Todos lo somos.

–Jade provocó aquello, Hutch. Yo sé que lo hizo.

Él dejó ir un largo y sufrido suspiro.

–Tú esto lo sabes mejor que yo.

–Puede que ella no hiciese nada abiertamente, pero...

–Mi padre me dijo, al día siguiente de que esto ocurriera, que realmente lo sentiría después de que todo hubiera pasado. Desde luego estaba en lo cierto. –Hutch giró sus ojos hacia el techo–. Estoy contento de una cosa. Estoy contento de que no sea el riñón del chico de Jade el que ahora esté rechazando.

–¿Por qué dices esto? –preguntó ella resentida.

–Porque si él es mi hijo, y me gusta pensar que lo es, yo no habría querido que me diese nada. Jade tenía razón cuando se lo preguntaste y te dijo que no. Ninguno de nosotros puede reclamar a su hijo. Ninguno de nosotros es lo bastante bueno.

Donna Dee sintió una cuchillada de envidia y de celos que sólo el nombre de Jade podía evocar. Agarró la mano de su marido.

–¿Por qué lo hiciste, Hutch? ¿Te invitó Neal a hacerlo? ¿Fue sólo una de esas locas situaciones que se escapan de las manos?

–Sí, Donna Dee –dijo desapasionadamente entre dientes–. Fue una de esas locas situaciones que se nos escapó de las manos.

Ella le podría perdonar más fácilmente por violación que por desear a Jade.

–¿No había otra razón por la que tú..., tú la tuviste?

Hutch dudó un momento y contestó suavemente:

–No, no había otra razón.

Pero Donna Dee no creyó en sus palabras ni en su forzada sonrisa.

Un rayo de sol le dio en la cara. La luz no se filtraba a través de la ventana del dormitorio de su remolque, y por un momento no estuvo seguro de dónde estaba ni de por qué se sentía tan extraordinariamente bien.

Abrió un ojo, vio la ligera mosquitera, y de repente recordó por qué hoy se sentía como el Príncipe del Mundo. Había liberado a Jade de sus demonios.

Con una sonrisa de felicidad y una barba incipiente que le había crecido durante la noche, rodó hacia el otro lado, deseando abrazar su dulce cuerpo contra el suyo, para otro combate de exorcismo.

El otro lado de la cama estaba vacío.

Alarmado, tiró de las sábanas y apartó la mosquitera. La llamó por su nombre, pero el eco vibró en las paredes de la vacía casa.

Tropezó hasta la ventana. No había visillos ni cortinas, sólo el cristal. Examinó el jardincillo mientras la ansiedad le hacía sentir su pecho tirante.

Soltó un profundo suspiro de alivio al descubrirla. Se inclinó en el marco de la ventana para disfrutar de la vista. Estaba vestida, pero llevaba los pies descalzos. La luz del día le daba reflejos tornasolados en su cabello despeinado. Ahuecó las manos alrededor de su boca y la llamó. Ella miró hacia arriba, hacia la segunda ventana.

–Buenos días.

Su brillante sonrisa rivalizó con el nuevo sol. Se había llenado el regazo de la falda de melocotones.

–Melocotones frescos del árbol para desayunar. Acabo de comerme uno. Están deliciosos.

«No tan deliciosos como tú», se dijo Dillon.

Experimentó una sensación física de deseo. Se apartó de la ventana, localizó sus tejanos al pie de la cama y se los puso rápidamente. No se entretuvo en subirse la cremallera de la bragueta antes de bajar corriendo hacia el vestíbulo. Brincó por encima de los escalones en mal estado se abalanzó hacia la puerta principal.

El jardincillo de la entrada estaba vacío.

–¡Maldita sea!

De repente se le ocurrió dónde la podría encontrar. Corrió decidido por el jardín y la encontró sentada en el columpio, debajo del roble lleno de vida. Cuando la alcanzó estaba sin aliento, más de excitación que del esfuerzo. Puso sus manos en las cuerdas que aguantaban el columpio y se inclinó hacia bajo para besarla por primera vez a la luz del día.

Los labios de ella estaban húmedos con jugo de melocotón y, aunque sus bocas sólo se rozaron, fue un beso intenso. Cuando apartó sus labios de los de ella, la miró con ojos soñolientos de deseo. Ella se había anudado los bordes de la camisa en la cintura, pero para su delicia no se había preocupado de abotonarla. Desde su posición privilegiada podía observar por entre la camisa sus pechos.

–Me gusta su aspecto, señora Sperry.

Transgrediendo las buenas maneras, Dillon deslizó su mano dentro de su camisa y descubrió sus pechos calentados por el sol. Ella siempre se presentaba al trabajo como una mujer de mundo, una ejecutiva de camino hacia la cumbre. Ni siquiera con vestidos informales perdía su aire profesional.

Con los pies desnudos, la cara sonriente y su cabellera despeinada, Jade estaba realmente provocativa, aunque esta mañana no le hacía falta mucho para provocarle.

Ella inclinó su cabeza contra su brazo y suspiró complacida por sus audaces caricias.

–No he podido encontrar mi ropa interior.

–Te la devolveré. Pero ahora me gustas como estás.

Sus mejillas se volvieron del mismo color que los maduros melocotones que había recogido en su regazo. Él se echó a reír. Parecía como si hubiera perdido cien kilos durante la noche. Se sentía muy ligero, muy libre. Estaba feliz. Y se daba cuenta de que estaba locamente enamorado.

Resultaba difícil describir con palabras su estado emocional. La vieja casa era romántica, su isla de aislamiento. Los pájaros parecían haberse ido a dormir tarde. Las laboriosas ardillas se tomaban el día libre. El día era bochornoso y tranquilo. En la brumosa y perezosa mañana, todo lo que vivía y respiraba incitaba al sexo. A él le hubiera gustado detener el reloj durante cien años y gastar cada minuto de estos años en hacer el amor a Jade.

–Levántate y deja que me siente.

–Entonces, ¿dónde me sentaré yo? –preguntó ella con coquetería.

–En mis rodillas.

La idea le debió de gustar porque se levantó para dejarle el columpio y se sentó encima de él.

–¿Un melocotón? Uno de los últimos de la temporada.

Mordió el melocotón que le ofrecía en la boca. El dulce y fragante jugo rezumaba fuera de su boca, cayendo por su mano, bajando por la barbilla y goteando en su pecho desnudo.

–¿Es bueno?

–Hmm.

Atrajo su cabeza con las manos y la besó con no disimulada voluptuosidad. Cuando acabó, él le dijo:

–Muy bueno.

Él guió su mano hacia su propia boca. Ella dio un mordisco al melocotón. La forzó a dar otro y otro, hasta que su boca estuvo llena, el jugo resbalaba por su barbilla y descendía hacia su garganta.

Dillon observó cómo chorreaba por encima de sus pechos, antes de bajar la cabeza y lamer el jugo. Deshizo el nudo de su cadera y apartó su blusa, desnudando sus pechos a la luz del sol y hacia sus solícitos labios.

Olvidándose del melocotón que estaba en su mano, dobló sus brazos alrededor de su nuca y se inclinó hacia atrás, ofreciéndole su garganta y sus pechos. La fue besando hasta alcanzar sus labios. Cuando sus bocas se encontraron, él gimió con deseo animal.

La volvió de cara a él y guió sus piernas para que descansaran encima de sus caderas. Mientras se besaban, el cuerpo de ella se retorció contra el suyo, volviéndole loco.

Ella le murmuró junto a la boca:

–¿Crees que sería descarada si...?

–En absoluto.

La mano de ella desapareció debajo de su falda, que estaba recogida alrededor de su cintura. Cuando los dedos de ella le acariciaron él gimió de placer, y cuando su mano acarició sus testículos él murmuró una mezcla de súplicas y exclamaciones. Y cuando ella sacó su miembro fuera de los tejanos, él la besó fuertemente. Ella guió el miembro hacia el interior de su cuerpo, metiéndoselo todo, cubriendo poco a poco cada duro centímetro.

Dillon se empujó con el talón y el columpio se movió, conduciéndole más adentro de ella. El placer era inmenso. Entonces el columpio se arqueó hacia atrás y Jade fue presionada hacia debajo, encima de él. Él la abrazó y la mantuvo cerca.

–Avísame si te hago daño –le susurró él.

–No me haces daño. Pero te puedo sentir más que ayer noche.

–Estoy más profundamente dentro de ti.

El columpio continuó moviéndose. Cada vez que se empezaba a parar o se paraba, Dillon le daba un ligero empuje. Él estuvo preparado para alcanzar el clímax antes que ella, pero se contuvo. Bajó su cabeza, rápidamente movió su lengua alrededor de su pezón y lo excitó muy pronto hasta que notó que el cuerpo de ella se empezaba a cerrar como un puño de terciopelo. Ella lanzó una serie de entrecortados gritos cuando su cuerpo fue invadido por un largo clímax.

Se abrazaron mutuamente, húmedos de sudor y pegajosos por el sexo y el jugo de melocotón. Después de un rato soñoliento, él levantó la cabeza y la miró a la cara. Luego le peinó los mechones de pelo que le caían en sus húmedas mejillas.

–Me he levantado esta mañana –dijo él suavemente–, y antes de que me diera cuenta de dónde estaba me he preguntado por qué me sentía tan bien.

–Yo también me encuentro bien, Dillon. Nunca te podré agradecer la...

Él puso un dedo en sus labios.

–Todo el placer fue mío.

–No todo tuyo.

–Fue sexo, Jade. Pero fue más que eso.

Él cerró las manos detrás de su cabeza.

–Me ha gustado tenerte durmiendo a mi lado.

–Eso también a mí me ha gustado mucho –dijo ella como flotando–. Mucho. Es la primera vez en mi vida que duermo con un hombre. No sabía que me podía sentir tan a salvo. No me explico por qué a la gente le causa tanto problema.

–Yo tampoco.

Él sonrió y la empujó hacia su pecho. Ella apoyó su cabeza en su hombro.

–¿Dillon?

–¿Hmm?
–Ayer noche, cuando estaba a punto por primera vez... –dijo deteniéndose.
–¿Sí?
–Tú dijiste: «No, Jade». ¿Por qué dijiste que no?
–Me iba a poner primero un condón.
–Oh. Yo no pensé en eso para nada.
–Bueno, lo deberías haber hecho, pero ya que no lo hiciste, déjame asegurarte que no tienes por qué tener ningún miedo. Lo peor que podría pasar es que te quedases embarazada.
Ella levantó su cabeza y lo miró.
–Nunca te atraparía por un niño.
Sus ojos ahondaron en los suyos.
–No puedo pensar en nada mejor.
–¿Me estás diciendo que me amas? –preguntó ella en un susurro.
–Eso es lo que te estoy diciendo.
–Yo también te amo, Dillon, yo también te amo.
Ella besó suavemente sus labios antes de volver a apoyar la cabeza en su hombro.
Sólo oían el latir de sus corazones y el sonido de la cuerda. Se quedaron en el columpio hasta bastante después de que se hubiera detenido.

Myrajane Griffith aparcó su Ford sedán de color gris en la entrada semicircular de la casa de Iván Patchett. La invitación de Neal al desayuno le llegó como venida del cielo. Myrajane se había retirado hacía dos años. Desde entonces no había visto ni oído a los Patchett. A menudo había pensado que había sido muy rastrero por parte de ellos el presentarse con el broche de oro, saludarla y olvidarla por entero después de haber trabajado para ellos durante treinta y cinco años.

La culpa de que ellos la evitaran era de Lamar, sin duda alguna. ¿Quién quería ser amigo de la madre de un hombre que había muerto en desgracia en una condenada y pagana ciudad? No creía ni una sola palabra de lo que la gente decía de su hijo. Lamar no había sido un pervertido. No se había metido en las inexplicables aberraciones que la gente decía que había hecho. Había muerto de neumonía y de un extraño cáncer de piel. Hasta hoy había rehusado creer en sus monstruosas confesiones de su lecho de muerte. Había admitido cosas que no podían ser verdad porque su mente se había distorsionado por los medicamentos contra el dolor, y por el lavado de cerebro que el equipo médico le había hecho en la caza de brujas. En San Francisco todo el mundo estaba tan aterrorizado con el sida que cualquier persona que se ponía enferma pensaba que lo tenía.

Evidentemente los Patchett tampoco habían creído en las mentiras que circulaban sobre su hijo o nunca la habrían invitado a la casa. Mientras miraba la impresionante fachada de la casa que siempre había envidiado, se puso un par de guantes de algodón blanco. Sus manos estaban sudorosas debido a su nerviosismo.

¿Por qué querría verla Iván? Neal le había adelantado que era por algo importante y urgente. Pero lo cierto es que no le importaba el motivo que pudiera tener Iván. Ella estaba orgullosa de haber sido llamada.

Su floreado vestido de gasa era perfecto para la cita de esa mañana. Era una prenda de calidad aunque pasada de moda. Su padre siempre le había dicho que era mejor tener una sola cosa de calidad que una docena por debajo de la media. Cuando Myrajane bajaba a la ciudad se horrorizaba de ver cómo iban vestidas las mujeres. Parecía que no les importaba lo que llevaban. Uno no podía distinguir la gente de categoría de la basura, porque todos vestían igual de mal.

El decoro y la modestia eran cosas del pasado, como la dinastía Cowan o la hacienda de la familia. Se había vendido recientemente, según había oído. El rumor era que el banco estaba contento de deshacerse de ella. Cuando oyó esto vertió abundantes lágrimas amargas.

Por desgracia, algunas cosas eran irreparables. Ella no podría vivir nunca más en la casa que había pertenecido a su familia, pero hasta el día de su muerte se iba a aferrar a las elegantes tradiciones del pasado, como era no llevar jamás en público pantalones y nunca aparecer en un encuentro social sin guantes ni pañuelo. Mientras se dirigía a los escalones de la galería se ajustó su ancho sombrero de paja, que sería apropiado hasta las cinco de la tarde. Nunca se iba a decir de los Cowan que no sabían comportarse con dignidad y decoro. Myrajane, la última con vida de la familia, se había tomado como una cuestión personal mantener la reputación del apellido de soltera.

Cuando la criada de Iván le abrió la puerta, ella le hizo entrega de una tarjeta de visita.

–Soy Myrajane Cowan Griffith.

Cuando llegaron a la casa de Jade, ella le pidió a Dillon que entrara con ella.

–Estoy hecho un desastre –protestó él–. No me he afeitado y tengo el pelo del pecho pegajoso por el jugo de melocotón.

–No estás peor que yo. Me gustaría prepararte el desayuno.

–Ni siquiera te he invitado a comer primero.

–¿A qué te refieres con «primero»?

Él se rió de la mirada azulada y asesina que ella le dirigió.

–Entraré para un café rápido.

Con los brazos enlazados por las cinturas, se dirigieron hacia la puerta principal.

–¿Cómo sabes que Graham y Cathy no me estarán esperando con escopetas cargadas?

–Ellos estarán contentos de vernos –dijo ella sonriéndole.

–¿Cómo lo sabes?

–Porque me verán feliz.

Jade se adelantó y casi chocó con Cathy, que salía precipitadamente.

–Buenos días.

–Gracias a Dios que has venido –dijo sin aliento la mujer–. Me acabo de levantar y me he encontrado con una nota de Graham. Ha cogido su bicicleta para encontrarse con Dillon y contigo en el remolque de Dillon.

Jade ignoró la inquisitiva inflexión del final de la frase de Cathy.

–Sabe mejor que nadie que no tiene permiso para dejar la casa, incluso en sábado –exclamó ella indignada–. Tendré que castigarle durante una semana.

Dillon posó sus manos en los hombros de ella y le hizo girarse.

–Quizás estaba preocupado por ti. ¿Has pensado en eso? Fue una irresponsabilidad por parte nuestra no llamar. Si Graham está de camino hacia la construcción, lo alcanzaré con el coche.

–Creí que te quedabas a tomar un café.

–Eso era antes.

–Pero...

–¿Por qué no me adelanto y localizo a Graham? Cuando tú y Cathy estéis vestidas os reunís con nosotros en mi remolque. Invitaré a todo el mundo a pasteles de pacana en el restaurante Waffle Shack.

–¡Qué bien!

Jade no podía parar de sonreír. No podía enfadarse con Graham. Hoy su estado de ánimo no se lo permitía.

–¿Cathy?

–Me apunto.

–Bueno –dijo Dillon–. Os veré dentro de un rato.

Colocó su dedo debajo de la barbilla de Jade e inclinó su cabeza hacia atrás para besarla suavemente. Entre sueños, Jade lo observó mientras atravesaba el césped y se subía a la furgonera. Él saludó mientras se marchaba. Cuando se giró, Cathy la estaba mirando astutamente.

–Estoy sorprendida –dijo–. No me esperaba que fuera alguien como Dillon.

–¿Como Dillon?

–El hombre que te ha liberado. Esperaba a alguien en la otra punta del espectro de macho, alguien físicamente no tan masculino.

–Dillon es muy sensible.

Cathy acarició afectuosamente el pelo enredado de Jade.

–Lo debe de haber sido si te ha hecho superar el miedo.

–Desde que murieron su mujer y su hijo, ha estado luchando con su propio dragón. Yo he sido tan buena para él como él lo ha sido para mí. Esto es lo mejor de todo ello.

Con un ojo escéptico, Cathy miró su *deshabillé*.

–¿Estás segura de que eso ha sido lo mejor?

Jade se echó a reír con una risa sonora y pícara que el día anterior le hubiera parecido extraña. Qué estupendo ser finalmente un miembro totalmente normal de la raza humana. Se acabó el miedo y la represión. Posiblemente Cathy leyó la respuesta a sus innumerables preguntas en los radiantes ojos de Jade. Los suyos brillaban llenos de lágrimas.

–Te veo radiante, Jade.

–Soy más feliz de lo que jamás he sido –dijo ella, sin poderlo expresar de otro modo.

Esa mañana no fueron al restaurante Waffle Shack.

Jade y Cathy llegaron al lugar de la construcción a los cuarenta minutos de haberse ido Dillon de su casa. *Loner* rodeó el Cherokee, ladrando, feliz de verlas. Mientras intentaban calmarlo, Dillon saltó de su remolque.

El corazón de Jade latió con fuerza cuando vio por primera vez a su amado después de su corta separación. Amado. La palabra era una extraña adición a su vocabulario. La repitió varias veces en su cabeza, tratando de acostumbrarse a su sonido y a sus implicaciones. Un sentimiento de orgullo y posesión estallaron dentro de su pecho. La alegría burbujeaba desde el manantial de un nuevo amor.

–Graham no está aquí, Jade –dijo él de pronto.

Su entusiasmo se apagó.

–¿Que no está aquí?

–¡Oh, Dios mío! –murmuró Cathy–. Ha sido por mi culpa. No tenía que haberme dormido.

–Los chicos suelen deambular. Estoy seguro de que está bien.

Jade podía ver por las arrugas que se formaban entre las cejas de Dillon que sus palabras tenían muy poca convicción.

–¿Dónde podrá estar?

–No lo sé. He cogido el camino que coge normalmente para llegar hasta aquí y no lo he visto por ninguna parte. Esperaba que lo encontraría aquí al llegar. Pero no estaba. El plato de comida de *Loner* estaba vacío, así que no creo que Graham haya estado por aquí. Lo primero que hace cuando llega es dar de comer al perro, tanto si necesita comer como si no. Me he acercado con el coche hasta el otro lado de la construcción donde habían estado paseando, pero no había ni rastro de él.

Jade se abrazó los codos, aunque el sol estaba alto y el día era muy caluroso para que pudiera tener escalofríos.

–Tal vez se ha ido a pescar –dijo esperanzada.

–Quizás. Estaba a punto de comprobar su lugar favorito en el canal cuando llegasteis.

Él apretó el brazo que tenía más alto, tranquilizándola.

–Quédate aquí. Dentro de cinco minutos estoy de vuelta. –Se marchó con la furgonera de la compañía.

–Vayamos a esperar a tu oficina –sugirió Cathy.

Jade consintió en ser llevada hasta la construcción móvil, pero una vez dentro no podía quedarse quieta. Paseaba delante de la ventana, mirando cada pocos segundos con la esperanza de ver a Dillon regresando con Graham.

–¿Crees que esa nota pudo escribirla bajo coacción?

–Claro que no –dijo Cathy–. Graham deslizó la nota por debajo de la puerta de mi habitación y dejó abierta una caja de galletas PopTarts encima de la mesa de la cocina. Creo que iba de camino hacia aquí para veros a ti y a Dillon, tal y como dice la nota.

–Entonces, ¿dónde está?

–Se ha debido de entretener en algún sitio.

–No se debe parar, a menos de que tenga permiso para hacerlo.

–Los niños a veces olvidan las advertencias. Algunas veces desobedecen con el mayor descaro.

–Esta vez no –dijo Jade con obstinación–. Además, Graham no es un niño. –Un nuevo pensamiento la sacudió–. ¿Crees que estaría preocupado porque me quedé toda la noche con Dillon?

–No lo creo. Graham se enamoró de él mucho antes de que tú te dieras cuenta que también te habías enamorado. –Jade le dirigió una penetrante mirada–. ¿De qué te sorprendes, Jade? ¿De que Graham quiera a ese hombre o de que lo quieras tú? ¿Estás sorprendida de que yo supiera lo que pasaba entre Dillon y tú antes de que ninguno de los dos se diera cuenta de ello?

Jade se distrajo por un ruido que venía del exterior.

–Ha vuelto.

Salió de la habitación en el momento mismo en que sonaba el teléfono.

–Cathy, ¿lo puedes coger?

Graham no estaba en la furgoneta.

–No lo he visto por ninguna parte –le comentó Dillon–. He conducido a lo largo del canal y no he visto rastro de él ni de la bicicleta. –Jade se llevó su puño hacia sus labios. Él la atrajo entre sus brazos–. No tengas miedo. Tiene que estar en algún sitio y lo encontraremos.

–Jade. –Cathy la llamó desde la puerta abierta–. Es para ti.

–¿Quién llama?

–Neal Patchett.

30

Dillon condujo con una sola consideración: velocidad.

–Esos hijos de puta, ¿qué es lo que le han hecho? ¿Cogerle de la carretera?

–No lo sé. Neal no lo dijo. –Los ojos de Jade estaban fijos en la carretera–. Todo lo que dijo fue que Graham y Myrajane Griffith estaban en su casa manteniendo una conversación que él pensaba que me podría interesar.

–¿Myrajane es...?

–La madre de Lamar Griffith.

Dillon alcanzó su mano a través del asiento y se la apretó.

–No te pueden hacer más daño, Jade.

–Tienen a mi hijo.

–No se atreverán a ponerle un dedo encima.

–Tal vez no físicamenre. Pero tienen sus caminos. Créeme. Tú no los conoces como yo.

Tan pronto como Neal dejó su escalofriante mensaje, ella arrojó el teléfono de la oficina, sacó algo del cajón de abajo de su mesa y echó a correr hacia la puerta.

–Me voy contigo –le dijo Dillon–. Cathy, cierra la oficina por favor. Lleva el coche de Jade a casa y espéranos allí. Te llamaremos en cuanto podamos.

Dillon interceptó a Jade en su Cherokee y la llevó a su furgoneta.

–Éste es mi problema, Dillon. Mi lucha. Yo la llevaré adelante.

–No sin mí. Así que no pierdas el tiempo y sube.

Ahora ella estaba contenta de que él la hubiese acompañado. Él era una fuerte presencia tranquilizadora. Además, conducía más agresivamente de lo que ella hubiese tenido la fuerza o la presencia de ánimo para hacer. Llegaron a la casa de los Patchett en un tiempo récord. Jade se arrojó de la furgoneta en el instante en que iba a detenerse. Corrió escaleras arriba y cruzó el porche. Dillon estaba justo detrás de ella cuando se precipitó hacia la puerta.

–¡Graham!

Su grito produjo eco en las paredes y en los altos techos.

–Está aquí.

La escena en la sala principal parecía tan engañosamente inocente como la de un escenario. Un humeante servicio de té, de plata, colocado en una mesa baja, acompañado de galletas y mermelada, una compota fresca de frutas y una bandeja de finos trozos de jamón curado. Nadie comía.

Myrajane Griffith estaba sentada en un balancín. Su floreado vestido contrastaba con el dibujo de la tapicería. El colorete había sido aplicado con mano pesada, formando dos vibrantes monedas de color en su arrugada y pálida cara. Un par de guantes blancos yacían en su regazo. Llevaba un ridículo sombrero... y dirigió una mirada asesina a Jade.

Iván, sentado en su silla de ruedas, parecía una masa informe que se mantenía unida por la conveniente ropa de enfermo. Su sonrisa era astuta y maliciosa. Sus ojos hundidos parecían ventanas al infierno.

A pesar de la nariz rota y la lacerada barbilla, Neal estaba tan acicalado como siempre, sin una arruga. Llevaba unos pantalones de lino grises y una camisa rosa de Oxford. Estaba de pie delante de la chimenea de mármol, con un codo negligentemente apoyado en la esculpida repisa. Hacía girar el contenido de un vaso jáibol, que parecía un Bloody Mary.

Jade se apercibió de todo con una sola mirada. Entonces vio a su hijo, que estaba sentado en una silla, y se dirigió rápidamente hacia él.

–Graham, ¿estás bien?

Él saltó de la silla, la rodeó y la situó entre los dos. Sus manos se flexionaron y agarraban alternativamente al respaldo, que tenía perros esculpidos en la madera.

–Apártate de mí. Te odio.

Jade se acercó un poco más.

–¡Graham!, ¿qué estás diciendo?

–Le dejaste morir. Yo le podía haber ayudado, pero tú no me dejaste, así que se ha muerto.

–¿Quién?

–Hutch –le informó Neal–. Ya no está entre nosotros.

Jade se quedó un momento aturdida. Donna Dee acudió a su mente y sintió una punzada de tristeza por ella.

–¿Hutch ha muerto?

–Donna Dee nos llamó ayer por la noche tarde y nos dio la mala noticia.

–¡Tú le mataste! –gritó Graham.

–No hables en ese tono a tu madre –le dijo Dillon con dureza.

–Tú..., tú..., cállate –farfulló Graham. Estaba haciendo lo indecible para no echarse a llorar–. Mi madre es una puta, ahora tú también lo sabes. Probablemente ha estado follando contigo toda la noche.

–¡Ya basta! –gritó Dillon.

–Esperaba como un estúpido que os casarais. Esta mañana vine a decirte que yo estaba de acuerdo, pero ahora no lo harás porque sabes que mi madre es una guarra.

Jade dijo:

–Graham, escúchame, yo...

–No. Tú eres la peor persona que conozco. Has dejado morir a un hombre que podía haber sido mi padre. Le podía haber donado un riñón, pero ni siquiera me lo dijiste.

–¿De qué hubiera servido? Podía no ser tu padre.

–Eso es lo que te hace ser una puta. –Señaló hacia Iván y Neal–. Me han dicho que mi padre podía haber sido uno de esos tres hombres. Me han dicho que lo hiciste con los tres. Dos de ellos están muertos ahora, y nunca los llegué a conocer por tu culpa. Esta vieja mujer podría ser mi abuela y ni siquiera quisiste que la conociera.

–No, no quería que conocieras a tu padre.

–¿Por qué? –gritó él.

–Porque él hizo algo horrible.

–¿Horrible? –hipó él–. No te creo.

–Es verdad.

–Tú eres una mentirosa. Nunca me has contado lo de mi padre porque estabas avergonzada. Nunca te volveré a creer. Nunca.

El día anterior ella pensaba que sus enemigos habían

sido derrotados, pero habían vuelto a presentarse con una venganza. Eran lo suficientemente astutos como para atacarle en el lugar donde era más vulnerable: Graham.

Ella podía ver el miedo, la confusión y la angustia en su joven cara. Todo su mundo se había lanzado sobre él. Y la imagen que tenía de ella había sido hecha añicos con maliciosas mentiras. Si no lo recuperaba inmediatamente, lo podría perder para siempre.

Sólo la verdad podría hacerle volver.

–Lo que te han dicho es verdad, Graham. Cualquiera de los tres hombres podría ser tu padre. Porque los tres me violaron, te tuve porque me violaron tres hombres.

Él resopló entrecortadamente a través de sus labios separados.

–Nunca quise que lo supieras, porque no te quería imponer un estigma. No quería que te culpases a ti mismo por algo que no había sido tu culpa. Fue su pecado, Graham. El suyo. No el mío y, desde luego, no el tuyo.

Se le acercó un paso más y le suplicó.

–No te lo contaría si no fuera porque tengo miedo de perder tu amor y tu confianza para siempre, si no lo hago. Tienes que creerme, Graham. Estos tres hombres me robaron mi virginidad y mi juventud. Me robaron a mi primer y precioso amor, un chico llamado Gary Parker, que se mató por lo que ellos hicieron. Tu abuela nos abandonó por lo ocurrido.

Ella estiró hacia él sus manos.

–No puedo dejar que se te lleven también, Graham. Han tergiversado los hechos para que yo aparezca como la mala, pero yo no soy la mala. Tampoco lo eres tú. Yo te quiero. Sé que tú me quieres. Y como sé que tú me quieres, tienes que creer que lo que te digo es verdad.

Él miró a los Patchett con recelo, y luego intercambió unas miradas con Jade.

–¿Fuiste violada?

–Así es. Cuando tenía dieciocho años. Y la única cosa buena que salió de ello fuiste tú.

Él dudó sólo por un instante, antes de apartar la silla con rapidez y abalanzarse hacia ella. Ella le abrazó tan fuertemente que parecía que no lo iba a soltar nunca.

–Él me paró en la carretera. Me dijo que tú estarías aquí, mamá. Dijo que yo tenía que ir con él.

–Sé lo persuasivo que puede llegar a ser.

–Siento haberte dicho esas cosas, no las quería decir.

–Ya sé que no querías.

Por encima de su hombro, contempló a Neal con repugnancia.

–Nos queremos y nada va a cambiar esto jamás. Jamás.

Dillon puso un brazo alrededor de los dos.

–Vámonos de aquí, maldita sea.

Como si fueran una sola persona, se giraron hacia la arqueada puerta.

–No tan rápido –dijo Neal–. No hemos terminado. Tenemos mucho que discutir con Jade que no te incumbe, Burke.

Jade tomó la palabra antes de que pudiera hacerlo Dillon.

–No tengo nada que discutir contigo, salvo un posible cargo de secuestro.

–Uno no puede secuestrar a su propio hijo –dijo Neal.

–¿Qué quiere decir, mamá?

–Estoy seguro de que te gustaría conocer a tu verdadero padre –dijo Iván a Graham–. A que te gustaría conocer a tu padre y a tu abuelo...

–¡Basta ya! –gritó Jade–. ¿No has hecho ya suficiente daño por hoy?

Los ojos de Graham se dirigieron hacia Neal.

–Tú fuiste el otro ¿no? ¿Violaste a mi madre?

–Eso es lo que ella dice –respondió él suavemente– . Pero tú has aprendido ya cómo pueden mentir las mujeres, hijo.

–No me llames eso.

–Las cosas no pasaron como ella dice, ¿verdad, Jade? –le preguntó a ella, guiñándole un ojo.

–Eres despreciable.

Jade cogió a Graham de la mano y se giró para irse, pero Myrajane los sorprendió a todos levantándose y hablando por primera vez.

Señaló con un dedo largo y seco hacia Graham, y dijo:

–¡Él es un Cowan! Puedo ver a mi padre en él. Él es el hijo de Lamar y yo lo quiero.

–Bueno, no lo puedes tener. –Jade dividió su mirada entre Iván y Neal–. ¿Por qué la habéis metido en esto? ¿Para empeorar las cosas?

–Si él es el chico de Lamar –dijo Iván–, Myrajane tiene todo el derecho, como si el chico es de Neal.

Mientras se acercaba hacia ellos, los ojos de Myrajane resplandecieron con un fanático fervor.

–Él es sangre de mi sangre. Él es un Cowan. Él es uno de los nuestros. –Mirando a Jade le siseó–: ¿Cómo te atreviste a mantenerlo apartado de mí durante todos estos años? ¿Cómo te atreviste a hacerme creer que todos los de mi familia habían muerto?

–Está loca. –Dillon cogió el codo de Jade–. Vámonos.

–No te hará ningún bien irte con el chico –dijo Iván–. Tampoco te hará ningún bien esconderlo. Hemos planeado llevar este asunto hasta el tribunal si hace falta.

–¿Con qué propósito?

–Para su custodia.

Jade se lo quedó mirando incrédulamente.

–Ningún tribunal oirá ni siquiera tu caso.

–Pero piensa en el hedor que producirá –dijo Iván con una sucia carcajada–. No quieres ese tipo de escándalo, ¿verdad? No creo que a esa compañía yanqui para la que trabajas le gustara que los periódicos estuvieran llenos de historias sobre ti y los tres compañeros de escuela que te violaron.

Myrajane gritó sofocadamente por la crudeza, pero ninguno le prestó atención.

–¿O fueron cuatro compañeros, papá? –preguntó Neal burlonamente–. No te olvides de Gary.

–¡Dejen ya de hablar de mi madre!

Antes de que Jade o Dillon pudieran detenerlo, Graham se abalanzó sobre Neal con los puños preparados para luchar. Dillon tiró de él hacia atrás.

–Ya me encargo yo de él –dijo Dillon.

Jade se colocó delante de ellos.

–Vosotros dos salid fuera.

Graham intentaba liberarse de Dillon para poder llegar hasta Neal. Dillon parecía dispuesto a matarlo.

–¿Y dejarte a ti sola con ellos? De ninguna manera, Jade.

Ella apoyó una mano en su hombro.
–Esperad fuera, por favor. Tengo que hacer esto yo sola.
–Mamá, no me hagas salir –protestó Graham.
–Graham, lo tengo que hacer. Por favor.
Dillon observaba su expresión, dudoso.
–Por favor –le susurró ella apremiándolo.
Al fin cedió, y empujó a Graham hacia la arqueada salida. A Graham no le gustó, pero Dillon hizo caso omiso. Antes de salir, Dillon se giró y esgrimió un dedo amenazante hacia Neal.
–Si le pones la mano encima te mataré. Nada me causará mayor placer.
Cuando Jade oyó cómo se cerraba detrás de ella la puerta principal, se giró y volvió sobre sus pasos. Ésta era la confrontación más importante de su vida. Rogó a Dios para que tuviera el valor de hacerlo bien.
«No tengas nunca miedo, Jade.»
–Esto no llegará jamás a los tribunales –dijo a Neal en un tono firme y seguro de voz–. No tienes ninguna reclamación que hacer sobre mi hijo.
–También podría ser mi hijo.
–Nunca lo sabrás.
–Sí, con las huellas dactilares de su ADN.
–Nunca someteré a Graham a esta prueba. Cualquier reclamación que hagas sobre él será el equivalente a una confesión de violación.
–¡Mi hijo jamás violó a nadie! –chilló Myrajane.
Jade se volvió hacia ella.
–Él lo hizo, señora Griffith. Cuando asistieron al funeral de Mitch Hearon, Lamar me pidió perdón por ello. –Volvió los ojos hacia Neal, y prosiguió–: Así que lleva tu caso a los tribunales si quieres. Esto es lo que yo testificaré: que mi embarazo fue el resultado de haber sido violada por una pandilla instigada por ti.
–Nadie te creerá.
–Quizá no, pero como ha dicho tu padre, seguramente traerá cola.
–Para ti.
–Y para ti. ¿Recuerdas a una mujer llamada Lola Garrison?

–¿Quién es ésa? –preguntó Neal en tono quejumbroso.

–Ella se acuerda de ti perfectamente. Tenía que ser la dama de honor en tu casamiento, que nunca tuvo lugar por tu accidente. Después de que abandonaras la cena de ensayo de tu despedida de soltero, mantuviste relaciones sexuales con ella en el aseo de señoras del restaurante. ¿Te acuerdas de ella ahora?

–Vagamente. Bueno, ¿y qué?

–La señorita Garrison es una periodista que trabaja por libre; hace algunas semanas vino un día a entrevistarme para un artículo que salió en el suplemento del domingo.

–Lo vi –dijo él con aire de aburrimiento–. ¿Y qué?

–Ella mencionó de pasada que las únicas personas que conocía en Palmetto eran los Patchett. Me contó las circunstancias bajo las cuales os encontrasteis, dijo que eras un «desgraciado hijo de puta» y que le gustaría devolverte el golpe.

»Parece que después de que intentaras romper la boda, te pavoneaste de que te habías tirado a la dama de honor, prácticamente en sus narices. Tu confesión arruinó una amistad.

–¡Qué amistad ni que mierda! –se mofó ahora él–. Lola, o como quiera que se llame, vino a por mí. ¿Qué tipo de amiga era eso?

–No me estoy refiriendo a la amistad entre las dos chicas, sino a la que había entre sus padres, que eran socios en negocios. La ruptura fue muy costosa para el padre de Garrison. Nunca se recuperó ni financiera ni emocionalmente. Te hace personalmente responsable de su declive. Estoy segura de que le encantará oír mi historia de la noche en el canal.

Hubo un momento de un tenso silencio, que finalmente rompió Iván.

–Estoy cansado de tratar contigo –dijo él–. Si quieres tener una contienda injuriosa en los periódicos, perfecto. Tendremos una. Mientras esta chica se dedique a destapar asuntos privados en lavabos públicos, nosotros te acusaremos de fraude.

–¿De fraude?

Neal continuó por su padre.

–Tú elevaste el precio de la propiedad de los Parker sin tener intención de comprarla.

–Pruébalo, Neal –le desafió ella–. Otis Parker testificará porque yo hice un depósito de diez mil dólares en la venta de la propiedad. ¿Cómo probarás que no tenía intenciones de comprarla?

–¡Le acabo de dar un millón de dólares! –gritó Iván–. Otis testificará que sus pelotas son guisantes si le pido que lo haga.

–Excepto que el depósito fue realizado con certificados bancarios. Habrá pruebas. Por si se te pasa por la cabeza eliminar estas pruebas como hiciste con las médicas cuando se produjo la violación, te advierto que la cuenta fue abierta en mi banco de Nueva York.

Padre e hijo se intercambiaron miradas angustiosas. Parecían dos hombres agarrados a un salvavidas con una lenta filtración. Lo poco a lo que se podían agarrar estaba deslizándose lentamente fuera de su alcance. Jade podía oler su miedo. Era dulce.

–Por fin estáis arruinados –les dijo–. En unos pocos meses vuestra fábrica tendrá que cerrar por falta de liquidez. No podréis intimidar a la gente con amenazas de despidos porque la fábrica textil creará puestos de trabajo con mejores condiciones laborales y mucho mejor pagados. Haré campaña para que un hombre honesto ocupe el puesto del sheriff Hutch. Tus días de dictador en Palmetto se han acabado. –Miró a Neal–. Ya no tienes el poder de hacer daño a la gente. Tu encanto se agotó hace mucho tiempo. Aunque yo nunca pensé que lo tuvieras.

Él se movió como una sorprendente serpiente, agarrándola fuertemente por el brazo.

–Todavía puedo reclamar al chico. Eso te causaría mucho sufrimiento.

Ella liberó su brazo y se apartó de él.

–Te repito que la única manera que tienes de reclamar a Graham es reconocerte culpable de un cargo de violación.

Neal cortó:

–Cualquiera que sean las prescripciones legales, deben de haber expirado ya.

–En cuyo caso te pondré un pleito. Y lo haré, si me empujas a ello, sin importarme el escándalo que pueda suponer. No era posible enviarte a la prisión por lo que me hiciste simplemente porque no quería exponer a Graham a la verdad. Ahora que me has forzado a revelársela esto no será ya un impedimento. Acércate una vez más a él –le amenazó fríamente– e irás a la cárcel por violación.

–Será tu palabra contra la mía –insistió él–. Nunca lo podrás probar.

Jade abrió su bolso y sacó una cinta de vídeo.

–Esto ha estado en mi poder desde que volví a Palmetto. Hay una copia en la caja de seguridad de aquí, en Palmetto, y otra en un banco de Nueva York. Eso quiere decir que sólo yo tengo acceso a ella. Da pena mirarla. Espero no tener que usarla nunca, pero no dudes ni por un segundo que lo haré si me obligas a ello.

Neal la aplaudió divertido.

–Buena actuación, Jade. Estoy temblando de los pies a la cabeza. ¿Qué hay en la cinta?

–Lamar.

Myrajane soltó una exclamación de dolor.

–Él la grabó unos pocos días antes de morir. A petición suya, su compañero me la envió después de su muerte. Se explica por sí misma, pero, por decirlo de otra manera, está lleno de remordimientos por lo que él, junto con Hutch y contigo hizo. Él confesó su crimen, tu crimen.

»Como un hombre moribundo pide mi perdón y teme por su alma inmortal, alega que esa noche le ha perseguido a lo largo de toda su vida. Es muy efectiva. Nadie que la vea podrá dudar de que está diciendo la verdad.

Ella dejó la cinta encima de la mesa del café y se volvió hacia Myrajane.

–Lo que te han hecho hoy es característicamente reprehensible. Te han utilizado. Nunca hubieras tenido que enterarte de esto.

»Pero puesto que lo sabes, no reclamarás a Graham porque ni siquiera amaste a tu propio hijo. Hiciste de Lamar un ser débil y tímido, fácil de ser manipulado, como ocurrió la noche que Neal propuso que me violaran por turnos. Por esta razón no me siento mal por comprarte la propiedad de tu familia para mi compañía. Será ampliamente restaurada y ocupada, pero no por un Cowan.

La cara marchita de Myrajane estaba arrugada como un cordón de bolso.

–Se nota la forma en que has sido educada –dijo ella irasciblemente.

Jade dio la espalda a la mujer y contempló a Iván, que respiraba dificultosamente en su silla de ruedas, con su dignidad y poder tan destrozados como su cuerpo. Lo despreció sin ningún comentario, que era el peor insulto que le podía hacer.

Dirigió de nuevo su mirada a Neal y dijo:

–Reclama a mi hijo e irás a la cárcel, Neal. Peléate conmigo otra vez y extenderé un pleito civil por lo que nos hiciste a mí y a Gary. Tu crimen saldrá finalmente a la luz y serás castigado por ello. Te sugiero que acabes con tus amenazas.

»Cuando volví a Palmetto planeé enviarte a la prisión y lo pude haber hecho. Con esta cinta lo podía haber hecho. Pero en los últimos meses me di cuenta de que había otras cosas más importantes que castigarte... y mucho más gratificantes. Tengo una nueva vida, un nuevo amor. Ellos son el centro de mi vida ahora, no la venganza. A partir de ahora quiero mirar hacia el futuro, no hacia atrás.

»Durante quince años mi vida se ha centrado en ti. –Pronunció la última palabra con una contemplativa sonrisa tonta–. No vales otro segundo de mi pensamiento. Estás acabado y eso es suficiente.

–No me asustan tus amenazas. No me asustas, perra.

–Ya lo creo que te doy miedo. Yo soy tu peor pesadilla, alguien que no te tiene el más mínimo miedo.

Los miró por última vez y entonces se giró y se fue de la habitación. Se dirigió hacia la salida de la casa donde ya se apreciaban los primeros signos de decadencia y declive. Los Patchett habían tenido lo suyo.

Y Jade había tenido lo suyo.

Cuando salió de la casa sonrió a Dillon y a Graham, que la esperaban impacientes al lado de la furgoneta. Graham corrió hacia ella, obviamente preocupado, sabiendo que la verdad no había afectado su amor por ella. Ahora que las circunstancias de su concepción se habían revelado, ella se sentía aliviada de la carga de su secreto.

–Mamá, ¿qué ha pasado?

–Les dije que si te volvían a molestar se arrepentirían.

–¿Eso es todo? –dijo él, algo decepcionado.

–Esencialmente.

Él la miró con consternación.

–Me lo deberías de haber dicho.

–Quizá sí, Graham.

–¿Creías que no lo iba a entender?

–No era eso; intentaba protegerte. No quería que pensaras que eras menos por lo que tu padre había hecho, quienquiera que fuese.

–Dillon dice que yo tengo mi propia personalidad. No necesito saber quién de los tres fue mi padre.

–Tú eres Graham Sperry –dijo ella emocionada, tocándole la mejilla–. Eso es toda la certeza que necesito.

–Yo también.

–Y para que lo sepas, fui a ver a Hutch antes de que muriera. Más que pedirme que fueras su donante de órgano, rehusó considerarlo. No deberías sentirte culpable de su muerte.

Él miró hacia la casa.

–Esos Patchett... Ojalá nos hubieras dejado que Dillon y yo les diésemos una buena paliza.

Ella lo abrazó sonriendo y miró a Dillon por encima de su hombro.

–Aprecio la oferta.

Dillon se inclinó hacia ella y la besó suavemente en los labios.

–Eres toda una mujer.

–Y por lo de ayer noche..., gracias.

Su amplio bigote se curvó con una sonrisa.

–Vámonos a casa.

Condujeron con las ventanillas bajadas a lo largo de la ancha carretera bordeada de robles llenos de musgo y altos pinos que señalaban hacia el cielo.

–¿Sabes lo que solía decirme mi padre, Graham?

–¿El abuelo Sperry?

–Ajá. Solía decirme: «No tengas nunca miedo, Jade».

Pensaba que me estaba hablando de morir. Hoy se me ocurre que él me quería decir algo más: me quería decir que no tuviera miedo de vivir. Morir es fácil si lo comparas con vivir. Mamá no podía soportar su vida y por eso escapaba de ella. Papá no tuvo el coraje suficiente para vivir. Yo lo tengo.

Con un silencio adolescente e inquieto, Graham estaba buscando un programa en la radio. No estaba realmente escuchando.

Sin embargo, Dillon había oído y entendido cada palabra. Se le acercó a través del asiento y le quitó la lágrima de la mejilla.

Era la primera lágrima que ella vertía en quince años. Ella se la besó entre el pulgar y descansó su mejilla en su palma.

Cuando llegaron a su casa, le dijo a Graham:

–Dile a Cathy que todo está bien y que estaremos de vuelta para la cena.

–¿Adónde vais?

–Dillon y yo tenemos que hacer un recado.

–¿Dónde? Quiero ir.

–No estás invitado.

–¿Queréis estar solos para poder besaros y eso?

–¡Fuera!

Graham intercambió con Dillon una sonrisa de hombre a hombre y se apeó del coche.

–Prepara el tablero de ajedrez –dijo Dillon–. Jugaremos después de cenar. –Graham sonrió y se fue hacia el interior de la casa–. Ha salido inmune de este asunto, Jade.

–Sí. Gracias a Dios –susurró ella.

–Quizá, pero sobre todo gracias a ti.

Ella esperó hasta que Graham se metiera dentro para girarse hacia Dillon.

–Quiero que me lleves allí.

No necesitó preguntar dónde quería ir, sólo cómo llegar. Ella le indicó.

Mientras iba pasando el paisaje, ella se dio cuenta de que se parecía bien poco a aquella ingenua niña que había conducido por la misma carretera con su mejor amiga una fría tarde de febrero. Tampoco era la mujer determinada que había navegado diestramente por el mundo de los negocios como una exhalación. Ella había marcado un tanto y no se lo tenía que probar a sí misma por más tiempo.

Las dos facetas de Jade Sperry se estaban juntando en una sola. Como los ingredientes de una bullabesa, los elementos separados de su personalidad estaban reluciendo todos juntos. Era una extraña mezcla, única en textura y en sabor, que ella estaba probando, poco a poco.

Después de años de dirigirse hacia una meta, estaba otra vez en el lugar en el que había empezado. La gente de la ciudad que la recordaba, no la miraría como aquella niña que había abandonado la ciudad encubriendo un escándalo. La habían tratado con el respeto que le correspondía a lo que ahora era. Aquellos que no la habían conocido, la observaban como una heroína que estaba haciendo grandes cosas para la ciudad.

Se sorprendió al descubrir que ahora apreciaba todo aquello que se había empeñado en odiar, como la forma de cocinar de la región y la vida en una pequeña ciudad, como el aire del verano que era demasiado pesado para ser inhalado y suaves brisas que transportaban perfumes de flores y la seminal esencia del agua de mar.

No se podía culpar a la región de las pocas malas personas que había hecho crecer. Como mujer de negocios, como madre, como amiga, como amante o como lo que fuera, era una mujer del Sur. Su corazón latía al ritmo de su ponderada paz.

Las huellas de los neumáticos que conducían fuera de la ciudad estaban cubiertas de hierba. Nadie había estado allí desde hacía mucho tiempo. Jade se alegró de pensar que nadie había estado allí desde aquella noche. Las orillas del canal parecían diferentes a la luz del día. El suave sonido del agua corriendo ya no resultaba siniestro. No había sombras asustadizas ni furtivos movimientos en la oscuridad.

Dillon se quedó pacientemente allí mientras Jade caminó por el lugar recordando..., olvidando. Al final se le acercó.

–Hazme el amor, Dillon.

–¿Aquí?
–Sí.
–¿Por qué?
–No quiero recordar este lugar para el resto de mi vida como el escenario de mi violación. Cuando lo hago, vuelvo a experimentar toda la degradación y rabia. Quiero recordarlo cuando está cálido, cuando brilla el sol y cuando estoy con el hombre que amo.
Él empujó sus dedos hacia su cabello.
–Quiero que me ames. ¿Pero estás segura de que soy yo a quien amas y no aquello que hice por ti?
–Empecé a amarte cuando creí que nunca sería capaz de expresarlo. Y aunque nunca hubiera sido capaz, igualmente te hubiera amado.
Ella puso sus manos en sus mejillas.
–Yo te amo. Lo de hacer el amor es adicional.
Pronunciando su nombre, la empujó hacia él. Sus brazos la rodearon, fuertes y la abrazaron. Sus bocas se juntaron en un apasionante intercambio de deseo físico y de almas buscando amor. Se desnudaron mutuamente tirando la ropa en la hierba. Sus manos se redescubrieron y se desearon. Él elevó sus pechos hasta su boca y dejó que sus pezones subieran y se tensaran. Ella acarició la suave pesadez de su sexo.
Jade se echó en la hierba y le hizo sentarse a su lado.
–Por aquí.
Él se arrodilló entre sus piernas y poco a poco se inclinó sobre ella.
–Si no te gusta, dime que pare –susurró él.
–Ámame, Dillon.
Él la penetró suavemente hundiéndose en ella con movimientos rítmicos. Hizo de cada embate un acto individual de amor, casi llegando antes de introducirse de nuevo en ella. Cada vez que la llenaba, ella empezaba a subir sus caderas para encontrar sus lentos embates. Él aumentó el tempo. Instintivamente, Jade cambió sus piernas de posición. Sus manos acariciaron la parte de atrás de los testículos y lo empujó más cerca, con más fuerza, más hacia dentro.
Cuando llegaron al clímax, Jade arqueó su espalda y su

cuello, exponiéndolos a sus labios y a sus roncos susurros de promesas de amor y entrega.

Jade atrajo la cara de Dillon hacia el hueco de su cuello, acarició su cabello, miró a través de límpidas lágrimas al sol y notó el calor de sus rayos en su sonrisa.

Título de la edición original: *Breath of Scandal*
Traducción del inglés: Cristina Valls,
cedida por Ediciones B, S.A.
Diseño: Emil Tröger
Ilustración: González Vicente
Foto de solapa: Paul Knudson

Círculo de Lectores, S.A.
Valencia, 344, 08009 Barcelona
357949028642

Depósito legal: B. 582-1994
Fotocomposición: Fotoletra, S.A., Barcelona
Impresión y encuadernación: Printer industria gráfica, s.a.
N. II, Cuatro caminos s/n, 08620 Sant Vicenç dels Horts
Barcelona, 1994. Printed in Spain
ISBN 84-226-4852-0
N.° 27672